河南省新华书店发行集团有限公司总发行

复活

天才艺术家思想沉淀的精华

[俄] 列夫·托尔斯泰 著
"青少年成长必读经典书系"编委会 主编

河南科学技术出版社
·郑州·

图书在版编目(CIP)数据

复活 / “青少年成长必读经典书系”编委会主编.—郑州 ：河南科学技术出版社，2013.10(2019.1 重印)
(青少年成长必读经典书系)
ISBN 978-7-5349-6249-3

Ⅰ.①复… Ⅱ.①青… Ⅲ.①长篇小说-俄罗斯-近代-缩写 Ⅳ.①I512.44

中国版本图书馆 CIP 数据核字(2013)第 159946 号

出版发行:河南科学技术出版社
地址:郑州市金水东路 39 号　　邮编:450016
电话:(0371)65788890　　65788630
网址:www.hnstp.cn
策划编辑:孙　珺
责任编辑:孙　珺
责任校对:王　磊
封面设计:张　超
版式设计:中图传媒
责任印制:张　巍
印　　刷:河南文华印务有限公司
经　　销:全国新华书店
开　　本:787 mm×1092 mm　1/16　　印张:36　　字数:475 千字
版　　次:2013 年 10 月第 1 版　　2019 年 1 月第 3 次印刷
定　　价:49.80 元

总　序

经典的乐园

书籍是人类文明的伟大标志，古今中外，在书籍的哺育下，人们创造出了灿烂的精神文化。那一部部经典著作，是人类文明长河中一粒粒耀眼的明珠。

“青少年成长必读经典书系”将这些明珠拾缀在一起，是整个人类智慧的结晶，凝聚了前人对社会、时代的洞见，对人生的观察思考，具有深刻的思想内涵和艺术魅力。这套书无疑是献给青少年朋友的最好礼物。

高尔基说过，书籍是人类进步的阶梯。每一次阅读，都像一次新的探索，都能增添独特的滋味和意义。当你翻开一本本书，便好似步入了一个个崭新的世界。有时候，你会进入芬芳的花园，享受恬静与美好；有时候，你会走入冒险世界，进行奇妙的探险；有时候，你会开始沉思，思考自己从哪里来，将到哪里去……世界名著的辉煌殿堂对每一位有志的青少年敞开着大门，这座殿堂是最迷人的乐园，你每走出一小步，都会看到不一样的风景，收获奇异的果实。今天，你在希腊观赏蓝天白云下奥林匹斯山众神与人们的生活；明天，你又在中国随着孔子周游列国，感知儒家学说的教诲；你既可以上天揽月，也可以在两万里的海底自在地航行；你会看到丑恶的人性，也会感知最

总　序

善的温情，这个世界任由你遨游。

这就是伟大的经典，属于每一个阅读者的乐园，永远放射着异彩，永远以历久弥新的魅力吸引着你。一切民族和时代的精神都聚集其中，都等待着新的召唤和复苏。这个召唤来自于你，年轻的阅读者，当你的心灵与它共鸣，便能产生新的智慧与力量。

当你看到经典名著的繁多的书目时，不必为难，不必对着它浩若烟海的知识兴叹，可从你喜欢的出发，慢慢走进这个世界。阅读，并不在于数量，而在于从中受到启发，收获思考。

牛顿说：“如果说我比别人看得更远些,那是因为我站在了巨人的肩上。” 阅读“青少年成长必读经典书系”，会让你站在巨人们搭建的高梯之上，不断攀登，看得更远！

国家教育部中小学继续教育教材评审专家
中国教育学会中学语文教学专业委员会秘书长　张蕾

阅读导航

作者简介

很多人认为，《复活》中的男主人公涅赫柳多夫，其实就是托尔斯泰本人的缩影，所以要彻底地理解《复活》，必须先了解它的作者托尔斯泰。

1828 年 8 月 28 日，在莫斯科的一个叫雅斯纳雅·波良纳的贵族庄园里，列夫·托尔斯泰呱呱坠地了。虽然出生在贵族之家，托尔斯泰的童年却是不幸的，在他一岁半的时候，母亲就去世了。九岁的时候，父亲又因脑溢血离开了人世。童年时他与三个哥哥和一个姐姐都由远亲塔吉亚娜·叶尔戈利斯卡娅照料。叶尔戈利斯卡娅是一个善良而又极其虔诚的女人，托尔斯泰后来回忆道："从对我一生的影响这个角度看，她是一个最重要的人物。"

托尔斯泰在童年和少年时代受的是严格的贵族家庭教育，他五岁的时候，就开始与三个哥哥一起接受一位德国籍家庭教师的教育。他天资聪颖，进步很快，不久就能阅读外祖父留下来的许多藏书了。后来他又跟一个法国家庭教师学习法文和拉丁文。1844 年，托尔斯泰考入喀山大学东方语文系，学习了将近一年，又转到了法律系。可是托尔斯泰实在不习惯于死读课本，他对学校教育失去了兴趣，并且开始迷恋于上流社会纸醉金迷的生活，学习成绩很不理想。

是哲学拯救了托尔斯泰，使他从堕落的生活中走了出来。那段时间，托尔斯泰迷上了法国启蒙主义作家卢梭的著作。开始对哲学产生了浓厚的兴趣。对贵族生活的兴趣也就逐渐淡漠了。

转眼间，托尔斯泰已经年满二十岁了，可是仍然一事无成，他陷入了苦恼和彷徨之中，过着醉生梦死的生活。直到 1851 年他跟着哥哥尼古拉去高加索参加军队，才结束了他自己所说的这段"放荡的岁月"。半个世纪以来，高加索地区各族人民坚持进行着反抗沙皇殖民统治的斗争，沙皇政府调来大批军队镇压，因此高加索的战事连绵不断。但是托尔斯泰到了高加索以后却发现了另外一种诗意。那雄伟壮丽的群山、湛蓝的天空、亮晶晶的星星都使他感到前所未有的清新。这里的农民过着近于原始的生活，他们的淳朴自然深深地吸引着托尔斯泰。

正是在高加索军队服役期间，托尔斯泰开始了文学创作活动。1852 年到 1857 年，他发表了自传体三部曲《童年·少年·青年》，作品一问世立即得到批评界的赞扬，潜藏在托尔斯泰身上的文学禀赋初露端倪。

这时的托尔斯泰已经对军队生活产生了厌倦情绪，产生了退役的念头。可是 1853 年，俄国对土耳其宣战，克里米亚战争爆发了。次年，托尔斯泰来到战事最激烈的塞瓦斯托波尔。在这里，他目睹了俄军战士奋不顾身英勇作战的场面，使他深受感动。他写了三篇具有特写性质的短篇小说，统称为《塞瓦斯托波尔故事》，歌颂那些为了保卫祖国土地而忘我牺牲的军士，赞美他们的爱国精神。

前后五年的军旅生活使托尔斯泰亲眼目睹了沙皇军队的腐败，克里米亚战争失败后，他想离开军队的愿望变得十分强烈。1855 年年底，他来到了彼得堡，受到文学界的热烈欢迎。1856 年，托尔斯泰发表了中篇小说《一个地主的早晨》。这部小说带有自传性质，从中可以看到他当年在自己庄园试行土地改革并失败的全过程。

1856 年年底，托尔斯泰以中尉军衔如愿以偿地退役了，第二年他就踏上了去西欧的旅途。他游览了法国、瑞士、德国，造访了许多名城，饱览了异域风情。但途中他也亲眼目睹了西欧社会重重矛盾。他创作的短篇小说《琉森》，就是通过一个流浪歌手被贵族绅士们嘲弄的故事，揭露了社会的丑恶，也表达了作者对虚伪“文明”的谴责。之后他又创作了探讨生与死、痛苦与幸福等问题的《三死》、《家庭幸福》。

1860 年托尔斯泰再度出国，这次他总共在国外待了九个多月。他在伦敦结识了流亡在那里的俄国著名文学家和社会活动家赫尔岑，并访问了英国议院，还听过狄更斯关于教育问题的演讲。在布鲁塞尔他会见了普鲁东，同他交换了关于教育以及俄国农奴制度等问题的看法。回国以后，他集中力量从事教育工作。

1862年，托尔斯泰结婚了。婚姻又重新燃起了他创作的热情。1863年年初，他完成了从1852年就开始创作的中篇小说《哥萨克》。《哥萨克》是一部优美动人的小说，在这部小说里，他不是把揭示农民贫困问题放在首位，而是从另一个角度进一步探讨了贵族和农民关系的问题。他把贵族的寄生生活同劳动人民的健康生活加以对比，认为俄国应在小农经济基础上建立自己的理想社会，农民是最高道德理想的化身，贵族应走向“平民化”。

从60年代中期起，托尔斯泰潜心于长篇的创作。1863年到1869年，他用了六年的时间，创作了长篇历史小说《战争与和平》，这是托尔斯泰创作历程中的第一块丰碑。小说以1812年俄法战争为中心，以四大家族相互关系为情节线索，展现了当时俄国从城市到乡村的广阔社会生活画面，气势磅礴地反映了1805年到1820年之间发生的一系列重大历史事件，特别是1812年库图佐夫领导的反对拿破仑的卫国战争，歌颂了俄国人民的爱国热忱和英勇斗争精神，探讨了俄国的前途和命运，特别是贵族的地位和出路问题。小说结构宏大，人物众多，典型形象鲜活饱满，是一部具有史诗和编年史特色的鸿篇巨制。

1873年到1878年，托尔斯泰经过十二次修改，完成其第二部里程碑式巨著《安娜·卡列尼娜》。这部作品标志着托尔斯泰现实主义的进一步发展，19世纪六七十年代的俄国社会多方面的生活都得到了真实而鲜明的描绘。小说里所触及的问题极广，不仅描写了婚姻家庭、道德伦理、农业经济的问题，托尔斯泰还探索了社会制度、政治思潮、教育、艺术、宗教以及哲学问题，几乎包罗了所有的重要领域。可以说《安娜·卡列尼娜》是一部名副其实的六七十年代的俄国社会的百科全书。这时托尔斯泰的小说创作艺术也已经达到炉火纯青。

从80年代托尔斯泰进入他创作的后期。出身于上层地主的托尔斯泰极其熟悉乡村的俄国，熟悉地主和农民的生活。在农奴制度废除以后资本主义迅速发展的时代里，由于当时俄国客观形式发展的影响，加上他自己一系列的社会活动——赈济灾民、访问教堂和修道院、参观监狱和新兵收容所、出席法庭陪审、调查贫民区等，使他的整个世界观发生了变化。

70 年代末 80 年代初，托尔斯泰在长期精神探索的基础上，完成了世界观的激变，他彻底断绝了与其出身的贵族阶层的传统观点的联系，站到宗法农民方面来，成了千百万农民在第一次俄国革命准备和到来期间的思想情绪的表达者。世界观转变以后托尔斯泰的创作和思想中的矛盾更加尖锐，这都是宗法农民复杂的思想情绪和心理状态的反映。他对沙皇俄国的国家制度、贵族和官办教会提出否定，宣扬“不以暴力抗恶”和“道德自我完善”。80 年代他的作品有《忏悔录》（1879—1882）、剧本《黑暗的势力》（1886 年）、喜剧《教育的果实》（1891 年）、中篇小说《魔鬼》（1911 年）、《伊凡·伊里奇之死》（1886 年）、《克莱采奏鸣曲》（1891 年）。

中篇小说《哈泽·穆拉特》（1886—1904）是托尔斯泰在最后十年中所写的艺术成就最高的作品。短篇小说《舞会之后》（1903—1911）揭露了军队中的酷刑。

《复活》是托尔斯泰创作的最后一部长篇小说，生动地体现了他世界观转变以后的思想情感。同时，继《战争与和平》、《安娜·卡列尼娜》之后，托尔斯泰的长篇创作艺术再次达到了顶峰。

晚年的托尔斯泰更加明确地意识到，自己多年号召人们实行平民化，放弃特权，过一种朴素的生活，可是自己依然生活在特权社会的环境里，他的思想情绪与农民的思想情绪之间始终存在着一条鸿沟，他的家庭生活始终与农民有着巨大差距，这使他觉得自己没有彻底地实行所宣扬的理想，为此他深感痛苦不安。

于是托尔斯泰力求过简朴的平民生活，他不愿意从土地获得收益，甚至不愿意从出版作品拿报酬。从 1892 年起他就放弃了 1881 年以后所写的全部作品的版权。可是他的家人却不愿意放弃财产，不愿意放弃雅斯纳雅·波良纳，于是托尔斯泰同家人，尤其是与妻子经常为此发生激烈的争执。他忍受不了这种精神的折磨，终于于 1910 年 10 月 27 日离家出走。但在南下途中这位八十二岁的老人患了肺炎，由于没有得到及时的护理治疗，托尔斯泰于 11 月 7 日在阿斯塔波沃车站病逝，一代文学巨匠就这样走完了其人生旅程。

托尔斯泰的一生，是在不倦的精神探索和艺术探索中度过的。他以自己不断发展变化着的世界观，以“天才艺术家特有的力量”，观察和描述了他那个充满变革的伟大时代，创造出了一系列不朽杰作。托尔斯泰在描写这一阶段的俄国生活时所提出的重大问题和他所达到的艺术高度，使他的作品当之无愧地在世界文学中占有第一流的席位。

成书过程

1887 年 6 月，托尔斯泰的朋友，法官柯尼，讲给他听一件真实的事：

有个上流社会的年轻人，在充当法庭陪审员时，认出一个被控犯盗窃罪的名叫罗扎丽·奥尼的妓女，就是他亲戚家的养女。他在几年前客居彼得堡时诱奸了这个姑娘，使她怀了孕。收养她的女主人知道这事后，把她赶出家门。姑娘生下孩子后把他送给育婴堂，她从此逐渐堕落，最后落入下等妓院，当了妓女。

这个年轻的陪审员认出她就是被他糟蹋过的姑娘，来找法院检察官柯尼，告诉他自己想同这个妓女结婚以赎罪。柯尼非常同情这个年轻人，但劝他不要走这一步。年轻人很固执，不肯放弃自己的主意。没想到婚礼前不久，那妓女竟得伤寒症死了。

这故事像一颗种子落入托尔斯泰肥沃的心田里，经过若干年的酝酿，开始萌芽、长大，终于成为一株参天大树。这就是《复活》产生的渊源。

从 1889 年到 1899 年，托尔斯泰写《复活》前后花了十年时间。当时他已进入老年，世界观已发生激变，他彻底否定了沙皇制度，而俄国社会当时正处于山雨欲来风满楼的革命前夜。

托尔斯泰在创作《复活》上所花费的心血是惊人的。他为此特地参观了莫斯科和外省的许多监狱，上法庭旁听审判，接触囚犯、律师、法官、狱吏等各种人物，深入农村调查农民生活，还查阅了大量档案资料，进行分析研究。托尔斯泰连续多年沉浸在创作的激情中，在前六年里，他先后写出了三份草稿。可是，后来他觉得写不下去，而对已经写出的草稿又感到极其不满，他十分苦恼。柯尼讲的故事经过托尔斯泰的“变形”，结局成为男女主人公捐弃前嫌，终成眷属，虽被流放西伯利亚，但男的著书立说，教育孩子，女的读书进修，帮助丈夫，两口子过着安宁的生活。但托尔斯泰后来发觉这样描写男女主人公的命运，不符合生活的真实，而纯属个人的愿望，因此是虚假的。不仅如此，托尔斯泰目睹亿万人民的苦难，觉得仅仅写两个人的个人命运是远远不够的，他要深刻揭示黑暗的沙皇帝国，要真实反映被侮辱被损害的人民的命运。因此，以忏悔贵族这一男主人公作为主线的写法必须改变，而应该以平民女主人公马斯洛娃的生活遭遇作为主线，并通过这条主线来广泛描写人民的苦难。

接着，托尔斯泰的创作思想又有进一步的发展。他认为应该使女主人公的心灵不断升华，最后显得光彩照人，而把男主人公则写成具有高尚追求而又有可笑缺点的与众不同的忏悔贵族。《复活》的定稿就反映了作者的这一构思。不过，托尔斯泰这时仍没有放弃男女主人公最终结为眷属的设想。这种设想一开始就在托尔斯泰的头脑里生了根。他确实希望两个不幸的好人最终能获得幸福。但这样的幸福有没有根据，托尔斯泰心里产生了怀疑，最后他得出结论：男主人公既不可能使女主人公在精神上复活，而精神上复活了的女主人公也不可能跟他结婚，共同生活。这才是生活的真实。托尔斯泰明确这一点时，离最初动笔已有九年，但从此到最后定稿就比较顺利了。由此可见，托尔斯泰对待创作是何等严肃认真、精益求精，真像他说的那样，把“自己的一块肉放进墨水缸里”。

目录

第一部

目录

目录

第二部

目录

目录

目录

第一部

《马太福音》第十八章第二十一节至第二十二节："那时彼得进前来，对耶稣说：主啊，我弟兄得罪我，我当饶恕他几次呢？到七次可以么？耶稣说，我对你说，不是到七次，乃是到七十个七次。"

《马太福音》第七章第三节："为什么看见你弟兄眼中有刺，却不想自己眼中有梁木呢?"

《约翰福音》第八章第七节："……你们中间谁是没有罪的，谁就可以先拿石头打她。"

《路迦福音》第六章第四十节："学生不能高过先生，凡学成了的不过和先生一样。"

春天是生命复苏、万物勃发的时节；春天是无法阻挡的脚步，这个于春天讲述的故事，必然是一幅生动的画卷。

独具匠心的开篇以监狱为地点，这明与暗、自由与囚禁的强烈对比，不由得吸引我们走进其中，去关注马斯洛娃的一切。

尽管好几十万人聚集在一块不大的地方，而且千方百计把他们居住的那块土地毁坏得面目全非，尽管他们把石头砸进地里，害得任什么植物都休想长出地面，尽管出土的小草一概清除干净，尽管煤炭和石油燃烧得烟雾弥漫，尽管树木伐光，鸟兽赶尽，可是甚至在这样的城市，春天也仍然是春天。太阳照暖大地，青草在一切没有除根的地方死而复生，不但在林荫路的草地上长出来，甚至从石板的夹缝里往外钻，到处绿油油的。桦树、杨树、稠李树生出发黏的清香树叶，椴树上鼓起一个个正在绽开的花蕾。寒鸦、麻雀、鸽子像每年春天那样已经在欢乐地搭窝，苍蝇让阳光晒暖，沿着墙边嗡嗡地飞。植物也罢，鸟雀也罢，昆虫也罢，儿童也罢，一律兴高采烈。唯独人，成年的大人，却无休无止地欺骗自己而且欺骗别人，折磨自己而且折磨别人。人们认为神圣而重要的并不是这个春天的早晨，也不是上帝为造福众生而赐下的这个世界的美丽，那种使人趋于和平、协调、相爱的美丽；人们认为神圣而重要的却是他们硬想出来借以统治别人的种种办法。

小说开篇连续五个“尽管”，构成排比的修辞手法，让读者强烈地感受到了作者对于这种郁闷呆板、毫无生机、灰暗的城市生活的不满。

用自然的美景反衬出人们违背自然、破坏和谐、试图以人为的僵硬而冰冷的条框凌驾于自然规律之上的造作行为。

因此，省立监狱办公室里的人认为神圣而重要的，就不在这种自然和谐与人为做作的对比之下，读者的视角从明媚的春天转向昏暗的监牢。

是所有的动物和人都在领受的春天的恩情和欢乐，他们认为神圣而重要的却是前一天收到的一份编了号码、盖着官印、注明案由的公文，那上面要求今天，四月二十八日上午九时以前，务须把三名看押在监而且受过侦讯的犯人，一男两女，送到法院受审。在那两名女犯当中，有一名是主犯，必须单独押送。于是现在，四月二十八日上午八点钟，遵照那个指令，看守长走进了女监的昏暗而恶臭的长廊。跟着他走进长廊的是一个女人，脸容疲惫，鬈发花白，穿着制服，袖口上镶着金黄色的丝绦，拦腰系一根蓝边的腰带。这是女看守。

“您是来提马斯洛娃吧?”她问，跟值班的看守长一起走到长廊上一个牢门跟前。

看守长哗啷一响开了铁锁，拉开牢门，顿时有一股比长廊上还要臭的空气冲出来。他吆喝一声：

“马斯洛娃，过堂去!”说完，他又关上牢门，等着。

一个“然而”再次运用了对比手法。监狱建筑内外，一墙之隔，差距犹如天堂和地狱，困住的不只是人的身体，还毒害着人的精神。

就连监狱的院子里也有新鲜的郊外空气，令人精神爽快，这是由风刮进城里来的。然而长廊上的空气却饱含着伤寒病菌，充满粪便、焦油、腐物的臭气，凡是新来的人立刻感到萎靡不振，心境郁闷。女看守虽然已经闻惯恶劣的空气，可是乍从院子里走进来，也还是生出这样的感觉。她一走进长廊，就忽然感到疲乏，困倦。

牢房里响起忙乱的声音，那是女人的说话声和光着脚板走路的响声。

“我说，快着点，马斯洛娃，手脚麻利点!”看守长对着牢门喊道。

主人公马斯洛娃出场。

过了两分钟光景，一个身量不高、胸脯颇为丰满的年轻女人迈着矫健的步子走出牢门，很快地转过身来，在看守长身旁站住，她里边穿着白上衣和白裙子，外边套一件灰色长囚衣。这女人脚上穿着麻布袜子，袜子外面套着囚犯的棉鞋，头上扎着一块白头巾，分明故意让几绺蜷曲的黑发从头巾里滑下来。这女人整个脸上现出长期幽禁的人们脸上那种特别惨白的颜色，使人联想到地窖里马铃薯的嫩芽。她那双短而且宽的手和从囚衣的肥领口里露出来的丰满的白脖子都是这种颜色。在那张脸上，特别是由惨白无光的脸色衬托着，她的眼睛显得很黑，很亮，稍稍有点浮肿，可是非常有生气，其中一只眼睛略为带点斜睨的眼神。她把身子站得笔直，挺起丰满的胸脯。她走到长廊上，微微仰起头，照直瞧着看守长的眼睛，停住脚，准备着不管要求她做什么，她一律照办。看守长打算关上牢门，不料有一个没戴头巾的白发老太婆从牢门里探出她那张苍白严厉的皱脸来。老太婆开口对马斯洛娃讲话。可是看守长把牢门抵住老太婆的脑袋关上去，那个脑袋就缩回去了。牢房里响起女人的哄笑声。马斯洛娃也微微一笑，转过脸去瞧着牢门上一个安着铁条的小窗口。老太婆在里边把脸凑到小窗口上，用沙哑的声音说：

“白上衣”、“白裙子”、“白头巾”、“白脖子”、“惨白无光的脸色”把苍白描写到了发青的地步，而“眼睛黑亮”这种黑与白的对比使两者更加突出。“带点斜睨的眼神”和“丰满的胸脯”，使这个人物由平面转为立体，她的性格特征由此透视而来，这是一个生命力很顽强的女人，蕴涵着一种生气。

“顶要紧的是别说废话，要一口咬定你的话不改。”

“只求好歹有一个解决办法算了，反正总不会比现在这局面要糟，”马斯洛娃说，摇一摇头。

“当然，解决办法只会有一个，不会有两个，”看守长说，露出做长官的人俨然相信自己讲话很俏皮的神色。“跟着我走！”

小窗口里露出来的老太婆的眼睛不见了。马斯洛娃走到长廊中间，迈着很快的碎步跟着看守长走去。他们顺着一道石砌的楼梯下去，走过比女监更臭、更嘈杂的男监，各处牢门上的小窗口里都有眼睛盯紧他们。然后他们走进办公室里，已经有两个持枪的押解兵在那儿站着。坐在那儿办公的文书员把一份沾满烟味的公文交给一个兵，指着女犯说：

"这个女犯交给你了。"

"目光指着那个女犯"突出她是个惹眼的女子。

那个兵是下诺夫哥罗德的农民，红脸膛，有麻子，他把公文掖在他军大衣向外翻的袖头里，笑吟吟地向他的同伴，一个高颧骨的楚瓦什人，挤一下眼睛，目光指着那个女犯。两个兵就押着女犯走下楼梯，往监狱的正门走去。

正门上的一扇小门开了，两个兵押着女犯跨过小门的门槛，来到院子里，再走出院墙以外，然后顺着马路中央穿过闹市。

马车夫、小铺老板、厨娘、工人、文官纷纷停住脚，好奇地打量着女犯。有的人摇着头暗想："瞧，这就是跟我们不一样的坏行径闹出来的下场。"孩子们战兢兢地瞅着那个女强盗，心想多亏有兵跟着她走，她现在已经不能为非作歹，他们才放了心。一个乡下人已经卖掉煤炭，在小饭铺里喝饱了茶，这时候走到她跟前，在自己胸前画个十字，送给她一个戈比。女犯涨红了脸，低下头，说了一句什么话。

"涨红了脸"这个羞涩的表情像一道闪电，虽然微弱，却照亮了她的灵魂，以及她纯洁的天性。众人的目光，更印证了她的引人注目，这种变了相的关注，使她高兴。

女犯感到众人的目光向她这边射过来，就没有扭转头，悄悄地斜起眼睛瞟一下那些瞧着她的人。这种对她的注目，使她暗暗高兴。这儿的春天的空气，同监狱里相比，清爽多了，也使得她高兴。不过她已经不习惯于走路，又穿着笨重的囚犯棉鞋，她的脚在石块上走得很痛，她瞧着脚底下，极力想走得轻一点。女犯走过一家面粉店，门前有些鸽子走来走去，摇摇摆摆，没有人来欺侮它们。女犯的脚差一点碰到一只蓝灰色鸽子，它就扑拉拉飞起来，搧动着翅膀，飞过女犯的耳边，给她送来一股风。女犯微微一笑，然后想起她的境况，就沉重地叹一口气。

轻巧的鸽子的自由之翼与马斯洛娃的困境形成对比。

二

女犯马斯洛娃的身世是极其平常的。马斯洛娃是一个没出嫁的女农奴的女儿，她母亲在乡下随着饲养牲口的外祖母一起，在两个身为地主的老处女手下做工。那个没出嫁的女人每年都生孩子，而且照乡下常有的情形那样，孩子受过洗，后来母亲却不给这种不受欢迎的、不需要的、妨碍工作的孩子喂奶，他们很快就饿死了。

对马斯洛娃身世进行交代。苦难的历程，决定了她精神今后的走向。

已经有五个孩子照这样死掉。他们都受过洗，后来却吃不到奶，就死了。第六个孩子是同一个过路的茨冈私通后生下来的，是个姑娘。她的命运本来也会一样，可是事有凑巧，那两个老处女当中有一个到牲口棚里来了一趟，责骂饲养牲畜的女工不该把奶油做得有牛臊气。正好产妇带着美丽健康的娃娃在牲口棚里躺着。老处女为奶油骂了一阵，又骂她们不该让刚生过孩子的女人睡在牲口棚里，说完正要走开，忽然看见那个娃娃，就动了恻隐之心，表示愿意做孩子的教母。她果然给小姑娘受了洗，事后怜惜她的教女，常给那母亲送些牛奶和钱去，小姑娘就活下来了。两个老处女从此叫她“救下来的姑娘”。

她的出生就已经历过一次死亡的威胁，这亦是一种“复活”的隐喻。

小孩活到三岁，她母亲得病死了。饲养牲畜的外祖母嫌外孙女拖累，于是老处女就把小姑娘带到她们房中去。这个黑眼睛的小姑娘出落得异常活泼可爱，给两个老处女解了不少闷。

黑眼睛是这女娃的特征，伴她一生的印记。

老处女是姊妹俩：妹妹索菲娅·伊万诺夫娜心地比较善良，给小姑娘受洗的是她，姐姐玛丽亚·伊万诺夫娜却比较严厉。索菲娅·伊万诺夫娜把小姑娘打扮起来，教她念书，打算收她做养女。玛丽亚·伊万诺夫娜却说应当叫她做女工，做得力的使女，所以挑剔很严，遇到心绪不好就处罚小姑娘，甚至打她。于是小姑娘处在两种影响之下，临到长大成人，就成了半是婢女，半是养女。连她的名字也不高不低：既不叫卡特卡，也不叫卡坚卡，而叫卡秋莎。她做针线活，收拾房间，用白粉擦亮圣像的铜框，烤肉，磨碎咖啡豆，煮咖啡，洗零碎东西，偶尔陪两个老处女坐着，给她们朗诵书本。

对劳动的辛苦感到惧怕，向往的是舒服安逸的生活，这种心态影响了她后来的选择。

有人来给她提亲，可是她一个也不肯嫁，觉得跟那些向她求亲的劳动人民一起生活未免太苦，她已经过惯地主家里的舒服日子了。

她照这样一直生活到十六岁。她满十六岁那年，两个老处女的侄子，一个大学生和家财豪富的公爵，到她们家里来了。卡秋莎暗自爱上了他，却不敢对他明说，甚至也不敢对自己承认。后来过了两年，这个侄子在奔赴战场的旅途中顺便到姑姑们家里来住了四天，在临行的前夜诱奸了卡秋莎，第二天塞给她一张一百卢布的钞票就走了。他走后过了五个月，她才确定她自己怀孕了。

从那时候起她对一切事都厌烦，一心想着怎样才能避开等待着她的耻辱。她非但服侍老处女不热心，敷衍了事，而且她自己也不知道是怎么回事，忽然发起脾气来。她对老处女说了不少顶撞的话，事后懊悔了，就要求辞掉工作。

心地还是善良温和的。“忽然发起脾气”正说明她原来性格是温柔顺从的。

两个老处女对她很不满意，就把她辞退了。她从她们那里出来后，到一个警察分局局长家里去做使女，可是在那儿只待了三个月，因为那局长虽是五十岁的老头子，却一味调戏她，有一回逼得特别紧，她心中火起，骂他“蠢货”和“老鬼”，使劲推他的胸脯，把他推倒在地。她因为无礼而被辞退。这时候她无须再找工作，不久就要分娩了。她搬到乡下一个寡妇家里去住，那人是接生婆，兼做酒生意。她分娩顺利。可是接生婆给村里一个有病的女人接生，把产褥热传染给卡秋莎。她的小男孩只好送到育婴堂里去，据送去的老太婆说，孩子一到那儿就立刻死了。

卡秋莎当初搬到接生婆家里，身边一共带着一百二十七卢布，其中二十七卢布是做工挣来的，一百卢布是诱奸她的人送给她的。可是等到她离开接生婆的家，身边只剩下六卢布了。她不会省钱，不但自己花，而且别人向她要钱，她也总是给。接生婆收她四十卢布的生活费，算是两个月的伙食和茶叶钱。为了送孩子她花掉二十五卢布，接生婆又向她借四十卢布买一头奶牛，另外有二十卢布随随便便就用掉了，做了点衣服，送了点礼物。因此临到卡秋莎恢复健康，身边已经没有钱，非找工作不可。她在一个林务官家里找到了工作。林务官是有妻子的人，可是简直跟那警察分局局长一样，从头一天起就开始调戏卡秋莎。卡秋莎厌恶他，极力躲开他。可是他比她有经验，有心计，主要的是他是主人，可以任意支使她，终于抓住时机占有了她。林务官的妻子识破了这件事，有一次碰见丈夫单独跟卡秋莎待在一个房间里，就扑过去打她。卡秋莎不肯示弱，相打起来，结果这个人家没有给她工钱就把她赶出去了。于是卡秋莎到城里去，在她姨母家里住下。姨父是装订工人，以前生活很好，如今却失去一切主顾，灌起酒来，把能够到手的东西都拿去换酒喝了。

心肠很好。

“不肯示弱”反映她性格绝不是忍气吞声的类型。

姨母开一家小小的洗衣作坊，借此养活儿女，供养落魄的丈夫。姨母约马斯洛娃在她的作坊里做一名洗衣女工。可是马斯洛娃见到姨母那里洗衣女工所过的艰苦生活，就踌躇起来，到佣工介绍所去找女仆的工作。工作找到了，是在只有一个太太和两个上中学的儿子的人家。她上工才一个星期，年纪较大而且生了唇髭的中学六年级学生就丢下功课，调戏马斯洛娃，不让她消停。他的母亲把责任都推在马斯洛娃身上，把她辞退了。新的工作没有找到，可是说来凑巧，马斯洛娃到佣工介绍所去，却在那儿碰见一个太太，手上戴着宝石戒指，裸露的胖胳膊上戴着镯子。那个太太弄清谋事的马斯洛娃的景况以后，留下地址，约她去找她。马斯洛娃就到她家里去了。太太亲热地招待她，请她吃馅饼和甜葡萄酒，打发她的使女带一封信到某处去一趟。到傍晚就有一个高身量的男人走进房间里来，留着很长的白发和白胡子。这个老人立刻挨着马斯洛娃坐下，闪着亮晶晶的眼睛，含笑打量她，跟她开玩笑。女主人把他叫到另一个房间里去，马斯洛娃听见女主人说："新从乡下来的雏儿。"后来女主人把马斯洛娃叫去，说这人是作家，有很多钱，只要她中了他的意，他就不会舍不得花钱。她果然中了作家的意，他给她二十五卢布，答应常跟她相会。那笔钱很快就用完，一部分付清她在姨母家的费用，一部分买了新的衣服、帽子、丝带。过几天作家又派人来找她。她就去了。他又给她二十五卢布，约她搬到一个单独的寓所里去住。

原来太太很亲热地招待马斯洛娃，是另有打算的。

马斯洛娃在作家租下的寓所里住着，爱上了同院住着的一个快活的店员。她自动对作家说穿了这件事，搬到一个单独的小寓所里去住。店员答应要跟她结婚，可是后来却不辞而别，到诺夫哥罗德去，分明把她遗弃了。马斯洛娃就此成了孤身一人。她本来想独自住在那个寓所里，可是人家不准。派出所长对她说，她只有领到黄色执照，经过医师检查以后，才能照这样住下去。于是她又回到姨母家里。姨母见到她穿戴着时髦的连衣裙、斗篷和帽子，就恭恭敬敬地招待她，再也不敢约她做洗衣女工，认为现在她过上了比较高等的生活。对马斯洛娃来说，做不做洗衣女工的问题也根本不存在了。

现在她怀着哀怜的心情瞧着前边房间里那些脸色苍白、胳膊精瘦的洗衣女工所过的苦役般的生活，那边的窗子不论冬夏总是开着，她们在肥皂水的三十度蒸汽里洗净和熨平衣物，有些人已经得了肺痨病。她一想到她也可能做这种苦工，就不由得心惊胆战。

依然恐惧劳动。

正是在这时候，在马斯洛娃缺乏保护人而特别困顿的时候，一个为妓院物色妓女的领家找到了马斯洛娃。

马斯洛娃早就吸上纸烟了，可是在她跟店员相好的后期，以及他抛弃她以后，她又越来越喜爱喝酒。酒所以吸引她，不光是因为她觉得酒好喝，而且主要的是因为喝酒使她能够忘掉她经历过的沉痛遭遇，纵情欢笑，相信她的尊严，而这在她不喝酒的时候却是办不到的。缺了酒，她的心情总是消沉而羞愧。

酒是自我麻醉的方式，让羞耻之心浸泡在酒里，自己就不会感到绝望。

领家设宴款待姨母，灌醉马斯洛娃，约她到本城一家最好的上等妓院里去做妓女，对她列举这种地位的种种好处和优点。马斯洛娃必须有所选择：要么安于女仆的屈辱地位，必然受到男人的纠缠，发生秘密的和临时的通奸；要么索性取得这种有保障的、安定的、合法的地位，专干公开的、为法律所许可的、报酬丰厚的、经常的通奸。她选中了后一条路。此外，她想借此报复诱奸她的人，报复店员，报复一切欺压过她的人。同时还有一件事打动她的心，成为她下定最后决心的原因之一，那就是领家对她说，她想做什么样的衣服就可以做什么样的衣服，不论是丝绒的、费伊绉的、绸缎的衣服或是袒露肩膀和胳膊的舞衫，一概能做。马斯洛娃想象她穿上一件黄艳艳的绸衫，滚着黑丝绒的边，领口开得很低的模样，就再也顶不住，把她的公民证交出去了。当天傍晚领家雇来一辆马车，把她送进了著名的基塔耶娃妓院。

她的选择是带有恨意的复仇。

由于她趋利避害的本能及对舒服生活的向往，使她无法抵挡这种诱惑。

从那时候起马斯洛娃就开始过一种经常违背上帝和人类

戒律的犯罪生活，这是千千万万妇女不但得到关心国民福利的政府当局的批准，而且得到它的奖励所过的生活，这是这类妇女当中十个倒有九个以痛苦的疾病、未老先衰、过早死亡作为结局的生活。

作者擅长于细节描写，在其笔下为我们展开一幅幅真实而生动的生活画卷。

她们夜间纵酒行乐，早晨和白天却昏睡。下午两点多钟或者三点多钟，她们才疲乏地从肮脏的床上爬起来，由于饮酒过多而喝碳酸矿泉水，喝咖啡，只穿着罩衫、短上衣或者长睡衣，在各处房间里懒洋洋地走动，或者隔着窗帘往外看，没精打采地互相骂上几句。然后漱洗，抹油，往身上和头发上洒香水，试衣服，为衣服跟鸨母吵架，仔细照镜子，往脸上涂脂抹粉，描眉毛，吃油腻的甜食，然后穿上袒露肉体的鲜艳绸衫，走进陈设华丽、灯光辉煌的大厅。客人陆续到来，于是奏乐，跳舞，吃糖，喝酒，吸烟，同男人们通奸，其中有年轻的，有中年的，有差不多像是孩子的，有老态龙钟的，有单身的，有成家的，有商人，有店员，有亚美尼亚人，有犹太人，有鞑靼人，有富的，有穷的，有健康的，有得病的，有喝醉的，有清醒的，有粗野的，有温柔的，有军界的，有文职的，有大学生，有中学生，总之各种阶层、年龄、性格的男人应有尽有。嚷叫声夹杂着调笑声，打架声混合着奏乐声，吸烟喝酒，喝酒吸烟，音乐从傍晚一直演奏到天明。直到早晨她们才空下来，昏昏睡去。天天这样，个个星期如此。每到周末，她们就到政府机关，即警察分局去，那儿有办理政府公务的官员和医师，都是男人。他们有的时候用认真而严格的态度，有的时候却泯灭了大自然为防范犯罪不但赋予人类而且也赋予禽兽的羞耻心，竟用轻薄的嬉笑态度给这些妇女检查身体，发给她们许可证，批准她们继续干上一星期她们跟同谋者所干的那种罪行。下一星期又是这样。总之不论是夏天还是冬天，不论是平日还是假日，天天都是如此。

马斯洛娃照这样生活了七年。这中间她换过两家妓院，进过一回医院。在她的妓院生活的第七年，在她初次失身以后第八年，也就是她二十六岁那年，她出了事，为此下了狱，在监狱里跟杀人犯和盗贼们共同生活了六个月以后，如今被押解到法院去受审。

正是这种可怜的身世与悲惨的经历，一步步将她推下深渊。

情境赏析

“尽管好几十万人聚集在一块不大的地方……人们却认为神圣而重要的却是他们硬想出来借以统治别人的种种办法。”为了强化艺术效果，深化主题，小说《复活》在社会与自然、人物与人物、场景与场景，甚至过去与现在之间广泛地运用了对比、对照原则，此段就是自然与社会的鲜明对比。

大自然生机勃勃、充满了活力。“植物也罢，鸟雀也罢，昆虫也罢，儿童也罢，一律兴高采烈”，只有在人间，在那些“成年的大人”中间，摧残同类，折磨自己。通过这种强烈的对比更加显示出人间社会生活的“不自然”，从而呼吁人类社会要返回自然，返璞归真。

名家点评

古今中外，许多文艺作品涉及描写现实生活的黑暗和丑恶时，往往都把它与大自然的和谐统一相对照，卢梭的《新爱洛绮丝》是这样，歌德的《少年维特之烦恼》也是这样，而英国湖畔诗人们更是这样。

——（印）泰戈尔

三

女主人公出场后，舞台的聚光灯照在男主人公身上，这位衣冠楚楚的公爵，正在享受他奢侈的早晨，回忆着自己的风流韵事，并且为自己能参加审判、尽到一定程度的社会责任而沾沾自喜。下面，让我们走进故事去仔仔细细、认认真真地认识一下这位“光鲜”的贵族老爷吧！

正当马斯洛娃随着押解兵走了很长的路，累得筋疲力尽，快要走到地方法院那所大厦的时候，她养母的侄子德米特里·伊万诺维奇·涅赫柳多夫公爵，当初诱奸过她的那个人，正躺在一架高大的、铺着羽绒褥垫的、被单已经揉皱的弹簧床上，穿着干净的、胸前皱褶熨得很平的荷兰细麻布睡衣，敞开领口，吸着纸烟。他的眼睛呆望着前面出神，他在思索今天该办的事和昨天发生过的事。

昨天傍晚他是在家财豪富、门第显赫的科尔恰金家里度过的，大家都揣测他一定会跟他们家的女儿结婚，他回想这些，不由得叹了一口气，丢掉吸剩的烟蒂，想从银烟盒里再取出一支烟，可是改变了主意，把两条光滑的白腿从床边耷拉下来，用脚找到拖鞋。他拿起一件绸料长袍披在丰满的肩膀上，迈开又快又重的步子，走到卧室隔壁的漱洗室里去，那儿满是甘香酒剂、花露水、发蜡、香水等的人工香气。他在那儿用特制的牙粉刷他那些镶补过许多处的牙齿，用喷香的含漱剂漱过口，然后开始擦洗浑身上下，再用各式各样的毛巾擦干。他先拿香皂洗手，仔细地用刷子剔净长指甲盖，凑着大理石的大脸盆洗净他的脸和粗脖子，然后走进从卧室数起的第三个房间里，那儿已经为他准备好淋浴了。他在那儿用凉水冲洗肌肉发达、脂肪丰满的白净身体，拿松软的毛巾擦干，然后穿上干净的、熨平的衬衣衬裤和一双擦得像镜子那样亮的皮鞋，在梳妆台跟前坐下，用两把梳子理顺蜷曲的小黑胡子和头上前半部已经渐渐稀疏的鬈发。

凡是他使用的物品，凡是他的化妆用品，包括内衣、服装、皮鞋、领带、别针、袖扣，一概是最高级、最昂贵的货色，雅致，朴素，耐用，贵重。

涅赫柳多夫在十来条领带和胸针当中随手拣了两样（从前做这种事是新奇有趣的，现在却完全无所谓了），然后把早已刷干净，放在椅子上的一套衣服穿在身上，于是他，虽然算不得精神奕奕，不过总算干净利索，周身喷香地走进了长方形的饭厅。饭厅里，镶木地板昨天已经由三个农民擦亮，上面放着橡木的大食器橱，摆着一张也很大的、可以拉开的大饭桌，桌腿雕成狮爪的形状，大模大样地叉开来，样子颇为庄严。这张桌子上铺着浆硬的、绣着巨大的家徽的薄桌布，放着装满香气四溢的咖啡的银壶、银糖缸、盛着煮开过的奶油的银壶和装着新鲜的白面包、面包干、饼干的篮子。他的食具旁边放着新收到的信件、报纸、最新一期的“Revue des deux mondes”。涅赫柳多夫刚要拆信，忽然直通走廊的房门开了，一个上了年纪、体态丰满的女人从容平稳地走进来，身穿丧服，头戴用花边做的装饰，借以遮盖她那渐渐展宽的头发挑缝。她原是涅赫柳多夫的母亲的女仆阿格拉费娜·彼得罗夫娜，不久以前他的母亲在这个住宅里去世，如今她就留在少爷家里做女管家。

阿格拉费娜·彼得罗夫娜有好几次跟随涅赫柳多夫的母亲出国，在国外住过十来年，很有贵妇的外貌和气派。她从小在涅赫柳多夫的家里生活，在德米特里·伊万诺维奇还叫米坚卡的时候就熟识他。

“您早，德米特里·伊万诺维奇。”

“您好，阿格拉费娜·彼得罗夫娜。有什么新闻吗？”涅赫柳多夫打趣地问。

“科尔恰金公爵家里送来一封信，也不知是公爵夫人写来的，还是公爵小姐写来的。她们的女佣人早已送来了，到现在还在我的房间里等着，”阿格拉费娜·彼得罗夫娜说着，把信交给他，露出会心的微笑。

"好，等一等。"涅赫柳多夫接过信来说，注意到阿格拉费娜·彼得罗夫娜的笑容，不由得皱起眉头。

阿格拉费娜·彼得罗夫娜的笑容的含意是说，这封信是公爵小姐写来的，依阿格拉费娜·彼得罗夫娜的看法，涅赫柳多夫已经准备跟公爵小姐结婚了。阿格拉费娜·彼得罗夫娜的笑容所表达的这种推断，在涅赫柳多夫是不愉快的。

"那么我去叫她再等一下。"阿格拉费娜·彼得罗夫娜说，看见桌上扫面包屑用的刷子放得不是地方，就拿过来放在另一个地方，然后从容平稳地走出饭厅。

涅赫柳多夫拆开阿格拉费娜·彼得罗夫娜交给他的香气扑鼻的信，抽出一张边缘不齐的灰色厚纸，上面的字迹尖细而飘洒，他开始读道：

> 我既然承担了帮您记住一切事情的责任，那么为尽责起见，我要提醒您：今天，四月二十八日，您得出庭去做陪审员，因此您无论如何也不能照昨天您用平素那种马马虎虎的态度所应许过的那样，陪着我们和科洛索夫去看画展了，a moins que vous ne soyez disposé *à* payer *à* la cour d' assises les 300 roubles d' amende, que vous vous refusez pour votre cheval，由于您没有按时出庭。昨天您刚走，我就想起了这件事。那么您不要忘记才好。
>
> 公爵小姐玛·科尔恰金娜

信纸的背面附着几句话：

> Maman vous fait dire que votre couvert vous attendra jusqu *à* la nuit. Venez absolument *à* quelle heure que cela soit.
>
> 玛·科

涅赫柳多夫皱起了眉头。这封便函是公爵小姐科尔恰金娜近两个月来对他不断进行的一种精致的工作的续篇，其目的在于用一根根目力看不见的细线把他和她越来越紧地拴在一起。不过凡是年纪已经不轻而又没有热恋着的男人，对结婚问题总是迟疑不决的，除此以外在涅赫柳多夫那方面，还有一个重大的原因使得他纵然下了决心，也不能立刻向她求婚。这个原因倒不在于十年前他诱奸过卡秋莎，后来把她抛弃了，这件事他已经忘得干干净净，而且他也不认为这是他结婚的障碍。这个原因却在于这段时期他同一个有夫之妇有私通的关系，虽然从他这方面来说，现在这种关系已经断绝，可是她还没有承认这一点。

涅赫柳多夫见着女人很怕羞，然而恰好正是这种羞怯才在那个有夫之妇的心里引起了要征服他的愿望。那个女人是某县的首席贵族的妻子，在那个县里每到贵族选举期间涅赫柳多夫总要去一趟。那个女人果然勾引他发生了关系。一天天过去，这种关系对涅赫柳多夫来说变得越来越迷人，同时也越来越可憎。起初涅赫柳多夫抵挡不住她的诱惑，后来又感到对她负疚，不得到她的同意就不能断绝这种关系。正是这个原因，才使得涅赫柳多夫认为他即使有心，也没有权利向科尔恰金娜求婚。

桌上正好放着那个女人的丈夫写来的信。涅赫柳多夫一见到他的笔迹和邮戳，就涨红了脸，顿时感到一种精力振奋的状态，这是他面临危险的时候总会体验到的。然而他的激动却是多此一举。那个丈夫，涅赫柳多夫的主要田产所在的县里的首席贵族，来信通知涅赫柳多夫说：五月底要召开地方自治局特别会议，他要求涅赫柳多夫务必来一趟，以便在地方自治局会议上讨论有关学校和车马大道等当前重大问题的时候 donner un coup d'épaule，因为预料在讨论当中会遭到反动派的强烈反抗。

首席贵族是自由派，他纠合一些思想相同的人一起反对亚历山大三世在位期间逐渐抬头的反动势力，全心全意地投入这场斗争，丝毫也不知道他的不幸的家庭生活。

涅赫柳多夫想起他由于这个人而经历过的种种痛苦的时刻。他想起有一次他以为她的丈夫已经知道这件事，准备跟他决斗，他就打定主意朝空中放枪。他还想起她跟他大闹过一场，她一时负气，往花园里池塘那边跑去，打算投水自尽，他就跑去找她。“我不能到那边去，而且在她没有答复我以前，我也不能采取任何行动，”涅赫柳多夫暗想。一个星期以前他已经给她写过一封态度坚决的信，承认自己不对，准备用各种方式弥补他的过错，不过为了她好，他仍然认为他们的关系应该从此一刀两断。他目前就在等待这封信的回音，还没有得到她的答复。她没有回信倒多多少少是个好兆头。如果她不同意决裂，她早就写信来了，或者索性照她以前做过的那样亲自来了。涅赫柳多夫听说那边现在有一个军官在追求她，这使他嫉妒得难受，同时却也使他高兴，因为有了摆脱这种使他苦恼的虚伪局面的希望。

另一封信是经管他的田产的总管写来的。总管写道，他涅赫柳多夫务必亲自来一趟以便确定他的继承权，此外关于如何继续经营田产的问题也好做出决定：究竟是依然按照已故的公爵夫人生前那种办法经营呢，还是按照他以前向已故的公爵夫人提出过而如今又向年轻的公爵重提的办法来经营，也就是增加农具，并且把租给农民的土地全部收回，由自己来经营。总管写道，这样的经营方式划算得多。同时总管道歉，说是按预定计划本月初应当汇上三千卢布，不料略微耽搁了一下。这笔钱随下一班邮车汇出。他所以推迟汇款，是因为无论如何也收不齐农民的钱，他们过于不老实，因而他不得不求助于官府，强制他们拿出钱来。这封信对涅赫柳多夫来说是又愉快又不愉快的。感到自己拥有广大的家业，那是愉快的。不愉快的是当初他年纪很轻的时候原是赫伯特·斯宾塞的热烈的信徒，而且由于他自己是大地主，斯宾塞在“Social Statics”一书中所提出的“正义不容许土地私有”的原理就特别使他震动。他凭青年人的耿直和果断，不但口头上说土地不能成为私有财产的对象，不但在大学里就这个原理写成论文，而且当时在实际行动上把一小部分土地发给农民了（那块土地不属他母亲所有，而是他本人从他父亲名下继承来的），因为他不愿意违背自己的信念而占有土地。现在他继承母亲的田产而成为大地主，就必须在两种办法当中选择一个：要么照十年前他处理父亲的二百俄亩土地那样放弃他的财产，要么用默认的方式承认他以前的一切思想都是错误而虚伪的。

第一个办法他做不到，因为他除了土地以外没有任何生活资料。他不愿意去做官，可是他又已经养成奢侈的生活习惯，认为要丢掉这种生活习惯已经不可能。再者，他也感觉不到改变生活有什么必要，因为他青春时代那种信念的力量、那种果断、那种要做一番惊人事业的好胜心和愿望，已经一概不存在了。至于第二个办法，那么“占有土地是不正当的”这个明白确凿的道理原是他以前从斯宾塞的《社会静力学》里汲取来的，过了很久以后又在亨利·乔治的著作里找到光辉的论证，现在要加以否定，在他也是无论如何办不到的。

就因为这个缘故，总管的信才使他感到不愉快。

四

涅赫柳多夫喝完咖啡后，就到书房里去查一下通知，看他应该几点钟出庭，此外他还想给公爵小姐写一封回信。要到书房去就得先穿过一个画室。画室里立着一个画架，上面反放着一幅已经开了头的画。墙上挂着些画稿。他看到那幅他下过两年工夫的画，看到那些画稿，看到整个画室，心里就不由得生出一种近来常常特别强烈地出现的感觉，那就是他在绘画方面已经无力前进了。他把这种感觉解释为他的审美感发展得过于精致。话虽如此，这种感觉毕竟是很不愉快的。

七年前，他断定自己有绘画的才干而辞去了军中的职务。他站在艺术事业的高峰上，有点看不起其他的各种工作。现在事实证明他没有权利那样做。正是因为这个缘故，一切牵连到绘画的回忆都是不愉快的。他怀着沉重的心情打量画室里的种种奢华设备，带着闷闷不乐的心绪走进了书房。那是个又高又大的房间，有种种的摆设、用具和舒适的设备。

涅赫柳多夫立刻在大写字台上一个标明“紧急”字样的抽屉里找到那

份通知，上面写着他必须十一点钟出庭。然后他坐下来给公爵小姐写信，说明他感激她的邀请，他会尽力赶去吃饭。可是他写完信后却把它撕碎，因为信上的口气过分亲热。他又写了一封，这一回口气却又太冷淡，几乎会得罪人。他又把信撕掉，按了按墙上一个电铃的电钮。一个上了年纪、面貌阴沉的听差从房门口走进来，他留着络腮胡子，上唇和下巴剃得光光的，腰上系着一条灰色细布围裙。

“劳驾，去叫一辆出租马车来。”

“是，老爷。”

“还有，您去告诉科尔恰金家那个在等回音的来人，让她替我道谢，就说我会尽力赶到。”

“是。”

“这是不礼貌的，然而回信我又写不成。反正今天我会跟她见面，没关系。”涅赫柳多夫暗想，走出书房去穿衣服。

等到他穿好衣服，走出去，到了门廊上，一辆熟悉的、装着胶皮轮胎的出租马车已经在等他了。

“昨天，您刚刚离开科尔恰金公爵家，”马车夫把他那晒黑的而且结实的脖子从衬衫的白领口里微微扭过来，说，“我就赶着马车到了他们家门口。看门人说：‘他老人家刚走。’”

“就连这些马车夫都知道我跟科尔恰金家的关系，”涅赫柳多夫暗想，于是他面前又出现了近来经常在他心头盘旋而得不到解决的一个问题：应不应该跟科尔恰金娜结婚呢？他对这个问题如同对当前他所遇到的大多数问题一样，无论如何也没法决定究竟该照这样办还是该照那样办。

应当结婚的理由，大体说来无非是，第一，结婚除了给予他家庭的温暖和快乐，消除他的性生活的不正常以外，还使得他有可能过一种合乎道德的生活；第二，涅赫柳多夫主要把希望寄托在这一方面：家庭和子女会给他目前这种毫无内容的生活添上一种意义。这就是赞成结婚的一般理由。至于不宜结婚的理由，大体说来不外是，第一，深怕失去自由，这是一切年纪已经不轻的单身汉所共同有的顾虑；第二，对女人这种神秘的生物抱着不自觉的恐惧心理。

至于具体说来应当不跟别人而单跟米西（科尔恰金娜的名字是玛丽亚，可是如同上流社会某些家庭里的情形一样，她得了这样一个诨名）结婚的理由，第一是她出身于贵族血统的家庭，在各方面，从装束到谈话、走路、发笑的风度，都跟普通人有所不同，这倒不是因为她有什么超群出众的地方，而是因为她“正派”，他找不出别的字眼来形容这种品质，不过他是把它看得很重的；第二是她把他看得高人一等，因而依他看来她是了解他的。这种对他的了解，换句话说，这种对他的高尚品格的承认，对涅赫柳多夫来说，证明了她才智过人，判断正确。至于具体说来不应当跟米西结婚的理由，第一是他很可能找到一个比米西具备更多长处，因而更配得上他的姑娘；第二是她已经二十七岁，因此以前她一定有过恋爱的事，这个想法使得涅赫柳多夫很不好受。他想到那时候她不爱他，哪怕已经是以前的事，他的自尊心也还是受不了。不消说，以前她不可能知道她日后会遇见他，可是他一想到她以前可能爱过别人，却仍旧感到受了侮辱。

所以赞成的理由和反对的理由正好不相上下，至少这两类理由具有同等的力量。涅赫柳多夫不由得笑他自己，管他自己叫做布里丹的驴子。他始终拿不定主意，不知道在两捆干草当中该选哪一捆好。

“不过，既然我没有接到玛丽亚·瓦西里耶夫娜（首席贵族的妻子）的回信，没有跟她完全断绝关系，那我也的确不能采取任何行动。”他对自己说。

他想到他可以而且必须拖延一阵才能做出决定，不由得感到愉快。

“总之，这些事我以后自会好好考虑。”他对自己说，这时他的四轮轻便马车已经完全不出声地走到法院门前的柏油路上。

“现在我得本着良心尽我的社会责任了，我素来就这样做，而且认为应该这样做。况且这种事往往也有趣味。”他对自己说着，走过看门人的身边，踏进法院的前厅里。

五

跟随涅赫柳多夫来到法院，只见这里的人们显得忙忙碌碌，而实际上为正义而奔波的人寥寥无几。好色的庭长着急与情人幽会，郁闷的法官被告之无饭可吃，一心上爬的副检察官，还没阅读案件的卷宗就想使被告判处重刑，为了个人功利的律师，罔顾正义而搞得老人家倾家荡产。试问，在这种种丑恶之下，正义的呼唤如何被倾听？

涅赫柳多夫走进法院的时候，法院的走廊上人们已经在紧张地活动了。

法警们川流不息，他们在办上边交下来的公事，拿着各种文件，有的走得很快，有的甚至一路小跑，两脚不离开地面，鞋底擦得沙沙地响，喘着气。民事执行吏、律师、法院职员，时而走到那边去，时而走到这边来。原告们或者没有遭到拘押的被告们没精打采地挨着墙边走来走去，或者坐在那儿等着。

“地方法庭在哪儿？”涅赫柳多夫问一个法警说。

“您找哪一个庭？有民事庭，有高等审判庭。”

“我是陪审员。”

“那就是找刑事庭。您应该说明白。从这儿往右走，再往左拐，第二个门就是。”

涅赫柳多夫按照他的指点走去。

在法警所说的那个门口，有两个人站在那儿等着。一个是又高又胖的商人，性情温和，分明刚喝过酒，吃过东西，心绪畅快极了。另一个是犹太籍的店员。他们正在谈羊毛的价钱，这时候涅赫柳多夫走到他们跟前，问这儿是不是陪审员的议事室。

“就是这儿，先生，就是这儿。您跟我们一样，也是陪审员吧？”好脾气的商人快活地挤一下眼睛，问道。“哦，那我们就要一块儿办事了，”他听到涅赫柳多夫的肯定答复以后又接着说，“我是二等商人巴克拉绍夫，”他说，伸出一只又宽又软的、肥厚的手，“我们得出力了。请教贵姓?”

涅赫柳多夫说出自己的姓名，然后走进陪审员的议事室。

这个不大的陪审员房间里有十来个各行各业的人。大家都是刚到此地，有的坐着，有的走来走去，互相打量，然后互相介绍认识。有一个退役军人穿着军服，另外的人都穿礼服或者便服，只有一个人穿着农民的长外衣。

尽管其中有许多人是放下正事来做陪审工作的，嘴上说他们嫌陪审工作是件麻烦事，然而大家都感到在做一件重大的社会工作，脸上都流露出一点愉快的神色。

陪审员们有的已经互相通报姓名而认识，有的却还不相识，只在揣测对方是什么人，可是他们都在交谈，讲天气，讲早春的季节，讲马上就要开审的案子。凡是不认得涅赫柳多夫的，都赶紧托人介绍跟他相识，分明认为这是特别光荣的事。涅赫柳多夫如同平素在陌生人当中周旋的时候一样，把这看做是理所当然的。要是有人问他为什么他认为他比大多数人高一等，他就会答不上来，因为他的全部生活没有表现出什么特别高明的地方。至于他会流利地讲英语、法语、德语，他身上的内衣、外衣、领结、袖扣都是从最上等的衣饰商店里买来的，那么他自己也明白，这是无论如何也不能成为他自居于优越地位的理由的。然而他又无疑地认为这就是他的长处，把别人对他表示的敬意看做是理所当然的事，而别人不这样做，他倒会觉得委屈。恰巧，目前在这个陪审员的房间里，就有人对他表现了不恭敬的态度而使他生出那种不愉快的心情。陪审员当中有一个人认得涅赫柳多夫。他是彼得·格拉西莫维奇（涅赫柳多夫素来不知道他姓什么，甚至因此有点洋洋得意），以前做过涅赫柳多夫的姐姐的子女的教师。这个彼得·格拉西莫维奇已经在大学里毕业，如今在当中学教员。涅赫柳多夫一向受不了他那种随随便便的态度、他那种自得其乐的大笑声，总之受不了他那种像涅赫柳多夫的姐姐所说的“目无尊长的作风”。

“啊，连您也上了圈套，”彼得·格拉西莫维奇迎着涅赫柳多夫扬声大笑说，“您也没有躲掉吗？”

“我根本就没有躲掉的意思。”涅赫柳多夫严厉而阴郁地说。

“啊，这倒称得起是公民的忘我精神呢。不过您别忙，等您肚子饿起来，或者困得想睡觉，您可就不会再唱这种歌了！”彼得·格拉西莫维奇说，笑得越发响了。

“这个大司祭的儿子马上就要对我称呼‘你’了，”涅赫柳多夫暗想，脸上现出一副极其伤心的神情，而那样的神情是只有在他刚刚听到他所有的亲人一齐死光的时候才会显得自然的。他迈步离开这个人，往人群那边走过去。那群人围着一个身材很高、仪表堂堂、剃光胡子的上等人站着，他兴致勃勃地讲着一件什么事。这个上等人讲的是目前民事庭里正在审理的一个案子，仿佛对案情十分熟悉似的，提到法官和著名的律师的时候总是叫他们的教名和父名。他正在讲一个著名的律师怎样神通广大，居然把那个案子惊人地扭转过来，逼得诉讼的一方，一个老太太，尽管十分有理，却不得不白白地拿出一大笔钱来付给对方。

“真是一个天才的律师啊！”他说。

大家带着敬意听他讲话。有的人极力想插嘴说话，可是那个人把所有的话都拦回去，好像只有他一个人才真正知道全部底细似的。

涅赫柳多夫虽然来迟了，可是还得等很久。法庭的一名法官直到现在还没有来，这就把审讯工作耽搁下来了。

六

这个法庭的庭长很早就来到法院里。庭长是个又高又胖的人，留着一大把正在变得花白的络腮胡子。他成了家，可是过着极其放荡的生活，他的妻子也是这样。他们两个谁也不管谁。今天早晨他接到一个瑞士女人的来信，她去年夏天在他家里做过家庭教师，现在从南方来，到彼得堡去，路过此地。她信上说今天下午三点钟到六点钟之间她在本城“意大利旅馆”里等他。因为这个缘故，他希望今天早点开庭，早点审完，以便腾出工夫赶在六点钟以前去看望那个红头发的克拉拉·瓦西里耶夫娜。去年夏天他在乡间别墅里已经跟那个女人打得火热了。

他走进办公室，扣上房门，从文件橱的下面一格取出两个哑铃，向上，向前，向两旁，向下举了二十回，然后把哑铃举过头顶，把身子轻巧地蹲下去三次。

“再也没有一种办法像洗淋浴和做体操这样能保持人的元气的了，”他暗想，用他那无名指上戴着金戒指的左手摸了摸右臂上部绷紧的一大团肌肉。他还有一套击剑中的挥旋动作要练（他在进行长久的审讯工作以前总要练这两套把式），不料这时候房门动了一下。有人要推开房门。庭长赶紧把哑铃放回原处，开了门。

“对不起。”他说。

一个法官走进房间，他个子不高，耸起肩膀，戴着金边眼镜，愁眉苦脸。

“马特维·尼基季奇又没来。”法官不满地说。

“这是说他还没有到，”庭长一边穿上他的制服，一边回答说，“他总是迟到。”

“真奇怪，他怎么会不怕难为情的。”法官说，生气地坐下来，拿出一支纸烟。

这个法官是个很死板的人，今天早晨跟他的妻子发生了一场不愉快的冲突，因为他妻子已经把他交给她供这个月使用的钱提前用完了。她要求他预支一笔钱，可是他说他决不改变他的章法。结果大吵了一顿。他的妻子说，既是这样，那么家里就不预备饭了，他回到家里来休想吃到饭。吵到这儿，他就走了，深怕她真按她威胁的那样办事，因为她是什么事都做得出来的。“过规规矩矩、合乎道德的生活，反而落到这样的下场。”他瞧着面带笑容、健康快乐、性情温和的庭长，心里暗想。庭长正往宽里张开两个胳膊肘，用他那双好看的白手在制服的绣花衣领两边理顺又密又长的花白络腮胡子。“他永远心满意足，高高兴兴，我却总是活受罪。”

书记官走进来，带来一份案卷。

“多谢多谢，”庭长说，点上一支纸烟。“我们先审哪一案？”

“我看，就审毒死人命那一案吧，”书记官仿佛漫不经心地说。

“嗯，也好，毒死人命案就毒死人命案吧，”庭长说，心里盘算这个案子倒可以在四点钟以前审完，审完以后就可以走了。“那么马特维·尼基季奇没有来吗？”

“直到现在还没来。”

“那么布雷威来了吗？”

“来了。”书记官回答说。

“那么，要是您见到他，就请告诉他，说我们先审毒死人命案。”

布雷威就是在这次审讯中负责提出公诉的副检察官。

书记官走到长廊上，遇见了布雷威。布雷威高高地耸起肩膀，没有扣制服胸前的纽扣，胳肢窝底下夹着一个公文包，顺着走廊很快地走去，几乎是在跑步，鞋后跟嘎吱嘎吱响，他那只空着的手甩来甩去，手心对着前面。

“米哈伊尔·彼得罗维奇要我问您一声：您准备好了没有？”书记官问他说。

“不用说，我总是准备好了的，”副检察官说，“先审哪一案？”

“毒死人命案。”

“好得很。”副检察官说，其实他丝毫也不认为那好得很，因为他通宵没有睡觉。他们给一个同事送行，喝了很多酒，又玩纸牌，一直打到深夜两点钟，然后坐着马车去找女人，他们去的地方正好就是六个月前马斯洛娃住过的那家妓院，因此他恰巧没有来得及阅读毒死人命一案的卷宗，目前想去草草地看一遍。书记官是故意刁难，明知他没有看毒死人命一案的卷宗，偏偏建议庭长先审这一案。书记官按思想方式来说是自由派，甚至是激进派。布雷威却是保守派，甚至如同一切在俄国做官的日耳曼人一样，特别笃信东正教。书记官不喜欢他，而且看着他的职位眼红。

“哦，那么关于阉割派教徒的案子怎么样了?”书记官问。

“我已经说过，我不能答应审问这个案子，”副检察官说，“因为缺乏证人，我要向法庭申明这一点。”

“其实那是完全没关系的……”

“我办不到。”副检察官说，仍旧甩动着胳膊，往他的办公室那边跑去。

他借口有一个对案情来说完全不重要和不必要的证人传不到庭而拖延阉割派教徒的案子。他这样做仅仅是因为这个案子由受过教育的陪审员组成的法庭来审理，就可能以宣告无罪释放而结案。一旦跟庭长商量妥当，这个案子就必然会移交县城的法院去审理，那边的陪审员当中农民比较多，因而判罪的机会也就大得多。

走廊上的活动越发热闹了。人们大都聚集在民事庭附近，庭上正在审讯方才那个仪表堂堂、喜欢了解讼案的陪审员先生所讲过的案子。在审讯的休息时间，从民事庭里走出一个老太婆，那个天才的律师已经大显神通，把她的财产夺过来，交给一个生意人了，其实那个生意人丝毫也没有权利得到这笔财产。这一点连法官们也是很清楚的，原告和他的律师就更清楚了。然而他们想出来的巧计已经把案子弄到了这样一种地步：要想不把老太婆的财产夺过来，要想不把它交给生意人，已经不可能了。老太婆是个胖女人，穿着华丽的连衣裙，帽子上插着些大花朵。她从门里走出来，在走廊上站住，摊开两条又粗又短的胳膊，对她的律师反复说：“这是怎么回事？我倒要请教！这是怎么回事啊?”她的律师瞅着她帽子上的花，心里在盘算什么事，没有听她讲话。

那个著名的律师跟在老太婆身后，很快地从民事庭的门里走出来，他衬衫上的硬胸衬嵌在领口很宽的背心里，平滑发亮，他那洋洋得意的脸上也同样大放光彩。他施展手段，弄得戴花的老太婆倾家荡产，而那个送给他一万卢布的生意人却得到了十万以上。所有的眼睛一齐盯着律师，他自己也感觉到了，他的全身好像在说：“用不着对我做出什么钦佩得五体投地的表示。”他很快就从大家身旁走过去了。

七

法庭即将开庭，让我们看看参与审判的将是什么样的人。如果说，以正义的名义行不义之事，正义将被肢解，不复存在。如果说，我们不能把感情寄托于高尚的道义之上，那我们将何去何从，我们的热情将失去意义。

马特维·尼基季奇也终于来了。于是民事执行吏，一个身体消瘦、脖子很长、步子歪斜、下嘴唇也往一边撇着的人，走进陪审员议事室里来。

这个民事执行吏是老实人，受过大学教育，可是任什么职位也保不牢，因为他常发酒狂症。三个月前他妻子的保护人，一个伯爵夫人，给他谋到了这个职位。他一直到现在还保持着这个职位，为此暗暗高兴。

“怎么样，诸位先生，人来齐了吗？”他说，戴上他的夹鼻眼镜往外看。

“看样子全到了。”那个心绪畅快的商人说。

细节描写十分生动逼真，使人物形象跃然纸上。

“我们马上就来核实一下。”民事执行吏说，从衣袋里取出一张单子，开始点名，有时越过眼镜，有时透过眼镜看一看被点到名字的人。

“五品文官伊·马·尼基福罗夫。”

“是我。”那个仪表堂堂、熟悉一切讼案的先生说。

“退役上校伊万·谢苗诺维奇·伊万诺夫。”

“有。”一个瘦子，穿着退役军官的军服，答应道。

“二等商人彼得·巴克拉绍夫。”

佛为自己的庄严气派发窘似的，赶紧谦虚地低下眼睛，走到铺着绿呢子的桌子后面，在各自的雕花椅子上坐下。桌上高高地立着一个三角形的东西，上边雕着一只鹰。另外还摆着几个玻璃缸，而在小卖部里这种玻璃缸通常是用来装糖果的。桌上还有一个墨水瓶和几支钢笔，放着一叠干净的上等纸张和几支新削好的、长短不齐的铅笔。副检察官也跟法官们一块儿走进来。他仍旧匆匆地走着，一只胳膊下面夹着一个公文包，另一只胳膊仍旧甩来甩去。他来到窗边他的座位上，立刻埋头阅读和重看一些文件，利用每一分钟为审理这个案子做好准备。这个副检察官还只是第四次提出公诉。他功名心很重，已经下定决心要做出一番事业来，所以他认为凡是由他提出公诉的案件都非达到判罪的目的不可。这个毒死人命案的要点，他大致知道，而且已经拟好他的发言大纲，不过还需要一些论据，目前他就在匆忙地从卷宗里把它们摘录下来。

副检察官的行为动作，具有艺术的典型性。从他的走路姿势看出他是个偏激的家伙。

与前文中副检察官拖延开庭，一定要判被告有罪的细节相照应，表明他是一个急功近利的人，也暗示了他对马斯洛娃的不利。这点点细节使文章前后呼应，成为一个有机的整体。

书记官在高台对面的远处坐着，已经把可能要他宣读的文件统统准备好。这时候他在看一篇被查禁的文章，他昨天才把它弄到手，已经看过一遍。他打算跟那个留着一把大胡子、同他见解一致的法官谈一谈这篇文章，为此想在讨论以前把这篇文章再好好看一看。

八

庭长看完一些文件，向民事执行吏和书记官提出几个问题，得到了肯定的答复，就吩咐把被告们带上堂来。栏杆后面的一扇门立刻开了，两个戴着军帽的宪兵提到囚衣肥大，不光是对衣服的描述，更主要的是通过囚犯的行为，以动态反衬静态。“两手使劲贴紧大腿”。“跷起大拇指”“挡住长衣袖”，这一系列动作皆是由于衣服肥大所致的。

握着拔出鞘的军刀走进来，后面跟着三个被告，打头的一个是生着红头发和满脸雀斑的男人，随后是两个女人。那个男人穿着对他的身材来说显得太肥太长的囚衣。他一走进法庭，就把他的两只手使劲贴紧大腿，同时跷起大拇指，借此挡住太长的衣袖，不让它落下来盖住手。他不看法官们和旁听者，却注意地瞅着他正在绕过去的那条长凳。他绕过长凳，在它的尽头，挨着凳边规规矩矩地坐下，好空出位子来给别人坐。然后他定睛瞧着庭长，两边腮帮子上的肌肉蠕动起来，仿佛在小声嘟哝什么话似的。在他身后，一个年轻已经不轻的女人，也穿着长囚衣，走进大厅里来。这个女人头上扎着囚犯用的三角头巾，脸色灰白，既没有眉毛，也没有睫毛，眼睛发红。她似乎十分镇静。她走到她的位子那边，她的长囚衣不知被一个什么东西钩住，她却不慌不忙、慢条斯理地把长囚衣摘开，坐下来。

这一处小小的细节突出了博奇科娃的镇定。

第三个被告是马斯洛娃。

她一走进来，法庭里所有男人的眼光就一齐转到她那边去，很久都没有离开她的白脸、她亮晶晶的黑眼睛、她长囚衣里隆起的高胸脯。就连宪兵在她走过面前的时候，也目不转睛地瞧着她，直到她走过去，坐下来为止。后来她坐好了，宪兵才好像省悟过来这不大对似的，赶紧扭过脸，打起精神，直着眼睛瞧着前面的窗子。

马斯洛娃的“高胸脯、黑眼睛”已经成为她的典型形象，而众人对她的注目更表明了她的美丽。

庭长等着被告们在座位上坐好。马斯洛娃刚刚坐下，庭长就转过脸去对书记官说话。

例行的手续开始了：清点陪审员的人数、讨论缺席陪审员的问题、决定他们的罚金、解决请假的陪审员的问题、指派候补的陪审员抵补缺席的陪审员。然后庭长折好几片小纸，放进一个玻璃缸里，稍稍卷起制服的绣花袖口，露出汗毛丛生的腕子，用魔术师的手法取出一个个纸条来，摊开，念上

"在，"那个脾气温和的商人说，咧开嘴巴微笑着，"准备好了！"

"近卫军中尉德米特里·涅赫柳多夫公爵。"

"是我。"涅赫柳多夫回答说。

民事执行吏越过眼镜向他看，特别恭敬而又愉快地对他鞠躬，仿佛借此表示涅赫柳多夫跟别人有所不同似的。

又是一处细节描写，动作充分地表达了人物的心情。

"上尉尤里·德米特里耶维奇·丹琴科，商人格里戈里·叶菲莫维奇·库列绍夫……"

除了两个人以外，大家都到了。

"现在，诸位先生，请到庭上去吧。"民事执行吏说着，用愉快的手势指向门口。

大家纷纷走动，在房门口互相让路，走进了长廊，再从长廊走进法庭。

法庭是个长而且大的房间。房间的一端是一个高台，有三层台阶通到高台上去。高台中央放着一张桌子，上面铺着一块绿呢子，边缘上坠着深绿色的穗子。桌子后边放着三把有扶手的椅子，橡木的椅背很高，雕着花纹。椅子后面的墙上挂着一个金边镜框，里面嵌着一张全身的将军肖像，色彩鲜明，穿着军服，挂着绶带，一只脚向前跨出一步，一只手扶着佩刀的柄。右边墙角上挂着一个神龛，里面供着头戴荆冠的基督圣像，神龛前面立着读经台。右边是检察官的斜面高写字台。左边，在写字台的对面，远远的有书记官用的一张小桌。靠近旁听席有一道橡木的光滑栏杆，里边摆着供被告们坐的长凳，现在还空着没有人坐。高台的右边放着两排供陪审员坐的椅子，椅背也很高。高台下边有几张桌子，供律师们用。这一切就是大厅前半部的摆设。有一道栏杆把法庭分成两半。后半部放满长凳，一排比一排高，一直伸展到后墙为止。在法庭的后半部，有四个女人坐在前排的长凳上，

根据作者的描绘，你在脑海中是否准确地浮现了这一场景？

我们随着作者对空间描述的变化，参观了这间法庭。

像是工厂的女工或者女仆。另外还有两个男人，也是工人。这些人分明给法庭的庄严气象镇住，因此在胆怯地小声交谈。

陪审员们落座以后不久，民事执行吏就迈着歪斜的步子走到大厅的正中，仿佛打算吓唬在场的人似的，用响亮的声调叫道：

“升堂！”

大家就都站起来。法官们陆续登上法庭里的高台，领头的是庭长，肌肉发达，留着漂亮的络腮胡子。其次是脸色阴沉、戴着金边眼镜的法官，现在他的脸色越发阴沉了，因为临出庭之前他遇到了他的内弟，一个司法工作候补人员，这个内弟告诉他说，刚才他到姐姐那儿去过，姐姐对他申明说家里不预备饭了。

“那么，看样子我们得上小酒馆了。”他的内弟笑呵呵地说。

“这没有什么可笑的，”脸色阴沉的法官说，他的脸色变得越发阴沉了。

描述一个人物的性格特征时，举出一个贴切的例子是十分重要的。

殿后的是第三名法官，也就是永远迟到的马特维·尼基季奇。他留着一把大胡子，生着善良的大眼睛，眼角往下耷拉着。这个法官患胃炎，遵照医师的嘱咐从今天早晨起开始采用新的疗法。这种疗法使得他今天在家里耽搁得比平时更久。目前他正在登上高台，脸上带着聚精会神的表情，因为他养成习惯，总是用种种可能的方法来预测他向自己提出的各种问题的答案。眼前他就在占算：如果从办公室门口起到他的圈椅那儿止他所走的步数可以用三除尽而没有余数，那么新的疗法就治得好他的胃炎，要是除不尽，那就治不好。他的步数本来应该是二十六，可是他故意把步子放小，正好在二十七步的时候走到了他的圈椅跟前。

庭长和法官们登上高台，身穿制服，衣领上镶着金色丝绦，气度很是威严。他们自己也感到这一点了，这三个人仿面的字。随后庭长放下他的袖口，请一个司祭带着陪审员们宣誓。

司祭是个小老头，脸胖得鼓鼓囊囊，白里透黄，穿着棕色法衣，胸前挂着金十字架，另外还有一枚小小的勋章别在他的法衣的侧面。他慢腾腾地迈动法衣里面的两条肥腿，往圣像下面摆着的读经台走去。

陪审员们都站起来，拥挤着往读经台那边走过去。

“请走过来。”司祭说，用他的胖手摸着他胸前的十字架，等候所有的陪审员走过来。

这个司祭已经在职四十六年，准备着再过三年就照不久以前大教堂里的大司祭那样庆祝他的任职五十周年纪念。自从法院开办以来他就在地方法庭里任职，而且很感到自豪，因为由他带着宣誓的已经有好几万人之多，而且他到了晚年仍旧为教会、祖国和家庭的利益出力。他日后给他的家属留下的产业，除一所房子以外，还有不下于三万卢布的有息证券这样一笔钱财。至于他在法庭里的工作是带着人们凭《福音书》宣誓，而《福音书》上是直截了当地禁止起誓的，可见他干的是不正当的工作，这一点他却从来也没有想到过。他非但不嫌弃这种工作，反而喜欢这种干惯了的并且常常可以借此结交许多上流人的职业。刚才他就不胜荣幸地认识了那个有名的律师，对他大为敬佩，因为他仅仅办了那个击败帽子上插着大花朵的老太婆的案子就挣到一万卢布。

这正是讽刺之处，表明他们并非真正的虔诚的信徒，而是打着这个幌子，犯了渎神之罪。下文更直截了当地揭示了其主要目的就是“借此结交许多上流人”。

等到所有的陪审员都顺着台阶登上高台，司祭就拿起一件肩架裟，偏着他那白发苍苍、顶门光秃的脑袋，钻进肩架裟的油腻领口，理了理稀疏的头发，然后扭过脸对着那些陪审员。

“请举起右手，把手指头照这样捏在一起。”他用苍老的声调慢腾腾地说，举起他那每根手指头上都有小涡的胖手，

“每根手指头上都有小涡”形象地描绘了一双老迈的胖人的手。

把手指头搭在一起，做成捏着东西的样子。“现在请跟着我念，”他说，然后开始了：“凭万能的上帝，凭他的神圣的《福音书》，凭主的赋予生命的十字架，我应承而且宣誓：在这个案子里……”他说着，每说完一句就顿一顿。“不要放下胳膊来，照这样举好，”他对一个放下胳膊的青年人说，“在这个案子里……”

把行为与思想的一致性，高度准确地结合在了一起，人物动作反映人物的内心世界。

那个留着络腮胡子、仪表堂堂的先生，那个上校，那个商人和另外几个人，都按照司祭的要求举起胳膊，捏着手指头，而且仿佛特别高兴似的，做得很准确，举得很高，可是其他的人却似乎做得勉强，敷衍了事。有些人背诵誓词的声音过于高亢，仿佛带着寻衅吵架的意味，那口气似乎在说：“反正我非说不可，非说不可！”有些人只是含糊其辞地小声念着，落在司祭的后面，后来好像害怕了似的，赶紧跟上去，却又合不上拍子。有的人带着雄赳赳的气势把自己的手指头捏得紧而又紧，好像深怕漏掉什么东西一样。有的人却把手指头松开来，然后又捏紧。人人都觉得别扭，只有老司祭才毫无疑问地相信他在做一件很有益、很重大的工作。宣誓完毕，庭长请陪审员们选出一名首席陪审员来。陪审员们就站起来，拥到议事室去。他们到了那儿，几乎全都立刻拿出纸烟来，开始吸烟。有人提议推选那个仪表堂堂的先生担任首席陪审员，大家立时一致同意，然后丢掉或者熄掉烟头，回到法庭。当选的首席陪审员向庭长报告说首席陪审员已经由什么人当选，然后大家又走到那两排高背椅跟前，跨过别人的脚，分别坐好。

形象地再现了这汇集到一处的形形色色的人群。

一切都在很快地进行，没有一点耽搁，显得有点庄严。这种一丝不苟、循序渐进、庄严肃穆的气象分明使得参与其事的人感到愉快，而且肯定了他们的想法：他们是在做一件严肃重大的社会工作。这一点连涅赫柳多夫也感觉到了。

陪审员们刚刚坐好，庭长就对他们讲话，说明他们的权利、责任和义务。庭长讲话的时候，不住地变换姿势：一会儿用左胳膊肘倚在桌上，一会儿用右胳膊肘倚在桌上，一会儿靠着他的椅背，一会儿靠着他的圈椅的扶手，一会儿把一叠纸的纸边弄齐，一会儿摩挲一把裁纸刀，一会儿摸一枝铅笔。

庭长的动作，反映出他对于此项工作的不耐烦，已经到了无法端坐地讲话的地步了。“一会儿”又构成了七个排比句，让人为作者的语言运用能力感到赞叹。

按他的说法，他们的权利就是他们可以通过庭长质问被告，可以使用铅笔和纸，可以检查本案的物证。他们的责任就是他们审判必须公正而不做假。他们的义务就是他们倘若泄漏他们的会议的机密，同外界私通消息，就要遭受惩罚。

大家毕恭毕敬地专心听着。那个商人朝四下里喷吐着酒气，不住地压下他那响亮的打嗝声，每听完一句话就点一下头表示赞成。

情境赏析

从“例行的手续开始了……”到“这一点连涅赫柳多夫也感觉到了。”开庭之前的这处描写，十分地细致到位，越是仔细地描写人们的行为、神态，越是深刻地感到一种无奈的讽刺，这些人并非真正虔诚的信徒，但在这种旗帜的掩护下，行不义之事，实实在在是已经犯了罪的。

名家点评

从道义、从人性、从品德上看，托尔斯泰却是比那些伪善的形式主义者更接近上帝、更接近真理的信徒，这一点在《复活》中尤为明显。

——（苏）高尔基

九

庭长发言完毕，就转过脸去对着被告们。

“西蒙·卡尔京金，请站起来。”他说。

西蒙紧张地跳起来。他腮帮子上的肌肉蠕动得越发快了。

“您姓什么，叫什么？”

“西蒙·彼得罗夫·卡尔京金。”他粗声粗气很快地说，显然事先已经准备好了答话。

“您是什么出身？”

“农民。”

“哪一省，哪一县的人？”

“图拉省，克拉皮文县，库皮扬斯克乡，博尔基村。”

“您多大年纪？”

“三十三岁，生在一千八百……”

“信什么教？”

“我信俄国教，东正教。”

“结过婚吗？”

“没有，老爷。”

“做什么工作？”

“我在毛里塔尼亚旅馆里当茶房。”

“以前受过审判吗？”

“我从来也没有受过审判，因为我以前生活……”

“以前没有受过审判吗？”

“求上帝怜恤，从来也没有过。”

“起诉书的副本收到了吗？”

“收到了。”

“请坐下。叶夫菲米娅·伊万诺娃·博奇科娃。”庭长对下一个被告说。

可是西蒙仍旧站着，挡住博奇科娃。

“卡尔京金，请坐下。”

卡尔京金依然站着不动。

“卡尔京金，坐下！”

可是卡尔京金依然站着，直到民事执行吏跑过去，偏着头，不自然地瞪大眼睛，用悲惨的声调低声说：“坐下吧，坐下吧！”他才坐下去。

卡尔京金像他刚才站起来那么快地坐下去，把身上的长囚衣裹一裹紧，又开始不出声地活动他腮帮子上的肌肉。

“您姓什么，叫什么？”庭长疲乏地叹了口气，对第二个被告说，眼睛没有看着她，却在看他面前放着的一份文件，查一个什么问题。庭长已经完全干惯这种工作，为了加快工作的进行，他可以同时做两件事。

博奇科娃年纪四十三岁，出身是科洛姆纳城的小市民，工作也是在毛里塔尼亚旅馆里当茶房。她没有受过审判和侦讯，她收到了起诉书的副本。博奇科娃答话非常胆壮，从她的口气听起来，仿佛她回答每一句话的时候都在说：“对了，我就是叶夫菲米娅，我就是博奇科娃，副本我收到了，我为此感到骄傲，我不允许任什么人嘲笑我。”庭长刚刚问完话，博奇科娃没有等别人叫她坐下，自己就立刻坐下了。

“您姓什么，叫什么呢？”好色的庭长有点特别客气地对第三个被告说，“您应当站起来才是。”他看到马斯洛娃坐着，就温柔亲切地补充了一句。

马斯洛娃赶快站起来，带着依顺的神情挺起高胸脯，用含笑的、略微斜睨的黑眼睛照直瞧着庭长，没有答话。

“您叫什么名字？”

“柳博芙。”她很快地说。

这当儿涅赫柳多夫已经戴上夹鼻眼镜，趁庭长审问被告们的时候，依次瞧着他们。“这绝不可能。”他目不转睛地瞧着这个女被告的脸，心里想着，“她怎么会叫柳博芙呢？”他听见她的答话，暗自想道。

庭长打算再问下去，可是戴眼镜的法官拦住他，生气地小声说了一句话。庭长点一下头表示同意，再转过头来对被告说话。

“您怎么会叫柳博芙呢?”他说。“您登记的是另一个名字。”

被告没有开口。

“我问的是您的真名字是什么。”

“你当初受洗的时候取的是什么名字?”那个生气的法官问。

“我从前的名字是叶卡捷琳娜。”

“这绝不可能。”涅赫柳多夫继续对自己说，可是这当儿他又毫无疑问地知道：这个人就是她，就是那个半养女半奴婢的姑娘，有一个时期他爱上了她，真心实意地爱过她，后来却在一种失去理性的疯魔状态里诱奸过她，过后又抛弃了她，从此就再也没有想起过她，因为这种回忆过于痛苦，过于明显地暴露他的真面目，表明他这个以正派自豪的人非但不正派，简直是用下流的态度对待这个女人。

对了，这个人就是她。现在他已经清楚地看出来那使得每一张脸跟另一张脸截然不同的、独特的、神秘的特点，这使每一张脸成为一张特殊的、独一无二的、不能重复的脸。尽管她的脸容不自然地苍白而且丰满，可是那特点，那可爱的和与众不同的特点，仍旧表现在她的脸上，她的嘴唇上，她的略微斜睨的眼睛里，尤其是表现在她那天真而含笑的目光里，不但她的脸上而且她的周身都流露出来的依顺的神情里。

“您早就该这样说才是，”庭长仍然特别温和地说，“那么您的父名呢?”

“我是私孩子。”马斯洛娃说。

“可是按您教父的名字该怎么称呼呢?”

“米哈伊洛娃。”

“她能做出什么坏事来呢?”这当儿涅赫柳多夫继续在想，他的呼吸费力了。

“您的姓，大家叫惯的姓，是什么呢?”庭长继续问她说。

“人家按我母亲的姓，写成马斯洛娃。”

“您是什么出身?”

“小市民。”

“信东正教吗?”

“信东正教。”

“职业呢? 您做什么工作?”

马斯洛娃沉默了。

“您做什么工作呢?”庭长又问一遍。

“我在一种院儿里。”她说。

“什么院儿?”戴眼镜的法官厉声问道。

“您自己知道那叫什么院儿。”马斯洛娃说，微微一笑，然后很快地往四下里看一眼，立刻又照直地瞧着庭长。

她脸上的表情那么异乎寻常，她那句话所表达的含义、她的笑容、她急忙向法庭里扫一眼的目光都那么可怕而又可怜，弄得庭长低下了眼睛，整个法庭一刹那间十分肃静。这种肃静被旁听席上一个什么人的笑声打破。有人就嘘他。庭长抬起头来，继续问道：

“您以前没有受过审判和侦讯吗?”

“没有。”马斯洛娃轻声说，叹了口气。

“起诉书的副本收到了吗?”

“收到了。”

“请坐下。”庭长说。

被告就用盛装的女人整理长衣裾的那种动作把她身后的裙子底摆往上提了提，然后坐下，把一双不大的白手拢在囚衣的袖管里，目不转睛地瞅着庭长。

这以后就开始传证人，再把他们带下去，接着又推定法医，把他请到法庭上来。然后书记官站起来，开始宣读起诉书。他念得清楚而响亮，可是太快，而且 л 和 р 这两个字母的音分不清，结果他的声调就混合成不间断的嗡嗡声，听得人昏昏欲睡。法官们一会儿把胳膊肘倚在圈椅的这边扶手上，一会儿倚在那边扶手上，一会儿倚在桌上，一会儿把身子靠在椅背上，一会儿闭上眼睛，一会儿又睁开，彼此交头接耳。有一个宪兵好几次把刚要开口打呵欠的那种痉挛动作压下去。

在被告们当中，卡尔京金腮帮子上的肌肉一直不停地蠕动。博奇科娃十分镇静地坐在那儿，挺直身子，偶尔把她的手指头伸进头巾里去搔一搔头皮。

马斯洛娃听着书记官朗读，眼睛盯住他，时而呆呆不动地坐着，时而全身一震，仿佛打算反驳似的，涨红了脸，后来却沉重地叹了一口气，把手换一个放处，往四下里看一眼，随后又凝神瞧着宣读的人。

涅赫柳多夫坐在头一排尽头上倒数第二把高背椅子上。他取下夹鼻眼镜，瞧着马斯洛娃，他的灵魂里在进行一种复杂而痛苦的活动。

十

起诉书内容如下：

查本城毛里塔尼亚旅馆内有旅客一名，乃库尔冈二等商人费拉蓬特·叶梅利亚诺维奇·斯梅利科夫，该旅客于一八八×年一月十七日突然身亡。

当经本地警察局第四分局医官验明，斯梅利科夫系因饮酒过量引起心力衰竭而死。斯梅利科夫之尸体当即予以掩埋。

数日后，斯梅利科夫之同乡及友伴，商人名季莫欣者，自彼得堡归来，闻悉斯梅利科夫亡故情由，表示怀疑，声称必有歹徒觊觎该人所带钱财，遂将该人毒死云。

此项怀疑业由预审证实，经查明各项事实如下：（一）斯梅利科夫于去世前不久自银行取出三千八百银卢布。惟死者身后予以封存之财物清单内仅开列现金三百十二卢布十六戈比。（二）斯梅利科夫于去世前一日在妓院及毛里塔尼亚旅馆中与妓女柳博芙

（即叶卡捷琳娜·马斯洛娃）相处达一昼夜之久。斯梅利科夫不在旅馆时，该妓女叶卡捷琳娜·马斯洛娃曾受斯梅利科夫之托，自妓院径赴旅馆取款。该妓女当即会同毛里塔尼亚旅馆茶房叶夫菲米娅·博奇科娃及西蒙·卡尔京金进入房内，使用斯梅利科夫交伊之钥匙开启该商人之皮箱，取出款项。马斯洛娃打开斯梅利科夫之皮箱时，叶夫菲米娅·博奇科娃及西蒙·卡尔京金均在场目睹箱内有钞票若干叠，票面为一百卢布。（三）嗣后斯梅利科夫偕同妓女柳博芙自妓院返回旅馆，该妓女经茶房卡尔京金怂恿，将白兰地酒一杯交斯梅利科夫饮下，酒内掺有卡尔京金交与柳博芙白色粉末若干。（四）翌日上午妓女柳博芙（即叶卡捷琳娜·马斯洛娃）将钻石戒指一枚售与女掌班，即妓院女老板及本案证人基塔耶娃，声称该戒指系斯梅利科夫所赠。（五）斯梅利科夫死后次日，毛里塔尼亚旅馆女茶房叶夫菲米娅·博奇科娃赴当地商业银行，在本人活期存款户头下存入一千八百银卢布。

当经法医对斯梅利科夫之尸体进行解剖检查，并化验内脏，结果查明死者体内确有毒药，据此足以断定该人实系中毒致死。

查马斯洛娃、博奇科娃、卡尔京金以被告身份受审时，均不承认犯此罪行。据马斯洛娃供称：斯梅利科夫在伊“工作”之妓院中（“工作”二字乃伊本人说法），确曾派伊赴毛里塔尼亚旅馆为该商人取款，伊遂用该商人交伊之钥匙开启皮箱，遵照该商人吩咐取出四十银卢布，并未多取分文，博奇科娃及卡尔京金均能证明伊所供属实，盖伊开箱、取款、锁箱之际该二人均在场目睹也。伊又供称：伊第二次到商人斯梅利科夫房间后，确曾受卡尔京金唆使，以掺有若干粉末之白兰地酒劝该商人饮下，以为该粉末乃安眠药物，商人饮下后即可昏睡，伊则可借此及早脱身。钻石戒指一枚，乃斯梅利科夫本人所赠，因该商人酒后将伊殴打，伊遂放声痛哭，且欲离去，该商人即持该戒指相赠云。

据叶夫菲米娅·博奇科娃供称：关于遗失款项一事，伊毫无所知，伊从未进入该商人房间，出入该房间者仅有柳博芙一人，故该商人如有失窃情事，定系柳博芙携带商人钥匙取款时乘机窃去云。

马斯洛娃听到这儿，全身一震，张开嘴巴，扭过头去看一眼博奇科娃。书记官继续念道：

关于叶夫菲米娅·博奇科娃在银行有一千八百银卢布存款，及伊何来此笔款项一节，据伊供称：此乃伊及西蒙·卡尔京金十二年中工作所得，伊已准备与西蒙结婚云。又据西蒙·卡尔京金于初次受审时供称：马斯洛娃自妓院携带钥匙来旅馆时，渠与博奇科娃二人均受马斯洛娃唆使，共同窃得该款，事后渠与博奇科娃、马斯洛娃三人平分赃款云。

马斯洛娃听到这儿，又全身一震，甚至跳起来，涨得满脸通红，开口说了一句什么话，可是民事执行吏把她拦住了。书记官接着念道：

最后，卡尔京金招认曾将药粉交与马斯洛娃以使该商人安睡。唯渠于第二次受审时推翻前供，声称渠从未窃取钱财，亦未给与马斯洛娃药粉，所有罪行统系马斯洛娃一人所为。关于博奇科娃存入银行之款项，渠之供词一如博奇科娃，声称此乃渠二人于旅馆中工作十二年内旅客因其服务周到所赏之小费云。

起诉书在这以后列举犯人对质的记录、证人的供词、鉴定人的意见等。起诉书是这样结束的：

综上所述，博尔基村农民西蒙·彼得罗夫·卡尔京金，年三十三岁，小市民叶夫菲米娅·伊万诺娃·博奇科娃，年四十三岁，小市民叶卡捷琳娜·米哈伊洛娃·马斯洛娃，年二十七岁，被控于一八八×年一月十七日共同预谋盗窃商人斯梅利科夫之钱财及戒指一枚，共值二千五百银卢布，并蓄意谋害商人斯梅利科夫，用毒酒将其灌醉，致使该商人死于非命。

查此项罪行符合《刑法典》第一千四百五十三条第四款及第

五款规定，爰依《刑事诉讼程序条例》第二百零一条将农民西蒙·卡尔京金、叶夫菲米娅·博奇科娃及小市民叶卡捷琳娜·马斯洛娃交由地方法院法官会同陪审员进行审判。

书记官照这样念完这份冗长的起诉书，就把这个文件收拾好，在他的座位上坐下来，用两只手理他的长头发。大家都轻松地吐一口气，愉快地感到现在就要开始审讯，一切都会立刻水落石出，正义就要伸张了。只有涅赫柳多夫一个人没有这种感觉。他正在暗想十年前他所认识的天真可爱的姑娘马斯洛娃居然做出这样的事，不由得心惊胆战。

十一

起诉书念完以后，庭长同两个法官商量了一阵，然后转过脸来对着卡尔京金，脸上露出一种神情，分明像是在说：现在我们一定会用最周密的方式来弄明白全部案情了。

“农民西蒙·卡尔京金。”他把身子向左边歪过去，开口说。

西蒙·卡尔京金站起来，把两只手贴着大腿，整个身子往前探出去，腮帮子上的肌肉不出声地蠕动着，一刻也不停。

“您被控在一八八×年一月十七日串通叶夫菲米娅·博奇科娃和叶卡捷琳娜·马斯洛娃，盗窃商人斯梅利科夫皮箱里的钱财，然后拿来砒霜，指使叶卡捷琳娜·马斯洛娃放在酒里，叫商人喝下去，因而使得斯梅利科夫丧命。您承认犯过这些罪行吗？”他说，又把身子往右边歪过去。

“绝不可能，因为我们的工作是服侍客人……”

“这些话您留到以后再说。您承认犯过这些罪行吗？”

“不，老爷。我只是……”

“别的话以后再说。您承认犯过这些罪行吗？”庭长镇静而坚定地又问一句。

“我不会做这种事，因为……”

民事执行吏就又跑到西蒙·卡尔京金面前，发出悲惨的低语声拦住他。

庭长露出这件事现在已经做完的神情，手拿文件，把他的胳膊肘换一个放处，扭过脸去对着叶夫菲米娅·博奇科娃。

“叶夫菲米娅·博奇科娃，您被控在一八八×年一月十七日在毛里塔尼亚旅馆里同西蒙·卡尔京金和叶卡捷琳娜·马斯洛娃一起盗窃商人斯梅利科夫箱子里的钱财和戒指一枚，彼此平分赃物，后来为了掩盖罪行用毒酒将商人斯梅利科夫灌醉，使他丧命。您承认犯过这些罪行吗？”

“我什么罪也没犯过，”那个女被告雄赳赳地、坚定地说，“我连那个房间都没进去过……既然那个下流货进去过，事情就全是她干的。”

“这些话您留到以后再说，”庭长又那么温和坚定地说，“那么您不承认犯过这些罪吗？”

“钱我没拿过，酒我没劝过，我连那个房间都没进去过。要是我进去了，我就会把她撵出来。”

“您承认犯过这些罪行吗？”

“根本没犯过。”

“很好。”

“叶卡捷琳娜·马斯洛娃，”庭长转过脸去对第三个被告开口说，“您被控带着商人斯梅利科夫皮箱上的钥匙从妓院到达毛里塔尼亚旅馆的房间里以后，盗窃那个皮箱里的钱财和戒指一枚，”他像背书似的说，同时歪过身子去，把他的耳朵凑到左边的法官那儿，那个法官告诉他说按物证清单看来，物证当中还缺一个酒瓶。“……盗窃皮箱里的钱财和戒指一枚，”庭长重说一遍，“跟他们平分赃物，后来您又跟商人斯梅利科夫一起来到毛里塔尼亚旅馆里，您给他喝下一杯毒酒，因而使他丧命。您承认犯过这些罪行吗？”

“我任什么罪也没犯过，”她很快地说，“我原先怎么说的，现在也怎么说：我没拿过钱，没拿过钱，没拿过钱，我什么也没拿过。戒指是他自己给我的……”

“您不承认您犯过盗窃二千五百卢布的罪行吗?”庭长说。

“我说过:我除了四十卢布以外,什么也没拿。”

“那么,您承认犯过给斯梅利科夫喝药酒的罪行吗?”

“这件事我承认。不过我以为像人家告诉我的,那是安眠药,吃了它没什么关系。我从没想过要害死他,我从没起过那种歹心。我当着上帝的面说一句:我从没起过那种歹心。”她说。

“这样说来,您不承认您犯过盗窃商人斯梅利科夫的钱财和戒指的罪行,”庭长说。“可是您承认您给他喝过药酒?”

“承认是承认,不过当时我以为那是安眠的药粉。我给他喝下去也只不过是要他睡觉罢了。我从没起过歹心,我从没想过要害死他。”

“很好,”庭长说,分明对取得的结果很满意,“那么请您说一说事情的经过。”他说着,把身子靠在椅背上,两只手放在桌上。“请您把当时的情形原原本本地讲一下。您老实地招供就可以改善您目前的地位。”

马斯洛娃仍旧直着眼睛瞅着庭长,没有说话。

“请您说一说事情的经过。”

“事情的经过?”马斯洛娃忽然很快地讲起来,“当时我坐着马车来到旅馆里,人家把我领到他的房间里去,他就在那儿,已经喝得大醉。”她一讲到“他”字,就睁大眼睛,脸上现出特别害怕的神情。“我想走掉,可是他不放我走。”

她沉默了,仿佛忽然失去了思路,或者想起了一件别的事似的。

“哦,后来呢?”

“后来怎么样?后来我在那儿待了一阵,就回家去了。”

这时候副检察官不自然地用一个胳膊肘撑在桌上,欠起半个身子站起来。

“您打算提出问题吗?”庭长说。副检察官作了肯定的答复,庭长就对他做个手势,表示给他发问的权利。

“我想提出一个问题:在这以前被告跟西蒙·卡尔京金熟识吗?”副检

察官说，眼睛没有看着马斯洛娃。

他提完问题，就抿紧嘴唇，皱起眉头。

庭长把这个问题重述了一遍。马斯洛娃用惊恐的眼光瞅着副检察官。

“西蒙？我以前就认得他。”她说。

“我现在想知道被告跟卡尔京金的交情怎么样。他们之间常见面吗？”

“交情怎么样？他常找我去陪客人，这算不得什么交情。”马斯洛娃回答说，心神不宁地瞧了副检察官一眼，又瞧了一眼庭长，再回过头来瞧着副检察官。

“我想知道为什么卡尔京金专找马斯洛娃去陪客人而不找别的姑娘。”副检察官说，眼睛半睁半闭，露出恶毒而阴险的轻薄笑容。

“我不知道。我怎么会知道？”马斯洛娃回答说，惊恐地往四下里看了一眼，她的目光在涅赫柳多夫身上停了一会儿，“他想找谁就找谁。”

“莫非她认出我来了？”涅赫柳多夫提心吊胆地暗想，觉得血涌上了他的脸。可是马斯洛娃并没有从许多人当中认出他来，她立刻转过脸去，又带着惊恐的神情瞅着副检察官。

“那么被告否认她跟卡尔京金有过什么亲密的关系？很好。我另外没有什么话要问了。”

副检察官立刻把他的胳膊肘从写字台上放下来，提笔记下一件什么事。其实他什么也没有记，光是用钢笔描了描他文稿上的字罢了，不过以前他看见过检察官们和律师们总是这样做：他们提出一个巧妙的问题以后，就在他们的发言稿上记下几句必然可以击败对方的话。

庭长没有立刻对被告问话，因为这时候他在问戴眼镜的法官同意不同意提出那些事先已经准备好而且已经写在纸上的问题。

“后来怎么样呢？”庭长继续问道。

“我回到家里，”马斯洛娃接着说，她已经比较胆壮地只瞧着庭长一个人，“我把钱交给女掌班，就上床睡了。我刚睡着，我们的姑娘别尔塔就把我叫醒。‘去吧，你的商人又来了。’我不想去，可是老鸨硬叫我去。他就在那儿，”她又带着明显的战兢兢的神情说出他字，“他一个劲儿地灌姑娘们喝酒，后来他还要买酒，可是他的钱全花光了。女掌班信不过他。他这才打发我到他的旅馆房间里去。他告诉我他的钱在哪儿，要我取出多少。我就坐上车子去了。”

这当儿庭长在跟左边的法官小声说话，没有听见马斯洛娃说了些什么，然而为了表示他全听见了，就把她最后的一句话学着说了一遍。

“您就坐上车子去了。哦，后来又怎么样呢？”他说。

“我到了那儿，完全按着他的吩咐办事。我走进他的房间。并不是只有我一个人走进房间里，我还叫了西蒙·米哈伊洛维奇，叫了她。”她指着博奇科娃说。

“她胡说，我压根儿就没进去过……”博奇科娃刚要开口讲下去，可是被人止住了。

“我当着他们的面拿了四张红票子。”马斯洛娃接着说，皱起眉头，眼睛没有看博奇科娃。

“那么，被告取出四十卢布的时候，没有看见那儿有多少钱吗？”副检察官又问。

副检察官刚刚对马斯洛娃提出问题，她就打了个冷颤。她不知道这是什么缘故，然而感觉到他对她不怀好意。

“我没数。我看见那都是一百卢布的票子。”

“被告看见了那些一百卢布的票子。那我就没有什么话要问了。”

“那么，后来怎么样呢，您把钱带回去了吗？”庭长继续问道，看了看他的怀表。

“带回去了。”

“哦，后来呢？”庭长问。

“后来他又把我带回他的旅馆里去，”马斯洛娃说。

“那么，您是怎样把药粉放在酒里，拿给他喝的？”庭长问。

“怎样拿给他喝的？我把药粉撒在酒里，就拿给他喝了。”

“您为什么要给他喝呢？”

她没有答话，只是沉重地、深深地叹一口气。

“他总也不肯放我走，”她沉默一阵以后，又说，“我给他闹得累极了。我就走出去，到过道上，对西蒙·米哈伊洛维奇说：‘巴不得他放我走才好。我累了。’西蒙·米哈伊洛维奇就说：‘他也把我们闹得腻烦了。我们有心给他一点安眠的药粉吃。他睡着了，你就可以走了。’我就说：‘好吧。’我心想这不是害人的药粉。他果然给我一个小纸包。我就走进房间里去，他正在隔板后边躺着，马上吩咐我给他倒一杯白兰地。我从桌上拿过一瓶上等白兰地来，倒了两杯，一杯给他，一杯给我自己。我在他的杯子里撒了药粉，拿给他喝。要是我知道那是毒药，难道我还会拿给他喝？”

“哦，那个戒指您是怎样弄到手的？”庭长问。

“戒指是他自己送给我的。”

“他什么时候送给您的？”

“我跟他一块儿回到他的旅馆房间里，我打算走掉，他就打我的脑袋，把我的梳子都打断了。我生气了，我要走。他就脱下他手指头上的戒指，送给我，要我别走。”她说。

这时候副检察官又略微欠起身子来，仍旧装出天真无邪的样子，要求庭长允许他再提出几个问题。他得到了许可，就偏着头，让他的脑袋靠在绣花衣领上，问道：

“我很想知道被告在商人斯梅利科夫的房间里待了多少时间。”

马斯洛娃又恐慌起来，不安地把她的眼光从副检察官脸上移到庭长脸上，匆忙地说：

“我不记得待了多久。”

“那么，被告记不记得她从商人斯梅利科夫的房间里出来以后，还到旅馆里别的什么地方去过？”

马斯洛娃想了一想。

“我到隔壁的一个空房间里去过。”她说。

“您到那儿去干什么？”副检察官说，忘了他自己的身份，直接对她讲话了。

“我是去理一理我的衣服，等马车。”

“卡尔京金到那个房间里去跟被告见过面没有?”

“他也去过。”

“他到那儿去干什么?”

“那个商人还剩下一点上等白兰地，我们就一块儿喝了。”

“哦，一块儿喝了。很好……那么，被告跟西蒙谈过话没有？谈的是什么?”

马斯洛娃忽然皱起眉头，涨红了脸，很快地说：

“谈的是什么？我什么也没谈。当时的情形我全讲了，别的我不知道。您要怎么处置我，都随您。反正我没有罪，就是这么的。”

“我没有别的话要问了。”副检察官对庭长说，然后不自然地耸起肩膀，在他的发言大纲上很快地记下被告本人的供词：她跟西蒙一块儿到一个空房间里去过。

随后是沉默。

“您没有什么别的话要说了吗?”

“我都说完了。”她说着，叹口气，坐下来。

这以后庭长就在一张纸上写字，后来听到左边的法官凑在他的耳朵上说的话，就宣布审讯暂停十分钟，匆匆站起来，走出法庭去。庭长和左边那个高身量、大胡子、生着善良的大眼睛的法官所商谈的是这样一件事：那个法官觉得胃里略微有些不舒服，打算按摩一阵，喝点药水。他把这件事告诉庭长，庭长就根据他的要求宣布休息。

陪审员、律师、证人随着法官们站起来，愉快地感到已经做完了一件重要工作的一部分，开始分头走散。

涅赫柳多夫走进陪审员的房间，在窗子旁边坐下。

十二

重逢推开了记忆之门，美丽的卡秋莎走了出来，那昔日一去不返的光阴里，初尝爱情的人儿，都是永远的少年，永远的云烟。这些不掺杂任何功利的欲念的纯粹的图画，是回忆的长廊里宝贵的珍藏。永远的卡秋莎，永远的德米特里……

是的，这个人就是卡秋莎。

涅赫柳多夫和卡秋莎的关系是这样。

那时的涅赫柳多夫还是个充满热情、心地纯洁、朝气蓬勃、有美好追求的青年。

涅赫柳多夫跟卡秋莎初次见面，是在他读大学三年级的时候。那年夏天他在他的姑姑们家里住着，起草一篇关于土地所有制的论文。往常，每年夏天他总是同他的母亲和姐姐一起住在莫斯科附近他母亲的大庄园上。可是这一年他的姐姐已经出嫁，母亲到国外一个有温泉的地方去疗养。涅赫柳多夫却必须写那篇论文，就决定到姑姑们家里来消夏。她们的庄园远离闹市，颇为幽静，没有什么事来分他的心。姑姑们满心钟爱这个侄子和遗产继承人；他也爱她们，喜欢她们那种古老淳朴的生活方式。

这年夏天涅赫柳多夫在姑姑们家里体验到一种昂扬兴奋的心境。凡是青年人，不经外人指点而第一次自己领会了生活的全部美丽和重要，领会了人在生活里所应该做的工作的全部意义，看到了人本身和全世界都有达到无限完美的可能，因此专心致志于这种完美，不但满怀希望，而且充分相信能够实现他所想象的全部完美的时候，都会生出这样的心境。这一年他在大学里已经读过斯宾塞的《社会静力学》，斯宾塞关于土地所有制的理论在他的心里留下了强烈的印象，特别是因为他自己就是大地主的儿子。他的父亲并不富有，可是他的母亲得到的陪嫁却有大约一万俄亩的土地。那时候他第一次理解土地私有制的种种残忍和不公正，正好他又是这样的一个人：为道德的要求所做的牺牲，在他就是最高的精神快乐，于是他决定不再享受土地方面的财产权，立时把他从父亲名下继承的土地送给农民。目前他正是就这个问题在写论文。

能够坚信为道德而自我牺牲是最高的精神享受的青年，内心蕴藏着善的种子，若时机成熟一定会长成绿荫繁茂的精神之树、向善之树。

送土地一事更证明了他的信仰。

这一年他在乡间姑姑们家里的生活是这样度过的：他很早就起床，有的时候是在三点钟，他在太阳还没有出来，往往还是满天晨雾的时候，就到山脚下一条河里去洗澡。临到他走回家来，青草上和花朵上还凝着露珠呢。早晨他喝完咖啡，有的时候就坐下来写论文，或者阅读这篇论文的有关资料，不过更加常有的情形却是既不看书，也不写作，索性又走出房外，到野外和树林里去散步。午饭前，他常在花园里找个地方睡一会儿，后来临到吃午饭，他兴高采烈，引得姑姑们满心欢喜，不住发笑。饭后他就骑马或者划船，到了傍晚又看书，或者坐下来，陪着姑姑们摆牌阵。晚间，特别是月夜，他往往睡不着觉，那只是因为在他胸中激荡着的生活乐趣过于强烈。他就干脆不再睡觉，带着他的幻想和思想在花园里走来走去，有的时候一直溜达到天明。

田园诗一般的抒情生活。

人生中最无忧无虑美妙清闲的时光。

他在姑姑们家里头一个月的生活就是这样快乐恬静地度过的，丝毫也没有留意到姑姑们家里那个半养女半奴婢、眼睛乌黑、走路轻快的卡秋莎。

再次强调卡秋莎的特征是“眼睛乌黑”。

这时候涅赫柳多夫十九岁，他一直在母亲的羽翼下长大成人，是个十分纯洁的青年。如果他梦见女人，那个女人就一定是他的妻子。凡是依他看来不可能成为他妻子的女人，对他来说就算不得女人，而是普通人。可是，有一次，那是

这时他没有沾染恶习，内心与身体同样纯洁。

在这年夏天的升天节，姑姑们的一个女邻居带着自己的儿女们，到姑姑们家里来玩，其中有两个小姐、一个中学的男学生和一个在他们家里做客的、出身于农民的青年画家。

喝完茶以后，他们走到正房前面一小块已经割过草的草场上去玩“捉人”游戏。他们把卡秋莎也带去。他们玩过几回以后，轮到涅赫柳多夫和卡秋莎一块儿跑。平时涅赫柳多夫见到卡秋莎，总感到愉快，不过他的头脑里从来也没有生出过他跟她会发生什么特别关系的想法。

天真、单纯的心境。

“哎，现在这两个人可是无论如何也捉不到了，”那个“捉人”的快活的画家说，他那两条农民的又短又结实的罗圈腿跑得很快，“除非他们自己绊倒在地上。”

“哪儿的话，您怎么会捉不着我们！”

“一，二，三！”

他们拍了三次手。卡秋莎忍不住咯咯地笑，赶紧跟涅赫柳多夫调换地位，伸出她粗糙而有力的小手握了握他的大手，一直往左边跑去，她那浆硬的裙子沙沙地响。

美丽的画面，不掺杂任何欲念、功利、目的。卡秋莎那时美得像一头活泼、激烈、直接、单纯的小野兽。

涅赫柳多夫跑得快。他想让画家捉不住他，就用尽全力往前跑。后来他回过头去看一眼，却瞧见那个画家在追卡秋莎，不过她很快地迈动她那两条年轻而有弹性的腿，不肯让画家捉住，直奔左边跑去。前面是一个丁香花丛的花坛，谁也没有跑到那后面去过。这时候卡秋莎扭过头来看涅赫柳多夫一眼，向他点头示意，要他跑到花坛后面去同她会合。他领会了她的意思，就往花丛后面跑过去。不料那边，花丛后面有一条小沟，沟里长满带刺的荨麻，涅赫柳多夫不知道，一脚踏空，摔到沟里去了。他的两只手被荨麻刺破，沾满已经在黄昏前降下的露水。不过他立刻站起来，笑自己不小心，拍了拍身上的衣服，跑到一块空地上去。

卡秋莎满面笑容，闪着她那对像湿润的醋栗那么黑的眼睛，迎着他飞跑过来。他们跑到一块儿，互相握紧手。

“我看，您别是受伤了吧?”她说，那只空着的手理了理松散的辫子。她不住地喘气，带着笑容，微微抬起眼睛照直瞧着他。

“我本来不知道这儿有一条小沟。”他说，也现出笑容，而且没有松开她的手。

她往他身边靠近点。他自己也不知道是怎么回事，把他的脸凑到她跟前去。她没有躲闪，他就握紧她的手，吻她的嘴唇。

这是一种自然流露的激情，难以自持。

“哎呀，这是怎么了!”她说，用很快的动作挣脱自己的手，从他身旁跑掉了。

她跑到丁香花丛那边，摘下两根正在凋谢的白色丁香花枝，用来拍打她那火热的脸，然后回过头看他一眼，把两只手在身子前面灵活地来回摆动着，走回做游戏的人那边去。

从那时候起涅赫柳多夫和卡秋莎之间的关系就起了变化，形成了年轻纯洁的男子和同样纯洁的少女由于互相爱慕而往往发生的那种特殊的关系。

每逢卡秋莎刚刚走进房间里来，或者甚至涅赫柳多夫只是远远地看见她的白围裙，一切东西在他的眼里就仿佛都被太阳照亮，一切就都变得更有趣，更快活，更有意义，生活也变得更充满欢乐了。她也有这样的感觉。然而，不单是卡秋莎近在眼前或者相离不远的时候才会给涅赫柳多夫造成这样的影响；只要他想到世上有卡秋莎这样一个人活着，就也会对他造成这样的影响。对她来说，也只要想到有涅赫柳多夫活着，就会造成同样的影响。不论涅赫柳多夫接到他母亲写来的不愉快的信也罢，他的论文写得不顺手也罢，他生出青年人常有的那种没来由的忧郁心情也罢，他只要想起有卡秋莎在，他会见到她，那一切就统统烟消云散了。

这种爱慕是带着有距离感的崇拜之情，是精神上的思念和依恋，是一种纯粹的无垢的爱恋之情。用爱之眼看世界，更觉世界之美好。

卡秋莎在家里有许多工作要做，不过她能够把那些事一件件做完，还腾出空闲的工夫来看书。涅赫柳多夫就把他自己刚刚读完的陀思妥耶夫斯基和屠格涅夫的书拿给她看。她最喜欢的是屠格涅夫的《静静的洄流》。他们俩偶尔相遇就谈上几句话，例如在过道上，在露台上，在院子里，有的时候还在姑姑们的老女仆马特廖娜·帕夫洛夫娜的房间里，因为卡秋莎跟老女仆同住在一处，涅赫柳多夫偶尔到她们的小屋里去啃着糖块喝茶。有马特廖娜·帕夫洛夫娜在场，他们谈起话来最畅快。如果只有他俩在一块儿，谈话却别扭得多。他们的眼睛立刻开始讲些跟他们嘴里所讲的完全不同而且重要得多的话，他们的嘴唇绷紧，心里害怕，就连忙分手了。

情窦初开，仍有羞涩。

涅赫柳多夫初次在姑姑们家里居住的那段时期当中，他跟卡秋莎始终保持着这样的关系。姑姑们发觉了这种关系，担惊害怕，甚至写了一封信把这件事告诉涅赫柳多夫的住在国外的母亲叶连娜·伊万诺夫娜公爵夫人。姑姑玛丽亚·伊万诺夫娜担心德米特里会跟卡秋莎发生暧昧的关系。不过她这种担忧是没有根据的。如同一般纯洁的人一样，涅赫柳多夫连自己也不知道就爱上了卡秋莎，他的爱情无论对他自己还是对她，就都成了避免堕落的重要保障。他不但没有在肉体上占有她的欲望，而且一想到居然能够跟她发生那样的关系，反而感到害怕。不过，颇有诗情的姑姑索菲娅·伊万诺夫娜的忧虑倒有根据得多，她深怕德米特里爱上那个姑娘以后会凭着他那不达到目的就不罢休的果断性格，不顾她的出身和地位，毫不犹豫地跟她结婚。

这时的涅赫柳多夫，因为不自知，所以离爱情的本质，恰恰最近。

如果涅赫柳多夫当时清楚地领会到他爱上了卡秋莎，特别是如果当时有人劝他说，他万万不可以而且不应该把他的命运同那样一个姑娘联系在一起，那就很容易发生这样的事：他就会凭着他直率地处理一切事情的性格做出决定，认为只要他爱上了那个姑娘，那么不管她是个什么样的人，他也没有任何理由不跟她结婚。可是姑姑们没有把她们的担忧对他说明，于是他始终也没有感到他爱上了这个姑娘，就这样离开了那儿。

不知庐山真面目，只缘身在此山中。

他当时相信他对卡秋莎所发生的感情，只不过是那时候充满他的全身心并且也为那个妩媚快活的姑娘所分享的生活乐趣的一种表现罢了。可是，临到他动身，卡秋莎同姑姑们站在门廊上，她用满含泪水、略微斜睨的黑眼睛瞧着他，他这才体会到他正在舍弃一种美丽的、珍贵的、一去不复返的东西。他不由得感到很凄凉。

谁也无法挽回的幸福时光如水流逝，失去的时候，我们才能深刻体会到我们曾经拥有的是多么珍贵的宝贝。不知再见时，是否心情依旧。

“再见，卡秋莎，我感谢你的种种好意。”他坐上马车，隔着索菲娅·伊万诺夫娜的包发帽望过去，说。

“再见，德米特里·伊万诺维奇。”她用亲切悦耳的声音说。她忍住满眼的泪水，跑回前厅里去，在那儿她才能够痛痛快快地哭一场。

十三

从那时候起，涅赫柳多夫一连三年没有跟卡秋莎见面。一直到他刚提升为军官，动身到军队里去，顺路到姑姑们家里去一趟的时候，他才跟她见面。不过这时候，他跟三年前夏天在她们家里住过的那个人相比，却已经是一个截然不同的人了。

前后对比，变化之大，让人惊诧。

原先他是诚实而富有自我牺牲精神的青年，乐于为一切美好的事业献身；如今他却成了荒淫无度的彻底利己主义者，专爱享乐。原先，上帝创造的这个世界在他看来是一个秘密，他带着快活的热情极力要解开这个秘密；如今，这个世界的生活里的一切却简单明了，已经由他所过的生活的各种条件规定清楚。原先，同大自然的交接，同在他以前生活过、思索过、感觉过的人（哲学和诗歌）的交接，才是重大而必要的，如今重大而必要的却是各种人为的制度以及跟同伴们的交接。原先女人显得神秘而迷人，是惟其神秘才迷人的生物，如今女人，除了他的家属和他朋友的妻子以外的一切女人，其功用是很明确的：女人无非是一种他已经尝试过的享乐的最好的工具。原先他不需要钱用，他母亲给他的钱连三分之一也用不完，他能够放弃他父亲名下的田产而把它送给农民，可是现在母亲每月给一千五百卢布，他还是不够用，已经为了钱常常跟母亲办不愉快的交涉。原先他认为他的精神的存在才是真正的我，如今他却认为他那健康而活跃的兽性的我才是他自己了。

抛弃了精神，只能是对肉体的更加放纵。

他所以会发生这种种可怕的变化，只是因为他已经不再相信自己而开始相信别人。他所以会不再相信自己而开始相信别人，那是因为如果相信自己，生活下去就会过于困难：相信自己，就得亲自解决一切问题，而那种解决总是不利于他那追求轻松快乐的兽性的我，而且几乎总是同它抵触；至于相信别人，那就任什么问题都不需要解决，一切问题早已解决好，而且那种解决总是同精神的我抵触而有利于兽性的我。再者，他相信自己，就总是遭到人们的责难，而他相信别人，倒会博得他四周的人们的赞扬。

罪恶开始衍生。由一个人折射出一个社会群体对于信仰和理性的丧失，一种病态的心理。

比方说，涅赫柳多夫思考上帝、真理、财富、贫穷等问题，阅读有关这些问题的书籍，议论这些问题，他四周的一切人就都认为这不合时宜，多少有点荒唐可笑，他的母亲和姑姑就用好意的讽刺口气称呼他是 notre cher philosophe。可是等到他看长篇小说，讲猥亵的故事，到法国剧院里去看滑稽的轻松喜剧，快活地讲戏里的情节，大家倒都称赞他，鼓励他。每逢他认为必须节减他的用度，穿陈旧的军大衣，不再喝酒，大家就认为这是脾气古怪，有点标新立异，可是临到他花一大笔钱置办猎具，或者布置一个与众不同的奢华书房，大家反而称赞他风雅，送给他种种贵重的物品。他本来保持着童贞，打算照这样保持到结婚的那天，他的亲属却为他的健康担忧。后来他母亲听说他成了真正的男人，从他的同事手里把一个法国女人夺过来，她甚至并不因此难过，反而高兴。这个身为公爵夫人的母亲每次一想到他同卡秋莎的那个插曲，想到他居然有意跟她结婚，总不免心惊胆战。

同样，当初涅赫柳多夫达到成人的年龄以后，认为拥有土地是不公正的，因而把他从父亲名下继承来的一块不大的田产送给农民，他这个举动却使得他的母亲和亲属大惊失色，从此这件事就成了他的一切亲戚不断责难和讥笑的对象。人们一再对他说，农民得到土地以后不但没有发家致富，反而开了三家酒店，索性不干农活，所以更穷了。可是等到涅赫柳多夫进了近卫军，跟他那些门第高贵的同事们一起挥霍和赌博而花掉很多的钱，害得叶连娜·伊万诺夫娜不得不动用存款的时候，她倒几乎一点也不伤心，反而认为这是人之常情，甚至觉得趁他年轻，照这样在上流社会里种一种痘，也未尝不是好事。

人们在巨大的利益诱惑面前，常常迷失方向，迷失自己。失去了判断，亦放弃了自我。

起初，涅赫柳多夫极力硬顶，然而这种硬顶过于艰苦，因为凡是他在相信自己的时候认为是好的事情，别人却都认为是坏的；反之，凡是他在相信自己的时候认为是坏的事情，他四周的一切人倒都认为是好的。最后，涅赫柳多夫屈服，不再相信自己而相信别人了。他这样否定自己，在最初的一段时期里是不愉快的，不过这种不愉快的心情没有保持很久。这段时期涅赫柳多夫开始吸烟和喝酒，很快就不再体验到那种不愉快的心情，甚至感到颇为轻松了。

涅赫柳多夫凭他那热烈的性格，彻头彻尾地投身于他四周的一切人所同声赞扬的这种新生活，全然扑灭了他内心别有所求的呼声。这个变化是在他搬到彼得堡去以后开始的，到他在军队中工作的时候就大功告成了。

军人的职务本来就驱使人堕落，它把进入军队的人安置在完全闲散的条件下，也就是免去合理而有益的劳动，替他们解除了人所共有的义务，而用来代替这些义务的却无非是传统的军队荣誉、军服荣誉、军旗荣誉等等。军人的职务一方面使得担任军职的人处在对其他人享有无限权势的地位，另一方面却又迫使他们在高于他们的长官面前保持奴颜婢膝的驯顺态度。

然而，除了军人的职务以及军服和军旗的荣誉、公然得到准许的暴力和屠杀所造成的一般堕落以外，还另有一种堕落，那就是：在经过精选只有家财豪富、门第显贵的军官才能加入的近卫军团里由于富裕和接近皇室而造成的堕落，结果这两种堕落就促使身受其害的人陷入彻头彻尾的利己主义疯魔状态。自从涅赫柳多夫担任军职，开始像他的同事们那样生活以后，他也就落进这种利己主义的疯魔状态里去了。

群体的堕落，让堕落的个人分担了罪恶感，同样的速度，相对静止，这种恶习绝不是一朝一夕形成的。是潜移默化的结果。

正事是一点也没有的，他光是穿上一身并非由他自己而是由别人做得很漂亮、刷得很干净的军服，头戴一顶军盔，拿着也是由别人造出来、擦亮、交给他的武器，跨上一匹也是由别人养大、训练好、饲养着的骏马，跟着一些同样的人一起去参加练兵或者检阅，那就是纵马奔驰，挥舞军刀，开枪射击，而且把这一套教给别人。别的工作是没有的，可是那些品位极高的老年人和青年人，沙皇和他的亲信，不但赞成这种工作，而且为这种工作夸奖他们，感谢他们。这种工作做完以后，他们认为正当而重要的事就是跑到军官俱乐部里或者最昂贵的饭馆里去吃饭，特别是喝酒，挥霍许多不知从哪儿弄来的钱；然后就是剧院、舞会、女人。这以后又是骑马，舞刀，奔驰，又是挥金如土，又是喝酒，打牌，玩女人。

这样的生活对军人起一种特别厉害的腐化作用，因为假如一个平民过这样的生活，他就不会不在心灵深处为这样的生活感到羞愧。军人却认为这是理所当然的，反而夸耀这样的生活，为它感到骄傲，到了战争时期这种情形尤其严重。涅赫柳多夫就是这样，他是在对土耳其宣战以后担任军职的。“我们已经准备在战争中牺牲我们的性命，因此这种逍遥自在的欢乐生活对我们来说不但可以原谅，甚至是必不可少的。所以我们才过这样的生活。”

这种内心深处的羞愧，是他未被淹没的良知，一种羞恶之心。

涅赫柳多夫在他一生中的这段时期就是这样模模糊糊地想着。在整个这段时期，他由于摆脱了以前他为自己规定的种种道德约束而欢天喜地，一刻也不停地处在持续不断的利

脱缰的野马，失控，心甘情愿在诱惑中体会堕落的快感。

己主义疯魔状态里。

三年以后他到姑姑们家里去的时候，正是处在这种状态里。

情境赏析

“一、二、三!”到“她没有躲闪，他就握紧她的手，吻她的嘴唇”。

这是对涅赫柳多夫和卡秋莎一起玩“捉人”游戏的描写。在游戏中，按照游戏规则，他们在会合后握了对方的手。爱情在这个细节之处，燃起了火花。那时，他们的爱纯洁得如同天使的翅膀，没有一丝杂质，不掺杂半点邪恶的欲望。这是涅赫柳多夫与卡秋莎关系的起点，两条线在此交汇，开始了后半生的纠缠。

名家点评

少女时代的卡秋莎有着丰富的感情世界，她有生的权利，也有爱的权利。在卡秋莎身上寄托着作家对她真挚的爱，所以作家象征性地总是让他这位心爱的女主人公穿上洁白的衣裙，就在这一段文字里，卡秋莎摘下的是“白色丁香花枝”，穿的是“白围裙”——因为这是一个纯洁、天真、一尘不染的少女。

——郭沫若

十四

如果你爱上了一朵花的芬芳，就请不要把她采摘；如果你爱上了一只飞鸟的身影，就请不要把她的翅膀折断。可是涅赫柳多夫啊，你却偏偏要把这纯洁的爱情打碎，为了满足邪恶的欲望，把美好的感觉推下深渊……

涅赫柳多夫所以会到姑姑们家里去，是因为他正在动身赶到已经开赴前线的部队去，她们的庄园恰好就在他必须路过的一条大道旁边，还因为她们殷切地要求他去一趟，不过他这一次去，主要的却是为了见到卡秋莎。也许在他的心灵深处，他已经听从他那如今肆无忌惮的兽性的人的唆使，对卡秋莎起了歹心。然而他没有感觉到这种歹心，只不过打算到他往日觉得很好的一个旧地去重游一番，见一见那两个有点可笑而又可爱的、好心肠的、老是让他不知不觉处在热爱和赞赏的气氛中的姑姑，看一看那个妩媚的、给他留下极其愉快的回忆的卡秋莎罢了。

他是在三月底圣星期五那天沿着泥泞不堪的道路，冒着倾盆大雨到达这里的，因此全身淋透雨水，冻得浑身发僵，可是生气勃勃，精神焕发，就跟他在这段时期经常感到的一样。“她还在她们家里吗？”他暗自想道，这时候他的雪橇驶进姑姑家他所熟悉的旧式地主庄园的院子里，那儿堆着从房顶上掉下来的积雪，四周砌着一道矮砖墙。他料着她听见他的雪橇的铃铛声就会跑到外面门廊上来，然而只有两个光脚的女人从边门出来，走到门廊上，裙裾掖在腰里，提着水桶，分明在擦地板。正门的门廊上也没有她，只有听差吉洪一个人走出来，身上系着围裙，大概也在忙于洒扫。索菲娅·伊万诺夫娜来到前厅，身穿一件绸料连衣裙，戴一顶包发帽。

“你到底来了，这真好!”索菲娅·伊万诺夫娜说着，吻了吻他，“玛申卡有点不舒服，她在教堂里站累了。我们领过圣餐了。”

“恭喜，索尼娅姑姑，”涅赫柳多夫说，吻了吻索菲娅·伊万诺夫娜的手，“请您原谅，我沾湿您的衣裳了。”

“快到你的房间里去吧。你全身都湿透了。原来你已经有唇髭了。……卡秋莎！卡秋莎！赶快给他倒一杯咖啡。”

“马上就来!”那个熟悉而悦耳的声音在过道里答应道。

涅赫柳多夫的心快活地缩紧了。“她在这儿!”仿佛太阳从乌云里露出来了。涅赫柳多夫高高兴兴地跟着吉洪走到他以前住过的房间里去换衣服。

涅赫柳多夫有心向吉洪问一问卡秋莎的情况：她身体好不好？生活怎么样？要嫁人吗？然而吉洪的态度那么恭敬，同时又那么严谨，在涅赫柳多夫洗手的时候他那么坚定地要亲自拧开悬壶洗手器给他倒水，这就弄得涅赫柳多夫不便于问他卡秋莎的情况，光是问一问他的孙子可好，那匹名叫“老兄”的老马怎么样，那条看家狗波尔坎怎么样。他们都活着，挺好，只有波尔坎去年得了疯病。

涅赫柳多夫脱完所有的湿衣服，刚要换上干净衣服，就听见很快的脚步声，有人来敲门了。涅赫柳多夫从脚步声和敲门声听出了来人是谁。这样走路和敲门的，只有她。

他拿起淋湿的军大衣，披在自己身上，往门口走去。

“请进!”

果然是她，卡秋莎。她还是跟从前一样，只是越发妩媚了。她那对含着笑意的、纯洁的、微微斜睨的黑眼睛仍旧那么稍稍低着往上看人。她身上也跟从前一样，仍旧系着干净的白色围裙。她从他姑姑那儿拿来一块刚刚拆掉包皮纸的香皂和两条毛巾，一条俄国式的大浴巾和一条毛茸茸的浴巾。不论是那块没有动用过、刻着字母的香皂也罢，那两条毛巾也罢，她本人也罢，一律都那么干净，新鲜，清白，招人喜欢。由于难以抑制的高兴，她那两片可爱的、抿紧的红嘴唇就像从前她见到他的时候那样皱起来。

“祝您平安到达此地，德米特里·伊万诺维奇!”她费力地说，脸上泛起了红晕。

“你好……您好，”他说，不知道对她讲话该称呼“你”还是称呼“您”，也像她那样脸红了，“您身体好吗?”

“托上帝的福。……这是您的姑姑叫我给您送来的玫瑰香皂，是您爱用的。”她说，把香皂放在桌上，把毛巾搭在一把圈椅的扶手上。

“侄少爷自己有。”吉洪说，为客人自备用具无须麻烦别人的气派辩护，得意地指一指涅赫柳多夫的很大的化妆用品箱，箱子已经打开，露出许多小小的银瓶盖，箱子里放着大量的玻璃瓶、刷子、发蜡、香水和各种各样的化妆用品。

“请您替我向姑姑道谢。我到了这儿，心里多么高兴啊。”涅赫柳多夫说着，觉得自己的灵魂变得像以前那么光明而温柔。

她听见这些话，只微微一笑作为回答，就走出去了。

姑姑们素来就钟爱涅赫柳多夫，这一回见到他，比往常还要欢喜。德米特里正要动身去打仗，说不定会负伤或者阵亡。这打动了姑姑们的心。

涅赫柳多夫原先计划旅程，本来只打算在姑姑们家里停留一天一夜，可是见到卡秋莎以后，就同意在姑姑们家里多住两天，一块儿过复活节。他打电报给他原先约定在敖德萨相会的朋友和同事申博克，请他也到姑姑们家里来。

涅赫柳多夫从见到卡秋莎的头一天起，就对她生出了他旧日对她的那种感情。他现在也跟先前那样，看见卡秋莎的白围裙就不能不激动，听见她的脚步声、说话声、欢笑声就不能不高兴，瞧着她那对像湿润的醋栗那么黑的眼睛，特别是在她微笑的时候，就不能不动心，主要的是他们相遇的时候，她一脸红，他就不能不发窘。他感觉到他在恋爱，不过跟先前不同，先前那种恋爱对他来说是一个秘密，他自己都不敢对自己承认在恋爱，而且相信人只能恋爱一次。现在他也在恋爱，却知道得很清楚，而且为此高兴，尽管想瞒住自己，却隐约地知道这种恋爱是怎么回事，可能发生什么样的后果。

在涅赫柳多夫身上就跟在一切人身上一样，有两个人。一个是精神的人，他为自己所寻求的仅仅是对别人也是幸福的那种幸福；另一个是兽性的人，他所寻求的仅仅是他自己的幸福，为此不惜牺牲世界上一切人的幸福。在目前这个时期，彼得堡生活和军队生活已经在他的身上引起利己主义的疯魔状态，兽性的人在他身上占着上风，完全压倒了精神的人。可是他见到卡秋莎以后，重又产生了他以前对她生出的那种感情，精神的人就抬起头来，开始坚持自己的权利。于是在复活节前一连两天当中，在涅赫柳多夫身上一刻也不停地进行着一场他自己也不觉得的内心斗争。

在他的心灵深处，他知道他应当走掉，没有必要再在姑姑们家里住下去，知道这样住下去不会有什么好结果。然而他是那么高兴，那么愉快，结果他没有对自己说这些话，却住下来了。

在基督复活节的前夜，星期六傍晚，一个司祭带着一个助祭和一个诵经士坐着雪橇到这儿来做晨祷，按他们的说法，他们是费尽气力经过水塘和干地才走完从教堂到姑姑家的那三俄里路程的。

涅赫柳多夫同姑姑们和仆人们站在一块儿做完晨祷，同时目不转睛地瞅着卡秋莎，她站在门口，送来了手提香炉。他按照复活节的规矩同司祭，同姑姑们互相吻过三次以后，正要走去睡觉，却忽然听见玛丽亚·伊万诺夫娜的老女仆马特廖娜·帕夫洛夫娜在外面过道里准备跟卡秋莎一起动身到教堂去给复活节的甜面包和甜奶渣糕受净化礼。“我也去，”他暗想。

到教堂去的路，不论是坐雪橇还是坐马车，都不好走。因此，在姑姑们家里如同在自己家里一样随便的涅赫柳多夫，就吩咐人把那匹供乘骑用的名叫“老兄”的马备好鞍子，他自己不再上床睡觉，却换上漂亮的军服和紧身的马裤，穿上军大衣，翻身上了那匹养得很肥、身体笨重、不住嘶鸣的老公马，摸着黑路穿过水塘和积雪到教堂去。

十五

这次晨祷，在涅赫柳多夫此后的全部生活当中，成为一次最鲜明、最强烈的回忆。

他骑着马，趟着水，走完漆黑的、零星点缀着几堆白雪的道路，进了教堂的院子。他那匹马一看见教堂周围的点点灯火，就竖起了耳朵。这时候，礼拜已经开始了。

有些农民认得他是玛丽亚·伊万诺夫娜的侄子，就把他领到一块干燥的地方下马，给他把马拴好，带他走进教堂里去。教堂里已经满是过节的人了。

右边都是农民：老年人穿着土布长衫和树皮鞋，脚上裹着干净的白色包脚布；青年人穿着粗呢的新长衫，腰上系着颜色鲜艳的宽腰带，脚上穿着高腰皮靴。左边都是农妇，头上扎着红绸巾，上身穿着棉绒的坎肩，配着大红的衣袖，下身穿着蓝色的、绿色的、红色的或者杂色的裙子，脚上穿着打了铁掌的半高腰靴子。站在她们后边的，是衣服朴素的老太婆，扎着白头巾，身穿灰色长外衣和旧式的毛织裙子，脚上穿着普通鞋或者新树皮鞋。这两群人中间夹杂着一些衣服考究、头发上抹了油的孩子。农民们在胸前画十字，鞠躬，把头发甩到后面去。女人们，特别是那些老太婆，都用黯淡无光的眼睛盯住一个有许多蜡烛照着的圣像，捏紧她们并拢的手指头，有力地点一下额头上的头巾，再点两个肩膀和肚子；她们嘴里不出声地念叨，弯腰站着，或者跪下。孩子们学大人的样子，一见有人在瞧他们，就起劲地做祷告。那些缠着金色螺旋纹的大蜡烛，以及从四面八方把它们围住的许多小蜡烛，照得金黄的圣像壁像是起了火。枝形大烛架上插满了蜡烛。从唱诗班那边传来业余歌手的欢畅的歌声，其中夹杂着粗重的男低音和尖细的童高音。

涅赫柳多夫走到前边去。上等人站在教堂的正中，其中有一个地主带着他的妻子和穿着水兵制服的儿子，有警察分局局长，有电报员，有一个穿着高腰皮靴的商人，有一个佩戴着徽章的村长。读经台右边，在地主太太身后，站着马特廖娜·帕夫洛夫娜，穿着亮闪闪的淡紫色连衣裙，戴着坠流苏的白色披巾。卡秋莎跟她站在一起，穿一件白色连衣裙，胸前缝着皱褶，系一根浅蓝色腰带，黑头发上扎着一个红花结。

一切都欢乐，庄严，畅快，美丽。司祭们穿着发亮的银丝线法衣，挂着金十字架。另外还有一个助祭，还有些诵经士，穿着节日的银丝线和金丝线祭服。业余歌手穿着节日的盛装，头发上擦了油。节日赞美歌的欢乐的音调，听起来像是舞曲。司祭们举着插了三支蜡烛、装饰着花朵的烛架，不停地为人们祝福，不住反复叫道："基督复活了！基督复活了！"一切都美丽，然而最美丽的却是穿着白色连衣裙、系着浅蓝色腰带、黑头发上扎着红花结、眼睛快活得发亮的卡秋莎。

涅赫柳多夫感到她虽然没回过头来，却看见他了。这是他在经过她的身边，往祭坛那边走过去的时候看出来的。他本来没有什么话要对她说，不过他想了想，在走过她身边的时候说：

"姑姑说，她在做完晚午祷以后就开斋了。"

如同平时她见到他一样，她的青春的血涌上了她整个那张可爱的脸。她的黑眼睛微微抬起来，笑着，欢欢喜喜，天真地瞅着涅赫柳多夫。

"我知道。"她说，微微一笑。

这时候，一个诵经士拿着铜咖啡壶，从人群里挤过来，走过卡秋莎身边，眼睛没有看着她，他的祭服的衣襟却擦着她了。这个诵经士分明出于对涅赫柳多夫的尊敬，要从他旁边绕过去，才擦到了卡秋莎。涅赫柳多夫却暗自觉得奇怪：他，这个诵经士，怎么会不明白这儿的一切东西，以至全世界的一切东西，都只是为了卡秋莎才存在的，人对世界上的一切东西都可以怠慢，独独不能对她这样，因为她就是万物的中心。为了她，圣像壁的黄金才光芒四射，枝形大烛架和那些烛台上的所有蜡烛才大放光明；

为了她，人们才发出欢乐的歌声："主的复活节来了，欢乐吧，人们。"世界上凡是好的东西，一切好东西，都是为了她才存在的。他觉得卡秋莎好像也明白这一切都是为了她才存在的。这样的感觉是涅赫柳多夫瞧着她那带皱褶的白色连衣裙裹着的苗条身材，瞧着她那张聚精会神、喜气洋洋的脸的时候生出来的。他从她脸上的表情看出来，她的灵魂里恰好也唱着他的灵魂里所唱的那种歌。

在早午祷和晚午祷中间的那段时间里，涅赫柳多夫走出了教堂。人们都给他让路，对他鞠躬。有的人认得他，有的人却问："他是谁家的?"他在门廊上站住。乞丐们围上来，他就把钱夹里所有的零钱统统散给他们，从门廊的台阶上走下去。

天色已经很亮了，可是太阳还没升上来。人们散布在教堂周围的坟地上。卡秋莎还待在教堂里，涅赫柳多夫就停下来等她。

人们仍旧陆续走出来，他们的皮靴底上的钉子把石板踩得叮叮地响。他们走下台阶，分散到教堂的院子里和墓园里去。

玛丽亚·伊万诺夫娜的做糖果点心的厨师是一个龙钟老者，这时候摇着颤巍巍的头，拦住涅赫柳多夫，按复活节的规矩跟他互相吻了三次。他的妻子是老太婆，戴着一块绸子的三角头巾，头巾下边露出她那皱皮的喉部，这时候从手绢里取出一个染得红里透黄的鸡蛋，送给涅赫柳多夫。这当儿有一个年轻力壮、满面笑容的农民走过来，身上穿一件崭新的外衣，拦腰系一根绿色的宽腰带。

"基督复活了。"他说，眼睛里闪着笑意，走到涅赫柳多夫跟前，带来一股农民身上所特有的好闻的气味。他把蜷曲的胡子送上来，搔得涅赫柳多夫的脸上发痒，再把他那有力的嫩嘴唇对着涅赫柳多夫的嘴唇吻了三次。

正当涅赫柳多夫跟这个农民亲吻，然后收下他所送的一个深棕色鸡蛋的时候，马特廖娜·帕夫洛夫娜的亮闪闪的连衣裙和那个黑发上扎着红花结的、可爱的头出现了。

她立刻从走过她面前的人们的头顶上望过来，瞧见了他。他看到她脸上放光了。

她跟马特廖娜·帕夫洛夫娜一块儿走出来，在门廊上站住，散给乞丐们一些钱。有一个乞丐已经烂掉了鼻子，痊愈后只剩下一块红疤，这时候走到卡秋莎跟前来。她就从手绢里拿出一个什么东西，送给他，然后凑到他跟前去，吻了他三次，没有表现出一丝一毫的厌恶神情，正好相反，她的眼睛仍旧快活地放光。正当她吻那个乞丐的时候，她的眼睛遇到了涅赫柳多夫的目光。她仿佛在问：这件事她做得好吗，做得对吗？

“做得对，做得对，亲爱的，样样都好，样样都美，我爱你。”

她们两个人走下门廊的台阶，他就往她那边走过去。他并没打算行复活节亲吻礼，只不过是想跟她挨得近一点罢了。

“基督复活了！”马特廖娜·帕夫洛夫娜说，低下头，微笑着，她的口气似乎在说：今天我们大家都平等了。她把手绢揉成一小团，擦干净她的嘴，把嘴唇送到他跟前去。

“真的复活了。”涅赫柳多夫回答说，吻她。

他看了卡秋莎一眼。她脸红了，同时向他这边走过来。

“基督复活了，德米特里·伊万诺维奇。”

“真的复活了。”他说。他们互相吻了两回，仿佛拿不定主意该不该再吻一次，后来又似乎决定应该再吻一回才对，他们就又吻了第三回，两个人都微微地笑了。

“你们是要去找司祭吗？”涅赫柳多夫问。

“不，我们就在这儿坐一会儿，德米特里·伊万诺维奇。”卡秋莎说，好像刚刚做完一种愉快的工作似的用她的整个胸膛沉重地呼吸着，抬起她那对温顺的、贞洁的、热爱的、略微有点斜睨的眼睛照直瞧着他的眼睛。

男女之间的爱情总有一个时刻达到顶点，到了那个时刻这种爱情就没有什么自觉的、理性的成分，也没有什么肉欲的成分了。这个基督复活节的夜晚，对涅赫柳多夫来说，就是这样的时刻。每逢他现在回忆卡秋莎，虽然他跟她在各种场合见过面，可是这段时候的情景总是盖过其他的一切时候。她那生满平滑发亮的黑发的小脑袋，她那件带着皱褶、严实地包紧她的苗条身材和不高的胸脯的白色连衣裙，她脸上泛起的红晕，她那对由于一夜没有睡觉而微微斜睨的、温柔的、亮晶晶的黑眼睛，总之她周身上下，都表现出两个主要的特征：她用她那清白贞洁的爱情不但在爱他（这是他已经知道的），而且在爱所有的人和所有的东西，也不但是爱世界上所有美好的事物，而且还爱她刚才吻过的那个乞丐。

他知道她心里有那样的爱情，因为那天夜里和第二天清晨他感到他的心里也有那样的爱情，而且感到他和她在那样的爱情里合而为一了。

唉，要是一切都停留在那天夜里发生的那种感情上，那多么好啊！“是的，整个那件骇人听闻的事是在基督复活节那个夜晚过去以后才发生的！”现在他坐在陪审员议事室里的窗子旁边，暗自想着。

十六

无法抵制住欲望的诱惑，兽性终于践踏了美好，那抽身离去的身影怎会顾及到伤痕的疼痛，破碎的不仅是河上的薄冰，更是像无价之宝般纯洁的爱情，为了缓解良心上的不安，涅赫柳多夫竟选择了把罪恶感抛弃一边，一切将在以后的岁月被重新提起。

涅赫柳多夫从教堂回到家里以后，跟他的姑姑们一块儿开斋，并且按照在军队里养成的习惯，为了提一提神而喝了白酒和葡萄酒，然后回到他自己的房间里，连衣服也没有脱，立时就睡熟了。一阵敲门声把他惊醒。他从敲门声中听出是她来了，就坐起来，揉一揉眼睛，伸了个懒腰。

“卡秋莎，是你吗？进来吧。”他下了床说。

她把房门略微推开一点。

“开饭了。”她说。

她仍旧穿着那件白色连衣裙，不过头发上的花结不在了。她看一下他的眼睛，喜笑颜开，倒好像她是来对他报告一个不同寻常的喜讯似的。

说明涅赫柳多夫卡秋莎的到来表示很高兴。

“我马上就去。”他回答说，拿起梳子，想梳一下头发。

她站在那儿没走。他发觉了这一点，就丢下梳子，往她那边走过去。可是这当儿她很快地扭转身，迈开她平素那种又轻又快的步子，踩着过道上的长地毯走去。

“我这个人真傻，”涅赫柳多夫对自己说，“我为什么不把她留住呢？”

他就跑着在过道上追她。

究竟他打算把她怎么样，他自己也不知道。不过，他觉得，她到他的房间里来的时候，他本来应该做一件什么事，做一件一般人在这种情形下都会做的事，可是他没有做。

多处提到“一般人”，可见涅赫柳多夫道德的标杆不是听从内心的良知，而是盲从于他人的罪恶，在群体中罪恶被分担。

“卡秋莎，你等一下。”他说。

她回过头来看他。

“您有什么事?”她暂时停住脚，说。

“没什么事，不过……”

他鼓起劲来，想起在这类情形下，一般男人处在他的地位通常会有什么举动，就伸出胳膊去搂住卡秋莎的腰。

她站住没动，瞧着他的眼睛。

“别这样，德米特里·伊万诺维奇，别这样，”她说着，涨红了脸，几乎流出了眼泪，然后她用她的又硬又有力的手推开他那只搂住她的胳膊。

涅赫柳多夫放她走了。一时间他不但感到别扭、害臊，而且感到厌恶自己。他本来应当相信他自己才对，可是他不明白这种别扭和羞臊正是他灵魂里的最善良的感情在寻求出路，反而认为这说明他笨，他应该按照一般人所做的那样去做。

他就再一次追上她，又搂住她，吻她的脖子。这一吻完全不同于前两次的吻，也就是以前在丁香花丛后面那不由自主的一吻和今天早晨在教堂那儿的又一次接吻。这一吻是可怕的，这一点她也感觉到了。

“您这是干什么呀?”她叫起来，从她的声调听来，倒好像他打碎一件无价之宝，无法挽回了似的。她躲开他，加快步子跑掉了。

破灭的开始。

他走进饭厅里。他的装束考究的姑姑们、一个医师和一个女邻居，已经在一张放冷荤菜的小桌旁边站着。一切都那么平常，可是涅赫柳多夫的灵魂里却起了风暴。凡是别人对他说的话，他一概没有听懂，他回答的话也是文不对题。他心心念念想着卡秋莎，回味他刚才在过道里追上她以后的那一吻。他没心去想别的事情。每逢她走进房间里来，他没用眼睛看她，却全身心都感觉到她就在身边，他必得极力按捺自己才能不抬起眼睛来看她。

吃过饭后，他立刻回到他自己的房间里，心情极为兴奋，在房间里久久地走来走去，仔细地听着这所房子里的响声，等着她的脚步声。在他身上活着的兽性的人，现在不但已经抬起头来，而且把他第一次做客期间，以至今天早晨在教堂里的时候还在他身上活着的那个精神的人踩在脚下，那个可怕的兽性的人如今独自霸占了他的灵魂。尽管他不住地跟踪她，可是那一整天他都没有能够找到机会跟她单独见面。多半她在躲他。不过到了傍晚，事有凑巧，她不得不到他住着的房间的隔壁房间里去。医师留在这儿过夜了，卡秋莎得为这个客人布置床铺。涅赫柳多夫听见她的脚步声，就放轻脚步，屏住呼吸，仿佛打算干什么犯罪的事似的，跟着她走进那个房间里去。

终于放出心中的兽性，本能和欲望无限地扩张，变成了罪恶。

她已经把她的两只胳膊伸进一个干净的枕头套里，用手揪住枕头的两个角，这时候回过头来看他一眼，微微一笑，然而这不是以前那种欢畅快乐的笑容，却是战兢兢的、可怜样的笑容。这个笑容仿佛在对他说：他要做的事是恶劣的。他一时间愣住了。现在还有挣扎的余地。他对她的真实的爱情的声音，虽然微弱，可是毕竟响起来了，正在对他述说她，述说她的感情，述说她的生活。然而，另外一个声音却在说：注意，你要错过你自己的享乐，你自己的幸福了。这第二个声音盖过了第一个声音。他就坚决地走到她跟前去。可怕的和无法抑制的兽性感情已经把他抓住了。

内心仍有斗争，善与恶从不同的两极拉扯着他的灵魂。作者对于这种内心细腻的感情刻画得十分到位。

涅赫柳多夫搂住她不放手，硬要她在床上坐下。他觉得另外还有别的什么事要做，就在她的身旁坐下。

“德米特里·伊万诺维奇，好人，劳驾，放开手吧。”她用可怜的声调说。“马特廖娜·帕夫洛夫娜来了！”她叫道，挣脱了身子。果然有一个什么人往门口这边走过来。

“那么我晚上去找你，”涅赫柳多夫说，“你不是一个人在屋里吗？”

“您在说什么呀？万万使不得！您别这样。”她只是口头上这样说，她那激动慌张的全身却说出了另外一些话。

只是口头上说，肢体语言却表达了另外的意思，表明她早已倾慕于他。

走到门口来的果然是马特廖娜·帕夫洛夫娜。她走进房间里，胳膊上搭着一条被子，用责备的目光看涅赫柳多夫一眼，生气地责备卡秋莎不该拿错被子。

涅赫柳多夫默默地走出去。他甚至没有感到害臊。他凭马特廖娜·帕夫洛夫娜的脸色看得出她在责难他，明白她对他的责难是对的，知道他自己做的事恶劣，然而兽性的感情已经从他往日对她的优美的爱情下面挣脱出来，控制住他，独自称霸，不承认其他的任何感情了。现在他知道，应该怎样做才能满足这种感情，正在想方设法照那样做。

马特廖娜某种意义上代表了要阻止这项罪过发生的涅赫柳多夫的善心。

整个傍晚他失魂落魄，一会儿走到姑姑们的房间里去，一会儿又走出来，回到他自己的房间里，后来又在门廊上站住，脑子里只盘算着一件事，那就是怎样才能跟她单独见面。可是，不但她在躲避他，马特廖娜·帕夫洛夫娜也极力不许她离开身边。

这个人物与涅赫柳多夫的良心共同见证了这场悲剧。

十七

在这种暧昧的夜晚“漆黑、潮湿、温暖”充满了神秘和诱惑，这样的夜晚为犯罪行恶提供了掩护。“冰层在碎裂”是一种隐喻。“奇怪的声响”预示了一种不寻常。

整个傍晚就这样度过去，黑夜来临了。那个医师去睡觉了。姑姑们躺下安歇了。涅赫柳多夫知道马特廖娜·帕夫洛夫娜目前在姑姑们的卧室里，只有卡秋莎一个人待在女仆房间里。他就又走出去，在门廊上站住。门外漆黑，潮湿，温暖。整个空中弥漫着白茫茫的大雾，在春天，这样的雾消融着残雪，或者正是因为残雪在融化，才升起了这样的雾。正房前边，百步开外，在陡坡底下有一条河，传来一种奇怪的响声：那是冰层在碎裂。

涅赫柳多夫从门廊上走下去，踩着结了冰的雪走过泥塘，来到女仆房间的窗子跟前。他的心在胸膛里跳得那么响，他自己都听见了。他时而屏住呼吸，时而费力地深深吐一口气。女仆房间里点着一盏小灯。卡秋莎独自坐在桌旁，正在沉思，眼睛呆望着前面。涅赫柳多夫一动不动地瞧了她很久，想看一下她自以为没有人瞧着她的时候会做些什么。有两分钟光景，她坐在那儿不动，然后抬起眼睛来，微微一笑，仿佛责备自己似的摇一摇头，然后变换一个姿势，把两条胳膊猛地往桌上一放，呆呆地望着前面。

“仿佛责备自己似的摇一摇头”表明卡秋莎的内心的挣扎，充满矛盾。“古怪的响声”又一次提及。充满神秘色彩的环境描写恰到好处地渲染了气氛，用烘托的手法，表达出人物的心理状态。

他站在那儿瞧着她，不由自主地听着他自己的心跳声和从河上传来的古怪的响声。那边，在河上，在雾里，正在进行一种不停的、缓慢的工作，不知是一个什么东西时而呼哧呼哧地喘气，时而咔嚓一声裂开，时而哗啦一声倒下来，时而薄冰像玻璃似的碰得玎玲玎玲地一响。

他站在那儿，瞧着卡秋莎的心事重重的、由于内心斗争而苦恼的脸。他不由得怜惜她，然而，说来奇怪，这种怜惜反而加强了他对她的欲念。

这种欲念已经完全控制住他。

他敲敲窗子。她仿佛触了电似的，全身一震，脸上露出害怕的神情。然后她跳起来，走到窗前，把她的脸凑近窗玻璃。甚至在她伸出两个手掌，像护眼罩似的放在她的眼睛两旁，然后认出他的时候，那害怕的神情也仍旧没有离开她的脸。她的脸色异常严肃，他以前从没见过她的脸像这个样子。直到他微微一笑，她也才微微一笑，而且仿佛只是为了迎合他才微笑的，她心里并没有笑意，而只有恐惧。他对她招手示意，要她到院子里来找他。可是她摇头，意思是说不，她不出去。她仍旧站在窗子那儿不动。他再一次把他的脸凑近窗玻璃，想对她喊一声，叫她出来，可是这时候她回过头去看房门口，分明有人在叫她。涅赫柳多夫就从窗子跟前走开了。雾那么浓，离开房子只有五步远就看不见窗子，只有黑糊糊的一大堆东西，从中照出一片似乎很大的红色灯光。<u>河上仍旧发出奇怪的喘气声、窸窣声、爆裂声、冰块相碰的玎玲声。</u>院子里，不远的地方，在迷雾中，有一只公鸡啼起来，附近就有别的公鸡接应，随后远处村子里传来互相打岔而又合成一片的鸡鸣声。四下里，除了那条河以外，十分肃静。这时候已经是第二遍鸡叫了。

> 文章第三次提到河上发出的奇怪的声音。这种由各种声音交织在一起的响声，暗示主人公当时激烈的心理状态和情节的紧张。

涅赫柳多夫在房子的墙角那儿来回走了两趟，有好几次把脚踩进泥塘里去，后来又走到女仆房间的窗子跟前。灯仍旧点着，卡秋莎又独自一个人靠着桌子坐定，好像心里七上八下拿不定主意似的。他刚刚走到窗子跟前，她就瞧他一眼。他敲了敲窗子。她也没细看是谁在敲窗子，就立刻从女仆房间里跑出去。他听见门扣咔地一响，然后外边的房门吱吱扭扭地开了。这时候他已经在门道的旁边等她，一句话也没说，立刻伸出胳膊去搂住她。她偎紧他，扬起她的头，用她的嘴

> 没有看清楚就跑了出去，而且是“立刻”暗示了卡秋莎当时激动的心情。

唇去迎接他的吻。他们站在门道的一个墙角后边，那儿的雪已经化掉，土地是干的。他周身充满一种煎熬着他的、没有得到满足的欲望。忽然，外边的房门又咔地一响，又吱吱扭扭地开了，传来马特廖娜·帕夫洛夫娜生气的声音：

“卡秋莎!”

她抽身离开他，回到女仆房间里去。他听见门扣一声响，扣上了。这以后一切都归于沉寂，窗子里的红光不见了，只剩下大雾和河上的闹声。

河上的闹声还在，暗示事情怎能就此平息？

涅赫柳多夫往窗子跟前走过去，然而什么人也没看见。他敲窗子，也没有人应声。涅赫柳多夫绕到前门的门廊上，走回正房里去，可是睡不着觉。他就脱掉靴子，光着脚，顺着过道往她的房门口走过去，她的房间同马特廖娜·帕夫洛夫娜的房间紧挨着。起初他听见马特廖娜·帕夫洛夫娜发出平稳的鼾声。他正想往前走，忽然马特廖娜·帕夫洛夫娜咳嗽起来，翻了个身，她的床吱吱嘎嘎地响。他的心停住跳动，他呆站了大约五分钟。等到一切又沉寂下来，平稳的鼾声又响起来，他就极力把他的脚踩在不嘎吱嘎吱响的地板上，往前走去，来到她的房门口。任什么声音也听不见。她分明没有睡着，因为她的呼吸声听不到。他刚刚压低喉咙叫一声“卡秋莎”，她就跳下床，走到房门口来，劝他走掉，她的声调依他听来仿佛在生气似的。

仿佛是再次的警告，他已经紧张地停止了心跳。

“跳”下床，更是体现了急切的心情。

“这像什么话？哎，怎么可以这样？您的姑姑会听见的。”她嘴上这样说着，而她的全身却在说，“我整个都是属于你的。”

口是“身”非，心有灵犀，两情相悦，水到渠成。

只有这句话涅赫柳多夫才听明白了。

“得了，你开一会儿门吧。我求求你。”他说着这些毫无意义的话。

她不出声，然后他听见一只手摸索着找门扣的声音。门扣咔地一响，他就顺着推开的门缝溜进去。

这时候她穿着又粗又硬的布内衣，裸露着胳膊；他抓住她，抱起她来，把她带走。

“哎呀！您这是干什么呀？”她小声说。

可是他不理睬她的话，把她抱到他自己的房间里去。

“哎，别这样，放开我吧。”她说，可是她的身子更偎紧他了。

“更偎紧”这一动作加速了事情的发展。

等到她周身发抖，一声不响，也不搭理他说的话，从他那儿走掉了，他就走出去，来到门廊上，站住不动，极力思索刚才发生的这件事的意义。

外边亮得多了。下边，河面上，冰块的崩裂声、磕碰声、喘息声越发响起来，而且在原有的各种响声之外，还添上了流水的潺潺声。大雾开始往下降，下弦月从雾幕后面升起来，朦胧地照着一个乌黑而可怕的什么东西。

“这到底是怎么回事：我所遇到的究竟是很大的幸福呢，还是很大的不幸？”他问自己。“这种事是素来就有的，大家都是这样做的，”他对自己说，然后就回去睡觉了。

第四次写到河上“奇怪的响声”，“越发响起来”暗示情节发展到高潮。“流水的潺潺声”似乎表现了经过暴风雨的洗礼后的一种安宁，但“一个乌黑而可怕的什么东西”又似乎预示了女主人公未来凶险而曲折的命运。

十八

第二天，风度翩翩、兴高采烈的申博克到涅赫柳多夫的姑姑们家里来找他。申博克凭他的文雅、殷勤、欢畅、慷慨、对德米特里的热爱，把姑姑们完全迷住了。他的慷慨虽然使得姑姑们很喜欢，可是又未免过火，弄得她们简直有点摸不着头脑。门外来了几个瞎眼的乞丐，他一出

使一个人物形象丰满，在描述其性格特征后，给出具体的事例是必要的。

手就给一个卢布。给仆人们的赏钱，他一下子就拿出十五卢布。他待在这儿的时候，凑巧索菲娅·伊万诺夫娜的小狮子狗秀泽特卡的爪子受了伤，出了血，他就自告奋勇替它包扎，一分钟也没犹豫就把他的花边的麻纱手绢取出来，撕成一条条，给秀泽特卡做了绷带（索菲娅·伊万诺夫娜知道，像那样的手绢每打的价钱不会下于十五卢布）。姑姑们从没见过这样的人，却不知道这个申博克已经欠下二十万卢布的债，这笔债，他知道，是永世也还不清的，因此二十五卢布上下的钱在他也就算不得一回事了。

这个人已经是“虱子多不怕咬”了。

申博克只逗留了一天，当天晚上就同涅赫柳多夫一起动身走掉了。他们不能再多耽搁，因为到军队报到的最后期限已经到了。

涅赫柳多夫在姑姑们家里度过的最后一天当中，前一天夜里的事在他的记忆里还很新鲜，因而有两种心情在他的灵魂里激荡着，相持不下：一种是兽性的爱情所留下的烈火般的、色情的回忆，虽然这种爱情远不及它所应有的那样美满，不过他总算达到了目的，多少得到了一点满足；另一种是他体会到他自己做了一件很坏的事，这件坏事必须弥补一下才行，然而这种弥补却不是为她，而是为他自己。

在涅赫柳多夫当时所处的那种利己主义的疯魔状态里，他只顾到他自己，所考虑的是如果人家知道他这样对待她，他会不会受到责难，这种责难会达到什么程度，而不是考虑她目前的心境怎样，她以后会有什么样的遭遇。

连伤害了他人的时候，想到的也只是自己的解脱的人，确实是陷入了利己主义的泥潭之中。只想救赎自己，此时的涅赫柳多夫对罪恶的认识是局限的，眼中只有自己的人，看不清楚世界与真理。

他觉得申博克猜出他同卡秋莎的关系了，这使得他的虚荣心得到了满足。

“怪不得你对姑姑们忽然起了这么大的孝心，居然在她们家里住了一个星期，”申博克见到卡秋莎以后，对他说，“换了我处在你的地位，我也不肯走了。她可真招人爱啊!”

他还想到，虽然他没有充分享受到他同她的这种爱情的快乐，现在就此走掉未免可惜，不过既然非走不可，倒也未尝没有好处，那就把这种难于保持下去的关系索性一刀两断。他另外又想到，应当给她一笔钱才对，这倒不是为她着想，不是因为这笔钱在她可能有用，而是因为大家素来都这样做，因为他在使用她以后，假如不因此给她一笔钱，别人就会认为他是个不正直的人。他也真的给了她一笔钱，而且就他的身份和她的身份来说，他认为那笔钱要算是相当丰厚的了。

文中“使用”一词，很有侮辱性的意味。这时的他，只想用钱息事宁人，买到自己的良心上的安稳。

在他动身的那天，吃过中饭以后，他在前堂里等她。她一看见他，脸就红了，打算从他身旁走过去，而且使一个眼色，要他注意女仆房间的开着的房门，可是他把她拦住。

“我想跟你告别，”他说，手里揉着一个信封，里边装着卢布的钞票，“这是我给你的……”

她猜出来了，就皱起眉峰，摇头，推开他的手。

“不，你收下吧。”他吞吞吐吐地说，把信封塞在她的怀里。他仿佛给火烫伤了似的，皱起眉头，哼哼唧唧，跑回他的房间里去。

“仿佛给火烫伤了似的”表明他想卸下的是心灵的重负，将之远远的抛诸于脑后。

这以后他在房间里来回走了很久，一想起刚才那个场面就扭动身子，甚至跳起来，而且大声叹气，倒好像他肉体上有什么痛苦似的。

“可是这有什么办法呢？大家素来都是这样做的。申博克就跟一个女家庭教师发生过这样的事，他自己讲过。格里沙舅舅也有过这样的事。就连爸爸也有过，他当初住在乡下的时候，就跟一个农家的女人生下一个私生子米坚卡，至今还活着。要是大家都这样做，那么可见，这就是理所当然的。”他照这样安慰自己，可是无论如何也不能使他自己心安。这件事的回忆燃烧着他的良心。

“大家”又一次成为他为自己罪恶开脱的挡箭牌，又一次用“大家都这样做”的道德标杆安抚自己。

在他的心灵深处，最深的深处，他知道他的行为极其恶劣，卑鄙，残忍。他对自己的行为既然有这样的看法，他就非但不能指责别人的错处，而且也不敢正眼看别人，更不要说照平素那样自认为是一个优美、高尚、慷慨的青年人了。然而为要继续理直气壮、兴致勃勃地生活下去，他又非把自己看作这样的人不可。那么要做到这一点，只有一个办法，就是不去想它。他真就照这样做了。

他当时去参与的那种生活，那种新的地点、新的同事和战争，对这一点倒是颇有帮助的。他越是生活得久，也就越是忘得多，最后果然完全忘光了。

只有一回，那是在战事结束以后，他顺路到姑姑们家里去，希望见到卡秋莎，却听说她已经不在那里。他走后不久，她就离开姑姑们的家去分娩，在一个什么地方生下了一个孩子。后来，据姑姑们听说，她完全变坏了。他听了这些，心里很不好受。按时间来推算，她所生的孩子可能就是他的孩子，不过也可能不是他的。姑姑们说她学坏了，说她本来就跟她的母亲一样天性淫荡。姑姑们的这种判断，他听了很受用，因为这仿佛开脱了他的罪责。起初他倒还打算寻访她和孩子，可是后来，只因为一想到这件事，他的心灵深处就感到过于痛苦，过于可耻，他就没有为寻访做出必要的努力，反而赶快忘掉自己的罪恶，索性不去想它了。

但是当他在法庭上遇到卡秋莎后，埋藏在心底十几年的事又被想起，他处于深深的矛盾之中，托尔斯泰在这段描写中，把一个做过坏事的青年的那种不安、矛盾的心理写得清清楚楚。

然而，现在，这种惊人的巧遇使他想起了一切，硬逼着他承认他自己没有心肝、残忍、卑鄙，惟其如此他才可能在良心上背负着这样的罪恶而心安理得地生活了这十年。可是要他承认这一切，现在还远远说不上，目前他所考虑的只是千万别让外人知道这件事，她或者她的辩护人千万别把这件事和盘托出，千万别弄得他当众出丑才好。

情境赏析

“门外漆黑……那是冰层在碎裂。”“他站在那儿瞧着她……时而薄冰像玻璃似的碰得玎玲玎玲地响。”“河上仍旧发出奇怪的喘气声、窸窣声、爆裂声、冰块相碰的玎玲声。”“下边，河面上……朦胧地照着一个乌黑而可怕的什么东西。”

在这个骚动的夜晚，涅赫柳多夫占有了马斯洛娃，作者使用了大段的景物描写：茫茫的雾，从河上传来冰块断裂的声音……这种景物描写与人物的心理互相应和，恰到好处地烘托了人物的内心世界和精神活动。托尔斯泰不愧为一代文学巨匠。

名家点评

《复活》不见了青春和诗意的想象，只剩几段对初恋的回忆，会使读者的心灵陶醉在音乐般的强烈节律中。

——（法）罗曼·罗兰

十九

这次巧遇引起的回忆，让涅赫柳多夫在情感上波澜起伏，心灵上强烈触动。他一面恐惧，想要逃避，心惊肉跳；一面意识到负罪的羞耻，自己不是去审判别人，而是被人审判，让我们继续走进这场审判，看看他的内心是怎样受煎熬，情绪是如何波动的吧！

涅赫柳多夫从法庭里出来，走进陪审员议事室里的时候，正好处在这样的精神状态里。他在窗旁坐下，听四周的人谈话，不住地吸烟。

那个快活的商人分明满心同情商人斯梅利科夫的消闲方法。

“嘿，老兄，他玩得可真痛快，很有点西伯利亚的气派呢。他挺有眼光，看中的那个妞儿真不错。”

首席陪审员正在发表一种见解，说最重要的事莫过于鉴定。彼得·格拉西莫维奇跟那个犹太籍店员开玩笑，他们为了一句什么话哈哈大笑起来。涅赫柳多夫遇到别人问他话，总是用一两个字回答了事。他只巴望一件事，就是别人不要来打搅他。

民事执行吏踩着歪步走来，又一次请求陪审员们回到法庭里去，这时候涅赫柳多夫却感到心惊肉跳，仿佛他不是去审判别人，而是他自己去受审似的。他在心灵深处已经体会到他是个坏人，应当羞于正眼看人才对，然而他仍旧拗不过习惯，用平素那种方寸不乱的动作登上那个高台，紧挨着首席陪审员，在他原来所坐的第二把椅子上坐下，把一条腿架在另一条腿上，手里摆弄着他的夹鼻眼镜。

被告们本来也已经押出去，不知送到什么地方去了，这时候刚刚又给押回来。

法庭里添了新人，都是证人。涅赫柳多夫发现马斯洛娃有好几次瞅着一个装束极其华丽、周身是绸缎和丝绒的胖女人，好像她的眼光离不开她似的。那个女人坐在栏杆前面的头一排座位上，头上戴着很高的帽子，上面扎着大花结，胳膊从手裸露到肘部，上面挂着一个精致的手提包。后来他才知道那个女人是证人，就是马斯洛娃所在的那个妓院的女掌班。

法庭开始审讯证人，问他们的姓名、宗教信仰等等。随后，庭长问两旁的法官要不要让证人们宣过誓以后再加以审问。紧跟着，原先那个老司祭又费力地挪动着两条腿走过来，又像先前那样把绸法衣前胸上的金十字架摆一摆正，带着证人和鉴定人宣誓，态度也像先前那样安详从容，相信他在做一件十分有益而重大的工作。等到宣誓结束，所有的证人都被带出庭外去，只留下一个人，就是妓院女掌班基塔耶娃。法庭要求她讲一讲关于这个案子她所知道的一切情形。基塔耶娃就做出一脸的谄笑，每说一句话就点一下戴着帽子的头，带着日耳曼人的口音，详详细细、有条有理地讲了一遍。

首先到她的妓院里来的，是她所熟识的旅馆茶房西蒙，为一个西伯利亚的富商物色一个姑娘。她就打发柳芭莎（柳博芙）去。过了不大的工夫柳芭莎跟那个商人一块儿回来了。

“那个商人已经有点迷迷乌乌（糊糊）了，”基塔耶娃说，微微一笑，“他在我们这儿仍旧喝酒，还款待那些姑娘。可是他身上的钱不够，就打发这个柳芭莎到他的旅馆房间里去取钱，他对这个姑娘已经有了京（情），”她看一眼女被告说。

涅赫柳多夫仿佛看见马斯洛娃听到这儿微微一笑，他觉得这种微笑惹人恶心。他心里生出一种古怪而模糊的厌恶心情，其中还夹杂着怜悯。

“那么您对马斯洛娃有什么看法?”一个经法庭委派担任马斯洛娃辩护人的司法工作候补人员涨红了脸，胆怯地问道。

“她很袄（好），”基塔耶娃回答道，“这个姑娘受过教育，很有派头。她是在一个上流人家长大的，会看法文书。偶尔她喝多了一点儿酒，不过从来也不撒野。她是个十分袄的姑娘。”

卡秋莎瞅着女掌班，可是后来忽然把她的眼光转到陪审员这边来，停在涅赫柳多夫身上，她的脸色变得严肃，甚至严厉了。她那两只严厉的眼睛当中，有一只是斜睨的。这两只古怪地看人的眼睛，对着涅赫柳多夫瞧了相当久，他虽然提心吊胆，却又不能移开他的目光而不看那对眼白清亮、目光斜睨的眼睛。他不由得想起那个可怕的夜晚、那崩裂的冰块、那满天大雾，尤其是想起了将近早晨才升上来的弯弯的下弦月，照着一个乌黑而可怕的什么东西。目前这两只虽然瞅着他却又没看见他的黑眼睛，使得他想起了那个乌黑而可怕的什么东西。

“她认出我来了！”他暗想。他仿佛觉得有人要兜头打下来，就把身子往后一缩。可是她没有认出他来。她平静地叹一口气，又开始瞧着庭长。涅赫柳多夫也叹一口气。“唉，快点审完才好。”他想。这时候，他生出一种近似在打猎的时候不得不把一只受伤的飞禽弄死的心境：又是厌恶，又是不忍心，又是懊恼。那只没有断气的飞禽在猎物袋里不住地扑腾：又讨厌，又可怜，使人不由得想赶快弄死它，把它忘掉才好。

目前，涅赫柳多夫听着法庭审问证人，在他心中起伏着的就是这种混杂的心情。

二十

可是，仿佛故意同他为难似的，这个案子拖得很久。先是法庭依次讯问一个个证人和鉴定人，紧接着副检察官和辩护人照例装出一本正经的样子提出种种不必要的问题，然后庭长请陪审员们检察物证，其中有一个很大的戒指，分明是戴在极粗的食指上的，上面镶着梅花形钻石。另外还有一个滤器，其中装着化验出来的毒药。这些物品都盖上火漆印，贴着标签。

陪审员们正准备去看那些物件，不料副检察官又站起来，要求在察看那些物证以前先宣读医师的验尸报告。

庭长正在尽可能快地赶办这个案子，为的是赶着去会见他的瑞士姑娘。他虽然很清楚地知道宣读那个文件不会有其他任何效果，只会惹人厌烦，推迟吃中饭的时间，而且他知道副检察官所以要求宣读那个文件，也只不过是因为他有权利提出这种要求罢了，可是他仍旧不能拒绝，只能表示同意。书记官就取出那个文件来，又用没精打采而又分不清卷舌音 л 和 p 的声调念起来：

根据外部检查，证明：

（一）费拉蓬特·斯梅利科夫身长二俄尺十二俄寸。

“嘿，好大的一条汉子，”那个商人关心地凑着涅赫柳多夫的耳朵小声说。

（二）自外表观之，该人年龄大约在四十岁左右。

（三）尸体外形浮肿。

（四）全身皮肤均呈淡绿色，若干地方现出黑色斑点。

（五）尸体表皮上隆起水泡若干，大小不等，并有数处皮肤业已大块脱落，状如破布。

（六）头发为深褐色，甚为浓密，一经摸触，极易脱落。

（七）眼球暴出眼眶以外，角膜无光。

（八）鼻孔、双耳、口腔等处流出带泡脓液，口微张开。

（九）面部及胸部极为臃肿，以致颈部几乎不复能见。

等等。

照这样，四张公文纸上写满了二十七条，详详细细地叙述了那个在城里寻欢作乐的商人的可怕的、魁伟的、肥硕的、不断臃肿而且正在溃烂的尸体的外部检查情况。涅赫柳多夫原先生出的模糊的厌恶心情，如今在听了这种尸体的描绘以后，越发加强了。卡秋莎的生活、从尸体鼻孔里流出来的脓液、从眼眶里暴出来的眼球、他涅赫柳多夫对待她的那种行径，等等，依他看来都像是同一类的东西。那些东西从四面八方把他围住，把他吞没了。等到外部检查报告终于宣读完毕，庭长就深沉地吐出一口气，抬起头来，希望宣读就此完结了。可是书记官立刻又开始念内部检查报告。

庭长就又低下头去，用手托住他的脑袋，闭上眼睛。涅赫柳多夫身旁坐着的商人勉强支撑着，免得睡熟，身子不时摇晃一下。被告们坐在那儿，跟他们身后的宪兵那样一动也不动。

> 根据内部检查，证明：
>
> （一）头盖骨表皮极易脱离头盖骨而滑落，各处均无瘀血迹象。
>
> （二）头盖骨具有中常厚度，完整无损。
>
> （三）脑膜坚硬，有两小块业已变色，每一处长约四英寸，脑膜本身呈浊白色。

等等，等等，另外还有十三条。

随后是在场见证人的姓名和签字，随后是医师的结论，从中可以看出：根据尸体解剖的结果和官方呈文中的记载，这个商人的胃部起了变化，他的肠子和肾脏也有局部变化，这些都使人有权利以极大程度的可能性断定斯梅利科夫的死亡乃是由于中毒，而毒药是同酒一齐灌进胃里去的。根据肠胃现有的变化来说明灌进胃里去的究竟是什么毒药，那是困难的；然而必须认为毒药是随着酒一齐灌进胃里去的，因为在斯梅利科夫的胃里发现了大量的酒。

“看起来，他酒量可不小。”刚刚醒过来的商人又小声说。

宣读这个报告，用掉了一个钟头左右的时间，可是这还没有满足副检察官。这个报告念完以后，庭长转过脸去对他说：

“我看内脏检查报告就无须乎念了。”

“我想请求宣读这个检查报告。”副检察官微微欠起身来，眼睛没有看着庭长，厉声说道，他说话的口气使人感觉到：要求宣读是他的权利，他决不放弃这个权利，拒不承认他的权利就会构成上诉的理由。

留着大胡子、害着胃黏膜炎、生着和善的往下耷拉着的眼睛的法官，觉得体力很弱，就对庭长说：

“何必念这个呢？这无非是拖延时间罢了。这些新扫帚是扫不干净灰尘的，只不过多耗费些时间而已。”

戴金边眼镜的法官却一句话也没有说，阴郁而果断地瞧着前面。他对他的妻子也罢，对生活也罢，一概不存什么好的指望。

宣读文件开始了。

书记官又念起来，带着坚决的口气，提高了喉咙，仿佛打算驱除所有在座的人的睡意似的：

一八八×年二月十五日，本人受医务署委托，依据第六三八号指令，由副医务督察官在场监督，对下列内脏进行检验：

（一）右肺及心脏（盛于六磅玻璃瓶中）。

（二）胃内杂物（盛于六磅玻璃瓶中）。

（三）胃脏本身（盛于六磅玻璃瓶中）。

（四）肝脏、脾脏、肾脏（盛于三磅玻璃瓶中）。

（五）肠（盛于六磅陶器罐中）。

庭长从这次宣读一开始就向一个法官侧过身去，低声说话，然后向另一个法官侧过身去。他得到他们的肯定答复以后，就立刻把宣读打断。

“法庭认为宣读这个文件是多余的。”他说。

书记官就停住嘴，把文件收起来。副检察官生气地动笔记下一句什么话。

“诸位陪审员先生可以去查验物证。”庭长说。

首席陪审员和另外几个陪审员站起来，走到桌子那边去，不知道该叫自己的手做出什么动作或者摆在什么地方才好。他们依次看过戒指、玻璃瓶、滤器。那个商人甚至把戒指戴在他的手指头上试了试。

“嘿，他的手指头可真是粗得可以。”他走回他的座位去，说。“活像一根粗黄瓜。”他补充一句，暗自想象中毒丧命的商人生得多么高大魁伟，分明感到这种想象很有趣。

二十一

物证检察完毕，庭长宣布审讯工作结束。他希望快点了结这个案子，就没有宣布休息，马上请公诉人发言，指望着他也是人，也想吸烟，也想吃饭，那么他就会怜恤他们。然而副检察官既不怜恤自己，也不怜恤他们。这个副检察官天生来就极其愚蠢，除此以外又不幸在中学毕业的时候得过金质奖章，在大学由于写过关于罗马法地役权的论文而得过奖金，所以具有高度的自信，对自己很满意（他在女人方面得到的成功越发促成他这样），结果他变得格外愚蠢。临到庭长要他发言，他就慢腾腾地站起来，显出他那穿着绣花纹的制服的整个优雅身材，把两只手按在写字台上，微微低下头，向整个大厅扫了一眼，避开被告们的目光，开始发言。

“诸位陪审员先生，摆在你们面前的这个案子，”他开始发表那篇趁宣读各项报告和文件的时候准备好的演说，“如果可以这样形容的话，是一种富于特征的罪行。”

依他自己看来，一个副检察官的发言应当具有社会意义，如同已经成名的律师们发表过的著名演说一样。不错，旁听席上只坐着三个女人（一个缝衣女工，一个厨娘和西蒙的妹妹），另外还有一个马车夫，不过这也没有什么关系。司法界的名流也是这样开始他们的事业的。副检察官所信奉的原则，就是永远站在他的地位的高处，也就是探索罪行的心理意义的奥秘，揭露社会的痈疽。

“在你们面前，诸位陪审员先生，你们看见，如果可以这样形容的话，一种世纪末的富于特征的罪行。这种罪行具备着所谓可悲的腐败现象的特征。在我们这个时代，我们社会里的某些分子，处在这个腐败过程的所谓特别强烈的光芒照耀下，已经身受其害……”

副检察官讲了很久，一方面极力回忆他已经想好的种种警句，另一方面，主要的是一刻也不要停顿，务必让他的演说滔滔不绝地倾泻出来，占去一个钟头零一刻钟。只有一回他顿住了，咽了很久的唾沫，不过紧跟着又重整旗鼓，用加倍的雄辩来弥补这个间歇。他讲话一会儿用温柔讨好的声调，不住调换他的两只脚来站稳，用眼睛瞧着陪审员，一会儿又用平静郑重的口气，不时瞧一下他的笔记本，一会儿却用高亢的控告声调，时而转过脸去对着旁听的人说，时而对着陪审员们说。只有那三个被告，虽然都睁大眼睛盯紧他，他却一眼也不看他们。他的演说里引用了当时在他那班人当中极其流行的种种最新学说，那些学说不仅在当时，就是现在也被认为是科学智慧的定论。这当中有遗传学，有天生的犯罪性格论，有龙布罗索，有塔尔德，有进化论，有生存竞争，有催眠术，有暗示论，有沙尔科，有颓废论。

商人斯梅利科夫，按照副检察官所下的定义，是强壮纯正的俄罗斯人的典型，秉性宽厚，由于轻信别人，也由于宽宏大量而落在深深腐败的人们的手里，遭了殃。

西蒙·卡尔京金是农奴制度的隔代遗传的产物，这个人备受压制，没有受过教育，缺乏任何原则，甚至不信宗教。叶夫菲米娅是他的情妇，她是遗传的受害者。在她身上可以看到精神退化的人的各种征象。不过这个罪行的主要推动者是马斯洛娃，她本身就是颓废现象的最卑下的代表人物。

“这个女人，”副检察官眼睛没有看着她，说，“是受过教育的，因为我们刚才在这儿，在法庭上听到过她的女掌班的供词了。她不但会读书写字，她还懂法文。她，这个孤女，多半具有犯罪性格的胚胎。她在有知识的贵族家庭里长大成人，本来可以靠诚实的劳动生活，然而她抛弃她的恩人，沉湎于情欲，为了满足这种情欲而进了妓院。她在妓院里比别的姑娘走红运，这是因为她受过教育，不过主要的却是因为，诸位陪审员先生，正如你们刚才在这儿听到她的女掌班说过的，她善于运用一种神秘的特征操纵她的嫖客，而那种特性近来已经由科学，特别是由沙尔科学派研究出来，定名为‘暗示’了。她就是凭这种特性笼络住那个俄罗斯壮士，那个心地善良、轻信他人、家财豪富不下于萨特科的客人，利用这种信任先是盗取他的钱财，然后无情地夺去了他的生命。”

“嘿，看样子，他简直胡扯起来了。”庭长侧过身去对那个严厉的法官笑嘻嘻地说。

“十足的蠢货，”严厉的法官说。

“诸位陪审员先生，”这当儿副检察官接着说下去，优雅地摆动着他的细腰，“你们手里掌握着这些人的命运，而且就连社会的命运也多多少少掌握在你们手里，因为你们在运用你们的判决影响社会的命运。你们要领会这种罪行的意义，注意马斯洛娃之类所谓病理学上的人对社会所形成的危害。你们要保卫这个社会以免受到那种人的传染，要保卫这个社会的清白健全的分子以免受到传染而时常沦于灭亡。”

副检察官分明极其欣赏他自己的发言，不过又好像被就要做出的判决的重要性吓倒似的，颓然在椅子上坐下。

他发言的主旨，如果剥掉那些华丽的辞藻，无非是说：马斯洛娃博得那个商人的信任以后，就把他迷住，带着钥匙到他的旅馆房间里去取钱，本想把所有的钱都拿走，不料被西蒙和叶夫菲米娅撞破，只得跟他们分赃。这以后，她为了掩盖自己的罪迹，就又同商人一块儿回到旅馆里，在那儿把他毒死。

副检察官发言以后，就有一个中年人从律师席上站起来，穿一件燕尾服，露出宽阔的、浆硬的半圆形白色胸衬，理直气壮地发言，为卡尔京金和博奇科娃辩护。这是他们用三百卢布雇来的律师。他为他们两个人开脱，把罪责完全推在马斯洛娃一个人身上。

他不承认马斯洛娃所说的她在取钱的时候博奇科娃和卡尔京金都在场的供词，坚持说她既然犯了毒死人命罪，她的供词就无足轻重。至于二千五百卢布那笔钱，律师说，两个诚实勤恳的仆人是挣得出来的，他们各自得到旅客的赏钱，有时候一天有三个卢布以至五个卢布之多。商人的钱是马斯洛娃偷去的，后来交给另外的什么人了，或者甚至遗失了，因为她当时不是处在神智清醒的状态里。毒死人命罪是由马斯洛娃一个人干的。

由于这个缘故，他要求陪审员们裁定卡尔京金和博奇科娃在盗窃钱财方面无罪。即使他们要裁定这两个被告犯了盗窃罪，那么至少不要裁定他们参与毒死人命罪，或者事先参与过预谋。

这个律师结束发言的时候，刺了一下副检察官，说是副检察官先生关于遗传学的一番宏论虽然阐明了遗传方面的科学问题，然而在本案中不能适用，因为博奇科娃的父母究竟是什么样的人，还不得而知。

副检察官生气了，仿佛要咬人似的，在他的纸上记下一句什么话，带着轻蔑的惊讶神情耸了耸肩膀。

随后，马斯洛娃的辩护人站起来，胆怯地发表辩护演说，讲得结结巴巴。他不否认马斯洛娃参与过偷钱的事，只是坚持说她没有毒死斯梅利科夫的意图，她给他药粉吃只是要他睡觉罢了。他想乘机显一显他的口才，就大略讲一下当初马斯洛娃怎样受到一个男人的引诱，这才开始过放荡的生活，那个男人至今逍遥法外，然而她却不得不承受她的堕落的全部重担。可是他在心理学领域里的这种漫谈完全没有得到成功，反而弄得大家都为他害臊。等到他结结巴巴地讲到男人的残忍和女人的孤苦伶仃，庭长就有意给他解围，请求他发言要同案情贴近一点。

这个辩护人讲完以后，副检察官又站起来，为他的遗传学的论点辩护，反驳第一个辩护人说，即使博奇科娃的父母身世不明，遗传学说的真实性也丝毫不因此失效，因为遗传法则已经由科学充分确定，我们不但可以由遗传推断犯罪，而且也可以由犯罪推断遗传。至于另一个辩护人的推测，说什么马斯洛娃是被一个虚构的（他用特别恶毒的口气说出“虚构的”三个字）引诱者教坏的，那么眼前的一切证据却毋宁说明她才是一个引诱者，有许许多多的人落在她的手里而遭了殃。他说完这些话以后，得意扬扬地坐下了。

这以后，法庭要被告们为自己辩护。

叶夫菲米娅·博奇科娃反复地说她任什么事也不知道，任什么事也没有参与过，一口咬定马斯洛娃独自一人犯下了这一切罪行。西蒙光是把下面的几句话反复地说了好几回：

“你们要怎么办都随你们，反正我是没罪的，这是冤枉的。”

可是马斯洛娃什么话也没说。庭长要她说一下为她自己辩护的话，她光是抬起眼睛来看一看他，看一看所有的人，像一头被追捕的野兽似的。紧跟着她就低下眼睛，先是哽哽咽咽，后来放声大哭。

“您怎么了？”坐在涅赫柳多夫身旁的商人听见涅赫柳多夫忽然发出一种奇怪的声音，就问道。那是压抑着的哭泣声。

涅赫柳多夫还没有领会他目前地位的全部意义，就把几乎压不住的哭泣和涌到他眼睛里来的泪水归因于他的神经脆弱。他为了遮盖眼泪而戴上夹鼻眼镜，然后拿出手绢来开始擤鼻涕。

他想到如果这儿的一切人，法庭里的一切人，知道了他的行径，他就会丢尽了脸，这种恐惧压过了他内心正在进行的斗争。在最初的这段时期，这种恐惧比一切情绪都强烈。

二十二

被告们提出最后供词以后，法官们开始商量用什么方式提出问题来交给陪审员们去解决，这又费掉不少的工夫。最后各项问题都拟定，庭长就开始做总结发言。

他在叙述案情以前，先用愉快亲热的口吻向陪审员们解释很久，说明抢劫是抢劫，偷盗是偷盗，在下了锁的地方盗窃是在下了锁的地方盗窃，在没下锁的地方盗窃是在没下锁的地方盗窃。他一面解释这些事，一面对涅赫柳多夫特别多看几眼，仿佛特别想让他听明白这种重大的道理，希望他领会以后再向他的同事们分别解释一番似的。然后他推测陪审员们已经充分理解了这些真理，就开始阐发另一个真理，说明所谓的杀害是指这样的一种行为，由这种行为所产生的结果就是人的死亡，因此毒死人命也是杀害。等到这个真理依他看来也已经为陪审员们心领神会以后，他就对他们解释说，如果偷盗和杀害是一同发生的，偷盗和杀害就构成犯罪要素。

尽管他本人一心想快点脱身，而且那个瑞士姑娘在等他，可是他已经干惯了他的工作，一讲开头就无论如何也停不住嘴，因此详细地开导陪审员们，说假如他们认为被告们有罪，他们就有权利裁定他们有罪；假如他们认为被告们没罪，他们就有权利裁定他们没罪；假如他们认为他们犯了这一种罪而没有犯那一种罪，他们就可以裁定他们犯了这一种罪而没有犯那一种罪。随后，他又向他们解释说，尽管这种权利已经托付给他们，他们却应当合理地使用这种权利。他还打算对他们解释说，假如他们对所提出的某个问题做出肯定的答复，他们通过这个答复就裁定了那个问题所提出的全部罪行；假如他们不同意那个问题所提出的全部罪行，他们就得声明他们不同意哪些罪行。不过，他看一眼怀表，发现这时候已经差五分就要到三点，就决定立刻把他的发言转到叙述案情上去。

“这个案子的情况是这样。”他开口讲起来，把辩护人、副检察官、证人们已经说过好几次的话全部重述了一遍。

庭长讲着，他两旁的法官都带着深思的样子倾听，偶尔看一眼怀表。他们觉得他的发言虽然很好，也就是说合乎规定，可是未免长了一点。副检察官也有这样的看法，所有法庭工作人员和所有在法庭里的人也都这样想。庭长结束了本案的总结发言。

看样子，一切话都说完了。可是庭长无论如何也不肯放弃他的说话权利。他非常爱听他自己的动听的声调，认为还得再说几句，讲一讲交给陪审员们的这种权利的重要性，讲一讲他们必须小心谨慎地使用这种权利而不要滥用它，讲一讲他们已经宣过誓，他们就是社会的良心，议事室里的秘密千万不可泄漏，等等。

马斯洛娃从庭长开口讲话起，就一眼也不放松地瞅着他，仿佛深怕听漏每一个字似的。所以涅赫柳多夫不必担心遇到她的目光，尽可以目不转睛地瞧着她。他心里正在发生一种常有的现象：起初，一个自己爱过的人的多年不见的脸，由于分别期间所发生的外部变化而使人暗暗吃惊；随后，那张脸渐渐变得跟许多年前完全一样，一切已经发生的变化统统不见了，于是在自己的精神的眼睛前面出现了那个独一无二的、与众不同的、精神的人的主要神情。

涅赫柳多夫的心里就在发生这样的变化。

不错，尽管她穿着长囚衣，尽管她的身材整个放宽，胸脯高耸起来，尽管她的下半张脸展宽，尽管她的额头和鬓角上现出细的纹路，尽管她的眼睛略微浮肿，可是毫无疑问，这个人就是卡秋莎；正是她，在基督复活节的星期日早晨，那么纯洁地抬起眼睛来瞧着他，瞧着她所爱的人，同时她那对满含着爱慕的眼睛由于心境快乐和生活充实而带着笑意。

“居然有这么惊人的巧遇！真想不到，偏巧这个案子在我陪审的时候开审！偏巧我有十年没在任何地方遇见过她，今天却在这儿，在被告席上遇见她！这件事会怎样结束呢？快一点吧，唉，只求快一点审完才好！”

他仍旧不肯顺从刚开始在他心里抬头的忏悔心情。这件事依他看来无非是一种巧合，马上就会过去，不会干扰他的生活。他感到他的处境好比一只在房间里做了坏事的小狗，主人揪住它的颈圈，把它的鼻子按在它做出丑事的地方。小狗尖声叫着，往后倒退，想躲开它的行动的后果越远越好，想忘掉它，可是铁面无情的主人不肯放开它。涅赫柳多夫也正是像这样感觉到了他以前所做的那件事的全部丑恶，也感觉到了主人的强有力的手，然而他仍旧没有领会他以前所做的那件事的意义，不承认有一个主人。他仍旧打算不相信在他眼前摆着的这件事就是由他造成的。但是那只铁面无情、目力看不见的手，已经抓住他，他已经预感到逃不脱了。他仍然鼓起勇气，按照已经养成的习惯，露出安详的姿态坐在头一排的第二把椅子上，把一条腿架在另一条腿上，满不在乎地摆弄他的夹鼻眼镜。不过，他在心灵深处已经体会到不单是他以前的那种行径，就是他的闲散的、放荡的、残忍的、自得其乐的全部生活也是十分残酷、卑鄙、下流的。在整个这段时期，在这十二年当中，由于某种奇迹，有一块可怕的帷幕一直遮住他的眼睛，既不让他看见他的那种罪行，也不让他看见他后来的全部生活，可是现在那块帷幕却在抖动，他已经不时窥见那后面隐藏着的东西了。

二十三

最后，庭长结束他的发言，用潇洒的手势拿起那张问题表来，交给向他这边走过来的首席陪审员。陪审员们就纷纷站起来，知道现在可以走出去，都暗暗高兴，可是不晓得该把自己的两只手放到哪儿去才好，仿佛在为一件什么事害臊似的。他们陆续走进议事室。他们刚刚关上房门，就有一个宪兵走到这个房门口来，在房门外面站住，从刀鞘里拔出军刀，握着它，让刀尖靠在他的肩头上。法官们站起来，走出去。被告们也给押出去了。

那些陪审员走进议事室里以后，像先前一样，头一件事就是拿出纸烟来，开始吸烟。原先他们坐在法庭里各自座位上的时候，本来或多或少地感觉到他们的地位反常而虚伪，可是如今他们一走进议事室，开始吸烟，那种感觉就消散了。他们带着轻松的心情在议事室里分头坐下，顿时活跃地谈起来。

“那个小妞儿没有罪，她受了牵连，”好心肠的商人说，“应当从宽发落才对。”

“这正是我们要讨论的了，”首席陪审员说，“我们不应当顺从我们个人的印象。”

“庭长的总结发言讲得很好。”那个上校说。

“哼，好得很！我差点儿睡着了。”

“关键在这儿：要是马斯洛娃没有串通那些茶房，他们是不会知道有那么一笔钱的。”生着犹太人脸型的店员说。

“那么依您的看法怎么样呢，钱是她偷的?”有一个陪审员问。

“我说什么也不相信，”好心肠的商人叫起来，“这都是那个红眼睛的妖婆干出来的。”

“他们全是一路货。”上校说。

“可是要知道，她说她没进过那个房间。”

“您倒真听信了她的话。我可是一辈子也不会相信那个贱婆娘的。”

“可话说回来，您光是不相信，也还是不解决问题嘛。”店员说。

“钥匙在她手里。”

“钥匙在她手里又怎么样?”商人反驳说。

“还有那个戒指呢?”

“可是，她不是说过了吗，”商人又叫起来，“那个大个子商人本来就脾气暴，又多喝了几盅，就把她揍了一顿。嗯，后来，当然了，他觉着不过意了。‘喏，你拿去吧，’他说，‘别哭了。’这个人可是壮得出奇：刚才我听到他的身量有两俄尺十二俄寸高，有八普特重呢!”

“这些都无关紧要，”彼得·格拉西莫维奇插嘴说，“问题在这儿：这件事究竟是由她教唆和出谋划策的呢，还是那两个茶房?”

“单是那两个茶房办不成这件事。钥匙在她的手里嘛。”

这种七嘴八舌的议论进行了相当久。

“对不起，诸位先生，”首席陪审员说，“坐到桌子这边来讨论吧。请，”他说，在主席的位子上坐下。

“那班窑姐儿简直是坏蛋。”店员说。他为了肯定他认为马斯洛娃是主犯的看法，就讲起一个这样的姑娘怎样在林荫路上偷去他朋友的怀表。

那个上校趁此机会讲起一个越发惊人的关于盗窃银茶炊的案子。

“诸位先生，请你们讨论问题吧。”首席陪审员用铅笔敲着桌子说。

大家静下来。提出的问题如下：

（一）西蒙·彼得罗夫·卡尔京金，克拉皮文县博尔基村农民，年三十三岁。他是否犯了这样的罪：在一八八×年一月十七日，于某某城，抱着劫夺商人斯梅利科夫的钱财的目的，蓄谋杀害他的性命，于是串通别人，将毒药放入白兰地酒内，交他喝下，因而使斯梅利科夫丧命，并且盗窃他的钱财约二千五百卢布和钻石戒指一枚?

（二）叶夫菲米娅·伊万诺娃·博奇科娃，小市民，年四十三岁。她是否犯了第一个问题内所开列的罪?

(三) 叶卡捷琳娜·米哈伊洛娃·马斯洛娃,小市民,年二十七岁。她是否犯了第一个问题内所开列的罪?

(四) 如果被告叶夫菲米娅·博奇科娃未犯第一个问题内所开列的罪,则她是否犯了这样的罪:在一八八×年一月十七日,于某某城,她在毛里塔尼亚旅馆工作的时候,在旅馆客人,即商人斯梅利科夫所住的房间里,从一个锁着的皮箱里秘密偷窃现款二千五百卢布,并且为此目的,随身带去事先配好的钥匙一把,用以开启那个皮箱?

首席陪审员把第一个问题念了一遍。

“怎么样,诸位先生?”

这个问题很快得到答复。大家一致同意作出答复说:“是的,他犯了这样的罪”,认定他既犯了毒死人命罪,也犯了盗窃罪。只有一个年老的劳动组合成员不同意裁定卡尔京金有罪,他对所有的问题都主张以宣告无罪释放作为答复。

首席陪审员以为他不了解,就对他解释说,从各方面来看都可以毫无疑问地断定卡尔京金和博奇科娃有罪,可是那个劳动组合成员回答说,他了解这一点,不过最好还是怜恤他们。“我们自己也不是圣徒啊,”他说,还是坚持他的意见不变。

对于第二个有关博奇科娃的问题,经过长久的讨论和解释以后,大家做出了答复:“她没有犯这样的罪”,因为没有明显的证据足以证明她参与毒死人命罪,在这方面她的律师曾经特别强调过。

商人有意开脱马斯洛娃,就坚持主张博奇科娃是一切罪行的主谋犯。有许多陪审员同意他的意见,然而首席陪审员要严格地按法律办事,就说没有根据裁定她是毒死人命罪的同谋犯。经过长久的辩论以后,首席陪审员的意见得胜了。

对于第四个有关博奇科娃的问题,大家做出答复说:“是的,她犯了这样的罪。”后来,经劳动组合成员的坚持而加上一句:“但是应该从宽发落。”

可是，第三个有关马斯洛娃的问题却掀起了一场激烈的争论。首席陪审员坚决主张她既犯了毒死人命罪，也犯了盗窃罪，可是商人不同意，跟商人站在一边的有上校、店员、劳动组合成员。其余的人似乎摇摆不定，然而首席陪审员的意见渐渐得势，特别是因为所有的陪审员都已经疲乏，情愿附和那种能够快一点得出结论，因而大家都得到自由的意见。

涅赫柳多夫根据审讯的经过情形，根据他对马斯洛娃的了解，相信她不论是在毒死人命还是偷盗钱财方面都没有罪。起初，他相信大家都会承认这一点，可是后来却看出大家倾向于判她有罪，因为那个商人的辩护很笨拙，他出头辩护分明是由于马斯洛娃在姿色上中了他的意，这是就连他自己也不掩饰的，并且因为首席陪审员正是针对这一点进行了反击，主要的却是因为大家都已经疲倦了。涅赫柳多夫原想反驳他们，然而他不敢替马斯洛娃讲话，觉得好像大家就会立刻知道他同她的关系似的。不过他又感到他不能让事情就照这样发展下去，非反驳不可。他脸上红一阵，白一阵，刚要开口讲话，正巧彼得·格拉西莫维奇虽然到这时候为止一直沉默着，现在却显然被首席陪审员的权威口吻惹恼了，忽然开口反驳他，恰好说出了涅赫柳多夫所想说的话。

“请容我说几句，”他说，“您说钱是她偷的，因为钥匙在她的手里。可是难道那两个茶房就不能在她走后另配一把钥匙来开那个皮箱吗？”

“嗯，是啊，嗯，是啊。”商人附和道。

“再者，她也不可能拿那笔钱，因为处在她的地位，她没法处置那笔钱。”

“我也正要这么说。”商人肯定道。

“恐怕是她到旅馆里去了一趟，才引得那些茶房起了歹心。他们就利用了这个机会，事后把一切罪责都推在她的身上。”

彼得·格拉西莫维奇讲得很冒火。他的火气勾起了首席陪审员的火气，结果首席陪审员特别固执地坚持他的相反意见。可是彼得·格拉西莫维奇讲得那么有道理，大多数人都同意他的话，认定马斯洛娃没有参与过偷钱的事，也没有偷过戒指，认为戒指是人家送给她的。等到大家讲起她是否参与过毒死人命罪，那个热心为她辩护的商人就说，必须裁定她没犯这样的罪，因为她根本没有必要把他毒死。然而首席陪审员说不能裁定她没犯这样的罪，因为她自己都招认她放过药粉。

“她放是放了，不过她以为那是鸦片，”商人说。

“她就是用鸦片也能害死人。”上校说。他喜欢把话岔到题外去，就趁这个机会讲起他内弟的妻子怎样服鸦片自尽，要不是附近有医生，连忙采取急救措施，她就死了。上校讲得那么动听，那么从容，气派又那么尊严，弄得他们谁也没有足够的勇气打断他的话。只有店员受到这个例子的感染，决心打断他的话，好讲一讲他的故事。

“另外有些人却服惯了鸦片，”他开口说，“一回就能喝四十滴。我有一个亲戚……”

可是上校不容许别人打岔，继续讲鸦片对他内弟的妻子所发生的后果。

“可是，诸位先生，要知道现在已经四点多钟了。”有一个陪审员说。

“那么该怎么办呢，诸位先生，”首席陪审员发话了，“我们就裁定她犯了这种罪，可是没有劫夺钱财的意思，她没有盗窃他的钱财。就这样好不好？”

彼得·格拉西莫维奇对他自己的胜利很满意，就同意了。

“不过应该从宽发落。”商人补充一句。

大家都同意。只有那个劳动组合成员坚持己见，认为应该说：“不，她没有犯罪。”

“反正结果就是这样，”首席陪审员解释说，“没有劫夺钱财的意思，她没有盗窃钱财。这样一来，她也就没罪了。”

“就照这么办好了。再要求从宽发落，这就把什么漏洞都堵上了。”商人快活地说。

大家都已经那么疲劳，又给这场争论闹得头昏脑涨，因而谁也没有想起来在答案里添上一句：是的，但是没有杀人害命的意图。

涅赫柳多夫当时极其激动，连他也没注意到这一点。答案就照这样写下来，送到庭上去。

拉伯雷写过一个律师，办案的时候引证各式各样的法律条款，念了二十页无法理解的拉丁语法律条文，然后向法官提议掷骰子，看掷出来的点子是单数还是双数。如果是双数，那就是原告有理；如果是单数，那就是被告有理。

目前也是这样。大家所以会做出这样的而不是另一样的决定，倒不是因为大家都同意这样做，却是因为第一，庭长的总结发言虽然讲得很久，这一回却偏偏漏掉了他平素总要交代的话，也就是陪审员们答复问题的时候可以说："是的，她犯了这样的罪，但是没有杀人害命的意图"；第二，上校把他内弟的妻子的事讲得太长，太乏味；第三，涅赫柳多夫当时过于激动，竟没有注意到漏掉了一句没有杀人害命的意图之类的保留意见，以为有了"没有劫夺钱财的意思"这样一个保留条件就消除了判罪的可能；第四，彼得·格拉西莫维奇当时不在房间里，首席陪审员重读那些问题和答案的时候，他正好出去了；不过主要的却是因为大家都已经疲乏，都巴望着快一点散会，所以才同意了这个可以把事情快一点了结的决定。

陪审员们摇了摇铃。宪兵本来立在门外，手里握着拔出鞘来的军刀，这时候就把军刀收回鞘里，闪到旁边去。法官们纷纷就位。陪审员们一个跟着一个走出来。

首席陪审员神情庄严地拿着那张表。他走到庭长跟前，把表交给他。庭长把表看一遍，分明感到惊讶，摊开了两只手，就转过身去跟他的同事们商量。庭长感到惊讶的是陪审员们提出了第一个保留条件："没有劫夺钱财的意思"，却没有提出第二个保留条件："没有杀人害命的意图"。从陪审员们的决定看来，事情竟成为这样：马斯洛娃没有偷窃，也没有劫夺钱财，同时又没有任何明显的目的而毒死了一个人。

"您瞧，他们送来多么荒唐的答案，"他对左边的法官说，"要知道这等于判她去做苦工而她又没有罪。"

"不过，她怎么能没罪呢。"那个严厉的法官说。

"她简直没有罪。依我看来，这种情形应该引用第八百一十八条。"（第八百一十八条规定：法庭倘若发现裁决不公正，就可以取消陪审员们的决定。）

“您觉得怎么样？”庭长转过身去，对那个和善的法官说。

和善的法官没有立刻回答，他瞧了瞧面前放着的一份公文上的号码，把那些数目字加在一起，不料得出来的和数不能用三除尽。他本来在占算：要是用三除得尽，他就同意。现在尽管除不尽，不过他心肠太软，还是同意了。

“我也认为应该这么办。”他说。

“那么您呢？”庭长转过身去，对气愤的法官说。

“我无论如何也不同意，”他坚决地回答说，“报纸本来就已经在纷纷议论，说陪审员们总是开脱罪犯；如果法官也开脱罪犯，那它们会怎么说呢？我无论如何也不同意。”

庭长看了看他的怀表。

“真是可惜。不过有什么办法呢？”他说完，就把那张问题表交给首席陪审员，请他宣读一遍。

大家就站起来。首席陪审员清了清喉咙，左右脚替换地站着，把问题和答案念了一遍。所有法庭工作人员，包括书记官、律师们以至副检察官在内，都露出惊讶的神情。

被告们坐在那儿纹丝不动，显然没有了解答案的意义。大家又坐下来，庭长就问副检察官说，他认为应该对被告们处以什么样的惩罚。

副检察官原来就要定马斯洛娃的罪，现在出人意外地成功了，不由得暗暗高兴，就把这种成功归因于他自己的口才。他查了查书，略微欠身站起来，说：

“我认为应该根据第一千四百五十二条和第一千四百五十三条第四款处分西蒙·卡尔京金，根据第一千六百五十九条处分叶夫菲米娅·博奇科娃，根据第一千四百五十四条处分叶卡捷琳娜·马斯洛娃。”

所有这些惩罚都是依法所能判处的最重的惩罚。

“审理暂停，由法官们去议定判决。”庭长站起来说。

大家随着他站起来，带着办完一件好事的轻松愉快的心情纷纷走出法庭，或者在法庭里走动。

“我们，老兄，闹出丢脸的错处来了，”彼得·格拉西莫维奇走到涅赫柳多夫跟前说，当时首席陪审员正在跟涅赫柳多夫谈一件什么事。“要知道，我们打发她去做苦工了。”

“您说什么?”涅赫柳多夫叫起来，这一回他完全没有留意到教师的惹人不愉快的随便态度。

“可不是，”他说，“我们在答案里没有注一句：‘她犯了这样的罪，但是没有杀人害命的意图。’刚才书记官对我说，副检察官判她做十五年苦工。”

“可是我们本来就是这样裁定的。”首席陪审员说。

彼得·格拉西莫维奇开始争论，他说既然她没有拿那笔钱，她也就不可能有杀人害命的意图，这个道理是不言而喻的。

“不过要知道，我走出议事室以前，是把答案念过一遍的，”首席陪审员辩白说，“谁也没有反对。”

“那时候我正走出房外去了，”彼得·格拉西莫维奇说，“可是，您怎么就放过去不管呢?”

“我根本没想到。”涅赫柳多夫说。

“您没想到不要紧，可就出了事了。”

“不过这是可以纠正的。”涅赫柳多夫说。

“哎，不行，现在全完了。”

涅赫柳多夫瞧着那些被告。他们，这些已经决定了命运的人，仍旧在栏杆和士兵之间坐着，一动也不动。马斯洛娃不知为了什么事在微笑。涅赫柳多夫的灵魂里有一种恶劣的感情在活动。这以前他原以为她会无罪开释，在这个城里住下，他自己正在踌躇，不知道该怎样对待她才好，因为跟她保持任何关系都是困难的。可是现在，苦工和西伯利亚，干脆消除了他跟她保持任何关系的可能：那只没有打死的鸟不再在猎物袋里扑腾，也就不再使人想起它了。

二十四

彼得·格拉西莫维奇的推测是正确的。

庭长从会议室里回来，手里拿着一张纸，念道：

> 一八八×年四月二十八日，本地方法院刑事庭奉皇帝陛下诏谕，根据各位陪审员先生裁定，依照《刑事诉讼程序法》第七百七十一条第三款、第七百七十六条第三款及第七百七十七条判决如下：农民西蒙·卡尔京金，年三十三岁，小市民叶卡捷琳娜·马斯洛娃，年二十七岁，着即褫夺公权，发送西伯利亚服苦役刑，卡尔京金八年，马斯洛娃四年，并承受刑法典第二十八条所列后果；小市民叶夫菲米娅·博奇科娃，年四十三岁，着即褫夺其个人并按其社会地位所应享有之一切特有权利及特权，处以三年徒刑，押送监狱执行，并承受刑法典第四十九条所列后果。本案诉讼费用着由各该被告平均负担，若被告无力负担，则由国库支付。本案各项物证着予变卖，戒指追回，酒瓶销毁。

卡尔京金站着，仍旧挺直身子，把两条胳膊紧贴在身子两旁，翘起手指头，脸上的肌肉不住蠕动。博奇科娃显得十分沉着。马斯洛娃听完判决以后，脸色涨得通红。

“我没罪，没罪啊！”她忽然叫起来，声音响得整个大厅都听得见。“这是冤枉人。我没犯罪。我没起过那种心，我想都没想过。我说的是实话。实话呀。”她说完，就往长凳上一坐，放声大哭。

卡尔京金和博奇科娃走出庭外去了，可是她仍旧坐在原来的地方痛哭，宪兵不得不碰一碰她囚衣的袖子。

“不行，不能让这个案子就这样了结。”涅赫柳多夫对自己说，完全忘了他那种恶劣的感情。他自己也不知道为什么，急急忙忙赶到过道上去想再看她一眼。门口正拥挤着活跃的一群人，那是陪审员们和律师们在走出去，因为办完了案子而感到满意。这就使得涅赫柳多夫只好在门口耽搁几分钟。等他走到过道上，她却已经走远了。他加紧步子追上去，顾不得他的举动引起人的注意，一直跑到她的前面才站住。她已经止住哭声，光是抽抽噎噎地饮泣，用头巾角擦她那红一块白一块的脸。她从他身旁走过去，没有看他一眼。他等她走过去以后，急忙走回去，为的是去见庭长，可是庭长已经走掉了。

涅赫柳多夫一直追到法院看门人的房间里才碰上他。

“庭长先生，”涅赫柳多夫走到他跟前说，那时候庭长已经穿上薄大衣，看门人递给他一根银顶手杖，他正伸手接过来，“我可以跟您谈一谈刚才判决的那个案子吗？我是陪审员。”

“哦，当然可以，您就是涅赫柳多夫公爵吧？见到您很高兴。我们以前见过面，”庭长说，跟涅赫柳多夫握手，愉快地想起跟涅赫柳多夫相逢的那个傍晚他自己跳过舞，而且跳得那么好，那么快活，简直比所有的青年人都出色。“有什么事要我给您效劳吗？”

“关于马斯洛娃的那条答案发生了一点误会。她没有犯毒死人命罪，可是她被判决做苦工去了。”涅赫柳多夫带着满心愁闷的样子说。

“法庭正是根据你们做出的答案议定判决的，”庭长说着，向大门口走去，“不过就连法官们也觉得你们的答案不符合案情。”

他这才想起他本来想对陪审员们说明，如果他们回答“是的，她犯了这样的罪”，而没有否定杀人害命的意图，这个答复就肯定了预谋杀人的罪行，然而当时他忙于办完这个案子，没有这样做。

“不错，可是难道这个错误就不能纠正吗？”

“上诉的理由总是可以找到的。这得找律师谈一谈。”庭长说，把帽子戴到头上，略微歪一点，同时继续往门口走去。

“不过这未免太可怕了。”

“是啊，您要知道，马斯洛娃的面前本来不外乎有两种前途。”庭长说，显然想尽量讨好涅赫柳多夫，对他谦恭些。他把络腮胡子理到大衣领子外面，伸出手去轻轻挽着涅赫柳多夫的胳膊肘，往门口走去，继续说道：“您一定也要走吧?”

“是的,”涅赫柳多夫说,匆忙地穿上大衣,跟他一块儿走出去。

他们走到令人喜悦的灿烂阳光下,立时就得大声说话,才能压过车轮在马路上响起的辘辘声。

“这个局面,您明白,是奇怪的,”庭长提高了喉咙,继续说,“因为她,这个马斯洛娃的前途不外乎两种:要么几乎是无罪开释,只在监狱里囚禁一个时期,而且她先前监禁的日子还可以从中扣除,甚至只要短期拘留一下也就算了;要么就是去做苦工。中间的道路是没有的。要是你们添了一句‘但是没有致人死命的意图’,她就无罪开释了。”

“我正是不可原谅地忽略了这一点。”涅赫柳多夫说。

“关键就在这一点。”庭长含笑说道,看一下怀表。

这时候离克拉拉约定的最后时间只差三刻钟了。

“现在,要是您高兴的话,不妨去找律师谈一谈。必须找一个上诉的理由。这总是可以找到的。到贵族街去,”他回答街头马车的马车夫说,“三十个戈比,绝不多添一个。”

“老爷,您上车吧。”

“再见。如果您有事要我效劳的话,请到贵族街的德沃尔尼科夫的房子里来找我。这个地名是容易记住的。”

他亲切地一鞠躬,坐上马车走掉了。

二十五

涅赫柳多夫同庭长谈了话,又吸到了清新的空气,这才略微心安了一点儿。这时候他暗想,他所经历过的心境,是由于整个上午在极不习惯的条件下度过而被他夸大了。

“不消说，这是惊人的、使人震动的巧事！我一定要做一切能够做的事来减轻她的厄运，而且要赶快做。马上就动手。对，我应当就在这儿，在这个法院里，打听清楚法纳林或者米基申住在什么地方。”他想起了这两个著名的律师。

涅赫柳多夫就回到法院里，脱掉大衣，走上楼去。不过他在头一道走廊上就遇见了法纳林。他拦住法纳林，说有事要跟他商量。法纳林认得他，也知道他的姓名，就说很愿意为他出力。

“虽然我已经累了……不过，要是所占的时间不多，您就把您的事对我讲一讲。我们到这边来吧。”

法纳林把涅赫柳多夫领进一个房间里，多半是某个法官的办公室。他们在一张桌旁坐下。

“那么，是什么事呢?”

“首先，我想要求您一件事，”涅赫柳多大说，“不要让外人知道我在过问这个案子。”

“嗯，这是理所当然的。那么……”

“我今天做陪审员，我们把一个女人，一个没罪的女人，判去做苦工了。这件事使得我心里难过。”

涅赫柳多夫连自己也没料到，竟然涨红脸，说不下去了。

法纳林对他瞟了一眼，又低下眼睛去，听着。

“哦。”他只应了一声。

“我们把一个没罪的女人判了罪。我希望撤销原判，把这个案子告到最高法院去。”

“告到枢密院去。”法纳林纠正他说。

“这就是我想求您承办的事。”

涅赫柳多夫想把最难出口的话说完，因此他马上又接下去说：

“至于这个案子的酬劳费和各项开支，不管是多少钱，统统由我承担，”他说着，脸红了。

“哦，这方面我们以后再商量好了。”律师说，看到涅赫柳多夫毫无经验，就宽厚地笑了笑。

“那么问题究竟出在哪儿呢？”

涅赫柳多夫讲了一遍。

“好吧，明天我就来办这个案子，查一查案卷。后天，不，星期四，下午六点钟请您到我家里来，我给您一个答复。就这样，好不好？那我们走吧，我还有些事情要在这儿查问一下。”

涅赫柳多夫向他告辞，走出去了。

他跟律师谈了一番话，再加上他已经采取步骤为马斯洛娃辩护，就使他越发心安了。他走到外面。天朗气清，他快活地吸了一口春天的空气。街头马车的马车夫们纷纷要为他出力，可是他情愿步行。顿时，有一大串关于卡秋莎，关于他对待她的那种行径的想法和回忆，在他的头脑里翻腾起来。于是他又闷闷不乐，一切都显得阴郁暗淡了。“不，这些我留到以后再考虑好了，”他对自己说，“现在却相反，应该丢开这些沉重的印象，散一散心才对。”

他想起科尔恰金家的宴会，就看了一下怀表。时候还不算迟，还能赶上宴会。一辆公共马车响着铃铛开过来。他就紧跑几步，跳上车去。到了广场，他下车，雇了一辆漂亮的街头马车坐上去。十分钟以后，他的马车就停在科尔恰金家的大厦门口了。

二十六

“请进，老爷，他们在等您，”科尔恰金家那幢大厦的亲热而肥胖的看门人说，拉开大门口的橡木大门，门上安着英国制的铰链，不出声地开了。“他们已经坐上席了，不过吩咐下来，说是等您到了就请您去。”

看门人走到楼梯口，拉了拉通到楼上去的铃。

“有哪些外客？”涅赫柳多夫一面脱衣服，一面问道。

“有科洛索夫先生和米哈伊尔·谢尔盖耶维奇，另外就都是家里人了。”看门人回答说。

楼梯上边，有一个漂亮的听差，穿着燕尾服，戴着白手套，往下看一眼。

“请上来，老爷，”他说，“主人吩咐过，请您就去。”

涅赫柳多夫走上楼梯，然后穿过他所熟悉的一个宽敞华丽的大厅，走进饭厅。在饭厅里，一家人已经围着饭桌坐好，只有母亲索菲娅·瓦西里耶夫娜公爵夫人不在，她是从来也不走出她的房间的。饭桌的上首坐着老科尔恰金。左边，挨着他坐的是医师。右边是客人伊万·伊万诺维奇·科洛索夫，以前当过省里的首席贵族，目前担任银行的董事，是科尔恰金的具有自由派思想的朋友。左边其次一个人是米西的小妹妹的家庭女教师雷德尔小姐，她身旁坐着那个四岁的小姑娘。饭桌右边，在她们对面，是米西的弟弟，科尔恰金家的独生子，中学六年级学生彼佳，全家人都在等他的考试，为了他而留在城里没有走。彼佳的身旁坐着一个大学生，是彼佳的补习教师。饭桌左边，再其次一个人，是四十岁的老姑娘卡捷琳娜·阿列克谢耶夫娜，信奉斯拉夫派思想。她的对面是米哈伊尔·谢尔盖耶维奇，或者叫米沙·捷列金，是米西的表哥。饭桌的下首是米西本人，她旁边放着一份没有动用过的餐具。

“嗯，这才好。请坐，我们刚在吃鱼。”老科尔恰金正小心地用假牙咀嚼，费力地说着，抬起布满血丝的、看不出眼皮的眼睛瞧着涅赫柳多夫。“斯捷潘，”他嘴里满是食物，扭过脸去对一个壮实而庄严的饭厅仆役说，用眼睛指了指那份空着没有人用的餐具。

虽然涅赫柳多夫同老科尔恰金很熟，已经有很多次在吃饭的时候见到他，可是今天老科尔恰金通红的脸，他那两片厚嘴唇在他背心里掖着的餐巾上边发出来的吧唧吧唧声、他那肥厚的脖子、尤其是他那将军气派和整个过于肥胖的身材，不知怎的，使涅赫柳多夫看得特别不顺眼。涅赫柳多夫不由自主地想起他所耳闻的这个人的残忍性格，当初这个人在某一地区做长官的时候，常常下令把人鞭笞一顿，甚至把人绞死，上帝才知道他这样做是为了什么，因为他已经有财有势，并不需要禄位高升。

“菜马上就端来，老爷，”斯捷潘说着，从放着许多银瓶的食器柜里取出一把大汤匙来，向一个留着络腮胡子的漂亮听差点一下头，那个人就立刻动手摆好米西旁边没有动用过的餐具，那上面本来盖着一块浆硬的餐巾，折叠得很精巧，正好露出餐巾上所绣的家徽。

涅赫柳多夫绕着整个饭桌走一圈，同所有的人握了手。他走过去的时候，除了老科尔恰金和女士们以外，所有的人都站起来。他同其中大多数人从来也没有交谈过一句话，却绕着饭桌兜了一个圈子，同所有在座的人握手，这种事今天依他看来显得特别不愉快，而且可笑。他为迟到而道过歉，刚要在饭桌尽头米西和卡捷琳娜·阿列克谢耶夫娜之间的空位子上坐下，可是老科尔恰金要求他即使不喝白酒，也仍旧应该到另一张桌子那儿去吃一点冷荤菜，那儿放着龙虾、鱼子、干酪、咸青鱼。涅赫柳多夫没有料到他自己会那么饿，等到他开始吃夹干酪的面包，就停不住嘴，狼吞虎咽地吃起来。

"哦，怎么样，你们颠覆了社会基础吧?"科洛索夫讽刺地引用反动报纸上抨击陪审制度的一句话说。"你们把有罪的判了无罪，把无罪的判了有罪，对不对?"

"颠覆了社会基础……颠覆了社会基础……"公爵反复说着，笑起来。他是无限信任他这个自由派的同事和朋友的才智和学识的。

涅赫柳多夫却不顾失礼的危险，完全不理睬科洛索夫的话，坐下去，凑着一盆刚端上来冒着热气的汤菜，继续咀嚼着。

"让他先吃吧。"米西含笑说，用代名词"他"来使人注意她和他之间的亲密关系。

这当儿，科洛索夫精神焕发，高声讲起一篇使他愤慨的、反对陪审制度的文章的内容。公爵的表侄米哈伊尔·谢尔盖耶维奇附和他的见解，讲起同一家报纸上另一篇文章的内容。

米西照往常那样极其 distinguée，装束得漂亮而又不刺眼。

"您大概累坏了，也饿坏了。"她等涅赫柳多夫嚼完，就对他说。

"不，不算特别累和饿。那么您呢? 去看画展了吗?"他问。

"没有，我们改期再去了。我们在萨拉马托夫家里打 lawntennis 来着。确实，克鲁克斯先生打得很出色。"

涅赫柳多夫到这儿来是为了散一散心。他在这个家庭里素来感到愉快，这不但是因为这儿的豪华有优美的味道，对他的心境起着愉快的作用，而且也因为这儿有一种阿谀的亲热气氛总是在无形之中围绕着他。不过今天，说来奇怪，这所房子里的一切，从看门人、宽楼梯、花卉、听差们、桌上的摆设起，直到米西本人为止，一概惹得他厌恶。今天就连米西在他的眼里也显得不可爱，不自然。他不喜欢科洛索夫那种自以为是的、庸俗的自由派论调，也不喜欢老科尔恰金那种牛样的、神气活现的、浑身是肉的身材。斯拉夫派卡捷琳娜·阿列克谢耶夫娜的法国话惹得他不愉快，家庭女教师和补习教师的拘谨的面容也惹得他不愉快，而特别惹得他不愉快的是米西提到他的时候所用的代名词“他”。……涅赫柳多夫对米西素来在两种态度之间摇摆不定：有的时候他仿佛眯细眼睛瞅着她，或者仿佛在月光下瞧着她，在她身上看见了一切优美的东西：他觉得她又娇嫩，又美丽，又聪明，又自然……有的时候他好像在明亮的阳光下似的，却忽然看见了她的缺陷，而且也不能不看见。今天在他就是这样的日子。今天他看见了她脸上的一切细纹，知道而且看见她的头发松散，看见她的胳膊肘尖尖的，主要的是看见她大手指头上的宽指甲，简直跟她父亲的手指甲一样。

“那是一种非常乏味的游戏，”科洛索夫讲到网球的时候说，“我们小时候玩的棒球却热闹得多。”

“不，您没有实际体验过。那种游戏好玩透了。”米西反驳说。涅赫柳多夫却觉得她把“透”这个字说得特别不自然。

这就掀起了一场争论，米哈伊尔·谢尔盖耶维奇和卡捷琳娜·阿列克谢耶夫娜也都参加了。只有家庭女教师、补习教师和孩子们一声不响，分明觉得乏味。

“总是吵嘴！”老科尔恰金说，扬声大笑，取下掖在背心里的餐巾，从饭桌旁站起来，把他的椅子往后一撤，发出哗啷一响，立刻就有一个听差把椅子接过去。其他所有的人也都跟着他站起来，往一张小桌子那边走过去，那儿放着些漱口盅，盛满了香喷喷的温水。他们漱过口，继续谈那些谁也不发生兴趣的话。

“难道不是这样吗?”米西扭过脸来对着涅赫柳多夫说，有意要他来肯定她的见解，那就是再也没有一件事比游戏更能显出人的性格的了。她却在他的脸上看见了她平素怕在他脸上看见的那种精神恍惚的、而且依她看来似乎心怀不满的神情。她想弄明白这是什么事情引起来的。

“说真的，我不知道。我从来也没有考虑过这个问题，”涅赫柳多夫回答说。

“您要去看妈妈吗?”米西问。

“是啊，是啊。”他说着，取出一根纸烟来，可是他的口气却分明在说他并不想去。

她沉默下来，用疑问的眼光瞧着他，他觉得难为情了。“真是的，又要到人家的家里来，又弄得人家扫兴。”他这样想他自己。他就极力显得殷勤，说是如果公爵夫人肯接见，他是乐于去的。

“对，对，妈妈会很高兴跟您见面的。您在那儿也可以抽烟。伊万·伊万诺维奇也在那儿。”

这个家庭的女主人索菲娅·瓦西里耶夫娜公爵夫人，是一个经常躺着的太太。她躺着见客已经有八年了，身上穿戴着花边和缎条，周围满是天鹅绒、贴金的摆设、象牙器皿、铜器、漆器、花卉。她从来也不乘车出门，只接见她所谓的“自己的朋友”，也就是一切依她看来在某一方面超群出众的人。涅赫柳多夫也被她看作这一类的朋友，因为她认为他是个聪明的青年人，因为他母亲原是这家人的亲密的朋友，也因为如果米西能够嫁给他，倒不失为一件好事。

索菲娅·瓦西里耶夫娜公爵夫人的房间在大客厅和小客厅后面。米西原来走在涅赫柳多夫前边，等到走进一个大客厅里，却坚决站住，手扶着一把涂金的小椅子的椅背，瞅着他。

米西很想出嫁，而涅赫柳多夫就是一个好配偶。除此以外，她喜欢他，她已经习惯于一种想法：他是属于她的（不是她属于他，而是他属于她)。她就用精神病患者常用的那种不自觉的然而固执的狡猾手法来达到她的目的。她目前跟他谈话，就是为了要他说明他的心事。

“我看出来您必是遇到了一件什么事，”她说，“您怎么了?”

他想起他在法庭上同卡秋莎的相逢，就皱起眉头，涨红了脸。

“是的，我是遇到了一件事，”他说，情愿说出真话，“而且是一件奇怪的、不平常的、重大的事。”

“到底是什么事呢？您不能说一说吗？”

“现在我不能说。请您容许我不说才好。所发生的这件事，我还没来得及充分考虑。”他说着，脸涨得越发红了。

“那么您对我都不肯说？”她脸上的肌肉颤抖一下，她手扶着的小椅子也挪动一下。

“是的，我不能说。”他答道，感到他这样回答她实际上也是在回答他自己，承认他自己确实遭到了一件很重大的事。

“好，那我们走吧。”

她摇一下头，好像要甩掉那些不必要的思想似的，然后迈开比平时更快的步子往前走去。

他觉得她好像不自然地抿紧嘴唇，为的是忍住眼泪。他看到他自己惹得她伤心，不由得害臊、难过，可是他知道，他稍稍表现一点软弱，就会把他自己毁掉，也就是说，就会把他自己跟她联系在一起，拆不开了。可是今天，他最害怕的就是这一点，于是他一句话也没说，跟她一块儿走到公爵夫人的私室里。

二十七

索菲娅·瓦西里耶夫娜公爵夫人已经吃完她那顿很讲究、很滋补的饭。她老是独自一个人吃饭，免得让外人看见她做这件缺乏诗意的事。她的躺椅旁边立着一张小桌子，上面放着咖啡。她在吸一支用玉蜀黍叶制成的纸烟。索菲娅·瓦西里耶夫娜公爵夫人是一个身材瘦长的黑发女人，牙齿很长，眼睛又大又黑，仍旧极力打扮得少俊。

关于她同那个医师的关系，人们说过不少坏话。以前涅赫柳多夫一直忘了这一点，可是今天他不但想起来了，而且看见那个医师就坐在她的椅子旁边，看见他那抹了油而亮光光的、从中间分开的胡子，就不由得感到非常恶心。

科洛索夫在索菲娅·瓦西里耶夫娜身旁一把又矮又软的圈椅上坐着，靠近那张小桌，在搅动咖啡。小桌上放着一杯甜酒。

米西跟涅赫柳多夫一块儿走进她母亲的房间里，可是她没有在房间里留下来。

“等到妈妈累了，把你们赶走，你们就来找我好了，”她转过身来对科洛索夫和涅赫柳多夫说，从她的口气听来倒好像她跟涅赫柳多夫之间根本没出什么事似的。她快活地微笑着，在厚地毯上不出声地迈动步子，走出房外去了。

“啊，您好，我的朋友，请坐，谈一谈吧，”索菲娅·瓦西里耶夫娜公爵夫人说，现出她那种精致的、假装出来的、完全像是出于自然的笑容，露出两排好看的长牙，这一口假牙做得非常精巧，完全跟以前的真牙一样。“我听说您从法院里来，心绪很郁闷。我想，这种工作对一个感情丰富的人来说未免太苦。”她用法语说。

“是的，这话是对的，”涅赫柳多夫说，“人常常会感到自己不……感到自己没有权利审判别人……”

“Comme c’est vrai。”她叫道，仿佛被他的这句话的真实性震动了似的。她像往常那样巧妙地奉承跟她谈话的人。

“哦，您那幅画怎么样了？我对它很有兴趣呢，”她又说，“要不是因为我有病，我早就到您的家里去了。”

“我完全把它丢在一边了。”涅赫柳多夫干巴巴地回答说，今天她的假意奉承在他看来就跟她要遮盖的老态一样明显。他再也不能强制自己顾全礼貌了。

“这可不应该！您要知道，列宾亲自对我说过，他有很不错的才能。”

她扭过头去对科洛索夫说。

“她这么说谎，怎么会不害臊。”涅赫柳多夫皱起眉头，暗自想道。

等到索菲娅·瓦西里耶夫娜终于相信涅赫柳多夫心绪恶劣，谁也不可能把他引到愉快隽永的谈话里来，她就转过脸去对着科洛索夫，问他对一出新上演的戏有什么看法，从她的口气听起来倒好像科洛索夫的意见一定会解决一切疑问，这个意见的每一个字都一定会永垂不朽似的。科洛索夫把这出戏批评了一顿，趁此机会发挥了他对艺术的见解。索菲娅·瓦西里耶夫娜公爵夫人被他的见解的正确所震动，极力想为这个剧本的作者辩护，不过立刻或是让步，或是寻找折中的理由了。涅赫柳多夫在一旁看着，听着，可是他所看见和听到的却同他面前的情况完全两样。

涅赫柳多夫时而听着索菲娅·瓦西里耶夫娜讲话，时而听着科洛索夫讲话，看出来：第一，不论是索菲娅·瓦西里耶夫娜还是科洛索夫，都完全没把这个剧本放在心上，他们彼此之间也漠不相关，如果他们在谈话，那也无非是为了满足每逢吃过饭以后想活动一下舌头和喉咙的肌肉的生理要求罢了；第二，科洛索夫喝过白酒、葡萄酒、甜酒以后，已经有几分醉意，然而不是像平素难得喝酒的农民们的那种醺醉，而是像喝酒成瘾的人们所常有的那种薄醉。他身子不摇晃，嘴里也不说胡话，而是处在兴奋和沾沾自喜的不正常状态里；第三，涅赫柳多夫看出来，索菲娅·瓦西里耶夫娜公爵夫人在谈话当中带着不安的神色瞧着一个窗子，有一道斜射的阳光射进窗口，开始移到她身上来，那就可能过于清楚地照出她的老态。

“这话多么真实啊，”她针对科洛索夫的一句评语说，在她躺椅旁边的墙上按一下电铃的按钮。

这时候医师站起来，一句话也没说就走出房外去了，像是这个家里的人一样。索菲娅·瓦西里耶夫娜一面继续谈话，一面目送他走出去。

“劳驾，菲利普，把那个窗帘放下来。”她看见那个漂亮的听差听到她的铃声走进来，就用眼睛指一指窗上的帘子说。

“不，不管您怎么说，它总还有点神秘主义的东西，而没有神秘主义的东西也就不成其为诗了。”她说着，同时斜过一只黑眼睛去，生气地瞅着放下窗帘的听差的动作。

“没有诗，神秘主义就成了迷信，而没有神秘主义，诗就成了散文。”她说，悲哀地微笑着，同时一眼也不放松拉上窗帘的听差。

“菲利普，您不该放下这个窗帘，要放下的是大窗子上的窗帘。”索菲娅·瓦西里耶夫娜痛苦地说，显然在怜惜自己，因为不得不费那么多气力来交代这些话。她为了安慰自己，就立刻举起她的戴满宝石戒指的手，把那根正冒着烟而香味扑鼻的纸烟送到嘴上去。

胸脯宽阔、筋强力壮的美男子菲利普，仿佛赔礼似的微微一鞠躬，一句话也没说，迈开他那两条健壮有力、腿肚鼓起的腿在地毯上轻轻走动着，顺从地走到另一个窗口，仔细地瞧着公爵夫人，开始拉好窗帘，务必不让一丝阳光照到她的身上。可是就连这样，他也还是没有做对，于是受尽折磨的索菲娅·瓦西里耶夫娜又不得不中断她关于神秘主义的谈话来纠正那个头脑不清楚、无情地烦扰她的菲利普。一时间菲利普的眼睛里有个火星闪了一下。

“‘鬼才知道你要怎么样，’他心里大概在这么说。”涅赫柳多夫在一旁瞧着整个这场戏，暗自想着。不过，菲利普，这个美男子和大力士，立刻掩盖他的不耐烦的动作，沉住了气，开始依照疲惫不堪的、娇弱无力的、虚伪透顶的索菲娅·瓦西里耶夫娜公爵夫人吩咐他的话去做。

“不消说，达尔文的学说有很大的一部分是真理，”科洛索夫说，懒洋洋地靠在矮圈椅上，用带着睡意的眼睛瞧着索菲娅·瓦西里耶夫娜公爵夫人，“然而他超过了限度。”

“那么您相信遗传吗？”索菲娅·瓦西里耶夫娜公爵夫人问涅赫柳多夫，嫌他的沉默惹人厌烦。

“遗传？”涅赫柳多夫反问道。“不，我不相信，”他说。这时候他全神贯注在不知什么缘故他脑海里出现的一些奇怪的形象上。他暗自想象大力士和美男子菲利普赤身露体的模样，然后把赤裸裸的科洛索夫放在他的身旁，肚子活像西瓜，头顶光秃，胳膊没有筋肉，像是两根藤条。同样，索菲娅·瓦西里耶夫娜的两个肩膀本来由绸缎和天鹅绒盖住，这时候也在他的脑海里隐约露出它们实际上是什么样子，不过这种想象过于可怕，他极力把它赶走了。

索菲娅·瓦西里耶夫娜用眼睛上上下下地打量他。

“不过米西在等您去呢，”她说，“您到她那儿去吧，她想给您弹舒曼的一个新曲子……那曲子很有味儿。”

“她根本就没有想弹什么曲子。这都是她不知什么缘故在说谎。”涅赫柳多夫暗想，站起来，握一握索菲娅·瓦西里耶夫娜的透明的、露出骨节的、戴满戒指的手。

他在客厅里迎面遇见卡捷琳娜·阿列克谢耶夫娜，她立刻开口讲话。

“说真的，我看得出来陪审员的职务弄得您苦恼不堪。”她照例用法语说。

“是的，请您原谅我，今天我心绪不好，我没有权利弄得别人扫兴。”涅赫柳多夫说。

“您为什么心绪不好呢?”

“请您容许我不谈为什么。”他一面说，一面找他的帽子。

“您总该记得，以前您说过，人应当永远说实话，而且当时您就对我们大家说了些很不客气的实话。可是现在您为什么就不愿意说了呢？你记得吧，米西?”卡捷琳娜·阿列克谢耶夫娜扭过脸去对米西说，这时候米西正朝他们这边走过来。

“这是因为当时我们是在做游戏，”涅赫柳多夫严肃地回答说，“在游戏当中人是可以说实话的。可是在实际生活里我们却很坏，我的意思是说我很坏，至少我就不能说实话。”

“您不必修改您的话，您最好还是说一说我们在哪方面都很坏吧。”卡捷琳娜·阿列克谢耶夫娜说，一味耍嘴皮子，仿佛没有注意到涅赫柳多夫的严肃神情似的。

“再也没有比承认自己心绪不好更糟的事了，”米西说，“我就从来也不肯对自己承认心绪不好，因此我的心绪永远很好。好吧，那我们到我的房间里去吧。我们来想法排遣您的 mauvaise humeur。”

涅赫柳多夫生出一种感觉，近似于一匹马被人摩挲着，要给它戴上笼头、套上车子的时候必然会生出的那种感觉。可是今天他比任何时候都不愿意拉车。他道歉说他得回家去了，就开始告辞。米西跟他握手，比平时握得久一点。

“您要记住，在您是重大的事情，对您的朋友来说也是重大的。”她说，“明天您会来吗？”

“多半不会来。”涅赫柳多夫说，感到害臊，可是他自己也不知道这是为他自己害臊呢，还是为她害臊。他涨红了脸，匆匆地走出去。

“这是怎么回事啊？Comme cela m'intrigue，”卡捷琳娜·阿列克谢耶夫娜等涅赫柳多夫走后，说，“我一定要问明白。这大概是一件 affaire d'amour-propre：il est très susceptible，notre cher 米佳。”

“Plutôt une affaire d'amour sale，”米西本来想说出这句话，可是没有说出口。她呆望着前面，她的脸色跟刚才她瞧着他的时候全然不同，变得黯淡无光。不过，她就连对卡捷琳娜·阿列克谢耶夫娜也没有说出这句低级趣味的俏皮话，而只是说一句：

“我们大家往往又有快活的日子，又有不快活的日子。”

“难道连这个人也欺骗我？”她暗想，“事情已经到了这个地步，他这样做可就太不对了。”

如果一定要米西解释一下她所谓的“事情已经到了这个地步”究竟是什么意思，她就会说不出一个所以然来。不过她又毫无疑问地知道，他不但在她的心里勾起了希望，而且差不多已经应许她了。这倒不是因为有过什么明确的诺言，而是因为有过那些眼神、微笑、暗示、沉默。可是她仍旧认为他是属于她的，对她来说失掉了他是很不好受的。

二十八

聆听心灵中上帝的召唤，涅赫柳多夫在忏悔的洗礼中，穿过那层层罪恶的荆棘，踏上全新的生命体验之旅，犹如一次重生，更是一次复活。历经沉浮，呈现出自己于世界的意义，更加坚定地走下去；生命归属，不管前方的路有多苦，亦要坚持而不认输！

现在的涅赫柳多夫已经意识到了自己的罪恶，体会到了羞恶之心。

"可耻而又丑恶，丑恶而又可耻。"涅赫柳多夫顺着他所熟悉的街道步行回家，暗自想着。方才他跟米西谈话的时候所体验到的沉重心情至今没有离开他。他感到，在形式上，如果可以这么说的话，他对她倒没有什么错处：他丝毫没有对她说过什么束缚他自己的话，也没有向她求过婚，不过实际上他感到已经跟她联系在一起，应许过她了。然而今天他却全身心地感到他不能同她结婚。"可耻而又丑恶，丑恶而又可耻，"他反复地对自己说，这不单是指他跟米西的关系，而是泛指一切事情说的。"一切都丑恶而又可耻。"他走到他家的门廊上，又对自己说了一遍。

涅赫柳多夫已经用另外的心情与眼光去看他周围的人和事了，他已经脱离了他从属的团体，不再心安理得地用"一般人"的道德标杆去判断事物，而是感到"丑恶又可耻"。

"我不吃晚饭了，"他对跟着他走进饭厅里来的听差科尔涅伊说，饭厅里已经准备下餐具和茶，"您去吧。"

"是。"科尔涅伊说着，可是没有走开，动手收拾饭桌上的东西。涅赫柳多夫瞧着科尔涅伊，对他生出了反感。他一心巴望大家都躲开他，让他一个人待着，可是他觉得大家仿佛有意为难似的，偏偏缠住他不放。等到科尔涅伊拿着餐具走出去以后，涅赫柳多夫本来要走到茶炊跟前去斟茶，可是听见阿格拉费娜·彼得罗夫娜的脚步声，就赶紧走进客厅，随手关上身后的房门，免得跟她见面。这个房间（客厅）就是三个月前他母亲去世的地方。现在，他走进这个灯光明亮的房间，看见两盏装着反光镜的灯，其中的一盏照着他父亲的画像，另一盏照着他母亲的画像，就想起了他和母亲在最后一段时期的关系，依他看来那种关系显得不自然、可憎。那也是丑恶而又可耻的。他回想在她害病的后期，他简直巴望着她死。他对他自己说，他巴望她死是为了让她免得再受苦，其实他巴望这一点却是为了免得让他自己看见她受苦。

他有意在他的心里唤起关于她的美好的回忆，就看一看她的画像，那是破费五千卢布聘请一个有名的画家画成的。在画上，她穿着黑色天鹅绒连衣裙，袒露着胸脯。画家分明特别用心地描画两个乳房中间的胸脯和美丽得耀眼的肩膀和脖子。这简直是十分可耻而又丑恶的。把他的母亲画成一个半裸体的美人，这件事含着一种可憎的、亵渎的意味。使得这件事尤其可憎的，是三个月以前，这个女人就躺在这个房间里，干瘪得像是一具木乃伊，可是仍旧不但使得整个房间里，而且使得整所房子里都弥漫着一股浓重难闻的气味，任什么办法也不能把它盖过去。他觉得就连现在他也好像闻到了那种气味。随后他又想起她在临死的前一天伸出一只露出骨节的、颜色发黑的手来，抓住他的有力的白手，瞧着他的眼睛说："要是我有什么做得不对的地方，你不要责怪我，米佳，"她那对由于痛苦而暗淡下去的眼睛里涌上了眼泪。"多么丑恶！"他瞅着那个半裸体的女人，以及漂亮的、大理石般的肩膀和胳膊、得意扬扬的笑容，就又对他自己说了一遍。这个画像上袒露的胸脯使他联想到另一个年轻女人，前几天他看见她也这样袒露着胸脯。那个女人就是米西，有一天傍晚她找出一个借口，叫他到她的房间里去，要他看一看她出外去参加舞会而穿着一身舞衫的模样。他带着憎恶的心情想

种种对比，种种反差，这种鲜明的效果，更加深了这种反感，美丽的"画皮"被撕开，丑陋的真相显露出来。

起她的漂亮的肩膀和胳膊。此外还有她那个粗鲁的、野兽般的父亲以及他的往事和残忍，还有她那个 bel esprit 的母亲的可疑的名声。所有这些都是可憎的，同时又是可耻的。可耻而又丑恶，丑恶而又可耻。

此刻，他想用“出国，钻研绘画”的方式来逃离这种丑恶，是一种消极的躲避的方式。

“不行，不行，”他暗想，“必须丢开这一切，必须摆脱跟科尔恰金一家人，跟玛丽亚·瓦西里耶夫娜，跟遗产，跟其他一切的虚伪关系……对，要自由地呼吸。我要出国，到罗马去，钻研我的绘画……”他想起他怀疑自己的才能。“哦，那也没关系，只要能自由地呼吸就成。先到君士坦丁堡，再到罗马，只是要赶快辞掉陪审员的职务。还要跟律师把那个案子谈妥。”

于是忽然间，在他的想象里，异常逼真地浮起那个女犯人的影子以及那对斜睨的黑眼睛。在被告们提出最后供词的时候，她哭得多么厉害啊！他匆匆地在烟灰碟里把吸完的纸烟揉搓一下，把烟头弄灭，另外又点上一支，开始在房间里走来走去。于是在他的脑海里，他同她一起经历过的那些场面就开始一个连一个地出现。他想起他跟她最后一次的相逢，想起当时支配着他的兽性情欲，想起那种情欲得到满足以后他所感到的失望。他想起她的白色连衣裙和天蓝色的腰带，想起那次晨祷。“是啊，那天晚上我爱她，怀着美好纯洁的爱情真心爱着她，而且远在那以前我就爱她了，我头一回在姑姑们家里住下，写我的论文的时候，我就已经深深地爱着她了！”紧跟着他回想他当时是什么样子。那种朝气、青春、充实的生活就像一股清风似的迎着他吹过来，他不由得感到痛苦而哀伤。

对比“当时的他”与“现在的他”，涅赫柳多夫的灵魂找到了方向。

当时的他和现在的他，这中间的区别是巨大的。这个区别，比起在教堂里的卡秋莎和陪着商人灌酒而且今天上午受到审判的那个妓女之间的区别来，即使不是更大，至少也同样地大。当初他是生气蓬勃的、自由的人，在他面前展开无限的可能；如今他却感到已经被愚蠢的、空洞的、毫无目标的、渺小的生活的罗网从四面八方团团围住，从中看不见任何出路，甚至大概也不想闯出去了。他想起当初他怎样以他的耿直性格自豪，当初他怎样为他自己定下了永远说实话的原则，而且果然做到了实话实说，现在他却完全陷在虚伪里，陷在最可怕的虚伪里，陷在他四周的一切人都认为是真理的虚伪里，不能自拔了。在这种虚伪里是没有任何出路的，至少他自己看不出有什么出路。于是他深深地陷在那里面，习以为常，觉得倒也逍遥自在了。

没有足够的勇气与能力脱离他陷入的虚伪，要不是一种强有力的光照亮他的心，他只会更加迷糊，习以为常。

该怎样来解决他跟玛丽亚·瓦西里耶夫娜的关系，他跟她丈夫的关系，才能使他不至于羞得不敢正眼看那个丈夫和他的孩子们呢？怎样才能毫不做假地了结他跟米西的关系呢？他一面承认土地私有制不合理，一面又由于继承母亲的财产而占有土地，这个矛盾该怎样才能解决呢？该怎样做才能在卡秋莎面前赎他的罪呢？他不能丢下这件事情不管。“我不能抛弃一个我爱过的女人，只限于付给律师一笔钱，以便解除她本来就不该遭到的苦役刑。我也不能用金钱来赎罪，不能像我以前给她那笔钱的时候自以为做了一件应该做的事。”

对立统一的结合体，人物饱满的性格需要多面，甚至是矛盾的双方来体现互相映照的特质。

于是他逼真地想起当初他在过道里追上她，把那笔钱塞给她，然后从她身旁跑掉的情景。“啊，那笔钱！”他回想当时的情景，又是恐惧，又是憎恶，就跟那时候他的心情一样。“哎呀，哎呀！多么丑恶！”他也像当时那样大声说出来。“只有流氓，坏蛋才干得出这种事！我，我就是坏蛋，就是流氓！”他大声说道。“不过，难道真是这样吗？”他停住脚，不再走动，“难道我真是坏蛋，难道我确确实实是坏蛋？然而不是我又是谁呢？”他回答自己说。“再者，莫非只有这一件事吗？”他继续揭露他自己。“莫非你跟玛丽亚·瓦西里耶夫娜

羞耻之心，忏悔之心唤起他心中被兽性压制住了的那部分人性。

以及她的丈夫的关系就不丑恶，不下流？还有你对财产的态度呢？你认为财产不合理，可是你又借口说那些钱是你母亲的，就放手用起来。还有你那游手好闲的、肮脏的全部生活。而这一切的顶峰，也就是你对卡秋莎的行径。你这坏蛋，流氓！随他们（别人）爱怎样评断我就怎样评断我好了，我能够欺骗他们，可是我欺骗不了我自己。”

勇于面对罪恶，看见丑陋的真相，虽然触目惊心，但却换得内心的坦荡安稳。

他这才忽然明白过来，原来他在最近这段时期对人们所发生的憎恶，特别是今天对公爵，对索菲娅·瓦西里耶夫娜，对米西，对科尔涅伊所发生的憎恶，其实就是对他自己的憎恶。说来奇怪，这种承认自己卑鄙的心情，固然不免使人痛苦，同时却又使人快乐而心安。

涅赫柳多夫生平已经不止一次地发生过他称之为“灵魂的扫除”这类的事情。他所谓的灵魂的扫除，指的是这样的一种精神状态：往往经过很长一段时期的间隔以后，忽然，他感到他的内心生活疲沓了，有时甚至停顿了，就着手把堆积在他灵魂里而成为这种停顿的原因的垃圾统统清除出去。

人生在世总是会面对各种各样的诱惑，无法节制自己的欲望，难以坚持原则，像被束缚在橡皮筋上，用力地挣扎一下，只会反弹得更紧密，他是否能彻底挣脱？

在这样的觉醒以后，涅赫柳多夫总要给他自己定出一些规则来，打算从此以后永远遵守，例如写日记，开始过新的生活，希望这种生活以后再也不会改变，也就是像他对自己所说的那样，turning a new leaf。然而每一回，人世的诱惑总是降伏了他，他不知不觉地又堕落了，往往比以前堕落得更深。

他照这样打扫自己，提高自己，已经有好几回了。那年夏天他到姑姑们家里住下的时候，他是第一回做这种事。这是一次最有生气、最热情洋溢的觉醒。这次觉醒的效果保持得相当久。后来，在战争时期，他辞去文职，到军队中工作，愿意献出他的生命的时候，又有过这样的觉醒。不过这一回他的灵魂很快就被垃圾塞满了。后来还有过一回觉醒，那是在他辞去军职，到国外去钻研绘画的时候。

从那时候起到今天，他已经有很长一段时期没有打扫过他的灵魂，所以他从来也没有像这样肮脏过，他的良心所要求的东西和他所过的生活之间也从来没有像这样不协调过。他看到这个差距，不由得心惊肉跳。

这个差距那么大，污垢又那么多，起初他灰心了，认为不可能打扫干净。“要知道，你已经尝试过道德上的自我修养，打算变得好一点，可是什么结果也没有，”诱惑者的声音在他的灵魂里说，“那么何必再试一次呢？又不是只有你一个人这样，大家都是这样的，生活本来就是这样嘛，”这个声音说。然而，自由的、精神的人，已经在涅赫柳多夫的身上觉醒，只有这个人才是真实的，只有他才是强大的，只有他才是永恒的。涅赫柳多夫不能不相信他。尽管他实际上是一个什么人和他希望成为一个什么人之间的差距那么大，可是对已经觉醒的精神的人来说，一切事情都是可以做到的。

> “大家都是这样的”再次成为推卸个人责任与摆脱罪恶的“好方法。”这个复活的，觉醒的人，使涅赫柳多夫的“存在”变得“实在”，把他从虚空的堕落中解救出来，使他有足够的力量挣脱那束缚他的虚伪。

“不管要我付出什么样的代价，我也要冲破这种束缚我的虚伪。我要承认一切，对一切人说老实话，做老实事，”他果断地对自己大声说。“我要对米西说实话，讲明我是一个放荡的人，不配跟她结婚，我只是平白无故地打搅了她。我要对玛丽亚·瓦西里耶夫娜（首席贵族的妻子）说实话。不过，对她没有什么话可说了。我要对她的丈夫说我是坏蛋，欺骗了他。对于遗产，我也要处理得合乎真理的原则。我要对她，对卡秋莎说，我是坏蛋，对她有罪，我要做我所能做的一切事情来减轻她的厄运。对，我要去见她，请求她宽恕我。对，我要像小孩子那样讨饶，”他收住脚，站定，“如果必要的话，我就跟她结婚。”

他停住，照他小时候常做的那样把两只胳膊交叉在胸前，抬起眼睛往上看，对一个什么人说：

“主啊，帮助我，教导我，到我的心里住下，清除我心中的一切污垢吧！”

他的心灵中，精神的人在他所坚持的信仰的保佑下苏醒过来了。

他祷告，请求上帝帮助他，到他的心里来住下，清除他心中的一切污垢，同时他所要求的那些事就已经实现了。住在他心里的上帝，已经在他的思想感情里醒过来。他感到了上帝的存在，因此不但感到自由、勇气、生活的快乐，而且感到了善的全部威力。这时候，凡是人能做的最好的事，一切最好的事，他觉得他自己都能够做到。

此刻的他是个全新的人。

他对自己说这些话的时候，他的眼睛里含满了泪水。那又是好的泪水，又是坏的泪水。其所以是好的泪水，那是因为精神的人虽然这些年来一直在他的心里沉睡，然而现在却在他的心里醒过来了，他就流下了欢喜的泪水；其所以是坏的泪水，那是因为这是自怜自爱的泪水，为他自己的美德所感动的泪水。

这“好的泪水”与“坏的泪水”说明了他因局限而更真实，说明“复活”是一个过程。

他觉得浑身发热。他走到一个已经卸下冬季套窗的窗口，推开窗子。窗外是花园。那是月夜，没有风，空气清新。车轮在大街上辘辘地响了一阵，然后一切归于沉寂。在窗子的紧跟前，现出一棵高大的杨树的阴影，光秃的树枝的影子犬牙交错，清楚地印在一块打扫干净的小空场的沙土地上。左边是堆房的房顶，在明亮的月光下显得发白。正面，树木的枝丫交织在一起，后边现出一道围墙的黑影。涅赫柳多夫瞧着被月光照亮的花园和房顶，瞧着杨树的阴影，吸进清爽新鲜的空气。

被月光照亮是一种烘托，表明了涅赫柳多夫的心已经豁然开朗。

“多么好啊！多么好啊，我的上帝，多么好啊！”他说，指的是他灵魂里所起的变化。

情境赏析

“这个差距那么大……如果必要的话，我就跟她结婚。”这一段明显而直接地体现了车尔尼雪夫斯基对于托尔斯泰“心灵辩证法”评价的这种文学特点，托尔斯泰在揭示内心意识流方向尤其卓越。这段是涅赫柳多夫自我忏悔的心理活动的巅峰时刻，他含着饱满的激情，与自己的恶做着顽强的斗争。

在这一段中，我们看到如下特点：首先，内心活动的过程不是连贯的、逻辑的，而是有着间断、跳跃和随机性；其次，不是纯然的理性思维，而是感觉、表象、感情、想象、思索、意志组成的多层次、多序列的复杂图景，这些因素交互作用，彼此影响，使人物心灵丰沛饱满。

名家点评

没有谁比他更善于进行心理分析，没有谁比他更能深入洞察人的灵魂深处……善于捕捉那稍纵即逝的最隐秘的内在动机，甚至是那灵魂的瞬间悸动。

——（俄）皮萨列夫

二十九

涅赫柳多夫已经意识到自己的罪，开始了精神的复活，而马斯洛娃仍在迷茫的地狱中徘徊，心无定所。人在狱中，只是肉体被囚，心在漂流，精神更是荒芜。在她身边同受苦难的特殊群体，各自有着自己的辛酸史，下面让我们跟随马斯洛娃一同见见她们……

马斯洛娃一直到傍晚六点钟才回到她的牢房里。她已经走不惯路，如今却在石头路上步行了十五俄里，筋疲力尽，脚都走痛了；而且那个严厉得出人意外的判决弄得她垂头丧气，此外她的肚子也饿了。

先前，有一回审讯暂停，大家休息的时候，她旁边的那些法警吃起面包和煮硬的鸡蛋来，她嘴里就满是唾沫，觉得饿了，可是向他们讨一点吃，她认为在她是有失体面的。后来又过了三个钟头，她倒不再想吃东西，只觉得浑身没有力气了。在这样的状态下她听到了她没意料到的判决。起初她以为听错了，不能一下子相信她听到的话，不能把她自己同苦役犯的概念联系起来。然而她看见法官和陪审员的脸色平静而认真，他们把这个消息看作是一件十分自然的事，她就愤慨起来，向整个法庭嚷着说她没有罪。可是她看到就连她的嚷叫也被他们看作是一件自然的、意料中的事，不能改变局势，她就哭起来，感到不得不顺从这种硬加在她头上的、残忍的、使她吃惊的不公正。尤其使她吃惊的是，那么残忍地定了她的罪的，都是些年轻的而不是年老的男人，他们总是用那么亲切的眼光瞧着她。只有一个人，也就是副检察官，她看出来，心境完全不同。先前她在犯人室里坐着，等候开审的时候，后来在审讯暂停的时候，她看见那些男人怎样装作为了办别的事而在她的门口走来走去，或者索性走进她的房间里来，只为仔细看一看她。不料忽然间，尽管她没有犯她被控诉的那些罪，那些男人不知因为什么缘故竟然判了她苦役刑。起初她哭了，不过后来她止住哭，精神完全麻木，坐在犯人室里，等着押回监狱里去。这时候她只巴望着一件事：吸一支烟。博奇科娃和卡尔京金在宣布判决以后押到这个房间里来的时候，正碰上她处在这种状态。博奇科娃顿时开口辱骂马斯洛娃，把她叫做苦役犯。

"怎么样，你打赢官司啦？你没罪啦？如今你大概逃不脱了吧，下贱的窑姐儿。你这是活该。等你做了苦役犯，恐怕你就没法打扮得妖里妖气了。"

马斯洛娃坐在那儿，把两只手揣在长囚衣袖管里，低下头，呆望着前面两步开外一块踏脏了的地板，嘴里只是说：

"我没惹您，您也别招我。是啊，我没惹您。"她反复说了好几次，随后完全沉默下来。直到卡尔京金和博奇科娃给人押走，一个法警给她送来三个卢布的时候，她才略为振作起来。

"你是马斯洛娃吧？"他问。"拿去，这是一个太太送给你的，"他说，把钱交给她。

"哪个太太？"

"你拿着就是。谁高兴跟你们多说废话。"

这笔钱是妓院的女掌班基塔耶娃打发他送来的。她走出法庭的时候，找到民事执行吏，问一声她可不可以送一点钱给马斯洛娃。民事执行吏说可以。这样，她得到了许可，就脱掉钉着三个纽扣的麂皮手套，露出又胖又白的手，从绸裙子后面的皱褶里取出一个时髦的钱夹来，那里面放着相当厚的一大叠息票，都是她刚由她在妓院里挣来的证券上剪下来的。她从中拣出两卢布五十戈比的息票，另外添上两枚二十戈比的硬币和一枚十戈比的硬币，交给民事执行吏。民事执行吏叫来一个法警，当着女施主的面把那些钱交给法警。

"请您一定送到。"卡罗利娜·阿尔贝托夫娜·基塔耶娃对那个法警说。

法警看到她不信任他，就生气了，因此他才那么气愤地对待马斯洛娃。

马斯洛娃得到了钱很高兴，因为这笔钱可以使她得到她现在一心巴望得到的那种东西了。

“只求能弄到一支纸烟，抽上一口就好了。”她暗想，她的全部思想都集中在这种吸烟的欲望上。她那么想吸烟，只要各办公室的门口飘出烟草的气味，送到过道上来，人在空气里可以闻到那种烟气，她就贪婪地把这种空气吸进去。不过她还得等很久才行，因为本来应当由书记官下令遣送她回监狱，可是他忘记了那些被告，只顾跟一个律师谈一篇被查禁的文章，甚至发生了争论。在审判以后也还有好几个年轻的和年老的男人走进来为了看她一眼，彼此交头接耳地小声说话。不过现在她根本不去理会他们了。

最后，到四点多钟，她才被押解回去。两个押解兵，那个下城人和楚瓦什人，押着她从法院的后门走出去。她还没走出法院，刚到法院的门道里，就已经把二十个戈比交给他们，托他们买两个白面包和一包纸烟。楚瓦什人笑起来，接过钱说：

“行，我去给你买就是。”他说完，果然老实地把白面包和纸烟都买来，还把找回来的零钱交给她。

在路上是不能吸烟的，因此马斯洛娃带着仍然没有得到满足的吸烟欲望一直走到监狱跟前。两个兵刚刚把她押到大门口，正巧从火车站送来大约一百名男犯人。她在过道里碰见他们了。

那些犯人有留着胡子的，有剃光胡子的，有年老的，有年轻的，有俄罗斯人，有其他民族的人。有些人剃掉半边头发，戴着脚镣哗啷啷响。他们弄得前屋里满是灰尘、脚步声、谈话声、汗酸气。这些犯人走过马斯洛娃面前，都死乞白赖地盯住她看。有些人走到她跟前，擦着她的身子走过去，由于淫心而脸容大变。

“嘿，这儿有个小妞儿，好漂亮。”有个犯人说。

“小姑娘，您好哇。”另一个犯人说，对她挤了挤眼睛。

有个犯人肤色发黑，后脑壳的头发剃光，露出青色的头皮，脸上的胡子剃掉，只留下唇髭，两只脚上拖着脚镣哗啷啷响。他跳到她跟前，一把抱住她。

“莫非你不认得你的老朋友啦？得了，别装腔了！”他叫起来，龇出牙笑一笑，闪着炯炯有光的眼睛，她连忙把他推开。

“你要干什么，混蛋?”副狱长从后边走过来，吆喝一声。

那个犯人把身子一缩，连忙跑掉了。副狱长转过头来骂马斯洛娃。

“你在这儿干什么?”

马斯洛娃打算说明她刚从法院被押解回来，可是她疲倦得很，懒得开口讲话。

“她从法院来，长官。”押解兵的班长从那群过路人当中穿过来，把手举到帽檐上说。

“哦，那就把她交给看守长。这儿简直闹得不像样子!”

“是，长官。”

“索科洛夫！把她带走。”副狱长嚷道。

看守长走过来，生气地推一下马斯洛娃的肩膀，对她点一下头，领着她往女监的长廊上走去。到了女监的长廊上，她周身被人摸索过，搜查过，没有发现什么东西（那包纸烟已经塞在白面包里），她就给送进今天早晨她离开的那个牢房里去了。

三十

囚禁马斯洛娃的牢房是个长方的房间，九俄尺长，七俄尺宽，有两扇窗子，靠墙砌着一个灰泥脱落的大炉灶。房间里摆着些木板已经干裂的板床，占去三分之二的空地。房中央，对着房门口，挂着乌黑的圣像，旁边插着蜡烛，下边挂着落满灰尘的蜡菊。房门左边，有一块地板颜色发黑，上面放着一个臭烘烘的木桶。看守刚刚点过名，女人们锁在牢房里过夜了。

牢房里一共住着十五个人：十二个女人和三个孩子。

天色还十分亮，只有两个女人躺在板床上。其中一个是呆子，因为没有身份证而关在这儿，她差不多总在睡觉，现在身上盖着长囚衣，连头也蒙上了。另一个是害肺痨病的女人，犯了盗窃罪而在这儿服刑。这个女人没有睡着，光是躺在那儿，头底下枕着长囚衣，睁大眼睛，费力地忍住咳嗽，压下一口已经涌上喉头而搔得喉头发痒的黏痰。另外的女人一概没有戴头巾，只穿着粗麻布衬衫。有些人坐在板床上做针线活，有些人站在窗子跟前看走过院子的男犯人。三个做针线活的女人当中，有一个就是今天早晨送走马斯洛娃的老太婆科拉布廖娃，她神色阴沉，拧着眉头，满面皱纹，下巴底下挂着松弛的皮肤，像是一个口袋。她是一个高大强壮的女人，淡褐色头发编成短小的辫子，两鬓已经花白，脸颊上有一颗生出毫毛的疣子。这个老太婆已经判处苦役刑，因为她用斧子砍死了丈夫。她所以砍死他，是因为他缠住她的女儿不放。她是这个牢房的头目，可是仍然偷卖私酒。她戴着眼镜做针线活，那一向操作的大手照农民那样用三个手指头捏着针，针尖对着胸口。她身旁坐着一个女人，也在做针线活，缝一个帆布口袋。她肤色有点发黑，身量不高，生着狮子鼻，眼睛又小又黑，性情温和，唠唠叨叨讲个不停。她是铁路上一个看守人的妻子，被判了三个月徒刑，因为她没有举着旗子出来接一班火车，不料那班火车出了事故。第三个做针线活的女人是费多霞，同伴们叫她费尼琪卡。她是个十分年轻俊俏的女人，皮肤白净，脸色红润，生着孩子气的、亮晶晶的天蓝色眼睛，梳着两条淡褐色的长发辫，盘在小小的脑袋周围。她遭到监禁是因为她蓄谋毒死自己的丈夫。她刚结完婚就立刻打算毒死丈夫，那时候她还是个十六岁的姑娘。可是在她被保出狱，听候开审的八个月当中，她不但已经跟丈夫和好，而且深深地爱上了他，临到法庭开审，她已跟丈夫相亲相爱地生活在一起了。尽管她的丈夫和公公，尤其是已经疼爱她的婆婆，用尽全力在法庭上设法替她开脱，然而她还是被判决流放到西伯利亚做苦工去了。这个善良、快活、常常微笑的费多霞的板床正好同马斯洛娃贴邻，她不但热爱马斯洛娃，而且认为替她操心，为她出力是分内的事。另外还有两个女人坐在板床上，闲着没干活。其中一个年纪在四十上下，脸容苍白消瘦，大概从前生得很美，如今却又瘦又白。她双手抱着一个娃娃，袒露着一个白而且长的乳房，喂他吃奶。她的罪行是这样：她的村子里有一个新兵被押走，依照农民们的看法这个人被抓走是不合法的，老百姓就拦住警察分局局长，把新兵夺回来。这个女人正好是不合法地被抓走的汉子的姑母，她头一个抓住那个新兵所骑的马的缰绳。另一个在板床上闲坐着的女人是身量不高、满脸皱纹、性情温和的老太婆，白发苍苍，脊背伛偻。这个老太婆坐在炉子旁边的板床上，装出要捉住一个四岁的小胖子的样子，那个男孩头发剪短，在她面前跑来跑去，发出一连串清脆的笑声。小男孩只穿着一件小衬衫，在她面前跑过来跑过去，嘴里老是说着一句话："你瞧，你逮不着我!"这个老太婆和她的儿子一同被控犯了纵火罪，她极其心宽地忍受着她的监禁生活，只是挂念跟她同时入狱的儿子，不过她最放心不下的还是她的老头子，担心她不在家，老头子会长出满身的虱子，因为她的儿媳妇已经走掉，没有人招呼他洗澡了。

除了这七个女人以外，还有四个女人站在一扇敞开的窗子跟前，手扶着窗上的铁格子，跟方才马斯洛娃在大门口碰见而如今在院子里走过的男犯人比手势，大喊大叫，同他们搭话。这些女人当中，有一个正在为偷窃罪服刑，生得魁梧笨重，浑身是肉，头发棕红，脸和手都是白里透黄，满是雀斑，脖子很粗，从解开纽扣而大敞着的领口里露出来。她用沙哑的声调对着窗外大声嚷着不堪入耳的话。有一个女犯人跟她并排站着，身量跟十岁的小姑娘那么矮，皮肤发黑，模样不中看，上身很长，腿却十分短。她脸色通红，生着些紫疱，两只黑眼睛相距很远，嘴唇厚而且短，包不住突出的白牙齿。她不时对院子里发生的事情尖起嗓子发笑。这个女犯人因为喜欢打扮而得了外号叫"美人儿"。她犯盗窃罪和纵火罪而受审。她们身后站着一个怀了孕而挺起大肚子的女人，穿着很脏的灰布衬衫，模样可怜，面容很瘦，青筋暴起。她因为窝藏贼赃而受审。这个女人沉默不语，不过她始终对院子里发生的事情露出赞许和动情的笑容。站在窗边的第四个女人犯了贩卖私酒罪而在服刑，是一个身材不高然而结实的农村妇女，生着很突出的暴眼睛，脸容温和。这个女人就是跟老太婆玩耍的小男孩的母亲。

她另外还有一个七岁的小女儿也跟她一块儿关在监狱里，因为她找不到人来照管她这两个孩子。她也像别人那样瞧着窗外，可是手里不停地织着一只袜子，听到走过院子的男犯人所说的话，就不以为然地皱起眉头，闭上眼睛。她的小女儿，那个披散着淡色头发的七岁小姑娘，只穿一件小衬衫，站在红头发女人身旁，伸出瘦小的手揪住她的裙子，带着呆呆的眼神专心地听着那些女人和男犯人互不相让的骂人话，然后嘴里小声学着念一下，仿佛要把它背熟似的。第十二个女犯人是教堂诵经士的女儿，把她的私生子丢在井里淹死了。这是个身量很高、神态端庄的姑娘，淡褐色的头发扎成一条不长的粗辫子，然而松了，披散开来的头发乱蓬蓬的。她那对暴眼睛呆呆地出神。她对四周发生的事情一概不注意，只穿着一件肮脏的灰色衬衫，光着脚在牢房的空地上走来走去，每逢走到墙根底下，就很快地猛一下转回身来。

三十一

铁锁哗啷一响，马斯洛娃给送进牢房里来了。大家都转过脸去瞧她。就连教堂诵经士的女儿一时间也停住脚，拧起眉毛，瞅着走进来的人，不过她什么话也没说，立刻又迈开坚决的大步走起来。科拉布廖娃把她的针扎在棕色的粗麻布上，从眼镜里探问地瞧着马斯洛娃。

“哎哟！你回来了。我还当是你会无罪释放呢，”她用沙哑低沉的声音说，差不多跟男人一样，“看样子，他们判你坐牢了。”

她摘掉眼镜，把活计放在身旁的板床上。

“我，好闺女，刚才还跟大妈念叨来着：说不定人家一下子就把她放了。听人家说，也有过这样的事。有人还得着一大堆钱呢，这就要看交什么运了。”铁路看守人的妻子立刻用唱歌般的声调讲起来。“唉，没想到事情弄到了这个地步。看起来，我们算的卦全不灵。好闺女，看起来主有主的意旨啊。”她一刻也不停嘴地讲着亲切好听的话。

“莫非你真判了罪吗？”费多霞问，现出怜悯的温柔神情，用孩子气的、明亮的天蓝色眼睛瞧着马斯洛娃，她那张快活而年轻的脸完全变了样，好像马上要哭出来似的。

马斯洛娃一句话也没有回答，默默地往她的床位走过去，在床板上坐下。她的床从尽头数起是第二张，紧挨着科拉布廖娃。

“我看，你还没吃饭吧。”费多霞说着，站起来，走到马斯洛娃跟前。

马斯洛娃没有回答，把两个白面包放在床头上，开始脱衣服。她脱下满是灰尘的大衣，从蜷曲的黑发上取下头巾，坐下来。

那个驼背老太婆本来在板床的另一个尽头跟小男孩玩耍，这时候也走过来，在马斯洛娃面前站住。

“啧，啧，啧！”她怜惜地摇头，啧着舌头说。

小男孩也跟着老太婆走过来，睁大了眼睛，努出上嘴唇，瞅着马斯洛娃带回来的白面包。马斯洛娃经历了这一天遭到的种种事情以后，看见这些同情的脸，不由得想哭一场，她的嘴唇就颤抖起来。不过她极力忍住哭，一直到老太婆和小男孩走过来，都还没哭出声。可是她听到老太婆那种好心的、怜惜的咋舌声，尤其是瞧见小男孩用严肃的眼睛看一看白面包，又看一看她，她就再也忍不住了。她整个脸开始颤抖，哇地一声哭出来。

“我早就说过嘛：你该请一个有本事的律师才成。”科拉布廖娃说。“怎么，法庭要判你流放出去了？”她问。

马斯洛娃想要回答，可又说不出话来。她哭着从白面包里取出那包纸烟，烟盒上画着一个脸色红润的太太，梳着很高的头，袒露着一块三角形的胸脯。马斯洛娃把那包烟拿给科拉布廖娃。科拉布廖娃瞧着烟盒上的那幅画，不以为然地摇摇头，主要是不赞成马斯洛娃这样乱花钱。她取出一支烟来，凑着灯点上，自己先吸一口，再把它塞在马斯洛娃手里。马斯洛娃没有止住哭，一口连一口地狠命吸那支烟，喷出烟雾来。

“做苦工。”她抽抽搭搭地哭着说。

“他们根本不敬重上帝，这班该死的恶霸，吸血鬼，”科拉布廖娃说，“他们无缘无故就把这个姑娘判了罪。”

这时候，那些仍然站在窗子跟前的女人发出哈哈大笑的声音。小姑娘也在笑，她那孩子气的尖笑声同另外三个大人的沙哑刺耳的笑声合成一片。院子里有一个男犯人做出一种什么举动，招得窗口的看客们忍不住发笑。

“嘿，这条剃了头的公狗！他在干什么呀。”红头发女人说着，笑得她那整个胖身体前仰后合。她把脸贴在铁格子上，喊出几句毫无意义的下流话。

“好一个胖娘儿们！有什么可笑的！”科拉布廖娃说，对那个红头发女人摇一摇头。然后她又扭过脸来对马斯洛娃说：“几年？”

“四年。”马斯洛娃说。她的眼睛里泪如泉涌，有一颗都掉在纸烟上了。

马斯洛娃气冲冲地把那支烟揉搓一下，丢掉，又拿过一支来。

铁路看守人的妻子虽然不吸烟，却立刻拾起烟头，把它弄直，嘴里不住地说话。

“看样子，好闺女，俗语说得好，”她说，“真理让猪吃掉了。他们由着性儿地胡干嘛。马特维耶夫娜刚才还说：他们会把她放出去的。可是我就说了：不会的，我的好大妈，我的心觉出来了，他们饶不了她，可怜的姑娘。果然就出了这样的事呀，”她说，愉快地听着她自己的声调。

这时候，穿过院子的男犯人已经走完，跟他们搭话的女人就离开窗口，也往马斯洛娃这边走过来。第一个走过来的是生着暴眼睛的、贩卖私酒的女人，领着她的小女儿。

“怎么会判得出奇地重呢？”她挨着马斯洛娃坐下来说，继续很快地织她的袜子。

“就是因为没有钱才判得重。有了钱，请上一个厉害的讼师，包管她就没罪了，”科拉布廖娃说。“那个家伙……他叫什么名字来着？……头发乱蓬蓬，鼻子挺大的……我的太太，那个家伙一准能把你从水里捞出来，还能让你身上沾不着一滴水。要是能把他请来就好了。”

“哪有那么容易，她也配请那种人?”美人儿在她们旁边坐下，龇出牙来冷笑一下，说。“那种人要花一千卢布才请得来，你少给一个，他就连对你吐口唾沫都嫌没工夫呢。”

“看样子，这也是你命该如此，”犯纵火罪而坐牢的老太婆插嘴说。“我也是苦命啊，人家把我孩子的老婆拐走了，还把我那孩子关进监牢里来喂虱子，我这么大岁数也给关进来了，”她开始第一百次讲自己的身世。“看样子，监牢和讨饭袋是谁也躲不开的。不是讨饭袋就是监牢。”

“看起来，他们那班人都是这个样子。”贩卖私酒的女人说。她瞧了瞧她的小姑娘的头，就把手里的袜子撂在身旁，拉过小姑娘来夹在两条腿当中，伸出灵敏的手指头开始在她的头发里找虱子。“他们问我：‘你为什么卖私酒?’可是，要我拿什么来养活我的孩子呢?”她一面说，一面做她做惯了的工作。

贩卖私酒的女人的这些话使得马斯洛娃想起酒了。

“喝点酒才好。”她对科拉布廖娃说，用衬衫袖口擦干眼泪，只是偶尔抽噎一下。

“要喝的? 行啊，喝吧。”科拉布廖娃说。

三十二

马斯洛娃从白面包里取出她的钱来，把息票交给科拉布廖娃。科拉布廖娃接过息票，瞧了瞧，虽然不认得字，却信任无所不知的美人儿，据她说这张票子值两卢布五十戈比。科拉布廖娃就爬到炉子的通气孔那边去，取出藏在那儿的一瓶酒。那些女人看到这种情形，凡是就床位来说跟马斯洛娃不贴邻的，就纷纷回到各自的板床上去。这当儿马斯洛娃抖掉她的头巾和长囚衣上的灰尘，爬到她的板床上，开始吃白面包。

“我给你留着茶呢，可是恐怕已经凉了，”费多霞对她说，从墙架上取下一个用包脚布裹着的白铁壶和一个带把的杯子。

茶已经完全凉了，而且白铁味倒比茶味重，不过马斯洛娃还是倒了一杯，就着茶把白面包吃下去。

“菲纳什卡，给你，”她叫了一声，揪下一块面包来，递给那个盯住她的嘴看的小男孩。

这时候科拉布廖娃把酒瓶和杯子递给马斯洛娃。马斯洛娃就请科拉布廖娃和美人儿一块儿喝酒。这三个女犯人是这个牢房里的贵族，因为她们有钱，而且把各自的东西都拿出来共同享用。

过了几分钟，马斯洛娃振作起来，兴致勃勃地讲起法庭的情形，模仿副检察官讲话的腔调，还讲到一件在法庭里使她特别惊讶的事。她说，法庭里所有的人显然都喜欢看她，屡次为这个目的特意走进犯人室来。

“就连押解兵都说：‘这都是来瞧你的。’往往一个什么人跑进来了，到这儿来取一个什么文件，或者办一件什么别的事，可是我瞧得明白，他根本不是要找什么文件，只不过是要死命盯我两眼罢了，”她说，微微笑着，摇了摇头，仿佛纳闷似的。“简直是些戏子哟。”

“这话可是一点儿也不假，”铁路看守人的妻子接过来说，她那唱歌般的说话声立刻滔滔不绝地响起来，“这就活像苍蝇见着糖了。他们见了别的都不在乎，唯独见了女人就没魂儿了。他们这班人宁可不吃饭都行……”

“到了这儿也还是一样，”马斯洛娃打断她的话，“在这儿我又碰上了那样的事。我刚给押到这里，就有一批犯人从火车站来了。他们死命缠住我，闹得我都不知道该怎么才能脱身了。多亏副狱长把他们赶走。有一个人纠缠得特别厉害，我费了好大的劲儿才脱开身。”

“他长得什么模样？”美人儿问。

“脸膛发黑，留着唇髭。”

“一定就是他。”

“他是谁？”

“就是谢格洛夫呗。喏，这个人刚刚走过去。”

“谢格洛夫是个什么人？”

“她连谢格洛夫都不知道！谢格洛夫两次从做苦工的地方逃出来。现在他又给抓住了，不过他还是会逃走的。连看守们都怕他，”美人儿说，她跟男犯人互通消息，知道监狱里发生的一切事情。“他一定会逃走。”

“他走他的，总不会带着我们一块儿走。”科拉布廖娃说。“你最好还是讲一讲，”她扭过脸去对马斯洛娃说，“关于上诉的事律师都跟你说了些什么。现在总要上诉吧？”

马斯洛娃说她什么也不知道。

这时候，红头发女人把两只布满雀斑的手伸进蓬松浓密的红头发里去，用手指甲搔着头皮，走到这几个正在喝酒的贵族跟前来。

“我来跟你一五一十地说一说，卡秋莎，”她开口说，“头一件，你得写个呈文，说明你对审判不满意。然后你就对检察官讲明这一点。”

“这关你什么事？”科拉布廖娃用气愤的男低音对她说，“你这是闻着酒味了。用不着你来嚼舌头。没有你，人家也知道该怎么办。这儿用不着你。”

“我又没跟你说话。你搭什么碴儿？”

“想喝酒了吧？所以你才扭过来了。”

“算了，那就给她喝一点吧，”马斯洛娃说。她素来总是把她自己有的东西统统分给大家。

“我要给她一点儿厉害看看……”

“好，你来吧！”红头发女人说着，往科拉布廖娃跟前逼过来。“我才不怕你呢。”

“丑囚犯！”

“你才是丑囚犯。”

“骚货！”

“我是骚货？你这苦役犯，杀人的凶手！”红头发女人嚷起来。

“我说，你给我走开。”科拉布廖娃脸色阴沉地说。

然而，红头发女人反而越发逼近前来，科拉布廖娃就伸出手去在她那敞开怀的胖胸脯上推了一下。红头发女人仿佛就在等她这一手似的，用快得出人意料的动作一把揪住科拉布廖娃的头发，又伸出另一只手想打她的脸，不料科拉布廖娃抓住了这只手。马斯洛娃和美人儿拉住红头发女人的胳膊，极力要把她拖开，可是红头发女人的手揪住了那条辫子，不肯松开。她倒也把头发松了一松，不过只是为了把头发缠在她的拳头上罢了。科拉布廖娃歪着头，伸出一只手去打红头发女人的身体，龇出牙去咬她的手。那些女人都聚到两个打架的人周围，劝架，喊叫。就连害痨病的女人也走到她们旁边来，一面咳嗽，一面瞅着那两个女人扭成一团。孩子们挤在一块儿，哭起来。女看守听见吵闹声，就带着一个男看守走进来。他们把打架的人拉开。科拉布廖娃拆散白发的辫子，把几绺拔掉的头发摘出来。红头发女人拉扯着完全撕破的衬衫，要掩住她的黄胸脯。这两个女人一齐嚷着说明情况，诉说她们的委屈。

“是啊，我心里有数：这都是酒闹出来的。明天我就去告诉狱长，他会来收拾你们。我闻出来了，这儿有酒味，”女看守说，“你们小心点，把那些东西统统收开，要不然就要倒霉。我们可没有工夫给你们评理。你们各回各位，不准出声。”

可是，大家很久都静不下来。那两个女人又互相骂了很久，彼此抢着说明这场架是怎样开的头，是谁的过错。最后男看守和女看守都走了，那些女人才静下来，躺下睡觉。那个老太婆在圣像面前站住，开始祷告。

“你们两个苦役犯凑在一块儿了。”红头发女人在房间另一头的板床上忽然用沙哑的声音说，每说一句话就加上些刁钻古怪的骂人话。

“你小心别再挨一顿揍。”科拉布廖娃立时回答说，也添上些骂人的话。然后两个人都不开口了。

“要不是他们来拦住我的话，我早就把你的眼珠子挖出来了……”红头发女人又说起来，科拉布廖娃没容她久等，马上也回敬她一句。

然后又沉静下来，这一回的间隔比较长，接着又是相骂。后来，间隔越来越长，最后双方完全不出声了。

大家都躺上了床，有些人已经打起鼾来，只有那个老太婆是素来祷告很久的，这时候仍旧跪在圣像前面。还有教堂诵经士的女儿，等女看守一走，就立刻从床上下来，又在牢房里走过来走过去。

马斯洛娃没有睡着，不住地想着如今她成了苦役犯。人家已经两次叫她苦役犯：博奇科娃叫过一次，红头发女人又叫过一次，然而她还不能习惯于这种叫法。科拉布廖娃本来背对着她躺着，这时候翻过身来。

“我再也没有想到，再也没有料到呀，”马斯洛娃轻声说，“别人干了坏事，倒什么事也没有，我却要平白无故地受苦。”

“别难过，姑娘。就是在西伯利亚，人家也一样活着。你到了那儿也不会没有活路。”科拉布廖娃安慰她说。

“我知道不会没有活路，不过我还是觉得委屈。我不该遭到这样的命运，因为我过惯了好日子。”

“人总是拗不过上帝啊，”科拉布廖娃叹口气说，“人是拗不过上帝的。”

“我知道，大妈，不过这仍旧太苦了。”

她们沉默了一会儿。

“你听见吗？这就是那个骚娘们儿，”科拉布廖娃说，把马斯洛娃的注意力引到从房间另一头的板床上传来的一种古怪的声音上去。

这是红头发女人极力要忍住的哭泣声。红头发女人所以哭，是因为刚才她挨了骂，遭了打，可是她那么想喝酒，却没有喝到。她所以哭，还因为她这一辈子除了辱骂、讥诮、侮辱、殴打以外，什么也没见过。她打算安慰自己，就回忆她跟一个工人费季卡·莫洛江科夫的初恋，不过她一想起那次恋爱，就也想起了那次恋爱是怎样结束的。那次恋爱是这样结束的：这个莫洛江科夫喝得大醉，为了开玩笑拿一点明矾抹在她身上感觉最灵敏的地方，后来，她痛得缩起身子，他却跟他的朋友们在一旁看着，哈哈大笑。她回忆这件事，不由得可怜自己，而且以为没有人在听她，就哭起来，哭得像小孩子一样，嘴里哼哼唧唧，吸溜着鼻子，吞下咸味的泪水。

“她可怜。”马斯洛娃说。

“当然可怜，不过她也不该跑过来捣乱嘛。”

三十三

已经坚定的目光，不再是游移毫无方向，透过这双眼，尘世的喧闹尽现；已经找到救赎的路，不再理会前方是怎样的坎坷之途，依靠这执著的信念，腐朽亦能拯救出希望……

很多人选择停止说谎，却选择沉默，但他选择了说真话，灵魂趋向澄澈。

第二天涅赫柳多夫睡醒过来，头一个感觉就是体会到他遇到了一件什么事。他甚至还没想起究竟是什么事，就已经知道那是一件又重大又好的事。“卡秋莎，审判”。对，不但要停止说谎，还要完全说真话才行。说来也凑巧得惊人，就在这天早晨，首席贵族的妻子玛丽亚·瓦西里耶夫娜的信终于来了，这正是涅赫柳多夫已经盼望很久而目前特别需要的一封信。她给了他充分的自由，祝愿他计划中的婚姻美满。

“婚姻!”他讥刺地说，“我现在离着这种事多么远啊!”

他想起昨天他有意把所有的事情都对她的丈夫说穿，向他认错，表示他愿意完全听凭他发落。然而今天早晨，这件事在他眼里就不像昨天那么轻而易举了。“再者，既然这个人不知道这件事，那又何必硬要给他添点不幸呢？要是他问起这件事，好，我就告诉他。特意去对他说吗？不，这是大可不必的。”

对米西一五一十地说出真话来，到今天早晨也显得同样困难了。那种话也是不便于启齿的，说出来就会得罪她。有的事，如同世俗方面的许多事情一样，不得不心照不宣。这天早晨他只决定了一件事：他以后不到他们家里去了，要是他们问起他，他就说实话。

不过另一方面，对卡秋莎，却没有什么话必须瞒住不说。

“我要到监狱里去，把事情都告诉她，请求她宽恕我。如果必要，对了，如果必要的话，我就索性跟她结婚，”他想。

此处可见他想获得的是自己的救赎。

在这天早晨，这种为了道德方面的圆满而不惜牺牲一切跟她结婚的想法，特别使他感动。

他已经很久没有这样精力旺盛地迎接一天的生活了。他看到阿格拉费娜·彼得罗夫娜走进房间里来见他，就立刻带着连他自己也意想不到的果断心情声明说，今后他不再需要这个住宅，也不再需要她服侍了。本来他们相互之间有一种默契：他留下这个租金昂贵的大住宅原是供结婚用的。于是，退掉这个住宅就有了特别的含意。阿格拉费娜·彼得罗夫娜惊讶地瞅着他。

“我很感激您，阿格拉费娜·彼得罗夫娜，您为我操过那么多的心。不过现在我不需要这么大的住宅和所有的仆人了。要是您乐于帮我的忙，那就请您费心清理这些东西，暂时把它们收藏起来，就像我母亲生前常做的那样。娜塔莎会来的，她会处理这些东西。”（娜塔莎是涅赫柳多夫的姐姐。）

阿格拉费娜·彼得罗夫娜摇摇头。

“怎么能清理这些东西呢？要知道这些东西都是要用的。”她说。

“不，用不着了，阿格拉费娜·彼得罗夫娜，肯定用不着了，”涅赫柳多夫说，回答她摇头所表达的意思，“劳驾，请您也告诉科尔涅伊一声，就说我多给他两个月的工钱，以后我不用他了。”

“您不应当这样做，德米特里·伊万诺维奇，”她说，“喏，您也许会到国外去，不过您以后还是需要一个住处的。”

“您想的不对，阿格拉费娜·彼得罗夫娜。我不是要到国外去。要是我真的出外，那也完全是到另外的一个地方去。”

涨得通红的脸，说明了他此刻激动的心情。

他忽然涨得满脸通红。

“对，应当告诉她，”他暗想，“用不着避讳，应当把这件事原原本本告诉一切人才对。”

“昨天我遇到一件很奇怪、很重大的事情。您记得我姑姑玛丽亚·伊万诺夫娜家里的卡秋莎吗？”

“怎么不记得，我还教她做过针线活呢。”

“喏，这个卡秋莎昨天在法庭上受审，我正好做陪审员。”

“哎呀，我的上帝，多么可怜啊！”阿格拉费娜·彼得罗夫娜说，“她是犯了什么罪受到审判的？”

“杀人罪。这都是我干出来的。”

“调皮的火星”与下文的“忍住了微笑”。表明阿格拉费娜对涅赫柳多夫并不理解，并不认为他会做到。

“可是这怎么会是您干出来的呢？您这话说得太奇怪了，”阿格拉费娜·彼得罗夫娜说，她那对苍老的眼睛里燃起了调皮的火星。

她知道卡秋莎的那件事。

“是的，我就是这一切的起因。就因为这件事，我才改变了我的全盘计划。”

精神的觉醒，因为她本身也不认为他犯了罪。

“可是这件事能使您发生什么变化呢？”阿格拉费娜·彼得罗夫娜忍住了微笑，说。

“发生了这样的变化：既然我是促使她走上这条路的原因，我就得尽我的力量去帮助她。”

“人人都做过”的哲学，曾经是涅赫柳多夫的精神依托和行为指南，这样盲从，可以不必对自己的灵魂进行拷问。

“这是您的一片好心，不过在这方面您并没有什么了不得的过错。这种事人人都做过，要是用冷静的头脑想一想的话，这件事也就平平淡淡，忘掉，人就生活下去了，”阿格拉费娜·彼得罗夫娜严厉而且严肃地说。“您用不着把罪名都揽在自己身上。我早就听说她走上了邪路，这能怪谁呢？”

“这要怪我。所以我才打算纠正这个局面。”

“哦，这可是很难纠正的。”

“那就是我的事了。不过，如果您在顾虑您自己，那么，按我母亲的意思……”

“我没有考虑我自己。去世的夫人待我恩德不浅，我如今再也不希望什么别的了。丽赞卡在叫我去（丽赞卡是她的一个已经出嫁的侄女），等这儿用不着我的时候，我就去找她。只是您不该把这件事看得太认真，人人都有过这种事的。”

“哦，我不那么想。不过，我还是托付您，帮着我把这个住宅退掉，把东西收藏起来。请您别生我的气。我很感激您的种种好处，很感激。”

说来奇怪，自从涅赫柳多夫明白他自己的恶劣、憎恶他自己的时候起，他就不再憎恶别人了。正好相反，他对阿格拉费娜·彼得罗夫娜也罢，对科尔涅伊也罢，都生出了亲切尊敬的感情。他本来也想对科尔涅伊坦白地说出他自己的过错，然而科尔涅伊的神态那么庄重恭顺，弄得他下不了决心这样做。

到法院去的路上，涅赫柳多夫坐着平时常坐的那辆街头马车，走过平时常走的那些街道，可是他对自己感到惊讶，他深切地体会到今天他自己已经完全换成另外一个人了。

这时他仍是在两个自我之间徘徊，但是他已经向那个善的自我靠近了。

同米西结婚，这在昨天还显得合乎他的心意，今天在他看来却完全不可能了。昨天他是这样理解他的局面的，认为毫无疑义，她嫁给他就会幸福。今天他却感到他非但不配跟她结婚，而且不配跟她亲近。“只要她知道我是一个什么样的人，她就无论如何也不会跟我来往。我却还暗自责怪她不该对那位先生卖弄风情呢。不行，即使她现在要嫁给我，可是既然我知道那个女人关在这儿的监狱里，明天或者后天就要随同大批犯人到做苦工的地方去，那么姑且不谈我会不会幸福，难道我会心安吗？那个人，被我毁掉的女人，就要动身

开始时涅赫柳多夫认为米西能嫁给自己是她的运气，这也说明了他对米西的态度并不是纯粹的爱情中的平等。

做苦工去了，我呢，却在这儿接受人们的祝贺，带着年轻的妻子一块儿出门拜客。或者，我去开会，跟那个首席贵族，那个遭到我和他的妻子无耻欺骗的人一块儿在会议上点票，计算提付表决的地方自治局监督学校的决议案等有多少人赞成，多少人反对，事后又去约他的妻子幽会（多么卑鄙啊！）。或者，我继续画那幅画，而那幅画分明永远也不会完成，因为我不应当干这种无聊的事，而且现在我也根本不能做这种事了，”他对自己说，不住地为他感到的内心变化暗自高兴。

这种变化是一种生长的体验。

“首先，”他想，“现在我要去见律师，问明白他的决定，然后……然后到监狱里去看她，看昨天的那个女犯人，把我心里的话统统讲给她听。”

他刚刚想象他怎样跟她见面，怎样把心里的话统统讲给她听，怎样对她认罪，怎样对她说明他为了赎罪要做一切所能做的事，甚至跟她结婚，马上就有一种特别喜悦的心情抓住他，泪水就涌到他的眼眶里来了。

这时他的忏悔仍是为了拯救自己。也许我们只能自己拯救自己。

三十四

涅赫柳多夫来到法院里，刚走到长廊上，就遇见昨天的民事执行吏，于是向他详细打听经法庭判决过的犯人关押在什么地方，要跟这类犯人见面必须得到什么人的批准。民事执行吏解释说这类犯人关押在不同的地点，又说在判决没有以最后的形式宣布之前，探望这类犯人要由检察官批准。

这是涅赫柳多夫作为一个新生的、刚刚“复活”的人之后，参加的又一场审判，必然与之前是有所不同的。

“等法庭的审讯完结以后，我就来告诉您，亲自陪着您去。检察官直到现在还没来。等到审讯结束以后再说吧。现在请到法庭去。马上就要开庭审案了。”

这个民事执行吏，今天在涅赫柳多夫看来，显得特别可怜。涅赫柳多夫对他的盛情道过谢，就往陪审员们的议事室走去。

他刚走到那个房间门口，不料陪审员们已经从房间里走出来，到审案的法庭去。商人仍然像昨天那样快活，又已经吃过东西，喝过酒，见着涅赫柳多夫像老朋友似的打招呼。彼得·格拉西莫维奇的随随便便的态度和大笑的声音今天也没有在涅赫柳多夫的心里引起什么不愉快的感觉。

他以有罪之心看人，更加充满了宽容的感情。

涅赫柳多夫有心把他自己跟昨天的女被告的关系告诉所有的陪审员。“论理，”他暗想，“昨天法庭审讯的时候我就应当站起来，当众宣布我的罪状才对。”然而等到他同陪审员们一块儿走进法庭，昨天的那种程序就开始了，又是大叫一声：“升堂！”那三个衣领绣花的人又登上高台，又是肃静，陪审员们又在高背椅子上坐下，又是那几个宪兵，又是那幅画像，又是那个司祭，这时候涅赫柳多夫才体会到虽然他应该那样做，可是今天也跟昨天一样，他是无力打破这种庄严气氛的。

开审以前的种种准备工作也跟昨天一样（只是陪审员的宣誓和庭长对陪审员的一番交代免掉了）。

今天审理的是一个撬锁盗窃案。被告由两个手握着拔出鞘的军刀的宪兵押上来，是一个二十岁的孩子，生得瘦伶伶的，两肩很窄，脸色灰白，脱了血色，身上穿着灰色长囚衣。他独自一个人坐在被告席上，皱起眉头瞧着走进法庭的人。这个孩子被控同另一个伙伴一起扭开一个堆房的锁，从那里面偷出几条旧的粗地毯，一共值价三卢布六十七戈比。根据起诉书上的说法，这个孩子同肩上扛着粗地毯的伙伴正在走路，却被一个警察拦住。这个孩子和他的伙伴就立刻认罪，于是双双关进了监牢。这个孩子的伙伴是钳工，已经在监狱里死掉，现在只剩下孩子一个人受审。那几条旧的粗地毯放在物证桌上。

说明今天的审讯与昨天的没有差别，证据那么充分确凿。

这个案子的审讯工作完全像昨天一样，有供词，有罪证，有证人，有证人的宣誓，有审问，有鉴定人，有追根究底的盘问，总之各种花样无不齐备。充当证人的警察每逢庭长、公诉人、辩护人问他话，总是有气无力地回答几个字："是，老爷"，或者"不知道，老爷"，然后又是"是，老爷"……不过，尽管他表现出士兵的愚鲁和死板，人们还是可以看出他怜惜那个孩子，不乐意讲他逮捕孩子的情形。

另一个证人是失主，年老的房产主，那几条粗地毯就是他的。他分明是肝火旺的人，法庭上问他承认不承认那些粗地毯是他的，他很不高兴地承认说是他的。可是等到副检察官开始问他说他打算拿那些粗地毯做什么用，他是不是很需用那些东西，他就冒火了，回答说：

"滚他娘的吧，这些粗地毯。我根本用不着这些东西。要是我早知道它们会惹出这么多的麻烦，那我非但不会找它们，反而情愿倒贴一张红票子，哪怕倒贴两张也成，免得让人家硬拉到这儿来受审。光是坐马车我就差不多花掉五个卢布了。况且我的身体也不好。我有疝气病，还有风湿病。"

证人们是这样说的。至于被告本人，对所有的罪行一概招认，像被捉住的小野兽那样茫然失措地往四下里张望，用时断时续的声调把事情的经过原原本本地讲出来。

作为一名法律工作人员，副检察官并不是要用法律维护人间的正义，他是以用法律的威慑来治裁他人，达到自己成名的无耻的损人利己的目的。

案情是清楚的，可是副检察官仍旧像昨天那样耸起肩膀，提出一些巧妙的、意在引诱狡猾的犯人上钩的问题。

他在发言中证实这个盗窃案是在一个住人的地方犯下的，而且是扭开锁进去的，因为这个缘故那个孩子应当受到最重的惩罚。

可是由法庭委派的辩护人证实这个盗窃案并不是在住人的地方犯下的，因此罪行虽然无可否认，然而罪犯毕竟还不像副检察官所肯定的那样对社会有极大的害处。

庭长也像昨天那样扮演着公正无私的角色，向陪审员们详细解释和开导了一些他们本来就知道，而且也不可能不知道的事情。法庭也像昨天那样有好几次宣布审讯暂停，大家就又去吸烟，民事执行吏就又吆喝一声："升堂！"两个宪兵就又坐在那儿，握着拔出来的军刀吓唬犯人，同时极力不让自己打盹。

从这个案子的审讯可以了解到这个孩子原本由他父亲送到一个卷烟厂里去做学徒，在那儿工作了五年。今年厂主和工人们发生纠纷以后，他被厂主辞退，始终没有找到工作，在城里闲荡，把余下的钱都买酒喝了。他在小饭铺里碰见那个跟他一样的钳工，比他失业更早，拼命灌酒。有一天晚上他们两个人喝醉酒，扭开锁，从那儿随手拿走了一些东西。他们被捕了。他们照实招认了罪行，被关进监狱，钳工在候审期间死掉了。现在这个孩子就作为社会必须与之隔绝的危险人物受到审判。

"要说他是个危险的人物，那他跟昨天那个女犯人倒不相上下，"涅赫柳多夫听着法庭上人们所说的话，暗自想道，"他们危险，那么我们就不危险？……我自己就是个好色之徒，浪荡的人，骗子，所有我们这班人，凡是知道我的底细的人，不但不藐视我，反而尊敬我，那么我和我们这班人就不危险？再者，即使这个法庭里全体在场的人当中只有这个孩子算是对社会最危险的人，那么如今他被捉住了，按常理来说，应该怎么办才对呢？"

"其实，事情明明白白，这个孩子不是什么了不得的坏蛋，而是极其平常的人，这是大家都看得出来的。他所以会成为现在这样的人，也无非是因为他处在产生这种人的环境之下罢了。因此，看来事情很清楚：为了不要再有这样的孩

"环境"，乃是上升到社会层面的问题，涅赫柳多夫，不仅看见了自己的恶劣之处，亦由此及彼，由个人上升到了群体，用超然的目光审视这个民族，这个大环境，不难看出这是作者的声音，里面蕴藏着作者的希望。

子，就得努力消除造成这种不幸的人的环境才对。”

“可是我们在怎样做呢？我们仅仅抓住这样一个偶然落到我们手里来的孩子，同时很清楚地知道还有成千上万这样的人至今没有被捉住。然后我们把他关进监牢里，使他处在十足闲散的条件下，或者要他从事于对健康极其有害而且极无意义的劳动，让他交结那些跟他同样软弱而且在生活里迷失方向的人，然后由国库出钱把他同最腐败的人混杂在一起从莫斯科省流放到伊尔库茨克省去。”

“我们非但不去做任何事情来消除产生这种人的环境，反而一味鼓励那些制造这类人的机构。那些机构是人人都知道的，那就是工场、工厂、作坊、小饭铺、酒店、妓院。我们非但不去消灭这类机构，反而认为它们缺少不得，于是鼓励它们，调整它们。”

“我们照这样培养出来的不止是一个人，而是千百万人，可是这以后我们捉住其中的一个，就自以为已经办了一件大事，已经把我们自己保护周全，此外再也不能要求我们做什么别的了，我们就把他从莫斯科省发送到伊尔库茨克省去，”涅赫柳多夫异常生动清楚地思考着，这时候他坐在上校身旁的椅子上，听着辩护人、副检察官、庭长的不同声调，瞧着他们自以为是的神态。“要知道，这样的弄虚作假，要耗费多少极其紧张的精力啊，”涅赫柳多夫继续思考着，向这个大厅扫一眼，看一下那些画像、灯盏、圈椅、制服以及那些厚墙和窗子，想起这个建筑物何等宏大，想起这个机构本身还要庞大得多，想起官吏、文书、看守、差役等组成一支浩浩荡荡的队伍，这类人不但此地有，并且全俄国到处都有，由于表演这种谁也不需要的滑稽戏而在领取薪金。“如果我们把这种力量的哪怕百分之一用于帮助那些被抛弃的人，那会是一种什么局面啊？现在我们却把他们仅仅看做是为我们的安宁和舒适服务所不可

如果人人都能脱离形式主义，从自己的思想内容本身去反省，也许会开辟一番新的天地。这个由人类集体创造出反过来作用于人类自身的环境也许也不会变得如此触目惊心。

少的一些手和肉体而已。是啊，当初他家里穷得把他从乡村送到城里来，只要有个人怜惜他，周济一下这种贫穷就好了，”涅赫柳多夫瞧着那个孩子带着病容的惊恐的脸，暗想。“或者，甚至后来他已经进了城，在工厂里做完十二小时工以后，由他的那些年纪比较大的同事们拉着到小饭铺去，要是当时有个人肯说一句：‘别去了，万尼亚，这不好’，那个孩子也就不会去，不会流连忘返，任什么坏事也就不会做了。”

“可是自从他像个小野兽似的在城里住下，过学徒的生活，剃光了头发以免生虱子，而且给师傅们跑街买东西的时候起，整个这段时期，有心怜悯他的人却始终连一个也没出现过。刚好相反，自从他在城里住下以后，他从师傅和同事口里听到的，却无非是‘谁会骗人，谁会喝酒，谁会骂人，谁会打架，谁会放荡，谁就是好汉’之类的话。”

人类失去了对同类的怜悯、对同类的爱，人类陷入的将是万劫不复的深渊啊！

“到后来，对健康有害的工作、酗酒、放荡等，害得他生了病，戕害了他的身心，他就糊里糊涂，昏头昏脑，像在梦中那样，毫无目的地在城里流浪，一时莽撞，钻进人家的一个堆房里，从那儿拿走几条谁也不需要的粗地毯。可是在这种时候，我们这班衣食饱暖、家财豪富、受过教育的人，非但不去努力消除那些害得这个孩子落到目前这种地步的原因，却要惩罚这个孩子，打算借此来纠正这种局面。”

“可怕呀！谁也不知道在这种事情里占主要地位的究竟是残酷还是荒谬。然而，看起来，不论是残酷还是荒谬，都已经发展到登峰造极的程度了。”

涅赫柳多夫专心思考这些事，已经不再听庭上的审问。在他的脑子里展开的这些思想使得他自己也心惊胆战。他暗自惊讶，不明白他以前怎么会没有看清楚这种事，为什么别人也没看出来。

涅赫柳多夫的认识又向前迈了一大步，他洞察了世间的真相，赤裸裸的真相让他心惊胆战。

情境赏析

“要说他是个危险人物……”到本篇结束。在用全新的目光审视自己的社会及群体时，涅赫柳多夫由个人上升到了“环境”。如果这个群体之中的人能够从铁屋子一样的罪恶中醒来，冲破这罪恶，更完善自己的道德修行，这世界的面貌也会焕然一新，涅赫柳多夫的内心发出了作者的呼声。在他反思的活动中，运用了大量的比喻、排比和设问的句式，增强了情感的激烈程度，让读者身临其境、感同身受。社会把这个可怜的孩子逼上了犯罪的境地，却用此来惩罚他，这个世界还有穷人的出路吗？

名家点评

托尔斯泰“在自己的晚期作品里，对现代一切国家制度、教会制度、社会制度和经济制度做了激烈的批判，而这些制度所赖以建立的基础，就是群众的被奴役和贫困，就是农民和一般小业主的破产，就是从上到下充满着整个现代生活的暴力和伪善”。

——（苏）列宁

三十五

虽然内心仍有踌躇，但自我拯救是无法被阻挡的。涅赫柳多夫已经下定决心要尽一切努力跟卡秋莎见面，在她面前认罪，同她结婚来赎罪。在上帝的帮助下，他的心充满了丰沛的情感和坚定的力量……

等到法庭第一次宣布审讯暂停，涅赫柳多夫就立刻站起来，走到过道上，打定主意再也不回到法庭去了。他们要拿他怎么办都由他们，反正他是再也不能参与这种又可怕又丑恶的蠢事了。

涅赫柳多夫打听明白检察官的办公室在什么地方，就去找他。有一个差役不肯放他进去，声明说检察官现在有事。可是涅赫柳多夫不理他的话，仍旧往房门口走去，这时候有一个文官迎面走过来，涅赫柳多夫就请他通报检察官，说他是陪审员，有一件很重大的事要见他。公爵的头衔和考究的衣服帮了涅赫柳多夫的忙。文官就去报告检察官，随后让涅赫柳多夫走进去。检察官站着接见他，显然不满意涅赫柳多夫那么执拗地要求同他见面。

“您有什么事见教？”检察官厉声问道。

“我是陪审员，姓涅赫柳多夫，我非常需要同女被告马斯洛娃见面，”涅赫柳多夫迅速而坚决地说，涨红了脸，感到他在做一件对他的生活会有决定性影响的事。

检察官是个身量不高、肤色发黑的人，留着短短的白发，两只敏锐的眼睛炯炯有光，翘起的下巴上蓄着浓密的、剪短的胡子。

“马斯洛娃？当然，我知道她。她被控犯了毒死人命罪，”检察官从容地说。“不过您有什么事要见她？”然后，他仿佛要缓和他的口气似的，补充说：“我不知道您有什么事要见她，就不能准许您这样做。”

“我要见她是有一件对我来说特别重大的事。”涅赫柳多夫红着脸说出口。

“原来是这样，”检察官说，抬起眼睛来，仔细打量涅赫柳多夫，“她的案子审问过没有？”

“昨天她受过审，十分不公平地被判决去做四年苦工。她是冤枉的。”

“原来是这样。既然她昨天才被判决，”检察官说，不理睬涅赫柳多夫声明马斯洛娃冤枉的那句话，“那么，在用最后的形式宣布判决以前，她仍旧得关押在拘留所里。在那边，只有在规定的日期才许可探监。我劝您到那边去问一问。”

“可是我要尽快见到她。”涅赫柳多夫说，下巴发抖，感到决定性的时刻临近了。

“您到底有什么事要见她呢？”检察官有点不安地扬起眉毛，问道。

“是这样的一件事：她没有罪，却被判决去做苦工了。这一切的罪魁祸首就是我。”涅赫柳多夫用颤抖的声音说，同时感到他说出了不必说的话。

“这话怎么讲？”检察官问。

“因为我欺骗过她，这才害得她落到目前这种地步。要是我没有驱使她成为这样的人，她也就不会遭到这样的控告。”

“我仍旧看不出这跟探监有什么关系。”

“有关系。我打算跟着她走，而且……跟她结婚，”涅赫柳多夫说穿了。照例，他一讲到这件事，眼泪就涌到他的眼眶里。

“真的吗？原来是这么一回事！”检察官说。“这倒确实是一件很特别的事。您似乎是克拉斯诺彼尔斯克县的地方自治局的议员吧？”检察官问，瞧着目前表明这样奇怪的决心的涅赫柳多夫，好像想起以前听说过这个人似的。

“对不起，我认为这跟我的请求没有关系。”涅赫柳多夫涨红了脸，气愤地回答说。

“当然，没有关系，”检察官带着隐约的笑容，丝毫也不发窘地说，“可是您的愿望未免蹊跷，未免超出常例……”

“那么，我可以得到许可吗？”

“许可？行，我马上给您写一个许可证。请您坐一会儿。”

他走到一张桌子旁边坐下，写起来。

“请您略为坐一坐。”

涅赫柳多夫站着不动。

检察官写完许可证，把字条交给涅赫柳多夫，好奇地瞧着他。

“我还有一件事得声明一下，”涅赫柳多夫说，“我不能继续参与审讯了。”

“您知道，这得向法庭提出正当的理由。”

“理由是我认为一切审判不但无益，而且不道德。”

“原来是这样，”检察官说，仍旧现出隐约的笑容，仿佛要用这种笑容表明这一类议论他早已知道，而且是属于他所熟悉的有趣的奇谈似的。“原来是这样，不过想来您也明白，我既是法院的检察官，就不能同意您的看法。因此我劝您去向法庭申明这一点，法庭会解决您的申请，裁定您的申请是不是正当，如果不正当，就要求您付出一笔罚金。请您去同法庭交涉吧。”

“我已经声明过了，此外我哪儿也不去了。”涅赫柳多夫生气地说。

“再见，”检察官说着，低下头，分明希望赶快摆脱这个奇怪的来客。

“刚才来找您的是谁?”有一个法官在涅赫柳多夫出去以后紧跟着走进检察官的办公室，问道。

“是涅赫柳多夫。您要知道，以前他在克拉斯诺彼尔斯克县的地方自治局里就发表过各式各样的奇谈怪论。您猜怎么着，现在他做了陪审员，不料被告里有一个女人或者姑娘被判决去做苦工，据他说，她受过他的骗，于是他现在打算跟她结婚了。”

“哪儿会有这种事?”

“他就是这样对我说的……而且激动得有点奇怪。”

“当代的年轻人都有点毛病，有点反常。”

“不过他也算不得很年轻了。”

“哎，老兄，您那个大名鼎鼎的伊瓦申科夫可真是叫人讨厌透了。他简直要磨死人：他讲这讲那，没完没了。”

“对他们这种人，就得干脆不准说下去，要不然这就成了十足的搅乱公堂了……”

三十六

涅赫柳多夫从检察官办公室里出来，坐上马车，直奔拘留所。可是那儿根本就没有马斯洛娃这个人，所长对涅赫柳多夫解释说，她一定在古老的解犯监狱里。涅赫柳多夫就坐上马车到那边去。

果然，叶卡捷琳娜·马斯洛娃关在那儿。检察官忘记了大约六个月以前，当地发生过一个政治案件，显然是由宪兵们挑起来而且夸大到极点的，于是拘留所的全部牢房里都关满了大学生、医师、工人、高等女校学生、女医士。

拘留所和解犯监狱相离很远，涅赫柳多夫一直到傍晚才到达监狱。他想走到那幢阴森森的大厦的门口，可是岗哨不许他走过去，只是拉了门铃。看守听到铃声走出来。涅赫柳多夫拿出许可证给他看，可是看守说他没有狱长的命令不能放他进去。涅赫柳多夫就来到狱长家里。涅赫柳多夫刚登上楼梯，就听见房门里边传出一个复杂而雄壮的曲子的声音，是用钢琴弹奏的。等到一个生气的使女，眼睛上包扎着纱布，走来给他开门，钢琴声就好像从房间里冲出来，震得他的耳朵不好受。那是李斯特的一支使人厌烦的狂想曲，弹得很好，不过只弹到某一个地方就不再往下弹了。这支曲子一弹到那个地方，就又从头弹起。涅赫柳多夫问那个眼睛上包扎着纱布的使女狱长在不在家。

使女说他不在家。

“他很快就会回来吗?”

那个狂想曲又停住，又从头弹起，声音响亮而热闹，又往那个似乎被魔法定住的地方弹过去。

“我去问一声。”

使女就走了。

那个狂想曲刚刚又奔放起来，不料还没弹到那个被魔法定住的地方就中断了。传来一个人的说话声。

“你去对他说，狱长不在家，今天也不会回来。他出外做客去了。这些人为什么总是来缠他，”房门里面传来一个女人的说话声，随后狂想曲又响起来，可是又停住，传来了推开一把椅子的声音。显然，弹钢琴的女人发脾气了，要亲自骂这个来得不是时候而又纠缠不休的客人了。

“爸爸不在家，”一个头发蓬松、脸色苍白、模样可怜的姑娘走出来，愤愤地说，她那对没精打采的眼睛周围有黑眼圈。她看见来人是一个穿着考究的大衣的年轻人，才软下来。“请进吧……您有什么事吗？”

“我要在这个监狱里探望一个监禁的人。”

“大概是政治犯吧？”

“不，不是政治犯。我有检察官给我开的一个许可证。”

“哦，我不知道，爸爸不在家。不过，请进吧，”她在小小的前堂里又招呼他说，“要不然您就去找副狱长，他目前在办公室里，您可以跟他谈一谈。您贵姓？”

“谢谢您。”涅赫柳多夫说，没有回答她问的话就走了。

他刚走，房门还没来得及关上，原先那种活泼欢畅的琴声就又响起来。这种琴声不论是跟弹琴的地点还是跟模样可怜而又极其顽强地练琴的姑娘，都一点也不相称。涅赫柳多夫在院子里遇到一个年轻的军官，蓄着两撇竖起的、抹了油膏的唇髭，就向这个人打听副狱长在哪儿。原来这个人就是副狱长。他接过许可证来，看了一下，说这个许可证是专供到拘留所去探监用的，他不敢放涅赫柳多夫走进这所监狱。再者时候也已经迟了……

“请您明天来吧。明天十点钟人人都可以探监。您到那时候再来，狱长本人也在家。那时候您可以在公用房间里跟她见面，不过如果狱长许可的话，也可以在办公室里跟她见面。”

因此这一天涅赫柳多夫探监始终没有成功，就回家去了。涅赫柳多夫在街上走着，想到不久就要见到她，心情激动，这时候他不再回想法庭，只回想他同检察官和两个监狱的长官的谈话。他想到他极力设法跟她见面，想到他把自己的打算讲给检察官听，想到他去过两个监狱，准备同她见面，他的心情就不由得十分激动，很久都不能平静下来。他回到家里，立刻拿出他那本很久没有动用过的日记，读了其中的几段，然后写下这样一些话："我已经有两年没写过日记，以为从此再也不会回到这种孩子气的事上来了。然而这并不是孩子气的事，而是同我自己谈话，同每个人身上都有的真正的、神圣的我谈话。在整个这段时期，这个我一直在沉睡，我没有一个可以交谈的人。四月二十八日在我做陪审员的法庭里所发生的那件不同寻常的事，把我惊醒了。我看见她，被我欺骗过的卡秋莎，穿着长囚衣，坐在被告席上。由于荒唐的误会，也由于我的过错，她被判决去做苦工了。我刚才去找过检察官，还到监狱里去过。他们不肯放我进去跟她见面，不过我已经下定决心要尽一切力量跟她见面，为的是在她面前认罪，甚至同她结婚，以便赎我的罪。主啊，帮助我！我很畅快，满心的欢乐。"

三十七

流云的过程是风，回忆的过程是泪，真爱的过程还是真爱，而你的过程是不是渐渐走远。深夜的窗外是我在等待，多希望你能回来，泥泞的路边是我在等待，却等不到你回来，这荒凉的夜、荒凉的风、荒凉的爱……

那天夜里马斯洛娃很久都睡不着觉，躺在那儿，睁大眼睛瞧着房门，同时教堂诵经士的女儿不住地走来走去，每次路过都把房门挡住。马斯洛娃听着红头发女人的鼾声，心里思忖着。

她暗想，她到了库页岛以后无论如何也不嫁给苦役犯，总要设法另寻归宿，例如嫁给一个什么当官的，嫁给文书员，最不济也要嫁给看守，或者嫁给副看守。反正他们见了女人都没命。“只是我千万别瘦下去。要不然那就完了。”她想起辩护人怎样瞅着她，庭长怎样瞅着她，那些在法院里迎面遇见她和故意走过她身边的男人怎样瞅着她。她回想别尔塔到监狱里来探望过她，告诉她说，当初她在基塔耶娃的妓院里爱上的大学生，后来又到妓院里来过，问起她的情形，很怜惜她。她想起红头发女人打架的事，而且怜惜她。她想起卖面包的人多给了她一个白面包。她想起很多人，然而单单没有想起涅赫柳多夫。她的童年时期和青年时期，特别是她对涅赫柳多夫的爱情，她是从来也不去回想的。那样做未免太痛苦。那些往事的记忆，已经原封不动地埋藏在她心底里一个深深的地方。她就连做梦也从没梦见过涅赫柳多夫。今天

这样的念头对于作为半养女长大的马斯洛娃来说是非常自然的。作者的描写非常细腻，深入到了人物的心里。我们读到下文时就会发现这种想法又是一处伏笔。

遗忘是一种无意识又悲哀的逃遁。只有这样才能使自己的心硬起来。

她在法庭上并没有认出他来，这与其说是因为她最后一次跟他见面的时候，他还是军人，没有留胡子，只留着小小的唇髭，蜷曲的头发虽然短，可是浓密，而他现在却已经显出老态，留了一把胡子，还不如说是因为她从来也没想过他。她已经在一个可怕的和漆黑的夜晚，在他从军队回来，却没有到他姑姑们家里去的那个夜晚，把她过去跟他发生过的事情的全部回忆统统埋葬了。

这时，孩子的存在是她对于爱情得以延续的憧憬，亦是一种安慰。

在那个夜晚以前，她本来抱着希望，以为他会来一趟，因而她非但不嫌她心脏底下的那个小娃娃讨厌，而且每逢他在她的肚子里轻柔地动一下，有时候猛地动一下，她常常生出惊讶的感动心情。然而从那天夜晚起，一切都变了。未来的婴儿也变成纯粹是累赘了。

这样一个黑暗的风雨交作的秋夜，再次起到了烘托的作用，为即将发生的悲剧渲染了气氛，“虽然对这条路很熟，却还是迷了路”，这黑暗不仅笼罩着树林，笼罩了她的双眼，也笼罩了她的心。“顿时”形象地刻画出了卡秋莎要见到心上人的那种强烈的愿望和迫切的心情。

姑姑们本来在等候涅赫柳多夫，要求他顺路来一趟，可是他打来一个电报，说是他不能来，因为他得按照限期赶到彼得堡。卡秋莎知道这个消息以后，就决定亲自到火车站去跟他见面。那列火车夜间两点钟经过此地。卡秋莎服侍两个老小姐上床睡下以后，怂恿一个小姑娘，厨娘的女儿玛什卡跟她一块儿去。她穿上半高腰的旧皮靴，戴上头巾，提起衣裾，往火车站跑去。

那是秋季的夜晚，天色漆黑，下着雨，刮着风。天上时而哗哗地落下温暖的大颗雨点，时而那雨又停了。在野外是看不清脚底下的道路的，树林里黑得像炉子里一样。卡秋莎虽然对这条路很熟，却还是在树林里迷了路。那列火车在这个小火车站上只停三分钟，她本来希望在火车到达以前赶到车站，可是等她跑到那儿，第二遍铃都已经响过了。卡秋莎跑到月台上，顿时在头等客车的窗子里看见他了。这辆客车里灯火分外明亮。有两个军官面对面坐在丝绒靠椅上，没有穿上衣，在打纸牌。靠窗的小桌上点着几支流油的粗蜡烛。

他穿着紧身的马裤和白色的衬衫，坐在靠椅的扶手上，把胳膊肘支在椅背上，不知为了什么事情在笑。她一认出他来，就举起冻僵的手敲窗子。可是，就在这时候，第三遍铃声响了，火车慢慢开动，先是往后退一下，然后那些连在一起的车厢磕碰着，一个个往前移动。在两个打纸牌的军官当中，有一个站起来，手里拿着纸牌，开始往窗外看。她又敲了一下窗子，把脸贴到窗子的玻璃上去。这当儿，她面前的车厢也猛地一颤，走动了。她就跟着它往前走，眼睛瞧着窗子里。那个军官打算把窗子放下来，可是怎么也打不开。涅赫柳多夫就站起来，推开那个军官，动手放下窗子。火车增加了速度。她加紧步子跟上去，不肯落在后头，然而火车越开越快，正在窗子放下来的时候，却有一个乘务员走过来，把她推开，跳上车厢去。卡秋莎落在后头了，可是她仍旧沿着月台的湿木板往前跑。随后月台到了尽头，她极力放慢步子免得跌倒，踩着一级一级的梯阶跑下去，来到地面上。她仍旧往前跑，然而那辆头等客车远远地走到前头去了。一辆二等客车已经从她身旁驶过去，随后好几辆三等客车更快地驶过去，不过她还是跑个不停。等到尾部挂着一盏提灯的最后一个车厢驶过去，她已经越过水塔，四外没有一点遮拦了。风朝着她刮过来，掀起她头上的头巾，吹得她迎风那一面的衣裾裹紧了她的腿。她的头巾被风刮得从头上掉下来，可是她仍旧在跑。

一窗之隔、车厢内外，竟成天涯的距离。世界上最远的距离不是天与地、生与死，而是我就在车窗外期望着你，你却把我抛之脑后。

写肆虐的大风，衬托她的勇敢——大风没有阻挡前进的步伐。

“阿姨，米哈伊洛夫娜！”那个小姑娘喊道，几乎追不上她。“您的头巾掉下来了！”

“他，在灯光明亮的车厢里，坐在丝绒的靠椅上，说说笑笑，喝酒取乐。我呢，却在这儿，在泥地里，在黑暗中，淋着雨，吹着风，站着哭泣，”卡秋莎暗想，停住脚，把她的头往后一仰，伸出两只手来抱住头，放声大哭。

“他走啦！”她大叫一声。

小姑娘心里害怕，抱住了她的淋湿的连衣裙。

“阿姨，我们回家去。”

“过一会儿一列火车开过来，我索性往车轮底下跳，就此完事，”卡秋莎这当儿暗自想着，没有回答小姑娘的话。

她被他抛弃的同时，她亦抛弃了自己。而孩子是黑暗中的光，是希望，是寒夜中温暖的力量，是让她坚持生命的动力。

她决定照这样办。然而这时候，如同人在激动以后乍一平静下来所常有的情形那样，他，她肚子里的小娃娃，他的小娃娃，突然颤动一下，使劲一顶，慢慢伸开四肢，不知用一种什么很细、很软、很尖的东西又顶了一阵。于是，忽然间，一分钟以前还使得她那么痛苦，觉得似乎没法活下去的种种事情，她对涅赫柳多夫的满腔愤恨，她不惜一死来报复他的愿望……总之，那一切，忽然统统烟消云散了。她平静下来，理了理衣服，把头巾扎好，匆匆走回家去。

爱情的背叛让她丧失了对生活对世间的信任与信心。被爱着的人亲手推下深渊的人，痛在心头的伤，永远难以抚平。放任这伤口流血、自暴自弃。不去想，就不会有疼痛。

她周身淋湿，沾满泥浆，筋疲力尽地回到家里。从那天起，在她身上开始发生一种精神上的变化，由于这种变化她才成为现在这样的人。从那个可怕的夜晚起，她再也不相信善了。以前她本人相信善，而且相信别人也都相信善，然而从那天晚上起，她深信谁也不相信善，人们口头上说上帝，说善，可是他们这样做无非是为了骗人而已。她爱他，他也爱她，这一点她是知道的，可是现在他把她玩够了，把她的感情作践够了，就把她抛弃了。他还要算是她所认得的一切人当中最好的一个呢。其他一切人还要坏得多。她后来遭到的各种事情，一步步地肯定了这一点。他的姑姑们，那两个笃信宗教的老姑娘，就是在她不能再像以前那样服侍她们的时候，把她赶走的。她碰到的一切人，凡是女人，总是极力利用她来赚钱，凡是男人，从年老的警察分局局长起到监狱里的男看守止，都把她看作取乐的对象。对任何人来说，世界上别的东西都无关紧要，只有享乐，恰恰是这一类的享乐，才最要紧。她在自由生活的第二年跟一个老作家同居，越发肯定了她的这种看法。那个老作家把这种享乐叫做诗和美，直截了当对她说，这种享乐就是人的全部幸福。

人人都是只为自己活着，为自己享乐活着，所有关于上帝和关于善的那些话，全是欺人之谈。如果有的时候她的心里生出疑问，为什么人世间的一切事情安排得这么糟，弄得大家互相残害，人人受苦，那就应当不去想这种事。每逢她感到苦闷，就吸一吸烟，或者喝一喝酒，或者最妙的是找一个男人谈情说爱，这样一来那种苦闷也就过去了。

心灵辩证法。

情境赏析

为了能与心上人见一面，在风雨交加的夜晚，卡秋莎赶到了火车站，虽然她知道，这辆火车在车站只停三分钟，这三分钟对卡秋莎来说几乎是生命的全部。由于迷了路，等她到了火车站，火车已经缓缓往前开了，她跟在火车后面拼命地跑，只希望心上人能看自己一眼。然而，火车开过去了，卡秋莎被这个冷酷的世界彻底抛弃了，抛弃在凄凉的秋雨中。从这个时刻起，昔日善良的卡秋莎死了。她不再相信这个世界，不再相信爱，不再相信善良。从此，她走上了一条下坠之路，能把一个人击倒的不是他的敌人，而是他爱的人和爱他的人。这个场景中，人物与人物的对比，车厢外与车厢内的对比，色彩都十分鲜明，深深地烙印在我们的心头。情景交融，运用烘托的手法，更是把人物的内心世界淋漓尽致地呈现出来。

名家点评

纵览19世纪的文学之河，大量的作品喜爱写合法婚姻外的两性结合，许多作品都是描写出身卑微的美丽女子被诱奸或沦为娼妓的故事。如英国哈代的《德伯家的苔丝》，法国小仲马的《茶花女》，左拉的《娜娜》和列夫·托尔斯泰的《复活》。

——徐葆耕

三十八

当人们把信仰依托于物质的偶像时，人们就会忽视精神的反思与心灵的自省，把上帝由精神变为物质，说明了灵魂的空洞。人们离真、善、美越来越远，非但不去进行灵魂的拷问和内心的锤炼，反而用可笑的仪式与偶像来安慰自己的虚无，上演着假、恶、丑的闹剧。

第二天，星期日，早晨五点钟，监狱里女监的长廊上响起了照例的吹哨声，早已醒来的科拉布廖娃就叫醒马斯洛娃。

“我成了苦役犯，”马斯洛娃战战兢兢地暗想，揉着眼睛，不由自主地吸着每到早晨就臭得要命的空气。她打算再睡一觉，到那毫无知觉的睡乡里去，可是担惊害怕的习惯克制了睡意，她就爬起来，盘着腿坐好，往四下里看。女人都已经起床，只有孩子们还睡着。贩卖私酒的女人睁着一对暴眼睛，小心地从她孩子们身下抽出她那件长囚衣来，免得惊醒他们。造反的女人在火炉旁边把那些做尿布用的破布晾起来，她的娃娃在蓝眼睛的费多霞的怀里死命啼哭，费多霞摇着他，用温柔的声调给他唱催眠曲。害肺痨病的女人不住地咳嗽，伸手抓住胸口，血涌上了她的脸；每逢咳嗽停下来，她就不住地呼气，声音响得跟叫喊差不多。红头发女人醒过来以后，仰面朝天躺在床上，弯着两条肥腿，兴致勃勃地大声讲她的梦境。犯纵火罪的老太婆又站在圣像前面，小声念着老一套的祷告词，在胸前画十字，鞠躬。教堂诵经士的女儿坐在板床上，一动也不动，她那对还没醒透的、呆瞪瞪的眼睛瞧着前面出神。美人儿把她那擦过油的、又硬又黑的头发缠在手指头上，要把头发弄得稍稍蜷曲点。

走廊上响起穿着棉鞋啪哒啪哒响的脚步声。随后铁锁哗啷一响，进来两个倒便桶的男犯人，上身穿着短上衣，下身穿着离后脚跟差很大一截的灰色短裤子，现出严肃而气愤的脸色，用扁担抬起臭烘烘的木桶，把它送到牢房外面去。女人们纷纷走出去，到长廊上的水龙头那边去洗脸。红头发女人在水龙头那儿跟隔壁别的牢房里走出来的一个女人吵起架来。又是辱骂，嚷叫，抱怨……

“莫非你们想坐单人牢房吗!”男看守嚷起来，使劲拍了一下红头发女人的赤裸而肥胖的后背，声音清脆，整个长廊上都听得见。“别让我再听见你的声音。”

“你瞧，老头子开起玩笑来了。”红头发女人把这种拍打当做亲热，说道。

“喂，快一点！穿好了衣服去做礼拜。”

马斯洛娃还没来得及梳好头，狱长就带着他的随员来了。

“出来点名!”男看守吆喝一声。

另外有许多女犯人从别的牢房里走出来。所有的女人都在长廊上站成两排，而且后排的女人必须把手放在前排女人的肩膀上。全体女犯人的人数都点清了。

点完名以后，女看守走过来，领着女犯人到教堂去。马斯洛娃和费多霞排在队伍的中央。队伍是由各个牢房里走出来的一百多个女人合成的。人人都戴着白头巾，穿着白上衣和白裙子，偶尔有几个女人穿着自己家里的花衣服。这是带着孩子跟随丈夫一起去流放的妻子。整个楼梯上挤满了这个队伍。这时候人们可以听见她们穿着棉鞋走路的轻柔脚步声、说话声，偶尔还有笑声。在拐弯的地方，马斯洛娃看见她的仇人博奇科娃在前面走着，露出凶恶的脸色，就指点给费多霞看。这些女人走下楼梯以后，安静下来，纷纷在胸前画十字，鞠躬，从一个敞开的门口走进还空着的、金碧辉煌的教堂。她们的地点是在右边，她们挤在一起，互相挨紧，站住。跟在女人们后面走进来的，是穿着灰色长囚衣的男犯人，有的是解犯，有的是监犯，有的是经村社判决的流刑犯。他们大声咳嗽，在教堂的左边和中央站住，人群稠密。上边，在廊台上，已经有许多先带进来的男犯人站着，一边是苦役犯，头上剃掉了半边头发，铁链的玎珰声表明他们的身份；另一边是没有剃头和不戴脚镣的未决犯。

这座监狱教堂是由一个富商重新翻盖和装修的，为此耗费几万卢布。整个教堂里闪耀着鲜艳的彩色和金光。

教堂里沉静了一阵，人们只能听见擤鼻涕声、咳嗽声、婴儿的哭叫声，偶尔还有铁链的玎珰声。不过后来，在教堂中央站着的男犯人忽然往两边闪开，彼此挤紧，让出正中的一条路来。狱长顺着这条路走来，在教堂正中所有人的前面站住。

三十九

礼拜开始了。

礼拜是这样做的：一个司祭穿着特别的、奇怪的、极不方便的锦缎衣服，在碟子里把一块面包切成许多小块，然后把它们放在盛着葡萄酒的杯子里，而且嘴里念着各式各样的姓名和祈祷词。同时，诵经士先是一刻也不停地念各式各样的斯拉夫语祈祷词，然后跟一个由犯人们组成的唱诗班轮流歌唱它们，可是这些祈祷词本身原就难懂，再加上念得快，唱得快，就越发难懂了。祈祷词的内容主要是祈求皇帝和皇室康宁福泰。这种祈福的祈祷词由大家跪着念了许多遍，时而跟其他的祈祷词一块儿念，时而单独念。除此以外，诵经士还念了《使徒行传》里的几行诗，声调那么奇怪，紧张，弄得人一句也听不懂。司祭也念了《马可福音》里的一段文字，倒念得很清楚，说的是基督复活以后，在飞上天去坐在他父亲的右边以前，怎样先向抹大拉的马利亚显灵，他曾经从她的身上赶走过七个魔鬼；后来他又向十一个使徒显灵，怎样吩咐他们向普天下的人传布福音，同时声明说，凡是不相信的人都要灭亡，凡是相信并且受洗的人就会得救，此外还会赶走魔鬼，还会把手往病人的身上一放就治好他们的病，还会说种种新的语言，还会拿蛇，而且即使喝下毒物也不会死，却会健康地活下去。

礼拜的实质是这样：据认为，由司祭切碎后放在葡萄酒里的小面包块，随着某些手法和祈祷，就变成了上帝的肉和血。那些手法是这样：虽然司祭身上那件像口袋般的锦缎衣服碍手碍脚，他还是从容不迫地往上举起两条胳膊，就那样举着不动。然后他跪下去，吻一张桌子和那上面放着的东西。不过最主要的动作是司祭伸出两只手来拿起一块餐巾，在碟子和金杯上从容而平稳地摇来晃去。据认为，这样一来，面包和酒就变成了肉和血。正是因为这个缘故，礼拜的这一部分才做得特别庄严。

“隆重地祝告最神圣、最纯洁、最美好的圣母啊，”司祭做完这些事以后，在一道隔板的后边大叫一声。于是唱诗班庄严地唱道：把荣耀归于处女马利亚吧，这是很对的，她生下基督，却没有失去童贞，为此她应该比某些司智天使得到更多的光荣，比某些六翼天使得到更多的荣耀。这以后，据认为，变化就完成了。司祭揭掉碟子上的餐巾，把碟子中央的一小块面包切成四份，先蘸一蘸酒，再送进他自己的嘴里。据认为，他吃了一小块上帝身上的肉，喝了一口上帝身上的血。这以后，司祭撩开一道帷幕，推开隔板正中的一扇门，手里拿着金杯从门里走出来，请那些乐意这样做的人也来吃杯子里放着的上帝的肉和血。

有几个孩子乐意这样做。

司祭先问明孩子的姓名，再用汤匙小心地从杯子里舀出一小块浸过酒的面包来，深深地送进孩子的嘴里，照这样依次给每一个孩子吃下去。这时候，诵经士擦干净孩子们的嘴，用高兴的声调唱道：这些孩子吃了上帝的肉啊，喝了上帝的血啊。这以后，司祭端着杯子走到隔板的后边去，在那儿把杯子里放着的上帝的血统统喝光，把上帝身上的一块块肉统统吃尽，仔细地舔干净他的唇髭，擦干净嘴和杯子，带着极为高兴的心情迈开矫健的步子，从隔板后边走出来，他那双小牛皮靴子的薄后跟踩出一片吱嘎吱嘎声。

这个基督教礼拜的主要部分做到这里就完结了。然而司祭有心安慰那些不幸的犯人，就在通常的礼拜以外再加上一个特殊的礼拜。那个特殊的礼拜是这样做的：司祭在一个铁打的、包金的、由十支蜡烛照亮的画像前面站住，据认为，这个（黑脸和黑胳膊的）画像就是刚才经司祭吃掉的上帝。然后，他开始用一种奇怪的、不知是唱歌还是说话的假嗓念出下面的话来：

> 最可爱的耶稣啊，使徒的荣耀，我的耶稣啊，殉教徒的赞美，万能的主耶稣啊，拯救我，耶稣我的救主啊，我的最美的耶稣啊，拯救来找你的人，耶稣救主啊，饶恕我，从祷告里诞生的耶稣啊，拯救你所有的圣徒，所有的先知，我的救主耶稣啊，赐下天堂的快乐，热爱人类的耶稣啊！

他念到这儿停一停，换口气，在胸前画个十字，跪下去叩头，大家也都这样做。狱长、看守们、犯人们都跪下去。上边，那些镣铐响得特别频繁。

“天使的创造者啊，力量的主，”他接着念道，“最神奇的耶稣啊，天使们的惊奇，最有威力的耶稣啊，祖先的救主，最可爱的耶稣啊，族长们的赞美，最光荣的耶稣啊，沙皇的威力，至善的耶稣啊，预言的实现，最惊人的耶稣啊，殉教徒的力量，最谦和的耶稣啊，修士们的快乐，最慈悲的耶稣啊，神甫们的喜悦，最仁爱的耶稣啊，持斋人的克制，最亲切的耶稣啊，圣徒的欢乐，最纯洁的耶稣啊，童贞者的贞洁，开天辟地的耶稣啊，罪人的得救，耶稣，上帝的儿子啊，饶恕我，”最后，他总算念完了，在反复念“耶稣”的时候已经一次比一次声嘶力竭。然后，他伸出一只手来略微托起他的法衣的绸里子，弯着一条腿跪下去，叩头。唱诗班就开始唱他最后的那句话：“耶稣，上帝的儿子啊，饶恕我！”犯人们就匍匐在地上，再爬起来，把没有剃掉的半边头发往后一甩，那些磨伤他们的瘦腿的脚镣就哗啷哗啷响起来。

大家照这样做了很久。开头总是一套赞美词，结尾总是那一句：“饶恕我”，然后换上新的一套赞美词，结尾改成另外几个字：“阿利路亚”。紧跟着，犯人们在胸前画十字，跪下去，匍匐在地上。起先，每一次赞美以后，犯人们就跪拜，不过后来他们隔一次才跪拜，再后甚至隔两次了。等到所有的赞美词都念完，司祭就轻松地吐一口气，合上书本，走到隔板后边去了，大家都很高兴。剩下来要做的最后一件事，就是司祭从大桌子上拿起一个平放在那上面的包金十字架，四端镶着珐琅质的圆形饰章。然后他举着它走出来，在教堂中央站住。首先是狱长走到司祭跟前，吻一下十字架，随后是副狱长，再后是看守们，这以后就是犯人们，互相推挤，低声相骂，陆续走过去。司祭一面跟狱长谈天，一面把十字架和他的手塞到那些走到他跟前来的犯人们的嘴上去，有的时候戳到他们的鼻子上去了。犯人们极力吻十字架和司祭的手。这次的基督教礼拜，目的在于安慰和开导迷路的弟兄们，就照这样结束了。

四十

在场的人，从司祭、狱长起到马斯洛娃止，谁也没有想起来，由司祭声嘶力竭地念过无数次而且用各种稀奇古怪的字眼赞美过的耶稣本人，恰好禁止这儿所做的一切事情。他不但禁止这种毫无意义的饶舌和身为导师的司祭利用面包和酒所做的渎神法术，而且用最明确的方式禁止某一些人把另一些人称为导师，禁止在殿堂里祈祷，叮嘱每一个人要单独祈祷。他连殿堂本身也禁止修建，他说过他是来毁坏殿堂的，又说人不应该在殿堂里祈祷，而应该在精神里，在真理里祈祷。主要的是，他不但禁止按这里所做的那样审判人，监禁人，虐待人，侮辱人，惩办人，而且禁止对人使用任何暴力，他说过他是来释放囚徒，使他们获得自由的。

在场的人，谁也没有想起，这里所做的一切事情正是最大的渎神行径，所有这些用基督的名义干出来的事情正是对基督本人的嘲弄。谁也没有想起，四端镶着珐琅质圆形饰章、由司祭举着、让人们来吻的包金十字架，不是别的，正是基督受刑的绞架的形象，并且恰恰因为他禁止如今这里用他的名义做着的这类事情，他才遭到那种刑罚的。谁也没有想起，那些自以为吃面包和喝酒就是吃基督的肉和喝基督的血的司祭，确实是在吃他的肉，喝他的血，这倒不是因为他们吃了小面包块，喝了葡萄酒，却是因为他们不但蛊惑那些被基督认为同他自己一样的“弱小者”，而且剥夺了他们的最大的快乐，使他们遭到最残酷的折磨，向人们隐瞒了他给他们带来的快乐信息。

司祭所以心安理得地做他所做的一切事情，是因为他从小就受到这样的教育，认为这是唯一的、真正的信仰，所有以前生活过的圣徒都信奉过它，至今教会的和俗世的长官们也都信奉它。他并不相信面包会变成肉，说那么多的话会对灵魂有益处，或者他确实吃了上帝身上的一小块肉，这类事情是没法相信的，不过他相信人应该相信这种信仰。主要的，使他对这种信仰深信不疑的，是十八年来他多亏奉行这种信仰的种种规定，才得到一笔收入，足以赡养他的家属，送他的儿子进中学，送他的女儿进宗教学校。诵经士也这样相信，而且比司祭的信心更坚定，因为他根本忘记了这种信仰的教义的实质，只知道教徒所缴的香火费、做追荐亡者的法事、诵经、做普通祈祷、做带赞美歌的祈祷等，都有固定的价钱，凡是真正的基督徒都是乐于照付的，所以每逢他喊着“饶恕吧，饶恕吧”，歌唱和朗诵指定的经文的时候，总是表现出沉着的信心，深信这种事是非做不可的，如同人们卖木柴、卖面粉、卖土豆的时候所表现的信心一样。监狱的长官和看守们虽然从来也不知道，而且也不过问这种信仰的教义是什么，教堂里所做的一切事情有什么意义，然而他们相信人非相信这种信仰不可，因为最高当局和沙皇本人都信奉它。再者，他们虽然隐隐约约，却确实体会到这种信仰在为他们的残忍的职务辩护（至于究竟怎么会有这样的体会，他们自己是无论如何也解释不清的）。要不是因为有这种信仰，那么，要他们像现在这样十分心安理得地用尽一切力量去虐待人们，就不但会困难得多，而且也许会不可能。狱长是好心肠的人，要不是在这种信仰里找到了支持，就无论如何也不能照这样生活下去。正是因为这个缘故，他才挺直身体，站在那儿不动，热心地跪拜，在胸前画十字，听到大家唱《那些司智天使们》就极力要自己感动，看到那些孩子来领圣餐就走上前去，亲手抱起一个领圣餐的男孩，举着他。

在犯人们当中，只有为数不多的人看透了这完全是骗局，用来愚弄那些抱着这种信仰的人，因而心里暗暗好笑。大多数的犯人却相信那些包金的圣像、蜡烛、杯子、法衣、十字架，那些反复念过许多次却使人听不懂的话“最可爱的耶稣”和“饶恕吧”，都含有神秘的力量，人借助于这种力量就可以在现世的生活和死后的生活里得到很大的便利。虽然他们大多数人都做过一些尝试，想借助于祈求、祷告、蜡烛等在现世的生活里得到便利而结果没有得到，虽然他们的祷告始终也没有实现，可是每个人都坚定地相信这种失败是出于偶然，相信这一套制度既然受到有学问的人和总主教的赞许，可见仍旧不失为一种极其重要的制度，纵然对现世的生活来说不见得必要，至少对死后的生活来说总还是必要的。

马斯洛娃也这样相信。做礼拜的时候，她像别人那样生出一种又是虔诚又是厌烦的混杂心情。她原先站在隔板后面的人群中央，除了她的女伴以外一个人也看不见。不过，等到那些领圣餐的人往前走去，她就跟费多霞一块儿也往前移动，于是看见了狱长，还看见狱长身后那些看守当中夹着一个年轻、矮小的农民，生着浅褐色头发，留着小小的淡白色胡子。这个人就是费多霞的丈夫，正在目不转睛地瞅着他的妻子。到了唱赞美歌的时候，马斯洛娃不住地打量他，跟费多霞交头接耳地讲话，直到大家在胸前画十字，跪下去的时候，她才也跟着这样做。

四十一

用我的眼泪，来赔你所有的眼泪；用我的罪过，来救赎你所有的罪过。被惩罚的路上，你一个人辛苦地走了那么久，请让我来帮你背负，替你沉沦，为你涤尘……全新的涅赫柳多夫带着勇敢而且无上的信念来接近马斯洛娃，这心境可媲美初恋时无瑕的情怀！

涅赫柳多夫一清早就走出了家门。这时候有一个从乡下来的农民赶着一辆大车走过巷子，用奇怪的声调吆喝道：

“牛奶啊，牛奶啊，牛奶啊！”

春天是一个复苏的季节，“碧绿”让人感到强烈的生命力。

昨天晚上下了头一场温暖的春雨。各处，凡是没有修马路的地方忽然生出了碧绿的青草。花园里的白桦树上点缀着绿油油的绒毛，稠李树和杨树抽出了清香的长叶。住宅和商店的冬季套窗已经卸掉，窗玻璃擦得干干净净。在涅赫柳多夫必须经过的一个旧货市场上，搭成一长排货棚，已经拥挤着密密层层一群人。有些衣服褴褛的人腋下夹着皮靴，肩膀上搭着熨平的长裤和背心，走来走去。

小饭铺里已经挤满人，其中有不必到工厂去上班的男人，穿着干净的长上衣和发亮的皮靴；也有女人，头上戴着花花绿绿的绸头巾，身上穿着镶小玻璃珠的外衣。警察们挎着用黄带子系着的手枪，站在各自的岗位上，留心察看有没有发生什么纠纷，以便借此排遣他们难忍难熬的烦闷。在林荫道的小径上，刚刚变绿的草地上，有些孩子和狗跑来跑去玩耍。快活的保姆们坐在长凳上谈天。

“难忍难熬的烦闷”表明他们生活得单调、枯燥。

大街的左边不见太阳，这时候凉爽而潮湿。大街的正中却已经干燥，沉重的载货马车一刻也不停地在路面上来往，发出轰隆隆的响声，有些四轮轻便马车辚辚地滚过去，公共马车响着一片铃声。四面八方，教堂钟楼里发出音调不同的钟声，当当地响，震得空气发抖，召唤人们去参加类似当时在监狱里举行的礼拜。盛装艳服的人们就纷纷向各自教区的教堂走去。

夸张的修辞手法。形容钟声很大。

涅赫柳多夫所坐的那辆街头马车，没有把他送到监狱的门前，走到通往监狱去的路口就停下来了。

这儿，在这个通到监狱去的路口上，离监狱大约有一百步远，站着一些男人和女人，大都带着小小的包袱。右边有几所不高的木房，左边有一幢两层的楼房，挂着一个什么招牌。监狱本身那座砖砌的大厦就在前边，然而探监的人是不准走过去的。有一个站岗的兵荷着枪走来走去，谁要从他身旁绕过去，他就严厉地叫住谁。

右边，在岗哨的对面，木房的小门旁边，有一个看守在长凳上坐着，穿一身镶着丝绦的制服，手里拿着一个簿子。探监的人走到他跟前，说出他们希望探望的人的姓名，他就在簿子上记下来。涅赫柳多夫也走到他跟前去，说出叶卡捷琳娜·马斯洛娃这个姓名。制服上镶着丝绦的看守就记下来。

“为什么现在还不让人进去呢?”涅赫柳多夫问。

“那边正在做礼拜。过一会儿礼拜做完了，就放人进去。”

涅赫柳多夫走开，回到等候探监的人群那边去。这时候从人群里走出一个人，衣服褴褛，头戴揉皱的帽子，光着脚，穿一双破鞋，脸上布满一条条红色的伤痕。他向监狱那边走过去。

“你往哪儿跑啊?”荷枪的兵吆喝他道。

“你嚷什么？”那个衣服褴褛的人一点也没有被岗哨的吆喝声吓慌，回了他一句，然后走回来。“你不放我过去，我等着就是。他这么嚷嚷，倒仿佛是个将军似的。”

人群里发出了赞许的笑声。探监的人大都穿得寒酸，甚至破烂，不过也有些男人和女人从外表看来很体面。涅赫柳多夫的身旁站着一个男人，衣服整齐，胡子剃光，身材丰满，脸色红润，手里拿着一个小包袱，里面显然是贴身衣裤。涅赫柳多夫问他是不是头一回到这儿来。拿着小包袱的人回答说，他每个星期日都到这儿来。他们就攀谈起来。原来这个人是银行看门人。他到这儿来是为了探望他的犯伪造罪而受审的弟弟。这个好心肠的人把他的身世原原本本地对涅赫柳多夫讲了一遍，刚要反过来问涅赫柳多夫，不料这时候来了一辆装着橡胶轮胎的轻便马车，由一头高大的、良种的黑马拉着，车上坐着一个大学生和一个戴着面纱的女人，这就把他们的注意力吸引过去了。大学生双手抱着一个大包袱。他走到涅赫柳多夫跟前来，向他打听可不可以把施舍品，也就是他带来的白面包，散发给犯人们，要这样做应该办些什么手续。

作者着重刻画了来探监的人的外貌，反映了平民生活的苦难。涅赫柳多夫来到他们中间，他的心呼唤他必然为他们说话。

“这是我按我的未婚妻的心意办的。她就是我的未婚妻。她的父母叮嘱我们把东西送到犯人们手里。”

“我自己也是头一次来，我不知道，不过我觉得您应该问一下那个人。”涅赫柳多夫指着在右边坐着、穿一身镶着丝绦的制服、手里拿着簿子的看守说。

涅赫柳多夫正在跟大学生讲话，正中开着一个小窗口的监狱大铁门打开了，从门里走出一个穿军服的军官和另外一个看守。那个手拿簿子的看守就宣布说，现在开始放探监的人进去。岗哨退到一旁，所有探监的人仿佛深怕迟了就进不去似的，一齐加快脚步，有些人甚至是一路小跑，往监狱的门口涌去。门口站着一个看守，随着探监的人一个个从他面前走过去，他就清点人数，大声报道：“十六个，十七个”，等等。监狱的里边还有一个看守，用手拍着每一个人，也在清点走过第二道门的人数，为的是过后把探监的人放出去的时候可以核对人数，使得探监的人一个也不会留在监狱里，犯人也一个都不会放出去。这个计数员并不看一下走过去的人是谁，一巴掌拍在涅赫柳多夫的背上。看守的这一拍，起初使得涅赫柳多夫感到受了侮辱，不过他马上想起他是办什么事到这儿来的，就为这种不高兴和受侮辱的心情害臊。

门里面一所房屋是拱顶的大房间，有几个不大的窗子，一律钉着铁格子。在这个名叫聚会室的房间里，涅赫柳多夫完全出乎意料地看见壁龛里有耶稣被钉在十字架上的大像。

“为什么这儿放着这个像？”他暗想，不由自主地在他的观念里把基督的形象同自由人而不是同囚禁的人结合在一起。

涅赫柳多夫放慢了脚步往前走，让性急的探监人走到他前面去。他百感丛生，想到关在这儿的恶人就害怕，随后想到那些没有犯罪而囚在此地的人，例如昨天的男孩和卡秋莎，又感到怜悯，再想到他马上就要同卡秋莎见面，却不由得胆怯和动情。在第一个房间的另一个尽头，当人们走出门口的时候，有一个看守说了一句什么话。然而涅赫柳多夫只顾想心思，没有理会他的话，继续往大多数探监的人所去的那个方向走，也就是走到探望男犯人的地方去了，却没有走到他该去探望女犯人的地方。

试想，这句话是什么内容？作者让我们借涅赫柳多夫的眼睛，看到了监狱生活的苦难。而涅赫柳多夫由一个贵族转向受苦受难的大众，则体现了人性的高度，跨越了阶级。

他让性急的人抢先走进那个指定做会晤用的房间，他自己最后一个走进去。临到他推开门，走进房间，头一件使他

“成百条喉咙齐声喊叫”，“像苍蝇聚在糖上似的”生动地为我们描绘了这混乱的一幕。

震动的事就是成百条喉咙齐声喊叫，合成一片喧嚣声，震得他的耳朵发聋。一直到涅赫柳多夫往那些人的近处走过去，看见他们像苍蝇聚在糖上似的贴紧一道把房间隔成两半的铁丝网，他才明白这是怎么回事。这个在后墙上开着几个窗子的房间，原来不是由一道铁丝网而是由两道铁丝网隔成两半，铁丝网都从天花板一直垂到地板上。这两道铁丝网中间，有些看守走来走去。铁丝网的那一边是犯人们，这一边是探监的人们。这两批人中间隔着两道铁丝网，相离有三俄尺远，因此双方非但不能私相授受什么东西，就连看清对方的面貌，特别是对目力近视的人来说，也是不可能的。说话也困难，人得用尽力量大嚷大叫，才能使对方听见。两边都有许多张脸贴到铁丝网上来，那是妻子、丈夫、父亲、母亲、子女的脸，他们极力要看清对方的脸，说出要说的话。然而每个人讲话都极力想让对方听明白，每个人身旁的人也希望这样，他们的说话声就互相干扰，于是每个人都极力喊叫，想盖过别人的声音。正是由于这个缘故，才形成了那么一片喧嚣声，夹杂着大呼小喊，弄得涅赫柳多夫一走进房间就感到震惊。要想听明白这些人在说什么，那是无论如何也办不到的。只有凭他们的脸色，才能判断他们在说什么话，他们彼此是什么关系。挨近涅赫柳多夫的是一个老太婆，戴着小小的头巾，贴紧铁丝网，下巴颤抖着，正在对一个脸色苍白、剃光半边头发的青年人嚷着什么话。那个男犯人拧起眉毛，皱起额头，注意地听她讲话。老太婆身边是一个穿着农民长上衣的青年人，把手放在耳朵旁边，听一个面貌同他相像、脸色憔悴、胡子花白的男犯人对他讲话，不住地摇头。再远一点，站着一个衣服褴褛的人，摇着胳膊，嚷着什么话，笑起来。他旁边的地板上坐着一个女人，头上戴着上等的羊毛头巾，怀里抱着小娃娃，放声大哭，显然是头一次看见对面那个头发花

这种侮辱，只有涅赫柳多夫感受得到，因为他原来的环境所制定的道德与这低层的生活不相融合。

白的男人穿着囚犯的衣服，剃光半边头发，戴着脚镣。在这个女人的上方，就是跟涅赫柳多夫谈过话的看门人，正在用尽气力向对面一个头顶光秃、眼睛明亮的男犯人喊叫。等到涅赫柳多夫明白他得在这种条件下讲话，他就对那些居然规定而且实行这种办法的人生出满腔的愤慨。使他感到惊讶的是这种可怕的局面以及对人的感情的这种嘲弄，竟然没有使得任何人感到受了侮辱。那些兵也好，狱长也好，探监的人也好，犯人也好，都照这种规矩办事，仿佛承认本来就应该这样似的。

他被这种场面震惊了，这种"恶心"，这种眩晕，是强烈的冲击造成的必然结果。

涅赫柳多夫在这个房间里待了大约五分钟，心里生出一种古怪的苦恼心情，感到自己无能为力，感到自己跟整个世界不能协调。于是一种精神上的恶心感觉抓紧了他，这同生理上的晕船感觉差不多。

四十二

"不过，我必须做我到此地来所要做的事，"他鼓励自己说。"应当怎么办呢？"

没有再次选择落荒而逃，证明他确实是个新生的勇敢的人。

他开始用眼睛寻找长官们。他看见一个人戴着军官的肩章，身量不高，面容消瘦，留着唇髭，在人们的后面走来走去，就对他说：

"您能不能告诉我，先生，"他用特别紧张的谦恭态度说，"妇女关在什么地方？在什么地方才可以跟她们见面？"

"莫非您是要到探望女犯人的房间去？"

"是的，我希望见到一个关在这儿的女人。"涅赫柳多夫仍旧用那种紧张的谦恭态度回答说。

照应了前篇提到的涅赫柳多夫没有理会看守的话。结构安排紧凑。

"先前在聚会室里的时候，您应该说明才是。那么您要见什么人呢?"

"我要见叶卡捷琳娜·马斯洛娃。"

"她是政治犯吗?"副狱长问。

"不，她只不过是……"

"哦，她判决了吗?"

"对，她是前天被判决的，"涅赫柳多夫温顺地回答说，深怕一不小心破坏了副狱长的心境，这个人似乎对他抱着同情的态度。

人们都是以貌取人。此处副狱长对涅赫柳多夫与前篇提到的狱警对平民百姓的态度，再次形成对比。

"要是您想到探望女犯人的房间去，那就请您往这边走，"副狱长说，显然已经凭涅赫柳多夫的外貌断定这个人是值得他效劳的。"西多罗夫，"他对一个留着很长的唇髭、胸前佩着几个奖章的士官说，"把这位先生领到探望女犯人的房间去。"

"是，长官。"

这当儿，铁丝网那边传来一个什么人的撕裂人心的痛哭声。

在涅赫柳多夫看来一切都是奇怪的，最奇怪的是他竟然得感激副狱长和看守长，竟然觉得很领他们的情，而他们却在做着这幢房子里所发生的种种残酷的事情。

看守长领着涅赫柳多夫走出男犯人的探监室，到长廊上，立刻推开对面的房门，把他领进一个同女犯人会面的房间。

这个房间也同男犯人的房间一样由两道铁丝网隔成三部分，不过地方小得多，这儿探监人和女犯人也都比较少，可是喊叫声和吵闹声却跟男犯人的房间里完全一样。两道铁丝网中间也有长官走来走去。这儿的长官是一个女看守，穿着制服，袖口上镶着丝绦，滚着蓝色镶边，也同男看守那样拦腰系着宽腰带。如同男犯人的房间里一样，两边的铁丝网前也都挤满人，这一边是本城的居民们，穿着各色衣服，那一边是女犯人们，有的穿着白色的衣服，有的穿着自己的衣服。整个铁丝网前面挤满人。有的人踮起脚尖来站得高一点，好让他们所说的话从别人的头上传过去，使对方听见；有的人坐在地板上，同对方交谈。

女犯人当中有一个女人最显眼，她的喊叫声和相貌也特别引人注目。那是一个头发蓬松、生得精瘦的茨冈女犯人，头巾已经从蜷曲的头发上滑下来。她在对面的铁丝网那边，差不多站在房间的正中，挨近柱子，正在对一个穿着蓝色上衣、腰底下紧紧系着皮带的茨冈男人嚷着什么话，同时很快地比着手势。茨冈男人的身旁，有一个兵坐在地上，跟一个女犯人讲话。再过去是一个留着浅色胡子的年轻、矮小的农民，脚上穿着树皮鞋，贴紧铁丝网站着，脸色涨得通红，显然在费力地忍住眼泪。有一个相貌俊俏、头发浅黄的女犯人在跟他讲话，睁着亮晶晶的天蓝色眼睛瞅着对方。这就是费多霞和她的丈夫。他们旁边站着一个衣服褴褛的男人，在跟一个头发蓬乱、脸膛很宽的女人讲话。再过去是两个女人，一个男人，又是一个女人，他们各自同对面的女犯人讲话。女犯人当中没有马斯洛娃。不过，对面，在女犯人后边，还站着一个女人，涅赫柳多夫立刻知道那就是她，立刻觉得他心跳得厉害，呼吸都停住了。决定性的关头已经近在眼前。他就走到铁丝网跟前去，认出她了。她在生着天蓝色眼睛的费多霞身后站着，笑吟吟地听她讲话。她不是像前天那样穿着长囚衣，而是穿一件白上衣，腰上勒紧腰带，胸脯高耸起来。如同在法庭上一样，她的头巾里溜出一绺蜷曲的黑发。

寥寥数笔，十几个形态各异的人物跃然纸上。

漂荡游移的目光终于找到了方向。

“很费力”表现了他的紧张，与前文中的“心跳得厉害，呼吸都停住了”是互相呼应的关系。亦反映了他忐忑不安的心情，他等待的是心灵的判决。

“事情马上就要决定了，”他暗想，“我该怎样招呼她呢？或许她会自己走过来吧？”

可是她自己并没有走过来。她在等克拉拉，根本没有想到这个男人是来找她的。

“您要找谁?”在两道铁丝网中间走来走去的女看守走到涅赫柳多夫跟前，问道。

“叶卡捷琳娜·马斯洛娃。”涅赫柳多夫很费力地说出口。

“马斯洛娃，有人找你!”女看守喊叫一声。

四十三

记得当初，在他姑姑家她还是个天真活泼、温柔依顺的女子，而后性格中增加了许多激烈的成分。

马斯洛娃回过头来看了一眼，抬起头，挺直她的胸脯，带着涅赫柳多夫所熟悉的那种依顺神情，走到铁丝网跟前，夹在两个女犯人中间，惊讶而探问地定睛瞧着涅赫柳多夫，没有认出他来。

不过她凭他的装束看出他是有钱人，就微微一笑。

“您是找我吗?”她说，把她那张生着斜睨的眼睛的笑脸凑到铁丝网上来。

“笑脸”只是对他有钱人的装束，感情被她深锁在心底。

“我想要跟……”涅赫柳多夫不知道该说“您”好，还是说“你”好。随后他决定应该说“您”。他说话的声音并不比平时高。“我想要跟您见一见面……我……”

“你别跟我耍嘴皮子，”他身旁的衣服褴褛的人嚷道，“你到底拿了没拿?”

“我跟你说，他快要死了，还有什么可说的呢?”对面有一个人嚷道。

“笑容”的招牌开始收起，因为感情将伴随往事浮现上来。

马斯洛娃听不清涅赫柳多夫所说的话，不过他说话的时候，他脸上的表情忽然间使她想起了他。可是她不相信。不过她脸上的笑容收敛了，她开始痛苦地皱起额头。

“我听不见您说的话。”她喊道，眯细她的眼睛，额头上的皱纹越来越深。

“我来……”

“对，我在做我应该做的事，我在认罪。”涅赫柳多夫暗想。他刚想到这儿，眼泪就涌上他的眼眶，使得他的喉咙发堵。他就伸出手指头抓住铁丝网，说不出话，极力按捺自己免得哭出声来。

“我说：你为什么去管那些不该管的事……”这一边有人喊道。

“你得相信上帝，我真的不知道。”那一边有个女犯人嚷道。

马斯洛娃看见他激动的样子，认出他来了。

“您像是……可是我认不清了。”她叫道，眼睛没有看着他。她那忽然涨红的脸变得越发阴沉。

“我来是要求你宽恕我。”他大声喊道，声调呆板，像是在背书似的。

他喊完这句话，觉得羞愧，往四下里看一眼。不过他立刻暗想，如果他羞愧，那倒更好，因为他理应承担这种耻辱。他就继续大声说道：

“请你宽恕我，我非常对不起你……”他又喊道。

她站在那儿不动，她那斜睨的眼光紧紧盯着他。

他再也说不下去，就从铁丝网那儿走开。他胸膛里不住翻腾，差点放声大哭，可是极力忍住了。

副狱长指点涅赫柳多夫到女犯人的房间去以后，分明对他发生了兴趣，他自己也到这个房间来了。他看见涅赫柳多夫不在铁丝网那儿，就问他为什么不跟他要会晤的女犯人谈话。涅赫柳多夫擤了擤鼻子，打起精神，极力做出镇静的样子，回答说：

“我隔着铁丝网没法说话。什么也听不见。”

“眼泪”、“喉咙发堵”表现了他像一个做了坏事的孩子一样等待承认错误之后的惩罚。“手指抓铁丝网”、“按捺”都在蛛丝马迹的细节中透露出他的心情，可见准确而到位的细节描写，需要丰富的知识累积和生活经验。而其所在文学作品中发挥的作用是巨大的。

如果他羞愧，证明他有了羞恶之心。所以说，“那倒更好”，因为认识到了错误，他毅然决定承担这种耻辱。

副狱长沉思不语。

“哦，好吧，暂时把她带到这儿来也行。”

“玛丽亚·卡尔洛夫娜!”他转过身去对女看守说，“把马斯洛娃带到外边来。”

过了一分钟马斯洛娃从旁门的门口走进来。她踩着轻软的步子一直走到涅赫柳多夫跟前站住，从眉毛底下看了他一眼。她的黑头发，像前天似的，蜷曲着飘在额头上，她那张不健康的脸浮肿而苍白，然而俊俏，十分镇静，只是黑亮的、斜睨的眼睛在臃肿的眼皮底下特别炯炯有光。

“苍白的脸”、“黑亮的、斜睨的眼睛”是伴随这个美丽女人一生的相貌特征。

“你们可以在这儿谈话。”副狱长说，然后走到一旁去。

涅赫柳多夫往靠墙摆着的一条长凳那儿走过去。

马斯洛娃带着疑问的神情瞧副狱长一眼，然后仿佛感到惊讶似的，耸一耸肩膀，跟着涅赫柳多夫走到长凳那儿，理一下裙子，在他旁边坐下来。

“我知道，要您宽恕我是困难的，”涅赫柳多夫开口说，可是又停住嘴，觉得眼泪在妨碍他说话，“不过，如果过去的事已经不能挽回，那么现在我要尽我所能尽的一切力量去做。请您告诉我……”

“您是怎么找着我的?”她问，没有回答他问的话。她那对斜睨的眼睛瞧着他，而又好像没有瞧着他。

“我的上帝啊！帮助我吧，教导我应该怎样做!”涅赫柳多夫对自己说，瞧着她那张大大变样而且如今已经不中看的脸。

“前天您受审的时候，”他说，“我在做陪审员。您没有认出我吗?”

“没有，我没有认出来。我也没有工夫认人。再者我连看也没看。”她说。

“您不是有过一个孩子吗?”他问，感到自己的脸涨红了。

“谢天谢地，他当时就死了。”她简短而气愤地回答说，掉过眼睛去不看他。

“怎么会死了？什么缘故死的？”

“当时我自己也病着，差点死掉。”她说，没有抬起眼睛来。

“可是我的姑姑们怎么会放您走的？”

“谁肯用一个有了孩子的女仆呢？她们一看出我有身孕，就把我赶走了。可是，何必再说这些呢。我什么都不记得，全忘光了。那件事早就了结了。”

“不，没有了结。我不能把那件事丢开不管。哪怕现在，我也要赎我的罪。”

“没有什么可赎的。以前发生过的事，已经发生了，而且也过去了，”她说。然后，他万万没有料到，她忽然看他一眼，微微一笑，那是一种令人不愉快的、可怜样的媚笑。

马斯洛娃再也没有料到会见到他，特别是现在，在此地。正是因为这个缘故，他的出现起初才使她感到震动，逼得她想起了她从来也不去回想的事。起初她模模糊糊地想起一个充满新奇美妙的感情和思想的世界，这是那个爱着她而又为她所爱的漂亮青年为她打开的。后来她想起他的不可理解的残忍，想起一长串的屈辱和苦难，而这些都是紧跟在那种令人心醉的幸福之后，并且是从那里面源源不断地产生出来的。她感到痛苦。可是她又无力理解这种事，于是她现在也照往常那样去做，往常她总是把这些回忆赶走，用她的堕落生活的那种特殊的迷雾盖上那些回忆，目前她也就这样做。起初她把目前坐在她面前的这个人同她以前爱过的那个青年合成一个人，不过后来她看出这样做太痛苦，就不再把这两个人联系起来。如今，这个装束整齐、养尊处优、胡子上洒着香水的老爷，对她来说，已经不是她所爱过的涅赫柳多夫，而只是这样的一种人：这种人在需要的时候就把她那样的人拿来使用一下，而她那样的人也必须尽量利用他们来为自己谋

他给她的伤痛，使她从此对男人没有特殊之情，完全成为功利的对象，她所能反抗与报复的方式，只是用色相把钱从阔人的口袋里掏出来。

利益。就是因为这个缘故，她才对他媚笑。她沉默了一下，心里盘算着该怎样利用他才对。

托尔斯泰以第三人称的叙述视角，好像是“第三者”偷窥到了她的内心世界。

“那件事早就了结了，”她说，“现在我被判决，要去做苦工了。”

她说出这句可怕的话的时候，嘴唇颤抖起来。

“我知道，我相信您是没罪的。”涅赫柳多夫说。

“当然我没罪。难道我会做贼，或者做强盗？据我们这儿的人说，办案子全靠律师，”她接着说。“他们说，这得上诉。不过，据说这很费钱……”

“是的，一定的，”涅赫柳多夫说，“我已经找过律师了。”

“别舍不得花钱，要请一个好律师。”她说。

“凡是我能做到的，我都要去做。”

随后是沉默。

她又像刚才那样微笑一下。

“我想跟您要一点……钱，要是您乐意的话。不多……十个卢布就成，不必再多了。”她忽然说。

“行，行。”涅赫柳多夫发窘地说，伸手取他的钱夹。

她很快地瞧一眼副狱长，他正在房间里走来走去。

“您不要当着他的面给我，要等他走开了再给，要不然他会拿走的。”

等到副狱长刚转过身去，涅赫柳多夫就拿出钱夹来，然而还没来得及把一张十卢布的钞票递给她，副狱长就又转回身，脸对着他们了。他就把钞票团在手心里。

“要知道，这是一个已经死去的女人了。”他暗想，瞧着那张从前妩媚可爱，可是现在却不再纯洁而且臃肿的脸，以及那对斜睨的黑眼睛里射出来的不正派的亮光，那对眼睛正盯紧副狱长和涅赫柳多夫捏紧钞票的手。一时间他心里动摇了。

昨天晚上说过话的诱惑者，如今又在涅赫柳多夫的灵魂里说话了，照例引他不去考虑他应该怎么做的问题，却去考虑另外的问题：他的行动会造成什么后果，怎样做才能对他自己有利。

即那个利己主义的魔鬼。

“你对这个女人已经一点办法也没有了，”那个声音说，“你无非是把一块石头吊在你的脖子上，这块石头会把你活活淹死，妨碍你去做对别人有益的事。你不如把钱给她，把现在你身边的钱统统给她，然后向她告别，从此跟她一刀两断，这样岂不更好？”他不由自主地暗想。

然而他顿时感到现在，就在眼前，他的灵魂里正在发生一种极其重大的变化。他感到他的内心生活目前仿佛放在摇摆不定的天平上，只要稍稍加一点力量上去，就能使天平往这一边或者那一边歪过去。他真就使出他的力量来，向昨天他感到在他灵魂里存在着的上帝求援，上帝果然立刻在他的灵魂里响应他。他决定马上把一切话都对她说出来。

情感是一条无序的河，托尔斯泰以其“心灵辩证法”著称，在涅赫柳多夫的心里描写中准确地体现出了作者的这一特点。

“卡秋莎！我来找你是要求你宽恕我，可是你没有回答我究竟你宽恕我没有，或者你以后会不会宽恕我。”他说，忽然改称“你”了。

她没有听他讲话，却时而瞧他的手，时而瞧副狱长。等到副狱长转过身去，她就赶紧对他伸出一只手，抓住那张钞票，把它塞在她的腰带里。

“您说的话可真希奇。”她说，而且依他看来，似乎在鄙夷地冷笑。

涅赫柳多夫体会到她心里有一种断然敌视他的东西，它保护着她，使她甘心做她现在这样的人，不准他去触动她的心。

可是，说来奇怪，这不但没有把他吓退，反而给他一种特别的、新的力量，促使他同她接近。他感到他必须使她在

她不让他闯入她的内心世界，这是她存放自己伤痛的地方，她用坚固的防御抵制任何人给她情感上的动摇。这样的反抗，加强了他唤醒她的决心。

精神上清醒过来，又感到这是非常困难的，可是这件事的困难反而吸引他。他目前对她生出的这种心情，是他以前无论对她或者对别人都没有生出过的，其中一点私心也没有。他自己丝毫也不希望从她那儿得到一点什么，只是希望她不再做她眼前这样的人，希望她清醒过来，做她从前那样的人。

“卡秋莎，你为什么说这样的话呢？要知道，我了解你，我记得以前在帕诺沃的时候你是什么样子……”

“干巴巴”一词用得好，表现了她的无力感。她抑制自己内心澎湃的感情，所以只能“干巴巴”地面对他。

“何必提那些老事。”她干巴巴地说。

“我回想这些是为了改正我的过错，赎我的罪，卡秋莎。”他开口了，本来打算说明他要跟她结婚，可是他碰到她的目光，看出这目光里有一种那么可怕的、粗鲁的、拒人于千里之外的东西，他就说不出口了。

这时候探监的人们开始走出去。副狱长走到涅赫柳多夫跟前，说会晤的时间结束了。马斯洛娃就站起来，温顺地等着人家把她押回监狱去。

“再见，我还有许多话要跟您说，可是，您看，现在没法再说了，”涅赫柳多夫说，对她伸出一只手去，“我以后还会来的。”

“好像所有的话都说完了……”

她伸过一只手去，不过只是碰一下而没有握他的手。

“不，我要设法在一个可以跟您谈话的地方再跟您见面，到那时候我要说一件很重大的、对您非说不可的事，”涅赫柳多夫说。

“好，那您就来吧。”她说，微笑着，那是她希望博得男人欢心而做出来的笑容。

此句表明他已经把自己的命运和前途同她结合在一起了。

“对我来说，您比姊妹还要亲。”涅赫柳多夫说。

“这话可真希奇。”她又说一回，摇着头，往铁丝网的另一边走去。

情境赏析

“要知道，这是一个已经死去的女人了”，到“希望她清醒过来，做她以前那样的人。”被岁月摧残、被沧桑侵袭的女子，不复当年的纯白容颜，在芜杂的环境中浸染太久，失去了灵性，这种对比与反差，差点儿就让涅赫柳多夫改变心意，在利他与利己的善与恶的交战中，他坚持住了。他决心使她的生命如他一般复活，重新焕发曾经的光彩。

在以塑造人物形象为中心的叙事性长篇小说的创作中，对于人物形象的塑造主要通过环境描写、背景描写、动作描写、语言描写、细节描写以及心理描写来完成的，可是托尔斯泰创作中对于主人公心理活动的全过程的揭示则是独一无二的。

名家点评

心理分析几乎是使他的创作才能具有力量的一种极重要的特质……抓住一种情感向另一种情感、一种思想向另一种思想的戏剧性变化。他不限于描写心理过程的结果：他所关心的是过程本身——那种难以捉摸的内心生活现象，彼此异常迅速而又无穷多样地变换着的，托尔斯泰伯爵却能巧妙地描写出来。

——（俄）车尔尼雪夫斯基

四十四

如果羞耻心的存在让我无法生活，我宁愿抛弃它。对于失去了对上帝，对善的信任的马斯洛娃而言，一切都是可以的，没有了道德的限制。被人人都为自己的社会环境所吞噬，唯有用“目的来证明手段是正确的”的极端利己主义的理论来做信条，使自己良心上的不安被冲淡，使自己灵魂的目光被遮蔽，精神的耳朵被堵塞……

在初次相见的时候，涅赫柳多夫本来预料卡秋莎见到他，知道他打算为她出力，听到他认罪的话，就会高兴起来，受到感动，于是又变成卡秋莎了。然而使他心惊胆战的是，他看出卡秋莎已经不存在，只剩下马斯洛娃了。这使得他又是惊奇又是害怕。

使他感到惊奇的，主要是马斯洛娃非但不觉得她的地位可耻（这不是指犯人的地位，她对犯人的地位是觉得可耻的；这指的是妓女的地位），甚至好像感到满意，几乎为此自豪。可是话说回来，这也不能不是这样。任何人，为了心安理得地做他的工作，就一定要把他的活动看得又重要又好。因此，凡是人，不管他的地位怎样，必然对人类的一般生活形成一种足以使得他的活动在自己心目中显得又重要又好的看法。

通常人们总是认为盗贼、凶手、暗探、妓女必定承认自己的行业很坏，引以为耻。实际上完全相反。凡是由于命运或者由于本身的过失和错误落到某种地位上的人，不论他们的地位多么不正当，却总会对一般生活形成一种足以使得他们的地位在自己心目中显得又好又正当的看法。为了保持这样的看法，这种人总是本能地依附那班承认他们对生活所形成的概念，承认他们对自己的生活地位所形成的概念的人。每逢事情涉及盗贼夸耀他们的本领，妓女夸耀她们的淫荡，凶手夸耀他们的残忍，这样的事情就总会使得我们感到惊讶。然而，这所以会使得我们感到惊讶，无非是因为那些人的生活圈子和生活气氛局限在狭小的范围里，而且主要的是因为我们处在局外罢了。不过，每逢富翁夸耀他们的财富，也就是他们的掠夺，军事长官夸耀他们的胜利，也就是他们的屠杀，统治者夸耀他们的威力，也就是他们的强暴，这岂不是同一类的现象？我们所以在这些人身上没有看出他们的生活概念反常，也没有看出他们为了替他们的地位辩护而颠倒了善与恶的概念，无非是因为具有这种反常的概念的人们圈子比较大，而且我们自己也是这个圈子里的人而已。

马斯洛娃对她的生活以及对她在世界上的地位所抱的看法也就这样形成了。她是妓女，被判决去做苦工了，可是尽管这样，她却自有她的世界观，根据这个世界观她就能够称赞她自己，甚至能够在别人面前以她的地位为荣。

这个世界观是这样：所有的男人，不论是年老的也好，年轻的也好，中学生也好，将军也好，受过教育的也好，没有受过教育的也好，无一例外，一概认为最大的快乐就在于同妩媚的女人性交，因此所有的男人虽然假装在忙别的事，实际上却只巴望干这一件事。她正好是一个妩媚的女人，既可以满足，也可以不满足他们的这种欲望，所以她就成了一个重要的和必不可少的人。她过去的和现在的全部生活都肯定这种看法是正确的。

在这十年当中，不管她在什么地方，她到处都看见这样的现象：所有的男人，从涅赫柳多夫和年老的警察分局局长起到监狱里的看守们止，都需要她。至于那些不需要她的男人，她却没有看见，也不去注意。所以，依她看来，全世界无非是一伙好色之徒的渊薮，他们从四面八方窥伺她，想尽一切可能的办法，例如欺骗、暴力、金钱的收买、狡猾的圈套等，极力要占有她。

马斯洛娃就是这样理解生活的，根据这样的生活观点她就非但不是微不足道的人，而且是极其重要的人。马斯洛娃把这样的生活观点看得重于人世间的一切东西，她也不能不重视它，因为她一旦改变这样的生活观点，就丧失了由这种观点所取得的她在人世间的重要性。为了不失掉她在生活里的重要性，她就本能地去依附那班对生活跟她抱着同样看法的人。可是她领会到涅赫柳多夫打算把她引到另一个世界里去，她就抵制他，已经预先看出在他招引她去的那个世界里，她一定会丧失她的这种生活地位，以及这种生活地位所给予她的自信和自尊。正是因为这个缘故，她才根本不去回忆她年纪很轻的时候的那些事情，不去回忆她同涅赫柳多夫最初的那种关系。那些回忆跟她现在的世界观格格不入，因而已经在她的记忆里一笔勾销，或者不如说埋藏在她的记忆里的一个什么地方，不去碰它，把它关得很严，封得很紧，犹如蜜蜂把一窝螟虫（幼虫）封起来，不留一点点出口，免得它们毁掉蜜蜂的全部劳动成果。所以，现在的涅赫柳多夫，在她的心目中，已经不是她从前带着纯洁的爱情爱过的那个人，却仅仅是一个她可以而且应该加以利用的阔老爷罢了，她同他只能有她同一切男人那样的关系。

“是啊，我没有能够把主要的话说出口。”涅赫柳多夫同人们一起往出口走去，暗自想道。“我没有告诉她说我要跟她结婚。我没有说，不过我以后要这样做的。”他暗想。

那两个把守门口的看守，在放人出去的时候，又各自伸出手去拍探监的人，借以清点人数，免得多放出去一个人，或者多留下一个人在监狱里。这一次他们拍涅赫柳多夫的后背，不但没有使他感到受了侮辱，他甚至根本没有理会这件事。

四十五

涅赫柳多夫有心要改变他的外部生活：退掉大住宅，辞掉他的仆人，自己搬到旅馆去住。可是阿格拉费娜·彼得罗夫娜再三对他说，没有任何理由在冬天以前改变生活状况，因为夏天是没有人承租住宅的，而且也总得有个地方住人和存放家具什物才行。所以涅赫柳多夫固然想改变他的外部生活（他想照大学生那样过简朴的生活），可是他的全部努力都落空了。不但一切照旧，而且这所房子里开始了紧张的工作。他们把各种毛料的和皮子的衣物统统拿到院子里来晾一晾，挂得到处都是，不住拍打上面的灰尘。参加这个工作的有扫院子的仆人，有他的助手，有厨娘，连听差科尔涅伊也参加了。起初，他们把一些军服和一些从来也没有任何人用过的、奇怪的皮货搬出来，晾在绳子上，然后把地毯和家具也搬出来。于是扫院子的仆人就带着他的助手，卷起衣袖，露出肌肉饱满的胳膊，合着节拍，用力敲打那些东西。各处房间里全有樟脑的气味。涅赫柳多夫走过院子，或者从窗子里往外看，常常暗自惊讶：这些东西简直多得吓人，而且无疑地一点用处也没有。“这些东西唯一的用处和目的，”涅赫柳多夫暗想，“就在于给阿格拉费娜·彼得罗夫娜、科尔涅伊、扫院子的仆人、他的助手、厨娘等等提供一个锻炼身体的机会罢了。”

“现在既然马斯洛娃的案子还没解决，那就犯不上改变我的生活方式，”涅赫柳多夫想，“况且这样做也太困难。反正等到她释放出来，或者流放出去，而我也跟着她走的时候，一切都会自动改变的。”

在法纳林律师约定的那一天，涅赫柳多夫坐上马车去找他。律师购置的私人住宅是华美的，栽种着高大的植物，窗子上挂着精致的窗帘，总之铺排得富丽堂皇，表明主人发了横财，也就是得到了不劳而获的钱财，这样的铺排是只有在暴发户的家里才会见到的。涅赫柳多夫走进这个住宅，在接待室里遇到许多要求律师接见的人。如同在医师的候诊室里一样，他们排了轮次等着接见，垂头丧气地在几张桌子旁边坐着，桌上放着画报，供他们翻阅消遣。律师的助手也在这儿挨着一张很高的斜面办公桌坐着。他认出了涅赫柳多夫，就走到他跟前同他打招呼，说他马上去报告主人。可是律师的助手还没来得及走到办公室门口，房门正巧开了，传出响亮而活泼的谈话声，那是一个年纪不轻、身材矮胖、脸色通红、唇髭浓密、穿着全新的衣服的男人和法纳林本人在谈话。两个人脸上都现出凡是刚办完有利可图而又不大正当的事情的人所常有的那种表情。

“您自己也有罪啊，老兄。”法纳林带着笑容说。

“我倒乐意进天堂，就是罪孽深重，上天无门。”

“得了，得了，我们明白。”

两个人就不自然地笑起来。

“啊，公爵，请进。”法纳林看见涅赫柳多夫，说道。他对走出去的商人再点了一下头，领着涅赫柳多夫走进他的格调严谨的办公室。“请吸烟吧。”律师说，在涅赫柳多夫对面坐下来。他刚办完的那个交易很成功，引得他不住地微笑，他极力要忍住笑容。

“谢谢，我是为马斯洛娃的案子来的。”

“对，对，我们马上就来谈这个案子。哎，这些大财主都是些什么样的坏蛋啊!”他说，“您看见刚才那个家伙了吗？他有一千二百万卢布的家财。可是讲起话来，却说什么‘上天无门’。哼，只要他能从您的身上捞着一张二十五卢布的票票儿，那他就是用牙来咬也要把它咬到口的。”

“他说‘上天无门’，可是你也说什么‘二十五卢布的票票儿’。”这当儿涅赫柳多夫暗想，对这个态度随便的人生出一种难于克制的憎恶，这个人竟然打算借他说话的口吻来表示他跟他涅赫柳多夫是在同一个营垒里，至于来找他的那些委托诉讼的人和其他的人，却是属于另外一个同他格格不入的营垒的。

“他简直要把我磨死，这个大混蛋。我恨不得松一松心才好，”律师说，仿佛在为他不谈正事辩白似的，“好，现在来谈您的案子……我已经把案卷仔细看了一遍，可是就像屠格涅夫说的一样，‘不赞成它的内容’，也就是说那个糟糕的辩护人不中用，没有给一切上诉理由留下余地。”

“那么您决定怎么办呢?”

“等一等。您告诉他说，”他转过身去对走进房来的助手说，“我怎样说的，就要怎样办，要是他认可，那很好，要是不认可，就算了。”

“可是他不同意。”

“哦，那就算了。”律师说，他的脸色忽然由快活、温和一变而为阴沉、气愤。

“人家都说什么当律师的白拿钱。”他说，脸上又作出原来的愉快神情。“前些日子我把一个破产的债务人从完全不公平的控告里救出来，于是如今大家纷纷来找我了。可是办每一个这样的案子，都要付出巨大的劳动。要知道，我们也像某作家所说的那样，‘把我们一块块的肉留在墨水瓶里’了。好，那么来谈一谈您的案子，或者应当说，谈一谈使您发生兴趣的案子，”他继续说，“情形很糟糕，好的上诉理由已经没有了，不过呢，讲到上诉，总还是可以试一下。这就是我写的一个状子。”

他拿起一张写满字的纸念起来，把某些没有趣味的公文套头很快地跳过去，特别着重地念其余的部分。他开始念道：

> 谨呈刑事案上诉部门，等等。申诉事由，等等。该案经某某决定，等等，做出裁决，等等，某某马斯洛娃犯用毒药害死商人斯梅利科夫罪，依照刑法典第一千四百五十四条等等，判处该犯服苦役刑，等等。

他停住嘴。显然，尽管他办这种事已经十分习惯，可是仍旧津津有味地听他自己的文章。

“‘这项判决乃是诉讼程序上的严重违法和错误所造成的后果，’”他庄重有力地继续念道，“‘所以这项判决理应撤销。第一，在开庭审讯期间，斯梅利科夫内脏检查报告刚开始宣读，就被庭长阻止。’这是第一点。”

“不过，话说回来，要求宣读的是公诉人啊，”涅赫柳多夫惊讶地说。

“那也没关系，辩护人照样有理由要求宣读这个东西。”

“不过要知道，宣读那个报告是根本没有任何必要的。”

“然而这仍然不失为一个上诉理由。下边：‘第二，马斯洛娃的辩护人，’”他接着念下去，“‘在发言期间有意说明马斯洛娃个人的性格，因而涉及她的堕落的内在原因，不料被庭长横加拦阻，理由是辩护人的这些话似乎同案情没有直接关系。然而按照枢密院的历次训示，在刑事案件中，查明被告的性格和一般的道德品格，具有头等重要的意义，至少有利于正确断定责任谁负的问题。’这是第二点，”他说，瞧一眼涅赫柳多夫。

“不过要知道，他讲得很不高明，弄得大家一点也没听懂。”涅赫柳多夫说，越发感到惊讶了。

“那个家伙笨极了，当然说不出什么有道理的话来，”法纳林笑着说，

"不过这仍然不失为一个理由。好，再念下边的。'第三，庭长在总结发言中，违背《刑事诉讼程序法》第八百零一条第一款的明白规定，没有向陪审员们解释根据什么样的法律因素才能构成犯罪的概念，没有对他们说明即使他们裁定马斯洛娃对斯梅利科夫有下毒的确凿事实，可是仍然有权根据她没有谋害性命的意图而不把她的这种行为看成有罪，从而裁定她没有犯刑事罪，仅仅是一种过错，一时疏忽而已，至于其结果商人死于非命，在马斯洛娃却是出乎意料的。'这就是主要的一点。"

"可是我们自己也应该能够理解这一点。这方面是我们的错误。"

"'最后，第四，'"律师接着念下去，"'陪审员们对于法庭交下的马斯洛娃犯罪问题表所提出的答复，在形式上具有明显的矛盾。马斯洛娃被控纯粹出于图财的目的而蓄意毒死斯梅利科夫，可见她犯杀人罪的唯一动机就是图财。然而陪审员们在答复中否定她有劫夺钱财的目的，也否定马斯洛娃参与过盗窃贵重财物，因此事情很明显：他们本来就打算否定被告有谋害性命的意图，只是由于庭长的总结发言不完备，引起了误解，以致陪审员们在答复中才没有用适当的方式表明这一点，因此，针对陪审员们的这种答复，绝对要求援引《刑事诉讼程序法》第八百十六条和八百零八条，即庭长应当向陪审员们解释他们所犯的错误，退回答复，责成他们重新会商，对被告犯罪问题表做出新的答复，'"法纳林念到这儿停下来。

"那么庭长为什么没有这样做呢？"

"我也想知道这是为什么呢。"法纳林笑着说。

"那么，枢密院会纠正这个错误吗？"

"这要看到时候在那边审理这个案子的，是哪一些老废物了。"

"怎么叫老废物呢？"

"养老院里的老废物啊。嗯，事情就是这样。下边，我写道：'这样的裁决，'"他很快地继续念道，"'使得法庭无权判处马斯洛娃刑事处分。对她这案子引用《刑事诉讼程序法》第七百七十一条第三款，乃是明显而严重地破坏我国刑事诉讼的基本原理。根据上述理由，我荣幸地呈请某某，某某依据《刑事诉讼程序法》第九百零九条、第九百一十条、第九百一十二条第二款、第九百二十八条，等等，撤销原判，并且将本案发交该法院另外组成法庭，重新审理。'就是这样。凡是能做到的，都已经做了。不过我要说句老实话，成功的可能性是很小的。话说回来，这要看枢密院里审查这个案子的是谁。要是有人情可托的话，您就去张罗吧。"

"我倒真有熟人。"

"那就得快点办，要不然他们都会走掉，治痔疮去了，那就得再等三个月。……哦，还有，万一失败了，还可以向皇上递状子。那也要靠幕后的活动。在这方面我也愿意效劳，那就是说不是在幕后活动方面，而是在写状子方面。"

"谢谢您，那么您的酬劳费……"

"我的助手会把一份誊清的状子交给您，他会对您说明的。"

"我还有一件事要问您。检察官给了我一张许可证，批准我到监狱里去探望那个人。可是监狱里的人对我说，如果要在规定的日期和地点以外探监，那就还得经省长批准。是要这样吗?"

"对，我想是要这样。然而目前省长不在，由副省长管事。不过这个人是十足的蠢货，恐怕您找着他也是什么事都办不通的。"

"这个人是马斯连尼科夫吗?"

"是的。"

"我认得他。"涅赫柳多夫说着，站起来，准备告辞。

这时候有一个身材矮小、相貌极其难看、生着狮子鼻、肤色发黄的瘦女人迈着很快的步子闯进房间来。她就是律师的妻子，分明一点也不因为生得丑而难过。她不但打扮得异常别致，身上裹着一件又是丝绒又是绸缎、颜色鲜黄而又带绿的什么衣服，甚至把她的稀疏的头发也卷了一下。她得意扬扬地闯进这个接洽事务的房间来，由一个身材细长、满面笑容的男人陪着，他面色像土那么黄，身穿镶着缎子领头的礼服，系着白领结。他是作家，涅赫柳多夫见过他。

"阿纳托尔，"她推门进来，说，"到我那儿去吧。喏，谢苗·伊万诺维奇答应朗诵他的诗，你呢，务必念一下迦尔洵的作品。"

涅赫柳多夫本来打算走掉，可是律师的妻子凑着她丈夫的耳朵小声讲了几句话，立刻转过身来对他说话。

“请原谅，公爵，我认得您，我认为不必再介绍了。请您光临我们的文学早会。那会很有趣味。阿纳托尔朗诵得好听极了。”

“您瞧，我有多少杂差啊!”阿纳托尔说，摊开两只手，微微笑着，指一指他的妻子，意思是说要抗拒这样一个千娇百媚的女人是不可能的。

涅赫柳多夫带着忧郁而严正的脸色，十分客气地向律师的妻子道谢，说是承蒙邀请，不胜荣幸，然而因为无暇奉陪，只好谢绝，说完他就走出房外，到接待室去了。

“好一个装模作样的家伙!”律师的妻子等到他走出去以后，说了他这样一句。

在接待室里，助手把一份已经抄好的状子交给涅赫柳多夫，后来听到他问起酬劳费，就说阿纳托利·彼得罗维奇指定一千卢布，同时又解释说阿纳托利·彼得罗维奇本来不办这样的案子，这一回是看在涅赫柳多夫的面上才办的。

“这个状子该怎样签名？要由谁签名?”涅赫柳多夫问。

“这可以由被告自己签名。如果这样做不方便，那么阿纳托利·彼得罗维奇受到她的委托，也可以签名。”

“不，我去一趟，由她自己签名好了。”涅赫柳多夫说，暗自庆幸有一个机会可以在规定的日子之前同她见面了。

四十六

监狱里，到了规定的钟点，看守们在走廊上吹响了哨子。铁锁哗啷啷地响着，走廊的门和牢房的门都开了，光着的脚板和棉鞋的后跟在地上响成一片。倒粪桶的犯人走过长廊，弄得空中满是难闻的臭气。男犯人和女犯人纷纷洗脸，穿衣服，然后到走廊上来点名，点过名以后就去取开水冲茶。

这天喝茶的时候，监狱的各个牢房里都在活跃地谈论一件事，原来今天有两个男犯人要受到用树条抽打的惩罚。这两个男犯人当中，有一个是店员瓦西里耶夫，年纪很轻，文化程度不差；他出于嫉妒，一时性起把他的情妇打死了。牢房里的犯人们都喜欢他，因为他总是兴致勃勃，性情慷慨，对监狱当局态度强硬。他懂得法律，总是要求按法律办事。为此监狱当局不喜欢他。三个星期以前，有一个看守殴打一个倒粪桶的犯人，因为那个犯人把粪汁溅在他的新制服上了。瓦西里耶夫出头为倒粪桶的犯人打抱不平，他说没有一条法律许可殴打犯人。“我要叫你知道一下什么叫法律，”那个看守说着，对瓦西里耶夫破口大骂。瓦西里耶夫就照样还嘴骂他。看守想要打他，可是瓦西里耶夫一下子抓住他的手，紧紧地捏了大约三分钟，然后拧着他的手叫他转过身去，把他推出房外。看守告到上边去，狱长就下命令把瓦西里耶夫押到单人牢房里关起来。

单人牢房是一排阴暗的小屋，门外上着锁。单人牢房里又黑又冷，既没有床，也没有桌子，更没有椅子，因此关在这里的人就在肮脏的地板上坐着或者躺着，听任老鼠从他们身上蹿过去，或者在他们身上跑来跑去。单人牢房里老鼠很多，胆子极大，谁也没法在那黑暗的地方保存一块面包。它们跑到囚徒的手上来抢面包吃，如果犯人不动，就索性来咬犯人。瓦西里耶夫说他不到单人牢房里去，因为他没有犯罪。看守硬拉他去。他开始挣扎，有两个犯人帮着他从看守的手里挣脱身子。看守们就一齐来了，其中有一个姓彼得罗夫的，出名的力气大。犯人们敌不过，都给关进单人牢房里去了。省长立刻接到报告，说是发生了一件近似暴动的事。监狱里接到公文，命令把两个主犯，瓦西里耶夫和流浪汉涅波姆尼亚希，各用树条抽打三十下。

惩罚规定在女犯人的探监室里执行。

监狱里所有的囚徒从昨天傍晚起就知道了这件事，各个牢房里正活跃地谈论马上就要执行的惩罚。

科拉布廖娃、美人儿、费多霞、马斯洛娃坐在她们的墙角那边，已经喝过白酒，个个脸色通红，精神抖擞。马斯洛娃现在老是买酒喝，而且大方地请她的同伴们一块儿喝。这时候她们喝着茶，也在谈这件事。

“难道他胡闹还是怎么的?”科拉布廖娃说，指的是瓦西里耶夫。她用结实的牙齿在糖块上咬下一小块一小块的糖来。“他只不过是替他的同伴打抱不平罢了。因为如今不兴打人嘛。”

“据说，他是个挺好的人，”费多霞补充了一句。她没戴头巾，露出盘在头上的长辫子，坐在板床对面的木柴上，板床上放着一把茶壶。

“喏，应当跟他说一下这件事才是，米哈伊洛夫娜，”铁道看守人的妻子对马斯洛娃说，这个“他”指的是涅赫柳多夫。

“我会跟他说的。他为我什么事都肯做。”马斯洛娃回答说，微笑着把头一扬。

“不过那要等到他来了才成。可是，据说，这儿马上就要去收拾那两个人了。”费多霞说。“这真可怕呀。”她补充道，叹了一口气。

“有一回啊，我在乡公所里瞧见他们打一个庄稼汉。先是我的公公打发我去找乡长，我就去了，到那儿一看，他呀……”铁道看守人的妻子开始讲一个很长的故事。

铁道看守人的妻子刚把故事讲到半中腰，就被楼上走廊里的脚步声和说话声打断。

女人们沉静下来，听着。

“那些魔鬼，他们来抓人了，”美人儿说，“他们马上就会用树条把他活活抽死。看守们恨透他了。因为他不肯向他们低头。”

楼上的响声渐渐平息。铁道看守人的妻子就接着讲她的故事，说在乡公所里她怎样看见那个农民在一个堆房里挨打，怎样害怕，她的五脏六腑怎样翻了个身。可是美人儿讲起谢格洛夫挨过皮鞭的抽打，却一声也不吭。后来费多霞把茶具收走，科拉布廖娃和铁道看守人的妻子动手做针线活。马斯洛娃坐在板床上，抱住膝头，感到烦闷无聊。她正打算躺下睡觉，可是女看守来了，叫她到办公室去会见一个探望她的人。

“你务必把我们的事讲给他听，”老太婆梅尼绍娃对她说，同时马斯洛娃照着脱落了一半水银的镜子整理她的头巾。“放火的不是我们，是他自己，那个坏蛋，有一个工人亲眼见过，他不会昧良心的。你告诉他，让他把米特利叫出来。米特利就会把事情原原本本讲给他听，讲个一清二楚。要不然，这算是怎么回事呢：我们平白无故关在这监狱里；他呢，那个坏蛋，倒霸占着人家的老婆，安安稳稳地在酒店里坐着。”

“法律上可没有这么一条！”科拉布廖娃肯定地说。

“我会讲的。我一定讲。”马斯洛娃回答说。“要不，再喝点酒壮壮胆量也好。”她补充道，挤了挤眼睛。

科拉布廖娃就给她倒了半杯酒。马斯洛娃喝完酒，把嘴擦干净，带着极其畅快的心境，把她刚说过的话又说一遍：“壮壮胆量也好。”然后她摇着头，微微笑着，跟在女看守的身后，顺着长廊走去。

四十七

新生的涅赫柳多夫向卡秋莎伸出救援的手，而卡秋莎看到涅赫柳多夫并不是想给她爱情，而是想用她来救赎自己。她拒绝了虚幻的诱惑。亦是拒绝抓住一只把她从下坠中拉上来的手，她不希望这只把她从天堂推到地狱的手再来瓦解她的世界，摧毁她已成惯性的生活。

涅赫柳多夫已经在监狱的前室等了很久。

先前，他刚来到监狱里，在大门外拉了拉门铃，然后把检察官所开的许可证交给值班的看守看一下。

“您要探望什么人？”

“探望女犯人马斯洛娃。”

“现在不行：狱长正忙着。”

“他在办公室里吗？”涅赫柳多夫问。

“神色慌张”说明有事。

“不，他在这儿，在探监室里。”看守回答说，涅赫柳多夫觉得他神色慌张。

“莫非今天是探监的日子？”

“不是的。有一件特别的事。”他说。

“那么，怎样才可以见到他呢？”

“他一会儿就出来，您就可以跟他谈您的事了。您略微等一会儿。”

这时候，司务长从旁门里走出来，脸上又光又亮，唇髭被烟草熏黑，制服上的丝绦亮闪闪的。他对那个看守厉声说道：

“为什么你把人带到这儿来？……把他领到办公室去……”

“我听说狱长就在这儿。”涅赫柳多夫说，看到司务长也露出惶惶不安的神情，不由得暗自吃惊。

“惶惶不安”反映出诡异的气氛。

这时候，里边的一扇门开了，满头大汗、神态激昂的彼得罗夫走出来。

“这回他就会记住了。”他转过身对着司务长说。

司务长用眼睛指了指涅赫柳多夫，彼得罗夫就沉默下来，皱起眉头从后门走出去。

“他要叫谁记住？为什么他们都这么慌张？为什么司务长对他使眼色？”涅赫柳多夫暗想。

“您不能在这儿待着，请到办公室里去吧，”司务长又转过身来对涅赫柳多夫说。涅赫柳多夫刚要走出去，狱长却从后门走进来，神情比他的部下还要慌张得多。他不住地唉声叹气。他看见涅赫柳多夫，就转过身去对看守说话。

这几个人都表现出不同程度的慌张。因为他们在做见不得人的勾当。

“费多托夫，把女监第五号牢房里的马斯洛娃带到办公室去。”他说。

“请您跟我来。”他对涅赫柳多夫说。他们就顺着一道高陡的楼梯上去，走进一个小小的房间，那儿只有一个窗子，放着一个写字台和几把椅子。狱长坐下来。

“这个职务真是苦而又苦啊。”他对涅赫柳多夫说，取出一支很粗的纸烟来。

“看样子，您疲倦了。”涅赫柳多夫说。

“我厌倦这整个工作了。这是一种很难干的职务。我打算减轻犯人的厄运，可是结果反而更糟。我一心只想怎么样才能走掉。这个职务真是苦而又苦。”

涅赫柳多夫不知道狱长觉得难办的究竟是些什么事，不过今天他看出来狱长的心境特别灰心而绝望，引人怜悯。

“是的，我想这是很苦的，”他说，“不过为什么您担任这个职务呢？”

“我没有家业，却有一家子人要养活。”

“不过，如果您觉得苦……”

“哦，我仍旧可以跟您说，我在尽我的力量给他们谋利益，我仍旧在尽量减轻他们的痛苦。换了别人处在我的地位，根本就不会这么办。要知道，这种事谈何容易：这儿有两千多人呢，而且都是些什么样的人。人应当懂得怎样对付他们才成。他们也是人，谁都会怜惜他们。不过呢，纵容他们也不行。”

狱长就讲起不久以前发生的一件事：有些男犯人打起架来，结果闹出了人命案。

这时候马斯洛娃由看守领着走进来，就把狱长的话打断了。

马斯洛娃刚走到房门口，还没看见狱长，涅赫柳多夫就已经看见她了。她脸色红喷喷的。她在看守身后轻快地走着，不住地微笑，摇头。她一眼看到狱长，却现出害怕的脸色，定睛瞧着他，不过紧跟着又定下心，活泼而高兴地转过身来对着涅赫柳多夫。

这一次马斯洛娃的性情大变，反映出了她对涅赫柳多夫的目的性更为直接，至少她是这么说服自己的；“脸色红喷喷”说明她气色还不错。

“您好，”她拖长了声调说，微微地笑着，用力握一握他的手，跟上一次大不一样。

“喏，我给您带来这个状子，请您签名。”涅赫柳多夫说，看到她今天带着这种活泼的样子迎接他，觉得有点奇怪。“律师写了状子，必须签个名，然后我们就把它送到彼得堡去。”

“好吧，签个名也可以。干什么都可以。”她说，眯细一只眼睛，微微地笑。

涅赫柳多夫从衣袋里拿出一张折好的纸，走到桌子跟前去。

“她可以在这儿签名吗？”涅赫柳多夫问狱长说。

“你到这儿来，坐下，”狱长说，“这是笔。你会写字吗？”

"我以前写过。"她说，笑吟吟地理一下她的裙裾和短上衣的袖子，靠着桌子坐下，伸出一只有力气的小手笨拙地握住那支笔，笑起来，瞧涅赫柳多夫一眼。

此刻的她像个孩子，温和驯服。

他指点她该签什么名字，在什么地方签。

她拿着笔小心地在墨水里蘸一蘸，抖掉一滴墨水，写上她的名字。

"不用写别的了？"她问，看一眼涅赫柳多夫，又看一眼狱长，然后想放下笔，先是把它插在墨水瓶里，后来放在纸上。

"我有些话要跟您说。"涅赫柳多夫说，从她手里接过笔去。

"好，您说吧。"她说，忽然，好像在想什么心事或者困倦了似的，脸色变得严肃了。

狱长站起来走出去，留下涅赫柳多夫和她两个人待在房间里。

四十八

带领马斯洛娃到这儿来的看守，在离桌子稍稍远一点的窗台上坐下。对涅赫柳多夫来说，决定性的关头到了。他一直不断地责备自己，不该在头一回见面的时候没有把主要的话告诉她，说出他打算跟她结婚。现在他已经下定决心，一定要把这话对她讲出来。她坐在桌子的一边，涅赫柳多夫坐在她对面的另一边。房间里光线明亮，涅赫柳多夫头一次在相距很近的情况下看清楚她的脸、她眼角上和嘴边上的细纹、她浮肿的眼皮。他比以前越发怜惜她了。

她的脸已经变得沧桑，从"她的细纹，她浮肿的眼皮"看出岁月对她的侵蚀。这种沧桑使涅赫柳多夫越发地感受到自己对她的责任。

他把身子凑过去，把两个胳膊肘支在桌子上，免得让看守，那个生着犹太人脸型、留着花白的络腮胡子、坐在窗台上的人听见他讲的话，而只让她一个人听见。他说：

“要是这个状子没有什么效果，那我们就去告御状。凡是能做的，我们都要做到。”

“是啊，要是当初有个好律师就好了……”她打断他的话说，“可是我那个辩护人是个十足的笨货。他老是对我献殷勤。”她说着笑起来。“要是那时候人家知道我跟您认识，事情就会大不相同。可是现在呢？他们把人家都看成贼了。”

“今天她多么奇怪啊。”涅赫柳多夫暗想，刚要说出他心里的话，不料她又讲起来。

“我有一件事要跟您说。我们这儿有一个老太婆。她为人好得很，您要知道，大家简直都吃惊。老太婆是个再好不过的人，现在却无缘无故关在这儿，她和她的儿子都关起来了。大家知道他们没罪，偏偏有人控告他们，说他们放了一把火，这就把他们关起来了。您要知道，她听说我跟您认识，”马斯洛娃说，把她的头扭来扭去，不时瞟他一眼，“她就说了：‘你跟他讲一声吧，’她说，‘让他把我的儿子叫出来，我的儿子会把事情原原本本讲给他听。’他们姓梅尼绍夫。怎么样，您肯办一办吗？您要知道，她是个再好不过的老太婆，一眼就可以看出来她冤枉。我的好人，您就给她张罗一下吧，”她说着，瞧了瞧他，低下眼睛微微地笑。

今天马斯洛娃的话特别多，与上次大不相同，她的行为表明她努力说服自己把他变成一个对她有用的男人，而不是要闯入她封闭已久的感情中的那个给她刻骨铭心伤害的男子。

“好，我来办，我去把事情问清楚。”涅赫柳多夫说，对她这种毫无拘束的态度越来越感到惊讶。“不过我想跟您谈一谈我自己的事。您记得那一次我跟您说过的话吗？”他说。

“您说过很多的话。那一次您说的是什么呢？”她说，不住地微笑，时而把她的头转到这边，时而转到那边去。

“我说过我是来要求您宽恕我的。”他说。

"哎，何必再提这些呢，老是宽恕啊宽恕的，说这些话一点用处也没有……您最好还是……"

"我说过我要赎我的罪，"涅赫柳多夫继续说，"并且不是用话语，而是用行动来赎罪。我已经决定跟您结婚了。"

她的脸上忽然现出惊骇的神情。她那对斜睨的眼睛呆呆地停住，瞧着他，却又好像没有瞧见他。

"这到底是为什么？"她说，气愤地皱起眉头。

涅赫柳多夫的请求难免使马斯洛娃怀疑他的动机。

"我感到我在上帝面前应该这样做。"

"怎么上帝也跑出来了？您说的话完全不对头。上帝？什么上帝？当初那个时候您才应该想起上帝呢。"她说着，张开了嘴，没有再说下去。

涅赫柳多夫直到现在才闻到她嘴里喷出来的浓烈酒气，才明白她激动的原因。

"您安静一点。"他说。

"我用不着安静一点。你当是我喝醉了吗？我确实喝了酒，可是我明白我在说什么，"她忽然很快地讲起来，涨得满脸通红，"我是苦役犯，是窑姐儿……您是老爷，是公爵，你用不着跟我打交道，免得惹一身脏。你去找你那些公爵小姐好了，我的价钱是一张十卢布的红钞票。"

注意文中马斯洛娃对涅赫柳多夫的称呼，"您"和"你"的互相交替变换，反映了她内心的波动。

"不管你说得多么尖刻，你也说不出我心里有什么样的感觉，"涅赫柳多夫小声说着，浑身发抖，"你再也想不出我感到我对你犯下了多么大的罪！……"

"'我感到我对你犯下了多么大的罪，'……"她气愤地讥诮道，"那时候你就没有感到这样，却塞给我一百卢布。那就是你出的价钱……"

"我知道，我知道，可是现在该怎么办呢？"涅赫柳多夫说。"现在我已经决定再也不离开你了，"他又说一遍，"我说到就一定做到。"

“可是我要说，你做不到！”她说着，大声笑起来。

“卡秋莎！”他开口说，伸出手去摸她的手。

爱情无法让我们拯救对方，我们实实在在是在拯救自己，通过我们为对方付出折射出自己的光辉，安慰自己是个高尚的人。马斯洛娃在苦海中沉沦许久，洞察了这一真相。

“你躲开我。我是苦役犯，你是公爵，你用不着到这儿来，”她叫道，气愤得脸色大变，从他的手里抽出她的手。“你打算用我来拯救你自己，”她接着说，匆忙地把涌上她心头的种种想法都说出口。“你在尘世的生活里拿我取乐还不算，你还打算在死后的世界里用我来拯救你自己！我讨厌你，讨厌你那副眼镜，讨厌你那张肮脏的肥脸！你走开，走开！”她嚷着，猛一下站起来。

看守走到他们跟前来。

“你闹什么！难道可以这样吗……”

“劳驾，您别管她。”涅赫柳多夫说。

“不许她放肆。”看守说。

“不，您等一下，劳驾。”涅赫柳多夫说。

看守就又走到窗子那边去。

“双手抱成一团”是一种寻求安全感的表现。

马斯洛娃又坐下，低下眼睛，把她两只小手的手指头交叉在一起，紧紧地抱成一团。

涅赫柳多夫站在那儿弯下腰凑近她，不知道该怎么办才好。

“你不相信我的话。”他说。

“您说您要结婚，那万万办不到。我宁可去上吊！就是这么的。”

“那我仍旧要为你出力。”

“哦，那是您的事。不过我不需要您出什么力。我对您说的是实话。”她说。“哎，为什么那时候我没有死掉哟？”她添上一句，哀哀地哭起来。

“哭”表示了她真实情感，再也不是招牌式的笑容。

涅赫柳多夫说不下去了：她一哭，他就也哭了。

她抬起眼睛，瞧他一眼，仿佛感到惊讶似的。她开始用头巾擦掉顺着她的脸颊淌下来的眼泪。

看守这时候又走过来，提醒他们说分手的时间到了。马斯洛娃站起来。

“您现在很激动。要是可能的话，我明天再来。不过，您还是考虑一下吧。”涅赫柳多夫说。

她一句话也没有回答，也没有看他一眼，就跟着看守走出去了。

“嘿，丫头，如今你可要转运了，”科拉布廖娃看见马斯洛娃回到牢房来，就对她说，“看样子，他迷上你了。趁他老来找你，你可别错过机会啊。他会把你救出去的。有钱的人什么事都办得到。”

“这话可是不假，”铁道看守人的妻子用唱歌般的声调说，“穷人要结婚，那就有说不尽的难处，阔人只要有这个心意，动一动脑筋，事儿就全成了，要什么有什么。我们家乡，好闺女，就有这么一个体面人，他呀……”

“怎么样，我的事你提了没有？”那个老太婆问道。

可是马斯洛娃没有回答她同伴们的话，却在板床上躺下，睁着斜睨的眼睛呆望墙角，就这样一直躺到傍晚。她的心里在进行一种痛苦的活动。涅赫柳多夫对她所说的那些话，把她引到她受过苦的那个世界里去了，而她不了解那个世界，痛恨它，早已从那里面走出来了。现在她已经不能再照原先那样忘掉一切，浑浑噩噩地生活下去，可是清楚地记住过去的事而生活下去，又未免太痛苦。到傍晚，她就又买了酒，跟她的同伴们痛饮起来。

他终于迫使她面对她痛苦的回忆。“酒”与“痛饮”又是某种迷醉的安慰。

情境赏析

“我说过我要赎我的罪”到“我讨厌你那张肮脏的肥脸！你走开！走开！”被涅赫柳多夫抛弃之后，马斯洛娃一步一步走上了堕落的道路，靠出卖色相维持生活。可是马斯洛娃并不以自己从事的肮脏职业为耻。因为自己的漂亮妩媚深得一些男人的喜爱，遇到她的男人都竭力地巴结她、占有她，她甚至由此认为自己是一个相当重要的人，对自己所处的地位非常满意。涅赫柳多夫在消失了八年之后突然出现了，再次见面就口口声声要同她结婚，马斯洛娃当然无法相信他的诚意。涅赫柳多夫一开始就开诚布公地指出自己是为了赎罪而决定和卡秋莎结婚的，在卡秋莎看来，这个目的当然是非常卑鄙的，他不过是要再次利用她拯救自己的灵魂，以免死后被上帝打入地狱罢了。一个人做下了那么卑劣的事情如今却要用跟她结婚的方式来立一块牌坊，来洗脱自己的罪名，这不能不令卡秋莎感到非常愤怒，非常恶心。另一方面，卡秋莎之所以能够心安理得地当一个妓女，一个很重要的原因就是她把过去的记忆全部埋葬了。她竭力忘掉曾经纯洁的自己，竭力忘掉曾经有过的纯洁的爱情，竭力忘掉这个世界上还有善的存在，这是她得以麻木而快乐地当一个妓女的重要前提。涅赫柳多夫的出现把她重新带回了过去那个曾经美好的世界，而那个世界同她目前的生活是格格不入的，是对目前的生活的完全否定。这在一时之间很难让马斯洛娃接受。

名家点评

法国作家安奈托尔·法朗士的小说《苔依丝》展现的“图式”——那么简单明白！而《复活》则不仅像《苔依丝》那样带给我们形式上“图式”相似的乐趣，更有内心上的震撼与触动。

——（英）福斯特

四十九

由于马斯洛娃拒绝涅赫柳多夫闯进自己尘封已久的内心世界，给予涅赫柳多夫重重一击，他清楚地看到他是如何使她受害的，为了不惜一切代价地拯救马斯洛娃，也是拯救自己，涅赫柳多夫开始四处奔走，帮助许许多多个像马斯洛娃一样的苦难的人，比如薇拉……

这时候，是某种程度上的，涅赫柳多夫的真正的彻底的觉醒。

“是的，这就是那件事的影响。这就是那件事的影响啊，”涅赫柳多夫走出监狱的时候暗想，直到现在才充分了解他的全部罪恶。要不是他起意赎罪，补救他的行为，就绝不会体会到他罪恶的严重。再者，她也不会感到她受害之深。直到现在这一切才触目惊心地暴露出来。直到现在，他才看清楚他对那个女人的灵魂起了什么作用，他也才看出而且理解她受了多么大的害。这以前涅赫柳多夫一直对自己和自己的忏悔抱着欣赏态度，现在他简直害怕了。他现在不能丢开她不管，这一点他自己是感到的，可是另一方面，他又没法想象他同她的关系会变成什么样子。

涅赫柳多夫刚走到大门口，就有一个看守走到他跟前来，胸前戴着十字章和奖章，脸上做出一副不顺眼的媚相，鬼鬼祟祟地递给他一封信。

“这是一个女人写给您老人家的一封信……”他说，交给涅赫柳多夫一封信。

“是哪个女人?”

“您看过信就明白了。这是一个女犯人，是政治犯。我在她们那儿管事。所以她才托付我。虽然这种事是犯禁的，不过我出于人道主义的感情……”看守不自然地说。

涅赫柳多夫暗暗吃惊，不明白一个奉派管理政治犯的看守怎么能够就在监狱里，几乎当着众人的面传递信件。他当时还不知道这个人既是看守，又是暗探。他接过那封信，一边走出监狱，一边把信看了一遍。这是用铅笔写成的信，字迹豪放，没有用旧字母 ъ。信上写道：

> 我听说您关心一个犯刑事罪的人而常到监狱里来，因此我想跟您见一见面。请您要求监狱当局准许您同我见面。他们会准许您，那我就可以把许多关于那个受您保护的人和我们小组的重要事情告诉您。感谢您的薇拉·博戈杜霍夫斯卡娅。

薇拉·博戈杜霍夫斯卡娅原先在诺夫哥罗德省一个偏僻的地方当女教员。有一回涅赫柳多夫同他的朋友们到那儿去猎熊。这个女教员求涅赫柳多夫给她一笔钱，好让她进高等女校去读书。涅赫柳多夫就给她一笔钱，后来却把她忘掉了。不料现在这个小姐做了政治犯，关在监狱里。大概她在监狱里听说了他的事，才向他提议愿意为他效劳。当初那个时候，一切都是多么轻松而单纯啊。现在，一切却那么沉重而复杂。涅赫柳多夫生动而欢畅地回想那个时候，回想他同博戈杜霍夫斯卡娅相识的经过。那是发生在谢肉节之前，在一个偏僻的地方，离铁路线大约有六十俄里远。打猎很顺利，杀死了两头熊。他们正在吃饭，准备动身回去，忽然，他们下榻的农舍的主人走来，说本地教堂助祭的女儿来了，要见一见涅赫柳多夫公爵。

“她长得俊吗？”有人问。

“喂，别胡说！”涅赫柳多夫说着，露出严肃的神色，从饭桌旁站起来，用餐巾擦干净他的嘴，心里暗自诧异，不明白助祭的女儿有什么事要见他。他走进主人的私室。

那个房间里有一个姑娘，头戴毡帽，身穿皮袄，脸容消瘦，脖子上露着青筋，不算漂亮，只有她的眼睛和眼睛上面扬起的两道眉毛却好看。

“喏，薇拉·叶夫列莫夫娜，你跟他谈吧，”年老的女主人说，“他就是公爵。我走了。”

“我能在哪方面为您效劳吗？”涅赫柳多夫说。

“我……我……您要知道，您有钱，您却把钱花在无聊的事情上，花在打猎上，我知道，”那个姑娘极其忸怩地开口说，“可是我只希望一件事，只希望做一个对人们有益的人。而我什么也不会做，因为我什么也不懂。”

她的眼睛真诚而善良，脸上又果断又胆怯的整个表情那么动人，涅赫柳多夫像他常有的情形那样，忽然觉得自己处在她的地位上，了解她，怜悯她了。

“可是我能为您出什么力呢?”

“我是教员，可是我有心到高等女校去读书，却又进不去。倒不是人家不许我进去，人家是许我进去的，然而得有钱才成。请您给我一笔钱，等我毕业了，就还给您。我认为有钱人打熊，供农民喝酒，这都不好。他们何不做点好事呢？我只要八十卢布。不过，要是您不愿意，那在我也没关系。”她生气地说。

“刚好相反，我很感激您给我这样一个机会……我马上就把钱取来。”涅赫柳多夫说。

他走出去，到外面的门道上，在那儿碰见他的一个同伴，正在偷听他们讲话。他没有回答同伴的取笑，从他自己的钱夹里取出钱来，然后交给她。

“您千万千万不要道谢，我倒应该向您道谢才是。”

现在涅赫柳多夫想起这件事的经过，感到心情愉快。他愉快地想起当时有一个军官打算把这件事编成下流的笑谈，他差点跟军官争吵起来，又想起他的另一个朋友支持他，后来他同这个人就有了比较深的交情，还想起那次打猎美满而快活，夜间他们回到火车站，他的心境多么舒畅。双套马的雪橇一辆挨着一辆，排成一长串，在树林间的窄路上飞快地奔驰，一点响声也没有。道路两旁的树木，高的高，矮的矮，夹杂着一些枞树，树枝上压着大块的、密实的雪。黑地里，一道红光一闪，有人点燃了一支气味好闻的纸烟。打熊的猎人奥西普从这个雪橇跑到那个雪橇上，白雪没到他的膝头。他一边打点东西，一边讲起麋鹿，说它们如今在深深的雪地上走来走去，啃白杨树的树皮。他还讲起熊，说它们如今在树木茂密的地方的洞穴里睡着，洞口冒出温暖的热气。

涅赫柳多夫不由得想起了这一切，尤其是那种感到自己健康、有力、无忧无虑的幸福心情。他的肺大口呼吸着寒冷的空气，扩张开来，把他的羊皮袄绷得紧紧的。树枝上的雪被车轭碰下来，洒在他的脸上。他周身暖和，脸上凉爽，灵魂里既没有挂虑，也没有负疚，也没有恐惧，也没有欲望。那时候多么好！可是现在呢？我的上帝，这一切是多么令人痛苦，多么难以处置呀！……

显然，薇拉·叶夫列莫夫娜做了革命者，如今因为干革命工作而关在监狱里。应当跟她见一见面才对，特别是因为她答应提供一些意见来改善马斯洛娃的处境。

五十

涅赫柳多夫第二天早晨醒过来，回想昨天发生过的种种事情，不由得心里害怕。

不过，尽管他害怕，他却比以前任何时候都更坚定地下了决心，一定要把已经开了头的事情继续做下去。

他怀着这种责任感走出家门，坐上马车去找马斯连尼科夫，要求他准许他到监狱探望马斯洛娃，以及马斯洛娃托过他的梅尼绍夫母子。此外他还打算请求准许他去看望博戈杜霍夫斯卡娅，她可能对马斯洛娃有益处。

涅赫柳多夫很久以前，还在军团里工作的时候，就认得马斯连尼科夫，当时他在军团里担任会计官。他是个为人极其忠厚而且奉公守法的军官，世界上除了军团和皇家以外他什么也不知道，而且也不想知道。如今涅赫柳多夫发现他做了行政长官，把军团换成省和省政府了。他娶了一个富足而精干的女人，她逼着他辞去军职而改任了文职。

她讪笑他，又爱抚他，把他当做她驯养的一头动物。涅赫柳多夫去年冬天到他们家里去过一次，可是他觉得这对夫妇索然无味，以后一次也没有再去过。

马斯连尼科夫看见涅赫柳多夫来了，就眉开眼笑。如同当初担任军职的时候一样，他的脸还是又胖又红，肥硕的体格也差不多，装束仍然很考究。当初他总是干净整齐，穿一身最时新的军装或者制服，把胸脯和肩膀裹得紧紧的；现在他穿的是最时新的文职服装，仍旧把他的饱满身体和挺起的宽胸脯裹得紧紧的。目前他穿着文官制服。尽管他们年纪不一样（马斯连尼科夫近四十岁了），他们还是用“你”相称。

“啊，你来了，谢谢。我们一块儿到我妻子那儿去吧。眼前我正好有十分钟的空闲时间，过后就要去开会。要知道，我们的上司走了。我在掌管省里的事。”他说着，掩不住得意的心情。

“我是有事来找你的。”

“什么事?”马斯连尼科夫忽然用惊恐的、有点严厉的声调说，仿佛有所戒备似的。

“监狱里有一个我很关心的人，”（马斯连尼科夫一听到“监狱”两个字，脸色就变得越发严厉，）“我想去探监，不是在公用的房间里而是在办公室里见面。我希望不但在规定的日子能去，而且平时也能常去。人家告诉我说，这种事要由你来决定。”

“不用说，mon cher，我为你是样样事都乐于照办的，”马斯连尼科夫说着，伸出两只手来摸一摸涅赫柳多夫的膝头，仿佛要冲淡他自己的威严似的。“这件事可以做到，不过，你要知道，我只不过做一个钟头的皇帝罢了。”

“那么，你能给我开一个证件，好让我去见她吗?”

“那是个女人吗?”

“是的。”

“那么她是犯了什么罪关在监狱里的?”

“毒死人命罪。不过，她是冤枉定罪的。”

“对啊，这就叫做公平的审判制度了，ils n’en font point d’autres.”他说，不知什么缘故讲起法语来。“我知道你不会同意我的见解，可是，有什么办法呢，c’est mon opinion bien arrêtée.”他补充道，发表了他一年来在极右的保守派报纸上各种不同形式的文章里所读到的一种见解。“我知道你是自由派。”

“我也不知道我自己到底是自由派还是什么别的派。”涅赫柳多夫微笑着说。他经常暗自惊讶：人们老是把他归到一个什么派里去，而人们所以说他是自由派，无非是因为他主张在审判人的时候，先要听完人家所说的话，主张所有的人在法庭面前一律平等，主张一般说来不应当虐待人，拷打人，特别是对那些还没有定罪的人。“我也不知道我是不是自由派。我只知道当前的审判制度不管怎样坏，毕竟比以前的好。”

“那么你请了谁做律师呢？”

“我找的是法纳林。”

“哎呀，法纳林！”马斯连尼科夫皱起眉头来，想起去年他在法庭上作证的时候，这个法纳林盘问过他，带着极其恭敬的态度一连捉弄他半个钟头，招得人们哄堂大笑。“我劝你还是不要跟他打交道的好。法纳林 est un homme taré.”

“我另外还有一件事要拜托你，”涅赫柳多夫说，没有回答他的话，“我很早以前就认得一个姑娘，她原先当教员。她是个很可怜的人，如今也关在监狱里，希望跟我见面。你能不能再给我开一个条子，好让我去探望她？”

马斯连尼科夫略微偏着头，思考着。

“她是政治犯吧？”

“是的，别人告诉我说她是的。”

“你要知道，政治犯是只许可同他们的家属见面的，不过，我给你开一张通用的许可证就是。Je sais que vous n’abuserez pas……她，你所关心的这个人，叫什么名字？……博戈杜霍夫斯卡娅？Elle est jolie?”

"Hideuse."

马斯连尼科夫不以为然地摇着头，走到桌子跟前，在一张印着头衔的公文纸上很快地写道："兹特准许来人德米特里·伊万诺维奇·涅赫柳多夫公爵在监狱办公室内会晤看押在监之小市民马斯洛娃及医士博戈杜霍夫斯卡娅，"他写完，签上名，描了一个飞舞的花笔道。

"你马上就要看见那边的秩序是什么样子了。在那边维持秩序是很困难的，因为那儿过分拥挤，特别是等候解送的犯人太多。不过我仍旧管得很严，我喜欢这个工作。你会看见他们在那边生活得很好，心满意足。只是人得善于应付他们才行。比方说，前几天那儿出过一场纠纷，有些犯人违抗命令。换了别人，就会认定这是造反，弄得许多人遭殃。可是，在我们这儿，这种事很好地解决了。人必须一方面关心他们，一方面又对他们使用坚定的权力才成，"他说着，从衬衫的扣着金袖扣、浆得很硬的白袖口里，伸出一只戴着绿松石戒指的手，捏成一个又白又肥的拳头，"必须恩威并施才行。"

"哦，这种事我不懂，"涅赫柳多夫说，"我到那儿去过两次，我的心情沉重极了。"

"你猜怎么着，你应该跟巴塞克伯爵夫人见一见面才对，"越谈越有兴致的马斯连尼科夫接着说，"她已经把她自己完全献给这个工作了。Elle fait beaucoup de bien. 多亏她，或许，我可以不必假客气地说，也多亏我，一切才都起了变化，这种变化是那么深刻，以前所有的种种可怕情形如今再也不存在，他们在那边简直生活得好极了。这一点你会看见的。至于法纳林，我跟他没有私交，再者按我的社会地位来说，我和他的道路也不一样，不过他确实是个坏人，而且在法庭上居然说出那样的话来，居然说出那样的话来……"

"好，谢谢你。"涅赫柳多夫说着，接过那张证件，没有听完就向他旧日的同事告辞。

"那你不到我妻子那儿去了？"

"不了，原谅我，目前我没有工夫。"

“嗯，说真的，她不会原谅我的，”马斯连尼科夫说，把他旧日的同事送到楼梯的第一个梯台上。每逢他送的客人不是头等重要而是二等重要的人物，他总是送到这里为止，他把涅赫柳多夫就归在二等重要的人物里。“不，劳驾，你还是去一趟吧，哪怕去一分钟也是好的。”

可是涅赫柳多夫坚持他原来的主意。临到听差和看门人跑到涅赫柳多夫跟前，给他送来大衣和手杖，推开有警察在外边把守的大门的时候，他就说目前他实在不能从命。

“哦，那么星期四千万要来。那天是她的会客日。我一准告诉她你来!”马斯连尼科夫在楼梯上对他喊道。

五十一

涅赫柳多夫走出马斯连尼科夫的家门，当天直接赶到监狱，往他已经熟悉的狱长住宅走去。如同上次一样，那架质料低劣的钢琴的声音又在响，然而这一回弹的不是狂想曲，却是克列门蒂的练习曲，也弹得异常有力、清楚、急速。走来开门的使女，眼睛上仍旧包扎着纱布，说上尉在家，把涅赫柳多夫领到一个小小的客厅里，那儿摆着一张长沙发，一张桌子和一盏大灯，那盏灯放在一块用毛线织成的小方巾上，粉红色的灯罩已经有半边烧焦了。狱长走进客厅里来，脸色疲乏而郁闷。

“请坐，您有什么事?”他说着，把制服上中间一个扣子扣好。

“我刚才到副省长那边去了一趟，这就是他开的许可证，”涅赫柳多夫把那张证件递给他，说，“我想跟马斯洛娃见面。”

“马尔科娃?”狱长反问道，由于音乐声太响而没有听清楚。

“马斯洛娃。”

“哦，对了！哦，对了!”

狱长站起来，往一个门口走去，克列门蒂的华彩经过句就是从那个门里传出来的。

“玛露霞，你至少略微停一下吧，”他说，从他的口气听来，这种音乐声显然成了他生活里的苦事，“什么都听不见了。”

钢琴不响了。从那边传来不痛快的脚步声，有个什么人往房门里看一眼。

狱长仿佛因为音乐声中止而松了一口气似的，点上一支很粗的、味道很淡的纸烟，而且敬涅赫柳多夫一支。涅赫柳多夫谢绝了。“现在，我很想见一见马斯洛娃。”

“马斯洛娃今天不便于会客。”狱长说。

“为什么?”

“就是嘛，这就要怪您自己了，”狱长说，淡淡地一笑，“公爵，您不要把钱直接交到她的手里。要是您乐意的话，您把钱交给我好了。将来那些钱都会归她所有。看样子，您昨天一定给了她钱，她就买酒喝了，这是一件我们无论如何也没法根除的坏事。今天她喝得大醉，甚至发起酒疯来了。”

“真的吗?”

“可不是，我甚至不得不采取严厉的措施，把她调到另外一个牢房去。平时她倒是一个安分守己的女人，不过，您千万不要再给她钱了。她们就是这样的人……”

涅赫柳多夫清楚地想起昨天的情形，心里又害怕起来。

“那么，可以跟政治犯博戈杜霍夫斯卡娅见面吗?”涅赫柳多夫沉吟一下，问道。

“哦，这可以办到，”狱长说，“嗯，你来干什么?”他对一个五六岁的小姑娘说，她正走进房间来，往她父亲的跟前走过去，同时歪着头，眼睛一刻也不放松涅赫柳多夫。“你要摔跤了，”狱长说，瞧着小姑娘眼睛不看地，脚底下绊着地毯，往她父亲这边跑过来，不由得微微地笑。

“那么，要是可以的话，我就去了。”

“好，可以，”狱长抱起那个小姑娘说，而她老是瞧着涅赫柳多夫。狱长站起来，温柔地把小姑娘放下地，走到前室去。

包扎着纱布的使女把一件大衣递给狱长，狱长还没来得及穿好大衣，走出门外，克列门蒂的清晰的华彩经过句就又响起来了。

“她原先在音乐学院学习，可是学院里秩序太乱。她天分很高，”狱长走下楼梯说，“她打算在音乐会上演奏。”

狱长同涅赫柳多夫一起往监狱走去。狱长刚刚走到一道小门跟前，那道小门就一下子开了。看守们把手举到帽檐上，目送狱长走过去。在前室里，他们遇到四个剃光半边头发的人，抬着盛满了什么东西的木桶，一瞧见狱长就吓得缩起身子。其中有一个人特别把身子向下弯，阴沉地皱起眉头，黑眼睛炯炯放光。

“不消说，才能总是应该培养，不能埋没的，不过在一个小小的宅子里练琴，您知道，那是惹人苦恼的。”狱长接着讲下去，根本没有理睬那些犯人。他拖着疲乏的步子往前走，同涅赫柳多夫一起走进聚会室。

“您想见什么人？”狱长问。

“博戈杜霍夫斯卡娅。”

“她关在塔楼里。您得等一下才成。”他对涅赫柳多夫说。

“那么，我能趁这个时候去看一看犯人梅尼绍夫母子吗？他们被控犯了纵火罪。”

“他关在第二十一号牢房。行，可以把他们叫到这儿来。”

“我不能到梅尼绍夫的牢房去看他吗？”

“不过，在聚会室里见面清静一点。”

“不，我觉得到牢房去有趣味。”

“您居然觉得这种事有趣味呢。”

这时候，从旁门走进来一个装束考究的军官，是副狱长。

“喏，您领着公爵到牢房去探望梅尼绍夫。那是第二十一号牢房，”狱长对副狱长说，“然后再把公爵带到办公室去。我会把她叫来。她叫什么名字来着？”

“薇拉·博戈杜霍夫斯卡娅。”涅赫柳多夫说。

副狱长是个青年军官，头发淡黄，唇髭上抹了油膏，浑身发散出一股花露水的香气。

“请吧，”他对涅赫柳多夫说，现出愉快的笑容，“您对我们这个机构发生兴趣了?”

“是的。再者我也关心这个人，听说他完全没罪而关在这儿。”

副狱长耸了耸肩膀。

“是的，这种事是有的，”他平静地说，有礼貌地让出路来，请客人在前头走，进了一道臭烘烘的宽走廊。“不过有的时候他们是说谎。请。”

牢房的门都没上锁。有几个男犯人待在走廊上。副狱长向看守们微微点一下头，斜起眼睛看那些男犯人，他们有的贴着墙根溜回牢房，有的在牢门旁边站着，把两只手贴在裤缝上，像士兵那样目送长官走过去。副狱长带着涅赫柳多夫穿过这条走廊，把他领到左边另外一条走廊上，那儿是由一扇铁门隔开的。

这条走廊比头一条走廊窄小阴暗，而且臭很多。走廊的两旁有些牢门，都上着锁。牢门上有小洞，俗称小“眼”，直径有半俄寸长。走廊上一个人也没有，只有一个满脸皱纹、神色郁闷的老看守。

“梅尼绍夫在哪个牢房?”副狱长问。

“左边第八个牢房。”

五十二

牢房里的景象，再次给涅赫柳多夫强烈的震撼，他亲眼目睹俄国社会的种种丑恶，他在解救马斯洛娃的行动中，开始了他背叛贵族上流社会的“苦难的历程”。

俄国人民受到的这种苦，已经印在他们的心上、灵魂上，肉体的伤痛很快会愈合，心灵的伤痕总是难以抚平……

“我可以往牢房里看一眼吗？”涅赫柳多夫问。

“请吧，”副狱长带着愉快的笑容说，开始问那个看守一些什么事情。涅赫柳多夫就凑近一个小洞往里看，里边有一个高身量的青年男子，只穿着衬衣衬裤，留着稀疏的小黑胡子，很快地走来走去，这时候听见门外有窸窸窣窣的声音，就瞧一眼，皱起眉头，仍旧走来走去。

人物肖像描写惟妙惟肖，细节描写尤为真实。

涅赫柳多夫凑到另一个小洞上往里看，不料他的眼睛正碰到另外一只惊恐的大眼睛从小洞里往外看，涅赫柳多夫就连忙躲开。他凑着第三个小洞往里看，瞧见一个身量极其矮小的男人蜷起身体躺在床上睡觉，身上盖着长囚衣，把头也蒙上。第四个牢房里坐着一个宽脸膛的男人，面色苍白，把两个胳膊肘支在膝盖上，深深地低下头。这个人听见外面的脚步声，就抬起头来看。他的整个脸上，特别是他那对大眼睛里，流露着绝望的苦闷神情。他分明无意弄明白究竟是什么人到他的牢房来看他。显然，不论谁来看他，他也不指望会给他带来什么好处。涅赫柳多夫不由得心里害怕，就不再看别的牢房，照直往梅尼绍夫的第二十一号牢房走过去。看守开了铁锁，推开牢门。一个筋强力壮、脖子细长的青年男

“惊恐的大眼睛”充分表明被囚之人的内心世界。

他的“大眼睛”中“流露着绝望的苦闷神情”，眼睛是心灵之窗，人物内心跃然纸上。

子在一张小床旁边站着，生着一对和善的圆眼睛，留着一把稀疏的小胡子，带着惊恐的脸色连忙穿上长囚衣，瞧着走进来的人。特别使得涅赫柳多夫动心的是他那对和善的圆眼睛，带着疑问和惊恐的神情先是瞧着他，随后瞧着看守，再瞧着副狱长，然后又回过头来瞧着他。

非常出色的肖像描写，抓住了人物的突出特点。

"这位先生打算问一问你的案情。"

"多谢，老爷。"

"是的，有人跟我讲起过您的案子，"涅赫柳多夫说着，走到牢房的深处，在钉着铁栅栏、落满灰尘的窗子旁边站住，"我想听您自己谈一谈。"

梅尼绍夫也走到窗子跟前来，立刻开口讲他的案子，先还胆怯地瞅着副狱长，后来胆子渐渐大起来，等到副狱长走出牢房门外，到走廊上去交代一些什么话，他就完全胆壮了。这个故事在语言和口气方面，是一个最淳朴善良的农村青年的故事，可是如今由一个穿着丢脸的衣服而且关在监狱里的犯人说出口，涅赫柳多夫听了觉得特别奇怪。涅赫柳多夫一面听他讲，一面往四下里看，瞧一下铺着草垫的矮床，瞧一下钉着粗铁条的窗子，瞧一下涂抹得很脏、而且潮湿的墙，瞧一下这个穿着长囚衣和棉鞋而变得极不像样的不幸农民，瞧一下他那可怜的脸容和体态，心里越来越难过。他不愿意相信这个心地善良的人所讲的是真话。他想到一个人平白无故，仅仅因为受了侮辱就被抓起来，硬给穿上囚犯的衣服，关在这个可怕的地方，就不由得心惊胆战。不过另一方面，他转念想到这个人带着忠厚的脸色所讲的这件确凿有据的事也许竟是欺骗和捏造，就更加心惊胆战了。这件事是这样的：他婚后不久，一个酒店老板把他的妻子拐走了。他到处去伸冤告状。酒店老板却到处都买通了当官的，一直逍遥法外。有一回他硬把他的妻子拉回来，第二天她又逃跑了。于是他

表明了涅赫柳多夫受到了极大的触动，颠覆了他曾经的世界观。

去要还他的妻子。酒店老板说他的妻子不在（可是他走进去的时候，明明看见她在那儿），吩咐他出去。他不走。酒店老板就带着雇工把他打得头破血流。第二天酒店老板的院子里起火了。他和他的母亲被控放火，可是他并没有放火，当时他正在他的教父家里。

“你真的没有放火吗？”

“我连想都没有想过，老爷。这一定是他，那个坏蛋，自己放的火。听说，他刚刚给他的房子保过火险。他们口口声声说我和我的母亲去过他家，吓唬过他。这话也不错，那一次我是骂过他，我实在沉不住气了。不过讲到放火，我压根儿就没干过。再说起火的时候，我也不在那儿。可是他故意编排成起火那天我和我的老母亲都在场。他是贪图保险费才自己放火的，却把罪名栽在我们身上。”

“你真的没有放火吗？”这看似对梅尼绍夫的怀疑，实际上已经表明涅赫柳多夫对他所看到的或者所认为的自己原先群体产生怀疑了，下文的“这是真的吗？”更印证了这一点。

“这是真的吗？”

“一点儿也不假，我这是当着上帝的面讲话，老爷。求您做我的亲爹吧！”他说完，要跪下去，涅赫柳多夫费了很大的劲才把他拦住。“您把我救出去吧，我就要平白无故地困死在这儿了，”他接着说。

忽然，他的脸颊颤动起来，他哭了。他卷起长囚衣的袖口，用脏衬衫的衣袖擦眼睛。

“你们讲完了吗？”副狱长问。

“对。那么您别灰心，我们会尽力去办。”涅赫柳多夫说着，走出去。梅尼绍夫在门口站住，因此看守关上牢门，正好撞在他的身上。等到看守在门外上锁，梅尼绍夫就凑着门上的小洞往外看。

五十三

涅赫柳多夫顺着宽阔的长廊走回去（那正是吃午饭的时间，牢房都开门了）。长廊里满是人，穿着浅黄色长囚衣和短而肥的裤子，脚上穿着棉鞋，贪婪地瞅着涅赫柳多夫。他从他们当中穿过去，心里生出种种奇怪的感情：既怜悯这些关在监狱里的人，又对那些把他们拘禁在这儿的人感到恐惧和困惑，转念想到他自己心平气和地瞧着这种事，就不知什么缘故暗自羞愧。

“贪婪地瞅着”是怎样的眼神？

在一条长廊上，有个人跑进牢房门里，他的棉鞋发出啪哒啪哒的响声。随后就有些人从牢房里走出来，拦住涅赫柳多夫的去路，对他鞠躬。

“求您费心，老爷，我不知道您贵姓，求您把我们的事好歹解决一下吧。”

“我不是长官，我什么也不知道。”

“那也一样。您跟他们，跟那些当官的说一声就是，”一个愤慨的声音说，“我们一点罪也没有，却已经在这儿受了一个多月的苦。”

“这是怎么回事？为什么会这样呢？”涅赫柳多夫问。

这既是涅赫柳多夫对监狱囚犯处境的质疑，又是对自己对社会的灵魂的拷问。

“他们就这样把我们关在监狱里。我们已经坐了一个多月的牢，自己也不知道是为什么。”

“不错，这也是事有凑巧，”副狱长说，“这些人是因为没有身份证而被捕的，本来应该把他们发送到他们的省里去，可是那边的监狱遭了火灾，他们的省政府就跟我们接洽，叫我们不要把这些人送回去。于是别的省里的人我们已经统统遣送回去，唯独这些人我们留下了。”

“怎么，就因为这一点点缘故吗?”涅赫柳多夫在门旁站住，问道。

这一群人有四十名上下，统统穿着长囚衣，把涅赫柳多夫和副狱长团团围住。有几个人抢着说话。副狱长制止道：

“由一个人说话。”

人丛中走出一个五十岁上下的农民，身量很高，仪表堂堂。他对涅赫柳多夫解释说，他们大家原是被送回家去的，如今却因为没有身份证而关在监狱里。其实身份证他们是有的，只是已经过期大约两个星期了。这种身份证过期的事年年都有，什么处分也没有遭到过，可是现在他们却在这儿关了一个多月，像罪犯一样。

“我们全是干砌砖行当的，全是一个劳动组合的。他们说，省里的监狱烧掉了。可是这又不能怪我们。求您发一发上帝那样的慈悲吧。”

当虫子在人身上肆虐的时候，人性还存在多少？人在苦海中沉沦太久总要爆发。

涅赫柳多夫听着，几乎没有听明白这个仪表堂堂的老人所说的话，因为他的全部注意力都被一只巨大的、生着许多条腿的深灰色虱子吸引过去了，它正在那个仪表堂堂的砌砖匠脸上的胡子里爬来爬去。

“怎么会这样呢？难道就因为这一点点缘故吗?”涅赫柳多夫对副狱长说。

“是的，这是长官们办事疏忽。本来应该把他们送走，让他们回到他们的居住地点去才是。”副狱长说。

副狱长刚讲完话，人群里就有一个身材矮小的人走出来，也穿着一件长囚衣，古怪地撇着嘴，开始讲到他们无缘无故在这儿受折磨。

“我们连狗都不如……”他开口说。

“得了，得了，少说废话。闭上你的嘴，要不然你知道……”

“我知道什么?”那个矮小的人气急败坏地讲起来，“难道我们有什么罪吗?”

“住口!”长官吆喝一声。矮小的人就不开口了。

“这究竟是怎么回事?”涅赫柳多夫从牢房里走出来，对自己说。那些从牢门里往外看的犯人和迎面走来的犯人用成百只眼睛紧紧地盯住他，仿佛他在穿过一个棒阵似的。

无数的苦难的真相给予他当头棒喝。

“难道确实把简直没罪的人关起来了?”涅赫柳多夫跟副狱长一块儿走出长廊，说。

“可是请问，这有什么办法呢?不过，刚才他们也有许多话是胡说。真要听信他们的话，那就大家都没罪了，”副狱长说。

“可是，要知道，刚才的那些人确实没犯什么罪。”

“关于那些人，就姑且这么说吧。不过这儿的人都很坏。不严加管束是不行的。这当中有些家伙简直天不怕地不怕，动不动就闹事。喏，昨天就有两个人，我们不得不惩罚一下。”

“怎样惩罚呢?”涅赫柳多夫问。

“根据上头的命令用树条抽了一顿……”

“可是要知道，体罚已经废止了。”

“褫夺了公权的人不在其内。对这种人仍旧可以施行体罚。”

人是否可以剥夺他人作为人的尊严?

涅赫柳多夫回想昨天他在前室等待的时候所看见的种种情形，这才明白那次惩罚恰好就是在他等待的时候进行的。于是那种又好奇，又痛苦，又困惑的混杂心情，特别有力地涌上心头。他体验到一种精神上的恶心感觉，而且它几乎过渡到生理上去，这种感觉以前虽然也有过，却远不及现在这样强烈。

他不再听副狱长讲话，也不再往四下里看，急忙走出长廊，往办公室走去。狱长本来在长廊上忙别的事，忘了派人去把博戈杜霍夫斯卡娅找来。一直到涅赫柳多夫走进办公室，他才想起他答应过把她找来。

“我马上打发人去把她找来。您坐一坐。”他说。

情境赏析

“涅赫柳多夫一面听他讲，一面往四下里看……就更加心惊胆战了。”这一段是对监狱环境的细节描写。我们透过涅赫柳多夫的眼睛看到这苦难的群体，黑暗的生活。在这种环境中，老鼠都能欺侮到人，而“这个穿着长囚衣和棉鞋变得极不像样的不幸农民”更让涅赫柳多夫难过，“他不愿意相信这个心地善良的人所讲的是真话”。这种对这个农民的怀疑，只是文章的表层结构，更进一步的深层结构是涅赫柳多夫对自己所在阶层、对社会乃至对人性的动摇和怀疑。当他那被遮蔽的眼睛，看见了真实的澄明时，犹如久在黑暗的人乍见阳光的晕厥。而且他惶恐的是这所谓的真相到底是不是真相本身？

马斯洛娃被冤判仅仅是冰山的一角，由这一角，涅赫柳多夫看到了潜在水下的巨大的山体。

这些人物和场面反映了人民群众与统治者的矛盾，在小说中实际上代替了男女主人公之间的道德冲突，而成为了作品的基本冲突。这就使小说的内容远远超越了以男女主人公的关系为中心的情节线索所能容纳的范围。因此可以说，《复活》的基本情节虽然是个“老而又老的故事”，但却获得了新的艺术生命；整部作品绝没有落入俗套，而成为一部概括社会生活异常广泛的艺术杰作。

名家点评

最没趣味的是写到涅赫柳多夫跟卡秋莎的关系的那些地方，最有趣味的是那些公爵、将军、姨妈、农民、犯人、狱中看守。我读到彼得堡要塞司令、那位招魂术士、那些将军的场面时，我的心就怦怦跳起来——写得多么好！还有坐在圈椅上的科尔恰金太太，还有那个农民，费多霞的丈夫！那个农民还说自己的女人“抓住人心”。托尔斯泰的那支笔才真是“抓住人心”呢。

——（俄）契诃夫

五十四

目睹俄罗斯的苦难，聆听俄罗斯的悲伤，涅赫柳多夫在自觉与不自觉之中，在一次次探访监狱的过程中感受到这些，在这里人们没有伪装，只有最接近真理的实在；这些扑面而来带着伤口的事实，冲击得涅赫柳多夫强烈体会到了一种由精神上过渡到肉体上的强烈的恶心的感觉。

这个办公室有两个房间。头一个房间里有一个灰泥脱落、挺出炉膛的大炉子和两个肮脏的窗子。一个墙角立着一管黑尺，用来量犯人的身长，另一个墙角挂着基督的一幅大像，凡是折磨人的地方总离不了这种摆设，仿佛专为嘲弄基督的教义似的。这头一个房间里有好几个看守站着。另一个房间里沿墙坐着二十来个男人和女人，有的是两个一对，有的是几个一伙，在低声谈话。窗子旁边摆着一张写字台。

狱长靠写字台坐着，请涅赫柳多夫在旁边一把椅子上坐下。涅赫柳多夫就坐下来，开始观察那些待在房间里的人。

首先引起他注意的是一个男青年，穿着短短的夹克，相貌好看，站在一个年纪不轻、眉毛浓黑的女人面前，对她激昂地讲着什么话，比着手势。他们旁边坐着一个戴蓝色眼镜的老人，手里握着一个身穿囚衣的女青年的手，呆呆不动地听她对他讲话。有一个读实科中学的男孩，脸上露出惊呆的表情，眼睛一刻也不放松地瞅着老人。离他们不远的地方，有一对相亲相爱的人坐在墙角。女的是十分年轻的姑娘，留着短短的头发，现出精力充沛的脸色；她面貌俊俏，头发淡黄，穿着时新的连衣裙。男的是个漂亮的青年小伙子，眉清目秀，头发像波浪般起伏，身上穿着橡胶的短上衣。他们坐在墙角低声谈话，分明陶醉在爱情里。离写字台最近的地方，坐着一个白发苍苍的女人，穿着黑色连衣裙，显然是一个母亲。她睁大眼睛瞧着一个男青年，他带着害肺痨病的样子，也穿着橡胶的短上衣。她想说什么话，可是哽哽咽咽说不出口，刚开口要说，又停住了。男青年手里拿着一小块纸，显然不知道该怎么办才好，带着气愤的脸色不住地叠那张纸，揉搓它。他们身旁坐着一个姑娘，体态丰满，面色红润，相貌美丽，生着很大的暴眼睛，穿着灰色的连衣裙，披着短披肩。她坐在哭泣的母亲身旁，温柔地摩挲母亲的肩膀。这个姑娘处处都美：那双又大又白的手、那波浪般的短发、那端正的鼻子和嘴唇。不过她脸上最动人的地方却是那对羔羊般的深褐色眼睛，善良而真诚。先前涅赫柳多夫走进来的时候，她那对美丽的眼睛离开她母亲的脸，跟他的目光相遇。不过她立刻扭回头去，开始对她母亲说一些什么话。离那对相爱的人不远，有一个肤色发黑的男子坐在那儿，头发蓬松，脸色阴沉，在对一个没留胡子、像是阉割派教徒的探监人生气地讲话。涅赫柳多夫同狱长并排坐着，带着紧张的好奇心观看他的周围。不料有一个光头的男孩走到他跟前来，岔开了他的注意力；这个男孩用尖细的嗓音向他提出一个问题。

“您在等谁？”

涅赫柳多夫听到这句问话暗暗吃惊，可是他瞧一眼男孩，看出他的脸容严肃而伶俐，眼睛活泼而专注，就严肃地回答他说，他在等一个他认得的女人。

“那么，她是您的妹妹吗？”男孩问。

“不，不是我的妹妹。”涅赫柳多夫惊讶地回答说。“你是跟谁一块儿到这儿来的？”他问男孩说。

“我跟妈妈在一块儿。她是政治犯。”男孩骄傲地说。

“玛丽亚·帕夫洛夫娜，您把科利亚带走吧。”狱长说，大概认为涅赫柳多夫同那个男孩讲话是违背规章的。

玛丽亚·帕夫洛夫娜就是先前引起涅赫柳多夫注意的、生着羔羊般眼睛的漂亮姑娘。这时候她站起来，挺直高高的身子，迈开几乎像男人一样有力的大步，往涅赫柳多夫和男孩这边走过来。

“他问过您什么话吗？问过‘您是谁’吗?”她问涅赫柳多夫，微微笑着，信任地瞧着他的眼睛，神情那么坦率，仿佛无可怀疑，她对待一切人素来抱着，现在仍然抱着，而且也不能不抱着朴实、亲热、手足般的态度。“他什么事情都要知道，”她说，眼睛看着男孩，整个脸上洋溢着笑容，笑得那么善良而可爱，招得那个男孩和涅赫柳多夫两个人都不由自主地用微笑来回报她的微笑。

“是的，他问我是来找谁的。”

“玛丽亚·帕夫洛夫娜，不可以跟外人讲话。这您是知道的。”狱长说。

“好，好，”她说，伸出又大又白的手拉住科利亚的小手，回到害肺痨病的青年的母亲那儿去，科利亚的眼睛一直盯住她。

“这是谁的男孩?”涅赫柳多夫问狱长说。

“他是一个女政治犯的孩子。他就是在监狱里生下来的。”狱长说，口气有点得意，仿佛要表示他的机构多么难能可贵似的。

“真的吗?”

“是的，不久他就要跟他的母亲一块儿到西伯利亚去了。”

“那么，这个姑娘呢?”

“我不能回答您问的话了，”狱长说着，耸了耸肩膀，“好，博戈杜霍夫斯卡娅来了。”

五十五

薇拉·叶夫列莫夫娜迈着不稳的步子从后门走进来，身材矮小头发剪短，生得消瘦，肤色发黄，睁着善良的大眼睛。

“哦，您来了，谢谢，”她说，同涅赫柳多夫握手，“您记得我吗？我们坐下吧。”

“我没想到像这样见到您。”

“啊，我倒觉得挺好！这样太好了，太好了，我都不指望还有比这再好的了。”薇拉·叶夫列莫夫娜说，像以前那样惊恐地睁着善良的、滚圆的大眼睛打量涅赫柳多夫，她那非常瘦的、露出青筋的黄脖子在她上衣难看的、揉皱的、肮脏的领口里不住地转动。

涅赫柳多夫开始问她是怎样落到目前这种地步的。她在回答他的时候，兴致勃勃地讲起她自己的工作。她的话里夹着许多外来语，例如宣传、解体、团体、小组、基层小组等。显然，她充分相信这些外来语是人人都懂的，可是涅赫柳多夫从来也没有听说过。

她对他讲个不停，显然充分相信他很想知道，而且也乐于知道民意党的全部秘密。然而涅赫柳多夫瞧着她可怜样的脖子，瞧着她稀疏而蓬乱的头发，却暗自惊讶，不明白她为什么要做这种事，要讲这种事。他觉得她可怜，然而这完全不同于农民梅尼绍夫的可怜，梅尼绍夫是自己没有犯任何罪而关在臭烘烘的监狱里。她最可怜的地方却在于她头脑里满是明显的糊涂思想。她分明认为自己是女英雄，准备为她的事业的成功牺牲性命，其实她未必说得清楚这种事业究竟是怎么回事，这种事业的成功究竟是怎么回事。

薇拉·叶夫列莫夫娜打算对涅赫柳多夫讲的，是这样一件事：她有一个朋友，姓舒斯托娃，据她说，甚至并不属于她们的基层小组。可是五个月前她跟薇拉·叶夫列莫夫娜同时被捕，关在彼得保罗要塞里，只因为在她家里搜出一些别人托她保管的书籍和文件。薇拉·叶夫列莫夫娜认为她自己在舒斯托娃被囚禁这件事上多少有点责任，就恳求交游广阔的涅赫柳多夫想尽一切办法把她释放出狱。博戈杜霍夫斯卡娅托他的另一件事，是设法为关押在彼得保罗要塞里的古尔凯维奇疏通一下，准许他同父母见面，准许他得到他在学术工作方面所需用的科学书籍。

涅赫柳多夫答应说，将来他到彼得堡以后，一定尽力去办。

薇拉·叶夫列莫夫娜讲起她自己的事，说她在助产学校毕业以后，就同民意党人接近，跟他们一起工作。起初一切都顺利，他们写传单，在各处工厂里做宣传工作，可是后来有一个重要的人物被捕，文件被查获，就开始捉拿所有的人。

“我也被捕，现在就要流放出去了……”她讲完她的事说，“不过，这也没什么。我觉得倒挺好，心里有一种庄严肃穆的感觉。”她说着，微微一笑，那是一种可怜样的笑容。

涅赫柳多夫问起那个生着羔羊般眼睛的姑娘。薇拉·叶夫列莫夫娜说她是一个将军的女儿，早已加入革命党，她被捕是因为她承担了开枪打宪兵的罪名。她住在地下工作者的寓所里，那儿有一架印刷机。有一天夜里，警察来搜查，住在这个寓所里的人就决定自卫，熄掉灯火，开始消灭罪证。警察们破门而入，于是在那些密谋家当中有人开枪，使一个宪兵受了致命的重伤。临到审问是谁开枪的时候，她就说是她开的枪，其实她手里从来也没有拿过手枪，她连一个蜘蛛也没有弄死过。她的供词始终不变。现在她也要去做苦工了。

“一个利他主义的好人啊……”薇拉·叶夫列莫夫娜称赞地说。

薇拉·叶夫列莫夫娜打算说的第三件事，涉及马斯洛娃。如同监狱里的一切事都会被人知道一样，她已经知道马斯洛娃的身世和涅赫柳多夫同她的关系，就劝他疏通一下，把她调到政治犯的牢房来，或者至少把她调到医院里去做护士，现在那儿的病人特别多，需要女工作人员。涅赫柳多夫为她出的主意向她道谢，说他要极力照她的主意去做。

五十六

他们的谈话被狱长打断，他站起来，宣布说探监的时间已经截止，必须分手了。涅赫柳多夫站起来，向薇拉·叶夫列莫夫娜告别，往门口走去，后来在门口站住，观察一下房间里的情形。

“诸位先生，到时候了，到时候了。”狱长说，一会儿站起来，一会儿又坐下去。

狱长的要求反而惹得待在房间里的犯人们和探监的人们特别活跃起来，他们谁也不想分手。有些人站起来，就那么立着说话。有些人仍旧坐在那儿谈心。有些人开始告别，哭起来。特别动人的是害肺痨病的儿子和他母亲。那个男青年不住地摆弄那一小块纸，脸色越来越气愤，费了很大的劲才按捺住自己，不让自己受到母亲情绪的感染。他母亲听说要分手，就伏在他肩上哀哀地哭，吸溜着鼻子。生着羔羊般眼睛的姑娘（涅赫柳多夫不由自主地注意她），站在痛哭的母亲面前，说一些话安慰她。戴蓝色眼镜的老人站在那儿，拉住女儿的手，一面听她讲话，一面不住地点头。那一对相爱的青年男女站起来，手拉着手，默默地瞧着彼此的眼睛。

“瞧，只有那两个人才欢欢喜喜。”一个穿着短夹克的青年男子站在涅赫柳多夫身旁，也像他那样瞧着分手的人们，指着那对相爱的人说。

那一对情人（穿橡胶短上衣的青年男子和头发淡黄、相貌俊俏的姑娘）感觉到涅赫柳多夫和青年男子在看他们，就手拉着手，伸直了胳膊，身子往后仰，笑着团团转起来。

“今天傍晚他们在这儿，在监狱里结婚，然后她跟着他到西伯利亚去。”青年男子说。

“他是什么人？”

“苦役犯。至少让他们快活一下吧，要不然听着这儿的声音未免太难受了。”穿夹克的男青年听着害肺痨病的青年的母亲的哭声，补充说。

“诸位先生！劳驾，劳驾！请你们不要逼得我采取严厉的措施。”狱长说，把这些话反复地讲了好几回。“请吧，快点，请吧！”他用衰弱而迟疑的声调说。“这是怎么回事啊？早就到时候了。要知道这样可不行。我这是最后一次说这些话了。”他没精打采地反复说着，时而点上他的马里兰纸烟，时而又把它熄掉。

事情很明白，那些容许人们做损害别人的事而又使他们觉得不必为此负责的理由，不管多么巧妙，多么古老，多么司空见惯，狱长仍旧不能不感到在造成这个房间里所表现出来的各种痛苦的罪魁当中，也有他自己。他显然非常难过。

最后，犯人们和探监的人们开始走散，犯人们从里边的门走回去，探监的人们从外边的门走出去。男人们，那两个穿橡胶短上衣的，那个害肺痨病的，那个肤色发黑、头发蓬松的，都陆续走了。玛丽亚·帕夫洛夫娜带着在监狱里出世的男孩也走了。

探监的人们也陆续走了。戴蓝色眼镜的老人迈着沉重的步子走出去，涅赫柳多夫也跟着他走出去。

“是啊，这种场面是令人惊奇的，”那个健谈的男青年跟涅赫柳多夫一块儿走下楼梯，仿佛要继续讲他刚才被打断的话似的说，“不过这倒还要多谢上尉，他是个好心人，总算不死守规章办事。大家痛痛快快地谈一谈，心里也就轻松一点了。”

“莫非在别的监狱里，探监的情形就不是这样?”

“哼！像这样的情形可没有。不但得一个一个地见面，而且还要隔着铁丝网谈话呢。”

涅赫柳多夫同这个自称姓梅登采夫的、健谈的青年一边谈话，一边走进前室，这时候狱长带着疲倦的脸色走到他跟前来了。

“那么，要是您想同马斯洛娃见面的话，就请您明天来吧。”他说，显然有意对涅赫柳多夫表示殷勤。

“很好。”涅赫柳多夫说，连忙走出去了。

显然，梅尼绍夫没有犯罪而在受苦，这种事是可怕的，不过可怕的与其说是他肉体上的痛苦，还不如说是他眼见人们那么残忍而又平白无故地折磨他的时候他必然会感到的困惑，他对善和对上帝的不信任。可怕的是那一百多个人一点罪也没有，仅仅因为身份证上的几个字不对头，就得忍辱含垢，受尽磨难。可怕的是那些麻木不仁的看守虽然干着折磨他们弟兄的事，却相信他们是在做一件又重大又好的事。不过他觉得最可怕的却是那个年老体衰、心地善良的狱长不得不拆散母子，拆散父女，而那些人完全跟他自己和他的子女一样，也是人。

“这都是为了什么呢？”涅赫柳多夫问道，这时候他极其强烈地体验到他每到监狱里来总会体验到的那种由精神上过渡到生理上的恶心感觉，却找不到这个问题的答案。

五十七

第二天，涅赫柳多夫坐上马车去找律师，把梅尼绍夫母子的案情讲给他听，请求他担任辩护工作。律师听完他的话，就说他要查一查案卷，又说如果事情真像涅赫柳多夫所说的那样，而那是非常可能的，他就会承担辩护工作而不取分文的报酬。涅赫柳多夫顺便对律师讲起那一百三十个人由于误会而关押在监狱里的情形，问他这件事归谁负责，是谁的过错。律师沉吟不语，分明想作出准确的答复。

“这是谁的过错？谁的也不是，”他干脆地说，“您去跟检察官说，他就会说这是省长的过错。您去跟省长说呢，他就会说这是检察官的过错。谁都没有什么过错。”

“等一会儿我就去找马斯连尼科夫，对他去说。”

“算了吧，这不会有什么益处，”律师含笑反驳道，“他简直是个……他不是您的亲戚或者朋友吧？……请您容许我放肆地说一句，他简直是个蠢货，同时又是个狡猾的畜生。”

涅赫柳多夫想起马斯连尼科夫讲过的有关这个律师的话，就什么话也没有回答，起身告辞，坐上马车到马斯连尼科夫的家去。

涅赫柳多夫有两件事要拜托马斯连尼科夫：一件事是把马斯洛娃调到医院里，一件事是那一百三十个没有身份证的人无辜关在监狱里的问题。尽管向他不尊敬的人去求情，在他是难堪的，不过这是达到目的的唯一方法，他只得照这样做。

涅赫柳多夫坐着马车来到马斯连尼科夫的家门前，看见门廊附近停着好几辆马车，有四轮轻便马车，有带弹簧的四轮马车，有双座的四轮马车等，他这才想起今天恰好是马斯连尼科夫的妻子的会客日，而且马斯连尼科夫约过他来参加这个盛会。涅赫柳多夫的马车来到这所房子跟前，正好有一辆轿式马车停在门口，一个帽子上佩着帽章的、身穿短披肩的听差在门廊的台阶上搀着一个太太上车，她略微提起衣裾，露出穿着黑袜子、套着浅口鞋的瘦脚踝。他在停下的马车当中认出了科尔恰金家扯起了篷的四轮马车。那个头发花白、面色红润的马车夫又恭敬又殷勤地脱掉帽子，他只有见到特别熟识的老爷才这样做。涅赫柳多夫还没来得及向看门人问一声米哈伊尔·伊万诺维奇（马斯连尼科夫）在什么地方，他本人就已经在铺着毡毯的楼梯上出现，送一个颇为显要的客人走下楼来，因此这一回不是送到梯台上为止，而是一直送到楼底下来了。那个很显要的军界客人一面走下楼来，一面用法语讲起为了在这个城里筹办几个孤儿院而要举行的摸彩会，发表意见说这对太太小姐们倒不失为一种很好的工作："这个工作既可以使她们玩乐一番，又可以把钱筹到手。"

"Qu' elles s' amusent et que le bon Dieu les benisse……啊，涅赫柳多夫，您好！怎么很久没有见到您了？"那个客人招呼涅赫柳多夫说。"Allez presenter vos devoirs *à* madame. 科尔恰金一家人也来了。Et Nadine Bukshevden. Toutes les jolies femmes de la ville，"他说，站在他带来的那个号衣上镶着金丝绦的漂亮听差跟前，凑着他的手，微微耸起他那军人的肩膀，好让听差给他穿上军大衣。"Au revoir，mon cher!"然后他跟马斯连尼科夫握一握手。

"好，我们上楼去吧。我多么高兴啊!"马斯连尼科夫兴奋地开口说，挽住涅赫柳多夫的胳膊，尽管他身材肥胖，却把涅赫柳多夫很快地拖上楼去。

马斯连尼科夫处在一种特别快活兴奋的状态里，原因就是那个显要的人物赏识他。照理马斯连尼科夫以前在近卫军中工作，本来就同皇室接近，似乎应该已经习惯于同皇室交往，可是，看样子，不断的交往反而加强了他的卑贱心理，每一次这类赏识都会引得马斯连尼科夫心花怒放，只有性情温柔的狗在主人拍着它，摩挲它，搔它耳背的时候才会有这样快活。它就摇尾巴，缩成一团，扭动身子，把耳朵贴在头皮上，发疯般地团团转。马斯连尼科夫正好也准备这样做。他没理会涅赫柳多夫的严肃脸色，也没听他讲话，只顾死命地把他拉到客厅里去，弄得涅赫柳多夫没法拒绝，只好跟着他走。

“正事以后再谈。凡是你的吩咐，我一概都照办。”马斯连尼科夫陪着涅赫柳多夫一块儿穿过大厅说。“去向将军夫人通报一声，就说涅赫柳多夫公爵来了。”他一面走，一面对一个听差说。听差就抢到他们的前头，一路小跑着去通报。“Vous n’ avez qu’ *à* ordonner. 不过你务必要去看一看我的妻子。我上次没有带着你去见她，就已经挨过一顿骂了。”

等到他们走进客厅，听差已经通报过了。自称为将军夫人的副省长夫人安娜·伊格纳季耶夫娜，这时候夹在她的长沙发四周那许多帽子和脑袋当中，笑容满面地向涅赫柳多夫点头。客厅的另一头放着一张桌子，上面摆着茶具，有几个太太坐在桌旁，身边站着几个军界的和文职的男人。男男女女的嘈杂说话声传过来，一刻也不停。

“Enfin！您怎么不愿意跟我们来往？我们在哪方面得罪您了？”

安娜·伊格纳季耶夫娜说出这些话来招呼来客，用意在于表明她跟涅赫柳多夫的关系极其亲密，其实这种亲密却是从来也没有过的。

“你们认识吗？认识吗？这位是别利亚夫斯卡娅太太，这位是米哈伊尔·伊万诺维奇·切尔诺夫。请您坐得近一点。”

“米西，venez donc *à* notre table. Ou vous apportera votre thé……还有您……”她对正在跟米西谈话的军官说，显然忘记他的名字了，“请到这边来。公爵，您要茶吗？”

“我说什么也不同意，说什么也不同意！她干脆不爱他。”一个女人的声音说。

“那么她爱油炸包子。”

“您老是说些荒唐的玩笑话。”另一个戴着高帽子的太太笑着插嘴说，身上的绸缎、黄金、宝石闪闪发光。

"C'est excellent，这种小饼干，而且那么薄。请您再给我一块。"

"怎么样，您不久就要动身了吗？"

"是啊，今天是最后一天了。我们就是因为这个缘故才到这儿来的。"

"春光这样明媚，现在乡间一定好极了！"

米西很漂亮，头戴帽子，身穿深色条子花的连衣裙，裹紧她的细腰，没有露出一点皱褶，倒好像她原来就是穿着这件连衣裙生到世上来的。她一看见涅赫柳多夫，脸就红了。

"我还当是您已经走了呢。"她对他说。

"我差点儿走了，"涅赫柳多夫说。"有些事情把我耽搁下来了。我到这儿来也是为了接洽事情的。"

"您到我家里去看一看妈妈吧。她很想见一见您。"她说，不过她感到她自己在说谎，感到他也明白这一点，她的脸就涨得越发红了。

"我恐怕抽不出工夫来了。"涅赫柳多夫阴沉地回答说，极力装得没有看见她脸红。

米西生气地皱起眉头，耸了耸肩膀，掉过身去跟一个风度优雅的军官周旋。军官接过她手里的空茶杯，带着雄赳赳的气概送到另一张桌上去，他的军刀不住碰圈椅。

"您也应该为孤儿院捐点钱才是。"

"我倒也并不想推托，不过我打算把我的全部慷慨都留到摸彩会上去施展。到那时候我可就要大显身手了。"

"哦，那您可要记住！"紧跟着传来了分明是做作的笑声。

这个会客日十分圆满，安娜·伊格纳季耶夫娜兴高采烈。

"米卡对我说过，您在忙监狱里的事。我很了解这一点。"她对涅赫柳多夫说，米卡就是她的胖丈夫马斯连尼科夫。"米卡可能有别的缺点，不过您明白他的心多么善良。所有那些不幸的囚犯都成了他的儿女。他素来就用这种态度对待他们。Il est d'une bonté…"

她停住口，想不出该用什么字眼来形容她那个下命令鞭打犯人的丈夫的 bonté。她立刻转过身去，做出笑脸，招呼一个刚刚走进来的、年老的、满脸皱纹的、扎着淡紫色花结的老太婆。

涅赫柳多夫为了避免失礼，说了一些照规矩应该说的话，而且也照规矩把话说得毫无内容，然后站起来，往马斯连尼科夫跟前走过去。

“那么，劳驾，你可以听我说几句话吗?”

“啊，行！哦，有什么事吗？我们到这边来吧。”

他们走进一个小小的日本式书房，在窗子旁边坐下来。

五十八

“嗯，je suis *à* vous. 你想抽烟吗？不过，等一等，我们别把这个地方弄脏才好，”他说着，拿过一个烟灰碟来，“好，怎么样?”

“我有两件事要拜托你。”

“原来如此。”

马斯连尼科夫的脸色变得闷闷不乐，没精打采了。原先他像一条狗被主人搔着耳背而兴奋不已，现在那种兴奋已经踪迹全无。客厅里传来了人们的谈话声。一个女人的声音在说：“Jamais，jamais je ne croirais.”客厅里另一头有个男人在讲一件什么事，反复提到“La comtesse Voronzoff 和 Victor Apraksine”。从第三个方向传来的只是一片含混的谈笑声。马斯连尼科夫一面听客厅里发生的种种情形，一面听涅赫柳多夫讲话。

“我又为那个女人来找你。”涅赫柳多夫说。

“哦，就是那个冤枉定罪的女人。我知道，我知道。”

“我想托你把她调到医院里去做一名女职工。我听说这是可以办到的。”

马斯连尼科夫抿着嘴唇，开始思索。

“未必办得到吧，”他说，“不过，我可以跟他们商量一下，明天立即通知你。”

“我听说医院里有许多病人，需要添女的帮手。”

“好吧，好吧。那么不管怎样，我会通知你。”

“那就麻烦你了。”涅赫柳多夫说。

客厅里传来一阵甚至很自然的哄堂大笑声。

“这全是维克多在作怪，”马斯连尼科夫含笑说，“他兴致一好，讲起话来就俏皮极了。”

“还有一件事，”涅赫柳多夫说，“现在监狱里关着一百三十个人，只因为他们的身份证过期了。他们在那儿已经关了一个月。”

他就讲一下他们被关押起来的原因。

“可是这些事你是怎么知道的？”马斯连尼科夫问，他脸上忽然流露出不安和不满的神情。

“我原是去看一个被告的，那些人却在走廊上围住我，要求我……”

“你去看哪一个被告？”

“那是一个农民，没有犯罪却遭到了控告，我为他请了一个律师。可是问题不在这儿。难道那些人什么罪也没有犯，只因为身份证过了期就该关在监狱里，而且……”

“这是检察官的事，”马斯连尼科夫懊恼地打断涅赫柳多夫的话，“这就是所谓的迅速而公正的审判制度。副检察官有责任视察监狱，查明犯人关押在监是不是合法。他们却什么事也不干，只顾玩文特。”

“那么你无能为力吗？”涅赫柳多夫阴沉地说，想起律师说过省长会把责任推到检察官身上去。

“不，我要管。我会马上查明这件事。”

“可是对她来说，这样更糟。C'est un souffre-douleur. ”客厅里响起一个女人的声音，她对所讲的那件事显然漠不关心。

“那就更好，我把这个也拿走。”从另一边传来一个男人调皮的说话声，另一个女人却不肯把一件什么东西给他，发出调皮的嬉笑声。

“不行，不行，那可说什么也不行。”女人的声音说。

“那么，这些事由我来办就是，”马斯连尼科夫又说了一遍，伸出戴着绿松石戒指的白手熄掉纸烟，“现在我们到太太们那儿去吧。”

“对了，还有一件事，”涅赫柳多夫没有走进客厅里，在门口站住，说，“我听说昨天监狱里有些人受了体罚。是真的吗？”

马斯连尼科夫脸红了。

“嘿，你要过问这件事？不行啊，mon cher，简直不能再把你放进监狱里去，你什么事都要管。我们走吧，我们走吧，Annette 在叫我们了，”他说着，挽住涅赫柳多夫的胳膊，又露出那种兴奋的样子，就像那个显要的人物赏识他以后一样，不过这回却不是出于高兴，而是由于着急了。

涅赫柳多夫从他的臂弯里抽出胳膊，既没有向任何人点头告辞，也没有说任何话，带着阴沉的脸色穿过客厅和大厅，走进前厅里，经过那些赶紧跑过来的听差面前，走到街上。

“他怎么了？你怎么得罪他了？”Annette 问她的丈夫说。

“这是 *à* la francaise.”有人说。

“这哪儿是 *à* la francaise，这是 *à* la zoulou.”

“哦，不过他素来就是这个样子。”

有的人站起来告辞，有的人刚刚光临，谈笑就仍然继续下去。这一班人索性利用涅赫柳多夫的这个插曲作为今天 jourfixe'a 的一个信手拈来的话题。

涅赫柳多夫拜访马斯连尼科夫以后的第二天，收到了他的信。马斯连尼科夫在一张光滑的、印着官衔的、打了火漆印的厚纸上用优美有力的笔迹写道，关于把马斯洛娃调到医院里去的事，他已经给医师写过公函，大概他的愿望会实现。信的下款是“热爱你的老同事”，署名“马斯连尼科夫”的末一笔顺势描了一个极其优雅有力的大花笔道。

“蠢货！”涅赫柳多夫忍不住说道，特别是因为他在“同事”这两个字里体会到马斯连尼科夫对他有屈尊俯就的意思，也就是说马斯连尼科夫虽然担任着在道德方面最卑鄙无耻的职务，却自以为是很重要的人物，他觉得自称为他的同事，即使不是在向涅赫柳多夫讨好，至少也足以表示他毕竟没有因为自己品位显赫而过于骄傲。

托尔斯泰洞察人的内心世界的隐秘的能力与他一生中追求“道德自我完善”的内省是分不开的，他的主人公就成了道德自我完善的典型。这种自我完善的内省经验，使托尔斯泰在创作上能得心应手地完成对主人公内心世界变化全过程的深刻剖析，而他本人也认为这一点对于艺术来说是至关重要的：“艺术的主要目的，是说出人的心灵的真实，说出一般语言所难以表达的隐秘的东西。艺术是显微镜。艺术家应该把显微镜指向自己心灵的内在的秘密，并且显示对所有的人来说都是共同的秘密。”且让我们细细品读本篇中他的这种艺术魅力吧！

有一种极为常见而且流传很广的迷信，认为每一个人都有他独特的和确定的品性，认为人有善良的，有凶恶的，有聪明的，有愚蠢的，有精力充沛的，有冷漠疲沓的，等等。其实人不是这样。我们谈到一个人，可以说他善良的时候多于凶恶的时候，聪明的时候多于愚蠢的时候，精力充沛的时候多于冷漠疲沓的时候，或者刚好相反。至于我们谈到一个人，说他善良或者聪明，又谈到另一个人，说他凶恶或者愚蠢，那就不对了。然而我们总是这样把人分类。这是不合实情的。人好比河：所有的河里的水都一样，到处都是同一个样子，可是每一条河都是有的地方河身狭窄，有的地方水流湍急，有的地方河身宽阔，有的地方水流缓慢，有的地方河水清澄，有的地方河水冰凉，有的地方河水混浊，有的地方河水暖和。人也是这样。每一个人身上都有一切人性的胚胎，有的时候表现这一些人性，有的时候又表现那一些人性。他常常变得完全不像他自己，同时却又始终是他自己。在某些人身上，这类变化特别剧烈。涅赫柳多夫就属于这类人。在他身上，这些变化之所以发生，既有生理方面的原因，又有精神

作者对于人性的理解是立体的、丰富的，而不是片面的。人的多面性，使人的生活更加精彩。正所谓“心灵的辩证法”。

方面的原因。目前在他身上，就在发生这样的变化。

原先他在出庭以后，在初次探望卡秋莎以后，体验过重获新生的庄严和欢乐心情，可是如今这种心情完全过去，在最近一次会晤以后，已经换了一种恐惧的心情，甚至憎恶她的心情。他已经决定他不再离开她，也没有改变只要她乐意就跟她结婚的决心，然而这在他却显得沉重而痛苦了。

他拜访马斯连尼科夫以后的第二天，又坐上马车到监狱去，为的是同她见面。

狱长准许他同她会晤，然而不是在办公室，也不是在律师办事室，而是在女犯人的探监室。尽管狱长是个心肠软的人，他对待涅赫柳多夫的态度却比以前有所克制。显然涅赫柳多夫同马斯连尼科夫的谈话产生了后果：上边有命令下来，吩咐他对这个客人要加意提防了。

“见面是可以的，”他说，“只是关于钱的事，请您千万照我要求的那样做才好……至于照大人的公文上所写的那样，把她调到医院去，那是可以办到的，大夫也已经同意。只是她自己不愿意去，说：‘要我去给那些讨厌的家伙倒尿盆，我才不干呢……’要知道，公爵，她们就是这样的人。”他补充说。

涅赫柳多夫一句话也没有回答，光是要求准许他去探望她。狱长就打发一个看守送他去，涅赫柳多夫跟着这个人走进空荡荡的女犯探监室。

马斯洛娃也是经过理性思考的，她的心态也较为平静。

马斯洛娃已经先到了，她从铁丝网的里边走过来，文静而胆怯。她走到涅赫柳多夫近旁，眼睛没有看着他，轻声说道：

“请您原谅我，德米特里·伊万诺维奇，前天我说了些不中听的话。”

“我不配来原谅您……”涅赫柳多夫开口说，可是没有说完就停住了。

“不过，您还是得离开我。”她补充了一句，用斜睨得很厉害的眼睛看他一眼。涅赫柳多夫从她的眼睛里又看出那种紧张而愤恨的神情。

“可是为什么要我离开您呢?”

“就该这样。”

“为什么就该这样呢?”

她又用依他看来像是愤恨的眼光瞧着他。

马斯洛娃平静的拒绝,说明她的自尊心开始重新占据她的灵魂。

“喏,就是这样,”她说,“您得离开我,我对您说的是真心话。我办不到。您干脆丢开您那个想法好了,”她说,嘴唇发抖,沉默了一阵。“这是实话。我宁可吊死。”

涅赫柳多夫体会到她这种拒绝暗含着她对他的痛恨和她的不依不饶的愤懑,不过此外也还有点别的东西,有点又好又重大的东西。现在她是在十分平静的心情下肯定她原先的拒绝,这就一下子消除了涅赫柳多夫心里的种种怀疑,促使他又回到他原先那种严肃、欢欣、感动的心境里去了。

“卡秋莎,我原先说过的话,我现在还要说,”他特别严肃地说,“我请求你跟我结婚。如果你不愿意,暂时还不愿意,那么,我就照原先那样总是跟你在一起,不管你发送到哪儿去,我也跟你一块儿去。”

“那是您的事。我没有别的话要说了。”她说,嘴唇又开始发抖。

他也沉默了,觉得没法再说下去。

“我现在要到乡下去一趟,然后再到彼得堡去,”他终于打起精神来说,“我要为您的事……为我们的事去奔走。求上帝保佑,原判会撤销的。”

“就是不撤销也没关系。我不为这件事,那么为别的事也该受这种苦……”她说,他看见她费了很大的力量才忍住眼泪。“哦,怎么样,您见过梅尼绍夫没有?”她为了遮掩自己的激动,忽然问道,“他们没有罪,不是吗?”

“对，我认为是这样。”

“那个老太婆好极了。”她说。

他就把他从梅尼绍夫那儿听到的情形统统讲给她听。然后他问她需要不需要什么东西。她回答说她什么也不需要。

他们又沉默了。

“哦，关于医院的事，”她忽然说，用她的斜睨的目光看了他一眼，“要是您希望我去，我就去，而且我以后再也不喝酒了……”

涅赫柳多夫默默地瞧着她的眼睛。她的眼睛里含着笑意。

“那很好。”他只能说出这么一句，随后他就向她告辞。

复活的迹象亦开始在她的身上显现。

“是啊，是啊，她完全换成另一个人了。”涅赫柳多夫暗想，不但消除了他原先的种种怀疑，而且生出一种全新的、他从没体验过的心情：他相信爱的力量是所向无敌的。

在这次会晤以后，马斯洛娃回到臭烘烘的牢房里，脱掉长囚衣，在她的床位上坐下，把两只手放在膝盖上。牢房里只有几个人：原籍弗拉基米尔省的、害肺痨病的女人带着她那吃奶的婴儿，梅尼绍娃老太婆，铁道看守人的妻子带着两个孩子。教堂诵经士的女儿昨天经过诊断，害着精神病，已经送进医院去了。其余那些女人都去洗衣服了。老太婆躺在板床上睡觉。孩子们都到走廊上去了，牢房的门开着。弗拉基米尔省的女人手里抱着娃娃，铁道看守人的妻子手里拿着一只袜子，用灵敏的手指头不停地织着，走到马斯洛娃跟前。

“哦，怎么样，你们见面了吗？”她们问。

马斯洛娃没有回答，坐在高板床上，摇晃她那两条够不到地板的腿。

“何必哭哭啼啼呢？”铁道看守人的妻子说，“顶要紧的是别灰心。哎，卡秋莎！打起精神来！”她一面说，一面很快地活动她的手指头织袜子。

马斯洛娃没有答话。

“咱们这儿的人都出去洗衣服了。听说今天人家施舍了一大批东西。大家都说送来的东西多得很呢，”弗拉基米尔省的女人说。

“菲纳什卡!”铁道看守人的妻子对着门外叫道。“这个小淘气，不知跑到哪儿去了。”

她就抽出一根织针来，把它插在线球和袜子上，走到外面的长廊上去。

这时候长廊上传来嘈杂的脚步声和女人的谈话声。住在这个牢房里的女人，光脚穿着棉鞋，都走进牢房来了，各人拿着一个白面包，有的甚至拿着两个。费多霞立刻走到马斯洛娃跟前。

“怎么样，莫非出了什么不顺心的事吗?”费多霞问，睁着她那对明亮的天蓝色眼睛亲热地瞧着马斯洛娃。“瞧，这是给我们喝茶的时候吃的。”她说完，把白面包放到架子上去。

言语中充满了关切之情。

“怎么，莫非他变了卦，不准备跟你结婚了?”科拉布廖娃说。

“不是的，他倒没有变卦，可是我不愿意，”马斯洛娃说，“我就照这样对他说了。”

“你可真是个傻瓜!”科拉布廖娃用男低音说。

“咦，要是不能住在一块儿，结婚又有什么意思呢?”费多霞说。

“可是，你的丈夫不就是跟你一块儿走吗。”铁道看守人的妻子说。

“那又怎么样，我跟他结过婚了，”费多霞说，“既然他们不能住在一块儿，那又何必结婚呢?”

“你才真傻!‘何必结婚?’要是他娶了她，她可就阔气了。”

“他说：‘不管人家把你发送到哪儿，我总跟着你一块儿去，’”马斯洛娃说，“他要去，就由他去；他不去，也随他。

我绝不求他。眼下他要到彼得堡去想办法。那儿所有的大臣都是他的亲戚，”她接着说，“不过，我还是不需要他。”

“当然！”科拉布廖娃忽然同意道，理着她的袋子，同时显然在想别的事，“怎么样，咱们来喝点酒吗？”

“我不喝了，”马斯洛娃回答说，“你们喝吧。”

情境赏析

对整个篇章进行品读，着重体会马斯洛娃这个形象。托尔斯泰塑造卡秋莎·马斯洛娃的确是煞费苦心的。小说一开始，作者就让她进入一个五光十色的生活万花筒。形形色色的人物都跟女主人公联系起来，有的用语言，有的用目光，有的用行动，有的用意念。这种千丝万缕的联系，不仅烘托出人物的形象，而且浓郁地透射出时代特征和社会气氛。一方面是令人窒息的无穷苦难，一方面是灵魂糜烂的荒淫与无耻！

马斯洛娃的苦难不断加深，她性格的复杂特征也愈益豁露出来。她处身于社会最下层，却又自认为高出于其他苦难人之上。她天资聪颖，阅历丰富，能看清许多严酷的社会现象，识透上层人物的丑恶灵魂，但有时又天真得要命，容易轻信别人的花言巧语，结果受骗上当。她在苦难的深渊中感到绝望，以致自暴自弃，但这样也只是为了要麻痹自己，要不然她就无法生活下去。这也说明天性纯洁的卡秋莎并没有完全灭亡，一旦时机成熟，她在精神上就会“复活”。托尔斯泰塑造这一迷人的艺术形象，深刻反映他对下层人民怀着极其真挚的感情，因此能那么强烈地震撼读者的心灵，从而对暗无天日的旧俄社会发出“我控诉！”的呐喊。

名家点评

俄国艺术家在一个妓女身上看到的不是“堕落的女人”，而是一个其心灵、痛苦和内心斗争都应得到艺术家的极深刻同情的人。

——（德）卢森堡

第二部

一

涅赫柳多夫下定决心与马斯洛娃一同去西伯利亚，在此之前，他必须面对一个严峻的问题：关于土地。涅赫柳多夫决定把土地以便宜的价格租给农民，但是农民对涅赫柳多夫并不满意，前方仍是困难重重。

大学时代的想法，影响了他对土地的观念，也是后来他采取土地改革的基础。作者在前文中留下了线索，现在终于相互照应，使结构完美。

两个星期以后，马斯洛娃的案子可能在枢密院里审理。涅赫柳多夫打算在那以前赶到彼得堡，准备在枢密院里遭到失败以后，就按写状子的律师所出的主意，向皇帝告御状。依照律师的看法，这次上诉可能毫无结果，对这一点必须做好准备，因为上诉的理由是很薄弱的；假定事情真是这样，那么马斯洛娃就可能随同一批苦役犯一起在六月初动身。涅赫柳多夫已经下定决心跟马斯洛娃一块儿到西伯利亚去，因此，为了给这次远行做好准备，他现在就得先到乡下去一趟，把他在那边的事情料理妥当才行。

涅赫柳多夫首先坐火车到最近的庄园库兹明斯科耶去，他在那儿拥有大片黑土的田产，他的主要收入就是从那儿来的。他在童年和青年时期住在这个庄园上，后来长大成人，还到那儿去过两次。有一次他是遵照母亲的要求把一个日耳曼籍的总管送到那儿去，跟他一块儿检查田产的经营情形。所以他早就知道田产的情况，知道农民跟账房的关系，也就是农民跟地主的关系。农民跟地主的关系是这样：说得委婉一点，农民对账房处在十足的依赖状态里，而说得直截了当一点，那就是农民受到账房的奴役。这不是像六一年所废止的那种明目张胆的奴役，即某些人受一个主人的奴役，而是一切无地的或者少地的农民，总的来说，主要地受大地主们的共同奴役，偶尔也例外地受到在农民当中生活的某些人的奴役。涅赫柳多夫知道这一点，而且也不可能不知道，因为他的田产的经营方法就是以这种奴役为基础，他自己就帮着安排过这样的经营方法。可是涅赫柳多夫不光是知道这一点，他还知道这是不公正的、残酷的，而且从他做大学生的时候起就已经知道，那时候他信奉亨利·乔治的学说，宣传过这种学说，而且根据这种学说把他父亲的土地送给农民了，认为在我们这个时代占有土地，就像五十年前拥有农奴一样是罪恶。不错，自从他到军队中工作，养成习惯每年花掉大约两万卢布以后，所有他原先的那些见解对他的生活来说就已经不再有约束力，一概被他忘光，他非但从来也不问自己对财产抱什么态度，他母亲给他的钱是从哪儿来的，反而极力不去想这些问题。不过等到他的母亲去世，遗产由他继承，他不得不管理他的财产，也就是管理土地的时候，他对土地所有制的态度问题就又在他的面前提出来。如果在一个月以前，涅赫柳多夫就会对自己说，他没有力量改变现行的制度，而且管理田产的又不是他，于是他就会多多少少心安理得，仍旧住在离田产很远的地方，收下从那儿汇来的钱。然而现在他却做出决定：虽然他就要动身到西伯利亚去，就要同监狱世界发生种种复杂而困难的关系，而这些都是非用钱不可的，可是他仍旧不能容忍事情停留在原先的局面里，一定要改变它，即使损害他自己的利益也在所不计。为此他决定不再自己经营土地，而要按照不贵的价钱把土地租给农民，使得农民大体上可以不必依赖地主。涅赫柳多夫不止一次把地主同农奴主的地位两相比较，认为不雇工耕种土地而把土地租给农民，无异于奴隶主把农民的徭役制改为代役租制。这

给农民自由，让农民有选择权，这是积极进步的思想。

不能算是问题解决了，不过总算是朝着问题的解决方向迈出了一步：这是暴力由较为粗暴的形式过渡到较不粗暴的形式。这就是他打算做的。

“暴力由较为粗暴的形式过渡到较为不粗暴的形式”是作者对于“勿以暴抗恶”的精神的现实表达和具体体现。

将近中午，涅赫柳多夫坐火车到达库兹明斯科耶。他想使他的生活在各方面都简朴些，事先就没打电报来，却在火车站上雇了一辆由两匹马拉着的小四轮马车。赶马车的是一个年轻的汉子，身上穿着黄色土布的农民长外衣，在瘦长的腰身底下打皱褶的地方系着一根皮带。他照马车夫的派头侧着身子坐在赶车座位上。他很愿意跟车上的老爷谈天，因为他们一讲话，那匹衰弱的、瘸腿的白色辕马和那匹拉边套的、害气肿病的瘦马就可以一步一步慢慢地走，而这素来是它们求之不得的。

赶车的讲起库兹明斯科耶的总管，不知道他的马车上坐着的就是这儿的主人。涅赫柳多夫故意没有告诉他。

“好一个阔气的日耳曼人。”赶车的说，他在城里住过，读过长篇小说。他坐在那儿，半侧着身子对着乘客，手里一会儿握着他的长马鞭的柄，一会儿又握着长马鞭的梢，分明借此炫耀他的本领，“他买了一辆马车，配上三匹草黄色大马，带着他的太太坐着出来兜风，嘿，那派头！”他接着说。“冬天，到了圣诞节，他那所大房子里摆着一棵圣诞树。我送客人上那儿去过。那儿点上电灯了，全省也找不出第二家来！他捞的钱可不少呀！他有什么办不到的：他掌着大权嘛。听说他已经买下一份好田产了。”

细致的描写，这位文学巨匠对细节刻画得绝不含糊。

涅赫柳多夫认为，不论那个日耳曼人怎样管理他的田产，怎样捞油水，他自己是完全不在乎的。然而腰身瘦长的马车夫所讲的话，他听着却不愉快。他欣赏美丽的白昼，看到天空中浓密的乌云不时遮住太阳，看到春播作物的田野上到处都有农民在推犁，重耕燕麦地，看到茂密而碧绿的草场上空

景物还是很优美的，只是此情此景却无法让涅赫柳多夫融入其中，他进行着更为严峻的思维活动。追问这不快背后的真相。

有些百灵鸟在飞翔，看到树林里除了发芽晚的橡树以外所有的树木都已经覆盖着一层嫩绿色，看到草地上点缀着杂色的牛群和马群，看到田垄上有些庄稼人耕地，可是他看啊看的，有时候又想起有一件什么不愉快的事。他就问自己：到底是什么事呢？于是他想起马车夫所讲的那个日耳曼人在库兹明斯科耶怎样作威作福的话。

一直等到涅赫柳多夫抵达库兹明斯科耶，着手办事以后，他才忘记那种感觉。

涅赫柳多夫把账目检查一遍，跟总管谈了一次话。总管天真地谈到多亏农民缺少土地，多亏他们的土地被地主的土地围在当中，地主才沾光不少。这却使得涅赫柳多夫越发确定了他的打算：他不再想经营他的田产，而要把所有的土地都租给农民。从账簿上，从他同总管的谈话中，他知道如今跟先前一样，最好的耕地有三分之二是由自己的工人使用改良的工具耕种的，其余的三分之一都雇农民来耕种，每俄亩工钱五个卢布，也就是说农民为了挣到这五个卢布，就得把一俄亩地犁三回，耙三回，播下种子，然后收割，打捆，或者收割以后送到打谷场，也就是说同样的这些工作如果雇自由的和廉价的工人来做，每一俄亩地至少就要出十个卢布工钱。凡是农民从账房那儿取得的必需品，农民都得按最贵的价钱折合成工役来支付。他们要使用草场，在树林里打柴，取得番薯的茎叶，就都得做工，几乎所有的农民都欠账房的债。这样，田野外围的那些土地由雇来的农民耕种，每俄亩所得到的收入，就比每俄亩地的地价按五分利息计算所能带来的收入多四倍。

数字最有说服力。

所有这些，涅赫柳多夫以前就知道，然而现在他听到这些却像听到新鲜事一样，不住地暗自惊讶，不明白他自己以及一切处在他的地位上的人怎么会没有看出这种关系多么不涅赫柳多夫，要的就是一种通过牺牲，放弃某种事物来补偿自己的罪恶。确切地说，这是一种萌芽中的平等地跨越阶级的意识。

正常。总管提出种种理由，说把土地交给农民后，原有的全部农具就会白白地损失，连原价的四分之一也收不回，又说农民会把土地糟蹋掉，还说总的来讲，把土地租出去后涅赫柳多夫会吃亏太大，可是这些理由反而使得涅赫柳多夫相信他把土地交给农民而使他自己失去大部分的收入，正是做了一件好事。他决定趁他这次来到此地，马上办妥这件事。收割和出售那些已经播种的粮食，卖掉农具和不必要的房屋，那得等到他走后由总管去办。至于现在，他要求总管召集库兹明斯科耶田地周围三个村子里的农民第二天来开会，为的是对农民宣布他的意图，跟农民商定他交给他们的土地的租价。

涅赫柳多夫想到他自己坚定地抵制了总管的种种理由，乐于为农民做出牺牲，不由得满心愉快，就走出账房，一面考虑眼前要办的事，一面绕过正房，穿过一个今年荒芜了的花圃（总管的房子前面却开辟了一个花圃），走过生满蒲公英的lawn-ten-nis，顺着椴树林里的林荫路走去，往常他总是到这儿来散步，吸一吸雪茄烟，而且三年前俊俏的基里莫娃到他的母亲家里来做客，就是在这儿跟他调情的。涅赫柳多夫把明天他要对农民们说的话大致想好以后，就到总管那儿去，在喝茶的时候又商量一下如何清理全部田产的问题，直到在这方面完全放了心，才往那所大房子里一个平素用来招待客人、如今为他收拾好的房间走去。

这一笔带过的枝节更突出了涅赫柳多夫，今天与当年的不同。

这个不大的、干净的房间里挂着些威尼斯的风景画片，两个窗子中间挂着一面镜子。房间里摆着一张干净的弹簧床和一张小桌，桌上放着一个装了水的玻璃瓶、一盒火柴、一个灭烛器。镜子旁边有一张大桌子，上面摆着他那开了盖子的皮箱，露出他的化妆用品盒和他带来的一些书，其中有一本是俄文的关于刑法研究的著作，还有一本德文的和一本英文的同类内容的著作。他打算在这次下乡期间遇到空闲的时候就读这些书，不过今天已经没有工夫，他打算上床睡觉了，明天还要早点起来，准备去跟农民们谈判。

这个房间的墙角上，放着一把老式的红木雕花圈椅，涅赫柳多夫记得它原是放在他母亲的寝室里的。如今他一看到这把圈椅，心里忽然生出一种完全出乎意料之外的感情。他忽然舍不得这所就要拆毁的房子，舍不得那个就要荒芜的园子，舍不得那一片就要砍倒的树林，舍不得所有那些畜厩、马房、库房、机器、牛马。那些东西虽然并不是由他购置的，然而，他知道，却都是辛辛苦苦置办起来，维持下来的。以前他觉得放弃这些东西轻而易举，可是现在他不但舍不得这些东西，甚至也舍不得他的土地，舍不得他目前很可能急需的那一半收入。而且立刻就有一种理论来帮他的忙，根据这种理论来判断，把土地交给农民，毁掉他自己经营的产业，是不合理，不应该做的。

这种心理很正常，这份不舍，恰恰说明了涅赫柳多夫的情。这种反复的斗争的思想体现了“心灵辩证法”。

“我不应当占有土地。我不占有土地，也就不能维持这份产业。再者，我现在就要到西伯利亚去，所以不论是这所房子还是这个庄园，我都不需要了。”一个声音说。“这话固然不错，”另一个声音说，“不过，第一，你不会在西伯利亚住一辈子。要是你结了婚，你就可能有子女。你整整齐齐地得到这份田产，以后你就得把它照原样传给你的子孙。人对土地要负责任。把它交出去，毁掉一切，这都很容易，可是要置办起来，那就很难了。要紧的是你得考虑你的生活，决定你以后怎样过活，再根据这一点来处理你自己的财产。莫非你目前做出来的决定是坚定不移的吗？再者，你真是本着你的良心在做你所做的事呢，还是为了做给人家看，在人家面前卖弄自己？”涅赫柳多夫问他自己。他不能不承认：别人对他所做的事会说些什么话，这对他做出决定是有影响的。他

作者交代了涅赫柳多夫的心理，使我们看到他的思想轨迹，这种互相冲击的思想推动了思维的前进，使它的走向不断向前延伸，从而使他更坚定了自己的信念。

越是考虑，问题就越来越多，而且越发不容易解决。他为摆脱这些想法，就在那张干净的床上躺下，打算睡觉，想等到明天头脑清醒以后，再来解决这些目前搅得他心乱如麻的问题。可是他很久都睡不着觉。青蛙的聒噪声随着新鲜的空气和月光一齐涌进敞开的窗口，夹杂着夜莺的啭鸣声和呼哨声。远处花园里有几只夜莺在叫，有一只却近在窗跟前，就在盛开的丁香花丛里叫。涅赫柳多夫听着夜莺和青蛙的叫声，就想起狱长女儿的弹琴声。他想起了狱长，就想起了马斯洛娃，想起她说过“您干脆丢开您那个想法好了”，她这样说的时候，她的嘴唇也像青蛙聒噪那样发抖。然后，那个日耳曼总管走下坡去捉青蛙。应当拦住他才行，可是他不但下了坡，而且变成马斯洛娃，开口责备他说：“我是苦役犯，您是公爵。”“不行，我不能让步，”涅赫柳多夫暗想。他醒过来，暗自问道：“那么我做的事究竟对不对呢？我不知道。再者对我来说反正都一样。反正都一样。不过我得睡了。”于是他自己也走下坡去，顺着先前总管和马斯洛娃的路走下去，于是一切就在那儿完结了。

无论对错，人总要选择一个方向，但不能停滞不前。

二

第二天早晨九点钟，涅赫柳多夫醒过来。账房里有个年轻的职员是伺候主人的，他听见主人动弹，就给他送去一双从没擦得这么亮过的皮鞋和非常干净清凉的矿泉水，并且报告说农民们正在陆续到会。涅赫柳多夫跳下床，头脑清醒了。昨天他舍不得交出土地，毁掉自己的产业，如今那种感情都无影无踪了。现在他想起那种感情，反而暗自惊讶。他想到他目前要办的事就心里高兴，不由自主地为它感到自豪。从他房间的窗口望出去，可以看见蒲公英丛生的网球场，农民们遵照总管的命令正在那儿聚齐。昨天傍晚青蛙聒噪不是没有来由的。今天天色阴霾。从早晨起就下着暖和的毛毛细雨，没有风，弄得树叶上、树枝上、青草上挂满了小雨珠。飘进窗子里来的，除了草木的气味以外，还有渴盼雨水的土地的气味。涅赫柳多夫穿衣服的时候有好几次往窗外看，瞧着农民们纷纷到小广场上来集合。他们一个跟着一个走来，见了面就脱掉各自的软帽和便帽，互相鞠躬，围成一个圈子，拄着拐杖。总管是一个体态丰满、肌肉发达、筋强力壮的青年人，穿一件短夹克，上面安着绿色的竖领和很大的纽扣。他来告诉涅赫柳多夫说，大家已经到齐，不过他们不妨等一等，涅赫柳多夫尽可以先喝完了咖啡或者茶再去，这两样都已经准备下了。

“不，我还是先去见他们的好。”涅赫柳多夫说。他想到马上就要同农民们谈话，却完全出乎他的意外，生出了一种胆怯害臊的心情。

他就要去实现农民们的愿望，而这样的愿望农民们是根本不敢妄想能够实现的，那就是按低廉的租价把土地交给他们。换句话说，他就要去赐给他们恩惠，可是不知怎么，他有点羞愧。等到涅赫柳多夫往聚齐的农民们那边走去，那些生着浅黄色头发的、生着鬈发的、秃顶的、头发花白的农民，就纷纷脱掉头上的帽子。可是他非常窘，很久都说不出一句话来。细雨仍旧在淅淅沥沥地下，小雨珠挂在农民们的头发上，胡子上，长衫的绒毛上。农民们瞧着主人，等着他对他们说话，可是他窘得什么话也说不出来。这种恼人的沉默由从容不迫和刚愎自用的日耳曼总管打破，他认为自己摸透了俄国农民的脾气，并且他讲起俄国话来流畅而正确。这个筋强力壮、营养过分丰富的人，如同涅赫柳多夫本人一样，跟农民们的满是皱纹的瘦脸和在他们的长衫里隆起的瘦肩胛骨相比，形成了惊人的对照。

“现在公爵打算为你们做件好事，把土地交给你们，可就是你们不配。”总管说。

“我们怎么不配呢，瓦西里·卡尔雷奇？难道我们没有给你干活吗？我们对去世的女主人很满意，祝她的灵魂升天堂。多谢少公爵，他也没有丢下我们不管。”一个饶舌的红头发农民说。

“我就是为了这个缘故才约你们来的：要是你们乐意的话，我就打算把全部土地都交给你们。”涅赫柳多夫终于开口说。

农民们沉默了，仿佛没有听懂，或者不相信似的。

“不过，把土地交给我们，这话是什么意思呢?”一个穿长外衣的中年农民说。

“就是租给你们，好让你们出不高的价钱就可以使用土地。”

“这倒是满顺心的事呢。”一个老人说。

“不过这个租价我们要出得起才成。”另一个老人说。

“给土地哪有不要的!”

“这在我们是干惯了的活儿。我们就是靠地吃饭的!”

“这样您也省心得多，只管收钱就成了，不然的话，麻烦可多了!”有些人说。

“麻烦就是你们惹出来的，”日耳曼人说，“要是你们好好干活，又守规矩……”

“这在我们这班人可办不到，瓦西里·卡尔雷奇，”一个尖鼻子的瘦老头说，“你说：为什么你把马放进麦田里来了？可是谁存心把它放到麦田里去呢？我白天忙着干活，一股劲儿地抡镰刀，干一天好比干一年。晚上我又放马，免不了打个盹儿，那马可就钻进你的燕麦地里去了。你呢，简直要剥我的皮。”

“你们就该守规矩。”

“你说的倒好：守规矩。我们的力量达不到。”一个高身量、黑头发、满脸胡子的中年农民反驳说。

“我早就跟你们说过，应该造一道围墙。”

“那你就得给木料，”后边有一个身材矮小、生得不好看的农民插嘴说，“去年夏天我倒是想造围墙来着，可是你把我关进牢房，喂了三个月的虱子。这就叫造围墙。”

“他说的是怎么一回事？”涅赫柳多夫问总管道。

“Der erste Dieb im Dorfe.”总管用德国话说。“他每年都在树林里偷树，被人逮住。你得学会尊重别人的财产才成。”总管说。

“莫非我们不尊重你？”老人说，“我们可不能不尊重你，因为我们就在你的手心里。你能把我们搓成绳子哟。”

“得了，老乡，谁也不会欺负你们。你们别欺负旁人就成了。”

“说的倒好听，‘谁也不会欺负你们’！去年夏天你就打过我一个嘴巴，打完就算了。看样子，跟阔人就是没理可讲。”

“那么你做事就得守法。”

显然，这儿在进行一场舌战，而参加的双方都不大清楚自己在说些什么话，而且为什么说这些话。不过，看得出来，舌战中的一方满腔愤恨，只是因为害怕才没有发作出来罢了，另外的一方却感到地位优越，有权有势。这场舌战涅赫柳多夫听着很难过。他极力想回到正事上来：商定租价和交款的期限。

“那么，关于土地的事该怎么办呢？你们乐意吗？要是把全部土地交给你们，你们定个什么价钱呢？”

“这是您的东西，要由您来定价钱。”

涅赫柳多夫就定出一个价钱。尽管涅赫柳多夫所定的价钱比附近一带的租价低得多，农民们却照例开始还价，认为价钱太高。涅赫柳多夫本来预料他提出的价钱会被他们高兴地接受，可是他根本看不出有什么满意的表现。涅赫柳多夫只能根据一件事来推断他提出来的价钱对他们有利，那就是后来大家谈到由谁承租土地的问题，要确定究竟是由整个村社来承租还是另外由一个共耕社来承租的时候，农民中间发生了激烈的争吵，其中的一派打算把体力不济和无力付款的农民排除在承租土地之外，另一派就是他们打算排挤出去的那些农民。最后，多亏由总管出力，才讲定了价钱和交款的期限。于是农民们一边热闹地交谈，一边走下山坡，往村子里走去。涅赫柳多夫就到账房去，跟总管一块儿拟定租约。

一切事情都照涅赫柳多夫所希望和所预料的那样安排下来：农民得到土地后所付的租金比本区土地的一般租金要低三成。他自己从土地上所得到的收入几乎减少了一半，然而这笔收入在涅赫柳多夫仍然绰绰有余，特别是因为他卖掉树林，出售农具，会有额外的进项。一切似乎都办得很好，可是涅赫柳多夫不知什么缘故，老是觉得有点羞愧。他看出来，尽管有一些农民对他说出感激的话，可是农民们并不满足，另外还有所期望。于是，结果竟然成为这样：他自己已经受了很大损失，却没有为农民们做到他们所期望的事。

第二天，在家里写成的租约签了字。涅赫柳多夫由一些受众人推选而特意到此地来的老年农民护送着，走出账房，带着事情没有办妥的不愉快感觉，坐上先前火车站上马车夫讲起过的总管那辆阔气的四轮马车，由三匹马拉着，向那些带着困惑的脸色和不满意地摇着头的农民们告别，动身到火车站去。涅赫柳多夫对他自己不满意，他所不满意的究竟是哪一方面，他不知道，然而他老是感到有点愁闷，有点羞愧。

情境赏析

作者开篇就让涅赫柳多夫的母亲去世了。这是为了让涅赫柳多夫能够直接面对土地问题而巧妙埋下的一个伏笔。只有这样，涅赫柳多夫才无法再自我欺骗；只有这样，涅赫柳多夫才会来到农村，看到农民生活的真实状况，才能更坚定他的决心。

在读大学的时候，涅赫柳多夫就已经研读过斯宾塞的《社会静力学》，坚信斯宾塞所提出的“正义不容许土地私有”的原理是正确的，是不容置疑的。他甚至采取了实际行动，把从父亲那里继承来的土地分给了农民。此后他所读到的亨利·乔治的著作又一次证明了“占有土地是不正当的”这一光辉的思想。他无法否定这种思想的正确性，否定这种思想就意味着对自己的彻底否定。然而，很长时间以来，涅赫柳多夫已经习惯了依靠他人的劳动来生活、来享乐。让他放弃这种享乐生活也几乎是不可能的。与马斯洛娃的重逢震动了他的心灵，过去的思想剥落了覆盖其上的厚厚的尘垢，如今鲜明地展现在他面前，使他无法回避。既然要打扫自己的灵魂，就无法避开管理田产这个重大的问题。而通过他改善农民处境，把土地转让给农民的种种行为看出，涅赫柳多夫的心灵越来越接近真理，趋向复活。

名家点评

“……托尔斯泰伯爵最感兴趣的是心理过程本身，它的形式、它的规律，用特定的术语来说，就是心灵的辩证法”，“人类心灵的知识是他的才华的基础力量”。在涅赫柳多夫处理土地一事上，充分体现了托尔斯泰那高超的文笔与精彩的刻画。

——（俄）车尔尼雪夫斯基

三

涅赫柳多夫到了姑姑的庄园，这是他与卡秋莎初识的地方，庄园今日的破败景象令他震惊。春花烂漫、缤纷绚丽的春色反而愈发映衬出整个庄园的惨淡。他故地重游试图追寻一些往日美好的记忆。怎奈记忆的美丽敌不过岁月的变迁，世事的沧桑！

涅赫柳多夫从库兹明斯科耶动身，到他从姑姑们名下继承的庄园去，也就是他同卡秋莎相识的地方。他对这片田产上的土地也打算照他在库兹明斯科耶用过的那种办法处理。此外，他还想尽量打听一下关于卡秋莎的事，关于她和他的孩子的事：那个孩子真是死了吗？他是怎样死的？他一清早到达帕诺沃。他坐着马车走进庄园的院子，使他触目惊心的头一件事，就是所有的房屋，特别是正房，显出一幅破败敝旧的景象。铁皮房顶本来是绿色的，已经很久没有油漆过，现在锈得发红；有几块铁皮卷了边，大概是被暴风雨掀起来的。正房的四面原本用薄板包起来，钉好，如今有些地方的木板已经被人撬走，那种人专挑容易拔掉生锈的钉子拆下木板的地方下手。门廊有两个，一个是正门的门廊，一个是他记得特别清楚的后门的门廊，都已经倒塌朽坏，只剩下梁架。有些窗子缺了玻璃，钉上木板了。管家住着的厢房、厨房、马棚，都已经陈旧，灰色。唯有花园，不但没有衰败，反而葱茏茂盛，枝条相连，目前正百花齐放。在围墙外面就可以看见樱桃树、苹果树、李树开了花，好比一朵朵白云。做篱笆用的丁香花丛也开了花，就像十四年前一样，那一年涅赫柳多夫跟十八岁的卡秋莎一块儿玩捉人游戏，就在这样的丁香花丛后面跌过一跤，被荨麻刺破了手。当初索菲娅·伊万诺夫娜在正房旁边种过一棵落叶松，矮得像是木橛子，如今却长成一棵可以做梁木用的大树，枝子上满是绿里带黄而又像绒毛那么柔软的松针了。那条河的河水已经涨到两岸上来，从磨坊的水闸上哗哗响地冲下去。河对岸的草场上，农民们的各种颜色的牛马混杂在一起，正在吃草。管家是一个在宗教学校里没有毕业的学生。他在院子里含笑迎接涅赫柳多夫，又含笑请他到账房里去，然后仍旧含笑走到隔板后边去，仿佛他用这样的笑容表示就要发生一件什么特别的事似的。隔板后面响起悄悄讲话的声音，随后就沉默了。马车夫收到车钱后，赶着车出了院子，响起一片铃铛声，随后就完全沉寂了。这以后有一个赤脚的姑娘，穿着绣花衬衫，耳朵上挂着绒毛球算是耳环，在窗子外面跑过去。有一个成年的男子跟在那个姑娘后边跑过去，他那双大靴子的钉子在一条踏硬的小路上踩得玎玎地响。

涅赫柳多夫在窗旁坐下，瞧着花园，听着。春天的新鲜空气和新垦过的土地的气息从小小的、开着两扇窗的窗口飘进来，微微吹动他出汗的额头上的头发，吹动布满刀痕的窗台上放着的一叠纸张。河边响起“特拉拍塔，特拉拍塔”的声音，那是农妇们在用洗衣棒捶打衣服，这些声音互相打岔，在迎着太阳而闪闪发光的河塘上飘荡。磨坊那边，流水从高处落下来，发出均匀的响声。一只苍蝇惊恐而响亮地嗡嗡叫着，从他耳旁飞过。

忽然，涅赫柳多夫想起很久以前他还年轻纯洁的时候，他也是在这儿，在磨坊的均匀的流水声中，听着河边那些洗衣棒捶打湿衣服的响声，春风也是照这样吹动他湿润的额头上的头发，吹动那布满刀痕的窗台上放着的一叠纸张，恰好也有一只苍蝇像这样惊恐地从他耳旁飞过。他不光是想起了当初他是个十八岁的青年的那种样子，而且感到他现在仍旧像当时那么朝气蓬勃、心地纯洁，有无可限量的前途。可是同时，如同梦中常有的情形那样，他知道这些都已经不复存在，他心里顿时感到十分凄凉。

“请问，您什么时候吃饭?”管家含笑问道。

“随您的便好了，我不饿。我要到村子里去走一趟。”

“不过，您乐意到正房里去一趟吗？房子里收拾得整整齐齐。请您费神去看一趟吧，如果这所房子的外观……”

“不了，以后再看吧。现在，劳驾，请您告诉我，你们这儿有一个女人叫马特廖娜·哈林娜吗?”

这个人就是卡秋莎的姨母。

“怎么没有?她就住在村子里,我简直拿她没办法。她在卖私酒。我知道这件事,揭过她的底,骂过她,可是又不忍心把她报官究办。她已经是个老太婆,又有孙儿孙女要她养活。”管家说,仍旧满面笑容,既表示他想向东家讨好,又表示他深信涅赫柳多夫对一切事情的看法都跟他一样。

“她住在哪儿?我想去找她。”

“她住在村子尽头,从村边数起第三家就是。左边是一所砖房,过了砖房就是她的小屋。不过,还是由我陪着您去好了。”总管说,快活地微笑着。

“不必了,谢谢您,我会找到的。劳驾,您费心通知农民们,让他们来开会,我要跟他们谈一谈土地的事。”涅赫柳多夫说,打算在此地按照在库兹明斯科耶的那种方式跟农民们把事情了结一下,如果可能的话,今天傍晚就办妥。

四

涅赫柳多夫走出大门,遇见了那个农家姑娘,耳朵上挂着绒毛球,身上穿着花花绿绿的围裙,很快地迈动两只厚实的光脚,穿过生满车前草和独行菜的牧场,沿着一条踩得很硬的小路走来。她正在往回走,左胳膊在胸前很快地甩来甩去,右胳膊搂住一只红公鸡,把它贴紧她的肚子。那只公鸡抖动着红冠子,似乎心平气和,光是转动眼珠,时而把一条黑腿伸出来,时而又缩回去,它的爪子常常钩住那个姑娘的围裙。姑娘走得离东家近了,就放慢脚步,把跑步改成走路。她走到他跟前的时候,站住,把头往后一仰,对他一鞠躬。直到他走过去了,她才抱着公鸡往前走去。涅赫柳多夫走下坡,又在水井那儿遇见一个老太婆,身上穿着肮脏的粗布衬衫,伛偻的背上横着一根扁担，扁担的两头挑着沉甸甸的、装满水的桶。老太婆小心地放下两只水桶，也像那样把头往后一仰，对他一鞠躬。

过了这口水井就是村子。那天的天气晴朗、炎热，早晨十点钟就已经热得发闷。云朵聚拢来，不时遮住太阳。整条街道上弥漫着浓烈刺鼻而又并不难闻的畜粪气味，有些大车顺着碾平的、坦荡的道路爬上山坡，粪味就是从那儿飘来的，不过主要的却是从各家院子里刚刚耙松的畜粪堆里冒出来的，涅赫柳多夫正走过那些院子的敞开的门口。有些农民跟在大车后面爬上坡去，光着脚，上衣和裤子上粘着粪汁；他们不时回过头来瞧着这个又高又结实的老爷，看见他头上戴着灰色礼帽，丝帽箍在阳光下闪闪发亮，手里拄着亮晃晃的银头曲节手杖，每走两步路就用这根手杖点一下地面，一路走上坡来，穿过村子。有些农民正从田野里赶着空车回来，一路小跑，在赶车座位上颠个不停，他们看见这个不平常的人沿着他们的村街走动，不由得暗暗吃惊，脱掉帽子对他鞠躬。村妇们走到大门外边来，或者站在房外的门廊上，互相指点他，瞧着他一路走过去。

涅赫柳多夫刚走到第四个人家的院门口，却不得不停住，让一辆大车从大门里出来。那辆大车吱吱嘎嘎响着，装满畜粪，堆得很高，压得很紧，上边铺着一张椴皮席供人坐。有一个六岁的男孩跟着大车走出来，正在等着坐上车去，心里很兴奋。一个穿树皮鞋的青年农民赶着马，迈开大步从院门里走出来。有一匹长腿的蓝灰色小马从院门里跳出来，可是见到涅赫柳多夫就吓了一跳，赶紧靠近那辆大车，用腿蹭着车轮，窜到前边它母亲那儿去，它的母亲已经拉着那辆沉重的大车走出院门，正心神不定，轻声嘶鸣。随后又有一匹马由一个清瘦矫健的老人牵出来，他也光着脚，穿着花条子的裤子和肮脏的长衬衫，背上隆起尖瘦的肩胛骨。

那些马顺着平坦的道路往上走，道路上点缀着灰色的、仿佛烧焦了的粪块。这时候那个老人走回院门口来，对涅赫柳多夫一鞠躬。

“你就是我们那两个老小姐的侄子吧？”

“对了，我就是她们的侄子。”

“欢迎欢迎。怎么样，你是来看一看我们吧？”老人健谈地讲起来。

“对，对。怎么样，你们过得好不好?”涅赫柳多夫说，不知道该说什么好。

“我们过的是什么日子呀！我们的生活糟透了。”健谈的老人仿佛感到愉快似的拖着长音说。

“为什么这样糟呢?”涅赫柳多夫一面说，一面走进院门。

“可是另外还能有什么别的生活呢？只有这种糟透了的生活。”老人说，跟着涅赫柳多夫走进院子。他来到一个敞棚底下，在一块已经铲掉畜粪而露出地皮的空地上站住。

涅赫柳多夫跟着他走到那个敞棚底下。

“瞧，我家里总共有十二口人。”老人接着说，指了指两个女人，她们手里拿着大叉，头巾已经从头上滑下来，站在还没清除出去的粪堆上，满头大汗，把裙裾掖在腰里，裸露的小腿肚子上有半截溅满了粪汁。“家里每个月都得买进六普特粮食，可是这笔钱打哪儿来呢?”

“那么，你们自己打的粮食莫非不够吃?”

“自己打的粮食?!”老人说着，冷笑了一声，“我的地只能养活三口人。这一回我们总共收了八垛粮食，还不够吃到圣诞节的。”

“那你们怎么办呢?”

“我们这么办：把一个孩子打发出去做长工，另外在您老人家那边借了点钱。那点钱没到大斋就全用光了，可是税款还没交上。”

“税款要交多少?”

“我这一户每季要交十七个卢布。唉，上帝啊，这叫什么生活！我自己都不知道该怎么对付了!”

“我可以到你们的小屋里去吗?”涅赫柳多夫说着，往前走去，穿过那个小院子，从铲净畜粪的地方走到那些还没动用过的和刚用大叉翻过而正在冒出浓重气味的棕黄色畜粪上。

“那有什么不行的，去吧，”老人说，他那两只光脚很快地走着，脚趾窝里涌出粪汁来。他绕到涅赫柳多夫前边，给他推开小屋的房门。

两个女人理好头上的头巾，把毛织裙子的裙裾放下来，带着好奇的惊恐神情瞧着这个装束整洁、袖口上有金纽扣的老爷走进她们的家。

从小屋里跑出来两个穿着粗布衬衫的小姑娘。涅赫柳多夫略微弯下腰，脱掉帽子，走进门道，随后走进一个又脏又窄的房间，那儿摆着两架织布机，弥漫着酸臭的食物的气味。有一个老太婆站在房间里炉灶旁边，卷起衣袖，露出两条又黑又瘦、青筋暴起的瘦胳膊。

“瞧，我们的东家到我们这儿做客来了。”老人说。

“哦，多承赏光。”老太婆亲切地说，把卷起的衣袖放下来。

“我想要看一看你们怎样生活。”涅赫柳多夫说。

“喏，我们怎样生活，你一看就明白。这个小屋就要坍了，说不定哪天就会压死人。可是老头子倒说这个小屋挺好。我们就这么过下来了，瞧，跟皇帝那么神气，”能说会道的老太婆说，兴奋地摆动着脑袋，“马上就要开饭了。我得给干活的人填饱肚子。”

“那你们吃些什么？”

“吃什么？我们的吃食好得很。头一道菜是面包加克瓦斯，第二道是克瓦斯加面包。”老太婆笑着说，露出已经蛀掉一半的牙齿。

“不，您别开玩笑，让我看一看今天你们吃些什么。”

“吃什么？”老人笑着说，“我们的吃食并不怎么精致。你给他看吧，老婆子。”

老太婆摇摇头。

“你想瞧我们庄稼人的吃食？我看你啊，老爷，真是爱管闲事。他什么事都要知道。我说过吃的是面包和克瓦斯。不过另外还有点汤，昨天那些娘儿们送来几条鱼。喏，这就是汤。喝完汤就吃土豆。”

“没有别的了？”

“另外还能有什么呢，左不过在汤里添点牛奶就是了。”老太婆笑着说，瞧着门口。

房门是开着的，门道里挤满了人。男孩、女孩、抱着婴儿的女人挤在门口，瞅着这个古怪的老爷考察庄稼人的吃食。老太婆分明因为善于跟老爷周旋而感到得意。

“是啊，我们的生活真糟，老爷，真糟啊，这是用不着说的。”老人说。

"你们跑到这儿来干什么!"他对站在门口的人嚷道。

"好，再见吧，"涅赫柳多夫说，觉得别扭，羞愧，他也说不出这是什么缘故。

"多谢你来看我们。"老人说。

过道里的人互相挤紧，好空出一条路来让他过去。他走出去，到街上，顺着斜坡往上走。有两个男孩光着脚从过道里出来，跟着他走：一个年纪大一点，穿着原是白色的脏衬衫，另一个穿着瘦小的、褪了色的粉红色衬衫。涅赫柳多夫回过头来看他们。

"现在你到哪儿去?"穿白衬衫的男孩说。

"去找马特廖娜·哈林娜，"他说，"你们认识她吗?"

穿粉红色小衬衫的男孩不知什么缘故笑起来，可是大孩子严肃地反问道：

"哪一个马特廖娜?岁数大吗?"

"对，岁数大。"

"哦——哦——"他拖着长音说，"那就是谢苗尼哈，她住在这个村子的尽头上。我们领你去就是。走，费季卡，咱们领他去。"

"可是那些马呢?"

"我看，没关系!"

费季卡同意了，他们三个人就一块儿顺着村街往坡上走。

五

涅赫柳多夫觉得跟这两个男孩在一起倒比跟大人在一起自在得多，一路上他跟他们攀谈起来。穿粉红色小衬衫的小男孩不再发笑，讲起话来跟那个大孩子一样又有条理又仔细。

“那么，你们村里谁最穷？”涅赫柳多夫问。

“谁穷？米哈伊尔穷，谢苗·马卡罗夫穷，还有马尔法也穷。”

“还有阿尼西娅，她更穷。阿尼西娅家里连一头奶牛都没有，他们在要饭。”小费季卡说。

“她家里没有奶牛，不过他们总共只有三口人。马尔法家里有五口人呢。”大孩子反驳说。

“反正阿尼西娅是寡妇。”穿粉红色衬衫的男孩替阿尼西娅撑腰说。

“你说阿尼西娅是寡妇，可是马尔法也跟寡妇差不多，”大男孩接着说，“简直一样，她也没有丈夫嘛。”

“她的丈夫在哪儿？”涅赫柳多夫问。

“在监牢里喂虱子呢。”大男孩引一句农民们的习惯用语说。

“去年他在东家的树林里砍了两棵小桦树，就给送到监牢里去了。”穿粉红色衬衫的小男孩赶紧说。“眼下他已经关了五个多月，女人就出外要饭，她还有三个孩子和一个害病的老婆婆。”他详细地说。

“她住在哪儿？”涅赫柳多夫说。

“就住在这个院子里，”男孩指着一所房子说。这所房屋前边有一个瘦小的、生着淡黄色头发的男孩站在涅赫柳多夫正走过的小路上，他两条弯曲的罗圈腿摇摇晃晃，站都站不稳。

“瓦西卡，你这淘气鬼，跑到哪儿去了？”一个女人从小屋里跑出来，大叫一声。她穿着肮脏的、仿佛沾满炉灰的灰色衬衫，脸色惊恐，照直跑到涅赫柳多夫跟前，抱起那个孩子就往小屋里跑，好像深怕涅赫柳多夫会对她的孩子做出什么坏事来似的。

这就是刚才说过的那个女人，她的丈夫因为砍伐涅赫柳多夫树林里的小桦树而关在监牢里。

“哦，还有那个马特廖娜，她穷吗？”涅赫柳多夫问，这时候他们已经走近马特廖娜的小屋。

“她哪能算穷：她卖酒呐！”穿粉红色衬衫的瘦男孩坚决地回答说。

涅赫柳多夫走到马特廖娜的小屋跟前，把两个孩子留在外边，他自己走进门道，然后又走进房间。马特廖娜老太婆的小农舍只有六俄尺长，要是有个身材魁梧的人在火炉后面那张床上躺下，就不能伸直身体。“卡秋莎就是在那张床上生孩子的，”他暗想，“后来又在那张床上生过病。”整个农舍几乎被一架织布机占满。涅赫柳多夫走进房门，他的头撞在低矮的门楣上的时候，老太婆刚在同她的大孙女一起修理那架织布机。另外两个孙子紧跟在主人身后，飞也似的跑进小屋，在他身后的房门口站住，伸出手来抓住门框。

“你找谁？”老太婆生气地问道。她心绪恶劣，因为她的织布机出了毛病。再者她偷卖私酒，见了任何不相识的人都害怕。

“我是这儿的地主。我想跟您谈一谈。”

老太婆沉默下来，凝神瞧着他，然后她的整个脸忽然变了样子。

“哎呀，原来是你，我的亲人！我这个傻瓜却没有认出来，还当是一个过路人呢，”她用假装亲热的口吻说，“哎呀，我的漂亮的雄鹰啊……”

“我想单独跟您谈一谈，不要有外人在场才好。”涅赫柳多夫瞧着敞开的门口说，门口站着些孩子，他们身后站着一个瘦女人，抱着非常虚弱却又不住微笑的娃娃，那个娃娃因为有病而脸色惨白，头上戴着用碎布缝成的小圆帽。

“有什么可瞧的？我要揍你们一顿。把我的拐杖拿给我！”老太婆对站在门口的人嚷道。“关上门，听见没有？”

孩子们走了，抱娃娃的女人关上房门。

“我心里正在寻思：这是谁来了？原来是东家，我的金子，我的看不够的美男子！”老太婆说。“你怎么到这种地方来了，也不嫌这儿脏。哎哟，你呀，我的金刚钻！在这儿坐下吧，老爷，喏，就坐在这个矮柜子上，”她说着，用围裙擦了擦柜子。“我心里正在寻思，不知是什么魔鬼跑到我这儿来了，想不到来的就是老爷，我的好东家，我的恩人，我的衣食父母。你要原谅我这个老傻瓜，我的眼睛快瞎了。”

涅赫柳多夫坐下来，老太婆在他的面前站着，右手托住脸颊，左手抓住尖尖的右胳膊肘，像唱歌般地讲起来：

“你也见老了，老爷。想当初，你好比漂亮的龙芽草，可是如今变成什么样子了！看起来，怕也是太操心了。”

“我是来打听一件事：你还记得卡秋莎·马斯洛娃吗？”

“就是叶卡捷琳娜吧？那怎么会不记得，她是我的外甥女嘛……那怎么会不记得，我为她流过那么多的眼泪，那么多的眼泪哟。那件事我全知道。我的爷，谁没在上帝面前犯过罪，谁没在沙皇面前犯过法？干出那种事都是因为年轻，再加上喝茶啦，喝咖啡啦，临了可就让魔鬼迷住了心窍。要知道，魔鬼的力量可大了。这有什么办法！要是你丢开她不管，那就是另一回事了，可是话说回来，你赏了她多少钱：你大大方方送了她一百卢布呐。可是她怎么样呢？她就是太糊涂。但凡她听了我的话，她就会过得挺好。虽说她是我的外甥女，可是我要说句老实话：这个姑娘没出息。后来，我给她找了一个多么好的差使。她偏偏不肯听话，骂起主人来了。难道我们可以骂主人吗？得，人家就把她辞掉了。后来她又到一个林务官家里去做工，本来可以过得好好的，可是她又不乐意。”

“我想打听一下那个孩子。她不是在您这儿生了个孩子吗？那个孩子在哪儿？”

“为了那个娃娃，我的爷，那时候我费了不少的心思。当时她病得很重，我料着她起不来床了。我就照规矩给那个男孩受了洗礼，把他送到育婴堂去。是啊，既然做娘的就要死了，何苦再让这个小天使的灵魂受罪呢？换了别人，那就会撂下这个娃娃不管，也不给他吃的，由他死去。可是我心想，怎么能这么办呢，宁可费点事，也要把他送到育婴堂去。反正有钱，所以就找人把他送走了。”

“他有登记的号码吗？”

“有倒是有，不过他当时就死了。她说她刚把他送到那儿，他就死了。”

“她是谁？”

“就是住在斯科罗德诺耶村的那个娘儿们呗。她专干这个行当。她叫马拉尼娅，现在她已经死了。这个娘儿们挺聪明，她干得可真妙！人家把娃娃送到她家里，她就收下来，留在自己家里养着，喂惯他。她一边喂这个娃娃，我的爷，一边等着多凑几个娃娃，好一齐送去。等到凑足三四个孩子，她就一股脑儿送去。这种事她办得可巧妙：先做好一个大摇篮，像是双层床，上层和下层都放着娃娃。摇篮上安着把手。她把四个娃娃统统放进去，脚对着脚，脑袋不挨着脑袋，免得磕碰。她就这样一回送四个。她在那些娃娃的小嘴里塞进几个破奶头，他们，那些小宝贝儿，就不出声了。”

“哦，那么后来呢？”

“喏，卡秋莎的孩子也是这么送去的。是啊，她好像是把他收养了两个星期以后才送去的。娃娃还在她家里的时候就生病了。”

“那个孩子生得好看吗？”涅赫柳多夫问。

“好看极了，比他再好看的都没处找了。他长得跟你一模一样哟！”老太婆补了一句，挤了挤她的老眼。

“可是他为什么这样弱呢？大概喂得很差吧？”

“哪儿会好好喂！只不过是敷衍了事罢了。当然，反正又不是她自己的孩子。只要凑合着把孩子活着送到那儿就成了。她说她刚把他送到莫斯科，他马上就咽了气。她还带回来一个证件，事情办得挺有条理。她是个聪明的娘儿们。”

关于孩子，涅赫柳多夫所能打听到的就只有这些。

六

涅赫柳多夫的头在这个房间和门道的前后两道门楣上又接连碰了两次，然后他才走到街上。有几个孩子在等他：一个穿着白色衬衫，一个穿着烟色衬衫，一个穿着粉红色衬衫。另外还有几个新来的孩子凑到他们身边来。有几个抱着婴儿的女人也在等他，其中就有那个瘦女人，手里毫不费力地抱着面无血色、头上戴着用碎布缝成的小圆帽的娃娃。娃娃的显得苍老的整个小脸上老是露出一副古怪的笑容，他不住地活动他那使劲弯着的大拇指。涅赫柳多夫知道这是痛苦的笑容。他就打听这个女人是什么人。

“这就是我对你说过的阿尼西娅。”大男孩说。

涅赫柳多夫转过身去对阿尼西娅说话。

“你过得怎么样？”他问。“你靠什么养家活口？”

“我过得怎么样？我在要饭哟。”阿尼西娅说着，哭起来。

那个面容苍老的娃娃带着满脸笑容，扭动他那像蚯蚓般的瘦腿。

涅赫柳多夫取出他的钱夹来，给那个女人十卢布。他还没有来得及走出两步去，就有另外一个抱着娃娃的女人追上他，随后又来了一个老太婆，过后又来了一个女人。人人都诉说自己怎样穷苦，求他周济她们。涅赫柳多夫把他钱夹里所有的六十卢布的零票子统统散发出去，心里万分难过地走回家去，也就是回到管家的厢房里。管家含笑迎接涅赫柳多夫，通知他说农民们今天傍晚聚齐开会。涅赫柳多夫对他道过谢，可是没有走进房间，却回转身走进花园，在撒着白色苹果花瓣和杂草丛生的幽径上走来走去，思索他刚才看见的种种情形。

起初，厢房的周围静悄悄的，可是后来涅赫柳多夫听见管家的厢房里有两个女人的气愤说话声互相打岔，其中偶尔夹杂着老是微笑的管家的平静说话声。涅赫柳多夫仔细听着。

“我本来就没一点力气了，你干什么还要扯掉我脖子上的十字架？”一个女人的气愤声音说。

“其实它只跑进去一会儿，”另一个声音说，“我说，你把它还给我吧。你干什么折磨那条牲口，而且害得我的孩子没牛奶吃？”

“你们得赔钱，要不然你们就做工来抵偿。”管家平静的声音回答说。

涅赫柳多夫走出花园，来到厢房的门廊跟前，那儿站着两个披头散发的女人，其中有一个怀着胎，分明就要临盆了。管家在门廊的台阶上站着，两只手插在他帆布大衣的口袋里。那两个村妇见到东家，就不再开口，动手整理从头上滑下来的头巾。管家从他的口袋里抽出手来，开始微笑。

事情是这样：据管家说，农民们往往把他们的小牛以至奶牛故意赶到主人的草场上来。现在，这两个女人家里的两头奶牛就在草场上被人捉住，牵到这儿来了。管家要求她们每个人赔三十戈比，或者做两天工来抵偿。可是两个女人一再说明，第一，她们的奶牛只是无意中走到草场上去的；第二，她们没有钱；第三，即使要她们答应做工来抵偿，她们也要求把那些奶牛立刻放还，它们从早晨起就一直站在那儿晒太阳，一点饲料也没吃，如今正在悲惨地叫唤。

“我多少次客客气气地要求过你们，”满面笑容的管家说，回过头来看涅赫柳多夫一眼，仿佛请他来做见证似的，“如果你们吃午饭的时候赶着牛回去，那你们就得照看好你们的牲口。”

“我刚跑去找我的孩子，它们就走掉了。”

“你既是在看牛，就不能走掉。”

“那么谁去喂孩子吃奶？你总不会去给他吃奶吧。”

“要是奶牛真踩坏了草场，那就是另外一回事，我也就不会太揪心了，其实它只是偶尔跑到那儿去的。”另一个女人说。

“整个草场已经踩坏了，”管家对涅赫柳多夫说，“要是不处分她们，将来就一点干草都没有了。”

“哎，别造罪了，”怀孕的女人叫起来，“我的牲口可是素来也没让人捉住过。”

“可是现在捉住了，你就得赔钱或者做工。”

“好，我做工就是，可你倒是把牛放了，别害得它挨饿呀！”她气愤地嚷道，“就是没有这些麻烦，我也已经白天黑夜不得消停了。我婆婆害着病。我丈夫只知道灌酒。我一个人样样事都得干，力气都使完了。只求‘做工’两个字卡在你的嗓子眼里，把你活活地噎死才好！”

涅赫柳多夫要求管家把奶牛放还，他自己又走到花园里去继续思索，然而现在已经没有什么可思索的了。现在依他看来，一切事情都明明白白，因此他止不住地惊讶，不知道这么清楚明白的事情人们怎么会没有看出来，他自己怎么会也很久都没有看出来。

“人民正在纷纷死亡，他们对这种死亡已经见惯不惊，在他们中间已经形成适应这种死亡的生活方式，听任儿童纷纷夭折，妇女担任力不胜任的工作，全体人民特别是老年人食物不足。于是人民渐渐落到这样的一种局面：他们自己已经看不见这种生活的种种惨痛，也不抱怨这种生活了。就是因为这个缘故，我们才认为这种局面是自然的，是理应如此的。”现在依他看来，事情如同白昼一样地明白：人民自己痛切感到而且经常指出，人民贫困的主要原因就在于人民仅有的那点能够用来养家活口的土地，都被地主们夺去了。同时，事情十分清楚，孩子们和老人们所以纷纷死亡，是因为他们没有牛奶喝，其所以没有牛奶喝，是因为他们没有土地来放牧牲口，没法收割粮食和干草。事情十分清楚，人民的全部灾难，或者至少是人民灾难的最主要、最直接的原因，就在于他们赖以生存的土地不在他们手里，却在那些利用土地所有权依靠人民的劳动生活着的人们手里。人民极其迫切地需要土地，缺了土地就大批死亡，同时土地也正是由这些陷入极度贫困的人耕种的，结果呢，从地里打下来的粮食却拿到国外去出售，好让地主们去买帽子啦，手杖啦，马车啦，铜器啦，等等。现在这一点他看得十分清楚，犹如他十分明白，如果把许多马关在一道围墙里，那些马吃完身旁所有的青草以后就会消瘦，就会纷纷饿死，除非让它们有可能利用它们能够找到饲料的土地……这真是可怕，万万不可以再继续下去，也不应该再继续下去。务必要想出一种办法来使得这种情形不再存在，或者至少让自己不再参与其事才行。“我一定会找到这个办法，”他在附近一条桦树林荫道上走来走去，思索着。“在学术团体里，在政府机构里，在报纸上，我们反复讨论人民贫困的原因和提高人民生活的办法，然而单单没有谈到唯一可靠的、必然能够提高人民生活的办法，那就是停止从人民手里夺取人民所不可缺少的土地。”于是他清楚地想起亨利·乔治的基本原理，想起以前他对那种原理的钦佩，想到他居然把这些原理忘得一干二净，不由得感到惊讶。“土地是不可以成为财产的对象的，它不可以成为买卖的对象，如同清水，空气，阳光一样。一切人，对于土地，对于土地给予人们的种种好处，都有同等的权利。”现在他才明白为什么他想起在库兹明斯科耶处置土地的办法，就感到羞愧。他在欺骗自己。他明知人不可以拥有土地的所有权，却又认可他自己享有这种权利。他把土地的一部分收益送给农民，可是在他的心灵深处，他知道他对土地的任何收益都没有享用的权利。现在他不打算再照那样做，他要改变他在库兹明斯科耶的做法。他就在他的头脑里拟出一个方案，大意是把土地交给农民，收取租金，然后把租金定为那些农民的财产，由他们支配，用来交纳税款，并且用在村社的事业上。这不是 Singletax，然而这总算是在现行制度下最有可能做到的接近单一税的办法。不过主要的是他放弃了他享有的土地所有权。

等他回到屋里，管家就带着特别高兴的笑容请他去吃午饭，而且表示担忧说，他的妻子由那个耳朵上挂着绒毛球的少女相帮做出的菜也许煮得过了火候，或者烤得过了火候。

饭桌上铺着粗糙的桌布，上面放着一块绣花的布巾，算是餐巾。桌上摆着一个 vieux-saxe 汤盆，盆上有个柄已经断了，盆里盛着鸡块土豆汤，那只时而伸出这一条黑腿、时而伸出那一条黑腿的公鸡已经开膛破肚，甚至剁成小块，有许多地方还带着鸡毛。喝完汤以后，下一道菜还是那只公鸡的肉，连鸡毛也一齐烤焦了。随后端上来的是煎奶渣饼，加了大量的牛油和白糖。这些菜虽然都不大可口，涅赫柳多夫却都吃下去了，也没理会他自己吃些什么。他在专心思索，这种思索倒把他从村子里带回来的愁闷心境一下子打消了。

每逢脸色惊恐、耳朵上挂着绒毛球的姑娘端着菜送到饭桌上，管家的妻子就凑着门缝往里偷看。管家本人正在为他妻子的手艺扬扬得意，脸上的笑容越来越欢畅。

饭后，涅赫柳多夫费了不少劲才使得管家安稳地坐定。他为了检查他自己的想法，同时也为了把他深感兴趣的那些想法说给外人听，就对管家讲一下他把土地还给农民的方案，征求他对这个方案的意见。管家不住地微笑，装出这种方案他自己也早已想到过，如今听得很高兴的样子，然而实际上他根本不理解这个方案。这显然不是因为涅赫柳多夫讲得不清楚，而是因为照这个方案办起来，涅赫柳多夫势必要为别人的利益放弃他自己的利益。可是在管家的头脑里已经有一个真理扎下了根，那就是每一个人都一心一意以损害别人的利益来成全自己的利益，所以等到涅赫柳多夫讲起土地的全部收入都应当成为农民的公积金，管家就推测一定是有什么地方他自己没有听明白。

"我懂了。这是说，这笔公积金的利息是由您收去吧?"他眉开眼笑地说。

"根本不对。您要明白，土地不可以成为个人的私有物。"

"这话对!"

"所以土地提供的一切东西就属于一切人。"

"那么这样一来，您岂不是就没有收入了?"管家收敛他的笑容，问道。

"我干脆不要了。"

管家沉重地叹一口气，然后又开始微笑。现在他懂了。他这才明白，原来涅赫柳多夫是一个神智不十分正常的人。于是他立刻在涅赫柳多夫的这个放弃土地的方案里开始寻找，看能不能找到合乎他个人利益的东西，一心想把这个方案看成他从被放弃的土地上总可以捞到点好处。

不过，等到他明白这也不可能，他就发愁了，对方案再也不发生兴趣，他继续微笑也只不过是为了向东家讨好罢了。涅赫柳多夫看出管家不理解他，就让管家走掉，他自己在一张布满刀痕和染了墨水的桌子旁边坐下，着手在纸上写下他的方案。

太阳已经落到刚刚长出叶子的椴树后面，蚊子成群地飞进房间来，不住地叮涅赫柳多夫。他刚写完草稿，就听见村子里传来牛叫声、吱吱嘎嘎的开门声、为开会而集合的农民们的谈话声。涅赫柳多夫就对管家说，不必把农民叫到账房这儿来，他决定由他自己到村子里去，到他们集合的院子里去。涅赫柳多夫赶紧喝完管家端给他的一杯茶，步行到村子里去了。

七

长期生活在黑暗之中的人，见了阳光会刺伤眼睛。习惯了被盘剥压榨的农民，怎么会一下子相信一个贵族愿意放弃自己的既得利益。然而这些并不能使涅赫柳多夫灰心失望，他越发坚定了信念，并且心身愉悦地走下去。

村长的院子里，人群发出嘈杂的谈话声。可是涅赫柳多夫刚一走进去，谈话声就停下来，那些农民都像库兹明斯科耶的农民似的一个个脱掉帽子。这个地区的农民比库兹明斯科耶的农民贫寒得多。如同姑娘们和村妇们耳朵上都挂着绒毛球一样，男人们也几乎都穿着树皮鞋、土布衬衫、长外衣。有些人刚干完活回来，光着脚，只穿着衬衫。

一时之间无法接受，且从他们的角度想，他们想知道涅赫柳多夫葫芦里卖的是什么药。

涅赫柳多夫打起精神，开口讲话，向农民们宣布说他打算把土地全部交给他们。农民们沉默着，他们的面部表情丝毫没有发生变化。“因为我认为，”涅赫柳多夫涨红了脸说，“土地不应该由不在土地上干活的人占有，每个人都有权利使用土地。”

“这是不消说的。这话说得对极了。”传来农民们的说话声。

涅赫柳多夫接着讲到土地的收入应该由大家平分，因此他建议他们收下土地，付出他们所规定的价钱，把这些钱合成一笔公积金，由他们日后使用。这时候不断传来称赞和同意的话语声，然而农民们严肃的脸色变得越来越严肃了。他们的眼睛先还瞅着他们的主人，这时候却低下去，仿佛大家已经看穿他的狡诈，他骗不了任何人，同时他们又不愿意让他感到羞愧似的。

涅赫柳多夫讲得颇为清楚，农民们素来是善于领会道理的人，可是他们不理解他的话，而且也不可能理解，这跟管家很久不理解，出于同一种原因。他们毫不怀疑地相信：为自己的利益打算，是每个人的本性。讲到地主，那么他们早已凭若干世代以来的经验知道，地主素来借损害农民的利益来成全自己的利益。因此，如果地主把他们召集起来，向他们提出一个什么新的办法，那就显然是为了设法更加狡诈地欺骗他们。

一个恶习是很难被打破的，而它的坏的影响更是沉积到民族意识之中。

“好，那么，你们打算给土地定一个什么价钱呢?”涅赫柳多夫问。

“为什么要由我们来定？我们不能定。土地是您的，权柄在您的手里。”人群里有人回答说。

“不对，这些钱将来由你们自己用在村社的需要上。”

“我们不能这么办。村社是一回事，这又是一回事。”

“你们要明白，”同涅赫柳多夫一路来的管家，想把事情解释清楚，就含笑说，“现在公爵把土地交给你们，要你们出一笔钱，不过这笔钱又算做你们的资金，供村社使用。”

“这号事我们很懂，”一个牙齿脱落、神情气愤的老人说，没有抬起眼睛来。“这跟银行的那套办法差不多，反正我们得按时交钱。我们可不愿意这么办，因为我们本来就已经够苦的，再这么一办，我们这点家当就全完了。”

“没有抬起眼睛”传神地描绘出这位老者不屑的表情。

“这种办法没什么好处。我们还是按老规矩办事的好。”有几个不满意的、甚至粗鲁的声音说。

临到涅赫柳多夫提出要立一个契约，由他签字，然后他们也得签字，他们就反对得更加激烈了。

“签字干什么？我们不签。往常我们怎么干活，以后我们还怎么干活就是。这种办法究竟是什么意思？我们可是啥也不懂的人啊。”

“我们不同意，因为这种事我们干不惯。往常怎么办，往后也怎么办好了。不过种子应该取消。”有人说。

所谓取消种子，那意思是说：按照眼前的规矩，在对分制的庄稼上，种子是应该由农民出的，现在他们要求由地主提供种子。

“那么你们拒绝这个办法，不肯要土地吗?”涅赫柳多夫对一个年纪不老、眉开眼笑的赤脚农民说。这个人穿一件破旧的长外衣，他那弯着的左手把他的破帽子举得特别直，就像士兵听到脱帽口令以后拿着帽子的姿势一样。

从他的回答中，充分表明他的士兵生涯。

“是，老爷，”这个农民说，显然还没有摆脱士兵生活习惯的催眠性影响。

“那么，你们的土地已经足够了?”涅赫柳多夫说。

“不，老爷，”这个旧日的士兵装出快乐的神情回答说，极力把他那顶破帽子举在他的胸前，仿佛谁愿意戴这顶帽子，他就奉送似的。

“那么，你们还是把我对你们说过的话仔细想一下的好。”惊讶的涅赫柳多夫说，然后把他的建议重述一遍。

“我们用不着再想，我们说的话算数。”脸色阴沉、牙齿脱落的老人生气地说。

“我明天还要在这儿住一天。要是你们改变了主意，你们就派人来跟我说好了。”

农民们没有答话。

因此，涅赫柳多夫简直是一无所获，走回账房去了。

“我要跟您回禀一声，公爵，”管家在他们回到屋里以后说，“您跟他们是谈不拢的，他们是些死心眼的人。只要一开会，他们总是固执己见，谁也说不动他们。这是因为他们对样样事情都害怕。其实，那些不同意您的办法的庄稼人，比方说那个白头发的，或者那个黑头发的，都是聪明的庄稼人。要是他到账房里来，您让他坐下，请他喝茶的话，”管家含笑说，“那么一谈起天来，您就好比走进了智慧宫，他活像是一位大臣，讲起各种事来头头是道。可是一开会，他就像是完全换成另一个人，一个劲儿地讲他那一套不改口了……”

笑是这一个管家的招牌表情，从“含笑”到“笑吟”再到“笑得越发欢畅”反映了他的心理活动。

“那么，能不能把最通情达理的农民约几个到这儿来呢？”涅赫柳多夫说，“我想详详细细地对他们解释清楚。”

“这办得到。”笑吟吟的管家说。

“那么，劳驾，您约他们明天来。”

“这完全办得到，我叫他们明天来就是。”管家说着，微笑得越发欢畅了。

“嘿，他可真鬼！”一个肤色发黑的庄稼人留着蓬松的、从没梳理过的胡子，骑着一匹肥马，身体不住摇晃，对另一个庄稼人说，那个庄稼人也骑马，跟他并排走着，拴在马腿上的铁链玎珰地响，他生得又瘦又老，身上穿一件破的长外衣。

这两个庄稼人赶着马到大路上去吃夜草，而且打算偷偷地把它们送进地主的树林。

“‘我把土地白白地送给你，你只要签个字就成。’他们算计咱们这班庄稼人的事，还嫌少吗！不行啊，老兄，你办不到，如今我们自己也明白事理了，”他接着说，然后他开始呼唤一匹刚满周岁的小马，它离开马群独自走了。“小驹子，小驹子！”他叫着，停住马，回过头看，可是小马没有在后面，已经往斜下里走，到草场上去了。

“你瞧，这个坏蛋，跑到东家的草场上去了。”留一把蓬松胡子、肤色发黑的庄稼人说，听见那匹离群的小马嘶鸣着，

农民们的误解亦是可以理解的，毕竟这种思想上的“复活”只是涅赫柳多夫一个人，其他人仍有漫长的路要走，才可认识到这一点，无论是剥削者还是被剥削者。

在沾满露水、飘散着沼地的清香的草场上跑个不停，踩得咔嚓咔嚓响。

“你听见没有，草场上长满杂草了，等到过节应该打发娘儿们到我们那些对分制的庄稼地里去拔杂草，”穿着破旧的长外衣的瘦庄稼人说，“要不然就会把我们的镰刀弄毁了。”

农民的语言很传神，表达了他们受到的苦难。

“他说，‘签字吧，’”胡子蓬松的庄稼人继续对东家的话发表意见，“你真要是签了字，他就把你活活地吞下肚里去了。”

“这话一点不假。”老庄稼人回答说。

他们没有再谈下去。只有马蹄踏着坚硬的道路的响声在空中飘荡。

八

涅赫柳多夫回到屋里。账房已经收拾出来供他过夜，他发现那儿摆着一张高大的床，床上摆着鸭绒垫子，放着两个枕头，铺着一条深红色绸被子，绗得细密而带花纹，厚得卷不起来，是供双人盖的，分明是管家的妻子的嫁妆。管家邀请涅赫柳多夫去吃今天午饭所剩下的菜，可是涅赫柳多夫谢绝了。管家为饮食起居方面的怠慢告了罪，走出去，留下涅赫柳多夫独自一个人待在房间里。

农民们的拒绝丝毫没有惹得涅赫柳多夫心烦意乱。刚好相反，尽管在库兹明斯科耶那边，农民们接受了他提出来的办法，不断向他道谢，而在这儿农民们却对他表示不信任，甚至敌视他，可是他仍然感到心情平静而欢畅。账房里闷热，不干净。涅赫柳多夫就走到房外，打算到花园里去，然而他想起那个夜晚，那个女仆房间的窗子，那个后边的门廊，觉得现在去重游那些被犯罪的回忆玷污了的地点未免不愉快。他就又在门廊上坐下，吸着温暖的空气里弥漫着的桦树嫩叶的浓烈香气，久久地瞧着漆黑的花园，谛听磨坊的流水声和夜莺的鸣叫声，另外还有一只什么鸟在门廊附近的灌木丛中发出单调的呼哨声。管家的窗子里，灯光熄了。东边，在谷仓的后面，初升的月亮射出万道银光。天空的闪电越来越亮，照着百花盛开、郁郁葱葱的花园和破败的正房。远处响起了雷声，天空有三分之一布满了乌黑的雨云。夜莺和别的鸟停止歌唱了。磨坊哗哗的流水声中，夹杂着鹅的嘎嘎叫声，然后村子里和管家的院子里，醒得早的公鸡纷纷啼起来，遇到天气炎热而有雷雨的夜晚公鸡照例是啼得早的。常言道，每到快活的夜晚，公鸡就啼得早。这个夜晚对涅赫柳多夫来说还不止是快活而已。这在他是一个欢乐而幸福的夜晚。当初他年轻纯洁的时候在此地度过了一个幸福的夏天，现在他的想象力就把他在那年夏天所得到的种种印象重现在眼前，他感到现在自己不但同那时候一样，而且同他一生中一切最好的时刻一样。他不但想起，而且体会到，现在他自己就像当初是个十四岁的孩子，向上帝祷告，祈求上帝对他揭示真理的时候一样，就像他小时候扑在母亲的膝头上，向她告别，一面哭着，一面向她应许说他永远做一个好孩子，绝不惹她伤心一样。他感到他现在就像当初他和尼古连卡·伊尔捷涅夫一块儿决定他们要永远互相帮助过一种纯洁美好的生活，尽心竭力使一切人都变得幸福的时候一样。

他这时候想起他怎样在库兹明斯科耶受到试探，怎样留恋那所房子、那片树林、那些农具和设备、那些土地，现在他就问自己：他还舍不得那些东西吗？他想到自己居然会舍不得那些东西，甚至觉得奇怪。他回想他今天看见的种种现象，例如失去丈夫而带着几个孩子一起生活的女人，而她的丈夫就是因为砍伐他涅赫柳多夫的树林里的树木才关进监牢的，还有可怕的马特廖娜，她竟然认为，或者至少她口头上说，处在她们那种地位的女人本来就应当甘心做主人的情妇；他回想她对孩子的态度，回想把孩子送到育婴堂去的办法。他想起那个不幸的娃娃，头上戴着小圆帽，面容苍老，露出笑容，由于食物不足而濒于死亡。他还想起那个怀孕的、虚弱的女人，因为劳动得筋疲力尽，没有管好她那头饥饿的奶牛而被逼着要为他做工。这时候他还想起监狱、剃掉一半头发的脑袋、牢房、惹人恶心的气味、镣铐，紧跟着又想起他自己的生活以及京都大邑老爷们全部生活的穷奢极欲。这一切是十分清楚，不容怀疑的。

一轮差不多滚圆的明月从谷仓后面升上来，乌黑的阴影铺开，盖满了整个院子。破败的正房的铁皮房顶开始闪闪发光。

沉默着的夜莺仿佛不愿意辜负月光似的，在花园里打着呼哨，鸣啭起来。

涅赫柳多夫想起先前他在库兹明斯科耶的时候，怎样开始考虑他自己的生活，着手解决他要做些什么事和怎样去做的问题，想起他怎样被这些问题困住，没法解决，因为每一个问题都引起那么多的顾虑。现在他又对自己提出这些问题，却发现一切都很简单，不由得暗自惊讶。其所以会变得简单，是因为他现在不考虑他会遭到什么后果，这甚至引不起他的兴趣，他所考虑的只是他应该做什么事。说来奇怪，他自己需要什么，他无论如何也不能确定，至于他必须为别人做些什么，他却毫无疑问地知道。现在他毫无疑问地知道必须把土地交给农民，因为留下土地是不对的。他毫无疑问地知道他不应该丢开卡秋莎不管，应该帮助她，应该准备用各种方式赎他对她所犯下的罪。他毫无疑问地知道他必须研究、分析、明了、理解所有关于审判和处罚之类的事情，觉得从中看出了一些别人没有看出来的东西。这样做会得出什么后果，他不知道，然而他毫无疑问地知道不论是第一件事，第二件事，还是第三件事，都是他非做不可的。正是这个坚定的信念，才使得他满心高兴。

乌黑的雨云已经完全聚集拢来。现在他所看见的不再是远处的电光，而是明晃晃的闪电，照亮整个院子、破败的正房和它那朽坏的门廊。雷声已经在他的头顶上隆隆地响。所有的鸟雀都不出声，不过树叶倒飒飒地响起来，风一直刮到涅赫柳多夫坐着的门廊上，吹拂他的头发。一颗雨点落下来，随后又是一颗，接着就有许多颗雨点一齐敲打牛蒡和铁皮房顶。一道闪电明晃晃地照亮整个空间，于是一切声音都归于沉寂，涅赫柳多夫还没有来得及从一数到三，就当头来了一声可怕的霹雳，接着整个天空都轰隆隆地震响了。

涅赫柳多夫走进房里。

“对了，对了，”他想，“我们的生活中正在进行的工作，这整个工作，这工作的全部意义，是我所不理解，也不可能理解的：为什么世界上有过我的姑姑们？为什么尼古连卡·伊尔捷涅夫死了，而我还活着？为什么有一个卡秋莎？为什么我有过那种疯魔状态？为什么有过那一次战争？为什么我后来过那种放荡的生活？理解这一切，理解主的全部工作，在我是办不到的。不过，执行那铭刻在我良心上的主的意志，我却能办到，这是我毫无疑问地知道的。我这样做，心里就平静，这也是毫无疑问的。”

小雨已经变成倾盆大雨，雨水从房顶上流下来，咕咕响地灌进下面的小木桶里。闪电不再常常照亮院子和房屋，稀得多了。涅赫柳多夫回到房间里，脱掉衣服，在床上躺下；他有点担心臭虫，破旧而肮脏的壁纸使得他怀疑那儿藏着臭虫。

“是的，应该感觉到自己不是主人而是仆人。”他暗想，而且为这个想法高兴。

他的担心是对的。他刚熄掉蜡烛，那些虫子就爬到他身上来，开始叮他。

“交出土地，到西伯利亚去，那边有数不尽的跳蚤、臭虫、肮脏……不过，那有什么了不得的呢，如果必须忍受这些，我也受得住。”可是，尽管他抱着这样的愿望，他还是受不了那些臭虫。他就到敞开的窗子那边坐下，欣赏退到远方去的乌云和重又出现的月亮。

情境赏析

“从因为我认为”，涅赫柳多夫涨红了脸说，“土地不应该由不在土地上干活的人占有……”到“只有马蹄踏着坚硬的道路的响声在空中飘荡。”

即使天上掉下了馅饼，农民们在长期习惯过苦日子，被剥削的境遇中，他们仍然怀疑，这是否真实。农民们并不是不想要土地，而是他们根本不相信地主会把土地送给他们。世世代代以来，地主所做的每一件事都是要从农民身上榨出最后一点油水，他们怎么能相信涅赫柳多夫所说的不是一个为了欺骗他们而精心设计的骗局呢？正因为涅赫柳多夫的建议太好了，所以更没有人敢相信。就算不考虑涅赫柳多夫是地主这个因素，为了别人而放弃自己的利益也简直让人无法置信，因为农民们深信为自己打算是每一个人的天性。农民们已经不知道多少次被地主耍弄过了，他们拼命地工作，日子却还是越过越穷，他们已经经不起再折腾一次了。所以，他们对涅赫柳多夫所提出的这个好得像最狡诈的诡计一样的建议态度非常谨慎，无论如何也不肯答应，虽然他们是那么的渴望能拥有土地。

名家点评

托尔斯泰几乎一生都在极力地关心农民。就在他刚执笔《复活》时，1891—1892 年，俄国有 19 个省由于农民歉收，闹起了灾荒，农村里饿殍遍野。托尔斯泰放下了笔，立即投入到救灾的活动中，当他亲眼看到广大农民的挨饿的情景时，深深地察觉到了“我们这个阶级对人民犯下的罪行”，他看到了社会矛盾已达到了一触即发的程度，因而更加强烈地感到了，必须从根本上改变农民的状况。他先后写出了论文《论饥饿》、《可怕的问题》、《援助因歉收而挨饿的居民的办法》和《挨饿还是不挨饿?》等——当时他对这些问题的思考，在很大程度上都进入了《复活》的涅赫柳多夫头脑中。

——（苏）库列绍夫

九

涅赫柳多夫这种虔诚的敬畏之心，及其所行的善，终于感动了农民，他们相信并接纳了他的意见。这让涅赫柳多夫体会到一种快乐的心情。接着，他遇到曾经的自己，像镜子一样的申博克，他映照出的丑恶，让涅赫柳多夫更清醒地反省自身。

涅赫柳多夫一直到将近午夜才睡熟，所以第二天他醒得很迟。中午，经管家约请，有七个被推举出来的农民走进苹果园，来到苹果树下。管家已经派人在那儿把木桩插进地里，上面钉了木板，布置出一张小桌和几张小长凳。他们费了不少唇舌才劝得那些农民戴上帽子，在凳子上坐下。那个老兵特别固执地把他的破帽子举在胸前，规规矩矩，像是在参加葬礼；他今天裹着干净的包脚布，穿着干净的树皮鞋。不过，等到他们当中的一位老人戴上他的大帽子，紧了紧身上的土布新外衣，走到桌子跟前，在凳子上坐下，别人也就都学着他的榜样做了。这位老人生得仪表堂堂，肩膀很宽，花白的胡子里有些卷毛，像是米开朗基罗笔下的摩西，他那光秃的前额被太阳晒成棕色，周围生着浓密蜷曲的白发。

等到大家分别坐好，涅赫柳多夫就在他们对面坐下，把他的胳膊肘撑在桌面铺着的一张纸上，那上面写着他的方案的概要，然后他开始叙述这个方案。

不知道是因为今天农民的人数比较少呢，还是因为涅赫柳多夫关心的不是他自己而是工作，总之这回他一点也不觉得心慌。他不由自主地总是对着那位肩膀很宽、胡子里夹着白色卷毛的老人说话，等着他表示赞成或者反对。然而涅赫柳多夫却把老人看错了。这位仪表端正的老人虽然也赞许地点几下他那家长气派的、好看的头，或者遇到别人反驳的时候就皱起眉毛摇头，可是显然费很大的劲才能理解涅赫柳多夫所说的话，而且要到别的农民用他们自己的说法重讲一遍以后，他才能听明白。倒还是另外一个小老头对涅赫柳多夫的话听懂了许多，他坐在摆出家长气派的老人身旁，身材矮小，瞎了一只眼睛，身上穿一件打着补丁的黄色土布长外衣，脚上穿一双踏歪了的旧皮靴，脸上几乎没有胡子；事后涅赫柳多夫听说，他是一个砌炉匠。这个人很快地动着眉毛，聚精会神地听着，每逢涅赫柳多夫讲完话，就立刻按他自己的说法转述一遍。此外有一个身材不高然而壮实的老人也能这样很快地领会他的话，这个人留着白胡子，闪着炯炯有神的、聪明的眼睛，利用一切机会在涅赫柳多夫的发言中插进几句开玩笑的或者讥诮的话，分明想借此卖弄一下。那个老兵要不是已经被兵士生活弄得头脑迟钝，习惯于毫无意义的士兵用语而变得糊里糊涂，本来倒也似乎能够理解这件事。对这件事抱着最认真的态度的，是一个身量高、鼻子长的人，留着小小的胡子，用深沉的男低音讲话，穿着干净的土布衣服和新的树皮鞋。这个人听懂了所有的话，非到必要的时候绝不开口。余下还有两个老人，一个就是那个牙齿脱落的老人，昨天在会场上对涅赫柳多夫的所有建议一概发出坚决反对的喊叫声；另一个是高身量、白头发的瘸腿老人，生得面貌和善，两只瘦脚上紧紧地裹着白色包脚布，外边套着一双农民的靴子。他们两个人虽然也专心听着，却几乎始终没有开口。

涅赫柳多夫首先说明他对土地所有制的看法。

“依我看来，”他说，“土地既不能买，也不能卖，因为，如果可以出卖土地的话，有钱的人就会把土地一股脑儿买去。到那时候，他们就要由着性儿拿走没有土地的人的东西才准许他们有权使用土地。哪怕你要在土地上站一下，他们也要你出钱，”他引用斯宾塞的理论补充了一句。

“只有一个办法，那就是把他的翅膀捆起来，看他还飞得成飞不成。”白胡子老人说，眼睛里含着笑意。

“这话是实在的。”长鼻子农民用深沉的男低音说。

“是，老爷。”老兵说。

"一个娘儿们家正在为她的奶牛割草，不料就给人抓住，送进监牢里去了。"性情和善的瘸腿老人说。

"我们自己的地在五俄里以外；要租地吧，又租不起；租价定得那么高，简直划不来，"牙齿脱落、怒气冲冲的老人补充道，"人家简直由着性儿地摆布我们。这比劳役租制还要糟。"

"我跟你们的想法是一样的，"涅赫柳多夫说，"我认为占有土地是罪过。所以我才要把土地交出来。"

"嗯，这是好事。"留着摩西般卷毛胡子的老人说，显然把涅赫柳多夫的话理解成他要把土地租出去。

"我到这儿来就是为了这个目的：我不打算再占有土地了。那么，现在我们得好好地想一想，土地应该怎样分法。"

"把它交给庄稼汉就完了。"牙齿脱落、怒气冲冲的老人说。

涅赫柳多夫起初心里发慌，感到这句话里含有怀疑他的意图是否诚恳的味道。不过他马上振作起来，利用那句话，索性把他所要说的话全说出来。

"我是乐意把土地交出来的，"他说，"可是交给谁呢？怎样交法？交给哪些农民？再说，为什么交给你们的村社而不交给杰明斯科耶村社呢？"(那是附近的一个村子，份地极少。)

大家沉默了。只有老兵说了一句：

"是，老爷。"

"好，那么，"涅赫柳多夫说，"请你们告诉我，假定沙皇说把地主的土地拿过来，分给农民……"

"莫非真有这样的说法？"牙齿脱落的老人问道。

"不是的，沙皇什么也没说。这不过是我自己这样说：假定沙皇说，把地主的土地拿过来，交给农民，那你们会怎么办？"

"怎么办？那就把全部土地按人口平分给大家。农民有份，地主也有份。"砌炉匠说，他的眉毛一上一下地动得很快。

"不这么办还能怎么办呢？按人口分好了，"性情和善、裹着白色包脚布的瘸腿老人肯定道。

大家都肯定这个决策，认为这个办法是令人满意的。

“可是怎样按人口分呢？”涅赫柳多夫问。“地主家的仆人也有份吗？”

“不，老爷。”老兵说，极力在他的脸上显出快活的勇敢神情。

然而明白事理的高身量农民不同意他的话。

“既要分，那就人人都有份。”他思索一下，用他的深沉的男低音回答说。

“不行，”涅赫柳多夫说，已经事先准备好他的反驳，“如果由大家平分，那么凡是本身不劳动和不耕地的人，那些老爷、听差、厨师、官吏、文书员、所有的城里人，就都领下他们自己的一份地，再把它卖给财主。土地就又都聚集到财主的名下去了。至于靠自己的那块地过活的人，他们生儿养女，土地就会分散。财主就又把那些需要土地的人抓在手心里。”

“是，老爷。”那个兵赶紧肯定道。

“那就禁止卖土地，只有自己种地的人才能有地。”砌炉匠生气地打断老兵的话说。

对于这个意见涅赫柳多夫反驳说，一个人究竟是在为自己还是为别人种地，那是分辨不清的。

这时候，明白事理的高身量农民提出一个办法，主张大家按劳动组合的方式耕种土地。

“凡是种地的人才能分收成。凡是不种地的，就什么也得不着。”他用果断的男低音说。

对于这种共同经营的方案，涅赫柳多夫也已经准备了论据。他反驳说，要做到这一点就得大家都有犁，大家都有一般多的马，谁也不能比谁少；或者一切东西，不论马也好，犁也好，脱谷机也好，各种农具也好，都归公用。不过，为了这样做，就得大家都同意才成。

“我们这班人一辈子也同意不了。”怒气冲冲的老人说。

“那可就有打不完的架了，”眼睛里含着笑意的白胡子老人说，“那些娘儿们准定会把彼此的眼睛都剜出来完事。”

“再者，土地有肥有瘦，该怎样分呢?”涅赫柳多夫说，“为什么有的人种黑土，有的人就种黏土和砂地呢?”

“那就把各式各样的地划成小块块，由大家平分。”砌炉匠说。

对于这种意见涅赫柳多夫反驳说，问题不是单独在一个村社里划分土地，而是普遍地在各省划分土地。如果土地是无代价地交给农民，那么凭什么有的人得好地，有的人就得坏地呢？大家都是要好地的。

“是，老爷。”那个兵说。

其余的人都沉默。

“所以这件事不像看起来那么简单，”涅赫柳多夫说，“关于这种情形，不单是我们，另外还有许多人也都想到了。有一个美国人，叫乔治，他倒想出了一个主意。我同意他的办法。”

“反正你是主人，随你怎么分就是。谁能拦住你？这件事本来就是由你做主嘛。”怒气冲冲的老人说。

这些插话使得涅赫柳多夫发窘。不过使他暗自高兴的是，他发现不单是他一个人不满意这些插话。

“等一下，谢苗大爷，让他把话说完。”明白事理的农民用他那庄严的男低音说。

这些话鼓舞了涅赫柳多夫，他开始对他们说明亨利·乔治所拟订的单一税方案。

“土地不是属于任何人的，它属于上帝。”他讲起来。

“是这样的。这话不错。”有好几个人同声回答说。

“全部土地都是大家公有的。人人对土地都有同等的权利。可是土地有好有坏。大家都想得到好地。那么，该怎样分才能做到平均呢？应该这样办：凡是拿了好地的人，就该把他的土地按价付钱给那些没有土地的人，”涅赫柳多夫自问自答地说，“可是，究竟谁应该给谁钱，那是很难确定的，再者为了公共的需用也要筹一笔款子，所以就该这样办：凡是有了土地的人都应当把他们的土地按价付钱给村社，供各种需用。这样一来，大家就平均了。你要有土地，那你就得出钱，领到好地的多出钱，领到坏地的少出钱。你不要土地，你就一个钱也用不着出，由有土地的人替你交钱供应公用。”

“这才对，”砌炉匠活动着眉毛说，“谁的地好，谁就多出钱。”

“这个乔治倒是个有头脑的人。”仪表堂堂、胡子里有卷毛的老人说。

“不过，所定的价钱要大家出得起才成。”高身量的农民用男低音说，分明已经看出这个办法会造成什么后果。

“钱数应当定得合适，既不太贵，也不太便宜……要是太贵，大家就会出不起，就会闹亏空。要是太便宜，大家就会互相买卖，拿土地做生意。这就是我打算在你们这儿办的事。”

“这才妥当，这才对。嗯，这个办法不坏。”农民们说。

“嘿，这个人的头脑可不坏，”肩膀很宽的卷毛胡子老人又说一遍，“这个乔治！他想出来一个多么好的办法。”

“哦，要是我希望得着一块地，那怎么样？”管家笑吟吟地说。

“如果能腾出一块地来，你就拿去自己种。”涅赫柳多夫说。

“你要地干什么？你就是没有地也吃饱肚子了。”眼睛里含着笑意的老人说。

会议到这儿就结束了。

涅赫柳多夫把他的建议又说一遍，不过没有要求他们现在就做出答复，而是劝他们同村社里的人商量一下，再来把答复告诉他。

农民们说他们会去同村社里的人商量，然后再做出答复。接着他们起身告辞，带着激动的心情走掉了。很久很久大路上还传来他们嘹亮的谈话声，越去越远。农民们的谈话声一直响到深夜，从村子里沿着河道传过来。

第二天农民们都没有去干活，讨论东家的建议。村社里的人分成两派：一派认为东家的建议有利，没有危险；另一派觉得其中有诈，没法理解这个建议的实质，因而特别害怕。不过到第三天，大家都同意接受东家所建议的条件，到涅赫柳多夫这儿来宣布全村社的决定。对这种一致同意起过影响的，是一个老太婆解释东家行为的一番话，她说东家在开始考虑他自己的灵魂，他这样做就是为了拯救自己的灵魂。这话被那些老人信以为真，打消了这是骗局的种种担忧。涅赫柳多夫住在帕诺沃的这段时期，施舍过很大的一笔钱，这就证实了老太婆的那种解释。不过，涅赫柳多夫在此地施舍钱财，却是起因于他生平第一次在此地看清农民们在生活上所遭到的极其严重的贫困和艰苦。他被这种贫困所震动，虽然也知道施舍是不合理的事，却不能不把钱散发出去。这时候他手头的钱正好特别多，因为他去年卖掉库兹明斯科耶的一片树林，现在收到了钱；另外他出售农具也得到一笔定钱。

人们刚刚听说东家对求告的人都给了钱，顿时就有成群的人从附近各地区赶来，主要是妇女，向他要求周济。他简直不知道该怎么应付他们，该按照什么原则来解决问题，该把钱给谁，该给多少。他感到既然他手头有很多钱，就不能不把这些钱散发给那些求告的而且分明贫穷的人。不过，出于偶然把钱散发给那些求告的人，这却是没有意义的。摆脱这种局面的唯一办法就是一走了事。他也确实赶紧照这样做了。

涅赫柳多夫住在帕诺沃的最后一天，到正房去，着手把遗留在那儿的东西清理一下。他翻看那些东西，在他姑姑的一个安着狮头铜环的红木旧衣橱底下抽屉里找到许多信件，其中夹着一张许多人合照的相片，上面有索菲娅·伊万诺夫娜，有玛丽亚·伊万诺夫娜，有他自己，当时还是个大学生，还有卡秋莎，纯洁、娇嫩、美丽，充满生活的乐趣。在正房里保存着的全部东西当中涅赫柳多夫只取走了那些信件和这张照片。他把其余的一切东西统统让给一个磨坊主人，这个人听从笑吟吟的管家的怂恿，按照原价的十分之一买下那些东西，准备把帕诺沃的正房拆掉，连同全部家具一齐运走。

现在，涅赫柳多夫想起他在库兹明斯科耶经历过的那种舍不得失去财产的心情，不由得暗自惊讶：他怎么会生出那样的心情来呢。现在他所体验到的，是一种无穷无尽的、摆脱羁绊的欢乐，是旅行家发现新大陆而必然会体验到的那种新奇之感。

十

涅赫柳多夫这次回到城里，觉得这个城市特别古怪而新奇。他是在傍晚路灯通明以后从火车站坐马车回到他的住宅来的。各个房间里还有樟脑的气味，阿格拉费娜·彼得罗夫娜和科尔涅伊都疲惫不堪，满腔怨气，甚至为收拾衣物吵起架来，而那些衣物的用处似乎只在于挂出来透一透风，再收藏起来。涅赫柳多夫的房间里没有人住，可是没有收拾好。有许多箱子挡道，要走进房间是困难的，所以涅赫柳多夫这时候回来，显然妨碍了由于某种奇异的惰性而在这个宅子里进行着的工作。那种工作涅赫柳多夫以前也亲身参加过，可是自从他的心上留下农村的贫困印象以后，那种工作就显得很荒唐，使他极不愉快。他决定第二天搬到旅馆里去住，任凭阿格拉费娜·彼得罗夫娜随她自己的心意去收拾那些衣物，等到他的姐姐来了，再由她去最后处理这所房子里的一切东西。

第二天早晨涅赫柳多夫离开这所房子，在监狱附近随意找了一家很简陋的、相当肮脏的、带家具的公寓，选好两个房间，吩咐人把他在家里选好的一些东西搬到这儿来，然后他就出门，找律师去了。

外边天冷。雷雨之后，春天常有的那种寒气来了。天气那么凉，风那么刺骨，涅赫柳多夫穿着薄大衣，身上发冷，他就不住加快步子，极力让身上暖和起来。

他的回忆里尽是农村里的人：那些妇女、孩子、老人，还有仿佛现在他第一次看见的贫困和劳累，特别是那个面容苍老、不住微笑的婴儿，乱蹬着两条没有腿肚子的细腿。他不由自主地拿农村的情形同城里的情形相比。他路过肉店、鱼店、服装店，不由得暗暗吃惊，仿佛头一次看见似的，发现衣冠楚楚、肥头胖脑的小店老板竟有这样多，都露出衣食饱暖的神态，这样的人在农村里是一个也没有的。这些人分明坚定地相信，他们千方百计诈骗不识他们货色的人不是在干无聊的事，却是在做很有益的工作。至于臀部肥大、背上钉着几排纽扣的马车夫，头戴帽子、帽檐上滚着丝绦的看门人，头发蜷曲、系着围裙的女仆，特别是把脑袋后面的头发剃光、舒舒服服地坐在四轮轻便马车上、用轻蔑和淫荡的眼光打量行人的出租马车的车夫，也都露出衣食饱暖的神态。涅赫柳多夫现在不由自主地看出所有这些人其实都是丧失了土地的乡下人，由于丧失了土地才被迫进城的。在这些人当中，有的善于利用城市的条件，开始过上流人那样的生活，暗自为他们的地位庆幸。可是有的却在城里过着比乡下还要糟的生活，越发可怜。涅赫柳多夫觉得那些制靴工人就是这样可怜，他从地下室的窗子里看见他们在那儿做工。那些身体精瘦、面色苍白、披头散发的洗衣女工也是这样可怜，她们裸露着瘦胳膊，在敞开的窗子跟前熨衣服，从窗口冒出一股股夹着肥皂味的蒸汽。涅赫柳多夫迎面遇见的两个油漆工人也是如此，他们系着围裙，从头到脚沾满油漆，脚上没穿袜子，趿着破鞋。他们把袖子卷到胳膊肘上面，瘦弱的胳膊晒得发黑，暴起一根根青筋，手里提着油漆桶，不住相骂。他们的脸色疲劳而气愤。货车的车夫也是这样的脸色，他们坐在大板车上，颠得摇摇晃晃，周身尘土，脸上乌黑。有些站在街角上乞讨的男人和妇女也是这样，面容浮肿，衣服褴褛，身边带着孩子。涅赫柳多夫路过一家小饭铺，从敞开的窗口望进去，也看见了同样的脸色。那儿有些肮脏的小桌，上面放着酒瓶和茶具，穿着白衣服的伙计在小桌中间奔忙不息，身子不住摇摆，靠着小桌坐着的是些满头大汗、脸色通红的人，面容麻木，不住嚷叫，扯开嗓子唱歌。有一个人坐在窗子跟前，扬起眉毛，努出嘴唇，瞧着前面呆呆地出神，仿佛在极力回想一件什么事似的。

“为什么他们都聚集在这儿?”涅赫柳多夫暗想，不由自主地吸进由凉风刮到他这儿来的灰尘以及到处弥漫着的新油漆那种刺鼻的油味。

在一条街上，一长串载着某种铁器的货车从他后边追上来，那些铁器在坎坷不平的道路上震得轰隆轰隆响，闹得他的脑袋和耳朵都痛起来。他就加紧步子，想赶到货车前边去，可是忽然，在铁器的雷鸣声中他听见有人叫他的名字。他停住脚，瞧见前面不远的地方，一辆轻便的四轮马车上，坐着一个军人，唇髭涂着香蜡，两端尖尖地翘起来，脸容焕发而滋润。他在对他挥手打招呼，微微地笑着，露出一口异常洁白的牙齿。

“涅赫柳多夫！是你吗？”

涅赫柳多夫的头一个感觉是高兴。

“啊！申博克！”他快活地说，不过他立刻明白过来，这根本没有什么可快活的。

这个人就是当初到他姑姑家里去过的申博克。涅赫柳多夫已经很久没有见过他的面，不过听说他尽管欠下债，而且从他的兵团调到骑兵队里，却不知怎的始终凭借某种方法在富人的圈子里厮混。他那满足而欢畅的神态肯定了这一点。

“碰上你可真好！眼下，城里一个熟人也没有了。哎，老兄，你见老了，”他说着，从那辆轻便马车上下来，把他的肩膀往两边舒展一下，“我单凭你走路的样子就认出你来了。哦，怎么样，咱们一块儿去吃饭？你们这儿哪家馆子的菜还不错？”

“我不知道我能不能抽出工夫来陪你了。”涅赫柳多夫回答说，一心想着怎样才能躲开这个朋友而又不至于得罪他。“你到这儿来干什么？”他问。

“有事啊，老兄。一件有关监护方面的事。要知道，我做监护人了。我在管理萨马诺夫的家业。你知道，他是个财主。他害着脑软化症。可是他有五万四千俄亩的土地呢。”他说，露出一种特别骄傲的神情，倒好像是他自己置办了这么多俄亩的土地似的。“那份家业糟践得一塌糊涂。所有的土地都租给农民去种。他们却一个钱也不交上来，欠款就有八万多卢布。我一年之间就扭转了局面，让东家的收入增加了百分之七十以上。怎么样？”他得意地问道。

涅赫柳多夫想起来，他以前听说过这个申博克正因为已经把家产荡尽，而且欠下了还不清的债，这才通过某种特殊的人事关系，担任了一个挥霍家业的老财主的产业监护人，现在他显然就靠这种监护工作过活。

“怎样才能躲开他而又不至于得罪他呢？”涅赫柳多夫暗想，瞧着他那张丰满滋润的脸和涂了香蜡的唇髭，听着他温和亲热地数说哪家饭馆的菜好，夸耀他在监护工作方面的措施。

“哦，那么我们到哪儿去吃饭呢？”

“可是我没有工夫了。”涅赫柳多夫看了看他的怀表说。

“那么你听我说。今天傍晚赛马。你去看吗？”

“不，我不去。”

“你去吧。现在我已经没有马了。不过我老是赌格里沙的马。你记得吧？他有一匹好马。那么你去吧，我们一块儿吃晚饭。”

“我也不能去吃晚饭了。”涅赫柳多夫赔着笑脸说。

“咦，这是怎么回事？你现在到哪儿去？要是你乐意，你就上车，我送你去。”

“我去找一个律师。他就住在附近，拐过弯去就是。”涅赫柳多夫说。

“啊，对了，你是在忙监狱里的事吧？你在忙着给犯人疏通？科尔恰金家的人对我说过了，”申博克笑着讲起来，“他们已经出城去了。到底是怎么回事？你讲给我听听！”

“对，对，这都是实情，”涅赫柳多夫回答说，“可是在大街上怎么能讲这种事！”

“嗯，对了，嗯，对了，你素来就是个怪人。那么你去看赛马吗？”

“不行，我没法去，也不想去。请你不要生气才好。”

“生气，哪儿的话！你住在哪儿？”他问，忽然他的脸变得严肃，眼光发呆，眉头皱起来。他显然打算回忆一件什么事，于是涅赫柳多夫在他脸上看到一种麻木的神情，完全像在小饭铺的窗口引起他注意的那个扬起眉毛和努出嘴唇的人的神情一样。

“天多么冷！啊？”

“对，对。”

“我买的东西在你的车上吗？”他转过身去对马车夫说。

“好，那么再见。遇见了你，我很高兴，很高兴。”申博克说，紧紧握一下涅赫柳多夫的手，跳上那辆四轮轻便马车，把他那只戴着白色麂皮新手套的大手举到他的滋润的脸庞前面，挥一挥，像素常那样微微笑着，露出一口异常洁白的牙齿。

“莫非我从前就是这个样子？”涅赫柳多夫想着，继续往律师家里走去。“是的，虽然我不完全是那样，可是很希望那样，而且认为我会像那样过一辈子。”

十一

律师没有按照先后次序，而是提前接见了涅赫柳多夫，立刻讲到梅尼绍夫母子的案子。他已经看过案卷，认为他们的罪状缺乏根据，因此感到愤慨。

“这个案子简直岂有此理，”他说。“纵火罪多半是屋主自己干出来的，存心捞到一笔保险费。不过问题在于梅尼绍夫母子的罪行根本没有得到证实。一点罪证也没有。这都是因为侦讯官特别热心，副检察官粗心大意。只要这个案子不是在县里而是在此地审讯，我就担保他们的官司一定会打赢，而且我不取分文报酬。好，现在再谈另一个案子：由费多霞·比留科娃呈给皇上的诉状已经写好了。如果您到彼得堡去，您就自己把它带去，亲自往上递，再托一下人情。要不然他们就随便问一声司法部，那边就敷衍了事地回答一下，赶紧把这个案子推出去，也就是把诉状驳回，弄得事情一无结果。您要设法托一托地位最高的人才行。”

“去见皇上吗？”涅赫柳多夫问。

律师笑起来。

“那可是最高一级，高到无可再高了。我说的‘最高’指的是上告委员会的秘书或者主任。那么，现在算是一切都办完了吧？”

“不，这儿还有一些教派信徒写给我的信，”涅赫柳多夫说着，从他的口袋里拿出那些教派信徒写来的一封信，“如果他们写的都是实话，那可真是一件怪事了。我今天要设法跟他们见面，问清楚到底是怎么回事。”

“我看，您变成一个漏斗或者瓶口，监狱里所有的冤情都从您这儿流出来了，”律师含笑说，“这可未免太多，您会承担不了的。”

“不，这真是一个惊人的案子。”涅赫柳多夫说着，把这个案子的实情大略叙述一遍：有个村子里，某些人聚在一起读《福音书》，不料一个当官的走来，把他们赶散了。下一个星期日那些人又聚在一起，于是当官的派来乡村警察，写了公文，把他们送交法院。侦讯官审问他们，副检察官拟好起诉书，高等法院批准起诉，他们就被交付法庭审判。副检察官宣读他们的罪状，桌上放着物证《福音书》，结果他们被判了流刑。“这是一件骇人听闻的事，”涅赫柳多夫说，“难道这会是真事?”

“可是这件事在哪方面使您觉得奇怪呢?”

“各方面都奇怪。喏，乡村警察是奉命捕人，这我倒能理解，可是写起诉书的是副检察官，他毕竟是个受过教育的人嘛。”

“错就错在这儿。我们习惯于认为检察官和一般的法院工作人员都是所谓的新人，都是自由派。他们以前倒是这样的人，可是现在却完全是另一种人了。他们是官僚，只关心每月的二十号。他们领薪水，希望加薪，他们的全部原则就是这么一套。他们要控告谁就控告谁，然后审问他，定他的罪。”

“可是难道会有那样的法律：一个人只因为跟别人一块儿读《福音书》，就能判处流刑吗?”

“只要能够证明这种人读《福音书》的时候敢于不按照规定向别人讲解《福音书》，因而违背了教会的解释，那就不但可以把他流放到不那么远的地方去，而且可以把他送去服苦役刑。当众诋毁东正教的信仰，按照第一百九十六条，就要判处流刑，而且在流放地永久落户。”

“这不可能。”

“我跟您说的是实话。我平素总是对那些法官老爷们说，”律师接着讲下去，“我一见到他们就不能不感激涕零，因为如果我，您，我们大家，没有被关进监牢，那都多亏他们仁慈。褫夺我们每个人的特殊权利，流放到不那么远的地方去，那是极其容易的事。”

“不过，如果真是这样，一切事情都随检察官和那班人的心意发落，而且他们能够应用法律，也能够不应用法律，那么要法院有什么用?”

律师快活地扬声大笑。

“您提出来的是什么样的问题啊！哎，老兄，这可是哲学了。行，就是哲学也未尝不可以谈一谈嘛。那么，请您星期六到舍间来吧。您会在我家里遇见学者、文学家、画家。到那时候我们就可以谈一谈一般问题，”律师说，用讥诮的辛辣口吻讲出“一般问题”这几个字。“您认识我的妻子。那您来吧。”

“好，我会想法子来的。”涅赫柳多夫回答说。他感到他说的是假话。如果他真要想什么法子的话，那只能是想法子不来参加律师的晚会同聚在他家里的学者、文学家、画家周旋。

刚才涅赫柳多夫讲到如果法院工作人员可以随自己的高兴应用或者不应用法律，审判就没有任何意义，律师却报之以哈哈大笑，而且律师用那样的口吻讲出“哲学”和“一般问题”这些字眼，这一切都向涅赫柳多夫表明他同律师而且大概也同律师的朋友们对事情的看法是完全两样的。涅赫柳多夫却觉得，尽管他现在跟申博克之类的旧友们已经有了距离，然而他跟律师以及律师那个圈子里的人们的距离却还要大得多。

十二

这儿离监狱很远，时候却已经不早了，所以涅赫柳多夫雇了一辆街头马车到监狱去。马车夫是一个中年男子，脸容聪明而善良。马车走到一条街上，他转过脸来对着涅赫柳多夫，指了指一座正在动工修建的大厦。

“瞧，他们在造一所多么大的房子，”他说，倒好像他自己多少也要算是合伙造这所房子的人，因而扬扬得意似的。

确实，那所房子造得很大，格局复杂，新奇别致。用大松木搭成、再用铁绊扣紧的坚固脚手架，围绕着高耸的建筑物，由一道薄板墙把它同街道隔开。工人们周身溅满石灰浆，在脚手架上像蚂蚁似的走来走去，有人砌墙，有人劈碎砖头，有人把沉甸甸的灰篓和木桶提上去，再把空的放下来。

有一个老爷，大概是建筑师，身体壮实，装束讲究，站在脚手架旁边，用手指点着上边的什么东西，在对一个弗拉基米尔县的包工头讲话，那个人恭敬地听着。大门口有些载着货物的大车走进来，有些空车走出去，都经过建筑师和包工头跟前。

“他们大家，不论是那些做工的人还是那些驱使他们做工的人，多么坚定地相信事情本来就应当这样：尽管他们的妻子在家里怀着胎，做着力不胜任的工作，而且他们的孩子戴着小圆帽，显出老相，微微笑着，乱蹬着细腿，不久就要饿死了，可是他们自己却应当为一个愚蠢而无益的人，掠夺他们和驱使他们破产的人，建造这么一座愚蠢而无益的宫殿，”涅赫柳多夫瞧着这所房子，心里暗想。

“是啊，这是一所荒唐的房子。”他把他的想法说出口。

“怎么会荒唐呢？”马车夫不高兴地反驳说，“谢天谢地，这所房子使得大家都有活干了，它可不荒唐。”

“可是要知道，这种工作是无益的。”

“既然人家在造它，可见它就有用处，”马车夫反驳说，“老百姓靠了它才有饭吃。”

涅赫柳多夫沉默下来，特别是因为车轮发出辘辘的响声，使人很难谈话。在离监狱不远的地方，这辆马车从石子路上拐一个弯，走上一条大路，因此谈话方便了，马车夫就又跟涅赫柳多夫闲谈起来。

“如今老百姓纷纷涌进城里，多得不得了。”他说着，在赶车座位上转过身来，对涅赫柳多夫指了指一伙从农村来的工人，他们正迎面走来，肩膀后面背着锯子、斧子、短皮袄、袋子。

“莫非比往年多吗?”涅赫柳多夫问。

“多得没法说！如今各处都挤满了人，简直多得要命。那些雇主把老百姓丢来丢去像刨花一样。到处都是满满的。”

“怎么会这样?”

“人越来越多嘛。哪儿都容不下了。”

“哦，到底为什么人越来越多呢？为什么他们不待在乡下呢?”

“待在乡下没活儿干。没有地嘛。”

涅赫柳多夫经历到凡是受伤的人常会发生的那种情形。这种人觉得别人仿佛老是故意来碰他疼痛的地方。其所以会有这样的感觉，无非是因为只有疼痛的地方才能感到别人在碰他。

“难道到处都是这样?”他暗自想着。他就开始问马车夫，他们的村子里有多少土地，马车夫家里有多少土地，为什么他到城里来生活。

“我们家里的地，老爷，合到一口人一俄亩。我们家里有三口人的地，”马车夫兴致勃勃地谈起来，“我家里有父亲，有弟弟，另外还有一个弟弟出外当兵去了。他们干地里的活。可是那一点点活一干就完。所以，我那个弟弟也想到莫斯科来。”

“那么不能租点地来种吗?”

“如今上哪儿去租地呢？原来的那些地主都已经把家业吃尽卖光了。商人们把所有的地都抓在手里。从他们手里你可休想租得到土地，他们自己经营土地。我们那儿有个法国人，独霸一方，把我们旧日东家的地全买下了。他不肯把地租出来，谁也没法办。”

“那是个什么样的法国人呢?”

“那个法国人姓杜法尔，您也许听说过。他在一家大戏院里给演员们装假头发。那是个好差事，所以发了财。他把我们女东家的田产都买下了。现在他压在我们头上，由着性儿卡着我们的脖子。谢天谢地，他本人倒还是个好人。可是他那个俄国老婆是一只母老虎，我的上帝啊。她搜刮老百姓。可厉害了。得，监狱到了。您在哪儿下车？在大门口吗？我看他们不会放我们过去的。”

十三

马斯洛娃再见涅赫柳多夫，心是欢喜的。因她感到他的温暖，她已经信任他，不自觉的。然而，一张曾经的照片却打碎了这份愉快的心情，她再次意识到无法回到从前，流下了痛苦的泪水，这泪水将洗去她心灵上的尘埃，她终将面对这一切，勇敢地站起来……

涅赫柳多夫在大门口拉铃，想到不知道马斯洛娃今天的心情怎样，想到不论她心里还是聚集在监狱里那群人的心里他都觉得包藏着秘密，就不由得心里发紧，战战兢兢。一个看守从里边走出来见他，他就问起马斯洛娃。看守走回去问了一声，出来说，她在医院里。涅赫柳多夫就到医院里去。医院的看门人是一个性情和善的小老头，立刻放他进门，问明他要见什么人以后，就向儿童病室走去。

涅赫柳多夫对马斯洛娃的愧疚感使他对她很畏惧。

有一个青年医师走出来，周身发散着石炭酸的气味，在过道上走到涅赫柳多夫跟前，厉声问他有什么事。这个医师处处体恤犯人们，因而经常同监狱当局，甚至同主任医师，发生不愉快的冲突。他担心涅赫柳多夫会对他要求什么不合规章的事，此外他还有意表明他对任何人都不做破例的事，于是装出一副怒气冲冲的样子。

“装出一副怒气冲冲的样子”反映这个人物非常可爱的性格特征。

“这儿没有女人，这儿是儿童病室。”他说。

“我知道，不过这儿有一个从监狱里调来担任杂差的女助理护士。”

“对，这样的人这儿有两个。那么您有什么事？”

“我跟其中的一个，跟马斯洛娃熟识，”涅赫柳多夫说，

“现在我想跟她见一见面，我就要到彼得堡去为她的案子上诉。喏，我还打算把这个东西交给她。这不过是一张照片。”涅赫柳多夫从衣袋里拿出一个信封来说。

“哦，这倒可以，”医师说，态度缓和下来，转过身去吩咐一个系白围裙的老太婆把担任杂差的女助理护士马斯洛娃叫来。“您要不要在这儿坐一下？到接待室去也成。”

“谢谢您。”涅赫柳多夫说着，趁医师对他的态度有了好意的转变，就问他对马斯洛娃在医院里的工作是不是满意。

“还好。如果考虑到她过去在什么条件下生活，那就应当说她工作得不坏，”医师说，“不过，现在她来了。”

那个年老的女助理护士从一个房门里走过来，她身后跟着马斯洛娃。她穿一件条子花的连衣裙，外面系着白围裙，头上扎着三角头巾，盖住了头发。她见到涅赫柳多夫，就涨红了脸，仿佛犹疑不定似的停住脚步，然后皱起眉头，低下眼睛，迈着很快的步子沿着过道里铺的长地毯向他跟前走过来。她走到涅赫柳多夫跟前，本来不想跟他握手，后来还是伸出手握了一下，她的脸涨得越发红了。自从上一次他们谈话，她因为自己发脾气而道过歉以后，涅赫柳多夫一直没有见过她，现在料想她的心情会跟上次一样。可是今天她却完全换了一个样子，脸上有那么一种新的表情：拘谨，腼腆，涅赫柳多夫觉得她似乎对他抱着反感。他把刚才对医师所说的话又说了一遍，讲到他就要到彼得堡去，然后交给她一个信封，里边装着他从帕诺沃带回来的照片。

“涨红了脸”这处细节不容忽视。

“脸涨得越发红了”，试想，马斯洛娃这一刻的内心感受？

“这是我在帕诺沃找到的，是一张很久以前的照片。也许您会喜欢它。您就收下吧。”

她微微扬起黑眉毛，用她那斜睨的眼睛惊讶地瞅着他，仿佛在问这是什么意思。然后她默默地接过那个信封，把它放在她的围裙里边。

“我在那儿见到了您的姨妈。”涅赫柳多夫说。

“是吗?”她冷淡地说。

“您在这儿过得好吗?”涅赫柳多夫问。

“没什么，挺好，”她说。

“不太苦吗?”

“不，不算苦。不过我还没过惯。”

“我为您很高兴。这儿总比那边好。”

“‘那边’是哪边?”她说，她脸上泛起了红晕。

“那边就是监狱里。”涅赫柳多夫赶紧说。

“这儿好在哪儿呢?”她问。

“我想，这儿的人好一点。他们跟那边的人不一样。”

“那边有许多好人。”她说。

“我已经为梅尼绍夫母子的案子张罗过。我希望他们会放出去。”涅赫柳多夫说。

“求上帝保佑，能这样才好。她真是一个很好的老太婆。”她说，又讲起她对那个老太婆的看法，微微一笑。

“今天我就要到彼得堡去。您的案子会很快受理。我希望原判会撤销。”

“撤销也罢，不撤销也罢，如今在我都是一样。”她说。

“您说‘如今’是什么意思?”

“我这是随便说说的。”她说着，用探问的眼光瞧一眼他的脸。

涅赫柳多夫把这句话和这种眼光理解成她想知道他究竟是仍旧坚持他的决定呢，还是接受她的拒绝而改变了他的决定。

“我不知道为什么您觉得都一样。”他说。“不过对我来说，您无罪释放也好，不释放也好，倒确实是一样。不管情况怎么样，我都准备按照我说过的去做。”他坚决地说。

“脸上又泛起红晕”。她变得如此可爱，试想她脸红的原因到底是什么呢?

“整个脸上洋溢着快活的神情”，涅赫柳多夫的承诺给了她鼓励，让她知道自己没有被再次抛弃，她的眼睛说出了她的心。

她抬起头来，她那对斜睨的黑眼睛又像是瞅着他的脸，又像是瞅着他的身后，她的整个脸上洋溢着快活的神情。不过她嘴里所说的话却跟她眼睛所说的迥然不同。

“您不该说这样的话。”她说。

“我说这话是让您明白我的心意。”

“关于这件事，话已经说尽，没有什么可说的了。”她说着，费力地忍住笑容。

病室里不知为什么乱哄哄的。传来孩子的啼哭声。

“好像他们在叫我。”她说，心神不宁地回过头去看一下。

“好，那么再见。”他说。

现在我们不难得出这样的结论。先前马斯洛娃红着脸，是因为她怀着忐忑不安的心情，她完全不知道涅赫柳多夫对于她的拒绝将做出什么样的反应，她等待着宣判。可是，当她知道涅赫柳多夫再也不会放弃她时，她的心情开始放晴，喜悦溢于言表。这是她在某种程度上接受涅赫柳多夫的表现。

她假装没有看见他伸过来的手。她没有握他的手就扭转身，极力遮盖住她的欢乐心情，顺着过道上的长地毯快步走去。

“她究竟起了什么变化？她在怎样想？她有什么样的心情？她是打算考验我呢，还是真的不能原谅我？她是没法把她所想的和所感到的都说出来呢，还是不愿意说出来？她是心肠软下来了呢，还是怀恨在心？”涅赫柳多夫问自己，可是无论如何也没法回答。只有一点他是知道的，那就是她变了，她正在发生对她的灵魂来说很重大的变化。这个变化不但把他同她联结在一起，而且把他同促成这个变化的人联结在一起。这样的联结使得他欢乐而激动，心里充满温情。

马斯洛娃回到病室里，那儿有八张儿童小病床。她听从护士的吩咐，开始整理一张床上的被褥。她铺床单的时候把腰弯得太厉害，脚底下一滑，几乎跌了一跤。有一个病后正在复原、脖子上扎着绷带的男孩瞧着她，笑起来，马斯洛娃再也忍不住，就往床边上一坐，扬声大笑，笑得那么感染人，惹得好几个孩子也哈哈大笑。那个护士生气地对她嚷道：

“你笑什么？你当是你还待在你以前待过的那个地方吗！

去取饭来。”

马斯洛娃止住笑，拿起食具走了，到护士吩咐她去的地方去了。可是她临走，跟那个扎着绷带、医师不准他笑的男孩互相看一眼，又扑哧一声笑出来。这一天，每逢马斯洛娃独自一人待在房间里，有好几次她从那个信封里把照片拉出一点，欣赏一下。可是一直到傍晚下了班，回到她跟一个助理护士同住的房间，独自一人待在那儿，她才从信封里把那张照片完全抽出来，用爱抚的目光一动也不动地看了很久，仔细地瞧着那几张脸、他们穿的衣服、露台的台阶和灌木丛，而他的脸、她的脸、两个姑姑的脸都是以那个灌木丛为背景的。她看着这张褪色和发黄的照片，总也看不够，特别是对她自己和她那张年轻、美丽、额头上飘着鬈发的脸庞看得入神了。她看得那么专心，竟然没有留意到跟她同住的助理护士走进房来。

“爱抚的目光”抚摸的是自己那无忧无虑却一去不返的时光。

“这是什么？是他给你的吗？”身体壮实、脾气温和的助理护士弯下腰来，看着照片说。“莫非这个人就是你？”

“不是我又是谁呢？”马斯洛娃瞧着她的同屋伙伴的脸，笑吟吟地说。

“那么这个人是谁？就是他？还有，这个人是他的母亲吧？”

“这是他的姑姑。难道你认不出我了？”马斯洛娃问。

“怎么认得出来呢？我说什么也认不出来了。整个脸完全是另一个样子。话说回来，我看，从那时候起到现在只怕有十年了吧！”

一语惊醒梦中人，她清楚地意识到她与曾经是一段永恒的距离，不仅悲从中生。

“不是多少年，而是一辈子。”马斯洛娃说，突然她原来的活泼心情完全消散了。她的脸色变得凄凉，两道眉毛中间嵌进一条皱纹。

“怎么呢，那边的生活一定很轻松啊。”

“是啊，轻松，”马斯洛娃跟着说一遍，闭上眼睛，摇头。

“比做苦工还不如哟。”

“怎么会呢?”

“就是这样。从傍晚八点钟起到凌晨四点钟止。天天老是那一套”

“那她们为什么不丢开那种生活呢?”

她再次感到恐惧,仿佛从幸福的云端坠落,她的自尊心要她重新去用拒绝他的方式保护自己。

“她们倒是想丢开,可是办不到。不过,说这些有什么意思!”马斯洛娃说着,霍地站起来,把照片丢在小桌子的抽屉里,勉强忍住气愤的眼泪,跑到外面过道上,砰的一声带上身后的门。起初,她瞧着照片,觉得自己就是照片上那个人,梦一般地想着她那时候多么幸福,想着现在跟他在一起也还是能够幸福。她的同屋人的话却使她想起她现在是个什么样的人,想起在那边她做过什么样的人,总之使她想起过去生活中可怕的情景,而这以前她只是隐约地感觉到,却不容许自己去清楚地领会的。直到现在,她才清楚地想起所有那些可怕的夜晚,特别是想起一个谢肉节的夜晚,她等候一个应许给她赎身的大学生。她想起当时她穿着一件沾了酒迹的、敞着领口的红缎子连衣裙,蓬松的头发上扎着一个红花结,身子疲乏,衰弱无力,喝得醉醺醺的,到深夜两点钟才把客人们送走,趁跳舞休息下来,就在为小提琴伴奏的女钢琴师身边坐下,那女人生得精瘦,皮包骨头,脸上长着紫疱。她开始对女钢琴师抱怨她的生活多么苦恼,女钢琴师也说她厌恶她自己的地位,打算改变一下。正在这个时候克拉拉走到她们跟前来,她们三个就突然决定一齐丢开这种生活。她们以为今天这个夜晚已经结束了,刚要走散,不料前厅里忽然来了些醉醺醺的客人,声音嘈杂。小提琴师就奏起舞蹈的序曲,女钢琴师就使劲按响琴键,弹着卡德里尔舞曲第一节,用的是一个极其欢畅的俄罗斯歌的曲调。有一个身材矮小、脸上冒汗的男人,嘴里喷出酒臭气,身上穿着燕尾服,扎着

这个细节,这个曾经的夜晚,是让她想起了自己那些不堪忍受的夜晚的实实在在的、不可磨灭的证据。

白领结，不住打嗝，等舞曲奏到第二节，就脱掉燕尾服，走到她面前，搂住她的腰。另一个留着大胡子的胖子，也穿着燕尾服（他们刚从一个舞会上出来），搂住克拉拉。于是他们跳舞，旋转，嚷叫，喝酒，闹了很久……就这样，一年过去了，两年过去了，三年过去了。她的相貌怎么会不变！而这一切的起因就是他。她心里忽然又生出她原先对他的愤恨，一心想辱骂他，责备他。她后悔今天错过机会没有向他再说一遍：她明白他是个什么人，决不会对他让步，决不容许他像从前在肉体上使用她那样现在又在精神上使用她，决不容许他把她变成他表现宽宏大量的对象。她又是怜惜自己，又是无益地责难他，为了扑灭这种苦恼的心境而很想喝酒。要是如今她在监狱里，她就会守不住她的诺言，喝起酒来。然而，在这儿是找不到酒的，只有医士那儿才有，可是她怕那个医士，因为他不住调戏她。可是现在她厌恶那种跟男人的关系了。她在过道里一条长凳上坐一阵，就回到小屋，没有回答同屋人问她的话，为自己的坎坷身世哭了很久。

这种矛盾的心情折磨着她，她已经不同于先前那个一味回拒的她，因为她已经接纳了他。

“哭”是情感爆发的顶点。

情境赏析

涅赫柳多夫在姑姑家找到了当年与马斯洛娃她们的一张合影，送给了她。马斯洛娃再三审视着这张照片，回忆的大幕被开启。她看见那时的她生机勃勃，活力旺盛，年轻漂亮，甜美任性，善良纯洁。而现在的她完全是明珠暗投，美玉陷泥淖之中。过去与现在的巨大反差，对她形成了强烈的刺激。当她从这个角度思考自己的妓女生活的时候，她开始痛恨自己，痛恨把自己推进这种不幸的境地的涅赫柳多夫。这张照片使得马斯洛娃回顾了自己以前的生活历程，清楚地看到了这么多年来自己的堕落之深。她再也不能像以前一样，以妓女的身份自豪而理所当然地生活下去了。她的良心再不能允许她自我欺骗，自我麻痹。她认识到了自己的罪恶，必然不会再把无耻当光荣，此时的痛苦恰似蜕变时的折磨。

名家点评

在我看来，在人物“语言”中没有比“内心独白”再难写的了。与其余一切文字比较，作家们在“内心独白”中更加虚饰、更多杜撰。由于程式性、规范性和纯理论性而失去了真实。几乎所有作家（包括屠格涅夫、陀思妥耶夫斯基、果戈理、普希金、格列鲍也陀夫）都把内心独白写得完全有条有理、正确连贯，修饰得顺顺当当、极其逻辑……可是难道我们自己是这样思索的吗？完全不是。迄今为止，我只发现了一个例外，那就是托尔斯泰伯爵。只有他的长篇小说和戏剧中，写出了真正的内心独白，恰恰是带着种种不规则性、随机性、间断和跳跃。

——（俄）斯塔索夫

十四

涅赫柳多夫来到了彼得堡的姨母家，开始为监狱中冤屈的人奔走。取得了积极的成果。在接触中，他发现自己的姨父是这里无耻的昧着良心办事的人的代表，见识到了把国库作为私家库房的蛀虫一般的沃尔夫一类的官员，且得知检察院不考察案情的是非曲直，只审查对法律的引用和解释是否恰当这层审判的黑幕……

涅赫柳多夫在彼得堡有三件事要办：为马斯洛娃向枢密院提出上诉；把费多霞·比留科娃的案子送到上告委员会去；受薇拉·博戈杜霍夫斯卡娅之托到宪兵司令部或者第三厅去请求释放舒斯托娃，并且替一个母亲请求会见她那关在要塞里的儿子，为这件事薇拉·博戈杜霍夫斯卡娅给他写过信。他把这两件事合并起来看成第三件事。第四件事是那些教派信徒的案子，他们因为阅读和讲解《福音书》而同家人拆散，流放到高加索。他与其说是应许了他们，不如说是应许了自己：一定要尽一切可能来澄清这个案子。

自从涅赫柳多夫上次拜访过马斯连尼科夫以后，特别是他到乡间去旅行过一次以后，他倒不是做出了什么决定，而是全身心地感到他憎恶他到目前为止一直在其中生活的那伙人，因为他们尽心竭力地掩盖千千万万人为了保证少数人过到舒适安乐的生活而受苦受难，以致那伙人没有看见，也不可能看见这些苦难，因而也不可能看见他们自己生活的残酷和罪恶。现在要同那伙人来往，涅赫柳多夫已经不能不觉得别扭，不能不责备自己。可是另一方面，他过去的生活所养成的习惯却把他吸引到那个圈子里去，他的亲戚关系和朋友关系也把他吸引过去。不过主要的是，他为了做他目前唯一关心的事，也就是为了帮助马斯洛娃以及他愿意帮助的一切受难者，就不得不要求那个圈子里的人帮忙和出力，也就是要求那些不但引不起他的尊敬，反而常常在他心里唤起愤慨和轻蔑的人帮忙和出力。

涅赫柳多夫来到彼得堡后，在他的姨母恰尔斯卡娅伯爵夫人家里住下来，他姨母的丈夫以前做过大臣。涅赫柳多夫立刻发现他自己落到他已经觉得格格不入的贵族社会的核心当中去了。这在他是不愉快的，不过他又不能不这样做。要是他不在他的姨母家里而在旅馆里住，那就会得罪她，再者他的姨母有广泛的人事关系，对他所打算奔走的各种事情可能有极大的好处。

"啊，关于你，我都听到些什么样的话呀？简直是稀奇古怪，"卡捷琳娜·伊万诺夫娜伯爵夫人在他来到她家以后，立刻请他喝咖啡，对他说，"Vous posez pour un Howard！你在帮助犯人。你在私访监狱。你在平反冤案。"

"不对，我想都没有这么想过。"

"有什么关系呢，这是好事嘛。不过，这里头好像还有什么风流韵事。嗯，那你就讲一讲吧。"

涅赫柳多夫就把他跟马斯洛娃的关系原原本本地讲了一遍。

"我想起来了，我想起来了，当初你住在那两个老婆子家里的时候，可怜的艾伦就对我说起过这么一件事：她们似乎打算叫你跟她们的养女结婚，"卡捷琳娜·伊万诺夫娜伯爵夫人素来看不起涅赫柳多夫的两个姑姑，"……原来就是她吗？Elle est encore jolie?"

他的姨母卡捷琳娜·伊万诺夫娜是个六十岁的女人，身体健康，兴致勃勃，精力饱满，谈锋很健。她身量高，很胖，可以看出她嘴唇上有黑色的唇髭。涅赫柳多夫喜欢她，从小就常常受到她的精力和兴致的感染。

"不，ma tante，那件事已经完全结束了。我只是想帮助她罢了，因为第一，她没罪而判了刑，我在这方面是有责任的。而且她遭到这样的命运，我也有罪。我觉得我有责任尽我的能力为她奔走。"

"可是，人家怎么告诉我说你打算跟她结婚呢？"

"对，我倒确实有这个意思，可是她不肯。"

卡捷琳娜·伊万诺夫娜扬起额头，眼珠朝下，惊讶而沉默地瞧着她的外甥。忽然她的脸色变了，现出愉快的神情。

“嗯，她比你聪明。唉，你简直是个傻瓜！你真想跟她结婚吗？”

“当然。”

“她做过那种人以后，你还想娶她？”

“越发要娶了。要知道我是那一切的罪魁祸首。”

“不，你纯粹是个傻瓜，”他的姨母忍住微笑说，“你是个傻透了的傻瓜，不过呢，我倒正因为你是这么一个傻透了的傻瓜才喜欢你。”她反复说着，分明特别喜欢“傻瓜”这个词，因为在她的心目中这个词准确地表达了她外甥的智力状态和精神状态。“你要知道，真也是事有凑巧，”她继续说，“阿林办着一个出色的马格达林娜收容所。我去过一次。她们简直叫人恶心。事后我把我周身上下洗了个够。不过阿林 corps et âme 办这件事。那我们就把她，你那个姑娘，交给她好了。真要是有谁能改造人，那就是阿林了。”

“不过话说回来，她已经被判决去做苦工了。我到此地来就是为撤销这个判决而奔走。这就是我求您的头一件事。”

“原来是这样！那么，她的案子归哪儿管呢？”

“归枢密院。”

“枢密院？是啊，我那亲爱的表弟廖武什卡就在枢密院里工作。是啊，不过他是在那儿的蠢货局里，也就是在贵族铨叙局里办事。嗯，那些真正的枢密官，我却一个也不认识。上帝才知道他们是些什么人：要么是日耳曼人，什么盖啦，费啦，德啦，tout l'alphabet；要么就是各式各样的伊万诺夫、谢苗诺夫、尼基京，再不然就是伊万年科、西蒙年科、尼基坚科，pour varier. Desgens de l'autre monde. 哦，反正我对我的丈夫说一下就是。他认识他们。他什么人都认识。我会对他说的。不过你得对他解释清楚，因为他从来也听不明白我的话。不管我说什么，他总是说他一点也没有听明白。C'est un parti prts. 大家都听得懂，只有他听不懂。”

这时候有一个穿长统袜的听差端来银托盘，上面放着一封信。

“这信正好是阿林写来的。现在你可以听一听基泽维捷尔的讲话了。”

“基泽维捷尔是什么人？”

“基泽维捷尔吗？今天傍晚你来吧。那你就会知道他是什么人了。他讲得那么好，就连最怙恶不悛的犯人也会跪下来，哭着忏悔的。”

不论这种事是多么奇怪．也不论这跟卡捷琳娜·伊万诺夫娜伯爵夫人的性格多么不相称，可是她热烈地信奉一种学说，认为基督教的实质就在于信仰赎罪。她常坐车到宣传这种当时正在流行的学说的场合去，而且把信徒们召集到她的家里来。虽然这种学说不但否定一切仪式和圣像，甚至否定圣礼，然而卡捷琳娜·伊万诺夫娜伯爵夫人在所有的房间里都挂着圣像，甚至在她的床铺上方也挂着一个，而且教会规定的一切要求，她都照办，并不认为这有什么矛盾。

“喏，你那个马格达林娜应该听一听他的讲演，那她就会转变的，”伯爵夫人说，“你今天傍晚务必要待在家里。你听一听他讲话。他是个了不起的人。”

“我对这种事不感兴趣，ma tante.”

“可是我跟你说，这种事很有趣。你务必要来。好，你说吧：另外你还有什么事要我办？Videz votre sac.”

“还有一件牵涉到要塞的事。”

“要塞吗？行，我可以为你写封信，你拿着信到那儿去见克里格斯穆特男爵。C'est un très brave homme. 不过你自己也认识他。他是你父亲的同事。Il donne dans le spiritisme. 哦，这也没关系。他是个好心人。你在那儿要办什么事？”

“我要请求他们许可一个母亲去探望她那关在要塞里的儿子。不过我听说这种事不归克里格斯穆特管，而归切尔维扬斯基管。”

“切尔维扬斯基我可不喜欢，不过要知道，这个人是玛丽叶特的丈夫。倒不妨托一托她。她会给我出力的。Elle est très gentille.”

“另外我还要为一个女人请托您。她在监狱里关了好几个月，谁也不知道那是为什么。”

“哼，不对，她自己一定知道那是什么缘故。她们心里有数。这也是她们活该，这班剪短头发的家伙。”

“我们不知道是不是活该。然而她们在受苦。您是基督徒，相信《福音书》，可是您的心肠却这么硬……”

“这可是两不相干。《福音书》是《福音书》，可恶的总归可恶。要是我受不了虚无主义者，尤其是那班剪短头发的女虚无主义者，而我又装得喜欢他们，那就更不对了。”

“可是您为什么受不了她们呢？”

“既然出了三月一日的事，你还要问为什么？”

“可是话说回来，并不是所有那些女人都参加了三月一日那件事。”

“那也还是一样，她们为什么去过问那些跟她们不相干的事。那不是女人的事嘛。”

“哦，可是拿玛丽叶特来说，您却认为她可以过问正事，”涅赫柳多夫说。

“玛丽叶特？玛丽叶特是玛丽叶特。可是那个女人，上帝才知道是什么路数。那么一个轻狂的女人，倒打算来教训大家。”

“她们倒不是要教训大家，只不过是有心要帮助人民罢了。”

“没有她们，人家也知道该帮助谁，不该帮助谁。”

“不过话说回来，人民贫困得很。喏，我刚从乡下回来。难道这种事是应该的吗：让农民们去劳动得筋疲力尽而吃不饱肚子，却让我们穷奢极欲地生活，”涅赫柳多夫说，不由自主地受到他姨母的好心的吸引，有意把心里所想的事统统说出来。

“你要怎么样，要我去做工而不吃东西吗？”

“不，我并不是要您不吃东西，”涅赫柳多夫回答说，不由自主地微笑，“我只希望我们都工作，都有东西吃罢了。”

他的姨母又扬起额头，低下眼睛，好奇地瞅着他。

“Mon cher，vous finirez mal.”她说。

“那为什么？”

这时候，一个高身量、宽肩膀的将军走进房来。他就是恰尔斯卡娅伯爵夫人的丈夫，退休的大臣。

“啊，德米特里，你好，”他说着，把他新刮过胡子的脸颊送过来，让涅赫柳多夫吻一下。“你是什么时候来的？”

他默默地吻了吻妻子的额头。

"Non，il est impayable，"卡捷琳娜·伊万诺夫娜伯爵夫人转过身来对她丈夫说，"他叫我到河边去洗衣服，而且光吃土豆。他是个大傻瓜，不过他求你的事，你还是替他办一下。他是个傻透了的傻瓜，"她又说一遍。"不过你听到了吧，据说卡缅斯卡娅伤心得不得了，大家担心她的命都会保不住，"她对丈夫说，"你该到她家里去一趟才是。"

"是啊，这真可怕。"她丈夫说。

"好，你去跟他谈一谈。我要写信去了。"

涅赫柳多夫刚刚走进客厅旁边一个房间里，她却又叫住他：

"那么要给玛丽叶特写一封信吗?"

"劳驾，ma tante."

"那么我就在信上留下 en blanc，由你把那个剪短头发的女人的事写上去。她就会嘱咐她的丈夫去办。他会照办的。你不要把我想得那么坏。她们，那些 Protégées，都招人讨厌，可是 je ne leur veux pas de mal. 求上帝跟她们同在！好，去吧。不过今天傍晚你务必要待在家里。你会听见基泽维捷尔讲话的。我们还要一块儿祈祷。只要你不反对，ca vous fera beaucoup de bien. 我本来就知道，不论是艾伦也罢，你们一家人也罢，在这方面都是很落后的。那么再见吧。"

十五

伊万·米哈伊洛维奇伯爵是退休的大臣，而且是具有极其坚定的信念的人。

伊万·米哈伊洛维奇伯爵从青年时代起就有一种信念，认为如同鸟雀天生来要靠软体虫果腹，要披着羽毛和绒毛，要在空中飞来飞去一样，他也天生来就要吃由高薪厨师烹调的珍贵食品，要穿顶舒适顶贵重的衣服，要坐最稳最快的马车，因而所有这些东西都得给他准备齐全。此外，伊万·米哈伊洛维奇伯爵还认为，他从国库领到的各种款项越多，他获得的直到钻石勋章为止的各种勋章越多，他同皇族的男女成员会见和谈话的机会越多，那就越好。其他一切东西同这些基本的信条相比，伊万·米哈伊洛维奇伯爵认为统统无足轻重，毫无趣味。其他一切事情可以这样，也可以完全相反。伊万·米哈伊洛维奇伯爵本着这种信心，在彼得堡一连生活和活动了四十年，临到四十年的尽头上谋到了大臣的职位。

伊万·米哈伊洛维奇伯爵借以谋到这种职位的主要品质在于，第一，他有本事看懂公文和法规的含意，有本事起草虽然不流畅却还可以使人看懂的公文，而且不致写出错字来；第二，他的仪表非常庄严，他在必要的场合不但能够装出傲慢的样子来，而且能够显得高不可攀，威风凛凛，不过在另一些必要的场合，他又能够奴颜婢膝到心悦诚服和卑鄙下贱的地步；第三，不论是在私人道德方面还是在国务活动方面，他都没有总的原则或者标准，因而在必要的情况下他可以同意一切办法，在另一些必要的情况下又可以一概不同意。他在这样做的时候，所要努力的只是摆出一副道貌岸然的气派，不要显出露骨的自相矛盾就成了。讲到他的行为本身究竟合不合乎道德，他的行为对于俄罗斯帝国乃至全世界究竟会产生极大的好处还是极大的坏处，他是根本不放在心上的。

等到他做了大臣，不但所有那些依赖他的人（依赖他的人是很多的）和同他接近的人，甚至一切局外人，乃至他本人，都一致相信他是一个极其英明的国务人员。然而过了一段时期，他什么事也没做出来，什么才干也没表现出来，于是按照生存竞争的规律就有一些完全跟他同样的、也学会了草拟和看懂公文的、仪表庄严的、毫无原则的官僚把他排挤出去，他就不得不提出辞呈。直到这时候大家才看明白，他非但不是一个特别英明和深谋远虑的人，而且是个极其昏聩、学识很差、却又非常自以为是的人，他的见解甚至未必赶得上最庸俗的保守派报纸社论的水平。事实证明他跟其余那些学识很差、自以为是、把他排挤出来的官僚们没有什么不同，这一点是连他自己也明白的，然而这丝毫也没有动摇他的信念，他仍旧认为他必须每年领到大笔的公款，每年领到新的装饰品来挂在他的考究的衣服上。这种信念十分强烈，弄得谁也下不了决心拒绝送给他这些东西。于是他每年都领到好几万卢布，一部分算是养老金，一部分算是酬劳费，因为他在政府的一个最高机构里挂了个名，又在各式各样的会议和委员会里充当主席。此外，他每年都得到他所重视的新权利，也就是把新的丝绦缝在他的衣服的肩膀上或者长裤上，把新的绶带和珐琅质星章佩戴在他的礼服上。结果，伊万·米哈伊洛维奇伯爵就有了广泛的人事关系。

伊万·米哈伊洛维奇伯爵听涅赫柳多夫讲话就像以前听主管部务的官员报告一样。他听完以后，就说他要给涅赫柳多夫两封信，其中一封是送交上诉局的枢密官沃尔夫的。

“关于这个人，大家有各式各样的说法，不过 dans tous les cas c' est un homme très comme il faut，”他说，“他欠着我的情，会尽力去办的。”

伊万·米哈伊洛维奇伯爵给他的另外一封信，是送交上告委员会里一个有势力的人物的。费多霞·比留科娃的案子，在涅赫柳多夫讲给他听的时候，他很感兴趣。涅赫柳多夫对他讲起他有意把这个案子写成呈文奏明皇上，伊万·米哈伊洛维奇伯爵就说，这也确实是一个很动人的案子，遇到有机会，他可能在那边提起这件事。然而他不能说定。上告的事还是按部就班进行的好。他想，如果有机会，如果他们叫他去参加星期四的 petit comité，他也许会谈一谈这个案子。

涅赫柳多夫收下伯爵所写的两封信和姨母写给玛丽叶特的一封信后，立刻动身到那三个地方去。

他先到玛丽叶特家。当初他认识她的时候，她还是一个不富裕的贵族家庭里的十几岁的少女，后来他知道她嫁给一个官运亨通的人了。不过关于那个人，他听到一些不好的议论，主要的是听说他对待成百成千的政治犯残酷无情，而他的专职就是虐待他们。这时候涅赫柳多夫像往常一样，心头沉重得难忍难熬，他想到他为了帮助被压迫者却不得不站到压迫者那一边去，这就仿佛承认了压迫者的行为是合法的，因为他得去请托他们，要求他们至少对某几个人略略克制他们那种习以为常而且多半连他们自己也没觉察的残酷。在这类情况下，他总是感到自相矛盾，对自己不满意，而且举棋不定，不知道该去求情好还是不去求情好，不过他总是决定应该去求情。要知道，问题在于他去同这个玛丽叶特和她丈夫周旋，固然会使他感到别扭，羞愧，不愉快，可是另一方面，也许那个关在单人牢房里受苦的不幸女人就会放出来，不论是她还是她的亲人都不至于再痛苦了。他本来就感到他跑到那班人当中去向他们求情的做法未免虚伪，因为他已经不认为那班人是自己人，而那班人倒把他看做自己人；此外他又感到他一走进那班人的圈子里，就陷进了以前那种习以为常的轨道，不由自主地被那班人当中盛行的轻浮和不道德的作风所降伏。这一点他在姨母卡捷琳娜·伊万诺夫娜家里就已经感到。今天上午他跟她谈到极其严肃的问题，就已经用玩笑的口吻说话了。

总的来说，他很久没有来过的彼得堡，照例对他起着原有的那种刺激肉体和麻痹精神的作用：一切都是那么干净舒适，设备完善，主要的是人们在道德方面没有什么要求，因而生活显得特别轻松。

一个漂亮、干净、有礼貌的马车夫给他赶马车，沿着漂亮的、洒过水而干净的街道，路过漂亮、有礼貌、干净的警察面前，经过许多漂亮干净的房屋，终于来到河边玛丽叶特所住的那所房子跟前。

大门口停着一辆马车，套着两匹戴着护眼罩的英国马。一个英国人模样的马车夫坐在赶车座位上，身上穿着号衣，下半截脸上留着络腮胡子，手里拿着马鞭，露出一副傲慢的样子。

看门人穿着异常干净的制服，推开通到前厅去的大门。前厅里站着一个跟班的听差，穿一身更加干净的号衣，而且镶着丝绦，他的络腮胡子梳理得整齐好看。另外还有一个值班的勤务兵，身上穿着干净的新军服，佩着一把军刀。

“将军不会客。将军夫人也不会客。她老人家马上就要坐车出去了。”

涅赫柳多夫拿出卡捷琳娜·伊万诺夫娜伯爵夫人的信，取出他的名片，然后走到一个放着来宾留言簿的小桌那儿，开始写道：来访不晤，甚为惆怅。他刚写到这儿，听差就往楼梯口走去，看门人走出大门外，吆喝一声：

“把车赶过来!”勤务兵就挺直身子，把两只胳膊贴在裤缝上，一动也不动，两只眼睛迎接从楼上走下来的太太，而且盯紧她。她身量不高而苗条，脚步却快得同她的显贵身份不相称。

玛丽叶特头戴大帽子，上边插着一根羽毛，身穿黑色连衣裙，外面披着黑色斗篷，手上戴一副黑色新手套，脸上蒙着一块面纱。

她看到涅赫柳多夫，就撩起面纱，露出她那非常俊俏的脸和亮晶晶的眼睛。她用探问的眼光瞧着他。

“啊，德米特里·伊万诺维奇公爵!”她用快活而好听的声音说，“我应该认得……”

“怎么，您甚至记得我叫什么名字?”

“可不是，当初我跟我的妹妹甚至暗地里爱上了您呢，”她用法语说，“不过，您的模样可是大变了。唉，多么可惜，我就要出门去了。可是，我们一块儿回到楼上去吧。”她说着，犹疑不定地站住。

她看一眼墙上的挂钟。

“不，不行了。我要到卡缅斯卡娅家里去参加安魂祭。她伤心得不得了。”

“这个卡缅斯卡娅是什么人?”

“难道您没有听说吗？……她儿子在决斗当中被打死了。他是跟波津决斗的。他是独生子。这真可怕呀。他的母亲伤心极了。”

“哦，我听说了。”

“不，我还是去一趟的好。那么您明天或者今天傍晚来吧。”她说，迈着又轻又快的步子往大门口走去。

“今天傍晚我不能来。”他回答说，跟她一块儿往外面门廊上走去。“要知道，我是有事来找您的。”他说，瞧着那两匹栗色马往门廊这边靠拢来。

“什么事?”

“这儿有我姨母写的一封信，信上讲的就是这件事，”涅赫柳多夫说着，把那封信交给她，信封狭长，上边印着大个的花字。“您看过信就全明白了。”

“我知道卡捷琳娜·伊万诺夫娜伯爵夫人以为我在我丈夫的事情上能够

左右我的丈夫。她弄错了。我是无能为力的，我也不愿意过问他的事。可是呢，不消说，为了伯爵夫人和您，我准备破一破例。究竟是一件什么事呢？”她说着，伸出一只戴着黑手套的小手去找她的衣袋，却没有找到。

“有一个姑娘监禁在要塞里。她有病。她跟那个案子没有什么牵连。”

“她姓什么？”

“舒斯托娃。利季娅·舒斯托娃。信上写得有。”

“嗯，好吧，我就来试着办一下，”她说着，轻巧地登上那辆四轮马车，马车上蒙着柔软的皮子，遮泥板上的油漆迎着阳光发亮。她撑开了阳伞。听差在赶车座位上坐下，做一个手势，要马车夫赶车。那辆四轮马车就启动了，可是这时候她用阳伞碰了碰车夫的后背，两匹漂亮的、薄皮的英国母马就被马衔铁勒住，缩回好看的头，站住，不住活动它们的细腿。

“您一定要来。可是，劳驾，不要为了办事才来。”她说着，微微一笑，而这种微笑的力量她是知道得很清楚的。然后，她仿佛演完了戏放下了幕似的，把她的面纱放下来。“好，我们走吧，”她又用阳伞碰了碰车夫说。

涅赫柳多夫举起他的帽子。那一对纯种的栗色母马轻轻地喷着鼻子，走动起来，它们的蹄子在马路上踩出一片清脆的响声。轻便马车就很快地走掉了，只是偶尔在一些地方，新的橡胶轮胎碰在不平的路面上，轻轻地颠动一下。

十六

涅赫柳多夫回想他同玛丽叶特相视而笑的情景，就对自己不满，摇了摇头。

“你还没来得及扭回头看一眼，就又陷到这种生活里去了。”他暗想，感到了内心的分裂和怀疑，这是每逢他不得不向他不尊敬的人讨好的时候，总会产生的。涅赫柳多夫考虑一下他先该到哪儿去，后到哪儿去，免得走冤枉路，就动身先到枢密院。他由人领着走进办公室，在那个极其堂皇的房间里见到许许多多非常有礼貌的、干净的文官。

那些文官对涅赫柳多夫说，马斯洛娃的诉状已经收到，而且正好已经发交枢密官沃尔夫审查和呈报。涅赫柳多夫带来的由姨父所写的信，就是要交给这个枢密官的。

“这个星期枢密院要开庭审案，马斯洛娃的案子却未必会在这一次开庭的时候审理。不过如果您托一下人，那就可以指望在这个星期三审理。”有个文官说。

涅赫柳多夫正在枢密院的办公室等着他们查明案情，却又听见大家谈起那场决斗，听见他们详细叙述年轻的卡缅斯基是怎样被打死的。在这儿他才第一次弄明白这个轰动全彼得堡的事件的详情。事情是这样的：有几个军官在一个饭馆里吃牡蛎，照例喝了很多的酒。有个军官讲起卡缅斯基隶属的那个兵团，说了几句不中听的话，卡缅斯基就骂他胡说八道。那一个便动手打卡缅斯基。第二天他们决斗，卡缅斯基肚子上挨了一枪，过两个钟头就死了。凶手和他的助手们被捕，不过，据说，他们虽然关在禁闭室里，可是过两个星期就会放出来。

涅赫柳多夫从枢密院办公室出来，坐车到上告委员会去拜访一个有势力的官员沃罗比约夫男爵。他在公家宿舍里占据着一所富丽堂皇的房子。看门人和听差用严厉的口气对涅赫柳多夫声明说，除了在会客日以外要同男爵见面是不可能的，又说今天男爵在皇上那里，明天还得做报告。涅赫柳多夫把那封信交给他们，就坐上车去拜访枢密官沃尔夫。

沃尔夫刚刚吃过早饭，照例吸着雪茄烟，在房间里走来走去，为的是帮助消化，正在这个时候他接见了涅赫柳多夫。弗拉基米尔·瓦西里耶维奇·沃尔夫确实是 un homme très comme il faut，他把他的这种品质看得高于一切，而且从它的高度看待其他所有的人。他也不能不高度评价这种品质，因为他全凭它才成就了辉煌的事业，他所渴望的事业，也就是借助于婚姻而得到一笔财产，每年给他带来一万八千卢布的收入，另外他又靠努力工作而谋到了枢密官的职位。他认为他自己不但是 un homme très comme il faut，而且是具有骑士的正直品格的人。他所谓的正直就是不在暗地里接受私人的贿赂。至于他向国库请领各式各样的出差费、旅费、房租费，不论政府要他办什么事，他无不像奴隶般地照办，他却不认为是不正直。当初他在波兰王国某一个省里担任省长的时候，竟然干出了这样的事：那里有好几百个无辜的人民，只因为爱他们的民族和辈辈相传的宗教，他就横加摧残，弄得他们倾家荡产，判处他们流放和监禁，然而他非但不认为这是不正直，反而认为是表现了高尚、勇敢、爱国精神的丰功伟绩。他霸占着热爱他的妻子以及他姨妹的财产，他也同样不认为是不正直。刚好相反，他认为这倒是对他的家庭生活的合理安排。

弗拉基米尔·瓦西里耶维奇的家庭生活包括他那失去个性的妻子和他的姨妹。他把姨妹的财产也抓在他的手里，卖掉她的田产，把钱存在他自己名下。他那个性情温和怯弱、相貌不美的女儿过着孤独沉闷的生活，为了排遣这种生活，近来信奉了福音教派的教义，常去参加阿林和卡捷琳娜·伊万诺夫娜伯爵夫人家里的集会。

弗拉基米尔·瓦西里耶维奇的儿子是个好心肠的孩子，十五岁就长出了胡子，从那时候起开始喝酒，行为放荡，一直持续到二十岁那年，终于从家里被撵出去，因为他在任何学校都没有读到毕业，同品行不好的人交往，欠下债务，拖累了他的父亲。父亲有一次为他儿子偿还过二百三十卢布的债，后来又有一回偿还过六百卢布的债，不过他对儿子声明说这是最后一次，如果他不悔改，就要把他从家里撵出去，同他断绝关系。儿子不但没有悔改，而且又欠下一千卢布的债，同时大着胆子对父亲说，他本来就觉得在家里生活是苦事。于是弗拉基米尔·瓦西里耶维奇对儿子声明说，他自管到他愿意去的地方去，从此他不认他做儿子了。从那时候起弗拉基米尔·瓦西里耶维奇就装作自己没有儿子，家里的人谁也不敢对他提起儿子，弗拉基米尔·瓦西里耶维奇充分相信他用最好的方式处理了他的家庭生活。

沃尔夫停止他在书房里的踱步，同涅赫柳多夫打招呼，露出亲切而又微带讥诮的笑容：这种笑容已经成为他的习惯，这是他不由自主地表示他感到他为人 comme il faut，因而比大多数人高明。他把涅赫柳多夫带来的信看了一遍。

“劳驾，请坐，不过请您原谅我。如果您允许的话，我就走来走去。”他说着，把两只手插在上衣的口袋里，迈着轻快柔和的步子在这个布置得颇为谨严的大书房里顺着对角线走来走去。“同您认识很高兴。当然，我是很愿意为伊万·米哈伊洛维奇伯爵效劳的。”他说着，喷出一口芬芳的淡蓝色烟雾，小心地从嘴里取下雪茄烟，免得烟灰落下来。

“我只要求快点审理这个案子，因为如果被告不得不到西伯利亚去，那就可以早一点动身。”涅赫柳多夫说。

“对，对，那就可以搭下诺夫哥罗德的头一班轮船动身了。我知道，”沃尔夫说着，露出他那自觉高人一等的笑容。人家刚开口对他说话，他就总是预先知道人家要说什么。“被告姓什么？”

“马斯洛娃……”

沃尔夫走到桌子旁边，看了看一张纸，那张纸跟别的公文一起放在文件夹上。

“是的，是的，马斯洛娃。好吧，我可以向我的同事们要求一下。我们星期三就来办这个案子。”

“我可以把这件事打电报通知律师吗？”

“您请了律师？这是为什么？不过要是您愿意，那也随您。”

“上诉的理由可能不充分，”涅赫柳多夫说，“不过，我认为，单凭案卷就可以看出这个判决是出于误会。”

“对，对，也许是这样，不过枢密院不可能查考案情的是非曲直，”弗拉基米尔·瓦西里耶维奇严厉地说，眼睛瞧着烟灰，“枢密院只审查在法律的引用和解释方面是不是得当。”

“我觉得，这个案子是例外的情况。”

“我知道，我知道。所有的情况都是例外的。我们会按应该做的去做。就是这样。”烟灰还留在雪茄烟上，可是已经裂开一条缝，有掉下来的危险。"那么您很少来彼得堡吧?"沃尔夫说着，小心地拿好雪茄烟，免得烟灰掉下来。不过烟灰还是开始摇动了，沃尔夫就慎重地把它送到烟灰碟那儿，果然烟灰掉在烟灰碟里了。"卡缅斯基那件事多么可怕呀!"他说。"他是一个很好的青年人。他是独生子。特别是他母亲的处境很可怕。"他说，几乎把当时彼得堡全城的人所讲的关于卡缅斯基的话逐字逐句重说一遍。

弗拉基米尔·瓦西里耶维奇另外还讲起卡捷琳娜·伊万诺夫娜伯爵夫人，讲起她热衷于新的宗教思潮，他对这种宗教思潮既不责难，也不袒护，从他的 comme il faut 观点看来，这种东西对他来说分明是多余的。说完这些活，他拉了拉铃。

涅赫柳多夫起身告辞。

"要是您方便的话，请您来吃便饭，"沃尔夫说着，伸出手去握手，"星期三来就好。到那时候我也可以给您一个确切的答复了。"

天色已经不早，涅赫柳多夫就坐上马车回家，也就是回到他姨母家去。

十七

卡捷琳娜·伊万诺夫娜伯爵夫人家里七点半钟开饭，而且用的是一种涅赫柳多夫从没见过的新办法。菜放上桌子以后，听差们就立刻退出去，吃饭的人亲自动手取菜。男人们不肯让女人们过分劳累，他们作为强有力的男性，就拿出男子汉的气概承担给女人们和他们自己斟酒布菜的全部繁重工作。等到一道菜吃完，伯爵夫人就按一按桌上电铃的钮，听差们便不出声地走进来，很快地把用过的菜碟收走，摆上干净餐具，再把下一道菜端上来。菜是上等的，酒也一样。法国厨师长正带着两个穿白衣服的助手在明亮的大厨房里工作。吃饭的有六个人，有伯爵和伯爵夫人，有他们的儿子，是一个面色阴沉的近卫军军官，把胳膊肘支在桌上；此外还有涅赫柳多夫，有法国女教师，有伯爵家里的总管，是从乡下来到此地的。

就连在这儿，大家所谈的也还是那场决斗。皇上对这件事的态度，正引起大家的议论。大家知道皇上为那个母亲非常难过，于是大家也为那个母亲难过。不过大家又知道皇上虽然表示哀怜，可是也不愿意严办维护军人荣誉的凶手，大家也就体谅了维护军人荣誉的凶手。只有卡捷琳娜·伊万诺夫娜伯爵夫人讲话不假思索而且无所顾忌，她对那个凶手提出了责难。

“他们喝醉了酒，把好端端的一个青年人打死，这我是说什么也不能原谅的。”她说。

“这话我就不懂了。”伯爵说。

“我知道你素来听不懂我说的话，”伯爵夫人说，转过身来对着涅赫柳多夫，“人人都听得懂，只有我的丈夫听不懂。我是说我怜惜那个母亲，我不愿意让凶手杀了人还心安理得。”

他们的儿子本来一直沉默着，这时候却出头为凶手辩护，抨击他的母亲，相当粗鲁地对她证明军官不能不这样做，否则军官法庭就会把他从军团里赶出去。涅赫柳多夫听着，没有插嘴讲话。他以前做过军官，对年轻的恰尔斯基的理由虽然不能认可，却是能够理解的，不过同时又不由自主地把杀人的军官同他先前在监狱里见过的一个年轻英俊的犯人相比，那个犯人就是因为在斗殴当中误伤人命而被判决去做苦工的。这两个人都是因为喝醉酒而打死了人。那一个是农民，一时性起打死了人，就此同他的妻子、家人、亲属拆散，戴上镣铐，剃光半边头，动身去做苦工；这一个呢，却坐在禁闭室的一个漂亮房间里，吃着上等饭，喝着上等酒，阅读书籍，过一两天就会放出来，照原先那样生活下去，反而变成一个特别有趣的人了。

他就把他心里所想的讲出来。起初卡捷琳娜·伊万诺夫娜伯爵夫人倒还同意她外甥的话，可是后来却沉默了。别人也都沉默不语。涅赫柳多夫才体会到他讲这些话无异于做了一件类似失礼的事。

傍晚，那是在吃过饭后不久，大厅里特为讲演而摆好几排雕花高背椅子，桌子后面放着一张圈椅，旁边有一个茶几，上边放着一个盛水的玻璃瓶，供传教士饮用。人们渐渐聚齐，从国外来的基泽维捷尔预定在这个会场上讲道。

大门外停着许多辆贵重的轻便马车。在陈设着贵重的家具的大厅里，有许多女人坐在那儿，身上裹着绸缎、丝绒、花边，头上戴着假发，勒出很细的假腰身。有些男人坐在女人中间，有的是军人，有的是文官。另外还有五个普通人：两个扫院子的仆人、一个小铺老板、一个听差、一个车夫。

基泽维捷尔是一个身体结实、头发花白的人，讲英语，由一个年轻消瘦、戴着夹鼻眼镜的姑娘又快又好地翻译成俄语。

他说我们的罪恶这样大，我们为此所要受到的惩罚这样重，这样在劫难逃，因此一面等着惩罚，一面生活下去是不可能的。

“亲爱的兄弟姊妹们，我们只要想一想我们自己，想一想我们的生活，想一想我们在做什么事，我们在怎样生活，我们在怎样触怒满心仁爱的上帝，我们在怎样驱使基督受苦，我们就会明白我们不可能得到宽恕，不可能有出路，不可能得到拯救，我们大家都注定了要灭亡。可怕的毁灭，永恒的磨难正在等着我们呀，”他用颤抖的哭声说，“怎样才能得救啊？兄弟们，怎样才能摆脱这场可怕的烈火而得救啊？烈火已经围住房子，没有出路了。”

他沉默了一会儿，真正的眼泪顺着他的脸颊流下来。近八年来，每逢他宣讲他很喜爱的这篇演讲词，刚刚讲到这个地方，那么万无一失，他立刻就会觉得喉咙发堵，鼻子发酸，眼睛里流出泪水来。于是这些泪水越发使他感动。房间里就响起了呜咽声。卡捷琳娜·伊万诺夫娜伯爵夫人在一个镶花桌面的茶几那儿坐着，两只手托住头，肥胖的肩膀开始发抖。那个车夫惊讶而害怕地瞧着日耳曼人，仿佛他自己赶着一辆马车，辕杠就要撞到那个日耳曼人身上，日耳曼人却不肯让开似的。大多数人坐着，姿势都跟卡捷琳娜·伊万诺夫娜伯爵夫人差不多。沃尔夫的女儿跪在那儿，相貌像父亲，用手蒙着脸，身上穿一件时髦的连衣裙。

演讲人突然脸色开朗，现出一种很像是真的笑容，演员们就是用这样的笑容来表现欢乐的。然后他用甜蜜温柔的声调开口说：

“可是，有救了。它就在我们眼前，那么轻巧，那么欢乐。这个生路就是上帝的独生子为我们所流的血，他甘愿为我们受苦受难。他的苦难，他的鲜血拯救了我们。诸位兄弟姊妹啊，”他说，声调里又带着哭音，“我们来感谢上帝吧，他为了给人类赎罪而献出了他的独生子。他的神圣的鲜血……”

涅赫柳多夫感到憎恶得不得了，就悄悄站起来，皱起眉头，忍住羞臊的咳嗽声，踮起脚尖走出大厅，回到他自己的房间去了。

十八

第二天，涅赫柳多夫刚穿好衣服，准备下楼，忽然有一个听差把莫斯科的律师的名片送到他这儿来。原来律师是为办他自己的事到此地来的，同时如果马斯洛娃的案子不久受理，他就打算顺便在枢密院审理这个案子的时候出庭。涅赫柳多夫打给他的电报，他恰好因为上了路而没有收到。他从涅赫柳多夫口里听到马斯洛娃的案子什么时候开庭，由哪些枢密官审理，就微微一笑。

“他们恰好包括所有三种类型的枢密官。”他说。“沃尔夫是一个彼得堡的官僚，斯科沃罗德尼科夫是一个有学问的法学家，贝是一个讲求实际的法学家，因而是这三个当中最有生气的一个，”律师说，“希望都寄托在他身上了。哦，上告委员会那边的事办得怎么样了？”

“喏，今天我就要到沃罗比约夫男爵那儿去，昨天我没能见到他。”

“您知道沃罗比约夫怎么会做男爵的吗？”律师听到涅赫柳多夫用带点

滑稽的口气说出那个纯粹俄罗斯的姓氏以及跟它结合在一起的外国爵衔就回答说。“这是保罗由于某种缘故把这个爵衔赐给他祖父的。他祖父似乎是宫中一个听差。不知怎的博得了皇上的欢心。皇上就说：‘让他做男爵好了。我要这么办，谁也不准拦着。’就这样冒出来一个沃罗比约夫男爵。他还为此很得意呢。不过他是个大滑头。”

“我现在就是要去找他。”涅赫柳多夫说。

“哦，那正好，我们一块儿走。我用车子送您去。”

在他们出门以前，有个听差在前厅迎着涅赫柳多夫走过来，手里拿着玛丽叶特写给他的信。信上写着：

> “Pour vous faire plaisir, j’ ai agi tout à fait contre mes principes, et j’ ai intercdé auprès de mon mari pour votre protégée. Il se trouve que cette personne peut être relachée immédiatement. Mon mair a ecrit au comman - dant. Venez donc 专诚。Je ovus attend. M.”

“居然有这样的事！”涅赫柳多夫对律师说，“这岂不可怕！他们把一个女人送进单人牢房关了七个月，不料她什么罪也没有，只要说一句话就把她放出来了。”

“事情素来就是这样。也好，至少您总算把您希望办到的事办成了。”

“不错，然而这种成功反而使得我心里难过。是啊，他们究竟在那儿干些什么？他们为什么把她关起来？”

“算了，这种事还是不要深究的好。那么，我用车子送您去，”律师说，这时候他们已经走出门外，到门廊上，律师雇的一辆漂亮的轿式马车来到门廊跟前。“您是要去找沃罗比约夫男爵吧？”

律师告诉车夫把车赶到什么地方去。那些好马很快就把涅赫柳多夫送到男爵居住的房子跟前。男爵正好在家。头一个房间里有一个穿制服的青年文官，脖子特别细长，喉核突出来，走起路来脚步异常轻。另外还有两个女人。

“贵姓？”生着大喉核的青年文官从女人那边异常轻松优雅地走到涅赫柳多夫这边来，问道。

涅赫柳多夫说出自己的姓名。

“男爵讲起过您。我马上就来!”

青年文官走进一个关着的房门，然后从那里领着一个满面泪痕、穿着丧服的女人走出来。她伸出精瘦的手指头放下她那块乱卷着的面纱，好遮住她的眼泪。

“请进。”青年文官转身对涅赫柳多夫说，迈着很轻的步子走到书房门口，推开门，在门口站住。

涅赫柳多夫走进书房，看见对面有个中等身材的胖子留着很短的头发，身上穿着礼服，在大写字台后面一把圈椅上坐着，快活地瞧着前面。他那张和善的脸上留着白唇髭和白胡子，因而脸颊上的红晕特别显眼。他看见涅赫柳多夫来了，脸上就露出亲热的笑容。

“跟您见面很高兴。我跟您的母亲是老相识，老朋友了。当初您小的时候，后来您做军官的时候，我都见过您。好，请坐，请您说一说我能够在哪方面为您效劳。是的，是的，”他一面听涅赫柳多夫讲费多霞的事，一面摇着白发剪得很短的头说，“您说吧，您说吧，我全听懂了。不错，不错，这件事确实令人感动。怎么样，您已经把诉状交上来了?”

“我已经把诉状准备好了，”涅赫柳多夫说着，从口袋里拿出诉状，“可是我想托付您，希望这个案子会受到特别的照顾。”

“您做得很好。我一定亲自到宫里去奏明这个案子，”男爵说，他那张快活的脸上做出怜悯的样子，可是做得一点儿也不像，“这个案子很动人。显然，她还是个孩子，她的丈夫待她粗鲁，这惹得她厌恶，可是后来过了一阵，他们又相亲相爱了。……是的，我会去奏明这个案子。”

“伊万·米哈伊洛维奇伯爵说，他打算向皇上求情。”

涅赫柳多夫还没来得及说完这句话，男爵的脸色就变了。

“不过，您把诉状交到办公室里去吧，我会尽我的力量去办。”他对涅赫柳多夫说。

这时候，青年文官走进房来，他分明在卖弄他的步态。

“那位太太要求再谈几句话。”

“好，请她来吧。唉，mon cher，在这儿会看见多少眼泪啊。但愿能把这些眼泪都擦干才好！人得尽自己的力量去办事才成。”

太太走进来了。

“我忘了请求您别让他丢掉他的女儿，因为他已经横了心……”

“不过我已经说过，我会去办的。”

“男爵，看在上帝的分上，救救我这个做母亲的吧。”

她抓住他的一只手，开始吻它。

“一切都会办好的。”

等到太太走出去，涅赫柳多夫也起身告辞。

“我会尽我的力量去办。我们要同司法部接洽一下。他们会答复我们，到那个时候我们就尽我们的力量去办。”

涅赫柳多夫走出去，然后穿过一个办公室。如同在枢密院里一样，他在这个漂亮的房间里又看到许多漂亮的文官，干净，有礼貌，从装束到谈吐都规规矩矩，讲起话来又清楚又严厉。

“他们这种人何其多呀，简直多得不得了。而且他们保养得多么好，他们的衬衫和手洗得多么干净，所有这些人的皮靴擦得多么亮呀。是谁在供养他们？他们大家，不但跟囚犯们相比，就是跟乡下人相比也显得多么优裕。”涅赫柳多夫又不由自主地暗想。

二十九

当杀戮成为荣耀的捷径，刽子手洋洋自得地炫耀着刀，那沾满了血腥的双手，毫无廉耻地接过十字勋章，高高悬挂于胸前，那胸口已经丧失了一颗人性的心。

辛辣的讽刺之笔，刻画出了一个杀人机器的形象，这老将军可恶，那些听从他去行凶的俄罗斯农民可悲。

那个有权减轻彼得堡囚犯们厄运的人，是一个祖籍日耳曼的男爵，又是一个立过赫赫战功，然而据说已经头脑昏聩的老将军。他获得过形形色色的勋章，可是一概不戴，单单在上衣的纽扣眼上挂着一个白色的十字章。他在高加索工作过，那个他特别引以为荣的十字章就是在那儿得到的，因为那时候他统率着剪短头发和穿着军服的俄罗斯农民，使用枪支和刺刀，屠杀过一千多名保卫自己的自由、家乡、亲属的人。后来他在波兰工作，在那儿又驱使俄罗斯农民犯下许多各式各样的罪行，为此他又领到勋章和军服上的新装饰品。后来他还在别的什么地方工作过，如今已经成为一个衰迈的老人，就接受了他目前正在担任的职位，这为他提供了一所好房子、一笔薪金和人们的尊敬。他严格执行从上面下来的命令，特别重视这类命令的执行。他把这类命令看得特别重大，认为世界上一切事情都可以改变，唯独这些从上面下来的命令除外。他的职责就在于把男女政治犯监禁在地牢和单人牢房里，而且把这些人囚禁得不出十年就死掉一半，其中一部分人发疯，一部分人死于肺痨命，一部分人自杀：有的人绝食而亡，有的人用玻璃片割破血管，有的

命令大于人性，人变得非人，走向异化。

人悬梁自尽，有的人放火自焚。

所有这些，老将军统统知道，所有这些都是在他眼前发生的，然而所有这些事故都不能打动他的良心，就像由雷雨和洪水等所造成的灾难不会打动他的良心一样。这些事故都是由于执行以帝国皇帝的名义从上边交下来的命令而造成的。可是这类命令理当执行，无可避免，因此考虑这类命令的后果是完全无益的。老将军甚至不容许他自己考虑这些事，认为他的爱国军人的责任就在于不考虑这些事，免得在执行依他看来极其重大的职责的时候心慈手软。

人一思考，就会反思到灵魂的问题。他害怕会被良心谴责。

老将军按照他职责的要求，每个星期都到所有的囚室里去巡查一次，问一下被监禁的人有没有什么要求。被监禁的人就对他提出各式各样的要求。他平心静气地听他们说完，闭紧嘴巴一句话也不讲，素来对那些要求一概置之不理，因为所有的要求都不符合法令。

只按“法令”办事，不理一切人情。

涅赫柳多夫坐着马车来到老将军的寓所，塔楼上的自鸣钟正用尖细的铃声奏着《上帝多么荣耀》，然后敲了两响。涅赫柳多夫听着这钟声，不由自主地想起他在十二月党人的回忆录中读到过这种每个钟头响一回的美妙音乐怎样激荡那些终身监禁的囚徒的心。老将军在涅赫柳多夫坐车来到他的住宅门口的时候，正好在阴暗的客厅里挨着一张桌面嵌花的小桌坐着，跟一个青年人一块儿在纸上推动一个茶碟。那个青年人是他的一个部下的弟弟，是画家。画家的湿润而无力的细手指头嵌在老将军的骨节僵直和皮肤发皱的硬手指头当中，两只手合在一起共同按紧一只倒扣着的茶碟，在写满全部字母的纸上推过来推过去。那个茶碟在回答将军提出的一个问题：人们死后，他们的灵魂相互之间怎样能够认识？

一个执行听差职务的传令兵拿着涅赫柳多夫的名片走进客厅来，这时候贞德的灵魂在借茶碟对他们讲话。贞德的灵将军的性格很奇妙，他泯灭人性地去杀人，却关注人死之后灵魂的何去何从。这种矛盾性，使人物形象更加饱满。

所谓的“灵魂”亦不过是给自己的安慰。所以还是逃不了被个人主观所左右。

魂已经通过一个个字母所拼出来的字说道：“他们相识是”，这几个字已经记在一张纸上。传令兵走进来的时候，茶碟刚拼完“借了”两个字，正在滑过来滑过去。茶碟所以会这样滑动，是因为依将军看来，下一个字应当是“清”，换句话说，依他看来贞德应当说人们的灵魂只有借了清除一切尘世的杂念，或者清除诸如此类的东西才能相识，所以下一个字应当是“清”。然而画家却认为下一个字应当是“灵”，认为灵魂会说，他们后来相识是借了灵魂的透明体射出来的光。将军阴沉地拧起浓密的白眉毛，凝神瞧着茶碟上面的两只手，把茶碟往拼成“清”的字母上推去，却以为茶碟自己在动。可是脸上没有血色的青年画家，把稀疏的头发撩到耳朵背后，一双没神的淡蓝色眼睛瞧着客厅里一个阴暗的墙角，急躁地努动着嘴唇，把茶碟往拼成“灵”的字母那边推过去。将军看到他的工作被打断，就皱起眉头，沉默了一会儿，然后接过名片，戴上夹鼻眼镜，由于粗壮的腰部酸痛而清一下喉咙，挺直魁梧的身体，站起来，揉着发麻的手指头。

“请他到书房去。”

“大人，您让我一个人把这件事做完吧。”画家站起来说，我觉得灵魂还在这儿。

“好，您把它做完吧。”将军果断而严厉地说，然后伸出两条僵直的腿，迈着大步往书房那边走去，他的步态又果断又匀称。“见到您很愉快，”将军用粗硬的声调对涅赫柳多夫说着这句亲热的话，对他指了指写字台旁边的圈椅。“您来彼得堡很久了吗？”

涅赫柳多夫说他来到这里不久。

“您母亲，公爵夫人，身体好吗？”

“我母亲已经去世了。”

“请您原谅，我听了很难过。我儿子对我说他遇见过您。”

将军的儿子正在干一种跟他父亲同样的事业。他在军事学院毕业以后就到侦缉局里工作，为他在那里奉派担任的工作扬扬得意。他的工作就是管理暗探。

“是啊，我跟您父亲共过事。我们是朋友，同事。怎么样，您是在机关里工作吗？”

“不，我没有在机关里工作。”

将军不以为然地低下头。

“我有事要拜托您，将军。”涅赫柳多夫说。

“我非常非常愿意出力。我可以在哪方面为您效劳呢？”

“如果我的要求不得当，那就请您务必原谅我。不过我不得不转达这个要求。”

“什么事呢？”

“在您这儿监禁着一个姓古尔凯维奇的人。他的母亲要求能来探望他，或者至少能把书转交给他。”

将军对涅赫柳多夫提出的要求丝毫没有表示高兴，也丝毫没有表示不满，光是偏着头，眯细眼睛，仿佛在仔细考虑似的。实际上他什么也没考虑，甚至对涅赫柳多夫的请求毫无兴趣，十分清楚地知道他会依照规章答复他。他只不过是在养神罢了，根本没有动脑筋。

“这件事，您要知道，我做不了主，”他略微休息了一会儿以后说，“关于探监，自有经最高当局批准的法令所做出的规定。凡是法令许可的事，才许可做。至于书，那儿我们有一个图书馆。凡是许可他们看的书，就拿给他们看。”

“是的，不过他所需要的是学术方面的书。他想研究学问。”

“您不要相信这种话，”将军略微沉默了一会儿，“这不是要研究学问。其实，这无非是心神不定罢了。”

“可是有什么办法呢，要知道处在他们这种艰苦的地位，

从上面将军谈到涅赫柳多夫的父母来看，他们之间的关系非常生疏。

这位将军当然不会同意把书交给那个犯人，他个人本身认为最好所有的犯人都那么无知、愚昧，而且这也是当局所不允许的。他顺理成章地回绝，毫无意外。

总得设法消磨光阴才行。”涅赫柳多夫说。

“他们老是抱怨。”将军说。“要知道，我们是了解他们这班人的。”他概括地讲到他们，就像讲到某个特殊的、低劣的人种似的。“然而在此地，为他们提供了很舒适的环境，像这样的环境在监禁的地点是很少能够遇到的。”将军继续说。

无耻的人最喜欢说的话是“我待你不薄。”

紧接着，他仿佛要为他的话辩护似的，开始详细列举为囚徒们提供的各种便利条件，倒好像这个机构的主要目的就在于为囚禁的人们布置愉快的住处似的。

“以前，的确，那是相当严峻的，不过现在他们关在这儿却受到很好的照顾。他们吃三道菜，内中总有一道是肉菜：肉饼或者肉排。每到星期日，他们还多添一道菜，那是甜食。所以，求上帝保佑，让每个俄国人都能吃到这样的伙食才好。”

将军如同一切老年人一样，显然，一旦讲起他所熟悉的事情，总要把他反复说过许多次的话原原本本再讲一遍，借以证明那些囚徒怎样贪得无厌，怎样不知感激。

“他们既可以看到宗教方面的书，又有旧杂志可看。我们的图书馆里有许多适合阅读的书。只是他们很少翻看。起初他们似乎还有兴趣，不过到后来，新书倒有一半没裁开书页，旧书索性没有人去翻了。我们甚至做过试验呢，”将军说，脸上现出稍稍近似笑容的神情，“我们故意在书里夹一些纸片。结果那些纸片始终也没有抽出来。再者这儿也不禁止他们写字。”将军接着说。“这儿既发石板，也发石笔，所以他们尽可以写字消遣。他们可以擦净了石板再写嘛。可是他们也不写。不，他们很快就会完全定下心来的。他们只不过是起初心烦意乱罢了，过后甚至会胖起来，而且变得很安分，”将军说，没有意料到他那些话里所包含的可怕意义。

“可怕意义”在于他根本不从人道的精神出发去待人。

涅赫柳多夫听着他那沙哑苍老的嗓音，瞅着他僵直的四肢，瞅着他白眉毛下边那对暗淡无光的眼睛，瞅着他军服的硬领上边那两块苍老的、刮光胡子的、皮肉松弛的颧骨，瞅着这个人由于出格的残忍和大规模屠杀而得来的、使他特别引以为荣的白色十字章，心里暗暗体会到：反驳他的话或者对他说穿那些话的含意，都是徒劳无益的。不过他仍旧打起精神，问起另一件案子，也就是关于女犯人舒斯托娃的事，说是他今天已经得到关于她的消息，上边下了命令要释放她了。

出格：言语行动与众不同，出众。这里指越出常规；出圈儿。

“舒斯托娃？舒斯托娃……我没法记住所有犯人的名字。要知道，他们人数多得很，”他说，分明在责备他们人数过多。他拉了拉铃，吩咐把办事员叫来。

将军趁下边的人去找办事员，就规劝涅赫柳多夫到机关里去工作，说正直高尚的人（他把自己也算在这类人当中）是沙皇……“和国家”所特别需要的；他加上那三个字，显然只是为了把话说得动听罢了。

“现在我老了，不过只要我的精力许可，我就仍旧要工作。”

办事员是个身体消瘦而筋肉强壮的人，生着一对心神不宁的聪明眼睛，走进房来报告说，舒斯托娃监禁在一个加强了守卫的奇怪地方，并且说关于她的公文还没有收到。

“等我们收到公文，我们当天就会把她释放。我们不会留下他们，我们并不特别看重他们的光顾呢，”将军说，又极力做出调皮的笑容，可是这样一来反而把他那张老脸弄得很难看。

涅赫柳多夫站起来，极力按捺自己，免得流露出他对这个可怕的老人生出的又憎恶又怜悯的混杂心情。另一方面，那个老人也认为他自己不必对他旧日同事的这个秉性轻浮而且分明不走正路的儿子过于严厉，只要在临别之际对他谆谆教诲一番也就行了。

你能体会这种“又憎恶又怜悯”的混杂心情吗？

“再见，我亲爱的，您不要怪罪我，我是因为爱护您才对您说这些话的。不要跟我们这儿监禁着的人来往。他们人人都犯过罪。这都是些最不道德的人。我们是了解他们的。”他说，他的口气不容人有怀疑的余地。他也确实不怀疑他的这些话，这倒不是因为事实正是如此，而是因为如果事实不是如此，他就必须承认他自己不是一个可敬的英雄，正在当之无愧地过完美好的一生，而是一个坏蛋，以前就出卖自己的良心，到了老年仍旧在出卖自己的良心。“您最好还是到机关里去工作，”他接着说。“沙皇需要正直的人……国家也需要，”他补充了一句。“是啊，要是我和大家都像您这样不工作的话，那怎么得了？剩下来还有谁工作呢？我们动不动就批评当前的制度，可是我们自己又不愿意帮助政府。”

将军试图引别人走上这样的路来分担自己的罪恶感。

涅赫柳多夫长吁一口气，深深地一鞠躬，握了握仁慈地向他伸过来的那只瘦骨嶙峋的大手，走出房外去了。

将军不以为然地摇着头，揉着他的腰，又走进客厅。画家在客厅里已经记下他所得到的贞德灵魂的答复，正在等候将军。将军戴上夹鼻眼镜，看了一遍：“他们相识是借了灵魂的透明体所射出来的光。”

画家证实了自己的臆想，实在自得。

“啊！”将军赞许地说着，闭上眼睛。“不过如果大家的光都是一样的，那怎么认得清谁是谁呢？”他问道，又在小桌旁边坐下，把他的手指头同画家的手指头交叉在一起。

这时候涅赫柳多夫雇的出租马车走出了大门。

“这儿可真叫人气闷啊，老爷，”马车夫回过头来对涅赫柳多夫说，“我本来想走掉，不等您了。”

“是的，这地方是叫人气闷。”涅赫柳多夫同意道，张开整个胸膛吸进一口气去，带着如释重负的心情凝神瞧着烟色的云在天空浮游，瞧着涅瓦河上木船和轮船搅起了银光万点的涟漪。

情境赏析

这位老朽的将军，几乎所有的功勋都是用屠刀建立起来的，几乎所有的勋章都是用人民的鲜血换来的，包括那些被他屠杀和那些为了他而去屠杀别人的人的鲜血。他已经被专制制度完全异化了，成为沙皇政府对付人民的一把屠刀。

在这个国家，要想高升到显赫的将军的位置，要想获得形形色色的勋章，居然只能通过无穷无尽的杀戮。不去思考前因后果，变成一台杀人机器，泯灭了人性，出卖了灵魂，丧失了一切慈悲之心，忘记了爱。

名家点评

在《复活》中，沿着表现主义和反常的路，又向这个方向前进了一步；《复活》当然是一部非常好的书，托尔斯泰所描写的俄国统治阶级的肖像，充满了那种亘古未有的凶狠和残酷。甚至果戈理在《死魂灵》中也从没有像托尔斯泰这样严厉。但是，那看来是笼罩着俄国统治阶级、沙皇制度、教会和法庭官吏的涅赫柳多夫的危机——它实际上既没有使托尔斯泰满意，也没有使读者满意。这已经超出于社会之外；托尔斯泰似乎还在为反对社会而斗争，但事实上他早已超出了可以称为社会问题论争的界限之外了。

——（意）莫拉维亚

二十

审判已经被变成某种形式，或是个人好恶的随心所欲，法律已经屈服于金钱的威力，法庭上道貌岸然的枢密官员把这当做是自我利益的争夺，正义已经被湮灭在物欲横流的社会中，马斯洛娃的上诉被厌恶涅赫柳多夫宗教精神的检察官给否决了。

第二天，马斯洛娃的案子要开庭审理，涅赫柳多夫坐上马车到枢密院去。他在枢密院大厦庄严的门口遇见了坐着马车来到此地的律师，这时候门外已经停着好几辆马车。他们顺着一道华美壮观的楼梯走上二楼。律师熟悉一切通路，就往左拐，走进一个门，门上刻着制定诉讼条例的年代。法纳林在头一个长方形房间里脱掉大衣，从看门人的口里打听到枢密官们都已经到齐，最后一个也已经刚刚走过去，他就穿着燕尾服，白胸衬的上方打着白领结，带着快活的自信神情走进第二个房间。在第二个房间里，右边放着大橱，旁边有一张桌子，左边是一道盘旋的楼梯，这时候正好有一个风度优雅的文官，身穿制服，胳肢窝里夹着皮包，从楼梯上走下来。房间里有一个家长模样的小老头特别引人注目，他留着很长的白发，穿着短上衣和灰色的长裤，身旁站着两个跟班，态度特别恭敬。

那个白发苍苍的小老头钻进大橱里去，关上了橱门。这时候法纳林见到一个同行，也跟他一样是律师，穿着燕尾服，打着白领结，就立时同他活跃地攀谈起来。涅赫柳多夫趁机打量一下这个房间里的人。旁听者大约有十五名左右，其中有两个女人，一个年纪还轻，戴着夹鼻眼镜，另一个头发花白。今天要审理一个报纸诽谤案，所以列席的旁听者比平时多，其中大多是报界的人。

民事执行吏是一个脸色红润、相貌英俊的男子，穿着漂亮的制服，手里拿着一张纸，走到法纳林跟前，问他来办哪一个案子，听说是办马斯洛娃的案子，就在纸上记下几个字，走开了。这时候大橱的门开了，家长模样的小老头从中走出来，可是已经不是穿着短上衣，而是换了一身镶满丝绦的服装，胸前有几个亮闪闪的牌子，使他变得活像一只鸟。

这身可笑的衣服分明弄得小老头本人也发窘，他就迈着比平时快的步子，赶紧走进入口对面的房门。

“这个人就是贝，一个极其可敬的人，”法纳林对涅赫柳多夫说，然后他介绍他的同行跟涅赫柳多夫相识，接着就讲一下目前要审理的案子，依他看来那个案子是很有趣味的。

不久，那个案子开审了。涅赫柳多夫同旁听的人一起往左走，来到法庭里。他们这些人，再加上法纳林，都走到栏杆后面的旁听席上。只有彼得堡的那个律师走到栏杆前头的斜面写字台旁边去了。

枢密院的法庭比地方法院的法庭小一点，陈设也简单些，唯一的不同之处就在于枢密官们面前的桌子上不是铺着绿呢，而是铺着深红色的丝绒，边上镶着金丝带。不过凡是行使审判职能的地点所永远有的标记，例如守法镜、圣像、皇帝的肖像等，这里也样样都有。民事执行吏也那样庄严地宣布说：“开庭了。”所有的人也那样站起来，穿制服的枢密官们也那样走进来，也那样在带扶手的高背椅上坐下，也那样把胳膊肘支在桌子上，极力装出自然的样子。

枢密官一共是四名。首席枢密官尼基京是一个脸庞狭长的男子，剃光胡子，生着银灰色的眼睛。沃尔夫意味深长的抿紧嘴唇，伸出白白的小手翻阅案卷。其次是斯科沃罗德尼科夫，一个有学问的法学家，身体壮实笨重，脸上有麻子。第四个是贝，也就是那个家长模样的小老头，他最后一个走进来。跟枢密官们一块儿进来的还有书记长和副检察长。副检察长是个青年人，中等身材，生得干瘦，剃光了胡子，脸上的肤色很黑，睁着一对忧郁的黑眼睛。尽管这个人穿着古怪的制服，尽管涅赫柳多夫有六年没见过他，可是立刻认出他就是大学时代的一个最要好的朋友。

“副检察长是谢列宁吧?”涅赫柳多夫问那个律师。

“是啊。您问这个干什么?”

“我跟他很熟识。他是个很好的人……”

“而且他是个很好的副检察长，办事精干。您本来倒应该托他一下。”法纳林说。

“他在任何情况下都是本着良心办事的。”涅赫柳多夫说着，想起他同谢列宁的亲密关系和友谊，想起谢列宁的各种可爱的品质，例如纯洁，诚实，在最好的意义上的正派。

“不过现在要托他也已经来不及了。”法纳林小声说，他在全神贯注地倾听已经开始的案情报告。

目前在开审的这个案子是针对高等法院的裁定所提出的上诉，因为高等法院的裁定没有更改地方法院的判决。

涅赫柳多夫开始倾听，极力要理解在他面前开审的案子的意义。然而如同以前在地方法院的法庭上一样，妨碍他理解的主要困难，在于他们所讲的并不是理应成为要点的东西，而是些完全次要的东西。这个案子涉及报纸上登载的一篇文章，文章揭发了一个股份公司的董事长的舞弊行为。看起来，主要点只可能是股份公司的董事长是不是真的侵占了股东们的利益，应该怎样做才能制止他侵占。可是关于这一点，根本没有提到。他们所谈的仅仅是那家报纸的发行人按照法律有没有权利刊登小品文作者的文章，现在既然已经刊登了，那么他犯的是什么罪，究竟是诬蔑还是诽谤，是诬蔑中含着诽谤，还是诽谤中含着诬蔑。此外还牵涉到某个总署的各种法令和决定，那就更是普通人所不易理解的了。

涅赫柳多夫所理解的只有一点，那就是报告案情的沃尔夫虽然昨天对他那么严厉地强调说枢密院不可能过问案情的是非曲直，可是现在报告这个案子的时候，却分明有意偏袒，以利于撤销高等法院的裁定，而谢列宁完全违反他所特有的稳重作风，用出人意外的激烈态度表达他相反的意见。素来稳重的谢列宁一下变得这样激烈，却使涅赫柳多夫暗暗吃惊，其实这是有来由的，因为谢列宁知道股份公司董事长在财务方面手脚不干净，偏偏又偶然听说沃尔夫几乎就在这个案子开审的前一天晚上还参加那个商人的豪华宴会。现在，临到沃尔夫做报告，虽然措辞很慎重，却明显地偏袒那个商人，谢列宁就心中火起，用一种对普通的案子来说过于暴躁的口气表达他的意见。他的发言显然扫了沃尔夫的面子，沃尔夫涨红脸，身子不住地扭动，做出无言的惊讶姿态，带着颇为尊严的和遭到侮辱的样子同别的枢密官一起走到议事室去。

“说实在的，您是来办哪一个案子的?”民事执行吏等到枢密官们刚起身走出庭外，就走过来，又问法纳林说。

“我已经告诉过您，我是来办马斯洛娃的案子的。”法纳林说。

“对，对。今天要审理这个案子。不过……”

“不过怎么样?”律师问。

“不瞒您说，这个案子本来是不开庭辩论的，所以枢密官先生们裁定刚才那个案子以后，未必会再出来。不过，我会去报告……”

“这是什么意思？……”

“我会去报告的，我会去报告的。”民事执行吏又在他的纸上记下几个字。

枢密官们果然打算在裁定诽谤案以后，不再走出议事室，一边喝茶，吸烟，一边办完包括马斯洛娃一案在内的其他案子。

二十一

枢密官们刚刚在议事室里围着桌子坐下，沃尔夫就很活跃地提出必须撤销这个案子的原判的种种理由。

首席枢密官素来就是一个对人对事都抱着恶意的人，今天心绪特别恶劣。先前开庭审案的时候，他听着案情报告，已经拟定了自己的意见，如今坐在这儿，就没有听沃尔夫的发言，专门想他自己的心事。他的心思集中在回想他昨天在他的回忆录上写下来的一段话。有一个重要职位，他早已巴望弄到手，结果竟然没有委派他，却委派维梁诺夫去担任了，这段话就是针对这件事而发的。首席枢密官尼基京十分真诚地相信，凡是他在职期间有过交往的、形形色色的、最高两个品级的文官，经他做出了结论，这种结论就会成为极其重要的历史资料。昨天他写完了一章，在那一章里猛然抨击最高两个品级的文官当中的某些人，因为按照他的说法，他们妨碍他去拯救俄国，使俄国摆脱它目前的统治者所造成的覆灭形势，可是实际上这无非是因为他们妨碍他领到比现在更多的薪金罢了。目前他却在暗想，对后代人来说所有这些事情都会得到全新的说明了。

"是啊，当然。"他对沃尔夫向他所讲的那些话回答道，其实他根本没有听见。

不过贝倒在听沃尔夫的发言。他满面愁容，在面前铺开的纸上画一个花环。贝是彻头彻尾的自由派。他神圣地捍卫着六十年代的传统，即使有的时候从严格的公正立场后退，那也总是为了保卫自由主义。因此在当前这种情形下，贝就主张驳回上诉，这除了因为那个提出上诉、控告诽谤的股份公司商人是一个卑劣的人以外，还因为控告报刊工作者犯诽谤罪就是压制出版自由。等到沃尔夫结束他的报告，贝就丢下他那没画完的花环，带着满面愁容（他愁闷的是他竟然不得不来说明这种人所共知的真理），用柔和悦耳的声调，简单扼要而又有力地说明上诉是缺乏根据的，然后他就低下生满白发的头，继续把他的花环画完。

斯科沃罗德尼科夫在沃尔夫的对面坐着，时时刻刻用粗手指头把胡子和唇髭塞进嘴里去咀嚼。贝刚刚停止发言，他就立刻不再咀嚼胡子，用响亮刺耳的嗓音说，尽管股份公司董事长是个大坏蛋，不过要是有法律根据，他就赞成撤销原判，可是，他说，既然没有那样的根据，那他就同意伊万·谢苗诺维奇（贝）的意见。他说完，暗暗高兴，因为他用这些话对沃尔夫放了一支冷箭。首席枢密官赞同斯科沃罗德尼科夫的意见，这个案子就被否定地裁决了。

沃尔夫不满意，特别是因为他的不正当的偏袒仿佛被人当场揭穿了似的。不过他假装毫不介意，翻开下一个由他做报告的马斯洛娃案的卷宗，专心阅读。这时候，枢密官们按铃叫人送茶来，纷纷谈起在当时跟卡缅斯基的决斗一样轰动了整个彼得堡的另一件事。

这是关于某局局长的一个案子，他犯了第九百九十五条所列的罪行，经人破获，遭到了检举。

“多么下流。”贝嫌恶地说。

“可是这有什么不好？我可以在我们的文献里找出一个德国作家的方案来给您看一看，他直截了当地认为这不能算是一种罪行，认为男人同男人也可以结婚。”斯科沃罗德尼科夫说着，贪婪地、咝咝响地吸着一支夹在指根中间、靠近手心、揉得很皱的纸烟，扬声大笑起来。

“这不可能。”贝说。

“我拿给您看就是。”斯科沃罗德尼科夫说，举出那本著作的全名，甚至说出了出版的年月和地点。

“据说，他已经调到西伯利亚的一个城市去担任省长的职务了。”尼基京说。

“那倒好。主教会举着十字架迎接他。应该让主教也是那样的人才对。我倒可以给他推荐一个那样的主教。”斯科沃罗德尼科夫说着，把烟蒂丢在茶碟上，尽量把胡子和唇髭塞进嘴里，开始咀嚼。

这时候民事执行吏走进来报告说，律师和涅赫柳多夫希望在审理马斯洛娃一案的时候能够出席。

“说起这个案子，”沃尔夫说，“这倒是一宗地地道道的风流韵事呢。”他就把他所知道的涅赫柳多夫和马斯洛娃的关系讲了一遍。

枢密官们谈了一阵这件事，吸完烟，喝完茶，然后走到法庭去，宣布他们对前一个案子的裁决，随后开始审理马斯洛娃的案子。

沃尔夫用尖细的嗓音把马斯洛娃要求撤销原判的申诉很详细地报告一遍，措辞又不大公正，分明希望撤销法庭的原判。

“您有什么要补充的吗？”首席枢密官转过身去问法纳林说。

法纳林就站起来，挺起宽阔的白胸衬，用非常动听而准确的措辞，逐项证明以前的法庭在六个方面背离了法律的精确含意，此外他还不揣冒昧，略为提一下案情的是非曲直，提一下本案原判不公平得令人发指。从法纳林简短而又有力的发言口气听来，他是在道歉，因为他所提出的主张，枢密官先生们凭敏锐的眼光和渊博的法律学识比他看得更明白，理解得更透彻，他所以这样做也无非是因为他所承担的责任要求他这样做罢了。法纳林发言以后，似乎不可能再有一丝一毫的怀疑，枢密院准定会撤销法庭的判决了。法纳林结束了他的发言，脸上现出得意的微笑。涅赫柳多夫瞧着他的律师，见到这种笑容，相信这场官司打赢了。然而他瞧一下枢密官们，才看出只有法纳林一个人在微笑，得意。枢密官们和副检察长既没微笑，也没得意，却现出烦闷无聊的神色，仿佛在说："你们这班人的发言我们听得多了，这些话一点用处也没有。"显然，他们大家一直等着律师结束发言，不再使他们无益地久坐，才感到满意。律师刚结束发言，首席枢密官就立刻转过身去要副检察长发言。谢列宁讲的话简短，然而明白、准确，认为申请撤销原判的各种理由都缺乏根据，主张维持原判不予更改。这以后，枢密官们就站起来走出去，开会商议。在议事室里，大家意见分歧。沃尔夫主张撤销原判。贝了解问题的症结所在，就也很激烈地主张撤销原判，并且按他完全正确理解的当时情况，对他的同事们生动地描摹法庭的情形和陪审员们发生误会的情形。尼基京跟往常一样，总是主张严格办事，赞成严格的形式主义，反对撤销原判。于是整个问题取决于斯科沃罗德尼科夫的态度。他也站在驳回上诉的那一边，主要是因为涅赫柳多夫决定为了符合道德的要求而同那个姑娘结婚，在他看来是可恶之至的。

斯科沃罗德尼科夫是唯物主义者，达尔文主义者，认为抽象道德的一切表现，或者说得更坏一点，宗教信仰的一切表现，不但是可鄙的疯狂，而且简直是对他本人的侮辱。为这个妓女惹出这样一场麻烦，再加上为她辩护的名律师和涅赫柳多夫本人都到枢密院来出庭，在他看来是可恶之至的。他就不住把胡子塞进嘴里，做出一脸的苦相，极其天真地装作一点也不了解这个案子，只知道申请撤销原判的理由不充分，因而同意首席枢密官的意见，主张本案的上诉不予批准。

上诉就此驳回了。

二十二

明明是一件冤案，却在形式上被否决了，当检察院失去其存在意义时，法律只是一纸空文，被践踏在脚下。涅赫柳多夫与大学时要好的朋友谢列宁再次相逢，然而涅赫柳多夫感到的是强烈的“不对头”，在官场中失去了他们的正直和诚实。

“可怕!”涅赫柳多夫说，这时候他同律师一起走进接待室，律师在整理他的皮包。“这样一个极其清楚的案子，他们却在形式上挑毛病，把它驳回了。这真是可怕!”

“这个案子已经让原来的法庭弄糟了。”律师说。

“连谢列宁也主张驳回。可怕，可怕!”涅赫柳多夫继续反复地说，“那么现在可怎么办?”

“那我们就向最高当局上告。趁您在此地，您就自己去递状子。我来给您写好。”

这时候，矮小的沃尔夫身穿制服，佩戴着几枚星章，走进接待室，朝涅赫柳多夫这边走过来。

“有什么办法呢，亲爱的公爵。那些理由都不充分。”沃尔夫说着，耸起窄肩膀，闭上眼睛，然后走掉，到需要他的地方去了。

沃尔夫来过以后，谢列宁也来了。他已经从枢密官们那里听说他旧日的朋友涅赫柳多夫在此地。

“喏，我没有料到在这儿遇见你，”他走到涅赫柳多夫跟前说，唇边露出一点笑意，同时眼睛却仍旧现出忧郁的神情，“我甚至不知道你到彼得堡来了。”

“我也不知道你当了检察长……”

“副的。”谢列宁纠正道。“你怎么会到枢密院来了?”他问，神色忧郁、没精打采地瞧着他的朋友。“我听说你在彼得堡。可是你怎么会到这儿来了?”

“我到这儿来是因为我指望找到正义，挽救一个无辜定罪的女人。”

“哪一个女人?”

“就是刚才裁决的案子里的那个女人。”

“哦，马斯洛娃的案子，”谢列宁想起来了，说道，“那个诉状是完全缺乏根据的。”

“问题不在于那个诉状，而在于那个女人没有犯罪，却遭到了惩罚。”

谢列宁叹一口气。

“这很可能，不过……”

“不是可能，而是确确实实……”

“可是你怎么知道呢?”

“因为我就是那个案子的陪审员。我知道我们在哪一方面犯了错误。”

谢列宁沉思起来。

“当时你应该声明一下才对。”他说。

“我声明过了。”

“应当把它写在一个呈文里。要是把那个呈文随着上诉的状子一起递上来就好了……”

谢列宁素来忙碌，很少出入社交场所，显然丝毫也没有听说过涅赫柳多夫旧日的恋情。涅赫柳多夫注意到这一点，就决定不谈他同马斯洛娃的关系。

“是的，不过就是照现在这样，原判的荒谬也还是一目了然的。”他说。

“枢密院没有权利说这样的话。假如枢密院竟然根据它对原判是否公正的观点来撤销原来法庭的判决，那么姑且不提枢密院会失去一切立足点，不能维护正义而反倒有破坏正义的危险，”谢列宁回想刚才的案子，说道，“现在姑且不提这一点，首先陪审员们的裁决就会丧失它的全部意义。”

“我只知道那个女人完全没罪，可是把她从不应得的惩罚里挽救出来的最后一线希望也丧失了。最高的机构批准了完全不合法的行为。”

“枢密院没有批准，因为它没有，而且也不能追究案子本身的是非曲直，”谢列宁眯细了眼睛说，“你大概住在你姨母家里吧。”他添了一句，显然有意改变话题。“我昨天听她说你在此地。伯爵夫人约我跟你一块儿参加一个外国传教士传教的集会。”谢列宁说，唇边露出一点笑意。

“是的，我去听过，可是我厌恶得走掉了。”涅赫柳多夫气愤地说，由于谢列宁改换话题而懊恼。

“哦，这又何必厌恶呢？这毕竟是宗教感情的一种表现，虽然它有点偏颇，有点教派的味道。”谢列宁说。

“那是一种荒唐的胡闹。”涅赫柳多夫说。

“哦，不然。只有一件事倒是说来奇怪的，那就是我们对我们教会的教义知道得很少，因而往往把基本的教条错看作某种新启示了。”谢列宁说，仿佛急于要向他的老朋友表白他以前所没有的新见解。

涅赫柳多夫惊奇而注意地瞅着谢列宁。谢列宁没有低下他的眼睛，他那对眼睛不但现出忧郁的神情，而且流露出恶意。

“莫非你相信教会的教条？”涅赫柳多夫问。

“当然，我相信。”谢列宁回答说，直勾勾、死僵僵地瞧着涅赫柳多夫的眼睛。

涅赫柳多夫叹一口气。

“奇怪。”他说。

“不过，我们以后再谈吧，”谢列宁说，“我就去，”他转过头去对一个恭敬地走到他跟前来的民事执行吏说。“我们一定得再见见面才成，”他补充一句，叹了口气。“不过你什么时候在家？至于我，每天下午七点钟吃饭的时候，我总是在家。我住在纳杰日津斯卡雅街，”他说出他的门牌号数。“从那时候起，过去了很多的岁月啊。”他添了一句，又像先前那样光是嘴唇露出一点笑意，走掉了。

“要是我抽得出工夫，我就去看你。”涅赫柳多夫说，感到当初为他所亲近热爱的这个谢列宁，经过这次短短的谈话以后，即使没有成为仇敌，至少也忽然变得生疏，隔膜，不能理解了。

二十三

这是一个多么好的青年啊，他应该大有作为才是。

谢列宁做大学生的时候，涅赫柳多夫就认识他，当时谢列宁是个很好的儿子，忠实的朋友，依年龄来说是上流社会里具有良好教养的人，周旋应对极有分寸，永远潇洒而英俊，同时又异常正直诚实。他没有特别用功就学习得很好，所写的论文获得过金质奖章，却又丝毫不带一点以才子自居的习气。

体现出他的坦率、真诚、表里如一。

他不但在口头上，而且在实际行动上也把为人们服务作为他青春生活的目标。他认为这种服务不能采取别的方式，而只能是在政府机关里工作，因此他刚刚大学毕业，就把他能够贡献力量的各种活动做了一次系统的考察，断定他在掌管制订法律事宜的某部大臣办公厅第二处工作最为有益，就进了那个机关。然而尽管他极其准确而勤恳地办理各种要求他办理的事，可是他觉得这种服务没有能够满足他要做一个有益的人的要求，也没有能够在他心里引起他在做应该做的事的感觉。再加上他同他的极其浅薄、虚荣心重的顶头上司发生冲突，那种不满就更为强烈，结果他脱离第二处，调到枢密院来了。在枢密院里他觉得好一点，不过那种不满的感觉仍旧跟踪着他。

可以看出他是一个非常要强、追求上进的人，他有很高的道德理想。

他时时刻刻感到一切都跟他所期望的迥然不同，跟所应该有的情形迥然不同。在这儿，在枢密院任职期间，他的亲戚们为他奔走，谋到宫中侍从的位置，于是他必须穿上绣花制服，戴上白麻布胸围，坐上轿式马车，到各式各样的人家去道谢，因为他们给他谋到一个听差的职位。不管他怎样左思右想，也还是找不到这种职位的合理解释。他比在机关里任职更加深切地感到这个职位“不对头”，不过从一方面来说，他又不能拒绝这种任命，否则就会伤那些人的心，而那些人是相信他们做了一件使他大大高兴的事的；从另一方面来说，这种任命却也迎合了他天性中低劣的品质，他照着镜子看到自己身上穿着用金丝线绣成的制服，又受到这种任命在某些人心中引起的尊敬，这在他是颇为愉快的。

因为没有坚持自己的信念，结果搞得身不由己、进退维谷，在矛盾中，他渐渐偏离了他原先所要走的航向，他感到了“不对头”。

在婚姻方面他也遇到同类的情形。人家为他撮合了从上流社会的观点看来要算是很体面的婚事。他所以结婚，主要也是因为他拒绝亲事就会得罪巴望亲事成功的新娘，得罪撮合亲事的人们，使得大家难过，另外还因为娶一个年轻俊俏、门第显贵的姑娘满足了他的虚荣心，使他感到愉快。不过这门婚事很快就证实比机关里的工作和宫廷里的职位更加“不对头”。他的妻子生过第一个孩子以后，不愿意再有子女，开始过奢侈的社交生活，而且不管他愿意不愿意，就连他自己也不得不参加进去。她生得不算特别好看，对她的丈夫是忠实的，可是姑且不提她用这种生活方式毒害了她丈夫的生活，就连她自己，从这样的生活里除了消耗大量的精力、换来过度的疲劳以外，似乎也一无所获。话虽如此，她仍旧辛辛苦苦地照那样过下去。他打算改变这种生活，可是他的一切尝试碰到她的信念，就像撞在石头墙上那样粉碎了，她相信生活本来就是应该这样的，她所有的亲戚和朋友也都支持这种信念。

婚姻的“不对头”某种意义上反映了他这个人的懦弱及他对自己的迷糊，他知道“不对头”但他不知道自己要什么，甚至是不清楚自己不要什么。

他们的孩子是一个小姑娘，生着长长的金黄色鬈发，裸露着两条腿。这孩子在她父亲心目中是完全陌生的，特别是因为她不是按他所希望的那样带领大的。他们夫妇之间经常互不理解，甚至不愿意互相了解，他们之间默默地进行着一场暗中的、不动声色的、瞒过外人耳目的、由礼貌节制着的斗争，这就使得家庭生活对他来说变得极其沉重。因此他的

家庭生活“不对头”伤害最大的其实是这个无辜的孩子。

家庭生活比起他在机关里的工作和宫廷里的职位来，显得越发“不对头”。

宗教更让他“不对头”。

不过最“不对头”的却是他对宗教的态度。他如同他那个时代和他那个圈子里所有的人一样，随着智力的成长，不费吹灰之力就打破了他受过熏染的宗教迷信的枷锁，连他自己都不知道他究竟是在什么时候得到自由的。在他年纪很轻、在大学里读书、同涅赫柳多夫相好的时候，他作为一个严肃正直的人，并不隐瞒他摆脱了官方宗教的迷信。然而随着岁月流逝，随着他的禄位步步高升，特别是随着保守的反动势力当时在社会上抬头，这种精神的自由就开始妨碍他了。且不说家庭方面的问题，尤其是他父亲死后要为父亲做安魂祭的问题，也不提他母亲希望他持斋，以及社会舆论多多少少要求他这样做的问题，单是在机关里工作就不得不接连不断地参加种种祈祷式、供奉式、谢恩式以及诸如此类的礼拜式，难得有一天不同宗教的外在形式发生某种关系，要避开是不可能的。他要对付这些礼拜式，就得在两条道路当中选择一条：那么假装信仰他所不信仰的东西（凭他诚实的性格，这在他是无论如何也做不到的），要么承认所有这些外在形式都是弄虚作假，然后把他的生活安排得使他无须参加他认为虚伪的事情。然而为了做到这件似乎不那么重大的事，却必须做很多的事。除了要同他接近的一切人进行经常不断的斗争以外，他还必须改变他的整个地位，抛弃他在机关里的工作，牺牲他自以为靠了这种工作目前正在为人们带来利益，并且指望以后还会带来更多的利益。再者，为了做到这件事，他就得坚定地相信自己正确。他也确实坚定地相信自己正确，就如同在我们这个时代，凡是受过教育的人，只要略微知道一点历史，大体知道宗教的起源，知道基督教教会的起源和分裂，就不可能不相信这种合理的想法的正确性。他不可能

谢列宁是一个正在“异化”边缘挣扎的人，他一点点被吞噬，目的与手段背离，他的灵魂向两个不同的方向分裂，渐渐变得不可调和，所以他能拥有的只是这种“不对头”的感觉。

不知道他不承认教会的教义是真理，那是正确的。

然而在生活条件的压力下，他这个诚实的人却纵容自己生出一点小小的虚伪想法。他对自己说，为了证实不合理的事不合理，就必须先研究这种不合理的事。这是一点小小的虚伪，然而它却把他引到大虚伪里去，目前他就已经陷在那里面不能自拔了。

恰如对自己说谎，为了圆这个谎，他不得不被迫对自己说更大的谎，自己把自己推进困境。

他原是在东正教的势力下出生和长大的，他四周所有的人都要求他信奉它，而且他不承认东正教就不能继续从事他那种对人们有益的活动，于是临到他对自己提出东正教是不是正确的问题，他已经事先决定好答案了。所以为了澄清这个问题，他并没有读伏尔泰、叔本华、斯宾塞、孔德的著作，却读黑格尔的哲学书和维奈、霍密雅可夫的宗教论著。自然，他在那些书里找到了他恰好需要的东西：一种类似宽慰的心境以及对于宗教教义的辩护。他从小就受到熏染的宗教教义，早已为他的理性所否定，然而缺了它，他的整个生活就充满种种烦恼，只要承认它，所有那些烦恼就会一扫而空。此外他又接受了种种通常的诡辩，例如单独一个人的理性是不足以领会真理的，真理只向一群人显示，领会真理的唯一手段就是神的启示，而神的启示又是由教会保存下来的，等等。从这时候起，他就能够心安理得，不至于感到自己在弄虚作假地去参加祈祷式、安魂祭、礼拜，能够持斋，能够对着圣像在自己胸前画十字，能够继续在机关里工作，而他是靠了这种工作才感到他自己有益于人们，并且在缺少欢乐的家庭生活里得到宽慰的。他认为他信仰东正教了，可是另一方面，他却全身心地、比什么都强烈地感到，他的这种信仰是完全“不对头”的东西。

他不能选择任何一种方向，被停置在这里。

就是因为这个缘故，他的眼睛才总是那么忧郁。也就是因为这个缘故，他见到涅赫柳多夫以后，才想起他认识涅赫柳多夫的时候，也就是所有那些虚伪还没有在他的心里生下根的时候，他自己原是什么样子。特别是在他向涅赫柳多夫匆匆地暗示了他的宗教见解以后，他比任何时候都强烈地感到所有这些都“不对头”，他的心情就忧郁极了。涅赫柳多夫见到了这个老朋友，在最初的一阵高兴过去以后，也生出了同样的心情。

也就是因为这个缘故，他们两人虽然互相约定以后还要见面，却都没有寻求会晤的机会，于是涅赫柳多夫在彼得堡逗留的这段时期，这两个人就此再也没有见面。

情境赏析

将第二部的第二十三篇与前文中涅赫柳多夫最初对米西的态度相结合来看。在《复活》中，谢列宁的婚姻很不幸。按照上流社会的标准来衡量，他有一个幸福的家庭：太太称得上漂亮，门第也很显赫，喜欢过社交生活，这是上流社会中家庭的最佳模式，然而，仅此而已。他和妻子之间没有爱情，没有理解。他们只是在空洞无聊的社交生活中消耗着精力和生命。涅赫柳多夫差点儿成了米西的丈夫，那么他对婚姻的态度是怎么样的呢？结婚可以给他家庭的温暖，让自己的生活更充实一点。米西对于自己来说吸引力在于出身高贵，并且崇拜他、理解他（这一点当然是涅赫柳多夫的自以为是）。即使是涅赫柳多夫真的跟米西结婚了，他们的婚姻也与爱情无关。我们实际上找不到任何证据说明涅赫柳多夫是爱米西的，或者米西是爱涅赫柳多夫的。进入婚姻之后，涅赫柳多夫的处境和谢列宁将没有多大不同，他所得到的，只是一个门当户对的太太而不是一个爱人。

爱情是人类情感的正常的表达，一个人没有爱情，他的感情是不完整的。

名家点评

在某种意义上，《复活》可称为作者的艺术“圣经”，它威临着托尔斯泰的终年，恰如《战争与和平》是他艺术成熟的高峰。《复活》是最后一座峰巅，也许是最高的——如果不是最辉煌的，因为它那看不见的尖顶被遮蔽在雾霭之中。托尔斯泰已经70岁了，他在思考这个世界，他的人生，过去的失误，他的信仰及他出于正义的愤怒。

——（法）罗曼·罗兰

二十四

涅赫柳多夫在姨母家遇见了玛丽叶特，她的出现对涅赫柳多夫是一个很大的诱惑。她为了讨他的欢心，极力赞扬他为了帮助犯人所作的努力，甚至假装对自己目前的生活很不满意。这使得他误以为自己在上流社会里找到了一个知己，深深地迷上了她。从而对自己将陪马斯洛娃去西伯利亚这一决定产生了质疑。

涅赫柳多夫从枢密院出来，同律师一起沿着人行道走去。律师吩咐他的马车跟在后面，开始对涅赫柳多夫讲起方才枢密官们说过的某局局长的那件事，讲到他的事怎样败露，他非但没有受到依照法律应该判处的苦役刑，反而被派到西伯利亚做省长去了。律师讲完这件事的经过以及种种丑恶的内情以后，还特别津津有味地讲起另一件事，说是有好几个地位极高的人怎样吞没一笔钱，而那笔钱原是筹集起来建立这天早晨他们坐车路过的那座一直完不了工的纪念碑用的。他又讲起某人的姘妇在证券交易所里发了几百万的横财，还讲起某人把自己的老婆卖出去，另外某人就把她买去了。此外，律师又讲了些故事，说到政府的高级官吏们怎样营私舞弊，怎样犯下种种罪行，可是他们都没有被关进监狱，却坐在各机关的长官的圈椅里。律师的这类故事显然是取之不尽的，他讲得眉飞色舞，因为这类故事充分清楚地表明他律师用来赚钱的方法同彼得堡的高级官吏们用来达到同样目标的方法相比，是十分正当而清白的。因此，临到涅赫柳多夫没有听完他所讲的高级官吏们的罪行的最后一个故事就向他告辞，另外雇了一辆街头马车，回到堤岸街他姨母家里去的时候，律师不由得感到很惊讶。

涅赫柳多夫心里很愁闷。他所以愁闷，主要是因为枢密院驳回上诉就确定了无辜的马斯洛娃必须忍受毫无意义的苦难，还因为驳回上诉这件事使得他准备把他自己的命运同她的命运结合在一起这种不可更改的决定变得越发艰巨。再者，他想起律师那么高兴地讲到风靡一时的为非作歹的可怕故事，此外他还不住地想起谢列宁以前是那么可爱、坦率、高尚，现在他的眼光却这样不和善，冷冰冰，拒人于千里之外，这些都使得他的愁闷越发加重了。

涅赫柳多夫回到家里，看门人多少带点鄙夷的神情把一张字条交给他，按照看门人的说法这张字条是由一个什么女人在看门人的房间里写的。原来这是舒斯托娃的母亲写的字条。她写道，她特意来向她女儿的恩人和营救者道谢，此外她要求他，恳请他务必光临瓦西里岛第五条街某某住宅去看她们。她在字条上写道，这对薇拉·叶夫列莫夫娜来说是非常必要的。希望他不必担心她们会用道谢的话打搅他，她们不会谈起她们的感激，纯粹是愿意同他见见面而已。要是可能的话，他明天早晨就来一趟才好。

另外还有一张字条，是涅赫柳多夫的旧同事，现在担任宫廷侍从武官的博加特廖夫写的。涅赫柳多夫曾经托他亲自把涅赫柳多夫准备好的那些教派信徒的状子递交皇帝。博加特廖夫用一笔果断有力的大字写道，他要按照他应许过的那样把状子直接面呈皇帝，不过他忽然想到，如果涅赫柳多夫先去拜望另一个能够左右这个案子的人，当面托他一下，岂不更好。

涅赫柳多夫经过最近几天在彼得堡停留期间所得到的种种印象，生出了一种任什么事情也办不成的全然绝望的心境。他那些在莫斯科拟定的计划，依他看来像是青年人的梦想，人们带着那样的梦想走进生活，就不可避免地大失所望。不过既然他目前住在彼得堡，他就仍然认为他有责任办理原来打算要做的种种事情，因而决定明天先到博加特廖夫家去一趟，然后再按他的忠告行事，去拜望那个能够左右教派信徒们的案子的人。

现在他从皮包里取出教派信徒们的状子，正要重读一遍，不料卡捷琳娜·伊万诺夫娜伯爵夫人的听差敲他的房门，走进来，请他到楼上去喝茶。

涅赫柳多夫说他马上就去。他把文件放回皮包里，走出门外，到他姨母那儿去。在上楼去的路上，他看一眼窗外的街道，瞧见了玛丽叶特的那对栗色马，忽然出乎意料地高兴起来，不由得想要微笑。

玛丽叶特头上戴着帽子，可是身上不再穿着黑色连衣裙，而是穿着一件花花绿绿的浅色连衣裙。她在伯爵夫人的圈椅旁边坐着，手里端着一杯茶，正在尖声尖气地谈着什么，闪着她那对美丽而含着笑意的眼睛。正当涅赫柳多夫走进房来的时候，玛丽叶特刚刚说完一句逗笑的话，而且是一句又猥亵又逗笑的话，这是涅赫柳多夫凭笑声的性质听出来的，那句话招得好心肠的、生着唇髭的卡捷琳娜·伊万诺夫娜伯爵夫人扬声大笑，整个发胖的身体都不住地摇晃。玛丽叶特现出特别 mischievous 神情，微微撇着带笑的嘴，把精力旺盛、兴高采烈的脸歪过去，默默地瞅着同她谈话的女主人。

涅赫柳多夫凭他所听到的几个字，理解到她们谈的是当时彼得堡的第二号新闻，西伯利亚新省长的故事，玛丽叶特正是在这方面讲了一句极其逗笑的话，这才招得伯爵夫人很久都忍不住笑。

“你要叫我笑死了，”她说，笑得咳嗽起来。

涅赫柳多夫打过招呼，在她们旁边坐下。他刚要批评玛丽叶特举动轻浮，她就已经看出他脸上严肃和略带不满的神情，于是立刻不但改变了她脸上的表情，也改变了她的整个心境，为的是讨他的欢心。自从她同他见过面以后，她就有意要引得他喜欢她。她忽然严肃起来，不满意自己的生活，像是在寻找什么，追求什么似的。这倒不是她假装出来的，而是确实使得她的心里恰好生出涅赫柳多夫当时那样的心境，不过要用话语表达出来那究竟是一种什么样的心境，在她却是无论如何也办不到的。

她问他办的事结果怎样。他就讲了讲他在枢密院的失败，还讲了他同谢列宁的相遇。

“啊！他可真是一个纯洁的灵魂！简直是个 chevalier sans peur et sans reproche. 纯洁的灵魂啊。”那两个女人都引用了上流社会里人们经常用来称呼谢列宁的这个绰号。

“他的妻子是个什么样的人？”涅赫柳多夫问。

“她吗？哦，我不想说她的坏话。可是她不了解他。怎么，莫非他也主张驳回上诉？”玛丽叶特带着真诚的同情问他说，“这真可怕，我多么替她难过啊！”她补充道，叹一口气。

他皱起眉头，打算改变话题，就讲起舒斯托娃，她本来监禁在要塞里，经她说情才放出来。他向她道谢，感激她在丈夫面前说情。然后他打算说明这件事想起来多么可怕，这个女人和她的一家人所以受苦，只是因为谁都没有想起她们罢了，然而她没有容他说下去，她自己倒先表示了她的愤慨。

“您不要跟我说这些话。”她说。“我丈夫刚刚告诉我说她可以放出来，我简直就怔住了。既然她没有罪，那为什么把她关起来呢？”她正好说出了涅赫柳多夫所想说的话。“真是岂有此理，岂有此理！”

卡捷琳娜·伊万诺夫娜伯爵夫人看出玛丽叶特在向她的外甥卖弄风情，暗暗觉得有趣。

“你猜怎么着？”她等到他们沉默下来以后说，“你明天傍晚得上阿林家去，基泽维捷尔要在她那儿传教。而且你也得去。”她转过头来对玛丽叶特说。

“Il vous a remarqué，”她对外甥说，“我把你说的话全对他说了，他告诉我说，你所说的那些话是好兆头，你一定会走近基督身边的。你务必要到阿林家去。你玛丽叶特叫他一定要去。你自己也去。”

“我呢，伯爵夫人，第一，我没有任何权利敦劝公爵做任何事情。”玛丽叶特说，瞧着涅赫柳多夫，用她的目光表示他和她之间在对待伯爵夫人的这些话方面，一般地说在对待福音派的态度方面，已经建立一种充分的默契。“第二，您知道，我不大喜欢这个……”

“你干什么事都顶牛，总是自己有自己的主张。”

“我怎么会是自己有自己的主张呢？我是像最普通的农妇那样信教的。”她含笑说道。“而且第三，”她接着说，“我明天要去看法国戏……”

“啊！你已经看过那个……哦，她叫什么名字来着？”卡捷琳娜·伊万诺夫娜伯爵夫人说。

玛丽叶特说出那个著名的法国女演员的姓名。

“你务必要去看一下，她演得好极了。”

“那我先去看谁好呢，ma tante，先去看女演员呢，还是先去看传教士？”涅赫柳多夫笑吟吟地说。

“劳驾，别挑我的语病。”

“我想还是先去看传教士，后去看法国女演员的好，要不然恐怕根本就没有兴致去听传教了。”涅赫柳多夫说。

“不，顶好还是先去看法国戏，然后再去忏悔。”玛丽叶特说。

“得了，不准你们拿我取笑。传教士是传教士，戏是戏。人为了拯救自己，根本用不着把脸子拉得两尺长，哭个没完。人应当信仰，那他就快活了。”

“您，ma tante，比所有的传教士都善于传教呢。”

“您看这样好不好，”玛丽叶特想了想，说，“您明天到我的包厢里来吧。”

“我担心我去不了……”

有一个听差走来，打断他们的谈话，通报说有客人来访。那人是一个慈善团体的秘书，伯爵夫人就是那个慈善团体的主席。

“哦，这位先生乏味极了。我还是到那边去招待他的好。等一会儿我再到你们这边来。您给他斟点茶，玛丽叶特，”伯爵夫人说着，迈开她那急促而摇摆的步子往大厅里去。

玛丽叶特脱下一只手套，露出一只有力的、相当扁平的手，无名指上戴着戒指。

“您要喝茶？”她说着，伸出手，从酒精灯上拿起一把银茶壶，古怪地翘起她的小手指头。

她的脸色变得严肃而忧郁。

“虽然某些人的见解我是很尊重的，他们却把我和我所处的地位混为一谈，我一想到这儿，我就总是非常非常难过。”

她说到最后几个字，仿佛准备哭出来。虽然这些话，如果分析起来，要么没有任何意义，要么只有极为含混不清的意义，可是涅赫柳多夫却觉得这些话异常深刻，恳切，善良。这个年轻美丽、装束考究的女人讲这些话的时候，她那对亮晶晶的眼睛射出来的目光，把涅赫柳多夫完全迷住了。

涅赫柳多夫默默地瞧着她，没法叫自己的眼睛离开她的脸。

“您以为我不了解您，不了解您心里的种种想法。其实您做的事人人都知道。C'est le secret de polichinelle. 我钦佩您的作法，我赞成您。”

“老实说，我没有什么可以叫人钦佩的，我做得还很少。”

“那也还是一样。我了解您的感情，也了解她……哦，好吧，好吧，我不再提这件事了，”她发现他脸上露出不愉快的神情，就打断自己的话。“不过，此外我还了解一件事，”玛丽叶特说，一心一意只巴望着把他迷住，而且凭她女性的敏感已经猜出他认为重要和宝贵的一切东西是什么。“那就是您见过监狱里发生的种种苦难和种种惨状以后，您打算帮助那些受苦受难的人，他们在另一些人的支配下，受到他们的冷漠和残忍的折磨，痛苦得要命，痛苦得要命啊……我明白，人是能够为这种工作献出自己的生命的，我自己就愿意这样。不过各人有各人的命运……”

“莫非您不满意您的命运吗?”

“我?”她问，仿佛居然有人提出这样的问题，她不由得感到惊讶而且震动似的。“我不能不满意，所以也就满意了。不过，我心里正有一条虫子醒过来……”

“那就不要再让它睡觉，要相信它的呼声才对。”涅赫柳多夫说，完全落进她的圈套里去了。

事后，涅赫柳多夫有许多次羞愧地想到自己同她的全部谈话，想到她那些与其说是做假不如说是有意迎合他的心理的话，想到她听他讲起监狱的惨状，讲起他对乡村的印象的时候她脸上流露的感动而关切的神情。

等到伯爵夫人回来，他们谈得不但像是两个老朋友，而且像是两个与众不同的朋友，在一群不了解他们的人当中独独能够互相了解。

他们谈到权力的不公正，谈到不幸的人们的苦难，谈到人民的贫困，然而实际上，在谈话声中，他们的眼睛却在互相看着，不断地问道：“你能爱我吗?”而且回答说：“我能。”性的感觉采取最意外、最快活的方式把他们两个人互相吸引到一块儿去了。

她临走告诉他说，她永远准备尽她的能力为他效劳，并且要求他明天傍晚一定到剧院去找她，哪怕只去一分钟也是好的，说是她还有一件要紧的事要跟他谈。

“是啊，要不然我什么时候才会再见到您呢?”她补充一句，叹一口气，开始小心翼翼地把手套套在她那戴着好几个戒指的手上。“那么您就说您一定来吧。”

涅赫柳多夫答应了。

当天晚上，涅赫柳多夫独自一人待在他的房间里，在床上躺下，熄了蜡烛，可是很久睡不着觉。他想起马斯洛娃，想起枢密院的裁决，想起他仍旧决心跟她一块儿走，想起他放弃了土地的所有权，忽然，仿佛来回答这些问题似的，他眼前浮现出玛丽叶特的脸，现出她说“我什么时候才会再见到您呢?”的时候她那种叹息和目光，还现出她的笑容，那么真切，倒好像亲眼看见她了，他自己也微微一笑。“我要到西伯利亚去，这我做得对吗？我丢掉了我的财产，这我做得对吗?”他问自己。

这些问题的答案，在这个明亮的彼得堡夜晚，窗幔没有挡严，月光从那儿透进来的时候，却是不明确的。他脑子里乱糟糟的。他在心里唤起他以前的心境，回忆他以前的思路，然而那些思想不再像以前那样有说服力了。

“万一这一切都是我的胡思乱想，我没有力量照那样生活下去，我对我做得对的事后悔了，那可怎么办?”他对自己说。他没有力量解答这些问题，心里生出一种很久没有感到过的苦恼绝望的心情。他没有力量把这些问题分析清楚，睡得很不安稳，就像以前打牌输了一大笔钱以后所常有的情形那样。

二十五

涅赫柳多夫第二天早晨醒来，头一个感觉就是他昨天做了一件卑鄙的事。

他开始回想。并没有做什么卑鄙的事，也没有做什么坏事。可是他有过一些想法，坏的想法，认为他当前的一切打算，例如同卡秋莎结婚，把土地交给农民等，都是不能实现的梦想，认为这一切他都坚持不下去，认为这一切都是人为的，不自然的，他应该像以前那样生活下去才对。

坏事确实没有做，可是有过比做坏事还要坏得多的东西，有过产生做一切坏事的那种思想。坏事可能不会再做，人可能为它忏悔，然而坏思想却产生一切坏行为。

一种坏行为只是为其他各种坏行为铺平道路而已，可是坏思想却拖住人顺着那条路走下去，一发而不可收拾。

这天早晨，涅赫柳多夫暗自重温着昨天的那些想法，不由得感到惊讶：他怎么能够相信那些想法呢，哪怕是只相信一分钟？不论他打算做的那些事是多么新奇，多么困难，然而他知道目前他所能过的只有这样的生活。不论回到先前的生活去是多么合乎习惯，多么轻松，然而他知道那是死路。昨天的诱惑，现在依他看来，仿佛是人们在睡得过久而醒来以后常常发生的那种情形：虽然已经没有睡意，可是还想赖在床上，再舒服一会儿，其实自己也知道这时候应该起床，去做那等着他去做的、重大而快活的工作了。

这天是他在彼得堡停留的最后一天，他早晨到瓦西里岛去看望舒斯托娃。

舒斯托娃的住处在二层楼上。涅赫柳多夫依照扫院子仆人的指点，从后门走进去，顺着又直又陡的楼梯往上走，在楼顶上一脚踏进一个闷热的厨房里，闻到一股很浓的食物味道。一个上了年纪的女人戴着眼镜，系着围裙，卷起袖子，站在炉子旁边，在一口冒着热气的锅里搅拌什么东西。

“您找什么人?”她从眼镜架上边瞧着走进来的人，厉声问道。

涅赫柳多夫还没来得及通报姓名，那个女人的脸上就现出惊喜交集的神情。

“啊，公爵!”那个女人叫起来，用围裙擦干净手。“不过您为什么从后门的楼梯走上来呢？我们的恩人啊！我就是她的母亲。他们本来要把这个姑娘完全毁掉了。我们的救星啊,”她说着，抓住涅赫柳多夫的一只手，极力要吻它。“昨天我到您那儿去过一趟。我妹妹特意要求我去的。她就住在这儿。这边走，这边走，请您跟着我，”舒斯托娃的母亲说着，领涅赫柳多夫穿过一道窄门和一条幽暗的小过道，一路上时而把她掖在腰里的连衣裙底襟放下来，时而理理她的头发。“我的妹妹姓科尔尼洛娃，您大概听人讲起过她，”她在房门前站住，小声补充一句，“她参加政治活动。她是个非常聪明的女人。”

舒斯托娃的母亲推开过道里的门，把涅赫柳多夫带进一个小小的房间。房间里有一张桌子，桌子后边一只小小的长沙发上坐着一个身量不高、体态丰满的姑娘，穿着条子花的布上衣。她的淡黄色头发是蜷曲的，披在她那很白的圆脸的四周，她的相貌像母亲。她对面的圈椅里坐着一个青年男子，深深地弯下腰，他生着黑唇髭和稀疏的胡子，衬衫的领子上绣着花。他们两个人显然谈得很入神，一直到涅赫柳多夫走进房门，才回过头来看。

“丽达，这位是涅赫柳多夫公爵，就是那个……”

面色苍白的姑娘慌忙跳起来，把一绺从耳朵后面披散下来的头发撩回去，睁着灰色的大眼睛，惊恐地瞅着走进来的人。

“原来您就是薇拉·叶夫列莫夫娜托我营救的那个危险的女人?”涅赫柳多夫含笑说道，伸出手去要同她握手。

“对了，就是我。”利季娅说着，微微一笑，张大了嘴，露出一排好看的牙齿，她的笑容是善良而孩子气的。“我姨妈很想跟您见见面。姨妈!”她用柔和悦耳的嗓音对着一扇房门叫一声。

“薇拉·叶夫列莫夫娜为您被捕而很难过。”涅赫柳多夫说。

“请在这儿坐，或者在这儿坐舒服一点。”利季娅指着一把软和而破旧的圈椅说，那个青年男子刚从那儿站起来。“这是我的表哥扎哈罗夫。”她发现涅赫柳多夫转过眼睛去看青年男子，就说。

青年男子像利季娅那样和善地微笑着，同客人打招呼，等到涅赫柳多夫在他的位子上坐下，就从窗口那边搬过一把椅子来，在旁边坐下。从另一扇房门又走进一个十六岁的中学生，生着淡黄色的头发，在窗台上坐下，一句话也没说。

“薇拉·叶夫列莫夫娜是我姨妈的好朋友，可是我跟她几乎可以说不认识。”利季娅说。

这时候从隔壁房间里走进来一个女人，生着很讨人喜欢的、聪明的脸，穿着白色短上衣，腰上系着皮带。

“您好，谢谢您到这儿来，”她刚在长沙发上挨着利季娅坐下，就开口说，“哦，薇罗琪卡怎么样？您见到她了？她怎么应付她的处境？”

“她没有抱怨，”涅赫柳多夫说，“她说她心里有一种庄严肃穆的感觉。”

“啊，薇罗琪卡，我了解她，”姨母含笑说道，摇着头，“应当了解她。她是个出色的人。一切都是为了别人，丝毫也不为自己打算。”

“是的，她没有为她自己要求任何事情，光是为您的外甥女操心。她难过，主要是因为据她说，您的外甥女是无缘无故被捕的。”

“就是这样，”姨母说，“这是一件可怕的事啊！认真说来，她是在替我受苦。”

“完全不对，姨妈!”利季娅说，“即使您没托我，我也该保管那些文件。”

“你得承认我总比你知道的多一些。”姨母接着说。“您要知道，”她转过脸去对涅赫柳多夫接着说，“这都是因为有一个人托我暂时保管一些文件，我自己没有住处，就把那些文件带到她这儿来了。不料当天晚上，这儿遭到搜查，把文件和她本人一齐带走了。她一直监禁到现在，人家逼着她讲出她是从谁手里拿到这些文件的。”

“我始终也没有说。”利季娅很快地说，神经质地撩一下她的头发，其实那绺头发没有碍她的事。

“我并没有讲你说出来了。”姨母反驳说。

“要是他们逮捕了米京，那也绝不是我把他供出来的。”利季娅说着，涨红脸，心神不宁地往四下里看。

“不过你别提这件事了，丽朵琪卡。”母亲说。

“为什么不能提？我偏要讲嘛。”利季娅说，她已经收敛笑容，光是涨红了脸。她不再撩她的头发，却把她的一绺头发缠在手指头上，不住地往四下里看。

“要知道，你昨天一谈起这件事就出了什么样的岔子。”

“根本就没出什么岔子……您别管我，妈。我没有说出来，一直不吭声。他两次审我，问起我的姨妈，问起米京，我什么也没说。我对他声明说我什么话也不会回答。于是那个……彼得罗夫……”

“彼得罗夫是暗探，是宪兵，是大坏蛋。”姨母插嘴说，向涅赫柳多夫解释她的外甥女的话。

“于是他，”利季娅接着说，神情激动，话讲得很快，“就开始劝我。‘凡是您对我讲出来的话，’他说，‘都不会对谁有害处，而且正好相反……要是您说了，您倒会使得那些无辜的、也许我们不该折磨的人自由了。’哼，我仍旧说我不讲。于是他说：‘嗯，好吧，那您就什么也别讲。不过我说的话您也别否认。’他就列举出人名来，提到米京。”

“可是你别说了。”姨母说。

“哎，姨妈，您别打岔……”她不断地拉扯她的一绺头发，老是往四下里看。“忽然，您猜怎么着，第二天我听说，人家敲着墙通知我说，米京被捕了。得，我心想，我把他出卖了。这件事把我折磨得好苦，把我折磨得差点儿发了疯。”

“后来，事实证明，他被捕跟你完全不相干。”姨母说。

“可是当时我不知道。我当是我把他出卖的。我从这边墙跟前走到那边墙跟前，走过来，走过去，心里止不住地想。我总当是我把他出卖了。我躺下来，盖上被子，就听见不知什么人凑着我的耳朵小声说：你把米京出卖了，米京是你出卖的。我知道这是幻觉，可我又不能不听。我想睡觉，却睡不着。我要不想，却不能不想。那才可怕呀!”利季娅说，越来越激动，把一绺头发缠在她的手指上，再把它松开，不住地往四下里看。

“丽朵琪卡，你冷静一下吧。”母亲又说，碰一下她的肩膀。

可是丽朵琪卡已经管不住自己的嘴。

“这种事所以可怕，是因为……”她又开口讲话，可是没有讲完就哇地一声哭了，从长沙发上跳起来，衣服在圈椅上挂了一下，跑出房外去了。她母亲跟上去。

“恨不得把那些坏蛋统统绞死才好。”坐在窗台上的中学生说。

“你说什么？”母亲问。

“我没说什么……我随便说说的。”中学生回答说，拿起桌子上放着的一支纸烟，点上，吸起来。

二十六

“是啊，对年轻人来说，这种隔离的监禁是可怕的。”姨母说着，摇摇头，也点上一支纸烟。

“我想，对一切人来说都是如此。”涅赫柳多夫说。

“不对，不是对一切人都如此。”姨母回答说。“据人家对我讲，对真正的革命者来说，这却是休息，是静养。地下工作者永远在提心吊胆和物质方面的艰难条件下生活，既担忧自己，又担忧别人，还担忧事业。最后他被捕了，那就什么都完结，一切责任都解除，你就自管坐下来休息吧。据人家告诉我说，被捕的时候简直感到高兴呢。是啊，可是对那些没罪的年轻人来说（而他们总是先逮捕像丽朵琪卡那样没罪的人），对这些人来说，最初的震动却是可怕的。这倒不是因为被剥夺了自由，受到粗暴的待遇，伙食很差，空气很坏，总之遭到种种困苦的缘故，所有这些都算不了什么。只要没有初次被捕的时候所感到的精神震动，那么这些困苦哪怕加重两倍，也还是容易忍受下来的。”

“莫非您经历过吗？”

“我？我坐过两次牢。”姨母含笑说道，她的笑容忧郁而可爱。“我头一次被捕，而且是无缘无故被捕的时候，”她接着说，“我才二十二岁，已经有了一个孩子，而且怀着孕。尽管当时失去自由，同孩子和丈夫拆散，在我是很痛苦的，然而比起我明白我不再是一个人，却成为一个什么东西的时候我心里的那种感觉，这一切就都算不得什么了。我想跟我的女儿告别，可是人家却叫我出去，坐到雇来的马车上。我问他们要把我带到哪儿去，他们回答我说，等我到了自会明白。我问他们我犯了什么罪，他们不理睬我。我受过审问以后，他们脱掉我的衣服，给我穿上一身编着号码的囚衣，把我押到一个拱顶的走廊上，开了一扇门，把我推进牢房，锁上门走了，只留下一个哨兵，扛着枪，默默地走来走去，偶尔隔着我房门上的一条缝往里看，在那时候，我痛苦极了。我记得当时最使我震惊的一件事，是一个宪兵军官审问我的时候，递给我一支烟，要我吸烟。可见他知道人是喜欢吸烟的，那么可见他也知道人喜欢自由和光明，知道母亲爱孩子，孩子爱母亲。那他们怎么会无情地把我同我所珍爱的一切拆开，把我当做一头野兽那样锁起来呢？一个人遭到这样的对待就不能不生出恶果。如果有谁相信上帝和人，相信人们相亲相爱，那他经历过这样的事以后就不再相信这些了。我就是从那时候起不再相信人，心肠变狠了的。”她结束她的话，微微一笑。

利季娅的母亲从利季娅出去的那个门口走进来，说利季娅很不舒服，不再来了。

“为什么要毁掉这样一个年轻的生命呢？”姨母说，“使我特别难过的是，我不由自主，成了这件事的罪魁祸首。”

“求上帝保佑，她吸一下乡间的空气就会复元的，”母亲说，“我们就要把她送到她父亲那儿去了。”

“是啊，要不是您出力的话，她就完全断送了，”姨母说，“谢谢您。不过我打算跟您见面，却是为了托您把一封信转交薇拉·叶夫列莫夫娜。”她说着，从衣袋里取出一封信来。“这封信没有封口，您可以把信上的话看一遍，然后您把它撕毁也成，把它转交也成，总之这要看您觉得怎样做才比较符合您的信念，”她说。“这封信上没有什么会惹出麻烦的话。”

涅赫柳多夫接过信来，答应转交，然后他站起来告辞，走出去，来到街上。

他没有看那封信的内容，把信口封上，决定按照委托，把那封信转交薇拉·叶夫列莫夫娜。

二十七

在奔波的这些日子，涅赫柳多夫见识了各式各样的人，在上流社会的达官贵人，行凶作恶、狡诈虚伪；与在监狱关押的平民犯人，命运坎坷、坦率真诚，形成了鲜明的对比。接下来我们看到的是托波罗夫和玛丽叶特那伪装的面具下真实的面目。

使得涅赫柳多夫在彼得堡停留下来的最后一件事，就是那些教派信徒的案子。他打算把他们向沙皇上告的状子交托他以前在军队里的同事和目前的宫中侍从博加特廖夫递上去。上午，他坐车去看望博加特廖夫，恰巧碰上他还在家，正吃早饭，可是就要出门了。博加特廖夫是一个身量不高、筋肉壮实的男子，天生来具备罕见的体力，能够把马蹄铁扭弯。可是他为人善良，诚实，直爽，甚至有自由主义思想。尽管他有这些品质，他却是一个同宫廷关系密切的人，热爱沙皇和皇族。他能够凭借某种惊人的方法使得他在这个最高的社会里生活的时候，只看到这个社会里好的一面，而且他自己绝不参与任何坏事和不诚实的事。他从不指摘任何人，从不指摘任何措施。他要么一言不发，要么用大胆的、响亮的、仿佛嚷叫一般的嗓音说出他所要说的话，常常在说话的时候发出同样响亮的笑声。他这样做倒不是耍什么手段，而是因为他的性格本来就是这样。

本篇在介绍的开始就用概括性的语言直接表现了博加特廖夫的个性特征，给观众打下了一个印象。

“啊，妙极了，你来了。你要不要吃点早饭？要不，你就坐一下。这煎牛排可真妙极了。我吃饭素来是这样，开头和收尾都得吃点扎实的东西。哈，哈，哈。好，你喝点酒，”他一个“嚷”字用得好，充分体现了博加特廖夫这种热情、夸张而矫情的语言与他做出的“漫不经心”的行为形成一种对比的关系，如此一来，使这个人物的形象更加鲜明。

嚷道，指着一瓶红葡萄酒，“我一直在想着你。那个状子，我来递上去。我当面呈给皇帝本人，这是一定的。不过我又猛然想到，你先到托波罗夫那儿去一趟，岂不更好。”

涅赫柳多夫听见他提起托波罗夫，不由得皱起眉头。

“这件事全得由他做主。反正这件事要问过他才行，说不定他自己会满足你的要求。”

“既是你这样劝我，我就去一趟。”

“这才好。那么，彼得堡怎么样？它给你留下什么印象？”博加特廖夫嚷道。“你说说看，啊？”

“我觉得我仿佛受了催眠似的。”涅赫柳多夫说。

“受了催眠？”博加特廖夫跟着说，响亮地大笑起来，“你不想吃，那也随你。”他用餐巾擦了擦唇髭。“那么，你去找他？啊？要是他不干，你就把状子交给我，我明天递上去就是。”他嚷道，从桌旁站起来，在胸前画一个大大的十字，显然，他做这件事就像擦嘴那么漫不经心。他开始佩上军刀。“现在，再见，我得走了。”

“我们一块儿出去吧。”涅赫柳多夫说，高兴地握一下博加特廖夫有力的大手，然后像往常一样，带着一种由健康的、自然的、生气勃勃的东西所留给他的愉快印象，在他家的门廊上跟他分手了。

涅赫柳多夫虽然料着去走一趟不会有什么好结果，不过还是依照博加特廖夫的劝告坐车到托波罗夫那儿，到那个能够左右教派信徒案子的人那儿去了。

由他的职业入手去分析他的性格，巧妙的写法。

托波罗夫所担任的职务，按它的使命来说，含有一种内在的矛盾，只有麻木不仁和丧失道德感的人才会看不出来。托波罗夫就具有这两种消极的品质。他担任的职务所包含的矛盾，在于这个职务的使命就是运用各种外部的、连暴力也包括在内的方法来维护和保卫教会，而教会，按教会本身所下的定义来说，却是由上帝亲自建立起来，绝不是地狱的大门或者人类的任何力量所能动摇的。就是这个天神的、不能为任何东西动摇的、由上帝建立的机构，却不得不由托波罗夫以及他的大小官员们所主管的人世机构来加以维护和保卫。托波罗夫没有看见这个矛盾，或者不愿意看见也未可知，因而他很认真地尽心竭力，务必不让任何天主教教士、新教的牧师或者别的教派的信徒来侵犯地狱的大门所不能战胜的教会。托波罗夫就像一切缺乏基本的宗教感情、缺乏人类的平等友爱思想的人一样，充分相信人民是一种跟他自己截然不同的生物，充分相信人民迫切需要一种他自己缺了它却可以过得很好的东西。他自己在心灵深处对任什么东西都没有信仰，而且认为这种精神状态很方便，很愉快，可是又深怕人民也会有这样的精神状态，于是，按他的说法，他就认为他有神圣的责任来把人民从这种精神状态里解救出来了。

这是一种矛盾的思想意识，颇具有讽刺的意味。

犹如有一本烹调书上说龙虾喜欢活活地被煮死一样，他也充分相信人民喜欢成为迷信的人，而且这不是像在烹调书上那样在假借的意义上说的，他是在直接的意义上这样想和这样说的。

他对于他所维护的宗教的态度，宛如养鸡的人对于他用来喂鸡的腐肉的态度。腐肉很招人讨厌，然而鸡喜欢它，吃它，因此就应当用腐肉来喂鸡。

他的这种想法既是对人民的不敬，也侮辱了他自己，用“腐肉”比喻宗教，是一种亵渎，而这种关系更是让人感到无尽的悲哀。

不消说，所有那些伊维利亚圣母像啦，喀山圣母像啦，斯摩棱斯克圣母像啦，都是极其粗鄙的偶像崇拜，然而人民喜欢这些东西，信仰这些东西，因此就应当维护这种迷信。托波罗夫就是这样想的，却没有考虑到他所以觉得人民喜欢迷信，也只是因为历来就有，现在也还有像他托波罗夫这样残酷的人而已。他们自己虽然获得了知识的光明，却没有把这种光明运用到应该运用的地方去，帮助人民从愚昧的黑暗当中解脱出来，反而用来加强人民那种愚昧的黑暗。

涅赫柳多夫走进托波罗夫的接待室的时候，托波罗夫正在他的办公室里同一个女修道院院长谈话。女院长是一个活跃的贵妇，在俄国西部地区那些被迫改信东正教的合并派信徒们中间传播和维护东正教。

一个处理特殊任务的文官正在接待室里值班，问涅赫柳多夫有什么事要办。他听到涅赫柳多夫准备把教派信徒们的状子送呈皇帝，就问是否能让他看一下状子。涅赫柳多夫把状子交给他，文官拿着状子走进办公室。女院长走出办公室来，头戴修道帽，脸上飘动着一块面纱，身后拖着黑色的长后裾，两只白手合抱在胸前，拿着一串茶晶的念珠，手指甲剔得干干净净，往出口走去。可是，仍然没有人来请涅赫柳多夫到办公室去。原来托波罗夫在看状子，摇着头。他读着那个写得清楚有力的状子，生出一种不自在的惊讶心情。

他的心理活动再次暴露了他的品质，他并不关心状子的内容，他在乎的是这状子是否会给自己带来麻烦，这对他的政治生涯及他的前途发展是否起到负面影响。

“万一状子落到皇帝手里，那就会引得皇帝提出不愉快的问题，惹出一场纠纷。”他读完状子，心里暗想。于是他把状子放在桌上，拉了拉铃，吩咐请涅赫柳多夫进来。

他回想这些教派信徒的案子，以前他是收到过他们的状子的。案情是这样：那些脱离东正教的基督徒先是受到告诫，后来送到法院去受审，可是法院判决他们无罪释放。于是主教就和省长一起，以他们的婚姻不合法为理由，把那些丈夫、妻子、儿女流放到不同的地点去。那些父亲和妻子就要求不要拆散他们。托波罗夫回想这个案子最初落到他手里的情形。那时他倒也犹豫了一下，不知道该不该制止这种事。不过，倘若批准原来的命令，把那些农民的家庭成员分别发送到不同的地点去，那是一点害处也不会有的，至于把他们留在当地，却可能对其他居民起坏作用，促使他们脱离东正教。况且这件事又表现了主教的热心。所以他就听任这个案子按原来的方向发展了。

可是现在，这个案子有了像涅赫柳多夫这样的辩护人，而这个人在彼得堡是有人事关系的，那么这个案子就可能当做一件残忍的事提到皇帝面前，或者在国外的报纸上登出来，因此他立刻做出一个出人意外的决定。

“您好。”他带着一个很忙的人的样子说，站着迎接涅赫柳多夫，马上谈到这个案子。

一种虚伪的托词。

“我知道这个案子。我一看到这些人的姓名，就顿时想起了这个不幸的案子。”他说着，伸出手去拿起状子来，给涅赫柳多夫看。“我很感激您，您提醒我想起了这个案子。这是省里的当局过于热心了……”涅赫柳多夫沉默不语，怀着并不和蔼的感情瞅着那张苍白的脸上毫无表情的假面具。“我要下命令撤销这种措施，把这些人送回原来居住的地点去。”

“假面具”一词是作者通过涅赫柳多夫眼睛所见向我们传达的信息。

“那么，我不必再把状子递上去了？”涅赫柳多夫说。

“完全可以不必。我已经答应您了。”他说，把“我”字说得特别重，显然完全相信他的诚实，他的话语是最好的保证。“不过最好还是让我马上就写下这个命令。麻烦您略微坐一下。”

虚伪而矫情的话语让人觉得可笑。

他走到桌旁写起来。涅赫柳多夫没有坐下，居高临下地瞧着那个狭长的秃顶，瞧着那只暴起很粗的青筋、急速地挥动钢笔的手，心里暗自惊讶，不懂这个分明对一切人都漠不关心的人为什么肯做他目前所做的这件事，而且做得那么热心。这是什么缘故呢？……

“好，写完了，”托波罗夫说着，封上信口，“您拿这个命令去通知您的那些当事人好了。”他补充说，撇一下嘴唇，做出微笑的样子。

“可是，那些人是因为什么缘故受折磨的呢？”涅赫柳多夫接过那个信封说。

托波罗夫抬起头来，淡淡一笑，倒好像涅赫柳多夫问的话使他很愉快似的。

“这个我没法跟您说。我只能说：我们所捍卫的人民的利益是极其重大的，因此对宗教信仰问题的过分热心，总不及目前流行的对这种问题的过分冷淡那么可怕而有害。”

一语中的，一针见血，一剑戳破这伪善的面纱。

“可是怎么能用宗教的名义来破坏善的最基本的要求，竟然拆散人们的家庭呢？……”

托波罗夫仍然照原来那样宽厚地微笑着，显然觉得涅赫柳多夫所说的话很可爱。托波罗夫自以为他是立足于广阔的国家立场的高度上看问题的，因而不论涅赫柳多夫说什么，他一概认为又可爱又偏颇。

“从私人的观点看来，事情可能是这样，”他说，“不过从国家的观点看来，事情就有所不同了。可是，对不起，我要说再见了。”托波罗夫说着，低下头，伸出他的一只手。

涅赫柳多夫握了一下那只手，然后，一句话也没说，匆匆地走出去，后悔同他握手了。

“人民的利益。”他学着托波罗夫的话说。“其实是你的利益，纯粹是你的利益。”他走出托波罗夫的房子，心里想道。

涅赫柳多夫暗自重温一下这些伸张正义、维护宗教信仰、教育人民的机关的活动到底施展在哪些人身上。他想起贩卖私酒而受到惩罚的农妇、犯盗窃罪而受到惩罚的少年、由于流浪而受到惩罚的流浪汉、犯纵火罪而受到惩罚的纵火犯、侵吞公款而受到惩罚的银行家。他还想起不幸的利季娅，她受到惩罚仅仅是因为可以从她那里取得必要的情报，此外还有违反东正教而受到惩罚的教派信徒们、要求国家有宪法而受到惩罚的古尔凯维奇。涅赫柳多夫想来想去，不由得异常清楚地得出了这样的想法：所有这些人被捕，监禁起来，或者流放出去，根本不是因为这些人违反了正义，或者有非法的行为，仅仅是因为他们妨害那些官僚和富人占有他们从人

涅赫柳多夫清楚地看到了事实的本原和真相。荒诞，充满讽刺意味。

民手里搜刮来的财富罢了。

不管是贩卖私酒的农妇也罢，在城里闲荡的窃贼也罢，藏匿传单的利季娅也罢，破坏迷信的教派信徒也罢，要求国家有宪法的古尔凯维奇也罢，统统在妨害那些人做那种事。因此涅赫柳多夫觉得事情十分清楚：所有那些官僚，从他的姨父、枢密官们、托波罗夫起，到各个部里靠着办公桌坐着的、官卑职小、装束干净整齐的老爷们止，丝毫也不因为有许多无辜的人在受苦而于心不安，他们所关心的无非是消除一切危险的人而已。

因此不但没有人遵守为了不冤屈一个无辜的人而宁可宽恕十个有罪的人的原则，而且正好相反，为了消除一个真正危险的人，宁可利用惩罚来消除十个没有危险的人，犹如为了挖掉腐烂的皮肉，往往不得不连带也把完好的皮肉挖掉一样。

形象的比喻。说明消除真正危险分子的决心之大。

这种对当前发生的种种事情的解释，在涅赫柳多夫看来，是很简单清楚的，可是惟其简单清楚，涅赫柳多夫反倒犹疑不定，不敢接受这种解释了。这种复杂的现象总不可能有这样简单而可怕的解释吧。所有那些关于正义、善、法律、信仰、上帝等等的话，总不可能仅仅是空话，掩盖着最粗暴的贪欲和残酷吧。

二十八

涅赫柳多夫原来应该在这天傍晚动身离开彼得堡，然而他答应过玛丽叶特到剧院去看她，虽然他知道这件事不应该做，可是他自己蒙哄自己，认为说过的话就得算数，于是仍旧去了。

“我抵得住这种诱惑吗?”他不十分诚恳地暗想。“我姑且最后试一次吧。”

他换上礼服，来到剧院。这时候，经常上演的《Dame aux camélias》正演到第二幕，一个从国外来的女演员再一次用新的方式表演害肺结核病的女人怎样渐渐地死去。

剧院满座。涅赫柳多夫问起玛丽叶特的包厢在什么地方，就有人立刻恭敬地指给他看。

过道上站着一个穿号衣的听差，就像见到熟人那样对涅赫柳多夫一鞠躬，给他推开包厢的门。

对面一排排包厢里那些坐着的和站在后面的人，那些坐在包厢附近靠墙的座位上的人，那些白发苍苍的、头发花白的、头顶光秃的、头顶半秃的、涂着发蜡的、头发蜷曲的正厅观众，总之，全体看客无一不在凝神观看那个瘦得皮包骨的女演员裹着绸缎和花边，打扮得花枝招展，忸怩作态，用不自然的声调念独白。包厢的门推开的时候，有人嘘了一声，同时有两股气流，一股凉的和一股热的，吹到涅赫柳多夫的脸上来。

包厢里坐着玛丽叶特和一个他不认识的女人，那个女人披着红披肩，梳着又大又重的发式。另外还有两个男人，一个就是玛丽叶特的丈夫，他是将军，相貌英俊，身量很高，脸色严峻而莫测高深，生着钩鼻子。他挺起雄赳赳的胸脯，而那胸脯是用棉花和土布做成的胸衬垫高的。另一个男人头发淡黄，头顶光秃，两边的庄严的络腮胡子中间露出一小块剃光的下巴。玛丽叶特娇媚、苗条、雅致，礼服的领口开得很低，露出两个从脖子那儿斜溜下去的饱满结实的肩膀，在脖子和肩膀相连的地方有一颗黑痣。涅赫柳多夫一走进包厢，她就立刻回过头来看一眼，拿扇子对他指一下她身后的一把椅子，对他微微一笑，表示欢迎和感激，而且依他看来这笑容似乎还隐含着深意。她的丈夫像平时办一切事情一样，平静地看涅赫柳多夫一眼，点了一下头。凭他的姿态，凭他同妻子交换的目光，谁都可以一下子看出他就是那个美丽的女人的主人和占有者。

等到独白念完，剧院里就掌声雷动。玛丽叶特站起来，提着沙沙响的绸裙裾，走到包厢的后边，介绍涅赫柳多夫同她丈夫相识。将军不住地让眼睛露出笑意，说了一句“幸会幸会”，就平静而莫测高深地沉默了。

“我本来应该今天动身，不过我答应过您要来一趟。”涅赫柳多夫扭过头去对玛丽叶特说。

“要是您不想来看我，那您就来看一看这个惊人的女演员吧。”玛丽叶特针对他那句话里所包含的意思回答说。“她在刚才那一幕里演得多么好呀，不是吗?”她转过脸去对丈夫说。

她丈夫点一下头。

“这打动不了我，”涅赫柳多夫说，“我今天已经看见过那么多真正的不幸，所以……”

“那么您就坐下来，讲一讲。”

她的丈夫听着，眼睛里讥诮的笑意越来越浓。

“我去探望过那个监禁了很久、如今已经释放出来的女人。她的身体完全垮了。”

“这就是我对你说起过的那个女人。”玛丽叶特对她丈夫说。

“是的，她能够恢复自由，我很高兴。”他平静地说着，点点头。涅赫柳多夫觉得连他的唇髭下边也露出了明显的讥诮的笑容。“我要去吸烟了。”

涅赫柳多夫坐下来，等着玛丽叶特对他讲她原打算对他讲的某些话。可是她什么话也没对他讲，甚至也没有要讲的意思，光是开开玩笑，谈谈剧，她认为这个剧一定会特别打动涅赫柳多夫的心。

涅赫柳多夫看出她根本没有什么话要对他讲，无非是要他看一看自己穿着晚礼服，露出肩膀和黑痣有多么艳丽罢了。这使他感到又愉快又厌恶。

她那艳丽的外表，以前遮盖了一切，现在对涅赫柳多夫来说，尽管还不能说已经揭开，不过毕竟可以看到那里面隐藏着的是什么东西了。他瞅着玛丽叶特，欣赏她的艳丽，然而他知道她是个弄虚作假的人，知道她同她那丈夫生活在一起，眼看他利用成百上千人的眼泪和生命来博得高官厚禄，却完全无动于衷，知道她昨天所说的都是假话，知道她一心要使他爱上她，至于这是为什么，他就不得而知了，再者连她自己也不知道。这种情形又吸引他，又惹他讨厌。他有好几次打算走掉，拿起了帽子，可是又留下来。最后，她丈夫回到包厢里来了，浓密的唇髭冒出烟草的气味，他用高高在上的轻蔑眼光看涅赫柳多夫一眼，仿佛不认得他似的。涅赫柳多夫没有等到包厢的门关上就走出去，来到过道上，找到他的大衣，走出剧院去了。

他沿着涅瓦大街步行回家，不由自主地注意到前边有一个高高的、身材很好看的、装束妖艳的女人在宽阔的人行道的沥青路面上沉静地走着。从她的脸上和她的整个体态上可以看出她感到自己有一种肮脏的威力。凡是向她迎面走来的人和从她身后绕到前面去的人，都不住打量她。涅赫柳多夫走得比她快，也不由自主地朝她的脸看一眼。那张脸很漂亮，多半擦了脂粉。那个女人对涅赫柳多夫微微一笑，向他闪着亮晶晶的眼睛。说来奇怪，涅赫柳多夫顿时想起了玛丽叶特，因为他又感到方才他在戏院里感到过的那种入迷和憎恶。涅赫柳多夫不由得生自己的气，匆匆地赶到她的前头去，转一个弯，走到莫尔斯卡雅街上，然后又走到一条滨河街上，在那儿来回地走来走去，惹得一个警察暗暗诧异。

“先前在剧院，我走进包厢，那个女人也是这样对我微微一笑，”他暗想，“不论是那个女人的微笑还是这个女人的微笑，它们的含意都是一样的。区别仅仅在于这一个简单而又直截了当地说：‘你需要我，我就由你摆布。你不需要我，那就自管走你的路。’那一个却假装没有想这些，似乎在高尚优雅的感情里生活着，然而骨子里是一样的。这一个至少还算老实，那一个却在装假。况且，这一个是因为穷才落到这般地步，那一个却是在取乐，用那种美妙的、可恶的、可怕的情欲来消遣。这个街头女人好比一汪污浊的臭水，是供那些口渴得顾不上恶心的人喝的；剧院里的那个女人却好比毒药，凡是碰到它的人，统统不知不觉地被毒死。”涅赫柳多夫想起他跟首席贵族的妻子的关系，可耻的往事就涌上了他的心头。“人身上的野兽般的兽性是可憎的，”他想，“然而它以赤裸裸的面目出现的时候，你就会从你的精神生活的高处看清它、藐视它，于是不论你上了它的钩还是顶住了它，结果你还是跟原来一样。不过临到这种兽性蒙着一层虚假的美丽和诗意的外衣出现，要求你崇拜它的时候，你对这种兽性就会敬若神明，分不清好坏，完全上了它的圈套。这才可怕。”

涅赫柳多夫现在完全看清这一点了，犹如他清楚地看见他眼前的皇宫、哨兵、要塞、河流、木船、交易所一样。

如同今天夜间大地上没有那种使人安心、催人入睡的黑暗，却有一种不清晰的、不鲜明的、不自然的、不知从什么地方来的亮光一样，涅赫柳多夫的灵魂里也不再有那种愚昧的黑暗来催人入睡了。一切都已经清清楚楚。事情很明白：但凡人们认为重要和美好的事物，往往是微不足道的，或者是卑鄙龌龊的。所有那些耀眼的光辉，所有那些富丽堂皇的外表，往往掩盖着古老的罪行，这些罪行已经为人们司空见惯，不但没有受到惩罚，反而风靡一时，由人们想出种种美化的办法加以粉饰。

涅赫柳多夫有心忘掉这些，不去看它，然而他再也不能视而不见了。虽然他还看不见为他照亮这一切的光是从哪里来的，犹如看不见照着彼得堡的光是从哪里来的一样，虽然他觉得这种光不清晰，不鲜明，不自然，可是他已经不能不看见这种光为他照亮的东西了。于是他的心里又是快活又是不安。

情境赏析

玛丽叶特怀着一种征服的目的，迷惑了涅赫柳多夫，让他对自己去西伯利亚的行为产生了质疑，直到剧院相见之后，他才明白了以前她不过是在演戏而已。她对涅赫柳多夫充满了讥诮，并且通过正在上演的剧幕对他进行嘲弄。她非常满意自己的贵族太太的生活，非常满意自己有一个靠扼杀别人的生命博得高官厚禄的丈夫。这最后的诱惑像肥皂泡一样破灭了。

涅赫柳多夫愤然离开剧院，在回家的路上，遇到一个妓女。这个女人立刻让他想起了刚刚在剧院里见面的玛丽叶特。虽然玛丽叶特看起来高尚优雅，但在骨子里跟这个妓女没有什么不同，她拼命地勾引涅赫柳多夫让他上钩，获得心理满足，获得征服的快感。把骗取别人的感情当成了消遣，其行为甚至比妓女还要恶劣；妓女毕竟是因为生活所迫才走到了这一步的。

贵夫人们把赤裸裸的情欲蒙上一件诗意的外衣，当做高雅生活的装饰品，真令人作呕。

涅赫柳多夫对上流社会完全绝望了，他用人性的节制理性战胜了兽性的贪婪欲望。被断绝了后路的涅赫柳多夫坚定地走向了西伯利亚，走向了新的生活。

名家点评

小说家可以根据不同情况变换叙事观点。狄更斯和托尔斯泰就是如此处理的。我觉得这种扩大或缩小观察力的能力（变换叙事观点也是其象征之一），这种断断续续处理知识的权力，正是小说艺术的特色之一，而且，这与我们对生命的理解是一致的。有时候，我们并不比别人高明；有时只能偶尔进入别人的内心深处，但却不能经常做到，因为这样也会使自己心智疲乏，所以这种继续性能使我们获得的经验更为多姿多彩。

——（英）福斯特

二十九

涅赫柳多夫回来见马斯洛娃，却被一件传言误导，错怪了马斯洛娃，但这反而更坚定了他的信念。实际上，马斯洛娃已经重新爱上了涅赫柳多夫，并且开始自爱，所以她亦十分在乎涅赫柳多夫对自己的看法，生怕再度被他讨厌。

涅赫柳多夫回到莫斯科以后，头一件事就是到监狱医院里去，把枢密院核准法庭的原判这个可悲的消息通知马斯洛娃，告诉她现在要准备动身到西伯利亚去了。

递交最高当局的状子，已经由律师为他写好，现在他把状子带到监狱里去让马斯洛娃签字，不过他对这个状子所抱的希望很小。再者，说来奇怪，他现在也不希望成功。他已经为西伯利亚之行，为他在流放犯和苦役犯当中生活做好了思想准备，如果马斯洛娃无罪释放，他倒难于想象他应该怎样安排他的生活和她的生活了。他想起美国作家托罗的话，托罗在美国还有奴隶制度的时候说过，在一个使得奴隶制度合法化并且维护奴隶制度的国家里，正直的公民唯一适当的去处，就是监狱。涅赫柳多夫，特别是在他到彼得堡去过一趟，在那儿见到种种情况以后，恰好产生了同样的想法。

“是啊，在当代的俄国，正直的人唯一适当的去处，就是监狱!”他想。他坐着马车来到监狱，走进监狱围墙的时候，甚至直接体验到这一点了。

医院的看门人认出涅赫柳多夫以后，立刻通知他说，马斯洛娃已经不在他们这儿了。

“那她到哪儿去了?”

“又到监牢里去了。”

“可是为什么把她调走呢?”涅赫柳多夫问。

“她本来就是那么一号人嘛，老爷，”看门人说，鄙夷地笑了笑，“她跟一个医士吊膀子，主任医师就把她打发走了。”

涅赫柳多夫万万没有料到马斯洛娃和她的精神状态竟然同他这样密切相关。这个消息使得他愣住了。他心里的感触近似于人们听到意外的大祸临头的消息以后所生出的那种感触。他心里很难过。他听到这个消息以后产生的头一种心情，就是羞愧。首先他觉得自己可笑，因为他居然高高兴兴地认为她的精神状态似乎起了变化。所有她那些不愿意接受他的牺牲的话，那些责备、那些眼泪，总之所有那些东西，他暗想，无非是一个心地已经变坏的女人的狡猾手段，打算尽可能地利用他罢了。现在，他觉得在上一次探监的时候，好像已经看出她有种种的迹象表明她不可救药，如今果然暴露出来了。所有这些想法，都是在他本能地戴上帽子，从医院里走出来的时候，掠过他的脑海的。

“可是现在怎么办呢?”他问自己。“我还要跟她拴在一起吗?现在她既然有了这种行为，我岂不是自由了吗?”他问自己。

不过他刚刚对自己提出这个问题，就顿时明白过来：他认为自己已经自由而抛弃她，那他所惩罚的并不是他想惩罚的她，却是他自己。他就心惊胆战了。

“不！她发生的这件事，不能够改变我的决心，只能够坚定我的决心。她顺应她的精神状态爱做什么，都由她去做好了，她要跟医士调情就随她去跟医士调情，那是她的事……我的本分却是做我的良心要求我做的事。”他对自己说。“我的良心要求我牺牲我的自由来赎我的罪。我已经决定同她结婚，哪怕是形式上的结合也未尝不可，而且我已经决定跟她走，不管她流放到哪儿去都一样，那么现在我的决心就绝不改变。”他带着誓不罢休的执拗心情对自己说着，走出医院，迈着果断的步子向监狱大门走去。

他来到大门跟前，要求值班看守去报告狱长，说他希望同马斯洛娃见面。值班看守认得涅赫柳多夫，就好像见了熟人一样，告诉他一件监狱里的重大新闻说，原先的上尉已经免职，由另外一个严厉的长官接替他的职位了。

“现在办事严起来了，严得不得了，”看守说，“现在他就在里边，我马上去报告。”

果然，狱长就在监狱里，过不多久走出来同涅赫柳多夫见面。新的狱长个子很高，骨瘦如柴，两颊的颧骨凸出，动作很缓慢，神色阴沉。

“只有规定的日子才允许在探监室里跟犯人见面。”他说着，眼睛没有看涅赫柳多夫。

“可是我需要让她在一份递交最高当局的状子上签字。”

“您可以把它交给我。”

“我要亲自见一见这个女犯人。以前，我是素来得到许可的。”

“那是以前了。”狱长匆匆地瞟涅赫柳多夫一眼，说道。

“我有省长发给我的许可证。”涅赫柳多夫坚持说，拿出他的皮夹来。

“请容许我看一下。”狱长说，仍旧没有看涅赫柳多夫的脸。他伸出又长又干瘪的白手指头，食指上戴着一个金戒指，接过涅赫柳多夫递给他的一张公文，慢吞吞地读了一遍。“请您到办公室去。”他说。

这一次办公室里一个人也没有。狱长靠着一张桌子坐下，翻看桌上放着的公文，显然准备在他们会面的时候留在这里。涅赫柳多夫问他，能不能同女政治犯博戈杜霍夫斯卡娅见面。狱长干脆地回答说不行。

“同政治犯见面是不许可的。”他说，又埋下头去看公文。

涅赫柳多夫衣袋里装着那封打算交给博戈杜霍夫斯卡娅的信，感到他的处境像是一个正在打算犯法的人，不料他的预谋被揭穿，遭到了挫败似的。

等到马斯洛娃走进办公室，狱长就抬起头来，眼睛既没看马斯洛娃，也没看涅赫柳多夫，只是说一声：

“可以谈话了！”说完，他就继续专心地看公文。

马斯洛娃又是从前那样的装束，穿着白上衣和白裙子，扎着白头巾。她走到涅赫柳多夫跟前，看见他那冷冰冰的、气愤的脸色，就涨得满脸通红，不住用手指摸索上衣的底边，低下眼睛。她的窘态，依涅赫柳多夫看来，证实了医院看门人的话。

涅赫柳多夫有心像上次那样对待她，然而他不能够照他所打算做的那样伸出手去同她握手，现在她在他的心目中变得极其讨厌了。

“我给您带来一个坏消息，”他用平稳的声调说，眼睛没有看她，也没有朝她伸出手去，“枢密院把上诉驳回了。”

“我早就知道会这样。”她说着，声调奇怪，仿佛她在喘气似的。

换了从前，涅赫柳多夫就会问一声，她为什么说早就知道会这样，现在他却光是看她一眼。她的眼眶里满是泪水。

可是这不但没有使得他心软下来，反而越发惹得他对她反感。

狱长站起来，开始在房间里走来走去。

尽管涅赫柳多夫目前对马斯洛娃抱着满腔的反感，可是他仍旧认为他有必要对她表白一下他对枢密院驳回上诉这件事所感到的遗憾。

“您不要灰心，”他说，“向最高当局上告，也许会有结果的。我希望……”

“不过我不是在想这件事……”她用泪汪汪的、斜睨的眼睛凄凉地瞧着他，说。

“那么您想的是什么事呢？”

“您去过医院了，大概那儿的人对您谈起了我……”

“哦，那是您的事。”涅赫柳多夫皱起眉头，冷冰冰地说。

他那由于自尊心受到侮辱而产生的反感，本来已经平息下去，如今她一提起医院，就又带着新的力量在他心里抬头了。“他这样一个上流社会的人，任何一个出身高贵的姑娘都会认为嫁给他是幸福，他却情愿做这样一个女人的丈夫，可是她，偏偏等不得，跟一个医士调起情来了，”他暗自想道，怀着痛恨的心情瞧着她。

“您在这个状子上签一下名吧。”他说着，从衣袋里拿出一个大信封，把信封里的状子铺在桌上。她用头巾的一角擦掉眼泪，靠着桌子坐下来，问他应该写什么，写在哪儿。

他告诉她应该写什么，写在哪儿。她就在桌子旁边坐好，伸出左手去整理右臂的袖子。他在她身旁站着，居高临下，默默地瞧着她朝那张桌子俯下身去，由于极力忍住呜咽，她的后背偶尔颤动一下。在他的灵魂里，两种感情，恶与善的感情，受了侮辱的自尊心与对这个受苦的女人的怜悯心，正在交战。结果，后者战胜了。

他记不得首先产生的是哪一种心情：究竟是先从内心怜悯她呢，还是先想起了自己、他自己的罪恶、他自己的卑鄙行径，如今他竟然责备她做了同样的事。总之，他忽然感到自己有罪，同时也就怜悯她了。

她在状子上签完名，把沾了墨水的手指头在裙子上擦干净，然后站起来，看他一眼。

“不管结局如何，不管会出现什么样的情况，我的决定是不管怎样也改变不了的。”涅赫柳多夫说。

他一想到他原谅了她，他对她的怜悯和柔情就越发强烈，他一心要安慰她。

“我以前怎样说的，我就要怎样做。不论人家把您发送到哪儿去，我都跟您在一起。”

“用不着这样。”她匆匆打断他的话，整个脸上放光了。

“您想一想您在路上需要些什么东西。”

“好像也没有什么特别需要的东西了。谢谢您。”

狱长走到他们跟前来。涅赫柳多夫不等他发话，就向她告辞，走出去，心里生出一种他以前从未经历过的宁静的欢乐心情、一种心平气和以及热爱一切人的心情。涅赫柳多夫感到马斯洛娃的任何行动都改变不了他对她的爱情，这就使得涅赫柳多夫喜气洋洋，把他提高到他从未经历过的高度上去了。随她去跟那个医士调情吧，那是她的事。他爱她并不是为他自己，而是为了她，为了上帝。

其实，涅赫柳多夫信以为真的关于马斯洛娃跟医士调情而被赶出医院的事，无非是这么一回事：有一次马斯洛娃奉女医士的差遣，到过道尽头的药房取润滑汤药，在那里碰见一个高身量、脸上生着紫疱的男医士乌斯季诺夫，这个人早就在调戏她，惹得她厌烦。这一次马斯洛娃挣脱他的纠缠，猛的使劲推开他，弄得他撞在药架上，有两个药瓶从架子上掉下来砸碎了。

这时候主任医师正巧从过道里走过，听见砸碎器皿的声音，瞧见马斯洛娃满脸通红地跑出来，就气冲冲地对她嚷道：

“喂，小娘儿们，要是你在这儿跟人家调情，我就把你打发走。这是怎么回事?”他转过脸对医士说，从眼镜架上边严厉地瞧着他。

医士赔着笑脸，说些话开脱自己。医师没有听完他的话，扬起头，从眼镜里瞅着他，然后到病房去了。当天他就对狱长说，要他另派一个比较老成的女助手来接替马斯洛娃。所谓马斯洛娃跟医士调情，其实只不过是这么一回事罢了。马斯洛娃在同男人调情的罪名下被赶出医院，这在她是特别痛苦的，因为跟男人发生关系早已为她所厌恶，自从她同涅赫柳多夫相遇以后，那种关系就变得尤其可憎。所有的男人，包括满脸紫疱的医士在内，却根据她过去和现在的地位来判断，认为他们有权利侮辱她，而且见到她拒绝，还觉得诧异，这使她感到极其委屈，在她心里引起可怜自己的情绪，惹得她落下泪来。刚才她来见涅赫柳多夫，料着他一定听到了她的罪名，就打算在他面前替自己辩白，说明这个罪名是冤枉的。可是临到她刚要开口辩白，她却感到他不会相信她的话，她的辩白反而会证实他的怀疑，于是泪水堵住她的喉咙，她说不下去了。

马斯洛娃仍然认为，而且继续使自己相信，她就像在第二次见面的时候对他所表明的那样，没有原谅他，痛恨他。其实她早已又在爱他，而且爱得那么深，凡是他希望她做的，她都不由自主地照着做了：她已经戒掉烟酒，不再卖弄风情，而且到医院里去做杂工。她所以做这些事，就是因为她知道他希望她这样做。如果每次他提起他要同她结婚，她总是那么断然拒绝接受他的牺牲，那也只不过是因为她先前已经对他说过那些高傲的话，以后就不愿意再改口罢了；而且主要的是因为她知道同他结婚就会使他不幸。她已经下定决心不接受他的牺牲，不过她想到他藐视她，认为她在继续做她从前那样的人，而没有看见她内心所起的变化，她却感到很难过。她暗想他现在可能认为她在医院里做了什么坏事，而这件事比起她已经最后判决服苦役刑的消息来，更加使她痛苦。

三十

马斯洛娃可能随同第一批出发的犯人一起上路，所以涅赫柳多夫正在为动身做准备。然而他的事情有那么多，他觉得不论有多少空闲的时间，也绝做不完。现在的情形，同以前完全相反了。以前他得考虑应该做什么事，而且他所做的事情的利益，永远集中在一个人身上，集中在德米特里·伊万诺维奇·涅赫柳多夫身上。不过尽管那时候他生活的全部利益集中在德米特里·伊万诺维奇一个人身上，可是所有那些事情都枯燥无味。现在一切事情都关联到别人，而不是关联到德米特里·伊万诺维奇，一切倒都变得有趣味，吸引人了，而且这类事情多得数不清。

涅赫柳多夫的眼界由自己扩展到了芸芸众生。他不再只是从自己的角度出发去行动，而是由别人的诉求、需要出发，而且办的比对自己还要认真负责。

再者，以前专为德米特里·伊万诺维奇办事，却老是在他心里引起烦恼和气愤。现在这些外人的事倒大多在他的心里引起欢畅的心情。

当前涅赫柳多夫所要做的事情分为三类。他按他平素的谨严作风把事情照这样分了类，并且为此把有关的文件分别放在三个文件夹里。

说"谨严作风"的性格，必须给出相应的实际例子。

第一类事情涉及马斯洛娃和对她的帮助。现在这类事情就是为向最高当局告状而奔走，借以获得批准，并且为西伯利亚之行做好准备。

第二类事情是处理他的田产。在帕诺沃，土地已经交给农民，条件是他们缴纳地租，以供他们在农务方面的公共需用。可是为了巩固这件商妥的事，就得立下契约和遗嘱，在这些字据上签字。在库兹明斯科耶，事情仍旧像先前他去处理过的那样，也就是他得收地租。不过现在必须定出交租的期限，规定他从这笔钱当中提出多少来作为生活费，留下多少供农民们用。他不知道他的西伯利亚之行要他用掉多少钱，他还不敢放弃这笔收入，只是把它减少一半。

第三类事情是帮助犯人们，他们越来越频繁地求他帮忙了。

起初，他同那些求他帮忙的犯人们接触后，总是立刻替他们分头奔走，极力减轻他们的厄运。可是后来，求他帮忙的犯人那么多，他感到不可能帮助每一个人，就不由自主地承担了第四类工作，最近这段时期这类工作比其他几类工作更引起他的兴趣。

他开始思考法庭存在的实际意义。

第四类工作就是要解答一个问题：所谓刑事法庭这种奇怪的机关，究竟是什么东西？它为什么存在？它是从哪儿来的？它不仅产生了监狱，因而使得他同关在其中的一部分人相识，而且还产生了从彼得堡的彼得保罗要塞起到库页岛止的各种监禁地点，在那些地方成千上万的人由于受到依他看来十分奇怪的刑法的祸害而在受苦。

涅赫柳多夫凭他同囚犯们的私人关系，凭他向律师、监狱教士、狱长打听来的情况，凭遭到监禁的人的种种犯罪情由，得出结论，认为所有的囚犯，所谓的罪人，可以分成五种人。

能够准确而详细地把这些犯人分类归纳出来，说明涅赫柳多夫确实深入地接触了他们。同时也反映出托尔斯泰的写作功底与创作的敬业精神。

第一种人，是完全无罪的人，是审判错误的受害者，例如被诬告的纵火犯梅尼绍夫，例如马斯洛娃和其他人。这种人不很多，据教士观察，在百分之七左右，不过这些人的地位特别引人关心。

第二种人，是在激怒、忌妒、酗酒之类的特殊情况下采取行动，结果被判罪的。像那样的行动，凡是审判他们和处罚他们的人，处在同样的条件下，也是几乎一定会采取的。这种人，据涅赫柳多夫观察，大约占全体犯人的半数以上。

第三种人，是采取依他们自己看来极其平常、甚至很好的行动而受到惩罚的，然而那样的行动，按照制定法律的、同他们不一样的人的理解，就算是犯罪。属于这种人的有偷卖私酒的，有走私的，有在地主和公家的大树林里割草打柴的。至于经常盗窃的山民和不信教的、打劫教堂的人，也属于这种人。

第四种人，是那些仅仅因为在道德方面高于一般社会水平才被列为罪犯的人。各教派的信徒们就是这样的人。为争取独立而造反的波兰人和契尔克斯人就是这样的人。由于反抗政府当局而被定罪的政治犯、社会主义者和罢工者，也是这样的人。这一类人，社会上最优秀的人，据涅赫柳多夫观察，所占的百分比是很大的。

你能理解这句话吗？黑格尔的"绝对精神"理论认为，时代不允许超于它的人存在。这些人必须牺牲，形成一种悲剧精神。

最后，第五种人，是这样的一些人：社会对他们所犯的罪倒比他们对社会所犯的罪大得多。他们都是被抛弃的人，在不断的压迫和诱惑下变得精神麻木，就像那个偷粗地毯的男孩一样。像这样的人，涅赫柳多夫在监狱内外还见过好几百个，他们的生活条件似乎一步步逼得他们不能不做出所谓犯罪的事情来。有很多盗贼和凶手，据涅赫柳多夫观察，就属于这种人，他在这段时期同他们当中某些人有过接触。至于道德败坏、走上邪路的人，涅赫柳多夫在就近了解以后，也归在这种人里，而新学派却称之为"犯罪型"，认为他们在社会上的存在就是刑法和惩罚之所以必不可少的主要证据。这些所谓走上邪路的、犯罪的、不正常的类型，按照涅赫柳多夫的见解，其实无一不是社会对他们犯的罪超过他们对社会犯的罪，不过社会对他们所犯的罪，并不是现在直接对他们本人犯下的，而是先前，在过去的时期对他们的父母和祖先犯下的。

"社会对他们所犯的罪"准确无误地表述了原因。

这是有良知的人的眼睛所能看得到的。

可见"社会"这个大环境是有巨大作用的，人是社会的动物。

这些人当中，在这方面特别打动他的心的，是惯窃犯奥霍京。他是妓女的私生子，从小在夜店里长大，显然一直活到三十岁都没见过一个在道德方面高于警察的人。他从年轻时候起就在一伙窃贼当中厮混，同时他又禀赋着异乎寻常的滑稽才能，招得人们喜欢同他在一起。他请求涅赫柳多夫帮他出狱，不过他又常常嘲笑自己，嘲笑法官们，嘲笑监狱，而且嘲笑一切法律，不但嘲笑刑法，甚至嘲笑神的戒律。另一个人是费多罗夫，相貌英俊，带领一伙人打劫过一个年老的官吏，把他打死了。费多罗夫原是农民，父亲的房屋被人完全非法地霸占了，后来他自己当了兵，在军队里因为爱上一个军官的情妇而吃了很多的苦头。这个人具有招人喜欢的热情的天性，不顾一切地寻欢作乐，从没见过任何人为任何目的克制自己而不去享乐，也从没听说过除了享乐以外还有什么别的生活目标。涅赫柳多夫清楚地看到这两个人都是天赋很厚的，只不过因为没有人培养才畸形发展，犹如无人过问的植物也往往会乱生乱长，变得奇形怪状一样。他还看见过一个流浪汉和一个女人，他们的麻木不仁和表面的残忍使人们望而生畏，可是他无论如何也看不出他们就是意大利学派所说的犯罪型，只认为他们是一些他个人所厌恶的人，就跟他在监狱外面见过的一些穿着礼服、戴着肩章的男人和装饰着花边的女人也惹人厌恶一样。

对于成长的人来说，正确的引导非常重要，萨特曾经提出“存在先于本质”的著名论断；积极性在于，强调了人可以自由选择，成为优秀的人。可是这时候没有善与爱的正面的引导，他们在无形中，被迫向坏的方向发展，毫不节制自己的本能和欲望，放任自己的恶。

因此，研究所有这些形形色色的人为什么关在监狱里，而另外那些一模一样的人为什么行动自由以至审判前面那些人的问题，就成为涅赫柳多夫那时候很感兴趣的第四类工作。

起初涅赫柳多夫希望在书本里找到这个问题的答案，就把一切涉及这个题目的书都买来。他买来了龙布罗索、嘉罗法洛、费利、李斯特、摩德斯莱、塔尔德的著作，专心地阅读起来。可是他一面阅读这些书，一面却越来越感到失望。他遇到凡是研究科学而其目的不在于在科学界争一席之地，诸如写作、辩论、教书等等，却在于解答生活所提出的直接而简单的问题的人永远会遇到的那种情形：科学给他解答了成千个同刑法相关的各种极其复杂奥妙的问题，可是独独没有解答他要寻求答案的那个问题。他所提的问题是很简单的。他问：某些人为什么而且有什么权利把另一些人关押起来，加以虐待、流放、鞭挞、杀害，而他们自己其实是跟他们所虐待、鞭挞、杀害的人完全一样的人？然而回答他的却是各种议论：人究竟有没有意志的自由？能不能利用测量头盖骨之类的方法判明人是犯罪型？遗传在犯罪当中起什么作用？有没有天生来的不道德？道德究竟是什么？疯狂是什么？退化是什么？气质是什么？气候、食物、愚昧、模仿、催眠、情欲对犯罪究竟有什么影响？什么叫社会？什么叫社会的责任？诸如此类不胜枚举。

他试图从书本中寻找现成的答案，甚至是间接的原因。而他终究是失望了，没有书本可以解答他的疑问。

这些议论使得涅赫柳多夫想起有一回一个放学回家的小男孩怎样回答他提出的问题。涅赫柳多夫问那个男孩学会用字母拼字没有。“学会了，”男孩回答说。“好，你拼一拼‘爪子’这个词。”“什么爪子？是狗爪子吗？”那个男孩带着狡猾的脸色回答说。涅赫柳多夫在那些学术著作里所找到的关于他唯一的根本问题的答案，恰好也就是这种反问式的答案。

那些书里有许多聪明、渊博、有趣的见解，然而它们没有回答主要的问题：某些人有什么权利惩罚另一些人？不但这个问题的答案没有，而且所有的议论部归结到一点，那就是对惩罚作出解释，为惩罚辩护，认为惩罚的必要性是不辩自明的公理。涅赫柳多夫读了很多书，不过都是断断续续读的，他就把找不到答案归咎于他的研究工作还太肤浅，希望日后会找到答案。就是因为这个缘故，他还不能允许自己相信最近越来越频繁地涌上他心头的那个答案是正确的。

是谁给予一些人去惩罚另一些人的权利？

情境赏析

得知马斯洛娃跟医士调情的消息，对涅赫柳多夫来说当然是一个沉重的打击。他一直希望并且确实认为她的精神状态发生变化，不再以自己的堕落为荣了。他当然不希望跟一个依旧处在堕落状态的马斯洛娃结婚。一听到马斯洛娃跟医士调情的消息，涅赫柳多夫也确实产生了抛弃她的念头，这给他提供了一个很好的借口。然而，她现在的堕落正是自己的罪恶造成，他所以要跟她结婚就是为了赎清自己所犯的罪过，如果现在离开了她，只能使自己的罪孽更加深重。这样更清楚地证明了自己的虚伪和无耻。也可以这样说，如果不是马斯洛娃堕落得如此之深，涅赫柳多夫根本没必要也根本不可能会下决心跟她结婚。她所有的堕落行为，都是涅赫柳多夫本身的罪过。现在，他不能因为自己的罪过去怪罪她、惩罚她。虽然深知等待自己的并非是幸福，涅赫柳多夫却别无选择，只有跟马斯洛娃结婚，这是他拯救自己灵魂的唯一途径。这是他的救赎。

名家点评

托尔斯泰想要在没有信仰也不可能有信仰的地方，在高傲和孤僻的理性中去寻找信仰，为此他走向了他那样顽强地希望避免的恶：走向利己主义，这在他身上开始时是带有肉欲性的和上流社会的性质，而末了却带上神秘的和有意识的粗野的性质。但是利己主义仍然是利己主义——他晚年的日子所经历的惶恐不安也证实了这一点。有那么些善良的愿望——可是又这样缺乏安宁，这样缺乏那种明亮的光辉，那些在弥留之际感到自己同永恒的真理协调一致的人们是为这种光辉所照耀的。在逝世前从自己家里出走，为极度不安所驱使，踩着积雪的道路去寻找最后的归宿——这一切多么有象征性呵！

——（法）布尔热

三十一

涅赫柳多夫脱离原来的生活圈子已经很久，但究竟到了什么程度，还需要验证。就像一个很久不照镜子的人，突然照镜子会认不出自己的模样。涅赫柳多夫姐姐的出现就起到了这样的作用，而从涅赫柳多夫与姐夫的争论中，再次看到了他确实已经在与他们相反的路上，走了很远。

一批包括马斯洛娃在内的犯人，规定在七月五日启程。涅赫柳多夫也准备在那一天随她一起走。在动身的前一天，涅赫柳多夫的姐姐同她的丈夫一起到城里来，要跟她弟弟见一见面。

涅赫柳多夫的姐姐娜塔利娅·伊万诺夫娜·拉戈仁斯卡娅，比她弟弟大十岁。他多多少少是在她的影响下长大的。他小时候，她很爱他，后来在她出嫁以前，她和他几乎像同年龄的人那样亲密，其实她已经是二十五岁的姑娘，他却是个十五岁的男孩。那时候她爱过他的朋友尼古连卡·伊尔捷涅夫，后来他死了。他们俩都爱尼古连卡，都爱他和他们自己所具有的那种把一切人联系在一起的优良品质。

从那以后，他们俩都堕落了：他是因为从军以及过不好的生活，而她是因为出嫁，对丈夫充满了性爱，可是那个人非但不热爱以前她和德米特里认为最神圣最宝贵的一切东西，甚至不理解那是怎么回事，却按他的理解把她以前的生活目标，在道德方面力求完善和为人们服务的志向，归结为纯粹是虚荣心作怪，打算在人们面前表现自己而已。

拉戈仁斯基是个既没有名望也没有财产的人，然而是个极其工于心计的官场老手，在自由派和保守派之间巧妙地随机应变，尽量利用在一定时机和一定场合下这两派当中能给他的生活带来最好后果的那一派，不过主要地，他却是依靠某种能够博得女人欢心的特殊本领，才在司法界创下了相当辉煌的前程。他在国外认识涅赫柳多夫一家的时候，年纪已经不算太轻，他使年纪也不算轻的姑娘娜塔莎爱上他，几乎违背她母亲的心意而结了婚，她母亲认为这门亲事是 mésalliance。涅赫柳多夫虽然极力对自己隐瞒他痛恨姐夫的心情，虽然他不断克制这种心情，可是仍然痛恨他。涅赫柳多夫所以对他反感，是因为他感情庸俗，目光短浅而又自以为是；不过他对他反感主要却是因为他姐姐居然能够那么热烈、自私、充满性感地爱上这个性格贫乏的人，而且为了向他讨好，居然不惜扑灭她原来具有的一切优良品质。涅赫柳多夫每逢想到娜塔莎就是这个满身汗毛、秃顶发亮、自以为是的人的妻子，他心里总是难过极了。他甚至按捺不住对他的孩子们的厌恶。他每次听说她准备做母亲了，就老是生出一种类似悲悼的感觉，仿佛她从这个同他们格格不入的人那里又感染了什么不好的东西似的。

这一回是拉戈仁斯基夫妇俩来的，没有带孩子；他们有两个孩子，一个男孩，一个女孩。他们夫妇在一家上等旅馆里挑选上等房间住下。娜塔利娅·伊万诺夫娜立刻坐马车到她母亲的故居去，可是在那儿没有找到她的弟弟，听阿格拉费娜·彼得罗夫娜说，弟弟已经搬到一个备有家具的公寓房间去住，就坐上马车到那儿去。在一条光线阴暗、气味难闻、白天也点着灯的过道里，有个肮脏的杂役迎着她走过来，向她声明说公爵不在家。

娜塔利娅·伊万诺夫娜希望到她弟弟的房间去，打算留一个字条给他。杂役就领着她走去。

娜塔利娅·伊万诺夫娜走进他那两个小房间仔细看一下。她看见一切东西都像她所熟悉的那样干净，整齐，但是房间里陈设的简朴却使她暗暗吃惊，这在他是一种全新的现象。她看见写字台上放着一个她所熟悉的吸墨纸床，上端镶着铜制的小狗。桌上还放着几个文件夹，一些纸张，若干文具，几本《刑法典》，一本英文的亨利·乔治的著作，一本法文的塔尔德著作，书里夹着一把她所熟悉的、弯曲的大象牙刀；所有这些东西都摆得整整齐齐，这种有条不紊也是她所熟悉的。

她靠着桌子坐下，给他写一个字条，要求他务必到她那儿去一趟，而且就在今天。然后她对所见到的一切惊讶地摇摇头，就回到她的旅馆去了。

现在娜塔利娅·伊万诺夫娜关心弟弟的两个问题：一个是他要同卡秋莎结婚，这是她在她居住的那个城里所说的，因为人人都在议论这件事；另一个是他把土地交给农民，这也已经尽人皆知了，而且许多人认为这是一种含有政治意味的危险行动。他要同卡秋莎结婚这件事，从某一方面来说，倒还使得娜塔利娅·伊万诺夫娜感到满意。她佩服这种果断精神，从这一点看见了他和她自己在出嫁以前那些美好岁月里的本来面目。然而她又转念想到她的弟弟娶的是一个这样糟糕的女人，就担惊害怕了。后面的这一种心情强烈得多。她就决定尽她的力量影响他，阻止他，不过她心里也知道，要做到这一点是何等困难。

至于另一件事，他要把土地交给农民，却不那么使她揪心。可是她丈夫对这件事极为愤慨，要求她劝阻她的弟弟。伊格纳季·尼基佛罗维奇说，这样的行动是无理取闹、轻率高傲的极端表现，要是这样的行动也能加以解释的话，那就只能解释为他有意标新立异，出风头，招引人家来议论他罢了。

“把土地给予农民，又把租金也交给农民，这究竟有什么意义呢?”他说。“如果他真要这样做，他尽可以通过农民银行把土地卖出去。那倒还有点道理可说。总之，这种行动近乎神智不正常。”伊格纳季·尼基佛罗维奇说，已经在考虑他应该做涅赫柳多夫田产的监护人了，他要求妻子务必要同弟弟认真谈一谈他那种奇怪的意图。

三十二

涅赫柳多夫回到家里，在桌子上发现他姐姐留下的字条，就立刻坐马车去找她。那是在傍晚。伊格纳季·尼基佛罗维奇正在另一个房间休息，只有娜塔利娅·伊万诺夫娜一个人迎接她的弟弟。她穿着紧腰的黑绸连衣裙，胸前扎着红色花结，黑头发蓬蓬松松，照时髦的款式梳好。她分明极力打扮得年轻一点，好博得跟她同年的丈夫的欢心。她一见弟弟，就从长沙发上赶紧站起来，迈着很快的步子，弄得绸裙裾沙沙地响，迎着他走过去。他们接吻，微笑，互相瞧着。他们四目相视的那种眼光，充满着真诚，包含着很多的意思，显得神秘，用话语是不能表达的。随后他们就谈起来，但他们的话语却已经不那么真诚了。自从母亲去世以后，他们还没有见过面。

"你发胖了，显得少俊了。"他说。

她的嘴唇愉快地皱起来。

"可是你瘦了。"

"那么，伊格纳季·尼基佛罗维奇怎么样?"涅赫柳多夫问。

"他在休息。昨天晚上他没睡好。"

这时候他们有许多话要说，可是一句也没有说出来，倒是他们的目光说出了他们应该说而又没有说出口的话。

"我到你那儿去了一趟。"

"是的，我知道。我已经从家里搬出来了。我嫌那儿太大，住在那儿孤单而又乏味。那儿的东西我一样也不需要，所以你把那些东西统统拿走好了，也就是那些家具，所有的物件。"

"是的，阿格拉费娜·彼得罗夫娜已经跟我讲过了。我到那儿去过。我很感激你。不过……"

这时候，旅馆里的仆役送来一套银茶具。

仆役摆茶具的时候，他们没有说话。后来娜塔利娅·伊万诺夫娜走到茶几对面一张圈椅上坐下，默默地斟茶。涅赫柳多夫沉默着。

"哦，是啊，德米特里，我全知道了。"娜塔利娅·伊万诺夫娜带着果断的口气说，看他一眼。

"哦，你知道了，我很高兴。"

"不过她既然经历过那样的生活，难道你还能希望她改邪归正吗?"娜塔利娅·伊万诺夫娜说。

他直挺挺地坐在一把小椅子上，没有把胳膊肘倚在什么地方，聚精会神地听她讲话，极力把她的意思听清楚，把他的答话说清楚。最近他同马斯洛娃的会晤在他的心里所引起的那种心情，仍旧使得他的灵魂里充满宁静的欢乐和对一切人的好感。

"我不是要叫她改邪归正，而是要叫我自己改邪归正。"他回答说。

娜塔利娅·伊万诺夫娜叹一口气。

"除了结婚以外，还是有其他办法的。"

"不过我觉得这个办法最好。况且这会把我引到另一个世界去，在那里我能够成为一个有益于人的人。"

"我认为，"娜塔利娅·伊万诺夫娜说，"你不可能幸福。"

"问题不在于我的幸福。"

"当然了。不过她，要是有心肝的话，也不可能幸福，她甚至不可能希望这样做。"

"她也确实不希望这样。"

"我明白。不过生活……"

"生活怎么样呢?"

"生活要求另一种作法。"

"生活除了要求我们做应该做的事以外，不会有什么别的要求。"涅赫柳多夫说，瞅着她那张依然美丽的、只是眼角和嘴边已经出现细纹的脸。

"我不懂。"她说，叹了口气。

"可怜的，亲爱的姐姐！她怎么会变得这么厉害呀?"涅赫柳多夫暗自想道，记起娜塔莎在出嫁以前的那种样子，对她生出了交织着无数童年往事的温情。

这时候，伊格纳季·尼基佛罗维奇走进房来，照平素那样高高地昂起头，挺起宽阔的胸脯，迈着轻巧柔和的步子，微微地笑着。他的眼镜、秃顶、黑胡子一齐闪闪发光。

"您好，您好。"他说，把重音念得很不自然，矫揉造作。

(尽管在婚后的最初一段时期他们极力约定用"你"相称，结果他们仍旧用“您”相称。)

他们互相握了握手，然后伊格纳季·尼基佛罗维奇轻松地在一张圈椅里坐下来。

“我没有打搅你们的谈话吧?”

“没有。我说话和做事是不瞒着任何人的。”

涅赫柳多夫一看见那张脸，一看见那双满是汗毛的手，一听到那种高高在上、自以为是的口气，他的温和的心境就立刻消失了。

“是啊，我们正在谈他的打算。”娜塔利娅·伊万诺夫娜说。“要给你斟一杯茶吗?”她补了一句，拿起茶壶来。

“好，麻烦你。那么，究竟是什么打算呢?”

“我打算跟一批犯人一起到西伯利亚去，因为那批犯人当中有一个女人，我认为我对她有罪。”涅赫柳多夫说。

“我听说您不是单单陪着她去，另外还有别的打算。”

“对，我还打算跟她结婚，只要她愿意这么办的话。”

“原来是这样！要是您不嫌厌烦的话，请您给我解释一下您的动机。我不了解您的动机。”

“我的动机就是这个女人……就是她在堕落的道路上的头一步……”涅赫柳多夫找不出恰当的话来表达，不由得生自己的气，“我的动机就是我犯了罪，而受到惩罚的却是她。”

“要是她受到了惩罚，那么她大概也不是没有罪。”

“她根本没罪。”

涅赫柳多夫就带着不必要的激动心情把这个案子的原委讲一遍。

“哦，这是审判长的疏忽，因此造成了陪审员的答案不周到。不过对于这种情形，自有枢密院来管。”

“枢密院把上诉驳回了。”

“它驳回上诉，那就可见上诉的理由缺乏根据。”伊格纳季·尼基佛罗维奇说。显然，他完全抱着一种流行的见解，认为真理就是法庭判决的产物。“枢密院不可能追究和审查案情的是非曲直。如果审判确实有错误，那就应该向最高当局上告。”

“状子已经递上去了，可是丝毫也没有成功的可能。他们会问一下司法部，司法部问一下枢密院，枢密院就把它的裁定重述一遍，于是，照例，没罪的人受到惩罚。”

“第一，司法部不会去问枢密院，”伊格纳季·尼基佛罗维奇带着鄙夷的笑容说，“司法部会向法庭调来案子的原卷，如果发现有错误，就会在这方面做出结论。第二，没罪的人绝不会受到惩罚，或者至少也是极其罕见的例外。受到惩罚的人总是有罪的，”伊格纳季·尼基佛罗维奇不慌不忙地说，现出扬扬得意的笑容。

“我认为刚好相反，”涅赫柳多夫开口说，对他的姐夫抱着恶感，“我相信经法院判刑的人，一大半都是没罪的。”

“这话是什么意思?”

“我说的没罪是纯粹就这两个字的字面意义说的，例如这个犯毒害人命罪的女人就没罪，例如我最近认识的一个犯杀人罪的农民也没有杀过人，他就没罪，例如有母子两个人犯了纵火罪，其实也没罪，那场火是由主人自己放的，他们却差点定了罪。”

“是的，不消说，审判方面的错误是素来就有的，以后也还会有。人类的机构不可能十全十美。”

“其次，有大量的犯人没罪，因为他们是在某种环境里长大成人的，他们并不认为他们所采取的行动是犯罪。”

“对不起，这话不正确。每一个贼都知道偷东西不好，不应该偷，偷东西是不道德的，”伊格纳季·尼基佛罗维奇说，露出他平素那种心安理得、自以为是、略略带点轻蔑的笑容，这特别惹得涅赫柳多夫心中冒火。

“不对，他不知道。人家告诉他说：你别偷东西。可是他明明看见，而且知道工厂主借压低他的工资来偷他的劳动。他明明看见，而且知道政府和它所有的官员，用收税的形式接连不断地偷去他的财物。”

“这简直成了无政府主义了。”伊格纳季·尼基佛罗维奇平静地说，为他内弟的话的含意下了定义。

“我不知道这是什么。我说的是当前存在的事实，”涅赫柳多夫接着说，“他知道政府在偷他的东西。他知道我们这些地主老早就在偷他的东西，从他手里夺去本来应该成为公共财产的土地。可是后来，他在被偷去的土地上拾了一点干树枝，好拿回去生火，我们却把他关进监狱，硬要叫他相信他是个贼。他明明知道做贼的并不是他，而是偷去他的土地的人，那么，把他的被偷去的东西 restitution，正是他对他的家人所应尽的责任。”

“我不懂，不过即使我懂，我也不能同意。土地不能不成为个人的财产。要是您把土地分给大家，”伊格纳季·尼基佛罗维奇开口说，他已经带着充分的和有把握的信心认为涅赫柳多夫是社会主义者，认为社会主义理论就是要求平分所有的土地，而这样分地是很愚蠢的，他能够轻而易举地驳倒这种思想。“要是您今天把土地平分给大家，那么明天土地就会又转移到那些比较勤恳能干的人的手里去了。”

“谁也没有打算平分土地。土地不应当成为任何人的私产，不应当成为买卖或者租佃的对象。”

“私有权是人类生来就有的天性。没有私有权，就不会有耕种土地的任何兴趣。一旦消灭私有权，我们就会回到野蛮状态，”伊格纳季·尼基佛罗维奇用权威的口气讲道，重述着那种主张土地私有权的陈腔滥调，认为这种论调是驳不倒的，而这种论调的大意是，对土地私有的贪得无厌就证明土地私有是必要的。

“正好相反，只有消灭土地私有，土地才不会像现在这样荒废，现在那些地主就像狗霸占着马槽一样，既不让会种地的人来种地，自己又不会耕耘土地。”

“您听我说，德米特里·伊万诺维奇，要知道这完全是发疯！难道在我们这个时代，消灭土地私有制是可能的吗？我知道这个问题是您的由来已久的 dada。不过，请您容许我直截了当地对您说一句……”伊格纳季·尼基佛罗维奇说着，脸色煞白，嗓音发颤，分明这个问题深深地触动了他的心。“我要劝您在着手实际解决这个问题以前，先把这个问题好好地考虑一下。”

“您说的是我的私事吗?”

“是的。我认为所有我们这些处在一定地位的人，应当承担这种地位所要求于我们的责任，应当维护这样的生活条件，因为我们自己就是在这种生活条件下生长的，这是我们从祖先那儿继承下来，将来必须传给子孙后代的。”

“我认为我的责任在于……”

“请容许我把话说完，”伊格纳季·尼基佛罗维奇继续说下去，不容许别人打断他的话，“我说这些话不是为我自己，也不是为我的孩子们。我的孩子们的景况是有保障的，我挣的钱足够我们生活下去，而且我认为我的孩子们将来的生活也不至于穷困。所以，请容许我直率地说出来，我对于您那种没有经过充分考虑的行动表示抗议，这不是从我个人的利益出发，而是我在原则上不能同意您的见解。我要劝您多想一下，多看一点书……”

“哦，请您让我自己来决定我自己的事情，由我自己来理解该读什么书和不该读什么书。”涅赫柳多夫说着，脸色变白了，感到双手发凉。他控制不住自己了，就沉默下来，开始喝茶。

三十三

“哦，孩子们怎么样?”涅赫柳多夫略微定下心来，问姐姐说。

他姐姐就讲起她的两个孩子，说他们跟她丈夫的母亲，跟祖母在一起。她看到弟弟和丈夫的争论总算停住，感到很满意，就开始讲她的孩子们怎样玩旅行的游戏，简直就跟从前她弟弟用两个玩偶，一个是黑人，一个起名叫法国女人，所玩的游戏一样。

“难道你还记得那种游戏?”涅赫柳多夫含笑说道。

“你再也想不到，他们的玩法简直跟你一样呢。”

一场不愉快的谈话就此结束。娜塔莎放了心，然而她不愿意当她丈夫的面只讲她弟弟才听得懂的话，为了让大家都能够参加谈话，就讲起已经传到此地来的彼得堡新闻，说卡缅斯基的母亲失去独生子以后很伤心，她的儿子在决斗中被打死了。

伊格纳季·尼基佛罗维奇表示他不赞成目前这种在决斗中致人死命不算犯普通刑事罪的办法。

他这种说法遭到涅赫柳多夫的反驳，他们为此又争吵了一番，结果一切都没有解释清楚，双方都没有讲明白各自的见解，各执己见，互不相让。

伊格纳季·尼基佛罗维奇感到涅赫柳多夫在责难他，轻视他的全部事业，于是一心想对涅赫柳多夫表明他的见解完全不正确。至于涅赫柳多夫那方面，姑且不谈他的姐夫干预他在土地方面的事而惹得他气恼（他在心灵深处却感到他姐夫、姐姐和他们的孩子，作为他的财产的继承人，是有权干预的)，首先，使他心中愤慨的是，有的事现在依涅赫柳多夫看来无疑是荒谬和犯罪的，这个眼光短浅的人却带着十足的信心和镇静仍然认为是正确而合法的。这种自以为是的态度惹恼了涅赫柳多夫。

“那么法院会怎么处理呢?”涅赫柳多夫问。

“法院对决斗双方当中的一方会判决服苦役刑，就像判决普通的杀人犯一样。”

涅赫柳多夫的手又发凉了，他激烈地讲起来。

“哦，那又怎么样?”他问。

“那就公平了。”

“倒好像公平是法院工作的目标似的。”涅赫柳多夫说。

“可是除此以外还有什么目标呢?”

“维护阶级利益。法院，依我看来，无非是一种行政工具，用来维护对我们的阶级有利的现行制度罢了。”

“这倒是一种全新的见解呢，”伊格纳季·尼基佛罗维奇带着镇定的笑容说，“通常，法院是被人认为具有一种稍稍不同的使命的。”

“理论上可以这样说，可是实际上，依我见到的情形来看，却不能这么说。法院的唯一目标就在于维持社会的现状，为此它才迫害和惩办那些高于一般水平而且有心提高这个水平的人，也就是所谓的政治犯，同时也迫害和惩办那些低于一般水平的人，也就是所谓的犯罪型。”

“第一，我不能同意这样的说法，认为那些犯人，所谓的政治犯，其所以受到惩办，是因为他们高于普通的水平。他们大多数是社会的渣滓，跟您认为低于普通水平的犯罪型同样地堕落，只不过在表现形式上略有不同而已。”

“可是我认得一些人，他们比审判他们的法官们高明得没法比。所有那些教派的信徒就都是有道德的、坚强的人……”

然而伊格纳季·尼基佛罗维奇养成了习惯，说话的时候不容别人打岔，所以他不听涅赫柳多夫讲话。特别惹得涅赫柳多夫冒火的是，他在涅赫柳多夫讲话的时候继续讲他自己的话。

“我也不能同意您的另一个看法，认为法院的目标在于维护现行的制度。法院自有它的目标，那就是要么改造……”

“好一个关在监牢里的改造。”涅赫柳多夫插嘴说。

“……要么消除那些堕落的人，”伊格纳季·尼基佛罗维奇固执地继续说下去，“以及那些威胁社会生活的暴徒。”

“问题恰好就在于法院既没有做到这一点，也没有做到另一点。这个社会缺少做这种事的手段。”

“这话怎么讲？我不懂。”伊格纳季·尼基佛罗维奇问，勉强笑了笑。

“我想说的是，认真讲起来，合理的惩罚只有两种，也就是古时候常用的那两种：体罚和死刑。”可是，由于社会风气温和了，这两种惩罚就越来越废弃不用了。”涅赫柳多夫说。

“这种话出于您的口，听起来倒真是又新奇又惊人呢。”

“是的，把一个人打痛，弄得他以后不再做那种因此挨打的事，这是合理的；把一个对社会有害而且危险的成员的脑袋砍掉，那也是十分合理的。这两种惩罚都有合理的意义。可是把一个游手好闲和学坏样子而堕落的人关进监牢，放在有生活保障、强制闲散的条件下，同最堕落的人处在一起，这究竟有什么意义呢？此外，由于某种缘故而把一个人从图拉省押解到伊尔库茨克省去，或者从库尔斯克省押解到什么地方去，并且由国库出钱，每个人要花费五百卢布以上，这又有什么意义呢？……”

“不过，话说回来，人们是害怕这种由国库出钱的旅行的。如果没有这种旅行和监狱，我和您就不会像现在这样安安稳稳地坐在这儿了。”

“那些监狱不可能保障我们的安全，因为那些人不是永远关在监狱里，他们会释放出来的。刚好相反，那些人在那种机构里会深深地沾染恶习，腐败下去，那就是说他们的危险性更大了。”

“您是想说，惩治制度必须加以改进。”

“这是不可能改进的。为改进监狱而用的钱，会比目前在国民教育方面所用的钱还多，那就会给人民造成新的重负。”

“可是，惩治制度的缺陷决不能证明法院本身应该废除。”伊格纳季·尼基佛罗维奇没有听他内弟讲话，又接着讲他自己的话。

“那些缺陷是不可能补救的。”涅赫柳多夫提高喉咙说。

“那怎么办？干脆把犯人杀掉？或者照某一个国务人员所提议的办法，把他们的眼睛挖出来？”伊格纳季·尼基佛罗维奇说，得意地微笑着。

“是的，这固然残忍，不过总还有效验。现在的办法，却光是残忍，非但没有效验，而且极其愚蠢，简直使人无法理解那些神智健全的人怎么能够参与像刑事法庭这样荒谬而残忍的工作。”

“可是我就参与了这种工作。”伊格纳季·尼基佛罗维奇说着，脸色煞白。

“那是您的事。然而我是不能理解的。”

“我想，您不理解的事情还多着呢。”伊格纳季·尼基佛罗维奇说，嗓音发颤。

“我在法庭上见过副检察官用尽全力要把一个不幸的男孩治罪，而那个男孩在任何一个不反常的人的心里都只能引起怜悯。我知道另外一个检察官审讯教派的信徒，竟然认为朗读《福音书》是犯了刑事罪。再说，法院的全部活动无非就是这一类毫无意义的残忍勾当。”

“如果我这样想，我就不会做这种工作了。”伊格纳季·尼基佛罗维奇说着，站起来。

涅赫柳多夫看见他姐夫的眼镜里边闪着一种蹊跷的亮光。“莫非那是眼泪?”涅赫柳多夫暗想。果然，那正是受了侮辱而流出来的眼泪。伊格纳季·尼基佛罗维奇走到窗子跟前，拿出手绢来，清一清喉咙，开始擦眼镜，他取下眼镜以后还擦了擦眼睛。伊格纳季·尼基佛罗维奇回到长沙发上坐下，点起一支雪茄烟，不再开口说话。涅赫柳多夫想到他把他姐夫和姐姐得罪到这般地步，不由得又难过又羞愧，特别是因为他明天就要动身，再也不会同他们见面了。他带着困窘的心情向他们告别，坐车回家去了。

“很可能我说的话都正确，至少他没有说出什么话来驳倒我。不过我讲话的态度不对头。我既然能够被恶意这样迷了心窍，把他侮辱得这么厉害，惹得可怜的娜塔莎这么伤心，可见我改变得很少。”他想。

三十四

犯人们开始了流放的旅程，而实际上，这根本就是一条“非人”的路途。犯人们都穿着灰色的囚衣，人数众多，他们作为人的特征被剥夺了，这实际上是非常可怕的，因为这种场面正反映出了人欲消灭他人的罪恶！

那批犯人，包括马斯洛娃在内，准备下午三点钟从火车站启程。因此，涅赫柳多夫为了看到那批犯人从监狱里走出来，随着他们一块儿到火车站去，就打算在十二点钟以前到达监狱。

涅赫柳多夫收拾行李和文件，看到他的日记本，就停下来，翻看其中的几个地方，读到了那里面最后写的一段日记。那段日记是他在动身到彼得堡去以前写的：“卡秋莎不接受我的牺牲，却要牺牲她自己。她胜利了，我也胜利了。我觉得她的灵魂在起变化，却又不敢相信，她那种内心的变化使我高兴。我不敢相信，可是我觉得她在复活了。”这下面，紧跟着还写了一段：“我遇到一件很难受而又很快活的事。我听说她在医院里行为不正。我忽然感到痛苦极了。我没料到我会这么痛苦。我带着嫌恶和憎恨的心情跟她讲话，后来我忽然想起我自己，想起她所做的这种惹得我痛恨的事，我自己就做过许多次，即使在最近，虽然仅仅是在思想上，也还做过，于是忽然间，我又是憎恶自己又是怜悯她，我的心境舒畅极了。只要我们总能及时看到自己眼睛里的梁木，我们就会变得更善良。”他写上今天的日子，接着又写道：“我到娜塔莎那里去过一趟。正因为我对自己感到满意，我就不那么善良而变得凶狠了，至今我心里还觉得沉重。哎，可是这有什么办法呢？从明天起，我要过新的生活了。别了，旧生活，从此一刀两断了。我的头脑里积累了许多印象，可是我还不能把它们连成一个整体。”

涅赫柳多夫第二天早晨醒来，头一个感觉就是懊悔不该跟他姐夫发生口角。

“我不能就这样走掉，”他暗想，“应该到他们那儿去赔罪才对。”

可是他瞧一下怀表，却看出现在已经没有工夫，他得赶紧动身，免得错过那批犯人走出监狱的时间。他匆匆打点好行李，打发公寓看门人和费多霞的丈夫，也就是跟涅赫柳多夫一块儿上路的塔拉斯，把他的行李直接送到火车站去，然后涅赫柳多夫自己雇了他遇到的头一辆街头马车，坐上去，直奔监狱。因犯的列车比涅赫柳多夫搭乘的那班邮车早开两个钟头，所以他完全付清公寓的房钱，不打算再回来了。

正是闷热的七月天气。街道上的石头、房屋、铁皮房顶经过闷热的一夜以后，还没有冷却，把它们的余热送到炎热而停滞的空气里。这时候没有风，不过即使起风，也只能刮来一股又臭又热的空气，饱含着灰尘和恶臭的油漆味。街道上行人稀少，就连那少数的行人也极力在房屋的阴影里走路。只有修路的农民坐在街道当中，给太阳晒得脸色乌黑，脚上穿着树皮鞋，忙着用铁锤把石子砸到滚烫的沙地里。还有些脸色阴沉的警察，上身穿着没有漂过的白制服，制服上用橘黄色细绳系着手枪，在街心站着，没精打采，不时替换两只脚。还有些公共马车响着铃铛，在街道上川流不息，朝阳的一面挂着窗帘，拉车的马戴着白布头罩，上面留出两个缺口让耳朵钻出来。

涅赫柳多夫坐车来到监狱，那批犯人还没有出来。监狱里，从早晨四点钟起，就开始移交和验收出发的犯人，工作紧张，至今还没办完。这批出发的有男犯人六百二十三名和女犯人六十四名。所有这些人都必须对照各项花名册细加核对，把有病的和体弱的挑出来，统统移交给押解人员。新来的狱长、他的两个助手、一个医师、一个医士、一个押解官、一个文书员，都在院子里靠墙的阴凉地里摆着的一张桌子四周坐着，桌上放着公文簿和各色文具。他们逐个叫犯人的名字，犯人们就一个个走过去，由他们审查，问话，登记。

现在那张桌子有一半已经被阳光照着。这儿很热，尤其很闷，因为没有风，聚在这里的成群犯人不断地呼出热气。

“这是怎么搞的，简直没个完了!”押解官吸着纸烟说，这个人生得壮实，高身量，红脸膛，肩膀耸起，胳膊很短，唇髭盖住了他的嘴，从唇髭里不断冒出一团团烟雾。“这要把人活活累死。你们打哪儿弄来这么多的人？还有很多吗?”

文书员查了查册子。

“还有二十四个男的和那些女的。”

“喂，你们干什么站在那儿不动，走过来！……”押解官吆喝那些还没有核对过的犯人说，他们一个挨着一个站在那里。

犯人们排列成行，等着轮次，已经呆站了三个多钟头，而且不是站在阴凉的地方，却是站在太阳底下。

这种工作是在监狱里进行的，至于监狱外面，大门外照例有一个荷枪的哨兵站着，还有大约二十辆大车停在那儿，准备装载犯人的行李和体弱的犯人。街角上站着一些犯人的亲友，等候犯人走出来好见一见面，而且，如果可能的话，就同要动身的犯人谈几句话，送给他们一点东西。涅赫柳多夫也夹在这群人里站着。

他在那儿呆站将近一个钟头了。临到一个钟头快要过完，大门里边才响起铁链的叮当声、脚步声、威严的吆喝声、咳嗽声、一大群人不高的说话声。这样持续了五分钟光景，这中间有几个看守在一个小门口进进出出。最后，传来一声命令。

大门轰隆隆地推开，铁链的叮当声变得更响，有些身穿白军服、肩上扛着枪的押解兵走到街上来，在大门前边排成一个整齐的大半圆形，显然这是他们所熟悉的、习以为常的队形。等到他们站好，就又传来命令声。男犯人开始成双成对地走出来，剃了头发的脑袋上戴着薄饼般的帽子，肩膀后面背着背包，脚上锁着铁镣，艰难地举步走着；他们用一只手扶住背上的背包，一只空着的手甩来甩去。先走出来的是服苦役刑的男犯人，一律穿着同样的灰色长裤和长囚衣，囚衣背上缝着一块方布。他们当中有年轻的、年老的，有瘦的、胖的，有脸白的、脸红的、脸黑的，有生着唇髭的、留着大胡子的、没留胡子的，有俄罗斯人、鞑靼人，犹太人，他们拖着叮当响的锁链走出来，起劲地甩搭着胳膊，倒好像准备走到很远的一个什么地方去似的。可是他们只走出十来步远就站住，顺从地排成四人一排的队伍，依次站好。在他们后面，紧跟着又有许多男犯人从门里涌出来，也剃了头发，却没有戴脚镣，可是每两个人的手用一副铁铐锁在一起，这些人的装束也是那样。他们是流刑犯……这些人也很起劲地走出来，站住，也是每四人一排，各自站好。随后走出来的，是由各村社判处流刑的农民。随后是女犯人，也按四人一排站好，带头的是女苦役犯，穿着监狱里的灰色外衣，戴着灰色头巾，随后是女流刑犯，以及自愿随同丈夫一起上路的女人，各自穿着城里的或者乡下的衣服。有几个女人抱着娃娃，用她们的灰色外衣的衣襟包着。

有些孩子，男孩和女孩，跟那些女人一块儿步行。这些孩子就像马群里的小马那样夹在女犯人当中。男人们默默地站在那里，只是偶尔咳嗽几声，或者说几句简短的话，可是女犯人那边却传来一刻也不停的说话声。涅赫柳多夫觉得马斯洛娃出来的时候他好像看见她了，可是后来就消失在一大群人当中，不见了。他只看见一群灰色的生物，仿佛丧失了人类的特征，尤其是女性的特征，带着孩子和背包，在男人后面排好队伍。

尽管全体犯人在监狱的围墙里已经清点过，可是押解兵现在又清点一遍，同原先的人数核对一下。这次清点拖了很久，特别是因为有些犯人走动起来，换了地方，因而打乱了押解兵的清点工作。押解兵就辱骂那些犯人，把他们推来推去，犯人们顺从地听凭摆布，可是暗中却在生气。然后押解兵又重新清点一次。等到全部重新清点完毕，押解官就发出一道什么命令，惹得人群大乱起来。那些体弱的男人、女人、孩子，争先恐后，一齐往大车那边跑过去，把他们的背包放在车上，然后他们自己爬上车。抱着哭嚎的娃娃的女人、欢天喜地争抢座位的孩子、没精打采脸色阴沉的男犯人都爬上大车，坐好。

有几个男犯人脱掉帽子，走到押解官跟前，向他提出一个什么要求。事后涅赫柳多夫听说，他们是要求坐到大车上。当时涅赫柳多夫只看见押解官一句话也不说，也不看那几个提出请求的人，只顾吸他的纸烟，后来忽然对着一个男犯人挥动他那短短的胳膊，那一个料着要挨打，就缩着剃过的头，赶紧从押解官面前跑开了。

“我要叫你尝尝做贵族是什么滋味，好让你记住！走你的路去!”押解官嚷道。

这个军官只准许一个戴着脚镣、身子细长而摇摇晃晃的老人坐上大车。涅赫柳多夫看见老人脱掉薄饼般的帽子，在胸前画个十字，往大车那边走过去，可是后来他很久都爬不上车，因为他的脚镣妨碍他抬起衰弱的、套着锁链的老腿，多亏有一个已经坐在车上的女人帮忙，揪住他的手，才把他拉上去了。

等到所有的大车都装满背包，那些得到许可的人都在背包上坐好，押解官就脱掉军帽，用手绢擦了擦额头、秃顶、又粗又红的脖子，然后在胸前画个十字。

“队伍，开步走!”他命令道。

那些兵弄得他们的步枪当郎当郎响。犯人们脱掉帽子，有的人是用左手脱的。他们开始在胸前画十字。送行的人喊着话，犯人们也喊着答话。女人们当中传来了哭号声。这批犯人就由穿着白军服的兵士们包围着，走动起来，套着锁链的脚扬起了尘烟。带头走着的是兵士们，身后跟着戴镣铐的犯人，每四人一排，铁链丁叮当当响。他们的后面是流刑犯，随后是由村社判处流刑的农民，每两个人用一副手铐锁在一起，再后是女犯人。这后面就是走动的大车，车上装满背包和体弱的人，其中一辆大车上，有一个女人坐在高处，把身上的衣服裹严，不住地哀号和痛哭。

三十五

这个队伍那么长，等到前边的人已经走远，看不见了，后面那些载着背包和体弱的人的大车才刚刚起动。临到大车起动，涅赫柳多夫就坐上那辆一直在等候他的街头马车，吩咐马车夫把车赶到犯人前边去，为的是看一看这批男犯人当中有没有熟人，其次，在女犯人当中找到马斯洛娃，问她收到他送去的东西没有。天气已经很热了。空中没有风，上千只脚扬起的灰尘始终漂浮在沿着街心走动的犯人们的头上。犯人们快步走着，涅赫柳多夫坐的那辆走得不快的马车只能缓缓地赶到他们前头。那一排排他不认得的、外貌古怪而可怕的生物，身上穿的衣服一模一样，迈开上千只穿着同样的鞋的脚往前走去，合着脚步的拍子甩搭着他们的空着的手，仿佛在给自己打气似的。他们人数那么多，外表又那么一模一样，都处在那么特别的、奇怪的条件下，因此依涅赫柳多夫看来，他们好像不是人，而是一种特别的、可怕的生物。一直等到他在苦役犯的人群里认出杀人犯费多罗夫，在流刑犯当中认出擅长诙谐的奥霍京和另一个求他帮过忙的流浪汉，他心里的那种印象才算破灭。几乎所有的犯人都扭过头来，斜起眼睛瞧着赶到他们前头去的四轮轻便马车和坐在车上不住打量他们的老爷。费多罗夫把头往上一扬，表示他认出了涅赫柳多夫；奥霍京光是挤了挤眼睛。不过这两个人都没有点头，认为这是犯禁的。涅赫柳多夫的马车赶上那些女犯人，他立刻认出马斯洛娃。她在第二排女犯人当中走着。第二排紧边上的那个女犯人生着红脸膛、黑眼睛、短腿，相貌难看，把长囚衣底襟掖在腰里，她

犯人们行进的队伍，竟给涅赫柳多夫一种“这是一排排他不认得的、外貌古怪而可怕的生物”的感觉，不由得使我们的灵魂也感到恐惧。

就是“美人儿”。她身旁是一个怀孕的女人，费力地拖着两条腿往前走。第三个就是马斯洛娃。她肩上搭着背包，眼睛照直地瞧着前面，脸色镇静而果断。她这一排的第四个女人生得年轻而美丽，走路有劲，穿着短短的囚衣，按农妇的款式扎着头巾，她就是费多霞。涅赫柳多夫从马车上下来，往迈步前进的女犯人跟前走过去，打算问一下马斯洛娃收到那些东西没有，问一下她感觉怎么样。可是有一个押解犯人的军士在队伍这一边走着，立刻发现有人往这边走来，就迎着他跑过去。

“不行，老爷，走到队伍跟前来是不容许的。”他一面赶过来，一面嚷道。

军士走近前来，认出了涅赫柳多夫（监狱里的人都认得涅赫柳多夫），就把手指头举到帽檐上行个礼，在涅赫柳多夫身旁站住，说：

这在等级森严的社会里，一个军士的尊严与自信是建立在对他所看管的犯人的耀武扬威以及自身的虚荣上面的。

“现在不行。在火车站上您可以跟她见面，在这儿是不容许的。不要掉队，快走！”他对犯人们吆喝一声，然后打起精神，不顾天热，迈出穿着漂亮的新皮靴的脚，快步跑回他原来的地方去了。

涅赫柳多夫转身回到人行道上，吩咐马车夫赶着马车跟在他的身后。他自己看着队伍，同它并排往前走。那支队伍不管走到哪儿，总是引起人们注意，还混杂着怜悯和恐惧。坐车路过的人都从车窗里探出头来，目送那些犯人，直到看不见为止。过路的行人都止住步，惊讶而恐惧地瞧着这个可怕的景象。有些人走上前去，施舍一点钱。押解兵就把施舍的钱收下来。有些人仿佛着了魔似的跟着队伍往前走，不过后来停住脚，摇着头，光是目送那批犯人走去。有些人从大小不同的街门里跑出来，互相招呼着，有些人从窗子里探出身子来，他们都呆呆地瞧着这支可怕的队伍，沉默不语。在

这可怕的场面震惊了所有的路人，而当局却不为所动。

一个十字路口，那批犯人挡住了一辆华丽的四轮马车的去路。赶车座位上坐着油光满面的马车夫，屁股很大，背上有两排扣子。马车的后座上坐着一对夫妇，妻子又瘦又白，戴一顶浅色的帽子，打着颜色鲜艳的阳伞；丈夫戴一顶高礼帽，穿着考究的浅色大衣。他们对面的前座上，坐着他们的孩子：一个是姑娘，打扮得很好看，娇嫩得好比一朵小花，浅黄色的头发披散下来，也打着颜色鲜艳的阳伞，另一个是八岁的男孩，生着细长的脖子，锁骨突出，戴着海军帽，飘着长带子。父亲气愤地骂着马车夫，怪他没有抢在犯人前边走过路口，如今却被他们拦住了去路：母亲厌恶地眯细眼睛，皱起眉头，把绸阳伞拉下来，完全遮住自己的脸，好挡住阳光和灰尘。大屁股马车夫生气地拧起眉毛听着主人毫无道理的责难，因为正是他的主人吩咐他把马车赶到这条街上来的。他费力地勒住那几匹一股劲儿要冲出去的黑马，那些马也油光发亮，笼头底下和脖子上流着汗，起了沫子。

这家贵族的出现就是“当局”的现实化身，他们不会用同情与怜悯去看待犯人，他们只会用厌恶与憎恨来对待犯人。

有一个警察真心诚意地想为华丽的四轮马车的主人效劳，想把犯人们拦住，让马车先走过去，可是他感到这支队伍有一种阴森肃穆的气氛，哪怕为了这样一个阔绰的老爷，这种气氛也是不便于打破的。他就光是把手举到帽檐上行个礼，表示一下他对阔人的尊敬，然后严厉地瞅着那些犯人，好像打定主意要在任何情况下保护马车的坐客，免得受到他们的侵犯似的。所以那辆马车不得不等候整个队伍走完，一直等到最后一辆载着背包和坐在背包上边的女犯人的大车轰隆轰隆地走过去，才走动起来。那辆大车上的女犯人当中，有一个神经质的女人本来已经止住哭声，如今看见这辆华丽的马车，就又开始痛哭和哀号。一直到这个时候，马车夫才轻轻地抖动一下缰绳，那几匹黑毛快马就迈动蹄子在石子路上踩出一片清脆的响声，把安着胶皮轮子而微微颠动的四轮鲜明的对比。

马车拉到别墅去，车上那对夫妇、那个姑娘和那个脖子细长、锁骨突出的男孩就是到别墅去消闲行乐的。

不论是父亲还是母亲，都没有对他们的姑娘和男孩解释一下他们所看见的事情包含什么意义。因此那两个孩子就不得不自己来解答这种景象究竟含有什么意义的问题。

姑娘考虑到父亲和母亲脸上的表情，这样解决了问题：她认为他们是跟她的父母和她父母的亲友迥然不同的人，而且都是坏人，所以完全应该照现在这样对付他们。也正是因为这个缘故，姑娘只觉得心惊胆战，直到看不见那些人了，才高兴起来。

这个男孩是另一个涅赫柳多夫的化身。因为有这样的人，让我们不至于对同类绝望。

可是生着瘦长脖子的男孩，却眼睛一刻也不放松犯人的队伍，连眼皮也不眨一下，他对这个问题的解答不一样。他直接从上帝那儿得到启示，极其坚定而且毫无疑问地知道他们也是人，跟他自己一模一样，跟所有的人一模一样，所以必是有人对他们做了什么坏事，做了什么不应当做的事。他不由得怜惜他们，同时，既为那些戴着镣铐、剃了头发的人担惊害怕，也为那些硬要他们戴上镣铐、剃掉头发的人担惊害怕。正是因为这个缘故，男孩的嘴唇才撇得越来越厉害，他费了很大的劲才没有哭出来，认为在这种情况下哭出来是丢脸的。

情境赏析

“这个队伍那么长……就迎着他跑过去。”这是多么可怕的场面，它简直是人类灭亡的预言。

犯人们穿着一样的衣服，穿着同样的鞋子，按照同样的步调走向火车站。在这样的情况下，人就退化成了动物，因为人之所以为人的特性已经被完全抹杀了。

人变成了“非人”，被“异化”。

而造成这一切的是人类进入文明社会而建立起来的政府，政府为什么要把这么一群人变成动物？当社会上所有的人都用一种看待奇怪的生物的眼光来审视他们的时候，又怎么能希望他们表现人的道德与思想呢？政府本来的目的是要把这样一群人改造成对社会有用的，结果却是把他们变成了动物，还有比这更辛辣的讽刺吗？

这是对我们人类的灵魂的拷问。

列宁高度评价了小说《复活》的深刻揭露意义，认为“列夫·托尔斯泰是俄国革命的一面镜子。”俄国成千上万的广大农民在农奴制改革前后所受的苦难及其破产，使他们对现存的沙皇专制主义的统治、贵族地主的土地占有制和官办教会的压迫、剥削、奴役，早已积下了雷霆万钧般的愤怒与仇恨，他们通过托尔斯泰的著作表达了这种强烈的仇恨和愤懑，表现出了自己的力量。

列夫·托尔斯泰是位伟大的艺术家，他正如列宁所说：“作为一个天才的艺术家，他不仅创作了无与伦比的俄国生活图画，而且创作了世界文学中第一流的作品。”

名家点评

托尔斯泰是俄国文学创作的大森林中的一棵参天大树。这样的大智者只有在俄国的土壤上才得以茁壮成长——你们整整几个世纪的历史和社会生活都荟萃于他一身。全世界听到你们民族的灵魂通过托尔斯泰之口开始说话了。这是一个被贫困和奴役的重担压得不能翻身的灵魂，一个神秘地离开物质生活而遁入内心生活和来世生活的灵魂，一个在各种宗教教派里寻求安慰的灵魂。

——（波）显克微支

三十六

在去车站的路上，困难重重，千辛万苦，犯人们被折磨得要坚持不住了。涅赫柳多夫把晕倒的病人让上自己的马车，马斯洛娃帮助一位怀孕的妇女；他们在对他人的付出，在对他人的慈悲与爱中，达到了灵魂上的接近。而这幅受难图将深深刻在有良知的人的心中。

涅赫柳多夫迈着像犯人们一样快的步子往前走。他虽然穿得少，只穿着一件薄大衣，可是仍旧觉得热极了，主要的是街上弥漫着灰尘，空气停滞而炎热，使人闷得透不过气来。他走了四分之一俄里，再坐上马车往前走，可是在街当中，坐在马车上，他觉得更热了。他竭力回想昨天同他姐夫的谈话，然而现在回想起来却不再像今天早晨那样使他激动了。这件事已经被那批犯人走出临狱和列队出发的种种印象盖过去。主要的是天气热得受不了。在围墙旁边，树荫底下，有两个实科中学的男孩脱掉帽子，站在卖冰激凌的小贩跟前，那个小贩在他们面前蹲着，弯下一个膝头跪在地上。有个男孩已经津津有味地吃着，不住地舔牛角小匙，另一个男孩等着小贩把一种黄色的东西盛满一个杯子。

“这儿有什么地方可以喝点解渴的东西吗？”涅赫柳多夫问他的马车夫说，他觉得再也熬不住，想喝点东西提一提神。

“这儿附近有一个挺好的小饭铺。”马车夫说，赶着马车拐过街角，把涅赫柳多夫送到一个挂着大招牌的门口。

肥胖的店老板站在柜台里边，身上只穿着衬衫。侍者穿着泛黄的白色衣服，因为没有顾客而在桌子旁边坐着，这时候都怀着好奇心打量这个颇不寻常的客人，赶紧迎上去伺候他。涅赫柳多夫要了一瓶矿泉水，在离窗子相当远的地方挨着一张铺了肮脏的桌布的小桌坐下。

有两个人在另一张桌旁坐着，桌上放着茶具和一个白色的玻璃瓶。他们擦着额头上的汗，和和气气地计算什么数字。其中一个人肤色发黑，头顶光秃，后脑壳上有一圈黑头发，就跟伊格纳季·尼基佛罗维奇一样。这个印象使得涅赫柳多夫又想起昨天他跟姐夫的谈话，又想起他有意在临行之前同他和姐姐再见一见面。“动身之前我恐怕抽不出工夫来了，”他暗想。“顶好是我给他们写一封信吧。”他就讨来纸张、信封、邮票，一面喝着清凉冒泡的水，一面开始考虑应该写些什么话。然而他的思想不能集中，他怎么也写不好这封信。

“亲爱的娜塔莎，我不能带着昨天同伊格纳季·尼基佛罗维奇谈话的沉重印象一走了事……”他开始写道。“底下还写些什么呢？要他原谅我昨天所说的话吗？可是我说的都是我心里所想的。他会认为我放弃我的见解了。再者，这是他在干涉我的私事……不，我不能这样写。”这时候，他感到心里又痛恨那个自以为是、同他格格不入的、不理解他的人了，于是把那封没有写完的信放在衣袋里，付清钱，走出去，到街上，坐上马车，去追赶那批犯人。

天气热得更厉害了。墙壁和石头仿佛冒热气。滚烫的石子路似乎烤人的脚。涅赫柳多夫的没戴手套的手碰到马车的上了漆的挡泥板，觉得像是被火烫了一下似的。

马有气无力地跑着，在尘土飞扬的、不平坦的路上踩出一连串均匀的马蹄声，慢吞吞地经过一条条街道，马车夫不住地打盹儿。涅赫柳多夫坐在马车上，脑子里什么也没想，眼睛冷漠地呆望着前面。在一条街道的倾斜的路边，一所大厦的门前，站着一小群人和一个荷枪的押解兵。涅赫柳多夫吩咐马车夫停车。

“这是怎么回事？”他问一个打扫院子的人说。

“有一个犯人出了事。”

涅赫柳多夫从马车上下来，走到那群人跟前。在靠近人行道的倾斜而不平坦的石砌路面上，躺着一个年纪已经不轻的男犯人，头在坡下而脚在坡上，生着很宽的肩膀和棕红色的胡子，脸色通红，鼻子扁平，身上穿着灰色长囚衣和灰色长裤。他仰面朝天躺在那儿，摊开两只布满雀斑的手，手心朝下。他睁着呆呆不动的、充血的眼睛瞧着天空，每隔一段很长的时间他那隆起的、有力的胸脯就均匀地起伏，嘴里发出哼哼唧唧的声音。他身旁站着一个皱起眉头的警察、一个叫卖的小贩、一个邮差、一个店员、一个打着阳伞的老太婆、一个剃着光头、手里提着一只空篮子的男孩。

"他们太虚弱了。他们关在监狱里，把身体弄得十分虚弱，可是现在却把他们带到这么毒的日头底下来，"店员对走过来的涅赫柳多夫说，用的是一种责备什么人的口气。

"大概他就要死了。"打阳伞的女人带着哭声说。

"应当解开他的衬衫才对。"邮差说。

警察伸出颤抖的粗手指头笨拙地解开犯人那青筋暴起的红脖子上的带子。他分明心情激动而慌张，可是仍然认为他有必要把这群人数落一顿。

"你们聚在这儿干什么？天气又这么热。你们把风都挡住了。"

"应当先请医生检查一下。凡是身体虚弱的就该留下来。可是现在他们把半死不活的人也拉出来了。"店员说，显然在夸耀他懂得办事的章法。

警察解开犯人衬衫上的带子以后，直起腰来，往四下里看一眼。

"我说：你们散开。要知道这不关你们的事。这有什么可瞧的?"他说着，转过脸来对着涅赫柳多夫，希望得到他的同情，可是他在涅赫柳多夫的眼光里没有遇到同情，就看押解兵一眼。

可是押解兵站在一旁，只顾瞧他那踩歪了的靴后跟，根本不理睬警察的困境。

"该管这种事的人却不肯操心。难道有这样的章法，把人活活地折磨死吗?"

"囚犯固然是囚犯，可究竟是个人嘛。"人群里有人说。

"您把他的头枕得高一点，给他点水喝吧。"涅赫柳多夫说。

"已经打发人取水去了。"警察回答说，把手插到犯人的腋下，费力地把他的身体拖到高一点的地方去。

"围着这么一群人干什么?"忽然传来一个坚决而威严的声音。原来有一个警官迈着快步向聚在犯人周围的人群这边走过来，穿一身异常洁白耀眼的制服和一双更加耀眼的高统皮靴。"散开！用不着在这儿站着!"他向人群吆喝道，其实他还没有看清楚为什么这儿聚着一群人。

他走到紧跟前，看见奄奄一息的犯人，就做出赞许的样子点一下头，倒仿佛早就料到会出这样的事似的。他扭过脸来对警察说：

“这是怎么搞的？”

警察报告说，刚才有一批犯人路过此地，这个犯人倒在地上，押解人员就吩咐把他留下来。

“那有什么大不了的？应当把他送到警察分局去。叫一辆马车来。”

“有一个打扫院子的人去叫车了。”警察说，把手举到帽檐上行礼。

店员开口讲了一句天气很热的话。

“这关你什么事？啊？走你的路去吧。”警官说着，恶狠狠地瞪店员一眼，店员就闭嘴不响了。

“应当让他喝点水。”涅赫柳多夫说。

警官也恶狠狠地看涅赫柳多夫一眼，可是什么话也没说。等到打扫院子的人拿来一杯水，警官就吩咐警察给犯人喝水。警察托起犯人向后仰着的头，打算把水灌到他嘴里，可是犯人没有往下咽，水就顺着他的胡子流下来，把外衣的胸口和满是尘土的麻布衬衫浸湿了。

“把水泼在他脑袋上！”警官命令道。警察就脱掉犯人头上的薄饼般的帽子，把水泼到他那棕红色的鬈发上和秃顶上。

犯人仿佛害怕似的，把眼睛睁得更大了，不过他的姿势没有变。顺着他的脸淌下一道道沾着尘土的污水，可是他的嘴里仍旧发出均匀的呻吟声，全身不住地颤抖。

“这儿不是有一辆马车吗？就坐这辆好了，”警察指着涅赫柳多夫雇来的马车对警察说，“把车子赶过来！喂，说你呢！”

“我已经拉着客了。”马车夫没有抬起眼睛来，阴沉地说。

“这是我雇的马车，”涅赫柳多夫说，“不过你们自管用好了。我来出车钱就是。”他对马车夫补充一句。

“喂，你们呆站着干什么？”警官嚷道，“动手呀！”

警察、打扫院子的人、押解兵就把奄奄一息的人抬起来，送到马车上，让他在座位上坐下。可是他自己坐不稳，头老是往后仰，整个身体从座位上滑下来。

“让他平躺着！”警官下命令道。

“不要紧，长官，我来送他去。”警察说，在车座上挨着那个垂危的人坐稳，把强有力的右胳膊伸到他的腋下，抱住他的身体。

押解兵托起犯人没有裹包脚布而只穿着囚鞋的脚，放到马车上，塞在马车夫座位底下，让那两条腿伸直。

警官往四下里看一眼，瞧见犯人的薄饼般的帽子丢在马路上，就把它拾起来，戴在犯人湿淋淋的、向后仰着的头上。

“走！”他下命令说。

马车夫生气地回过头去看一眼，摇了摇头，拨转马头，由押解兵护送着，向警察分局那所房子慢吞吞地走去。警察跟犯人坐在一块儿，不断地把犯人滑下去的身体拖起来，同时犯人的头前后左右不住乱晃。押解兵在马车旁边走着，不时把犯人的腿放好。涅赫柳多夫跟在他们后面走着。

三十七

马车载着犯人，来到警察分局，经过站岗的消防队员跟前，走进警察分局的院子里，在一个门口停住。

院子里有些消防队员卷起袖子，高声说笑，刷洗几辆不知做什么用的车子。

马车刚刚停住，就有几个警察把它围住，伸出手插到犯人僵直的身体的腋下和腿底下，把他从马车上抬下来，马车给他们踩得吱吱嘎嘎响。

那个送犯人来的警察，从马车上下来，甩搭着发麻的胳膊，脱掉帽子，在胸前画个十字。他们把那具死尸抬进门去，顺着楼梯往上走。涅赫柳多夫跟着他们走去。他们把死尸抬进一个不大的、肮脏的房间，那儿放着四张病床。有两张床上，已经坐着两个穿着长睡衣的病人，一个歪着嘴，脖子上扎着绷带，另一个害着肺痨病。有两张床空着没人。他们就把那个犯人放在其中的一张床上。这时候有一个身材矮小的人，闪着炯炯有神的眼睛，不住活动两道眉毛，身上只穿着衬衣、衬裤和袜子，迈着又轻又快的步子走到刚抬进来的犯人跟前，看了看他，然后看了看涅赫柳多夫，不由得扬声大笑起来。这是一个关在候诊室里的疯子。

“他们打算吓唬我，”他开口说，“可是不行，他们办不到。”

警官和一个医士紧跟在抬着死尸的警察们的身后走进来。

医士走到死尸跟前，摸了摸犯人的手，那只手姜黄，布满雀斑，虽然还柔软，却已经现出死人的惨白色。他把那只手拿起来，然后松开。那只手就毫无生气地落在死尸的肚皮上了。

“他完了。”医士摇了摇头说，可是他显然要照规矩办事，就解开死尸湿漉漉的粗布衬衫，然后把自己的蜷曲的头发撩到耳朵背后，弯下腰去把耳朵贴在犯人发黄的、不动的高胸脯上。大家都不出声。医士直起腰来，又摇一下头，伸出手指头去先摸一下犯人的这只眼皮，又摸一下那只眼皮，那两只睁着的、呆呆不动的淡蓝色眼睛就闭上了。

“你们吓不倒我，你们吓不倒我。”疯子说，不住地往医士那边吐唾沫。

“怎么样了？”警官问。

“怎么样？”医士也照样说一遍，“应该送到停尸房里去了。”

“您要小心。真完了吗？”警官问。

“到了这个地步，总也该看得出来了，”医士说，不知什么缘故拉起死人的衬衫来盖上他那袒露的胸脯，“不过我要打发人去找马特维·伊万内奇来，让他看一下。彼得罗夫，你去一趟吧。”医士说着，从死尸旁边走开。

“把它抬到停尸房去，”警官说，“待一会儿你到办公室来一趟，签个字。”他对押解兵补充说，押解兵始终没有离开犯人。

“是。”押解兵回答说。

警察们抬起死尸，又顺着楼梯下去。涅赫柳多夫打算跟着他们走，可是疯子把他拦住了。

“您总不是跟他们串通一伙的吧，那您就给我一支烟抽。”他说。

涅赫柳多夫取出一盒烟来，递给他。疯子活动着眉毛，很快地讲起话来，说到人们怎样用各种转弯抹角的方法折磨他。

“要知道，他们全都跟我作对，用他们那套借刀杀人的办法折磨我，欺负我……”

“请您原谅我。”涅赫柳多夫说，没有听完他的话就走到院子里，想要看一看死尸抬到什么地方去。

抬着死尸的警察们已经穿过整个院子，正走进地下室的门。涅赫柳多夫打算走到他们那边去，警官却把他拦住了。

“您要干什么?”

“不干什么。”涅赫柳多夫回答说。

“不干什么，那您就走开。”

涅赫柳多夫听从他的话，朝他的马车那边走去。马车夫正在打盹儿。涅赫柳多夫叫醒他，坐上马车，又赶到火车站去。

马车还没有走出一百步远，他就碰见一辆大车，又是由荷枪的押解兵押送着，车上躺着另一个犯人，显然已经断了气。犯人仰面朝天躺在大车上，生着黑胡子，剃掉头发的脑袋上戴着薄饼般的帽子，可是那顶帽子已经滑到脸上，挨着他的鼻子。每逢大车颤动一下，他的头就摇晃一下，咚的一声撞在车板上。赶大车的车夫穿着肥大的皮靴，在大车旁边走着赶车。有一个警察跟在后面。涅赫柳多夫拍了拍他的马车夫的肩膀。

“他们搞的是什么名堂!”马车夫勒住马说。

涅赫柳多夫从马车上下来，跟着大车走去，又经过站岗的消防队员面前，走进警察分局的院子。这时候院子里的消防队员们已经把车子刷洗完，走开了，如今站在那儿的是又高又瘦的消防队长，帽子上镶着蓝色帽圈，把两只手揣在衣袋里，严厉地瞅着一头颈部膘厚的淡黄色公马，由消防队员牵着在他面前走来走去。公马的一条前腿稍稍有点瘸，消防队长气愤地同一个也站在那儿的兽医说话。

警官也站在那儿。他看见又拉来一个死人，就走到大车跟前。

“这是从哪儿拉来的?”他问，不以为然地摇着头。

“从老戈尔巴托夫斯卡娅街上。”警察回答说。

“是犯人吗?”消防队长问。

“是，长官。”

“今天这是第二个了。”警官说。

“哦，竟有这样的办事章法。不过呢，天气也实在热，”消防队长说，然后转过身去对牵走浅黄色瘸腿马的消防队员嚷道：“把它牵到墙角的那个单马棚去！你这狗崽子，我要好好地教训你一顿，这些马比你这个混蛋还要值钱，生生让你弄残废了!”

这具死尸也像第一具死尸那样由警察们从大车上搬下来，抬到候诊室。涅赫柳多夫仿佛着了魔似的，跟在他们身后。

“您有什么事?”一个警察问他说。

他没有答话，只顾往他们送死尸的地方走去。

疯子正坐在一张病床上，大口地吸着涅赫柳多夫送给他的纸烟。

“啊，回来了!”他说着，哈哈大笑。他看见死尸，不由得皱起眉头。“又来了。”他说。“我都看厌了。我总不能算是小孩子吧，不是吗?”他转过头来对涅赫柳多夫说，脸上露出疑问的笑容。

这当儿涅赫柳多夫正在看死尸，现在没有人来遮住它了。死尸的脸先前被帽子盖住，现在可以完全看清了。先前的那个犯人生得不好看，可是这个犯人，不管是论相貌还是论整个身体，都非常美。这个人正当壮年，筋强力壮。尽管他的头发剃掉了半边，样子难看，可是他那不高的、方正的额头隆起来，下面生着如今已经没有生气的黑眼睛，显得很美，犹如他那不大的鹰钩鼻子以及下面的稀疏的黑色唇髭一样。他的嘴唇现在已经发青，唇边留着一点笑意。他那不大的胡子只盖住脸的下半截，在剃光头发的半边脑袋上露出一只不大的、挺拔的、好看的耳朵。他脸上的神情又平静，又严峻，又善良。姑且不谈从这张脸上可以看出这个人的精神生活本来大有发展的前途，而这种前途现在已经完全断送，单凭他的手和套着铁镣的脚的清秀的骨骼，单凭他发育匀称的四肢的强壮筋肉，也可以看出他是一个多么美好、强壮、灵活的人类动物。作为动物来说，他在他的同类中，也远比那匹由于受伤而惹得消防队长十分气愤的浅黄色公马完美得多。可是他活活地被折磨死了，非但没有人把他当做一个人来怜惜，而且也没有人把他当做一个善于劳动的、白白断送的动物来怜惜。他的死亡在所有人的心里引起的唯一感情，就是厌烦，因为他的尸身眼看就要腐烂，不得不赶快抬走，这就给人们添了不少麻烦。

医师带着医士，由警察分局局长陪同，走进候诊室里来。医师是个结实的矮胖子，穿着茧绸上衣，他的茧绸裤子却太小，把肌肉丰满的大腿包得紧紧的。警察分局局长也是个矮而壮的人，他的红脸像球那么圆，由于养成了习惯，先把吸进去的空气存在腮帮子里，然后再慢慢地吐出去，那张脸就变得越发圆了。医师在病床上挨着死尸坐下，照先前医士那样摸了摸死人的两只手，听了听他的心脏，站起来，把自己的裤腿理直。

“这个人死得没法救了。”他说。

警察分局局长嘴里吸满了空气，然后慢慢地吐出来。

“他是哪个监狱的?”他扭过头对押解兵说。

押解兵回答了他的话，并且对他提起死人戴着镣铐。

“我会吩咐人把镣铐取下来。谢天谢地，这儿总算还有一个铁匠。”警察分局局长说，然后他又鼓起腮帮子，往房门口走去，慢慢地把气吐出来。

“怎么会出这样的事?”涅赫柳多夫对医师说。

医师从眼镜里瞅着他。

“什么叫‘怎么会出这样的事’?他们为什么会中暑死掉吗?事情是这样:他们本来关在监狱里，整整一个冬天没有活动过，没有见过阳光，可是现在突然给带到太阳底下来，而且是在今天这样的日子，又夹在一大群人当中走路，得不到充足的空气。所以就中暑了。”

“那为什么把他们带出来呢?”

“这您得去问他们才行。不过，说实在的，您到底是什么人?”

“我是局外人。”

“哦!……再见，我没有闲工夫。”医师说，然后带着烦恼的神情又往下拉了拉裤腿，朝病人的床铺走去。

“哦，你的病情怎么样？”他对脸色苍白、脖子上扎着绷带的歪嘴病人说。

这当儿疯子坐在他的病床上，不再吸烟，朝着医师不住吐唾沫。

涅赫柳多夫走下楼，来到院子里，从消防队的马和母鸡旁边走过去，又经过戴着铜盔的门岗面前，走出大门外，坐上他的马车（马车夫本来又睡着了），然后往火车站赶去。

三十八

涅赫柳多夫来到火车站，犯人们已经全部坐在安着铁格窗的火车车厢里了。月台上站着几个送行的人，押解人员不许他们走到车厢跟前。那些押解人员今天特别心烦。从监狱到火车站，一路上中暑倒毙的人，除了涅赫柳多夫见到的两名以外，还有三名：有一名像前两名一样送到就近的警察分局去了，另外两名却是在这儿，在火车站上倒下的。押解人员感到心烦的，倒不是有五个人本来可以活着，如今却在他们的押解下死掉了。这些都不在他们心上，使他们操心的仅仅是必须办妥在这类情况下依法所应该办的各种事情，例如把死人连同他们的文件和衣物送到应该送的地方去，把他们的名字从必须押送到下诺夫哥罗德去的犯人的花名册上勾销，而这些事，特别是在这样炎热的天气下，办起来是很麻烦的。

押解人员正忙着办理的就是这些事，因此在这些事还没办完以前，他们就不准涅赫柳多夫和其他要求跟犯人见面的人走近车厢。不过涅赫柳多夫还是得到许可走过去，因为他送给一个押解的军士一点钱。这个军士放涅赫柳多夫过去了，只是要求他快点谈完话就走开，免得给长官撞见。这列火车一共有十八节车厢。所有的车厢，除了长官所坐的那一节以外，统统装满了犯人。涅赫柳多夫走过那些车厢的窗口，听了听里面在进行什么活动。所有的车厢里都响着镣铐的叮当声、忙乱声、谈话声，当中夹杂着毫无意义的下流话，然而没有一个地方，像涅赫柳多夫预料的那样，在谈论他们的死在路上的同伴。他们谈的多半是他们的背包、饮用的水和挑选座位。涅赫柳多夫凑着一节车厢的窗子往里看，瞧见押解兵在过道上给犯人们卸手铐。犯人纷纷伸出手，有一个押解兵拿着钥匙打开手铐上的锁，把手铐脱掉。另一个押解兵把手铐收敛在一起。涅赫柳多夫走完所有的男犯车厢，来到女犯车厢跟前。第二节车厢里传来一个女人的均匀的呻吟声，嘴里说着："哎哟，哎哟，哎哟！天呐，哎哟，哎哟，哎哟！天呐！"

涅赫柳多夫走过这节车厢，听从一个押解兵的指点，来到第三节车厢的窗口。涅赫柳多夫刚刚把头凑近窗口，就感到有一股热气扑过来，饱含着人身上的浓重的汗酸气。女人嘁嘁喳喳的说话声清楚地传出来。所有的座位上都坐着妇女，满脸通红，汗水淋漓，穿着长囚衣和短上衣，高声谈话。涅赫柳多夫的脸凑近铁格窗口，引起了她们的注意。离他最近的女人都停住嘴，向他这边走过来。马斯洛娃坐在对面窗口那边，脱掉了长囚衣，只穿着短上衣，没有戴头巾。皮肤白净、面带笑容的费多霞坐在她身旁，离他这边近一点。她认出了涅赫柳多夫，就碰一下马斯洛娃，伸出手来对她指一指窗口。马斯洛娃赶紧站起来，把她的头巾戴在黑头发上，活泼的、绯红的、冒着汗的脸上带着微笑，她走到窗子跟前，伸出手来扶住窗上的铁格子。

"天气真是热啊。"她说，快活地微笑着。

"东西都收到了吗？"

"收到了，谢谢。"

"还需要什么东西吗？"涅赫柳多夫问，觉得好像挨着一个石砌火炉似的，从热烘烘的车厢里冒出热气来。

"什么也不需要了，谢谢。"

"有点水喝就好了。"费多霞说。

"对了，要是能弄点水喝就好了。"马斯洛娃也跟着说。

"难道你们就没有水喝？"

"他们送过水来，可是都喝光了。"

“我过一会儿就去，”涅赫柳多夫说，“我去向押解兵要水。我们要到下诺夫哥罗德以后才能再见面了。”

“莫非您也去吗?”马斯洛娃仿佛不知道似的说，快活地看涅赫柳多夫一眼。

“我坐下一班火车走。”

马斯洛娃什么话也没说，只是过了几秒钟后深深地叹一口气。

“这是怎么回事，老爷，真的有十二个犯人给折磨死了吗?”一个年纪苍老、相貌严厉的女犯人用男人般的粗嗓音说。

这个人就是科拉布廖娃。

“十二个我没听说。我看见过两个。”涅赫柳多夫说。

“听说有十二人。他们干出这种事，难道就不受罚？简直是些魔鬼!”

“妇女当中谁也没得病吗?”涅赫柳多夫问。

“娘儿们身子倒结实一点呢，”另一个身量比较矮小的女犯人笑着说，“只是有一个却异想天开，要生孩子了。听，她在那儿哀叫，”她说着，指了指旁边的一节车厢，那儿不住地传来呻吟声。

“您刚才说还需要什么，”马斯洛娃说，极力忍住她唇边流露出来的快活的笑意，“那么能不能把这个女人留下不走呢，她真是活受罪啊。您跟那些当官的说一说才好。”

“对，我去说。”

“还有，能不能让她跟她丈夫塔拉斯见一面呢，”她补充一句，用她的眼睛指了指含笑的费多霞，“要知道，他就要跟您一块儿上路了。”

“老爷，不能跟她们谈话。”传来一个押解的军士说话的声音。他不是放涅赫柳多夫过来的那个军士。

涅赫柳多夫就走开，去找长官，想为就要分娩的女人，为塔拉斯，对他提出要求，可是很久都没能找到他，押解兵们也答不上来。他们忙得厉害：有的领着一个犯人到什么地方去，有的跑去给自己买吃食，有的把自己的行李装到车厢里，有的服侍跟押解官一同上路的太太，他们都不乐意回答涅赫柳多夫问的话。

一直到第二遍铃声响过以后，涅赫柳多夫才看见押解官。这个军官用一只短短的手擦净盖没了嘴的唇髭，耸起肩膀，在为一件什么事申斥司务长。

“您究竟有什么事?”他问涅赫柳多夫说。

“您这儿有一个女人，就要在火车里生孩子了，所以我想，应该……”

“哦，随她去生好了。等生出来再说。”押解官说着，往他自己的车厢走去，活泼地甩动着短短的胳膊。

这时候列车长走过这里，手里拿着哨子。紧跟着响起最后一遍铃声和哨声，月台上送行的人丛中和女犯人的车厢里传来痛哭声和哀号声。涅赫柳多夫和塔拉斯并排站在月台上，瞅着一节节安着铁格窗的车厢和窗口露出的那些男人剃了头发的脑袋在他们面前闪过去。随后女犯人的第一节车厢开过来，可以从窗口望见那些女犯人，有的扎着头巾，有的露着头发。然后第二节车厢开过来，车厢里仍旧传来那个女犯人的呻吟声。再后就是马斯洛娃搭乘的那节车厢，她跟别的女人一块儿站在窗口，瞧着涅赫柳多夫，对他凄凉地微笑着。

三十九

涅赫柳多夫所搭乘的那列客车，离开车还有两个钟头。起先涅赫柳多夫想利用这段空闲时间再到他姐姐那里去一趟，可是现在，他脑子里装满了今天上午的种种印象，觉得极其兴奋、疲劳，临到他在头等客车候车室一张小小的长沙发上坐下，就完全意外地感到十分困倦，刚刚侧着身子躺下，把一只手心垫在脸颊底下，就立刻睡着了。

一个身穿礼服、胸前戴着徽章、胳臂上搭着食巾的仆役把他叫醒。

“老爷，老爷，您是涅赫柳多夫公爵吗？有位太太正在找您。”

涅赫柳多夫跳起来，揉了揉眼睛，这才想起他是在什么地方，想起来今天上午发生的种种事情。

他的回忆里有囚犯的队伍，有死人，有安着铁格窗的车厢以及关在那里面的女犯人，其中有一个在为分娩受苦，却没有人去帮助她，另一个在铁格窗口朝着他凄凉地微笑。可是他面前的现实情景却完全不同：这儿有一张桌子，上面放着酒瓶、花瓶、大烛台、餐具，伶俐的仆役们在桌旁走来走去。这个大厅的深处有一个供顾客喝酒的柜台，侍者在柜台里边食器架前面站着，柜台上放着酒瓶和果盘，走到柜台旁边去的旅客站在那儿，背朝着外边。

涅赫柳多夫刚刚把躺着的姿势改为坐着，渐渐清醒过来，却发现房间里所有的人都在好奇地瞅着门口发生的一件什么事。他也往那边望过去，这才瞧见一长串人抬进一把圈椅来，上边坐着一个太太，头部包着一块薄薄的纱巾。打头抬圈椅的是个听差，涅赫柳多夫看着好像面熟。殿后的也是他认识的一个看门人，帽子上镶着金丝绦。圈椅后面跟着一个装束优雅的女仆，头发蜷曲，身上系着小围裙，手里提着一个包袱，一个圆滚滚的、装着什么东西的皮盒子，几把阳伞。再后面就是科尔恰金公爵，生着厚嘴唇和容易中风的脖子，挺着胸脯，头戴旅行帽。随后是米西和她的表哥米沙，另外还有一个涅赫柳多夫认识的外交官，姓奥斯滕，脖子细长，喉核突出，脸色和心情总是很快活。他一面走，一面用有点郑重其事的、不过显然是开玩笑的口气同含笑的米西讲话。最后是医师，愤愤地吸着纸烟。

科尔恰金一家人正从城郊他们的庄园搬到公爵夫人姐姐的庄园去，那个庄园坐落在去下诺夫哥罗德的铁路线上。

由抬圈椅的人、女仆、医师等组成的行列，鱼贯进入妇女候车室，引得所有在场的人露出好奇和尊敬的神情。然而老公爵却在桌子旁边坐下，立刻把仆役叫过来，向他要酒点菜。米西和奥斯滕也在餐厅里停下来，刚要坐下，却看见门口走进一个她认识的女人，就迎着她走过去。那个熟识的女人就是娜塔利娅·伊万诺夫娜。娜塔利娅·伊万诺夫娜由阿格拉费娜·彼得罗夫娜陪伴着走进餐厅，不住四下张望。她几乎在同一个时候看见米西和弟弟。她光是对涅赫柳多夫点一下头，首先走到米西那边去。不过她同米西互相吻过以后，立刻又转过身来对弟弟讲话。

“我总算找到你了。”她说。

涅赫柳多夫站起来，同米西、米沙、奥斯滕打招呼，站在那儿谈话。米西对他讲起他们在乡间的房屋起了火，逼得她们只好搬到姨母家去。奥斯滕趁这个机会开始讲一个滑稽的火灾故事。

涅赫柳多夫没有听奥斯滕讲故事，转过身去跟姐姐讲话。

“你来了，我真高兴。”他说。

“我早就来了，”她说，“我是跟阿格拉费娜·彼得罗夫娜一块儿来的。”她指了指阿格拉费娜·彼得罗夫娜，那个女管家站在远处，戴着帽子，穿着薄大衣，现出亲切而尊严的神态，对涅赫柳多夫扭捏地一鞠躬，不愿意走过来妨碍他们谈话。“我们到处找你。”

“可是我却在这儿睡觉。你来了，我真高兴。”涅赫柳多夫又说一遍。“我本来已经动笔给你写信了。”他说。

“真的吗?”她恐慌地说。“你要写什么事?”

米西和她的男伴注意到姐弟两人开始谈私事，就走到一旁去。涅赫柳多夫和姐姐在靠窗的小丝绒长沙发上挨着别人的行李、方格毛毯、帽盒坐下来。

“昨天我从你们那儿出来以后，本想回去赔罪，可是我不知道他会怎样看待这件事。”涅赫柳多夫说。“我同你丈夫谈得很不投机，这使我心里难过。”他说。

“我知道，”姐姐说，“我相信你不是有意那样的。你一定知道……”

眼泪涌上了她的眼眶，她伸出手来碰了碰他的手。她最后那句话的意思不明确，可是他充分领会了她的意思，为她想要表达的那种意思所感动。她的话包含着这样的意思：除了她对丈夫抱着满腔的热爱以外，她对他，对弟弟的热爱，在她也是重要而宝贵的，因此他们之间无论发生什么样的裂痕，在她都是极大的痛苦。

“谢谢，谢谢你……哎，今天我看到了一些什么事啊，”他说，忽然想起第二个死掉的犯人，“有两个犯人死于非命。”

“怎么会死于非命的?”

“就这么死于非命的。天气这么热，他们却给带出来了。有两个就中暑死了。”

“不可能！怎么会呢？今天？刚才吗？”

“对，就是刚才。我看到了他们的尸首。”

“可是为什么要害死他们呢？是谁把他们害死的？”娜塔利娅·伊万诺夫娜说。

“就是那些硬把他们带出来的人害死的。”涅赫柳多夫愤愤地说，觉得她也在用她丈夫的眼光看待这件事。

“啊，我的上帝！”阿格拉费娜·彼得罗夫娜走到他们旁边来说。

“是的，这些不幸的人受到什么样的待遇，我们丝毫也不理解，但是我们应该知道。”涅赫柳多夫接着说，瞧着老公爵，老公爵坐在放着一瓶杂酒的桌子旁边，已经把食巾围在脖子上，这时候正好回过头来看涅赫柳多夫一眼。

“涅赫柳多夫！”他叫道，“要不要来润一润嗓子？上路之前喝点酒是再好不过的了！”

涅赫柳多夫谢绝了，转过身来。

“可是你预备怎么办呢？”娜塔利娅·伊万诺夫娜继续说。

“我要尽我的力量去做。我不知道该做什么，不过我觉得总应该做点什么事。我要尽我的能力去做。”

“对，对，这我明白。哦，那么你跟这一家人，”她说，微笑着，用眼睛指了指科尔恰金，“莫非完全断绝来往了？”

“完全断绝了，而且我认为这样做，双方都不感到遗憾。”

“可惜。我觉得可惜。我喜欢她。不过就算事情是这样吧。然而你为什么又打算同另一个人结合呢？”她胆怯地补充了一句，“你为什么要跟着去呢？”

“我去是因为我应该这样做。”涅赫柳多夫严肃地、干巴巴地说，仿佛希望不再谈这件事似的。

不过他立刻因为对姐姐冷淡而感到羞愧。“我何不把我所想的统统告诉她呢？”他暗想。“索性让阿格拉费娜·彼得罗夫娜也听一听好了，”他看老女仆一眼，对自己说。有阿格拉费娜·彼得罗夫娜在场，反而越发鼓励他要把他的决心对姐姐重述一遍。

“你是说我起意跟卡秋莎结婚吗？可是，你看，我倒是决定这样做了，她却明确而坚定地回绝了我。”他说着，声调发抖，每逢他说到这件事，他的声调总要发抖。“她不愿意接受我的牺牲，反而情愿由她自己做出牺牲，而处在她那样的地位，她做出的这种牺牲对她来说是非同小可的。我不能接受她这种牺牲，如果这种牺牲是一时冲动的话。所以我就跟着她去，她走到哪儿，我也跟到哪儿，而且我要尽我的力量帮助她，减轻她的厄运。”

娜塔利娅·伊万诺夫娜什么话也没说。阿格拉费娜·彼得罗夫娜用疑问的眼光瞧着娜塔利娅·伊万诺夫娜，摇摇头。这时候，原先那个队伍又从妇女候车室里走出来，仍旧由相貌漂亮的听差菲利普和看门人抬着公爵夫人。她吩咐抬她的人站住，招手要涅赫柳多夫走到她这边来，露出可怜的疲惫神情，对他伸出一只戴满戒指的白手，带着恐惧的样子等着他有力地握一下她的手。

“Epouvantable!”她说，指的是炎热的天气，“这真叫我受不了。Ce climat me tue.”接着，她谈了一阵俄国气候的可怕，又约请涅赫柳多夫到她家里来玩，然后她对那些抬圈椅的人做了个手势。“那么您务必要来。”她坐着圈椅往前走的时候，扭过她那张长脸来对涅赫柳多夫补充一句。

涅赫柳多夫走出去，来到月台上。公爵夫人的队伍已经向右拐弯，往头等客车那边走去。可是涅赫柳多夫同拿着行李的搬运工人和背着自己的背包的塔拉斯一起往左边走。

“这就是我的同伴。”涅赫柳多夫对姐姐指了指塔拉斯说，关于塔拉斯的遭际他先前已经告诉过她。

“可是难道你坐三等客车?”娜塔利娅·伊万诺夫娜看见涅赫柳多夫在三等客车的一节车厢跟前停下来，看见拿着行李的搬运工人和塔拉斯登上那节车厢，就问一句。

“是啊，这样在我方便一点，我是跟塔拉斯搭伴走的。”他说。“哦，还有一件事要跟你谈一下，”他补充道，“到目前为止我还没有把库兹明斯科耶的土地交给农民们，所以万一我死了，就由你的孩子继承那些土地吧。”

“德米特里，不谈这些。”娜塔利娅·伊万诺夫娜说。

“不过如果我把那些土地也给了农民，那我所能说的就只有一点：我其余的东西将来统统归你的孩子所有，因为我未必会结婚，纵然结了婚也不会有孩子……所以……”

“德米特里，我求求你，别说这些了。”娜塔利娅·伊万诺夫娜说，可是涅赫柳多夫却看出她听了他的话暗暗高兴。

前边，在头等客车那边，只站着不大的一群人，仍旧在瞧科尔恰金娜公爵夫人被人抬进去的那节车厢。其余的乘客都已经回到各自的座位上去了。迟到的乘客匆匆走过月台上铺着的木板，脚步声咚咚响。列车员请乘客们落座，劝送行的人下车，然后关上车门。

涅赫柳多夫走进车厢，那儿被太阳晒得很热，又很臭。他就立刻走出去，站在车尾的小平台上。

娜塔利娅·伊万诺夫娜跟阿格拉费娜·彼得罗夫娜一起并排站在车厢旁边。她戴着时髦的帽子，披着披肩，显然在找谈话的题目，却又找不到。她甚至不能说一声“Ecrivez”，因为她很久以前就同弟弟一起嘲笑过送行的人的这句老噱头。那短短的几句关于财产和继承问题的谈话，一下子破坏了原先在他们之间建立起来的亲热的手足关系，他们感到现在彼此疏远了。所以等到这列火车开动，娜塔利娅·伊万诺夫娜反而暗暗高兴，她只能够点点头，带着忧愁和亲热的神色说：“再见，那么，再见了，德米特里!”可是这节车厢刚刚开走，她就想到她该怎样把她和弟弟的谈话告诉丈夫，她的脸色就变得严肃，心事重重了。

涅赫柳多夫尽管对姐姐抱着极其善良的感情，任何恶感也没有，而且对她也没有隐瞒任何事情，可是现在跟她在一起，却觉得沉闷、别扭，心里巴望着快一点离开她才好。他感到当初在他是那么亲近的娜塔莎现在已经不复存在，所剩下的是一个跟涅赫柳多夫格格不入、面目可憎、肤色发黑、胡子很多的丈夫的奴隶而已。他清楚地看出了这一点，因为一直到涅赫柳多夫讲起她丈夫所关心的事，也就是讲起把土地交给农民的问题和继承的问题的时候，她的脸色才显得特别活泼，大放光彩。这使得他心里感到凄凉。

四十

究竟是谁害死了这些可怜的犯人，让他们死于非命呢？

三等客车的大车厢，给太阳晒了整整一天，又装满了人，闷热得使人透不过气来，涅赫柳多夫索性不走进车厢，仍旧站在车尾的小平台上。可是就连这里也呼吸不到什么新鲜空气，一直到这列火车从四周的房屋当中开出去，车厢里有了穿堂风，涅赫柳多夫才张开整个胸膛呼吸一下。“是的，他们是死于非命，”他暗自把他对姐姐说过的那句话重说一遍。在他的脑海里，从今天的各种印象当中，异常逼真地浮现出第二个死掉的犯人那张英俊的脸以及他唇边的笑意，额头严肃的神情，剃掉头发而颜色发青的头盖骨下边那个不大的、挺拔的耳朵。最可怕的，是他被人害死而谁也不知道到底是什么人把他害死的。然而他又确确实实是给人害死了。他们是遵照马斯连尼科夫的命令把所有的犯人，连同他一起，押出来的。马斯连尼科夫多半下了一道例行命令，用他那笔荒唐的花字在一张印着案由的公文纸上签个名就完了，当然，他是无论如何也不会认为他该负责的。专管检查犯人身体的监狱医生越发不会认为自己应该负责。他准确地执行了他的职责，已经把体弱的人剔除出去，无论如何也不可能预先料到天气会热得这么厉害，更不可能料到他们会这样迟才押解出来，而且队伍会这样拥挤。那么狱长呢？……然而狱长无非是执行命令，在某一天把若干男女苦役犯和流刑犯送上路去罢了。就连押解官也不能负责，他的责任就是在某某地点根据名册点收若干犯人，到某某地点再把这批犯人如数点交出去。他按照惯例，正正经经，押解着那批犯人上路，无论如何也不可能预料到像涅赫柳多夫见过的两个囚犯那样强壮的人会支持不住而死掉。谁都没有罪责，可是人却给害死了，而且归根结底，正是被那些对死者毫无罪责的人害死的。

“这种事所以会发生，”涅赫柳多夫暗想，“就是因为所有那些人——省长啦，狱长啦，警官啦，警察啦，都认为世界上有这样的一种局势，使得人们无须乎保持人与人之间的关系。确实，所有那些人，马斯连尼科夫也罢，狱长也罢，押解官也罢，所有那些人，假如不是做了省长、狱长、军官，那就会反复考虑二十次：在这样炎热的天气能够打发人们排成这样拥挤的队伍上路吗？他们即使上了路，也会停下来二十次，看见有人变得衰弱，喘得上气不接下气，就会把他从人群里带出来，送到阴凉的地方去，给他水喝，让他休息一会儿。遇到发生了不幸，他们就会表现出怜悯来。他们所以没有这样做，甚至不许别人这样做，无非是因为他们不认为他们面前站着的是人，他们心目中没有他们对人所负的责任，只有官职和这种官职的要求，把这些东西看得高于人与人的关系的要求。问题的症结就在这儿了，”涅赫柳多夫暗想。“只要承认有那么一种东西，不论是什么东西，比爱人之心更重要，那么哪怕这种情况只发生一个钟头，而且是在某种独一无二的特殊情况下发生，那么任何一种损害别人的罪行都可以在自以为无罪的情况下干出来。”

恰恰是因为他们没有责任感导致了悲剧。

爱，才是生的条件。没有“罪恶”的意识，就会丧失掉绝对道德。

涅赫柳多夫只顾思索，甚至没有注意到天气已经大变。太阳被向前推进的低垂的碎云遮住，一大片厚实的浅灰色雨云从西方地平线上涌过来。远处什么地方，一场斜飘的大雨已经倾注在田野和树林上。从雨云那边吹过来湿润含雨的空气。雨云偶尔被电光切开，隆隆的雷声也越来越常常同火车的隆隆声混在一起。雨云越来越近了，斜飘的雨点被风吹过来，开始拍打车尾的小平台和涅赫柳多夫的大衣。他就走到

景物描写与涅赫柳多夫的内心相互呼应，达到了情景交融，寄情于景。

小平台的另一边去，吸着湿润的新鲜空气和麦子的清香，那些种着麦子的土地早就在盼望雨水。他瞧着从他面前闪过去的果园、树林、正在发黄的黑麦地、仍然碧绿的燕麦田、开着深绿色番薯花的乌黑的田畦。一切都好像涂了一层清漆，绿的越发绿，黄的越发黄，黑的越发黑了。

“多下一点儿雨，多下一点儿雨吧！”涅赫柳多夫说，看到田野、果园、菜园在天降甘霖以后又复苏过来，不由得心里高兴。

这场大雨下得不久。雨云有一部分随着雨落下来，有一部分飘走了。最后一阵直着落下来的、密集的小雨点，洒在潮湿的土地上。太阳又出来了，一切东西都亮闪闪的。东方地平线上架起一道不高的长虹，颜色鲜艳，紫色特别显著，只是长虹的一端残缺不全。

“哦，刚才我在想什么来着？”涅赫柳多夫问他自己，这时候自然界的所有那些变化已经结束，火车正在往下走，驶入一道山沟，两旁是很高的斜坡。“是的，我在想：所有那些人，狱长啦，押解官啦，所有那些担任官职的人，大都是温和善良的人，只因为担任了官职才变得凶狠的。”

权力是邪恶的，它使人“异化”，使人不仅使自己“非人”也用“非人”的方式折磨他者。

对人性的反思。

他回想当初他对马斯连尼科夫讲到监狱情形的时候马斯连尼科夫所表现的冷淡，回想狱长的严厉、押解官的残忍，他竟然不准犯人坐上车去，并且明知道火车里有一个女犯人因为就要分娩而受着折磨，却不闻不问。“显然，所有这些人都是铁石心肠，心里连最起码的怜悯感情也没有，这无非是因为他们担任着官职罢了。他们一旦成为担任官职的人，爱人之心就渗不到他们的胸中去，犹如这些土地铺了石头，雨水就渗不进去一样，”涅赫柳多夫瞧着山沟两旁铺着杂色石头的斜坡想道，坡上的雨水没有渗进土里去，却汇成一股股细流淌下来。“也许这山沟两旁非铺石头不可，不过这些土地本来是可以长出麦子、青草、灌木、树林来的，就像斜坡的顶上一样，现在却弄得寸草不生，看着实在叫人难受。人也是这样，”涅赫柳多夫暗想，“也许那些省长啦，狱长啦，警察啦，都是非有不可的，不过眼看着人们丧失了做人的主要品质，丧失了相互之间的爱和怜悯，那却是可怕的。”

“问题的症结就在这儿，”涅赫柳多夫暗想，“那些人把不成其为法律的东西看成法律，却不承认由上帝自己印在人们心灵上的那种永恒的、不可改变的、不能背弃的戒律才是法律。正是因为这个缘故，我才觉得跟那些人难于相处，”涅赫柳多夫想道。“我简直怕他们。那些人也确实可怕。比强盗还要可怕。强盗毕竟还能够怜悯人，可是那些人却不会怜悯人。他们已经跟怜悯绝了缘，好比这些石头跟植物绝了缘一样。他们可怕，原因就在于此。人们说普加乔夫和拉辛之类的人是可怕的。那些人却比他们可怕一千倍，”他继续想道。“假如有人提出一个心理学问题，说是应该怎么办才能使我们这个时代的人，那些基督徒、人道主义者、单纯善良的人，干出最可怕的暴行而又不觉得自己有罪，那就只能有一个答案，也就是必须保持目前这样的世道，必须让那些人去做省长、狱长、军官、警察。这也就是说，第一，要让他们相信世界上有一种叫做国家官职的工作，从事这种工作就可以把人当做物品一样看待，对他们可以不必保持人与人之间亲如手足的关系；第二，要那些担任国家官职的人结成一帮，这样他们对待人们的行为的后果就不必由他们任何一个人单独承担责任。缺了这些条件，在我们这个时代就不可能干出像我今天所看到的那种可怕的事。问题的症结就在于人们认为世界上有这样的一种情况，在这种情况下人对人可以不必有爱心，然而这样的情况是没有的。对待物品倒可以不必有爱心，砍树，造砖，打铁倒可以不必有爱心，可是对待人就不能没有

爱与怜悯是众生和谐相处的法则。

这段反思正与开篇第一部第一篇第一自然段互相照应。

爱心，犹如对待蜜蜂不能不加小心一样。蜜蜂的本性就是如此。假使你对待它们不加小心，你就会伤害它们和你自己。对待人也是这样。况且也不能不是这样，因为人与人之间相互的爱乃是人类生活的基本规律。固然，人不能像强制别人为自己工作那样强制别人爱自己，然而从这一点却不能得出结论说，人对人不必有爱心，尤其是在对人有所求的时候。如果你对别人没有爱心，那你就乖乖地坐着好了，"涅赫柳多夫针对自己想道，"你自管跟你自己，跟物件打交道，爱跟什么就跟什么打交道，可就是不要去跟人打交道。如同只有在肚子饿的时候吃东西才不致有害而只会有益一样，你也只有在有爱心的时候，才会对人有益而不致有害。只要你允许自己不带着爱心去对待别人，犹如昨天你对待姐夫一样，那么，我今天所见到的那种待人的残忍和横暴，就会泛滥得无边无际，这给自己带来的痛苦也就会无穷无尽，像我在一生中所体验到的一样。对，对，事情就是这样，"涅赫柳多夫暗想。"这太好了，太好了！"他对自己反复说道，感到双重的快乐：一方面在难熬的炎热之后阵阵凉风使他周身舒畅，另一方面他体会到在他心中盘踞很久的那个问题这时候在他已经彻底澄清了。

苦思的难题终于得到了解答，他满心欢喜。

情境赏析

小说在描绘艺术画面和人物形象时，大量使用了对比手法。无论景物对比、人物对比、贫富之间的生活遭遇对比等，都能鲜明地暴露社会的矛盾对立，突出表现人民群众的苦难，从而加强作品的批判力量。

小说对人物的心理刻画细致入微。它深入各种人物的内心，抓住瞬息间的思想感情的变化，或揭露官吏、贵族地主、太太小姐们的肮脏可耻的灵魂，或展示下层人民饱受折磨的心灵和反抗的心声。对于主人公的心理活动，则更加熟练地表现了他们的"心灵辩证法"，主要是表现他们内心思想感情的矛盾和斗争，展现其辩证的发展过程。

小说很重视细节的描写，包括对人物的外貌和生活环境的描绘，当然目的在表现人的社会属性和自身特征。这些描写虽然着墨不多，却使形象显得异常鲜明。统治阶层的人物大多是“肥胖的”、“丰满的”、“大腹便便的”、“牛一样壮的身躯”、“纤细的双脚”。涅赫柳多夫“养得好好的”身子，贵重的化妆用具、钢丝床、鸭绒被。这一切显然都在揭露他的寄生生活。作品往往还利用细节描写适时地对统治阶层及其人物进行讽刺，在描写这些人物的外貌、内心、言行时，经常带着讽刺的笔调。

《复活》充满了批判的激情。它用鲜明的哲理和道德说教来提出重大的社会问题，表明作者的观点。托尔斯泰采用大声疾呼、直接诉诸读者的形式，所以作品具有宣言式的风格。

名家点评

《复活》以单线的情节线索，描绘了广阔的社会生活，通过涅赫柳多夫为马斯洛娃上诉、奔走求情，最终去西伯利亚，从城市到乡村，从首都到外省，从政府的衙门到省长的官邸，从贵族的厅堂到农民的茅舍，从剧院的包厢到三等客车的车厢，从警察局到停尸房等，广泛而深入地描写了俄国社会、描写了俄国的制度和习俗风尚，展现了一幅幅生动的社会生活画面。这是一部成功的社会全景小说。

——（英）高尔斯华绥

四十一

和平民们一同坐在车厢里，涅赫柳多夫收获甚丰，他体会到了农民们淳朴的美德与通达的智慧。他的视野更加的开阔，他的心中展开了一片晴空……

涅赫柳多夫搭乘的那节车厢只有半车乘客。这儿有仆役、作坊工人、工厂工人、屠宰工人、犹太人、店员、女人、工人的妻子。此外还有一个士兵，两个太太，其中一个年轻，另一个却上了岁数，裸露的胳膊上戴着好几只手镯。车厢里还有一个脸色严厉的老爷，戴着黑制帽，佩着帽徽。所有这些人都已经分别找到座位，安下心来，温顺地坐着，有的人嗑葵花子，有的人吸纸烟，有的人同邻座乘客热闹地谈天。

塔拉斯带着快乐的神色坐在过道右边的一条长椅上，给涅赫柳多夫留着一个座位。他跟对面座位上的乘客正谈得热闹，那个人筋肉发达，穿着呢料的农民外衣，敞着怀，后来涅赫柳多夫听说他是个花匠，到一个地方去上工的。涅赫柳多夫从过道里走过来，还没有走到塔拉斯跟前，半路上就在一位仪表体面的白胡子老人身旁站住，老人身穿土布农民外衣，在同一个农村装束的青年女人攀谈。一个七岁的小姑娘坐在那个女人身边，两只脚离地很远，身上穿着新做的无袖长衫，淡得几乎发白的头发扎成一根辫子，嘴里不停地嗑着葵花子。老人回过头来看涅赫柳多夫一眼，就敛起自己长外衣的衣裾，在他一个人坐着的发亮的长椅上腾出一块地方来，亲热地说：

“您请坐吧。”

涅赫柳多夫道了谢，在让给他的位子上坐下。涅赫柳多夫刚刚坐好，那个女人就接着讲她被打断的话。她在讲她丈夫在城里怎样招待她，现在她正是从丈夫那里回到乡下去。

“先前在谢肉节我就到他那儿去过，这如今，托上帝的福，我又去了一趟，”她说。“往后，求上帝保佑，到圣诞节我还要去呢。”

“这是好事，”老人说，看涅赫柳多夫一眼，“你得常去看看他，要不然一个年轻人住在城里，就容易学坏了。”

“不，老大爷，我们当家的可不是那样的人。他倒一点也不乱来，规规矩矩像个大闺女。他把他挣下的钱全都寄回家来，一个子儿也不留下。他见了我们这个小妞儿就高兴，别提多么高兴了。”女人含笑说道。

小姑娘不断吐出葵花子皮，听母亲讲话。她仿佛要肯定母亲的话似的，闪着平静而聪明的眼睛，先是看了看老人的脸，又看了看涅赫柳多夫的脸。

“他是个明白人，那就再好也没有了。”老人说。“那么他不干这个吗？”他补充了一句，用眼睛指了一下坐在过道另一边的一对夫妇，他们大概都是工厂里的工人。

做工人的丈夫拿起一个酒瓶来送到嘴边，仰起头，喝瓶子里的酒。妻子手里拿着一个袋子，酒瓶就是从袋子里取出来的。她凝神瞧着丈夫。

“不，我们当家的既不喝酒，也不抽烟。”同老人攀谈的女人说，趁这个机会又一次夸她的丈夫。“像他那样的人，老大爷，称得起世上少有呢。他真是那样的人。”她又转过头来对涅赫柳多夫说。

“那再好也没有了。”老人瞧了瞧喝酒的工人，又说一遍。

工人凑着酒瓶喝了几口，就把酒瓶递给他的妻子。妻子接过酒瓶来，笑呵呵地摇摇头，把酒瓶也送到嘴边。工人发觉涅赫柳多夫和老人的目光停在他身上，就回过头来对他们说：

“怎么了，老爷？瞧我们喝酒吗？我们干活的时候，谁也没看见，如今我们一喝酒，大家可就都瞧见了。我干活挣下了钱，这才喝一口，也请我的老婆喝一口。就是这么回事。”

“是啊，是啊，”涅赫柳多夫说，不知道该问答什么话才好。

“我这话不对吗，老爷？我的老婆是个规矩的女人！我对我的老婆挺满意，因为她能疼我。我说得不错吧，玛芙拉？”

“好，喏，你拿去吧。我不想再喝了。”妻子把酒瓶递给他说。“你又在那儿嚼什么蛆。”她补充一句。

“你瞧，她就是这个样子，”工人接着说，“她一会儿挺好，一会儿可就喊喊喳喳了，就像没上油的大车似的。玛芙拉，我说得对吧？”

玛芙拉格格地笑着，带着酒意挥了挥手。

“得，他嚼起舌头来了……”

“你瞧，她就是这个样子。她倒是挺好，不过那只是一时的。她的牛性子一上来，就能干出连想都想不到的事……我说的这是实话。您得包含着点，老爷。我喝了不少，哎，现在可怎么办呢？……”工人说着，就躺下睡觉，把头枕在含笑的妻子的膝盖上。

涅赫柳多夫跟老人一块儿又坐了一阵。老人对他讲起自己的身世，说他是个砌炉匠，干了五十三年，这一辈子砌出来的炉子简直不计其数，如今打算歇一歇，可总是歇不下来。最近他到城里去过一趟，给他的孩子找了工作，现在回到农村去看望家里的人。涅赫柳多夫听完老人讲的话，站起来，往塔拉斯给他留着的座位走去。

“好，老爷，您坐吧。我们把背包挪到这儿来就成了。”坐在塔拉斯对面的花匠，抬起眼睛看一下涅赫柳多夫的脸，亲热地说。

“固然人多太拥挤，可是相处挺和气。”笑吟吟的塔拉斯用唱歌般的声调说，然后伸出两只有力的手把他那两普特重的背包像一片小羽毛似的举起来，搬到窗口。“地方宽绰得很呢，要不然就是站一会儿也不碍，钻到凳子底下去也成。这儿真是再舒服也没有了。怎么也吵不起架来！”他说着，脸上洋溢着和蔼亲切的神情。

塔拉斯讲到他自己，总是说：他不喝酒就没有话可说，一喝酒就有许多好话要说了，而且能说个不停。确实，在清醒的时候，塔拉斯大半总是不言不语，喝了酒才谈笑风生，不过他是难得喝酒的，只是偶尔在特殊情况下才喝一点。在那种时候他常常讲得又多又好，十分朴实真诚，尤其是十分亲切，这种亲切也不断地在他那对善良的天蓝色眼睛里，在不离他唇边的殷勤笑意里闪耀着。

今天他就是处在这种状态。涅赫柳多夫走过来，他一时间住了嘴。不过他把背包放好以后，就照先前那样坐下，把两只干惯活的、有力的手放在膝头上，直率地瞧着花匠的眼睛，继续讲他的话。他在对他的新相识详详细细地讲他妻子的事，讲她因为什么缘故判处流刑，讲他现在为什么跟她一块儿到西伯利亚去。

这件事的详细经过，涅赫柳多夫从来也没有听过，因此现在他关心地听着。他听的时候，塔拉斯正讲到下毒的事已经干出来，他家里的人已经弄明白这件事是费多霞干的。

"我在讲我的伤心事，"塔拉斯转过脸来对涅赫柳多夫恳切、和善地说，"我凑巧碰上这么个热心肠的人，就攀谈起来，我也就讲起我的事来了。"

"是啊。"涅赫柳多夫说。

"喏，大哥，这件事就照这个样子弄得水落石出了。我妈手里拿着那块饼。她说：'我要去找乡村警察。'我爹是个讲理的老汉。他说：'慢着，老婆子，这个小娘儿们还根本是个孩子，自己也不知道自己干的是什么事，咱们得怜惜她才是。也许她会明白过来。'这有什么用？我妈什么话也听不进去。她说：'要是咱们留下她，她就会把咱们当做蟑螂似的统统害死了。'她说完，大哥，就跑去找警察。警察立时来到我们家里……紧跟着他就传齐了证人。"

"那么，当时你怎么样呢？"花匠问。

"我，大哥，肚子痛得直打滚儿，不住地呕吐。我的五脏六腑全翻了个个儿，一句话也说不出来。我爹顿时套上一辆大车，叫费多霞坐上去，赶着车子到警察局，又从那儿再到法院的侦讯官那边去。她呢，大哥，如同从一开头起就全盘认了罪一样，见着法官也一五一十照实招供了。她从哪儿拿来的砒霜，怎样把它揉进面饼里，她全说了。法官说：‘你为什么干这种事？’她说：‘就因为我讨厌他。我宁可到西伯利亚去，也不愿意跟他一块儿过。’她说的是不愿意跟我一块儿过，”塔拉斯含笑说道。“反正她全盘认了罪。当然，她给关进监牢去了。我爹就一个人回到家。这当儿，干农活的时候到了，可是我们家里却只有一个娘儿们，就是我妈，而且就连她也气力不济。我们寻思：这可怎么办，能不能把她取保放出来呢。我爹就去找当官的，找了一个，不成，就又找一个。他一连气找了这么五个。我们正打算撂手不干了，偏巧又碰上一个衙门里的小官儿。他可是个机灵鬼，简直天下少有。他说：‘你给我五个卢布，我就把她保出来。’后来讲了讲价，讲妥三个卢布。好，大哥，我就把她织的粗麻布抵押出去，给了他钱。他写起公事来真快啊，”塔拉斯拖着长音说，仿佛讲的是开枪似的，“一转眼的工夫就写成了。这当儿我赶紧站起来，亲自赶车到城里去接她。大哥，我就到了城里。我在客栈里拴好我那匹母马，拿着那个公事直奔监狱。‘你有什么事？’我就一五一十地说一遍，我的老婆就关在你们这儿。他说：‘有公事吗？’我马上把手里的公事拿给他。他看一遍。他说：‘你等一会儿。’我就在那儿一条长凳上坐下。太阳已经过了中午。有一个当官的走出来，他说：‘你就是瓦尔古绍夫吗？’我说：‘就是我。’他说：‘好，你把她接出去吧。’大门立刻开了。她给押出来，穿着她自己的衣服，整整齐齐的。‘行了，咱们走吧。’我说。她就问：‘莫非你是走着来的？’我说：‘不，我是赶着车子来的。’我们走到客栈，付清了钱，把那匹母马套上车子，拿剩下来的干草铺在大车上，上边盖一块麻布。她上车坐好，扎上她的头巾。我们就坐着车子走了。她不言不语，我也没开口。一直到我们快要到家了，她才说：‘怎么样，妈好吗？’我说：‘好。’她又说：‘那么爹好吗？’我说：‘好。’她就说：‘你要原谅我干的糊涂事，塔拉斯。当时我自己也不知道我在干什么。’我就说：‘多说话，没用处。反正我早就原谅你了。’别的话我也没再说。我们到了家里，她立时在我妈跟前跪下。我妈说：‘求上帝宽恕你吧。’我爹跟她打招呼，说：‘干什么再提旧事呢。你好好地过日子吧。现在也没工夫讲这些，’他说，‘现在该下地收庄稼了。在斯科罗德诺耶那边，’他说，‘那块黑麦地上过肥，靠上帝保佑，长势可真好，连镰刀也下不去，穗子跟穗子缠在一块儿，一大片一大片地倒在那儿。如今该去收割了。明天你就跟塔拉斯一块儿去收割吧。’从那时候起，大哥，她就动手干活。她干得可带劲了，招得大家瞧着都发愣。那时候我们家里租来三俄亩地，靠上帝保佑，不管是黑麦还是燕麦，都是难得的大丰收。我割麦，她打捆，再不然就我们俩一块儿割。我干活麻利，从不偷懒，她呢，不管动手干什么活，比我还要麻利。她是个伶俐的娘们儿，年纪轻轻的，筋强力壮。大哥，她干起活来简直没命，弄得后来我只好拦住她了。我们回到家里，总是手指头肿着，胳膊酸痛，应该歇一歇才是，可是她连晚饭也顾不上吃，又跑到粮仓里，编第二天早晨要用的草绳。她全变了！”

“那么，她跟你也亲热了吗？”花匠问。

“那还用说吗！她跟我寸步不离，倒好像我们俩合成了一个人似的。我心里盘算什么，她都摸得准。我妈动不动就发脾气，可是就连她也说：‘咱们的费多霞简直像暗中让人调了包，完全变成另外一个娘儿们了。’有一回我们赶着两辆大车去装麦捆，我跟她一块儿坐在前头的那辆大车上。我就说：‘当初你怎么会起意干那种事的，费多霞？’她说：‘我怎么起意的？我不愿意跟你一块儿过嘛。我心想，我宁可死也不跟他一块儿过。’我就说：‘哦，那现在呢？’她就说：‘现在啊，你成了我心上人了。’”塔拉斯停住嘴，快活地微笑着，惊讶得直摇头。“我们刚从地里收完庄稼回来，把大麻拿去浸在水里，一回到家，”他沉默了一会儿，接着说，“冷不防，传票来了，要开审了。可是我们都已经忘掉这件事，想不起她是为什么要受审了。”

“这不是别的，准是魔鬼干出来的把戏，”花匠说，“难道一个人自己会异想天开，要去害死另外一个人吗？是啊，我们那儿就有这么一个人……”

花匠本来要开始讲一个故事，可是火车渐渐停下来了。

“好像到车站了，”他说，“到外头去喝点什么才好。”

谈话就此中断。涅赫柳多夫跟着花匠走出车厢，来到月台上铺着的湿木板上。

四十二

涅赫柳多夫还没走出车厢，就已经注意到车站外面广场上停着几辆华丽的轻便马车，有套着四匹马的，有套着三匹马的，都膘头很肥，脖子上的小铃铛丁零丁零响。等他出了车厢，走到潮湿的、淋了雨水而发黑的月台上，他就看见头等客车旁边站着一小群人。这群人当中最惹人注目的，是一个又高又胖的太太，头戴插了贵重羽毛的帽子，身穿雨衣。另外有一个高身量的青年男子，两条腿细长，穿一身骑自行车的服装，牵一条又大又肥的狗，狗脖子上套着贵重的颈圈。他们身后站着几个听差，拿着雨衣和雨伞，还有一个马车夫，都是来接客人的。这一小群人，从胖太太起到手里提着自己的长外衣底襟的马车夫止，都带着平静的自信神态和生活优裕的标记。在这一小群人四周，顿时围上来一群好奇心重和在财富面前卑躬屈膝的人：有戴着红制帽的站长，有宪兵，有夏天每逢火车到站总要来看热闹的一个瘦姑娘，穿着俄罗斯式的服装，戴着项链，有电报员，有男女乘客们。

涅赫柳多夫认出牵着狗的青年男子就是科尔恰金家的少爷，中学生。胖太太是公爵夫人的姐姐，科尔恰金一家人正搬到她的庄园去。列车长制服上镶着亮晃晃的丝绦，脚上穿着亮晃晃的皮靴，拉开车厢门，而且为了表示恭敬起见，一直用手扶住那扇门，好让菲利普和系着白围裙的搬运工小心地抬着长脸的公爵夫人坐着的一把可以折叠的圈椅走出来。两姐妹见了面，互相问候，传来一阵法语，说的是公爵夫人究竟是坐轿式马车好还是坐敞篷马车好，然后这个队伍以头发蜷曲、手里拿着阳伞和帽盒的使女殿后，一路往车站出口走去。

涅赫柳多夫不愿意同他们相遇而再告别一次，就站住，不往车站出口走，等着浩浩荡荡的那个队伍走出去。公爵夫人带着她儿子、米西、医师和一个女仆走在前头，老公爵同他的妻姐跟在后面。涅赫柳多夫没有走到他们跟前去，只能听见他们谈话当中片断的法语。在那些话当中，公爵所讲的一句话，就像常有的情形那样，不知什么缘故，连同他讲话的抑扬顿挫的腔调和嗓音，一齐印在涅赫柳多夫的记忆里了。

“Oh! il est du vrai grand monde, du vrai grand monde.”公爵用响亮的、自信的声调讲到某一个人说，跟他的妻姐一块儿由毕恭毕敬的列车员和搬运工簇拥着，走出车站。

正在这个时候，车站的拐角上出现了一群不知是从哪儿来的工人，走到月台上，背着羊皮袄和背包，脚上穿着树皮鞋。工人们迈着坚决而轻快的步子走到离他们最近的一节车厢跟前。打算上去，可是马上就被列车员从车厢门口赶走了。那些工人没有停下脚步，再往前走，急急忙忙，踩着彼此的脚，来到旁边的一节车厢，开始上车，他们的背包不住地碰撞车角和车门，不料另外一个列车员在车站出口看出他们打算上车，就对他们严厉地嚷起来。上车的工人立刻急忙退下来，又迈开坚决而轻快的步子往前走，来到下一节车厢，也就是涅赫柳多夫乘坐的那节车厢。列车员又拦住他们。他们停住脚，准备再往前走，可是涅赫柳多夫告诉他们说车厢里有空地方，他们自管上去好了。他们听了他的话，涅赫柳多夫就跟在他们后面上车去。工人们正打算分头找位子坐下，可是戴着有帽徽的帽子的老爷和两个太太，看见他们有意在车厢里坐下，认为这对他们来说是奇耻大辱，就坚决反对这样做，动手把他们赶出去。工人总共有二十来人，其中有老人，也有十分年轻的，都面带倦容，晒得很黑，瘦削干枯。他们分明觉得自己有错，就立刻穿过车厢再往前走，背包不住地碰撞车座、板壁和车门，显然准备走到世界的尽头去，坐到人家吩咐他们坐的任何地方，哪怕坐到钉子上也行。

“你们往哪儿闯，鬼东西！就在这儿找位子坐下。”另一个列车员朝他们迎面走过来，喊着说。

“Voilà encore des nouvelles!”那两个太太当中年轻的一个说，充分相信她那口漂亮的法语会引起涅赫柳多夫的注意。另一个戴着手镯的太太光是耸着鼻子闻来闻去，皱起眉头，嘴里念念叨叨，说是跟这些臭烘烘的乡巴佬坐在一块儿可真是舒服得很呢。

可是工人们却感到了凡是已经度过重大危险的人们所感到的欢乐和安心，停下脚步，纷纷找座位坐下，动一下肩膀把背上沉重的背包抖落下来，塞到长椅底下。

同塔拉斯交谈的花匠坐的不是他自己的位子，这时候就回到他自己的位子上去。这样一来，塔拉斯的身旁和对面就空下三个座位。有三个工人在这些空位子上坐下了，可是等涅赫柳多夫走到他们跟前，他们看见他那身上流人的装束就心里发慌，赶紧站起来准备走掉，涅赫柳多夫却要他们仍旧坐在原处，他自己在靠近过道的座位的扶手上坐下来。

那两个工人当中，有一个年纪在五十上下，同另一个年轻的工人互相看一眼，目光里带着大惑不解的神情，甚至流露出恐惧。他们看见涅赫柳多夫不但没有摆出老爷架子申斥他们，把他们赶走，反而让出位子来给他们坐，不由得感到很惊讶，摸不着头脑。他们甚至担心这样会不会发生什么对他们不妙的后果。不过他们看出这里面倒也没有什么阴谋，又看到涅赫柳多夫跟塔拉斯随便谈天，这才放了心，吩咐一个小伙子拿出背包来，坐在那上面，要求涅赫柳多夫坐到他自己的座位上。起初，涅赫柳多夫对面坐着的那个上了年纪的工人畏畏缩缩，竭力把穿着树皮鞋的脚缩回去，免得碰着老爷的脚，不过后来他却跟涅赫柳多夫和塔拉斯谈得很投机，遇到希望他的话能够特别引起涅赫柳多夫注意的时候，甚至伸过一只手来，手心朝上，用手背碰一碰涅赫柳多夫的膝盖。他讲起他自己的种种情况，讲起他们原是在泥炭的沼泽地里干活的，如今就是从那里回家去；他们在那边干了两个半月的活，目前把挣来的工钱带回家去，每人大约有十卢布，因为有一部分工钱在上工的时候已经提前支用了。他们的活儿，依他讲来，是在没膝深的水里干的，从日出一直干到日落，只有吃中饭的时候才休息两个钟头。

“不消说，那些没有干惯的人，都觉得这个活儿苦，”他说，“不过只要干熟了，也就不觉得怎么样了。只是伙食得真正好才成。起初伙食不行。得，后来大家冒火了，伙食才改好，干活也就轻松了。”

然后他又讲，他在外面做工已经一连二十八年了，总是把他挣来的工钱一股脑儿寄回家去，以前是交给父亲，后来是交给哥哥，现在是交给掌管家务的侄子。他一年挣五六十卢布，他自己只花掉两三卢布找点乐子，也就是买烟叶和火柴。

“我是个罪人啊，有的时候身子疲乏，也还要喝一点白酒呢，”他补了一句，负疚地微笑着。

他还讲到男人出门在外，女人怎样当家，又讲到今天动身以前包工头怎样请他们喝了半桶白酒，讲到他们这伙人已经有一个死掉了，另一个生了病，现在由他们送回家去。他所说的那个病人就在这个车厢，坐在角落上。他是个年纪轻轻的孩子，脸色灰白，嘴唇发青。他分明一直害着热病，至今没有退烧。涅赫柳多夫走到他跟前，可是男孩用那么严厉而痛苦的目光看了涅赫柳多夫一眼，弄得他不便于打搅他，问他话，光是劝那位老人买些奎宁来给他吃，并且把药名写在小纸片上交给他。涅赫柳多夫想给一些钱，可是那位老工人说这不必要，他自己会用钱去买。

“嗯，我虽然出过那么多次门，可是这样的老爷却从来也没遇到过。他非但不打你一个脖儿拐，反而让出位子来给你坐。可见老爷也有各式各样的啊。”他对塔拉斯说，结束了他的话。

“是的，这是一个全新的世界，一个不同的新世界。”涅赫柳多夫瞧着干瘦而强壮的四肢，瞧着粗糙的土布衣服，瞧着晒黑的、亲切的、疲倦的脸庞，心里暗想，而且感到他四周都是全新的人以及他们那种真正的、劳动的、人的生活所包含的严肃的兴趣、欢乐和痛苦。

“瞧，这才是 le vrai grand monde.”涅赫柳多夫暗想，记起了科尔恰金公爵说过的这句话，顺带也记起了科尔恰金之流那个闲散奢华的世界以及他们那些渺小可怜的兴趣。

他体验到一个旅行者发现新的、谁也不知道的美丽世界时的那种欢乐心情。

第三部

一

经过涅赫柳多夫的努力疏通，在行走了五千俄里路之后，马斯洛娃被调到了政治犯中。在此途中马斯洛娃背负了很多苦难，从肉体到精神，她都备受骚扰。所幸的是她在政治犯的队伍中结识了几个对她起了决定作用，有良好影响的挚友……

那批犯人，包括马斯洛娃在内，已经走了将近五千俄里。马斯洛娃跟刑事犯一起坐火车，乘轮船，到了彼尔姆。只有到了这个城市，涅赫柳多夫才算疏通成功，把马斯洛娃调到政治犯当中，他是听从跟那批犯人一同登程的博戈杜霍夫斯卡娅给他出的主意才这样做的。

到彼尔姆为止的那段路程，对马斯洛娃来说，不论是在肉体上还是在精神上，都很苦。她肉体上感到苦，是因为环境拥挤，肮脏，还有那些讨厌的虫子，不容她安宁。她精神上感到苦，是因为有那么多同样讨厌的男人。虽然每到一个旅站他们就要更换一批，可是到处的男人都像那些虫子一样，一概死命纠缠，追逼不已，也不容她安宁。在女犯人同男犯人、男看守、男押解人员之间，已经形成一种肆无忌惮的淫乱风气，害得每个女人，尤其是年轻的，如果不愿意利用她自己的女人地位，就得经常小心戒备才成，这种连续不断的恐惧和斗争的局面是很苦的。马斯洛娃既然具有艳丽动人的外貌，大家又都知道她的过去，她就特别容易遭到这类骚扰。现在她对纠缠她的男人一律坚决抗拒，这就使得他们认为是侮辱，而且在他们的心里另外引起一种对她恼羞成怒的感情。在这方面，多亏她跟费多霞和塔拉斯亲近，才缓和了她的处境。塔拉斯自从知道他妻子不断遭到纠缠以后，情愿加入囚犯的队伍，为的是保护她。他从下诺夫哥罗德起就已经以犯人的身份跟囚犯们一块儿赶路了。

马斯洛娃调到政治犯的队伍中，这在各方面改善了她的处境。姑且不谈政治犯的住处比较好，伙食比较好，所受到的粗暴的待遇也比较少，首先，马斯洛娃调到政治犯当中以后，她的处境得到改善，这表现在她不再受到男人的搅扰，可以安心生活，不至于每一分钟都得想起她目前十分希望忘掉的那些往事了。不过这次调动的主要好处，却在于她认识了几个人，而这几个人对她起了决定性的、极为良好的影响。

马斯洛娃得到许可在沿途各旅站上跟政治犯住在一起，然而她既是健康的女人，在赶路的时候就得跟刑事犯一起步行。从托姆斯克起她就一直这样走路。另外还有两名政治犯也同她一块儿步行，一个是玛丽亚·帕夫洛夫娜·谢季宁娜，也就是先前涅赫柳多夫到监狱去探望博戈杜霍夫斯卡娅的时候引起他注目的那个生着羔羊般眼睛的美丽少女，另一个是叫做西蒙松的人，正流放到雅库茨克区去，涅赫柳多夫在那次探监的时候也见过他，生得肤色发黑，头发蓬松，一对眼睛在额头下面深深地凹进去。玛丽亚·帕夫洛夫娜所以步行，是因为她把她在大车上的座位让给一个怀孕的女刑事犯了；至于西蒙松步行，却是因为他觉得享受阶级的特权是不公平的。这三个人同别的政治犯不在一起，一清早就跟刑事犯一块儿上路，另外的政治犯却要迟一点才坐大车跟上来。这种局面一直保持到最后一个旅站，过了这个旅站就要到达一座大城，由新的押解官来接管这批犯人了。

那是九月间一个阴雨的早晨，天色还早。天空中一会儿下雪，一会儿下雨，不时刮来一阵阵寒风。那批犯人一共大约有男子四百名和妇女五十名。他们已经出来，待在旅站的院子里，有一部分人聚在押解官周围，押解官正在把两天的伙食费发给犯人们的班长，有一部分人向得到许可走进旅站院子来的女贩们购买吃食。犯人纷纷数钱购买食物，人声嘈杂，女贩们也喊喊喳喳地讲个不停。

卡秋莎和玛丽亚·帕夫洛夫娜一块儿，两个人都穿着高统皮靴和短羊皮袄，扎着头巾，从旅站的住房来到院子里，朝女贩走去。女贩都坐在北面墙根底下一块背风的土地上，争先恐后地叫卖她们的货物：新鲜的面包，馅饼、鱼、面条、麦粥、牛肝、牛肉、鸡蛋、牛奶等等。有个女贩甚至在卖一头烤熟的乳猪。

西蒙松穿着橡胶的短大衣，脚上穿着毛袜，套着胶鞋，用带子扎紧(他是素食主义者，不使用被屠宰的牲畜的皮革)。他也已经来到院子里，等着那批犯人出发。他在门廊上站着，把脑子里刚刚出现的一个思想写到他的笔记本上。这个思想是：

“假如有一个细菌观察并且研究了人的指甲，”他写道，“那么它就会认为指甲是无机体。我们恰好也是这样观察了地球的外壳而认为地球是无机体。这是不正确的。”

马斯洛娃已经买下一些鸡蛋、一串面包圈、几条鱼和几个新鲜的白面包，把这些东西放进一个袋子，玛丽亚·帕夫洛夫娜在同女贩算账和付钱。这时候犯人们活动起来。大家不再谈话，纷纷站好队。军官走出来，做出发以前的最后指示。

一切事情都照往常那样进行着：清点犯人的人数，检查犯人的镣铐是否牢固，把排成双行走路的犯人们用手铐锁在一起。可是，突然间，大家听见军官的威严而震怒的喊叫声、殴打人的身体的响声和小孩的啼哭声。所有的人一下子都静下来，随后人群里低声埋怨起来。马斯洛娃和玛丽亚·帕夫洛夫娜朝传来吵闹声的地方走去。

二

玛丽亚·帕夫洛夫娜和卡秋莎走到吵闹的地方，看到了如下的情形：一个身强力壮、留着很长的淡黄色唇髭的军官，这时候正皱着眉头，用左手揉搓右手的手心，原来他刚用右手打过一个男犯人的脸，把手打痛了，嘴里不干不净地骂着下流话。他面前站着一个又高又瘦的男犯人，剃掉了半边头发，身上穿着很短的大衣，下身穿着更短的长裤，一只手擦着挨过打而在流血的脸，另一只手抱着一个小女孩，她缠着一块头巾，在尖声地哭号。

“我要教训教训你这个……”军官骂了一句下流话，“叫你尝一下强辩的味道……”他接着又骂一句。“把孩子交给那些娘儿们，”军官嚷道。“你戴上手铐。”

军官硬要给被村社判处流刑的一个农民戴上手铐，可是那个农民一路上得抱着他的小女孩走路，他的妻子已经在托姆斯克害伤寒病死掉，把小女孩留给他了。犯人就声明说他戴着手铐不能抱孩子，这句话惹恼了当时心绪恶劣的军官，他就举手毒打这个没有立刻服从命令的犯人。

在这个挨了毒打的人对面，站着一个押解兵和一个生着黑胡子的男犯人。男犯人的一只手上戴着手铐，眼睛阴沉地从眉毛底下时而看一下军官，时而看一下抱着小女孩的挨了打的犯人。军官又对押解兵下命令，要他把小女孩带走。犯人们当中的埋怨声越来越响。

“从托姆斯克起，一直走到这儿，从来也没叫他戴过手铐。”一个沙哑的说话声从人群的后排传来。

“她又不是小狗，她是孩子嘛。”

“这可叫他拿小妞儿怎么办?”

“这样办事，不合法律。”另外一个人说。

“这是谁在讲话?”军官仿佛被蛇咬了一口，向人群那边扑过去，嚷起来。“我要叫你知道知道什么叫法律。是谁说的？是你吗？是你吗?”

“大家都在说。因为……”一个宽脸膛、矮身量的男犯人说。

他没有来得及说完他的话。军官举起两只手，朝着他的脸打过去。

“你们要造反！我要给你们一点颜色，看你们还敢造反不。我要开枪把你们像狗一样统统打死。上司知道了，反而会向我道谢。快把小妞儿带走!”

人群静下来。一个押解兵把死命哭叫的小女孩夺过去。另一个押解兵开始给犯人戴上手铐，犯人顺从地伸出手。

“把小妞儿送到娘儿们那边去。”军官对押解兵嚷道，整理一下他那根挂军刀的皮带。

小女孩极力从头巾里伸出小手来，不住地哭号，涨得满脸通红。玛丽亚·帕夫洛夫娜从人群里走出来，往押解官跟前走去

“军官先生，请您允许我来带领这个小姑娘。”

抱着小姑娘的押解兵停住脚。

“你是什么人?”军官问。

“我是政治犯。”

显然，玛丽亚·帕夫洛夫娜的美丽的容貌和她那对好看的眼睛（军官接管犯人的时候已经见过她)，对他起了作用。他默默地瞧着她，好像在斟酌什么事情似的。

“我倒无所谓。您愿意带领她，就由您带去也行。您怜惜他们倒好办，可是万一他逃跑了，那由谁来负责呢?”

“他抱着小女孩怎么能逃跑?”玛丽亚·帕夫洛夫娜说。

“我没有工夫跟您闲谈。要是您乐意，那您就把她带去吧。”

“您吩咐把这个小妞儿交给她吗?”押解兵问道。

“交给她吧。”

“到我这儿来,”玛丽亚·帕夫洛夫娜说，竭力把小女孩哄到她这边来。

可是小女孩在押解兵的怀里往她父亲那边探出身子，继续尖声哭叫，不愿意到玛丽亚·帕大洛夫娜那边去。

“您等一等，玛丽亚·帕夫洛夫娜，她会到我这边来的。”马斯洛娃说着，从袋子里取出一个面包圈来。

小女孩本来就认得马斯洛娃，这时候瞧见她的脸和面包圈，就到她那边去了。

所有的人都静下来。大门敞开了，那批犯人走到门外，排好队伍，押解兵又清点犯人的人数。大家把背包放在大车上，捆扎在一起，让那些体弱的人坐上车。马斯洛娃抱起小女孩，走到妇女的队伍那边去，跟费多

霞站在一起。西蒙松一直在一旁观看刚才发生的事，这时候迈着坚决的大步走到军官面前，军官已经料理完一切事情，正要坐上他自己的四轮马车。

“您做得不对，军官先生。”西蒙松说。

“您回到您的队伍里去，这不关您的事。”

“我的事就是要对您说明您做得不对，而且我已经说过了。”西蒙松说着，眼睛从两道浓眉底下凝神瞧着军官的脸。

“准备好了吗？队伍听着：开步走。”军官不理睬西蒙松的话，喊一声，然后扶着赶车的士兵的肩膀，上了他的四轮马车。

犯人的队伍走动起来，伸展得很长，在两条水沟中间顺着布满泥浆和车辙的道路，穿过茂密的树林走去。

三

在这炼狱般的旅途之中，马斯洛娃获得了真挚的友情和纯粹的爱情，如同从天而降的梦境。西蒙松这种如同水晶一样清澈、毫无杂质，如同火光般温暖，照亮心灵的爱，使马斯洛娃的人格得以恢复，对爱严肃认真，激励自己不断变得更好。

卡秋莎经历了最近六年当中在城市里所过的那种放荡、奢侈、饭来张口衣来伸手的生活以及这两个月来在监狱同刑事犯们一起所过的生活以后，如今同这些政治犯待在一起，尽管他们的环境极其艰苦，可是她却觉得好得很。每天步行二三十俄里的路，吃很好的食品，走两天路以后休息一天，这使得她的身体强壮起来。再者，她和新同伴们的交往，给她揭开了她以前一点也不了解的各种生活趣味。目前和她一起赶路的人，这些照她的说法“好得出奇的”人，她不但从来没有见识过，甚至是连想也无从设想的。

“是啊，当初我被判刑的时候，我哭了，”她说，“其实我倒应该永生永世感激上帝才是。现在我长了不少见识，像这样的见识，按我原来的那种生活，我是一辈子也得不到的。”

她毫不费力，很容易地理解了指导这些人行动的动机。她自己既然出身于人民，对他们就十分同情。她明白这些人是站在人民一边反对上层人的。这些人本身就是上层人，却为了人民不惜牺牲他们自己的特权、自由和生命，这就使得她特别器重这些人，钦佩这些人。

她钦佩她所有的新同伴，不过她最钦佩的莫过于玛丽亚·帕夫洛夫娜。她不但钦佩她，而且怀着一种特殊的、敬重的、热烈的心情爱她。这个美丽的姑娘出身于一个将军的富裕家庭，会说三种外国话，可是过着最普通的女工的生活，凡是她那富裕的哥哥寄给她的东西，她一概拿去送给别人，自己穿戴得不但朴素，而且寒酸，对自己的外表毫不在意，这些马斯洛娃看在眼里，不由得暗暗惊奇。玛丽亚·帕夫洛夫娜完全不卖弄风情，这个特点使得马斯洛娃特别惊讶，因此也就使得她特别着迷。马斯洛娃看得出玛丽亚·帕夫洛夫娜知道自己生得美丽，甚至因为知道自己容貌美丽而感到愉快，可是她非但不为她的容貌给男人们所留下的印象高兴，反而害怕这种事，她对于恋爱是抱着断然厌恶和恐惧的态度的。她的同志们，那些男人，都知道这一点，即使对她产生了爱慕的心，也决不容许自己对她表现出来，对待她如同对待男同志一样。然而那些不熟悉她的人却往往缠住她不放，不过她体力好，这是她特别引以自豪的，据她说多亏她力气大，才救了她的急。“有一回，”她笑着讲道，“有一个上等人在街上缠住我，无论如何也不肯放开我。我就抓住他，使劲摇晃他，吓得他赶紧从我跟前跑掉了。”

她所以会成为革命者，依她的说法，是因为她从小就对上层人的生活感到厌恶，而喜欢普通人的生活。当时她老是挨骂，因为她经常待在使女的房间，厨房，马房，却不肯待在客厅。

“我跟厨娘和马车夫待在一块儿，总是很快活。跟我们那些老爷太太们相处，我却觉得枯燥无味，”她讲道。“后来，等到我懂事了，我才看出我们的生活坏极了。我的母亲早已去世，我不喜欢我的父亲。于是我在十九岁那年离开家庭，跟一个女朋友一块儿到工厂里去做女工。”

她离开工厂后，到农村去生活。后来她回到城里，在一个暗藏着秘密印刷机的寓所住下，最后她被捕，判了苦役刑。关于判刑的原因，玛丽亚·帕夫洛夫娜本人是绝口不提的，不过卡秋莎却从别人的口里听说，原来她被判苦役刑，是因为那个寓所遭到搜查的时候，有一个革命者在黑暗中放了一枪，她却把放枪的罪名揽在自己身上了。

卡秋莎从认识她的那一天起就看出，不论是在什么地方，也不论是在什么样的环境下，她素来不顾自己，永远专心寻找机会，好在大大小小的事情上为别人出力，帮助别人。她现在的同志们当中，有一个人姓诺沃德沃罗夫，在讲到她的时候常常开玩笑地说，她热衷于慈善的游戏。这话确实不错。她的生活的全部乐趣，就在于像猎人寻找野生的禽兽那样寻找为别人服务的机会。这种游戏已经成为她的习惯，成为她生活中的工作。而且这种事她做得极其自然，使得凡是认识她的人都不再尊重她的帮助，反而要求这种帮助了。

马斯洛娃刚来到他们中间的时候，玛丽亚·帕夫洛夫娜对她感到憎恶和厌弃。卡秋莎注意到这一点了，不过后来又注意到玛丽亚·帕夫洛夫娜极力克制自己，对卡秋莎特别亲切和蔼。这种亲切和蔼出之于这样一个不平常的人，使得马斯洛娃极为感动，结果她把她整个的心都交给她，不知不觉地接受她的见解，不由自主地在各方面模仿她。卡秋莎这种忠诚的爱感动了玛丽亚·帕夫洛夫娜，她也喜欢卡秋莎了。

这两个女人还因为对于性爱都感到憎恶而更加亲近。这一个痛恨性爱，是因为身受过性爱的种种摧残；另一个虽然没有性爱的体验，却总是把它看成一种不可理解的、同时又令人憎恶的、有辱于人的尊严的东西。

四

玛丽亚·帕夫洛夫娜的影响，是马斯洛娃愿意接受的一种影响。其所以会这样，是因为马斯洛娃爱玛丽亚·帕夫洛夫娜。另一种影响是西蒙松的影响。这种影响所以会产生，却是因为西蒙松爱马斯洛娃。

凡是人，都是一部分依照自己的思想，一部分依照别人的思想生活和行动的。他们在多大程度上依照自己的思想生活，在多大程度上依照别人的思想生活，这就构成了人与人之间的一个主要区别。有些人，在大多数场合下，总是用自己的思想做智力的游戏，对待自己的理智如同对待一个摘掉了传动带的飞轮似的，因而他们在行动中总是顺应别人的思想，顺应风俗、传统、法律。有的人却认为自己的思想就是自己一切活动的主要推动力，几乎永远倾听自己的理智的要求，顺应这种要求，只有偶尔，而且是在经过批判的衡量以后，才遵照别人所决定的意见行动。西蒙松就是这样的人。他对一切事情都用他的理智来检查和决定，而且一旦做出决定，就一定照着去做。

他远在做中学生的时候，就断定他的父亲做军需官所挣的钱是不义之财，于是对父亲声明说，这种财产应当交还人民才对。可是父亲非但不听从他的话，反而把他痛骂一顿，他就离家出走，不再使用父亲的钱财。他断定当前一切恶势力之所以存在都起因于人民没有受过教育，就在离开大学的时候加入民粹派，到农村去做教员，向学生们和农民们大胆地宣传他认为正确的一切东西，否定他认为错误的东西。

他被捕，受到了审讯。

在受审的时候，他断定法官们没有权利审问他，就把这话直说出来。可是法官们不同意他的话，继续审问他，他就决定不再答话，对他们提出的所有问题一概置之不理。他被判流放到阿尔汉格尔斯克省。在那里他形成一种宗教性的学说，这种学说确定了他的全部活动。这个宗教性的学说认为世间万物都是活的，根本没有死的东西；所有我们认为是死的和无机的物体，无非是我们所不能理解的一个宏大的有机体的某些部分而已，因此人作为这个大有机体的一小部分，其任务就在于维护这个有机体以及它那些活着的各个部分的生命。正是因为这个缘故，他才认为消灭活物是犯罪，才反对战争和死刑，而且不但反对用任何方式杀人，甚至反对屠宰牲畜。关于婚姻，他也有他自己的理论，认为人类的繁殖仅仅是人的低级职能，高级职能却在于为当前活着的人服务。他从血液当中含有吞噬细胞这一事实，找到了支持他这种思想的根据。独身者，依他看来，无异于吞噬细胞，它的使命就在于帮助有机体的衰弱的、病态的部分。虽然他以前在年轻的时候沉湎于酒色，可是自从做出这个决定以后，就照这样生活下去。他现在认为他自己像玛丽亚·帕夫洛夫娜一样，乃是人间的吞噬细胞。

他对卡秋莎钟情，这不违背他的理论，因为他的爱情是柏拉图式的，他认为这样的爱情非但不会妨碍他像吞噬细胞那样为弱者服务的活动，反而会越发鼓舞他从事于这种活动。

然而除了精神方面的问题他按自己的主张解决以外，就连大部分的实际问题他也按自己的主张解决。他对一切实际的事情都有他自己的理论，他定出种种规则，应当工作几个小时，休息几个小时，吃什么样的伙食，穿什么样的衣服，怎样生火，怎样点灯。

话虽如此，西蒙松同别人相处却是非常腼腆谦虚的。不过一旦他做出什么决定，那就任什么东西也不能拦阻他。

正是因为这样的一个人爱上了马斯洛娃，这才对她起了决定性的影响。马斯洛娃凭着女人的感觉很快就揣摩到他在爱她，她想到居然在这样的一个不平凡的人心里引起了爱情，她在她自己心目中的地位就提高了。涅赫柳多夫向她求婚是因为宽宏大量，还因为从前发生过那样的事，然而西蒙松却是在她处于目前这样的境况下才爱上她的，他纯粹因为喜欢她才爱她。此外，她还领会到西蒙松认为她是不平常的女人，跟所有的女人都不一样，具有特殊的和高尚的道德品质。她不大明白他究竟认定她有些什么样的品质，不过她为了稳妥起见，为了不致欺骗他，总是想方设法，用尽一切力量把她认为她自己所能有的种种最好的品质表现出来。这就促使她极力成为一个她所能做到的好人。

这种情形早在监狱里的时候就已经开始。有一天，那是政治犯们共同会晤探监人的日子，她就已经留意到他那对纯洁善良的深蓝色眼睛，在隆起的额头和眉毛底下，用特别固执的目光瞅着她。早在那个时候，她就已经留意到这个人特别，而且带着特别的神情瞧她，还留意到他那竖起的头发和皱起的眉毛形成一种严厉的神情，而这种严厉却无意中跟他目光里那种稚气的善良纯洁竟然结合在同一张脸上，实在是出人意外的。后来，在托姆斯克，她调到政治犯当中来，她就又见到他了。尽管他们两人之间一句话也没有交谈过，可是他们四目相视的那种眼光却承认他们都互相记得，而且感到彼此之间是休戚相关的。就连这以后他们之间也没有谈过什么含有深意的话，不过马斯洛娃觉得他讲话的时候，如果有她在场，他的话就总是对她而发的，为她而讲的，因而极力把话说得简单明了些。自从他同刑事犯一道步行的时候起，他们俩就开始更加接近了。

五

爱的背弃，使马斯洛娃走上了毁灭；爱的降临，让马斯洛娃迈向新生。她由内而外地变成一个圣洁的女子，对爱重新燃起了希望。这一切，涅赫柳多夫看在眼里，满心欢喜。

从下诺夫哥罗德到彼尔姆的这段路上，涅赫柳多夫只有机会同卡秋莎见过两次面：一次是在下城，犯人们坐上一条四周圈着铁丝网的驳船以前；一次是在彼尔姆，在监狱办公室里。这两次会面，他都发现她不爱说话，态度也不和气。他问她一路上好不好，是不是需要什么东西，她却回答得支支吾吾，心慌意乱，而且依他看来，似乎还流露出她以前就已经表现过的那种敌视的责备神情。她这种阴郁的心境使涅赫柳多夫感到痛苦，其实那只是因为当时男犯人正在纠缠她。他担心旅途中她处在艰苦而使人堕落的境况影响下，又会陷入以前她对自己不满和对生活绝望的那种心境，正是那种心境才促使她恼恨他，并且拼命地吸烟喝酒来忘掉一切。可是他又不能在任何方面对她有所帮助，因为旅途中最初的整段时期，他没有机会同她见面。一直到她调到政治犯当中以后，他这才不但相信自己的担忧毫无根据，而且恰好相反，随着他每一次同她见面，他开始注意到在她身上越来越明确地出现了内心的变化，而这正是他那么强烈地盼望在她身上看到的。临到他在托姆斯克初次同她见面，她已经又变得跟启程以前一样了。她见到他，既不皱眉，也不

从涅赫柳多夫的角度看，他完全把自己的心情与马斯洛娃紧紧地联系到了一起。

心慌意乱，而且刚好相反，欢欢喜喜，神色自若地迎接他，向他道谢，感激他为她出力，特别是感激他把她调到目前正同她一起生活的那些人当中来。

马斯洛娃不再卖弄风情了，以前总是故意漏在头巾外面的几缕头发，现在被包在头巾里，这是一个明显的标志，由外在反映出内心。

自从她随着队伍跋涉了两个月以后，她内心所起的变化也在她的外貌上表现出来。她消瘦，晒黑，仿佛苍老了似的。她的两鬓和嘴角露出细纹，她不再让一绺头发飘到额头上来，而把头发都包在头巾里。于是，不管她的装束也罢，她的发型也罢，她对人的态度也罢，再也没有先前卖弄风情的迹象了。她这种已经发生而且仍然在进行的内心变化，不断地在涅赫柳多夫心里引起一种特别欢乐的心情。

马斯洛娃的变化在涅赫柳多夫的心里引起了一种欢喜。他对她产生了一种最单纯的怜惜和感动的心情，他的心中涌动着爱的甘泉。在他的灵魂中开辟了爱的激流，他的爱使心变得更加的广博。

他现在对她生出一种以前他从没体验过的心情。这种心情跟最初那种诗意的迷恋完全不同，跟他后来所感到的肉欲的爱慕更不相同，甚至跟他在法庭审判以后决定同她结婚而产生的履行责任的思想感情以及其中混杂着的虚荣心理也没有什么共同的地方。这种心情就是最单纯的怜惜和感动，当初他在监狱里跟她初次见面的时候就产生过这样的心情，后来他到医院里去过一趟以后，极力克制自己的厌恶，原谅她和医士中间那个虚构的恋爱事件的时候，又更加强烈地产生过那样的心情（至于她遭到冤枉的那件事，后来已经解释清楚）。这就是先前已经有过的那种心情，只是有一点区别：先前那种心情是暂时的，现在却变成经常的了。现在无论他在想什么事，也无论他在做什么事，他的一般的心境总是这种怜惜和感动的心情，而且不但对她一个人如此，对一切人也都是如此。

作家的比喻修辞用得丰富，恰到好处，读到此处，让人心中有暖融融的感觉，这是一种希望。

这种心情似乎在涅赫柳多夫的灵魂里开辟了一道爱的激流，原先这种爱找不到出路，现在却向他遇见的一切人涌去。

涅赫柳多夫感到他自己在这次旅行的整个时期保持着一种情绪昂扬的精神状态，因而对所有的人，从押解兵和马车夫起，到跟他打过交道的监狱长官和省长止，不由自主地变得关心和体贴了。

在这段时期，由于马斯洛娃已经调到政治犯当中，涅赫柳多夫就得到机会认识了许多政治犯，最初是在叶卡捷琳堡认识的，因为政治犯们在那里很自由地同住在一个大牢房，后来他在路上又认识了同马斯洛娃一起的五个男犯人和四个女犯人。涅赫柳多夫同流放的政治犯接近以后，完全改变了他对他们的看法。

自从俄国革命运动开始以来，特别是在三月一日以后，涅赫柳多夫一直对革命者抱着厌恶感，鄙视他们。首先，在反对政府的斗争中他们所使用的残酷而隐蔽的方法，尤其是他们残酷杀人的行为，使得他感到厌恶。其次，他们一般都具有强烈的自命不凡的特点，这也惹得他讨厌。不过等到他更接近他们，了解他们往往无辜而受尽政府迫害的种种事实以后，他才看出他们不能不成为他们目前这样的人。

涅赫柳多夫变得更加宽容，亦洞察了现象背后的实质，从一个高度全面地看，而不是“只缘身在此山中”的误读、误解。

不论一般所谓的刑事犯所遭到的折磨多么荒唐透顶，可是在他们判罪之前和之后，毕竟还能多多少少见到一点依照法律办事的影子，然而在政治犯们的案子里却连那一点影子也见不到，犹如涅赫柳多夫在舒斯托娃一案里，以及后来在许许多多他的新朋友的案子里所见到的一样。政府对付这些人无异于用大渔网捕鱼：凡是落网的鱼统统拖到岸上来，然后把那些合乎需要的大鱼挑拣出来，至于那些小鱼，就无人过问，听任它们在岸上死掉，晒干。政府就是照这样捉住几百个显然不但没有犯过罪而且也不可能危害政府的人，把他们囚禁在监狱里，有的时候一关许多年，于是他们在监狱里传染上肺痨病，或者发了疯，或者干脆自杀了事。他们所以被囚禁在监狱里，只是因为缺乏释放他们的理由罢了，再者由于他们关在监狱里，近在咫尺，遇到需要他们做证的时候，如此一看，“草菅人命”实属平常事，掌握了权力的一方，不是因权力的职责办事，而是通过滥用来证明自己的权力，可悲可怕，可怜可耻。这个“什么太太”是指玛丽叶特，她向她丈夫求情释放了无辜的舒斯托娃。

倒也可以把他们提出来说明某一个问题。所有这些人，甚至从政府的观点来看，也往往是无罪的，可是他们的命运却取决于宪兵、警官、暗探、检察官、侦讯官、省长、大臣等的专断、闲暇和心境。这样的官僚，只要闲得无聊，或者有意立功，就大肆逮捕，然后要看他自己或者上司的心境，决定把他们关进监狱，或是释放。至于高一级的上司，也要看是不是想立功，或者同大臣的关系如何，或是把他们发送到天涯海角去，或是关进单人牢房，或是处流刑，做苦工，以至处死，再不然，遇到一个什么太太来向他求情，就把他们释放掉。

正所谓“官逼民反”，“以暴抗恶”，而作为托尔斯泰代言人的涅赫柳多夫是主张“勿以暴抗恶”的，这种精神的最高境界即宽容一切异于自己的存在，所以涅赫柳多夫对革命者不是敌视，而是通过交流去理解。只有深入地去思考，才会得出如此详细具体的归纳。

既然别人像在战争中那样对付他们，自然，他们也就要使用别人用来对付他们的同一种手段。犹如军人永远生活在一种舆论的气氛里，这种舆论不但为他们遮盖他们所作所为的犯罪性质，而且把这些行为说成英雄业绩一样，政治犯恰好也有一种由他们的团体所形成的舆论的气氛永远不离他们左右，正是由于有这种舆论的气氛，他们冒着丧失自由、生命和人所宝贵的一切东西的风险而做出的残忍行为，在他们的心目中，才非但不是恶劣的行为，而且成了英勇的行为。这也就向涅赫柳多夫说明了一个惊人的现象，为什么一些秉性极为温和的人，平时非但不忍心使得活着的生物受苦，而且不忍心看到他们受苦，现在却满不在乎地准备杀人。几乎所有这些人都认定，在某些情况下，以杀人作为自卫和达到全民幸福这个崇高目标的手段，是合法而正当的。至于他们对他们的事业做出崇高的评价，以及因此而自视很高，那却是由于政府把他们看得重要，残酷地惩办他们而自然形成的。他们必须自视甚高，才承受得起他们所承受的苦难。

涅赫柳多夫接近和了解他们以后，深信他们不像某些人所设想的那样是十足的坏人，也不像另外一些人所认为的那样是十足的英雄，而是些平常的人。像各处的人一样，他们当中也有好人、坏人和中间的人。他们当中有些人所以成为革命者，是因为他们真诚地认为他们有责任与当前的恶势力进行斗争。不过也有一些人，他们选择这种活动是出于利己的虚荣的动机。然而大部分人向往革命，却是出于涅赫柳多夫在战争时期所熟悉的追求危险和冒险行动的愿望，以玩弄自己的生命为乐，像这一类的感情原是极平常的、精力充沛的青年所共有的。他们同平常人的区别以及胜过平常人的地方，就在于他们的道德要求高于在平常人中间所公认的道德要求。在他们中间，不但认为节制欲望、生活刻苦、真诚老实、大公无私是理所当然的，而且认定为了他们共同的事业不惜牺牲一切，乃至牺牲他们的生命，正是他们的本分。就是因为这个缘故，在这些人当中，凡是高于一般水平的人，才总是远远地超出一般水平之上，成为罕见的道德高尚的模范，而凡是低于一般水平的人，也才远远地落在一般水平之下，往往成为不老实的、装腔作势的、同时又自以为是的、高傲的人。因此涅赫柳多夫对待他的某些新朋友不但怀着敬意，并且充满热爱，而对待另外一些新朋友，就不止于是冷淡了。

你是否能真正理解这段话？

六

涅赫柳多夫特别喜爱的是一个年轻的、害着肺痨病的男子克雷利佐夫，跟卡秋莎在一个队里，被流放去做苦工。早在叶卡捷琳堡，涅赫柳多夫就已经同他相识，后来在旅途中又跟他见过几次面，谈过话。夏天有一回，在旅站上，正赶上休息的日子，涅赫柳多夫几乎跟他消磨了一整天，克雷利佐夫畅谈起来，对他讲起自己的身世，说到他怎样成为革命者。他入狱前的经历很短。他父亲是南方一个省里的富有的地主，在他还是孩子的时候就死了。他是独生子，由母亲养大成人。他不论在中学还是大学，学习都不费力，大学毕业获得了数学系第一名硕士学位。有人要他留校，日后送他出国。可是他犹疑不定。他已经爱上一个姑娘，在考虑结婚，到地方自治局去工作。他样样事都想做，反而无法决定该做哪一样好。这时候有几个大学同学来要求他为公共事业捐一点钱。他知道这个公共事业就是革命事业，当时他对它完全不感兴趣，可是出于同学的情谊，又爱面子，深怕人家以为他怕事，就捐了钱。收钱的人被捕了。从那里搜到一张字条，根据那张字条查明钱是克雷利佐夫捐的。他就被捕，先是押在警察分局，后来送进监狱。

“他样样事都想做，反而无法决定该做哪一样好”，一次只做一件事，方向就会明确，知道自己要干什么，而他还在最初的混沌中，不知道自己要干什么。你是否有过这种状态？

“在关押我的那个监狱里，”克雷利佐夫对涅赫柳多夫讲起来（克雷利佐夫在高高的板床上坐着，胸脯凹进去，两只胳膊肘撑在膝头上，只偶尔用亮晶晶的、害着热病的、好看的、聪明的、善良的眼睛瞟涅赫柳多夫一下），“在那个监狱里，管理还不算特别严，我们不但敲墙互通消息，甚至在过道里走来走去，随便交谈，把自己的食物和烟草分给旁人，每到傍晚甚至齐声唱歌。我有一副好嗓子。是啊！要不是我母亲很伤心，那么在监狱里待着，我倒觉得也挺不错，甚至心情愉快，觉得很有趣。我在那儿认识了不少人，其中有著名的彼得罗夫（他后来在要塞里用碎玻璃片割破喉咙自杀了）。此外我还认识了一些别的人。然而我当时并不是革命者。我旁边牢房里有两个人，我也认识了。他们全是因为携带波兰宣言一案被捕的，后来他们被押到火车站去，路上打算用掉押解兵逃跑，于是受到了审判。一个是波兰人洛津斯基，另一个是犹太人，姓罗佐夫斯基。是啊。那个罗佐夫斯基简直是个小男孩。他说他十七岁，可是从外表看上去，他只有十五岁的样子。又瘦又小，一对黑眼睛亮闪闪的，性子活泼，像所有的犹太人那样很喜爱音乐。他的嗓音正在变粗，不过唱起歌来好听。是啊。他俩提去受审的时候，我正在监狱里。他们是在一天早晨给押走的。傍晚他们才回来，说是他们被判处死刑了。谁也没有料到会有这种事。他们的案子那么轻，只不过是打算从押解兵的手里逃跑罢了，甚至没有打伤什么人。再者，居然把罗佐夫斯基这样的一个小孩子处以极刑，也未免不近情理。我们这些关在监狱里的人都断定这只是为了吓唬他们一下，这个判决是不会得到上边批准的。起初大家很激动，后来就放了心，生活又照老样子过下去。是啊。可是有一天傍晚，看守来到我的牢门跟前，鬼鬼祟祟地告诉我说，来了些木匠，正在搭绞架。我先是不懂：这是怎么回事？什么绞架不绞架的？可是老看守那么激动，我看他一眼，心里明白过来，原来就是为我们那两个人预备下的。我想敲墙，跟伙伴们讲这件事，可又深怕那两个人听见。伙伴们也都沉默着。分明大家都知道了。这一天整个傍晚，过道里和各个牢房里都是一片死气沉沉的寂静。我们没有敲墙通话，也没有唱歌。到十点钟光景，看守又到我这儿来，告诉我说从莫斯科调来一个执行绞刑的刽子手。他说完就走开了。我招呼他，要他回来。忽然，我听见罗佐夫斯基在过道对面他自己的牢房里对我喊道：‘您怎么了？您为什么叫他？’我就搪塞说他是给我送烟草来的，可是罗佐夫斯基仿佛猜出来了，开始问我为什么我们不唱歌，为什么我们不敲墙通话。我不记得我对他说了些什么，不过我赶紧走开了，免得再跟他说话。是啊。那天夜里真是可怕。我通

生活的折磨才使他有如此的反差。

当一方一定要以除掉另一方为解决方案时，再残忍再泯灭人性的事都干得出来。

搪塞（tángsè）：敷衍塞责。

宵听着各种声音。快到早晨，忽然，我听见过道的门开了，有人，有很多的人，走进来。我就走到牢门的小窗口站住。过道上点着一盏灯。头一个走过来的是狱长。他体格壮实，似乎是个有主心骨的、处事果断的人。可是他神色大变，脸容惨白，垂头丧气，仿佛吓破了胆。副狱长跟着他走过来，皱起眉头，现出横下一条心的样子。殿后的是一个卫兵。他们走过我的牢房门口，在旁边的牢房门前站住。我听见副狱长用那么一种奇怪的嗓音叫道：'洛津斯基，起来，穿上干净衣服。'是啊。随后我就听见那边的牢门吱呣一响，他们走过去，后来我听见洛津斯基的脚步声：他正朝过道的那一头走去。我只看得见狱长一个人。他站在那儿，面色惨白，一会儿解开胸前的衣扣，一会儿又扣上，不住地耸肩膀。是啊。忽然，他好像害怕什么东西似的，闪到一边去。原来洛津斯基走过他面前，朝我的门口这边走过来。您要知道，他是个漂亮的年轻人，生着波兰人那种好看的脸型：额头又宽又平，头顶上盖着厚厚的一层蜷曲细密的金黄色头发，生着一对很美的天蓝色眼睛。这个年轻人血气方刚，精力那么旺盛，身子那么强壮。他走到我的小窗口跟前站住，因此我看得见他整个脸。那是一张可怕的、消瘦的、灰白的脸。'克雷利佐夫，有烟吗？'我要拿出烟来给他，可是副狱长仿佛怕耽误时间似的，取出他的烟盒来，递给他。他拿了一根，副狱长给他划亮火柴，点上烟。他开始吸烟，仿佛在沉思。后来，他好像想起什么事似的，开口说：'这种事既残忍，又不公平。我什么罪也没犯过。我……'我的眼睛一直盯住他那年轻的、白皙的脖子，后来他喉头发颤，住了嘴。是啊。这时候我听见罗佐夫斯基在过道上用他那尖细的犹太人嗓音嚷了一句什么话。洛津斯基丢掉他的烟蒂，离开我的牢门口。紧跟着，罗佐夫斯基在我的小窗口出现。他那张孩子

动作描写细致入微，把人物的心理准确地表现出来。

气的脸上闪着一对水汪汪的黑眼睛，脸色发红，正在冒汗。他身上也穿着干净的衬衣，长裤却太肥，他老是伸出两只手把裤子往上拉，周身不住地发抖。他把他那张可怜的脸凑到我的小窗口上来，说：'阿纳托利·彼得罗维奇，医生叫我吃润肺汤药，不是吗？我不舒服，我还要再吃点润肺汤药。'谁也没有答话，他就用疑问的眼光先是瞧一瞧我，然后瞧一瞧狱长。他说这话究竟是什么意思，我怎么也想不明白。是啊。忽然，副狱长露出严厉的脸色，又那么尖声尖气地嚷起来：'开什么玩笑？我们走吧。'罗佐夫斯基显然不理解什么事在等着他。他仿佛着了急似的往前走去，抢在大家的前头，顺着那条过道，几乎是在跑步。可是后来，他又停住脚不肯走了，我听见他尖着嗓子哭叫。那边开始传来乱哄哄的喧哗声和顿脚声。他在尖声喊叫，痛哭。后来，声音越去越远，过道的门哗啷一响，然后就没有声音了。……是啊。他们就这样受了绞刑。两个人都用绳子勒死了。另外一个看守当场看见了，告诉我说洛津斯基没有反抗，可是罗佐夫斯基挣扎了很久，他们就硬把他拖上绞架，使劲把他的头塞进绳套里。是啊。那个看守是一个有点愚蠢的家伙。'老爷，人家都对我说，行刑是可怕的。其实一点也不可怕。他们受绞刑的时候，只有肩膀动了这么两下，'他说着，做出肩膀猛一下耸上去，随后又耷拉下来的样子，'后来刽子手一拉绳子，喏，为的是把绳套拉得紧一点，于是就完事，他们再也不动了。''一点也不可怕，'"克雷利佐夫把看守的话重说一遍，他本来想笑，可是没有笑成，却放声大哭。

> 体现了他对死亡的恐惧。

> 告知一个人必须死比直接折磨他至死更为残忍。

这以后，他沉默了很久，呼呼地喘气，把涌上他喉头的哽咽压下去。

"从那时候起，我才成了革命者。是啊，"他说，平静下来，简短地结束了他的经历。

这是一个"以暴抑恶"的代表，一位坚定的战士。虽然与作者的思想相违背，但作者仍站在客观的高度进行评述，而没有加以诋毁。

"并不后悔的人生"并不是每个人都有幸拥有的，这一生，他的良知并未沉睡，所以无憾。

他加入民意党，甚至做一个破坏小组的领导人，这个小组的目的就在于对政府使用恐怖手段，迫使它自己放弃政权，号召人民起来。他抱着这个目的有时候到彼得堡去，有时候到国外去，有时候到基辅去，有时候到敖德萨去，到处都获得了成功。后来，有一个他十分信任的人把他出卖了。他被捕，受到审判，在监狱里囚禁了两年，结果判处死刑，后来改为终身苦役。

他在监狱里得了肺痨病。目前，在他所处的条件下，他显然只有几个月的寿命了。这是他自己也知道的，不过他并不后悔他做过的事，而且说，如果他可以再活一辈子，他也仍然会利用它来做同样的事，那就是破坏这种社会制度，免得他所见到的那些事再有可能发生。

这个人的身世以及涅赫柳多夫同他接近，使涅赫柳多夫懂得了他以前所不理解的许多事情。

情境赏析

"我只看得见狱长一个人……两个人都用绳子勒死了。"让一个人提前知道自己要被处死是极其残酷的——甚至比死亡本身更为残酷，因为他必须在绝望中熬过死亡以前的一段时间。这段时间，在死亡的笼罩下，每一秒都像一年那么漫长。在《复活》中，洛津斯基这个身体强壮的年轻人，转眼就被死亡的恐惧控制了，脸色变得灰白，看起来非常可怕。罗佐夫斯基还只是个十七岁的孩子，所以死亡的恐惧对他来讲就更强烈了。他"脸色发红，正在冒汗"，两只手神经质地不停地往上提裤子，整个身体都在"不住地颤抖"。他着急地往前走，却猛然醒悟到前面等待自己的是什么，就不肯前行，哭叫着进行绝望的反抗。仅仅因为试图逃跑，罗佐夫斯基和洛津斯基就被判处了绞刑。法律的残酷不公使得克雷利佐夫走上了反抗的道路，成了一个坚定的革命者。

《复活》中大量描写监狱和流放的章节，形成了一幅幅阴森可怖的画面。犯人们刚从牢狱里出来，还没有押解上路，光是等待狱吏点名的时间就在烈日的暴晒下死了好几个，流放途中被折磨致死的，更是不计其数。而到了西伯利亚，一个只能住一百五十人的监狱却塞进了四百五十个流放犯人，到处都使人感到专制制度的暴虐和罪恶。

名家点评

托尔斯泰所告诉我们的俄国人民生活，几乎等于其余我们这些作品的总和，因为，六十年来，他的足迹遍及全俄，什么地方他都观察过——乡村和乡村学校、监狱和犯人发配时停留过的地方、阁臣的避难所、办公厅、农舍、旅店和贵妇们的客厅。

——（苏）高尔基

七

涅赫柳多夫为了见到马斯洛娃，找到了押解官，并且希望他能以仁慈之心改善犯人的处境。在经过犯人那拥挤、肮脏、混乱、嘈杂的房间时，他发现自己不仅感到羞愧和内疚，更有一种难以抑制的厌恶和恐惧，为此他非常痛心。

在押解官和犯人们从旅站出发前为一个孩子发生冲突的那天，涅赫柳多夫在他投宿的那家客店里醒得很迟，后来又坐下来写完几封信，准备带到省城里寄，所以他从客店坐车出来比往常迟，没有照以前那样在旅途中追上大队，直到黄昏时分才到达一个村子，犯人们所住的小旅站就在附近。村子里有一家客店，是由一个上了年纪、身材很胖、有着非常粗的白脖子的寡妇开设的，涅赫柳多夫在那里烘干他的衣服，在装饰着大量圣像和画片的清洁上房里喝够了茶，就匆匆忙忙赶到旅站找押解官，请求他准许会见马斯洛娃。

在以前的六个旅站上，押解官虽然不断更换，可是都不准涅赫柳多夫走进旅站的房间，所以他有一个多星期没有跟卡秋莎见面了。其所以这样严格，是因为他们正等待一个主管监狱的大官路过此地。可是如今，那个长官已经从这里过去了，根本没有看一眼这些旅站。涅赫柳多夫就抱着希望，今天早上接管这批犯人的押解官可能像过去那些军官一样准许他同犯人见面。

客店的女老板劝涅赫柳多夫坐一辆四轮马车到村子尽头的小旅站，可是涅赫柳多夫情愿走着去。一个年轻的汉子负责护送他，这个宽肩膀的壮士是个工人，脚上穿着大皮靴，新擦过油，冒出浓重的焦油气味。这时候满天大雾，天色很黑，那个汉子在窗子里的灯光照不到的地方刚刚跨出三步，涅赫柳多夫就已经看不见他，只听到他那双皮靴踩在很深的稠泥里，发出吧唧吧唧的响声。

涅赫柳多夫跟着带路的人穿过教堂前面一个广场，走过一条长街，街上房屋的窗子里灯光通明。最后他们走到一片漆黑的村头。可是不久，这片漆黑当中现出了亮光，那是旅站附近点着的一些路灯，灯光透过迷雾射过来。这些颜色发红的光点越来越大，也越来越亮。渐渐地，栅栏的木桩、走动的哨兵的黑色身影、漆着斜条纹的木柱和岗亭，都可以看见了。哨兵瞧见有人走过来，照例吆喝一声："什么人？"等到他发觉他们不是自己人，他就变得很严厉，坚决不准他们在栅栏旁边逗留。可是给涅赫柳多夫带路的人看见哨兵这样严厉，倒并不慌张。

"好小子，你脾气倒不小啊！"他对哨兵说，"你去把你的头儿叫来，我们在这儿等着。"

哨兵没有答话，只对着一道边门喊了一声，然后站住，定睛瞧着宽肩膀的汉子就着路灯的亮光用木片把涅赫柳多夫皮靴上黏着的烂泥刮下来。栅栏木桩里边传来男人和女人的嘈杂的说话声。大约过了三分钟，传来铁器的响声，那道边门开了，哨兵队长从黑地里走到路灯的灯光下，肩上披着军大衣，问他们有什么事要办。涅赫柳多夫递给他一张事先预备好的名片，附着一张字条，上面写着有私事求见。他要求把名片和字条送交军官。队长不像哨兵那么严厉，可是问得特别仔细。他一定要弄清涅赫柳多夫有什么事要见军官，涅赫柳多夫究竟是个什么人。显然，他有意索取贿赂，不愿意放过机会。涅赫柳多夫就说他有一件特别的事要办，又说他会表一表谢意的，请求他把字条交上去。队长就接过字条，点了点头，走了。他走后过了不久，边门又响了，从里边走出几个女人，手里提着筐子、树皮篮、牛奶壶、袋子。她们一面跨出边门的门槛，一面用她们那种特别的西伯利亚方言谈天，嗓音清脆。她们都不是农家的打扮，而是城里人的装束，穿着大衣和皮袄。她们把裙裾高高地掖在腰里，头上扎着头巾，借着路灯的光好奇地瞅着涅赫柳多夫和给他带路的人。不过有个女人碰见这个宽肩膀的汉子，分明很高兴，就立刻用西伯利亚的骂人话亲亲热热地骂他。

"你这个树林里的妖精，上这儿干什么来了，小挨刀的？"她对他说。

“瞧，我是来送客人的，”汉子回答说，“你送什么东西来了？”

“牛奶做的食品。他们叫我们明天早晨还要送来呢。”

“那么，他们倒没留下你过夜吗？”汉子问道。

“叫你不得好死，你这个烂舌根的！”她笑着嚷道，“咱们一块儿回村子去吧，你送一送我们。”

那个带路的人又说了一句那种开玩笑的话，不但招得女人笑起来，就连哨兵也给逗笑了。然后，他转过身来对涅赫柳多夫说：

“怎么样，您一个人回去认得路吗？您不会走岔了道吧？”

“我认得路，我认得路。”

“您走过了教堂，从那座两层楼的房子算起，靠右边第二家就是。喏，您拿着这根拐棍。”他说，把一根比他还高的长棍子交给涅赫柳多夫，原是他走路的时候拄着用的。然后，他同那些女人一起消失在黑暗里，他那双大皮靴在泥地里踩出一片响声。

从迷雾里还传过来他的说话声，不时被女人的声音打断，可是边门又响了，队长走出门来，请涅赫柳多夫跟着他一起去见军官。

八

这个小旅站布置得跟西伯利亚沿途所有的大小旅站一样，坐落在一个院子里，院子四周用一根根尖头圆木桩围起来，院子里有三所住人的平房。最大的一所安着几个铁格窗，里边住着犯人。另一所里住着押解队的士兵。第三所里住着军官，还有一个办公室。现在这三所房子里灯火通明。这种灯光，特别是在这种地方，照例容易使人上当，以为这些明亮的房间里大概又好又舒适。房子的门廊前面点着路灯，顺着墙边还有大约五盏路灯，照亮了院子。一个军士领着涅赫柳多夫走过用木板铺成的路，往最小的房子门廊走去。他登上三级台阶，然后让涅赫柳多夫从他身边过去，走进点着小灯的前堂，那儿弥漫着木炭的浓烟。一个士兵站在火炉旁，穿着粗布衬衫和黑色长裤，打着领结。他只有一只脚上穿着黄色靴腰的高筒皮靴，正伛着腰，用另一只靴筒子给茶炊吹风。这个士兵看见涅赫柳多夫，就丢下茶炊，帮着涅赫柳多夫脱掉他身上的皮革制的大衣，然后走进里屋。

“他来了，长官。”

“哦，叫他进来。”一个气呼呼的声音说。

“您从门口进去吧。”那个士兵说，立刻又动手烧茶炊。

第二个房间里点着一盏吊灯，有一个军官挨着桌子坐着，脸色通红，淡黄色的唇髭很长，穿着奥地利式的短大衣，裹紧他那宽阔的胸脯和肩膀。桌上铺了桌布，放着吃剩的饭菜和两个酒瓶。这个暖和的房间里，除了烟草味以外，还很浓重地弥漫着一股刺鼻的劣等香水的气味。军官见到涅赫柳多夫，略微欠了欠身，带着仿佛讥诮而怀疑的神情瞧着走进来的人。

“您有什么贵干？”他说，没等到对方答话，就对着门口喊起来：“别尔诺夫！茶炊到底什么时候才烧好？”

“马上就好。”

“我要马上揍你一顿，好叫你记住！”军官喊着，两只眼睛闪闪发光。

“拿来了！”那个士兵叫道，端着茶炊走进来。

涅赫柳多夫等着士兵把茶炊安放好（军官睁着恶狠狠的小眼睛盯住士兵，好像要在他的身上看准一个地方，好下手打他似的）。可是，等到茶炊放好，军官就开始煮茶。然后他在旅途食品箱里拿出一个盛着白兰地的长颈玻璃瓶和一些阿尔贝特饼干。他把这些都放在桌布上，然后又转过身对涅赫柳多夫说：

“那么我能在哪方面为您效劳呢？”

“我要求准许我去探望一个女犯人。”涅赫柳多夫说，没有坐下。“政治犯吗？这是法律所禁止的。”军官说。

“那个女人不是政治犯。”涅赫柳多夫说。

“可是，请您坐下讲话吧。”军官说。

涅赫柳多夫坐下来。

“她不是政治犯，”他再说一遍，“不过根据我的请求，她已经由高级长官批准，同那些政治犯待在一起了……”

“啊，我知道了，”军官打断他的话说，“就是那个小黑娘儿们吧？行，可以照办。您吸烟吗？”

他把一包纸烟推到涅赫柳多夫跟前，然后小心地斟满两杯茶，把其中的一杯送到涅赫柳多夫跟前。

“请吧。”他说。

“谢谢您。可是我想见一见……”

“夜长得很。您有的是工夫。我吩咐人去把她叫来见您好了。”

“可是能不能不叫她出来，让我到他们的住处去看她呢？”涅赫柳多夫说。

“到政治犯那儿去？这是违法的。”

“我已经得到过许可进去好几次了。话说回来，如果您担心我私自把什么东西带给政治犯，那我托她也可以带进去。”

“哦，不行，我们要搜查她的。”军官说着，笑起来，声音很难听。

“哦，那您先搜一搜我好了。”

“算了，不搜也罢，”军官说，拔出酒瓶的瓶塞，把酒瓶举到涅赫柳多夫的茶杯上。“加一点，好不好？哦，那也随您。不管是谁，只要是在这个西伯利亚生活，那他见到一个受过教育的人，就会高兴得不得了。说真的，我们这种工作，您知道，再悲惨也没有了。一个人本来已经过惯了另外一种生活，现在却来过这样的日子，那可是苦透了。话说回来，人家对我们这班人却很有成见，一提起押解官，那不用说，准定是个粗野的、没受过教育的人，可是他们就不想一想：我们这种人生到世界上来，也可能完全是为了干别的工作的。”

这个军官的红彤彤的脸、他那香水的气味、他的戒指，特别是他那种难听的笑声，惹得涅赫柳多夫很讨厌。不过就连今天，他也还是像他在整个旅行期间一样，处在一种严肃的和关怀人的心情支配下，在这样的心境下他不容许自己用怠慢鄙视的态度对待任何人，认为必须同每一个人“认真地”谈话，这正是他为自己所规定的对人的态度。涅赫柳多夫听完军官的话，把军官的精神状态理解为由于同情他管辖下的那些人的痛苦而感到苦恼，就严肃地说：

“我想，您可以借着减轻人们的痛苦而在您的职务里得到安慰。”他说。

“他们哪里有什么痛苦？他们本来就是那号人嘛。”

“他们怎么能算是一种特殊的人呢？”涅赫柳多夫说，“他们跟大家一样。其中甚至有没罪的人。”

“当然，他们当中什么样的人都有。当然，谁都怜惜他们。别的押解官一点也不肯马虎，我呢，只要办得到，总是极力减轻他们的痛苦。宁可我自己吃苦，也不愿意叫他们吃苦。别的人碰到一点什么事，马上就依法办事，要不然就索性枪毙，可是我总怜惜他们。要再给您倒点茶吗？您再喝点吧，”他说着，又给他倒茶。“她，您要探望的那个女人，究竟是个什么人呢？”他问。

“她是个不幸的女人，流落在一家妓院里，后来在那儿遭到诬告，说是犯了毒死人命罪。不过她是个很好的女人，”涅赫柳多夫说。

军官摇了摇头。

“是啊，这样的事是有的。我跟您说吧，在喀山就有过一个那样的女人，名叫埃玛。她是匈牙利人，生着地地道道的波斯人的眼睛。”他接着说，回想往事而忍不住微微地笑。“她长得可真是体面，简直比得上伯爵夫人呢……”

涅赫柳多夫打断军官的话，又回到先前的话题上去。

“我想，趁他们在您的管辖之下，您可以减轻那些人的苦处。我相信，只要这样做，您就会得到很大的快乐，”涅赫柳多夫说，尽量把话讲得清楚点，就像是同外国人或者小孩子讲话一样。

军官闪着亮晶晶的眼睛瞧着涅赫柳多夫，分明急切地等着他把话说完，好继续讲那个生着波斯人眼睛的匈牙利女人的事。显然，那个女人在他的想象里逼真地出现，吸引了他的全部注意力。

“是啊，确实，这话很对，”他说，“我也真的怜惜他们。不过我想跟您谈一谈那个埃玛。您猜她干出了什么事？……”

“我对这种事不感兴趣，”涅赫柳多夫说，“我老实告诉您：虽然我自己从前也是另外一种人，不过现在我已经痛恨这种对待女人的态度了。”

军官吃惊地瞧着涅赫柳多夫。

“那么，您要不要再喝点茶？”他说。

“不，谢谢了。”

“别尔诺夫！”军官喊道，“你把这位先生带到瓦库洛夫那儿去。你就说：让这位先生到那个单独由政治犯住着的牢房，可以让他在那儿一直待到点名的时候。”

九

涅赫柳多夫由传令兵护送着走出去，又来到黑暗的院子里，路灯射出来的红光朦胧地照着这个院子。

“到哪儿去？”一个路上碰到的押解兵问护送涅赫柳多夫的传令兵说。

“到隔离的第五号牢房去。”

“这儿走不通，已经上锁了。得穿过那边的门廊才行。”

“怎么会上锁了呢？”

“是长官锁上的，他到村子里去了。”

“哦，那么您往这边走。”

这个士兵领着涅赫柳多夫往另一个门廊走去，顺着用木板铺成的路走到另一个门口。刚才他们在院子里，就已经听见嘈杂的说话声和里边的活动，就像一个上等蜂箱里许多蜜蜂正准备结队离巢一样。可是临到涅赫柳多夫走近，推开门，嘈杂声就更厉害，变成吵嚷、辱骂、哄笑的声音了。

镣铐叮当响，空中弥漫着他所熟悉的浓重的粪便味和焦油味。

这两种印象（叮当的铁链声夹杂着说话声以及那可怕的恶臭）素来在涅赫柳多夫的心里汇合成一种痛苦的感觉，类似精神上的恶心，而且正变成生理上的恶心。这两种感觉混在一起，彼此助长。

这时候涅赫柳多夫走进小旅站的前堂，那里放着一个臭烘烘的大木桶，也就是所谓的“马桶”。涅赫柳多夫头一眼看到的是一个女人坐在木桶边上。她面前站着一个男人，剃掉头发的脑袋上歪戴着一顶薄饼般的帽子。他们正在谈话。男犯人一见涅赫柳多夫，就挤一下眼睛，说了一句：

“就连沙皇也憋不住尿啊。”

可是那个女人把长囚衣的底襟放下来，低下头。

从前堂往里走，是一条过道。过道两旁有些牢房，开着房门。头一个是家庭牢房，其次是单身犯人的大牢房。过道那一头有两间小牢房，是专供政治犯住的。旅站里的这所住房本来指定供一百五十个人居住，现在却容纳了四百五十个人，十分拥挤，犯人们在牢房里住不下，把过道也挤满了。有的在地板上坐着，躺着，有的拿着空茶壶走出去，或者提着装满开水的茶壶走回来。塔拉斯也在这些人当中。他追上涅赫柳多夫，亲切地跟他打招呼。塔拉斯那张和善的脸变得很难看，因为他的鼻子上和眼睛底下有几处青紫的肿块。

“你这是怎么回事？”涅赫柳多夫问。

“出了一点事，”塔拉斯含笑说道。

“他们老是打架。”押解兵鄙夷地说。

“都是为了娘儿们，”一个跟着他们走过来的男犯人补充一句，“他跟瞎了一只眼的费特卡干了一架。”

“费多霞怎么样？”涅赫柳多夫问。

“没什么，她身体很好。喏，我现在就是打开水来给她沏茶的。”塔拉斯说着，走进家庭牢房。

涅赫柳多夫往这个牢房的门里看一眼。整个牢房里，不管是在板床上边还是下边，都挤满女人和男人。牢房里弥漫着水蒸气，是从晾在那儿的湿衣服上冒出来的。女人的喊叫声一刻也不停。下一个门是单身犯人的牢房。这间牢房里挤得更厉害，就连房门口和门外的过道上都站满了一群闹闹哄哄的犯人，穿着湿衣服，在分什么东西，或是在解决一个什么问题。押解兵就向涅赫柳多夫解释说，这是犯人们的班长在算账和扣钱，原来监狱里有一个开赌场的犯人，借钱给犯人们，还有些犯人欠下了他的赌债，都用纸牌剪成的纸片作为凭据，目前班长凭纸片从犯人们的伙食费里扣下钱来还给赌场主。那些站得近的犯人看到军士和老爷走过来，就住了嘴，带着恶意瞅着两个过路的人。在分钱的人当中，涅赫柳多夫发现一个他认识的苦役犯费多罗夫，老是把一个年轻的小伙子带在身边，小伙子肤色白净，模样可怜，拧起眉毛，面容仿佛浮肿似的。此外，他还看见一个惹人讨厌的、麻脸的、烂掉鼻子的流浪汉，这个人颇有名气，据说有一次他越狱以后，逃进原始森林里，把一个同伙打死，吃了他的肉。流浪汉在过道上站住，把湿大衣披在一个肩膀上，讥诮而蛮横地瞧着涅赫柳多夫，没给他让路。涅赫柳多夫就从他身旁绕过去。

尽管涅赫柳多夫对这种景象已经司空见惯，尽管这一连三个月当中他在各种极不相同的场合下常常看到这四百名刑事犯，例如在热天，在他们脚镣的铁链拖在地上而扬起滚滚烟尘的大道上，或者在大道旁边他们休息的地方，或者在旅站的院子里遇到天气暖和他们之间发生公开通奸的可怕场面的时候，可是话虽如此，他每次来到他们当中，像现在这样感到他们的注意力集中在他身上的时候，仍旧会在他们面前生出痛苦的羞愧心情和负疚的感觉。使他最痛心的是，他心里除了羞愧和负疚的感情以外，还夹杂着难于克制的厌恶和恐惧的心情。他明知道他们处在目前所处的地位就不可能不变成他们目前这个样子，可是话虽如此，他仍旧无法消除他对他们的厌恶。

“他们倒逍遥自在，这些寄生虫，”涅赫柳多夫往政治犯的牢房门口走去，却听见背后有人说，“这些魔鬼，他们有什么不顺心的？反正他们的肚子不会痛。”一个沙哑的声音说，紧跟着又骂了一句不堪入耳的话。

这时候人群当中响起了恶意的、讥诮的哄笑声。

十

即使在监狱这样恶劣的环境中，人的良知也像被压在巨石下的小草一般，具有顽强的生命力，冒出绿色，生机盎然，人的心灵的高尚不会被彻底泯灭，而是尽情舒展，逆风飞扬！

护送涅赫柳多夫的军士，走过单人牢房以后，对涅赫柳多夫说在点名以前再来接他，然后就回转身走了。军士刚刚走开，就有一个男犯人光着脚，提起镣铐上的铁链，迈着快步走到涅赫柳多夫紧跟前，朝他散发出一股浓重的汗酸味，然后压低喉咙，用不让外人听见的声音说：

“您出头管一下吧，老爷。那个小伙子已经完全上了圈套。他们把他灌醉了。今天早晨交接犯人的时候，他已经冒充是卡尔马诺夫。您出头管一下吧，我们没法管，他们会打死我们的。”男犯人说着，神色慌张地往四下里看一眼，立刻从涅赫柳多夫身边走开了。

事情是这样：有一个苦役犯卡尔马诺夫，怂恿一个跟他面貌相像、判处终身流刑的小伙子跟他互换姓名，为的是让苦役犯去流放，让小伙子顶替他去做苦工。

涅赫柳多夫已经知道这件事，因为刚才那个犯人上星期就已经把这个骗局告诉过他。涅赫柳多夫点一下头，表示他已经听明白，他会尽他的力量去做。然后他头也不回，一直往前面走去。

先前在叶卡捷琳堡，涅赫柳多夫就已经认识这个犯人了，当时他托他说情，请上边批准他的妻子跟随他一同上路。涅赫柳多夫对他的举动感到惊讶。这个人中等身材，从外貌看是一个极其普通的农民，年纪在三十岁上下，因为犯蓄意谋财害命罪而被发配去做苦工。他名叫马卡尔·杰夫金。他的罪行很奇怪。依他本人对涅赫柳多夫的说法，这个罪行并不是他马卡尔干出来的，却是他，魔鬼，干出来的。据他讲，先是有一个过路人来到马卡尔的父亲家里，拿出两个卢布来雇下他父亲的大车，把他送到四十俄里以外一个村子去。马卡尔的父亲就吩咐他赶车把过路人送去。马卡尔把马套上车，穿好外衣，跟过路人一起喝茶。过路人喝茶的时候讲起他正要去办婚事，随身带着在莫斯科挣下的五百卢布。马卡尔听到这话，就走到外边院子里，拿过一把斧子来，塞在那辆由大车改装成的雪橇的草垫底下。

“我自己也不知道我为什么带上那把斧子，”他说，“有个声音说：‘你带上那把斧子，’我就把它带上了。我们坐着那辆雪橇，上了路。我们一路走着，挺好。我简直忘了那把斧子。眼看我们就要走到那个村子，只剩下六俄里的路了。我们的雪橇从乡间土路拐弯，走上大道，往山坡上爬。我从雪橇上下来，跟在后面走，他就小声说：‘你到底在想什么呀？你到了山上，大道上就有人，前头就是村子。他可就带着钱走了。你要干，现在就得动手，用不着再等。’我弯下腰去凑近雪橇，像是要把雪橇上铺着的草整理一下，那把斧子仿佛活了似的，自己就跳到我手里来了。他回过头来看我一眼。‘你要干什么？’他说。我抡起斧子来，打算劈死他。他是个机警人，从雪橇上跳下来，一把抓住我的手。‘你这个坏蛋要干什么？……’他说。他把我推倒在雪地上，我也没还手，随他去摆布。他就用一根宽腰带捆上我的手，把我扔在雪橇上。他立时把我送到区警察局。我就坐了牢。后来我受到审判。我的村社替我说好话，说我是个好人，一点坏事也没干过。雇我干活的东家也夸我好。可是我没有钱请律师，”马卡尔说，“所以法庭就判我做四年苦工。”

现在，正是这个人打算搭救他的一个同乡。他明知道他一讲出那件事，自己就有性命之忧，却仍然把犯人当中的这个秘密讲给涅赫柳多夫听，而万一他们知道他干出这种事，是必然会因此把他活活勒死的。

十一

政治犯的住处是两间小牢房，房门外面的那一截过道是同外界隔绝的。涅赫柳多夫走进这一截被隔断的过道里，所见到的第一个人就是西蒙松。西蒙松穿着短外衣，手里拿着一块松木，蹲在生了火的炉子跟前，炉门被热气吸进去，正在颤抖。

西蒙松见到涅赫柳多夫，没有站起来。他从两道突出的浓眉底下抬起眼睛看着他，伸出一只手来同他握手。

“您来了，我很高兴。我正需要跟您见面，”他带着含有深意的样子说，直率地瞧着涅赫柳多夫的眼睛。

“究竟有什么事?”涅赫柳多夫问。

“过一会儿再说。现在我正忙着。”

然后西蒙松又照管他的炉子，根据他自己创立的尽量减少热量损失的特殊理论给这个炉子生火。

涅赫柳多夫正要走进头一间牢房的门，恰好马斯洛娃从另一间牢房的门里走出来，弯着腰，手里拿着笤帚，把一大堆垃圾和尘土往炉子那边扫过去。她穿着白色短上衣，把裙子的下摆掖在腰里，脚上穿着长袜子。为了挡灰，她头上扎着白头巾，齐到眉尖。她见到涅赫柳多夫，就直起腰来，涨红脸，神情活泼，放下笤帚，在裙子上擦了擦手，照直走到他面前站定。

“您在收拾房间吧?”涅赫柳多夫说，伸出手去同她握手。

“对了，这是我的老行当了。”她说，微微一笑。“这儿脏得没法说。我们打扫了又打扫。怎么样，那块方格毛毯烤干了吗?”她转过脸去对西蒙松说。

“差不多了。”西蒙松说，用一种特别的眼光瞧着她，使得涅赫柳多夫暗暗吃惊。

“哦，那我等一会儿再来取，同时把皮袄拿来烤烤干。我们那些人都在这儿。”她对涅赫柳多夫说，指了指近处的门口，她自己朝远处的门口走去。

涅赫柳多夫推开房门，走进一间不大的牢房。那里点着一盏很小的铁皮灯，放在低低的板床上，光线微弱。牢房里阴冷，弥漫着还没有落地的尘土的气味、潮气和烟草味。铁皮灯照亮了四周的东西，可是板床仍旧在阴影里，有些摇晃的影子在墙上移动。

大家都在这间不大的牢房里，只有两个男犯人不在，他们是掌管伙食的，这时候出外去取开水和食品了。这儿有涅赫柳多夫的老相识薇拉·叶夫列莫夫娜，模样更瘦更黄了。她睁着一对惊慌的大眼睛，额头上暴起一根很粗的青筋，穿着灰色短上衣，留着短发。她坐在那儿，面前铺着一张报纸，报纸上撒着烟草，两只手急急忙忙把烟草装进带嘴纸烟的纸筒里去。

这儿还有一个女政治犯，是涅赫柳多夫认为极其可爱的。她名叫埃米利娅·兰采娃，掌管内务，哪怕在最困苦的条件下也在内务上显出女性的持家本领和魅力。她正坐在灯旁，卷起衣袖，用晒黑的、美丽的、灵巧的手擦净带柄的杯子和茶杯，放在板床上铺着的一块手巾上。兰采娃是一个相貌不漂亮的年轻女人，脸上带着聪明温和的神情，而且有一个特点：她每逢微笑，那张脸就突然变了样，显得高兴，活泼，迷人了。现在她就是带着这样的笑容迎接涅赫柳多夫。

“我们本来以为您已经回俄罗斯，根本不来了。”她说。

玛丽亚·帕夫洛夫娜也在这儿，坐在远处墙角上一个幽暗的地方，为一个小小的、头发淡黄的女孩做一件什么事，女孩嘴里不住地数说着，发出好听的、童稚的声音。

“您来了，这真好。您见过卡佳了吗?”玛丽亚·帕夫洛夫娜问涅赫柳多夫说。“瞧，我们这儿添了一个什么样的客人啊。”她指了指女孩。

阿纳托利·克雷利佐夫也在这儿。他在板床上一个远远的角落里坐着，弯着腰，盘着腿，脚上穿着毡鞋，把手揣在皮袄的袖管里，面容憔悴苍白，浑身发抖，用害着热病的目光瞧着涅赫柳多夫。涅赫柳多夫本来想要走到他跟前去，可是房门的右边，有一个生着浅棕色鬈发的男犯人坐在那里，戴着眼镜，穿着橡胶的上衣，一面整理他背包里的东西，一面跟容貌俊俏、面带笑容的格拉别茨讲话。这个人是著名的革命者诺沃德沃罗夫。涅赫柳多夫匆匆跟他打了个招呼。他所以特别匆忙地打招呼，是因为在这批政治犯当中，他唯独不喜欢这个人。诺沃德沃罗夫闪着淡蓝色的眼睛，透过眼镜瞧着涅赫柳多夫，皱起眉头，伸出一只细长的手来同他握手。

“怎么样，您旅行愉快吗?”他显然带点讥诮的口气说。

“是啊，有许多有趣的事。”涅赫柳多夫回答说，假装没有听懂他的讥诮，只把它当做一句客气话。他说完，就往克雷利佐夫那边走去。

涅赫柳多夫表面上显得毫不介意，然而心里对诺沃德沃罗夫却绝不是毫不介意的。诺沃德沃罗夫的那句话，他那故意说不中听的话以及做惹人不高兴的事的愿望，破坏了涅赫柳多夫这时候所保持的平和心境。他既感到沮丧，又感到郁闷。

“怎么样，您的身体好吗?”他说，握了握克雷利佐夫伸过来的冰凉的、颤抖的手。

“挺好，可就是身上暖和不过来，我的衣服都湿透了，”克雷利佐夫说，赶紧把手揣到皮袄的袖管里，“这个地方也冷得厉害。瞧，窗子上的玻璃破了。”他指了指铁格里面的玻璃窗，上面破了两处。“您怎么了，为什么一直没有来?”

“他们一直不许我进来，那些当官的严得很。只有今天这个军官还算和气。”

“哼，好一个和气的军官!”克雷利佐夫说，“您问一问玛莎，他今天早晨干过什么事。”

玛丽亚·帕夫洛夫娜没有从她坐的地方站起来，讲了讲今天早晨从旅站动身的时候为那个小女孩发生了一件什么样的事。

“依我看来，必须提出集体抗议才成，”薇拉·叶夫列莫夫娜用果断的声调说，同时迟疑而惊慌地看看这个人的脸，又看看那个人的脸，“弗拉基米尔提过抗议，可是那还不够。”

“还要提什么抗议?”克雷利佐夫说，烦恼地皱起眉头。显然，薇拉·叶夫列莫夫娜的华而不实、装腔作势和神经质，早已惹得他不痛快。“您是来找卡佳吧?”他扭过脸对涅赫柳多夫说。“她老在干活，打扫。这个房间、我们男犯人的房间，她都打扫干净了，现在去打扫女犯人的房间了。可就是跳蚤没法打扫干净，死命地叮人。玛莎在那儿干什么?”他说着，用头指一下玛丽亚·帕夫洛夫娜所在的那个墙角。

“她在给她的养女梳头呢。”兰采娃说。

“那她不会把虱子弄到我们身上来吧?”克雷利佐夫说。

“不会，不会，我很当心。现在她挺干净了。”玛丽亚·帕夫洛夫娜说。“您带着她吧,”她转过身对兰采娃说，“我要去帮卡佳的忙。还要把那块方格毛毯给他拿来。”

兰采娃就把女孩接过去，带着母性的温柔把孩子的两条裸露的小胖胳膊放在自己的胸脯上，抱起她来放在膝头上，给她一小块糖吃。

玛丽亚·帕夫洛夫娜走出去了。紧跟着，两个男犯人提着开水和食品，走进牢房里来。

十二

在这幅长篇画卷中，我们见识到了形形色色的人，在监狱中承受苦难的这些革命者也是个个都有特色，惟妙惟肖。通过涅赫柳多夫，我们近距离地接触他们。从他们的外貌肖像到为人处世、性情品格，这种种描写无一不透露出革命者阵营内部的复杂性……

两个走进来的人当中，有一个是青年人，身材不高、生得干瘦，身上穿一件蒙着面子的羊皮袄，脚上穿一双高统皮靴。他迈着又轻又快的步子走过来，提着两个冒热气的大茶壶，壶里装着滚烫的水，胳肢窝里夹着一块用头巾包着的面包。

这时的叙述视角还是涅赫柳多夫。

“哦，原来我们的公爵来了。”他说着，把茶壶放在那些茶杯中间，把面包交给马斯洛娃。“我们买到些再好也没有的东西。”他说，脱掉皮袄，把它从人们的头顶上扔过去，丢在板床的角落里。“马克尔买到了牛奶和鸡蛋。今天简直可以开跳舞会了。啊，基里洛夫娜老是收拾得处处都干净漂亮。”他瞧着兰采娃含笑说道。“好，现在你来沏茶吧。”他对她说。

这个人的整个外表，不论是动作、说话的声调、还是目光，都透露出活泼和欢乐。另一个进来的人却相反，外貌阴郁消沉。他也身材不高，生得精瘦，灰白的瘦脸上隆起两块很高的颧骨，一对美丽的淡绿色眼睛相离很远，嘴唇薄薄的。他身上穿着旧棉大衣，皮靴外面套着雨靴。他提着两只瓦罐和两个树皮篮。他把提来的东西都放在兰采娃面前。他见到涅赫柳多夫，就弯一下脖子对涅赫柳多夫点一下头，所以尽

这两个人从外貌上就表现出了很大的不同，性格亦由行为表现出来。

管他在点头，他的眼睛却仍旧瞧着涅赫柳多夫。然后，他不乐意地伸出一只汗湿的手来同他握手，慢腾腾地从篮子里拿出食品来摆好。

此段补充说明两人身世时，叙述的视角已经由涅赫柳多夫转为文章的叙述者，即那个“他”的第三者。

这两个政治犯都出身于平民。头一个是农民纳巴托夫，第二个是工厂工人马克尔·孔德拉季耶夫。马克尔是在已经到了中年，三十五岁的时候才参加革命活动的，纳巴托夫却从十八岁起就参加了。纳巴托夫先是在乡村学校毕业，由于才能出众而进了中学，后来一直靠教家馆糊口，读到毕业，获得了金质奖章，可是没有进大学，因为他还在七年级的时候，就已经做出决定：既然他是从人民中间来的，就要回到人民中间去，去教育他那些被遗忘的弟兄。他果然照这样做了：起初他在一个大村子里做文书员，然而不久就被捕了，因为他给农民们朗读小册子，在农民中间创办了一个生产消费合作社。头一次，他在监狱里囚禁八个月，后来释放出来，暗中受到监视。他出狱以后，立刻到另一个省的一个村子去，在那里当教员，照旧做他原来做过的那些事。他又被捕，这一次在监狱里囚禁一年零两个月，在监狱里越发加强了他的信念。

坚定而执著的性格由两次当教员的事实反映出来。

第二次出狱以后，他被流放到彼尔姆省。他从那儿逃走了。他又被捕，监禁了七个月，被流放到阿尔汉格尔斯克省。在那里，他拒绝向新沙皇宣誓，因而被判流放到雅库茨克区。所以他长大成人以后，他的生活倒有一半是在监禁和流放中度过的。所有这些遭际丝毫也没有使他变得性情暴躁，甚至也没有减弱他的精力，反而使他的精力更加旺盛。他是个好活动的人，胃口很好，总是做这做那，兴高采烈，生气勃勃。他从来也不懊悔他做过的任何事情，也不去猜测遥远的未来，而是把全部智慧、才干、实际知识倾注在当前的生活当中。他出了监狱，总是按照他为自己所规定的目标努力工作，那

他是一个具有顽强生命力的人，越挫越勇。

就是教育和团结以农村平民为主的工人们。一旦坐了牢，他也仍旧精力旺盛、脚踏实地地工作，以便同外界保持联系，在当前条件下不仅为他自己，也为他的团体把生活安排得最好。他首先是以集体为重的人。他自己似乎什么也不需要，一无所有也能够感到心满意足，可是为同志们的集体他却有很多要求，因而不论什么工作，体力劳动也好，脑力劳动也好，他都肯干，一干起来就不撒手，觉也顾不得睡，饭也顾不上吃。他本来是农民，爱劳动，手脚灵便，会干活，他天生来处处克制自己，不费什么力就能对人谦虚，不但能体贴别人的感情，也能照顾别人的意见。他的老母亲至今还活着，是个不识字的、守寡的农妇，满脑子迷信。纳巴托夫总是帮助她，只要没被捕就常去探望她。他回到家里，极力仔细了解她的生活，帮着她干活，仍旧同他往日的伙伴，农村的青年不断来往，跟他们一块儿吸劣等烟草卷成的狗腿烟，同他们比武斗拳，向他们解释，说他们都受了欺骗，应当从他们身受的骗局里解放出来。每逢他思索或者述说革命会给人民带来什么，他这个来自民间的人，总是设想人民会在几乎原样的条件下生活，只是他们有了土地，再也没有地主和官僚而已。他认为，革命不应当改变人民的基本生活方式，在这一点上他同诺沃德沃罗夫和诺沃德沃罗夫的信徒马克尔·孔德拉季耶夫的看法不同。革命，按照他的看法，不应当毁掉整个大厦，只应当把这个美丽、坚固、宏伟、为他所热烈喜爱的古老大厦的内部住房换个方式分配一下罢了。

为自己的信念废寝忘食。

为人体贴周到，勤劳朴实。

他是一位传道者，把真理揭示给人看，但他的想法亦带有自己的局限，犹如牛幻想自己的上帝亦是牛的样子一样。他最终的目的，单纯的是土地。

在宗教方面，他也是个典型的农民。他从来也不去思索种种玄虚的问题，不去思索万物的本源，不去思索死后的生活。上帝，在他心目中也如同在阿拉戈的心目中一样，是他至今还没有感到需要的一种假设。这个世界是如何开创的，究竟是摩西说得对，还是达尔文说的对，他根本不过问。他的同志们认为达尔文学说极其重要，可是在他看来，这种学说却同六天当中创造了世界的说法一样，无非是思想的玩物而已。

这种祖先留下的，沉积在灵魂深处的信念，即“集体无意识”，后世子孙通过这种思想的传递实现了智慧的相互融合。

他所以对世界怎样产生的问题不感兴趣，恰恰是因为他面前永远摆着人在这个世界上怎样才能生活得更好的问题。关于来世的生活，他也根本不去考虑。他在灵魂深处保持着一种坚定稳固的、从历代祖先继承下来、而且为一切种田人所共有的信念，那就是，如同动物界和植物界任何东西也不会消灭，而是经常从一种形式变换为另一种形式，粪肥变成麦粒，麦粒变成母鸡，蝌蚪变成青蛙，青虫变成蝴蝶，橡实变成橡树一样，人也不会消灭，只不过发生变化罢了。他相信这一点，所以永远精神饱满，甚至高高兴兴地面对死亡，坚定地忍受种种导致死亡的痛苦，然而他不喜欢谈，也不善于谈这种事。他喜欢工作，老是忙于实际，而且推动他的同志们也致力于实际事务。

曾经为了对抗穷困让他产生的屈辱感，他选择吸烟喝酒，这不过是一种自我麻醉的方式。是消极的对抗方式。

在这批犯人当中，另一个来自人民的政治犯马克尔·孔德拉季耶夫却是另一种性格的人。他从十五岁起就做工，为了扑灭在他心里隐约出现的屈辱感觉而开始吸烟喝酒。他第一次体验到这种屈辱的感觉，是在过基督圣诞节的时候，他们这些童工被带到一棵由厂主太太装饰好的圣诞树跟前，他和他的同伴们得到的礼物是每人一个苹果、一支只值一个戈比的小笛、一个用金纸包着的核桃、一个干无花果，可是厂主的儿女们得到的却是玩具，依他看来像是仙女的赏赐，事后他听说那要值五十卢布以上。他二十岁那年，有位著名的女革命者到他的工厂里来做女工，发现孔德拉季耶夫有杰出的才能，就开始送给他书和小册子，同他谈话，对他说明他所处的地位、造成这种地位的原因和如何改进这种地位的方法。等到他清楚地领会到有可能把他自己和别人从目前所处的被压迫地位当中解放出来，这种地位的不公平在他心目中就显得比以前越发残酷，越发可怕，他不但迫切要求解放，而且要求惩罚那些安排和维护这种残酷的不公平现象的人。据别人对他解释说，知识能够实现这种可能，孔德拉季耶夫就热切地致力于求得知识。至于社会主义的理想怎样才能通过知识来实现，他不清楚，不过他相信知识既然能够向他指明他所处的地位不公平，那么知识也就能够纠正这种不公平。此外，知识已经使他在自己心目中高于其他人了。因此他戒绝烟酒，把所有的空闲时间都用在读书上，自从他担任仓库管理员以后，他的空闲时间就更多了。

孔德拉季耶夫选择信仰是带有了明确的目的性和功利性的，他如同找到了一件武器从而急于用这件武器摧毁他的屈辱感。固然是由被动走向主动，但是“复仇”才是他的目的。

女革命者教他读书，对他永不知足地吸收各种知识的惊人能力暗暗纳罕。两年之间他学会了代数、几何和他特别喜爱的历史，而且涉猎了全部文学著作和评论著作，特别是社会主义著作。

后来女革命者被捕，孔德拉季耶夫也同她一起被捕，因为在他的住处搜出了禁书。他先是囚禁在监牢里，后来被流放到沃洛格达省。在那里他认识了诺沃德沃罗夫，阅读更多的革命书籍，全都记在心里，越发坚定了他的社会主义观点。流放期满以后，他领导一次工人大罢工，最后砸毁工厂，打死了经理。他被捕，判处褫夺公权，流放到西伯利亚。

他对待宗教也同对待当前的经济结构一样，抱着否定的态度。自从他明白他从小信奉的宗教是荒谬的东西以后，他就费了不小的力气摆脱这种信仰，起先还不免害怕，后来却很高兴。这以后，他仿佛要向他自己和他的祖先所受的欺骗进行报复似的，一有机会就尖刻而愤激地嘲笑教士和宗教教条。

他是借习惯的力量成为禁欲者的，满足于极少的一点点物质需要。如同一切从小习惯于劳动，练出一身发达的肌肉的人一样，任何体力劳动他都能承担，干得又多，又轻松，注重形式只会使他在看本质时更加的麻木。

又灵巧，不过他最珍视闲暇，这使他在监狱里和旅站上可以继续学习。目前他在钻研马克思的第一卷。他极其小心地把这本书藏在他的背包里，当做无价之宝。他对所有的同志都疏远，冷淡，唯独对诺沃德沃罗夫特别倾心，凡是诺沃德沃罗夫对各种事情所发表的见解，他都认为是无可争辩的真理。

他对女人抱着无法克制的轻蔑态度，把女人看做一切必要的工作的障碍。不过他怜惜马斯洛娃，待作亲切，认为她是下层阶级受上层阶级压榨的实例。根据同一种理由，他不喜欢涅赫柳多夫，不同他谈话，不握他的手，每逢涅赫柳多夫跟他打招呼，他也只是伸过一只手去，让涅赫柳多夫握一下而已。

十三

火炉已经生好，房间里暖和起来。茶泡好，分别倒在玻璃杯和带把的杯子里，加上牛奶而颜色发白。那些小面包圈、新鲜的细面粉面包、白面包、煮硬的鸡蛋、牛油、牛头、牛蹄都摆出来。大家就都凑到板床上当饭桌用的这块地方来，纷纷喝茶，吃东西，谈天。兰采娃在箱子上坐着，给大家倒茶。其余的人都在她的四周围上来，只有克雷利佐夫不在，他已经脱掉淋湿的皮袄，裹上那条已经烤干的方格毛毯，躺在他的床位上，跟涅赫柳多夫谈话。

大家今天一路上受了冻，淋了雨，到了这儿却发现又脏又乱，于是辛辛苦苦把这里收拾整齐以后，如今吃到可口的食物，喝下热茶，他们的心情就变得极其愉快欢畅了。

隔着墙传来刑事犯顿脚、吵嚷、叫骂的声音，仿佛在提醒他们四周是什么环境似的，然而这倒反而加强了舒适的感觉。这些人好比生活在海洋当中的小岛上，感到暂时不再受到他们周围种种屈辱和苦难的困扰，因此处在情绪昂扬、精神振奋的状态里。他们什么都谈，单单不谈他们的处境和等待着他们的前途。除此以外，如同青年男女之间，特别是像这批人似的被迫朝夕相处的时候所常常发生的情形一样，他们相互之间正在发生协调的和不协调的、由于各种不同原因结合起来的爱情。他们几乎都在恋爱。诺沃德沃罗夫钟情于容貌俊俏、面带笑容的格拉别茨。这个格拉别茨是高等女校的年轻学生，很不善于思考，对革命问题十分冷淡。然而她受到时代的影响，牵连到某一事件当中，被判处流刑。犹如原先她自由的时候，她生活当中的主要兴趣是在男人方面取得成功一样，后来她无论是在受审期间，监禁期间，还是在流放期间，这种兴趣始终保持不变。目前在旅途当中，由于诺沃德沃罗夫迷恋着她，这就使她得到了安慰，而且她自己也爱上他了。薇拉·叶夫列莫夫娜是很容易动情的女人，却没有引起别人对她的爱情，可是她时而爱上纳巴托夫，时而爱上诺沃德沃罗夫，总指望对方也会回报她。克雷利佐夫对待玛丽亚·帕夫洛夫娜的态度有点近似恋爱。他像男人爱女人那样地爱着她，不过他知道她对恋爱的态度，就巧妙地把他的感情掩藏在友情和感激的外衣底下，而他之所以感激她，是因为她怀着特别温柔的感情照料他。纳巴托夫和兰采娃之间发生了颇为复杂的爱情关系。如同玛丽亚·帕夫洛夫娜是十足贞洁的处女一样，兰采娃也是她丈夫的十足贞洁的妻子。

人世寒冷，人们用爱取暖，有了牵绊，心就不再荒凉。

这些丰富的细节的交代，使人物性格更为饱满，更像一个个活生生的人。

当初她刚十六岁，还在中学念书的时候，就已经爱上了彼得堡大学的大学生兰采夫。她十九岁那年，同他结了婚，当时他还在大学念书。她的丈夫在大学读到四年级，卷进这个大学的学潮，被驱逐出彼得堡，从此成了革命者。她就放弃她正在学习的医学课程，同他一起出走，也做了革命者。如果她丈夫在她心目中不是世界上最优秀、最聪明的人，她就不会爱他，而且既然不爱他，也就不会嫁给他。不过一旦她爱上她相信是世界上最优秀和最聪明的人，而且同他结了婚，那她就自然而然，完全依照世界上最优秀和最聪明的那个人的看法来理解生活和生活目的了。起初他把生活理解为学习，她就也这样理解生活。他做了革命者，她就也做了革命者，她能够很好地证明现行的制度不可能永远存在，每个人的责任就在于同这种制度进行斗争，力求建立另外一种政治上和经济上的生活结构，在那种生活结构当中个性可以自由地发展，等等。她觉得她确实是在这样想，这样感觉，然而实际上她只是认为凡是她丈夫所想的都是真正的真理而已。她所追求的只有一点，就是她同她丈夫的灵魂完全和谐一致，水乳交融；只有这样，她才能够得到精神上的满足。

托尔斯泰在这幅浩瀚的画卷中刻画了如此多的人物，又对这些人物的性格、经历、思想分别作了具体的表述，让我们深刻体会到了艺术巨匠的魅力。

她同她丈夫告别，同她母亲领去的她的孩子告别，在她是难过的。不过她坚定而冷静地忍受了这种离别，知道她忍受这种痛苦是为她的丈夫，为那个事业，而那个事业无疑是正确的，因为他就在为那个事业服务。她在思想上永远同她丈夫在一起，而且如同以前她没有爱过任何人一样，现在她除了爱她丈夫以外也不能够爱任何人。然而纳巴托夫对她的忠诚以及他那纯洁的爱情，打动了她的心，使得她心情激动。他是有道德的、坚强的男子，又是她丈夫的朋友，极力像对待姐妹那样对待她，然而他对她的态度却流露出更多的东西，这使得他们两人暗暗惊慌，不过同时倒也给他们当前的艰苦生活增添了光彩。

有波澜的生活永远比死水一般的生活引人入胜。

因此，在这个小团体里，只有玛丽亚·帕夫洛夫娜和孔德拉季耶夫同恋爱完全不相干。

玛丽亚的性格再次被突出。

十四

往常涅赫柳多夫照例要等大家喝过茶，吃完晚饭以后才同卡秋莎单独谈话，这一次他也抱着这样的希望，在克雷利佐夫身旁坐着，同他谈天。涅赫柳多夫顺便对他讲起马卡尔向他提出的要求，也讲起马卡尔犯罪的经过。克雷利佐夫注意地倾听着，他那炯炯的目光停留在涅赫柳多夫的脸上。

“是啊，”他忽然说，“我常常有这样一种想法：现在我们一起赶路，跟他们肩并肩地一起赶路，可是‘他们’究竟是些什么人呢？我们就是为这些人才长途跋涉的。可是话说回来，我们非但不了解他们，而且也不打算了解他们。他们呢，比这还要糟，他们恨我们，把我们看成敌人。这才可怕呢。”

人与人之间贵在理解，只有理解对方，尊敬生命的多样性，才能达到人类的和谐，而不是党同伐异。

“这一点也没有什么可怕的，”诺沃德沃罗夫听到他们的谈话就说道，“群众是永远只崇拜权力的，”他用刺耳的声调说。“政府掌握着权力，他们就崇拜政府，痛恨我们。明天我们掌了权，他们就会崇拜我们……”

只为了“掌握权力”的行动，不配打着人民的旗号，这只是一场功利性很强的斗争，而不是超越功利的高尚的精神层面的洗礼。

这时候隔着墙突然传过来一阵叫骂声、有人撞在墙上的声音、锁链的叮当声、尖叫和呐喊的声音。有人在挨打，有人叫道：“救命啊！”

“瞧瞧他们这帮野兽！我们和他们之间怎么谈得上交朋友呢？”诺沃德沃罗夫冷静地说。

“你说他们是野兽。可是刚才涅赫柳多夫还讲起这么一种行为，”克雷利佐夫生气地说，然后讲起马卡尔怎样冒着生命危险营救一个同乡的事，“这可不是什么野兽干得出来的，而是英雄行为。”

诺沃德沃罗夫的言语间，透露出他是一个嫉贤妒能的家伙。

“你也太多愁善感了！”诺沃德沃罗夫讥诮地说，“我们很难理解这些人的情绪以及他们行为的动机。你从中看出了心肠厚道，然而说不定这正是因为他嫉妒那个苦役犯呢。”

“你怎么就不愿意在别人身上看见一点好的东西呢。”玛丽亚·帕夫罗夫娜突然激昂起来，说道。（她对所有的人一概称呼“你”。）

只为“看得见的”，只为“眼前的”，再次表明诺沃德沃罗夫的功利。

“根本没有的东西，是看不见的。”

“人家冒着惨死的危险，那怎么能说根本没有呢？”

“我认为，”诺沃德沃罗夫说，“如果我们想干我们的事业。”（孔德拉季耶夫本来凑着灯光看书，这时候放下书，开始注意地听他的老师讲话。）“那么，为了这一点，头一个条件就是不要抱幻想，而要按事物的本来面目去看清事物。应当尽我们的一切力量为人民大众工作，却不要对他们有所期望。群众是我们的活动对象，然而只要他们一天像现在这样冥顽不灵，他们就一天不能成为我们的合作者，”他开始说道，仿佛在发表演说似的。“正是因为这个缘故，在我们为他们准备好的发展过程还没有发生以前，指望他们会对我们的工作有所帮助，那完全是幻想。”

这本来是很有道理的。

自相矛盾的理论，且颇自以为是。

“什么发展过程？”克雷利佐夫涨红脸，开口说，“我们说我们反对跋扈和专制，可是难道这不就是最可怕的专制吗？”

“这根本不是什么专制，”诺沃德沃罗夫冷静地回答说，“我无非是说，我知道人民应该走的道路，并且能够指出那条道路而已。”

“可是你为什么相信你所指出的道路就正确呢？难道这不就是以前产生过宗教裁判所和大革命的残杀的那种专制吗？他们也是根据科学知道那是唯一正确的道路。”

“他们犯了错误并不能证明我也犯了错误。再者，在思想家的空想和从实际出发的经济学的论据之间，有很大的区别。”

诺沃德沃罗夫的说话声响彻了整个牢房。只有他一个人在说话，大家都默默不语。

“老是争论，”玛丽亚·帕夫洛夫娜在他沉静了一会儿以后说道。

“那么您自己对这个问题有什么看法呢?”涅赫柳多夫问玛丽亚·帕夫洛夫娜说。

“我认为阿纳托利说得对，不应当把我们的见解强加给人民。” 是为宽容之道。

“哦，那么您呢，卡秋莎?”涅赫柳多夫含笑问道，等着她回答，却又暗自担心，深怕她会说出什么不恰当的话来。

“我认为老百姓在受欺负，”她说，涨得满脸通红，“老百姓太受欺负了。”

“说得对，米哈伊洛夫娜，说得对，”纳巴托夫叫道，“人民受尽了欺负。应当不叫他们受欺负才对。我们的全部工作就是为了做到这一点。”

“这可是关于革命任务的奇怪概念。”诺沃德沃罗夫说，沉默下来，气愤地开始吸纸烟。

“我没法跟他谈话，”克雷利佐夫压低喉咙说，沉默下来。

“最好还是不谈，”涅赫柳多夫说。

情境赏析

本篇的主角无疑是诺沃德沃罗夫。他自认为和刑事犯是根本不同的，并且坚持宣称那些人身上没有任何好的东西。他自认为自己比群众高明得多，所以他要成为一个给人民指出该走的路的引路人。而实际上，他的言论是自相矛盾的，不仅是逻辑上的错误，亦反映出他思维上的误区。表面上我们看出他是一个要求“按事物的本来面目去看清事物”的人，而实际上他却是一个主观性极强、颇自以为是的人。明明马卡尔这样思想与精神都已经达到了一个高度层面的犯人已经证明了他所谓的“人民”是很有觉悟的，而非是“冥顽不灵”。他却一再坚持不要对“人民”抱幻想，认为他们一无是处、愚昧无知。

苏格拉底这位大哲人说过：“我唯一所知道的，就是我一无所知。”而诺沃德沃罗夫却坚信自己洞察了世上的真理，掌握了秘密，是位先知。这恰恰暴露出了他自身的功利性，他无法以平等的心态去对待他人，更不会尊敬他人，他打着“为着人民”的旗号却无法宽容人民，实在是一个悖论。

名家点评

托尔斯泰的无懈可击的观察令人钦佩，他像一面完美无瑕的镜子，为我们提供了大量的典型和无数丰富的精确细节。请看他是怎样看待一切：对于卑污与贞洁，没有冷酷、没有软弱，但有着平静的理解和友好的同情。

——（法）罗曼·罗兰

十五

同是革命者，对待爱情的态度也是天壤之别，一种是：我崇高，你崇拜我，所以我爱你；另一种是：你圣洁，你质朴，我爱你，不带条件的、纯粹的是精神上的相融。

尽管诺沃德沃罗夫受到所有革命者很大的尊敬，尽管他很有学问，被人认为很聪明，涅赫柳多夫却把他归在这样一类革命者里面：他们的道德品质低于一般水平，而且低得多。这个人的智力（他的分子）大，不过他对自己的看法（他的分母）更大得没法比，早已超过了他的智力。

真的是太精确了。这个分子与分母的类比使这个效果更加明显。

这个人在精神生活方面，同西蒙松相比，具有一种截然相反的倾向。西蒙松是这样一种人，这种人主要具有男性的气质，他们的行动是由思想活动所产生，为思想活动所决定的。可是诺沃德沃罗夫属于另外一类人，那类从主要具有女性的气质，他们的思想活动一部分趋向于达到由感情所确定的目标，一部分致力于证明由感情所促成的行动是对的。

理性思维与感性思维作用于品质不同的人，效果也是不同的，并不能由一个综合因素促成的结果，反推这两种思维的好坏高下。

诺沃德沃罗夫的全部革命活动，尽管他善于用各种极其动听的理由解释得头头是道，不过依涅赫柳多夫看来，却仅仅是以虚荣心为基础，无非是想出人头地，高居于人们之上罢了。起初，由于他有吸收别人的思想，准确地表达别人的思想的能力，他在求学期间，在学生和教员当中，在他那种能力深受重视的地方（中学里、大学里、考取硕士学位的场合），果然做到了出人头地，他感到心满意足了。可是等他领到毕业文凭，不再求学，他的出人头地的地位就此结束以后，据不喜欢诺沃德沃罗夫的克雷利佐夫告诉涅赫柳多夫说，他为了在新的领域取得出人头地的地位而突然完全改变了他的观点，从渐进主义的自由派分子一变而为红色的民意党人。由于他的性格缺乏那种足以使人产生怀疑和踌躇的道德品质和审美品质，他很快就在革命者圈子里占据了党的领导人地位，这就满足了他的虚荣心。他一旦选定一个方向，就绝不怀疑，绝不踌躇，所以他相信绝不会犯错误。依他看来，一切都似乎异常简单清楚，毫无疑义。正是由于他的见解的狭隘性和片面性，一切事情也果然很简单，很清楚，据他说来，人只要有合乎逻辑的头脑就行。他那种自以为是的态度非常强烈，只能使人避之犹恐不及，或者对他唯命是从。他是在很年轻的人们当中进行活动的，他们往往把他那种无限的自以为是的态度看做深谋远虑和雄才大略，结果大多数人都服从他的指挥，他在革命者圈子里获得很大的成功。他的事业就是准备暴动，在暴动中夺取政权，召开大会。大会上要提出一个由他拟定的纲领。他完全相信这个纲领会解决一切问题，因此这个纲领非执行不可。

托尔斯泰借涅赫柳多夫表达了自己的观点。

不时常进行自我反思的人，如何能进步。自负的人，眼光狭隘看不到他人的优点，认为一切人都不如他，其实这才是真正的愚蠢。

他的同志们因为他勇敢果断而尊重他，可是不喜欢他。他也不喜欢任何人。他对待一切杰出的人就像对待敌人一样，如果可能的话，很想按照老公猴对小猴的办法来对付他们。他恨不得剥夺别人的一切智慧，一切才能，免得他们妨碍他表现自己的才能。他只对那些崇拜他的人才好意相待。目前，在旅途上，他对待接受他的宣传的工人孔德拉季耶夫，对待那两个都钟情于他的女人，薇拉·叶夫列莫夫娜和容貌俊俏的格拉别茨，就是这样。他在原则上虽然也赞成应该解决妇女问题，然而在灵魂深处却认为所有的女人都愚蠢，微不足

嫉贤妒能的表现，如果他一旦成为统治者，只会实施愚民政策。

道，只有他常常自作多情地爱上的那些女人才是例外，例如现在他就在这样爱着格拉别茨。在这样的时候，他才认为她们是与众不同的女人，只有他才能够发现她们的优点。

两性关系的问题，依他看来，也像一切问题那样很简单，很清楚，只要承认自由恋爱，就算彻底解决了。

他有一个假妻子，还有一个真妻子，不过他已经同真妻子脱离关系，相信他们之间没有真正的爱情。现在他正打算跟格拉别茨缔结新的自由婚姻。

这种行为反映出一个人的品质和作风问题，以及一个男人的责任感。

他鄙视涅赫柳多夫，因为按他的说法，涅赫柳多夫对马斯洛娃"装腔作势"，特别是因为涅赫柳多夫竟然敢于考虑现行制度的缺陷，考虑纠正这种制度的方法，而且他的想法非但不是跟他诺沃德沃罗夫的想法一字不差，甚至他涅赫柳多夫居然有他自己的想法，公爵的想法，也就是蠢人的想法。涅赫柳多夫知道诺沃德沃罗夫对他抱着这样的态度，使他感到痛心的是尽管他在这次旅行期间一直保持着温和的心情，可是对待诺沃德沃罗夫却以其人之道还治其人之身，无论如何也没法克制他对这个人的极其强烈的反感。

此段恰恰说明了诺沃德沃罗夫自己所想的才是"蠢人的想法"。涅赫柳多夫的想法正好是他所缺少的。

十六

隔壁牢房里传来长官的说话声。大家都静下来。随后就有一个队长带着两名押解兵走进牢房来。这是点名的时候。队长伸出手指头依次指一下每个犯人，清点全部人数。他指到涅赫柳多夫的时候，和气而亲热地对他说：

"现在，公爵，点过名以后就再也不能留在这儿了。您得走了。”

“事先准备好”，表明这已经是公开的秘密了。

涅赫柳多夫明白这话是什么意思，就走到他跟前，把事先准备好的一张三卢布的钞票塞给他。

“哎，拿您有什么办法呢！那您就再坐一会儿吧。”

队长正要走出去，忽然另有一个军士走进来，身后跟着一个又高又瘦的男犯人，留着一把稀疏的胡子，眼睛底下带着青伤。

“我是来领我的小妞儿的。”犯人说。

“瞧，爸爸来了。”忽然传来孩子清脆的嗓音，随后一个生着淡黄色头发的小脑袋从兰采娃身后探出来。兰采娃正跟玛丽亚·帕夫洛夫娜和卡秋莎一起用兰采娃捐出来的一条裙子给小女孩做一件新衣服。

“对了，小闺女，是我。”犯人布佐夫金亲热地说。

“她在这儿挺好，”玛丽亚·帕夫洛夫娜说，带着怜悯的神情瞧着布佐夫金那张被打伤的脸，“您就把她留在我们这儿吧。”

从兰采娃的行为中，看出她确是位心地善良、体贴他人的女性。

“这几位小姐给我做新 лопоть 呢。”小女孩说，对她的父亲指了指兰采娃手里的活计。“多好呀，真漂亮，”她嘁嘁喳喳地说。

“你愿意在我们这儿过夜吗？”兰采娃摩挲着小女孩说。

“愿意。让爸爸也留下吧。”

兰采娃眉开眼笑了。

“你爸爸可不能住在这儿，”她说，“那您就把她留在我们这儿好了。”她扭过脸去对小女孩的父亲说。

“我看，就把她留在这儿吧。”在门口站着的队长说，然后他跟那个军士一同走出去。

押解人员刚刚走出房外，纳巴托夫就立刻走到布佐夫金跟前，拍拍他的肩膀说：

"怎么，大哥，你们那儿的卡尔马诺夫真是要跟另一个人调换吗?"

布佐夫金的和善亲切的脸突然变得阴郁起来，他的眼睛蒙上一层薄纱般的东西。

"突然变化的脸色"说明了一切。"眼睛蒙上一层薄纱般的东西"比喻得很贴切，反映了心境。

"我没听说。大概不会吧，"他说，然后，眼睛上仍旧蒙着那层薄纱，接着说，"哦，阿克秀特卡，看来，你就在小姐们这儿享福吧。"他说完，就赶紧走出去了。

"这件事他全知道。他们果然调换了，"纳巴托夫说。"那您怎么办呢?"

"到了城里，我就对当官的说一下。他们两个人的模样我都认得出来。"涅赫柳多夫说。

大家都沉默不语，分明担心又会重新惹出一场争论。

西蒙松本来一直沉默着，躺在角落里的板床上，把两只手枕在头下，这时候却果断地坐起来，下了地，小心地绕过那些坐着的人身旁，走到涅赫柳多夫跟前。

"现在您可以跟我去谈几句话吗?"

"当然可以。"涅赫柳多夫说着，站起来，跟着他走出去。

卡秋莎瞧一眼站起来的涅赫柳多夫，遇到了他的目光，就涨红脸，随后摇摇头，仿佛不明白这是怎么回事似的。

"我有一件事要跟您谈谈。"西蒙松开口说，这时候他已经同涅赫柳多夫走出房外，来到过道上。在过道上可以特别清楚地听见刑事犯那边的说话声和一阵阵吵嚷声。涅赫柳多夫皱起眉头，西蒙松却显然没有因为这种嘈杂声而感到别扭。"我知道您跟叶卡捷琳娜·米哈伊洛夫娜的关系。"他开口说，他那对善良的眼睛直率而注意地瞧着涅赫柳多夫的脸，"所以我认为我自己有责任……"他接着说，然而不得不停住嘴，因为牢房的门口有两个声音一齐喊叫，为一件什么事争吵：

"我跟你说，你这个蠢材，这不是我的!"一个声音嚷道。

“巴不得叫你闭了气才好，魔鬼。”另一个沙哑的声音说。

这时候玛丽亚·帕夫洛夫娜来到过道上。

这一系列细节表现出玛丽亚·帕夫洛夫娜是位细心而周到的人，能为别人着想。

“难道在这个地方能谈话呀，”她说，“你们到那边的房间去吧，那儿只有薇罗琪卡一个人。”说着，她就在前面带路，走到邻近的一个门口，门里是一个很小的房间，分明是单人牢房，如今拨给女政治犯居住了。薇拉·叶夫列莫夫娜躺在板床上，盖着被子，把头也蒙上了。

“她害偏头痛，睡着了，听不见。那我走了！”玛丽亚·帕夫洛夫娜说。

“刚好相反，你就留在这儿吧，”西蒙松说，“我本来就没有什么秘密要瞒住外人，更不要说瞒住你了。”

像个孩子一样的坐姿，反映出了她的天真、单纯，但是她并不愚蠢，而是很聪明的女子。

“哦，好吧，”玛丽亚·帕夫洛夫娜说着，在板床上坐下，像小孩子那样把整个身子一摇一晃地往后移，移到板床里边坐定，准备听他们讲话，她那对美丽的、羔羊般的眼睛瞧着远处。

“我要谈的是这样一件事，”西蒙松又讲起来，“我知道您跟叶卡捷琳娜·米哈伊洛夫娜的关系，所以我认为我有责任向您说明我对她的态度。”

“那么究竟是什么事呢？”涅赫柳多夫问，不由自主地佩服西蒙松对他讲话所表现的坦率真诚的态度。

注意西蒙松在提到马斯洛娃的时候，说的是一种尊称，很正式。

“那就是我打算跟叶卡捷琳娜·米哈伊洛夫娜结婚……”

“这真奇怪！”玛丽亚·帕夫洛夫娜说，定睛瞧着西蒙松。

“……而且我已经决定请求她答应做我的妻子。”西蒙松继续说。

“可是我能出什么力呢？这种事是要由她自己做主的。”涅赫柳多夫说。

“不错。可是她没有得到您的同意就不会决定这个问题。”

“为什么？”

“因为在您跟她的关系问题没有最后解决以前，她不能做出其他任何抉择。”

“在我这方面，这个问题已经最后解决了。我愿意做我认为分内应该做的事。除此以外，我还有心减轻她处境的困苦，不过我在任何情况下都不愿意使她受到束缚。”

“对。可是她不愿意接受您的牺牲。”

“这根本谈不到什么牺牲。”

“不过我知道她这个决定是绝不会改变的。”

“哦，既是这样，那么您找我究竟要谈些什么呢？”涅赫柳多夫说。

“她要您也承认这一点。”

“可是，我怎么能够承认我不应该做我认为分内应该做的事呢。我所能说的只有一点，那就是我是不自由的，而她却是自由的。”

可以说西蒙松的爱是一种由理智引发的感情。这种爱不会轰轰烈烈，但却实实在在，这是一种宽容之心，是一种慈悲。

西蒙松沉默了一阵，深思着。

“好吧，我就这样告诉她。您不要以为我迷恋她了，”他继续说，“我是把她当做一个很好的、少有的、苦难深重的人那样爱她的。我对她一无所求，只是非常想帮助她，减轻她的厄运……”

涅赫柳多夫听见西蒙松的嗓音发颤，不由得暗暗吃惊。

“……减轻她处境的困苦，”西蒙松继续说，“要是她不愿意接受您的帮助，那就让她接受我的也好。倘使她能同意，我就会要求上边把我流放到她的监禁地点去。四年并不算太长。我会在她身边生活，也许可以减轻她的厄运……”他又激动得停住了嘴。

“那么，我怎么说才好呢？”涅赫柳多夫说，“我心里高兴，因为她找到了一个像您这样的保护人……”

“喏，这正好是我所要知道的，”西蒙松接着说，“我很想知道：既然您爱她，希望她幸福，那么您认为她跟我结婚，在她会是好事吗？”

“嗯，当然是的。”涅赫柳多夫果断地说。

“这件事全要由她做主，反正我只是巴望让这个受苦的灵魂松一口气罢了，”西蒙松说，带着稚气的柔情瞧着涅赫柳多夫，像那样的神情居然会在这个神色阴沉的人的脸上出现，那是万万料不到的。

西蒙松站起来，拉住涅赫柳多夫的一只胳膊，把脸凑到他跟前，腼腆地微笑着，吻了他一下。

西蒙松果然是一个非常坦率的男子，对人直来直往。

“那我就去告诉她。”他说着，走出去。

情境赏析

此篇中西蒙松对涅赫柳多夫谈他自己对马斯洛娃的爱情。“好吧，我就这样告诉她。您不要以为我迷恋她了……那我就去告诉她，他说着，走出去。”

同在一个空间、一个时段，近在咫尺的两个人对爱情的态度的差距是如此之大。前者是从自己出发，在灵魂深处认为所有女人都愚蠢、微不足道，只有他常常自作多情地爱上的那些女人才是例外，且只有他才能发现她们的优点。说到底，他还是认为自己高人一等，他蔑视一切女人，只有自己爱上的才是高出她们的，他认为是他赋予了这些女人与众不同的特权，是因他的爱才生辉，这是一种极其自私的自以为是的可耻的想法，缺少最基本的尊重。这种男人只会爱他自己。而西蒙松完全不同，西蒙松爱上了马斯洛娃，尽管“他的爱情是柏拉图式的”，但他是把卡秋莎当做了一个与自己完全平等的、具有美好的人格尊严的人，连卡秋莎也“领会到西蒙松认为她是不平常的女人，跟所有的女人都不一样，具有特殊的和高尚的道德品质”。

至于卡秋莎·马斯洛娃接受政治犯西蒙松的求婚，那可完全是另一回事了。马斯洛娃被迫去冰天雪地的西伯利亚服苦役，有个男人不因她的身世嫌弃她，真心同情她的遭遇，巴望她的日子能变得好过些，这是多么可贵的感情！西蒙松是个政治犯。这些政治犯在卡秋莎·马斯洛娃的心目中是崇高的，他们“都好得出奇，不仅以前从没见过，简直无法想象”。卡秋莎·马斯洛娃不懂得也不可能懂得政治犯们的思想和事业，但她知道他们是“好得出奇”的人，是可以信赖的。卡秋莎·马斯洛娃对西蒙松的尊敬和信任，超过对他的爱情。这种感情大大不同于她早年对涅赫柳多夫的迷恋。他们的结合也是合情合理的。

名家点评

卡秋莎·马斯洛娃和涅赫柳多夫最终未能成为眷属，究竟符合不符合生活的真实？为什么卡秋莎拒绝他的求婚？她究竟有没有原谅他，甚至重新爱上他？这些问题在《复活》问世时就引起读者和评论界的关注，一直众说纷纭。这种“探讨不尽”的情况既反映作者的构思不落俗套，也显示出真正艺术品的强大魅力。

——草婴

十七

如今，马斯洛娃认为“爱一个人”的定义是为他着想，为了他的幸福付出自己的幸福。哪怕只是为涅赫柳多夫做一件微不足道或者是消极的好事，只要能让他自由，她亦甘愿——很爱很爱你，所以愿意不牵绊你，使你能往更多幸福的地方飞去！

“哎，您看这是怎么回事啊？”玛丽亚·帕夫洛夫娜说，“他在谈恋爱，十足的恋爱嘛。这可是再也料想不到，弗拉基米尔·西蒙松居然用这种最愚蠢、最孩子气的方式谈恋爱。这真奇怪，而且我要说句实话，这太可悲了。”她叹一口气，结束了她的话。

“不过，她卡佳呢？您认为她会怎样对待这件事？”涅赫柳多夫问。

“她吗？”玛丽亚·帕夫洛夫娜停住嘴，显然想尽量准确地回答这个问题。“她吗？您要知道，尽管她的过去是那个样子，可是按天性来说，她却是一个最有道德的人……再者她的感情也那么细腻……她爱您，而且爱得很真，只要能为您做一件哪怕是消极的好事，使得您不致再受她的拖累，她就感到幸福。对她来说，跟您结婚是可怕的堕落，比以往的一切堕落都要坏，因此她绝不会同意这件事。不过另一方面，您老是在她身边出现，这又惹得她心神不安。”

“那怎么办呢，我该走掉吗？”

玛丽亚·帕夫洛夫娜微微一笑，脸上现出她那可爱而天真的笑容。

“对了，一部分。”

“可是，人怎么能走掉一部分呢？”

“这是我在胡说了。不过关于她，我想告诉您，大概她已经看出他那种荒唐而热烈的爱情来了（其实他并没有对她说过什么话），她又是感到得意，又是害怕这种爱情。您知道，在这些事情上我是不在行的，不过我觉得，从他那方面来说，他那种感情虽然加上了伪装，可是仍旧不外乎最普通的男性感情。他说这种爱情增强他的精力，又说这种爱情是柏拉图式的。不过我知道，即使这种爱情与众不同，但它的基础必然还是肮脏的……就像诺沃德沃罗夫和柳博奇卡之间的爱情一样。”

玛丽亚·帕夫洛夫娜离开本题，谈起她心爱的题目来了。

“可是，我该怎么办呢？”涅赫柳多夫问道。

“我想您应该对她说明一下。把一切事情讲清楚总归是好的。您跟她谈谈吧，我去叫她来。好吗？”玛丽亚·帕夫洛夫娜说。

“那就麻烦您了。”涅赫柳多夫说。玛丽亚·帕夫洛夫娜走出去了。

这时候小小的牢房里只剩下涅赫柳多夫一个人，他听着薇拉·叶夫列莫夫娜发出轻微的呼吸声，偶尔夹杂着呻吟声，又听着隔两个门口从刑事犯们那边不住传来嘈杂的说话声，于是一种古怪的情绪涌上他的心头。

西蒙松对他说的那番话，使他解脱了他自愿承担的责任，而这种责任，在他意志脆弱的时刻，总是使他感到沉重而古怪的。可是现在，他的心情非但有点不愉快，甚至痛苦。这种心情还含有这样的一种内容，那就是西蒙松的求婚破坏了他的行为的超群出众的性质，使得他所承担的牺牲的价值在他自己和别人的眼睛里降低了。如果这个人，而且是那么好的一个人，本来又跟她毫无瓜葛，尚且愿意把自己的命运跟她结合在一起，那么他的牺牲也就说不上有什么了不起。或许这里还有一种普通的嫉妒心。他已经完全习惯了她对他的爱，因此不能够承认她能爱上另外一个人了。再者，这样一来就推翻了他原先所定的计划，他本来是决定在她服刑期间一直生活在她身边的。假如她嫁给西蒙松，他留在此地就变得不必要，那他就得重定新的生活计划。他还没有来得及把他的心情分析清楚，忽然房门开了，刑事犯那边强烈的嘈杂声就猛然涌进来（今天他们那边出了一件特别的事），紧跟着卡秋莎走进房来。

她迈着很快的步子走到他面前。

“玛丽亚·帕夫洛夫娜打发我到这儿来。”她在他身旁很近的地方站住说。

“对了，我有话要跟您说。不过您先坐下。弗拉基米尔·伊万诺维奇刚才跟我谈过话。”

她坐下来，把两只手放在膝头上，显得很镇静。可是涅赫柳多夫刚一说出西蒙松的名字，她就涨得满脸通红。

“他对您都说了些什么？”她问。

“他告诉我说，他想跟您结婚。”

她的脸忽然皱起来，显出痛苦的样子。她一句话也没有说，光是低下眼睛。

“他要求我同意他的想法，或者提出我的意见。我说这全得由您做主，应当由您做出决定。”

“哎，这都是怎么回事啊？这都是为了什么呀？”她用一种奇怪的斜睨的眼光瞧着涅赫柳多夫的眼睛，那种眼光素来特别强烈地打动他的心。他们默默地瞧着彼此的眼睛，过了几秒钟。这种四目相视的目光向双方说出了许多的话。

“您必须做出决定。”涅赫柳多夫再说一遍。

“我有什么可决定的？”她说。“一切事情早就决定了。”

“不是的，您应当决定要不要接受弗拉基米尔·伊万诺维奇的求婚。”涅赫柳多夫说。

“我这样一个苦役犯，怎么能做人家的妻子？我何苦再把弗拉基米尔·伊万诺维奇也毁掉呢？”她皱起眉头说。

“哦，不过要是您得到了赦免呢？”涅赫柳多夫说。

“哎，您别管我的事吧。我没有什么话要说了。”她说着，站起来，走出房外去了。

十八

涅赫柳多夫跟着卡秋莎回到男犯人的牢房，这时候那边所有人的心情都非常激动。纳巴托夫原是一个各处都去、同所有的人都有来往、对一切事都注意观察的人，他刚刚带回一个震动大家的消息。那个消息是这样：他在一堵墙上发现贴着一张字条，是由一个被判决做苦工的革命者彼特林写的。大家本来认为彼特林早已到达卡拉河流域，现在才突然发现他不久以前刚刚单独同刑事犯们一起路过此地。

“八月十七日，”字条上写道，“我单独一人同刑事犯们一起赶路。本来涅维罗夫跟我在一起，可是他在喀山的疯人院悬梁自尽了。我身体健康，精神旺盛，希望一切顺利。”

大家正在讨论彼特林的处境和涅维罗夫自杀的原因。可是克雷利佐夫却带着聚精会神的样子沉默不语，他那对炯炯发光的眼睛呆望着前面出神。

“我的丈夫对我说过，涅维罗夫先前监禁在彼得保罗要塞里的时候就已经神智失常，常常见到幽灵，”兰采娃说，“对了，他是诗人，是空想家。这样的人总是经不住单身监禁的，”诺沃德沃罗夫说。“至于我，在遭到单身监禁的时候，就不容许我的想象力活动，而是极有条理地支配我的时间。因为这个缘故，我总能很好地熬过去。”

“这有什么难熬的？每逢我关进监狱，我倒往往挺高兴呢，”纳巴托夫用活泼的声调说，分明有意驱散大家的阴郁心境，“平时，人总是提心吊胆，深怕自己被捕，又怕牵连别人，还怕毁掉这个事业，可是一旦关进监狱，那就什么责任都了结，倒可以休息一下了。你就乖乖地坐着，抽几口烟吧。”

“你跟他很熟吗？”玛丽亚·帕夫洛夫娜不安地看着克雷利佐夫那张忽然神色大变的瘦脸，问道。

“涅维罗夫是空想家？”克雷利佐夫忽然说，上气不接下气，倒好像他刚才嚷叫或者歌唱了很久似的。“涅维罗夫是这样一个人，按我们的看门人的说法，这样的人是天下少有的……是啊……他是个通体像水晶一样的人，一眼就能把他看到底。是啊……他莫说是撒谎，就连作假也不会。他不但皮肤薄，简直就像是周身的皮肤都剥掉了，所有的神经都露在外面。是啊……他的性格复杂而丰富，并不是那种浅薄的人……哎，说这些有什么用呢！……”他沉默了一会儿。“我们争论究竟应该怎么办才好，”他气愤地皱起眉头说，“究竟应该先教育人民，然后再改变生活方式呢，还是应该先改变生活方式？其次，我们又争论究竟应该怎样斗争才对：应该依靠和平的宣传呢，还是依靠恐怖手段？是啊，我们争论不休。可是他们倒不争论，他们是懂得他们该办的事的。几十人以至几百人，而且都是那么好的人，死掉了或者没有死掉，他们是完全不放在心上的。刚好相反，他们恰恰需要优秀的人死掉。是啊，赫尔岑说过，十二月党人遭到取缔的时候，社会的一般水平就下降了。怎么能不下降！后来，连赫尔岑本人和他那一辈人也遭到了取缔。如今又轮到涅维罗夫这一类人了……”

“这一类人是消灭不完的，”纳巴托夫精神饱满地说，“总会留下人来传种的。”

“不然。要是我们姑息他们的话，那就一个也留不下来，”克雷利佐夫提高喉咙说，不容许人家打断他的话，“给我一支烟。”

“不过要知道，阿纳托利，抽烟对你是不好的，”玛丽亚·帕夫洛夫娜说，“请你别抽烟了。”

“哎，别管我。”他生气地说，点上一支烟，吸起来，可是立刻开始咳嗽，难受得仿佛要吐出来。他唾了一口吐沫，继续说：“我们干得不对头，是啊，不对头。不应该光发议论，而应该把所有的人都团结起来……去消灭他们。对了。”

“然而话说回来，他们也是人。”涅赫柳多夫说。

“不，他们不是人，凡是能够干出他们所干的那些事来的人，就算不得人……嗯，听说有人发明了炸弹和飞艇。是啊，就应当坐着飞艇上天，往他们头上扔炸弹，把他们像臭虫似的统统消灭光……是啊。因为……”他正要说下去，可是忽然涨得满脸通红，咳得越发厉害，嘴里吐出了鲜血。

纳巴托夫跑出房外去取雪。玛丽亚·帕夫洛夫娜拿来缬草酊给他喝，可是他闭上眼睛，伸出惨白而精瘦的手推开她，呼吸困难而急促。等到湿雪和凉水使得他稍稍镇定下来，人们服侍他睡下，涅赫柳多夫就向大家告辞，同一个早已来找他、等了很久的军士一起走出去。

这时候刑事犯已经安静下来，大多睡熟了。尽管那些人在牢房里有的躺在板床上，有的躺在板床底下，有的躺在走路的通道上，然而牢房里还是容纳不下所有的人，有一部分人索性睡在房外过道的地板上，把背包垫在头底下，身上盖着潮湿的大衣。

从牢房的门里，从房外的过道上，传来鼾声、呻吟声、梦呓声。到处都可以看见一堆堆人的身体，密密麻麻挤在一起，上面盖着大衣。只有刑事犯的单人牢房里，有几个人没有睡觉，在墙角上围着一个蜡烛头坐着，不过他们看见有士兵走过，就把蜡烛头吹熄了。另外，在牢房外的过道上，灯底下，有一个老人也没有睡，光着身子坐在那儿，捉衬衫上的虱子。政治犯们的住处那种含有病菌的空气，同此地弥漫着的臭烘烘的、使人透不过气来的空气相比，反而好像干净得多。那盏冒着烟的灯看起来像是从迷雾里射出亮光来，人的呼吸都感到困难。为了穿过这条过道而又不致让脚踩着或者绊着睡熟的人，他就得预先看清前面可以下脚的空地方，把一只脚放下去，然后再给另一只脚找地方。有三个人显然就连在过道上也找不到空地方，索性在前堂里一个臭烘烘的、从裂缝里渗出粪浆来的便桶旁边睡下了。其中，有一个是痴呆的老人，涅赫柳多夫常常在旅途上见到他。另一个是十来岁的男孩，躺在两个男犯人中间，把头枕在一个男犯人的腿上，一只手托着脸颊。

涅赫柳多夫走出大门外，停住脚，挺起胸脯，张开整个肺部，久久地用力呼吸着凛冽的空气。

十九

触目惊心的苦难，烙印在涅赫柳多夫的心灵上，他对监狱的存在提出了质疑，监狱非但没有起到惩罚坏人的作用，反而毁坏了一批本来是有社会道德的平民。而逍遥法外的坏人却正在行此暴行，而且唯利是图。

用如此泥泞、艰苦的环境作烘托，这是在豪华别墅中的贵族所无法想象的，亦或是他们只当做他人的事，漠然置之。

天空中出现了星星。涅赫柳多夫沿着结了冰的、只有少数地方还有烂泥的道路回到客店里，敲了敲黑暗的窗子，那个宽肩膀的工人就光着脚走出来给他开门，把他让进前堂。前堂右边有一间杂用屋，里边传来马车夫响亮的鼾声。前面，门外的院子里，传来许多匹马咀嚼燕麦的声音。左边有一道门，通到一个干净的房间。这个干净的房间里弥漫着苦艾和汗臭的气味，房中间立着一道隔板，隔板后面传来某人结实的肺部发出的鼾声，鼾声均匀，每过一会儿就响一下。圣像前面点着长明灯，灯上安着红色的玻璃罩。涅赫柳多夫脱掉衣服，在蒙着漆布的长沙发上铺开一条方格毛毯，放好他的皮枕头，躺下去，脑子里把他今天所看见和听见的种种事情重温一遍。在涅赫柳多夫今天所看到的种种事情当中，他觉得最可怕的就是那个男孩，把头枕在男犯人的腿上，睡在从便桶里渗出来的粪浆当中。

光凭想象已经让人毛骨悚然，真实场面一定更为可怕。

尽管今天傍晚他同西蒙松和卡秋莎的谈话出乎他的意料，而且意义重大，可是他没有停下来推敲这件事。他同这件事的关系太复杂，况且也太不明确，因此他索性不去想它。不过他越来越清楚地想起那些不幸的人的情景，他们在令人窒息的空气里喘气，泡在臭烘烘的便桶渗出来的粪浆当中。他特别生动地想起那个天真无邪的男孩，他把头枕在苦役犯腿上的那副样子始终不肯离开涅赫柳多夫的脑海。

一个人只知道远处一个什么地方有些人蹂躏另一些人，使他们遭到各种堕落的影响、非人的屈辱和苦难，这是一回事，至于一连三个月不断看到一些人腐化和折磨另一些人，那却完全是另一回事了。涅赫柳多夫正好体验到这一点。一连三个月，他不止一次问自己："究竟是我疯了，所以才会看见别人没有看见的事呢，还是他们疯了，因而才会做出我所看见的那些事？"然而那些人（他们人数极多）做出种种使他十分惊讶和害怕的事情却表现出极其平静的自信心，不但认为这样做完全应该，而且认为他们所做的事都是很重要、很有益的工作，这就使人很难认为所有那些人都是疯子。至于要他承认他自己发了疯，那也办不到，因为他感到他的思路是清楚的。正是因为这个缘故，他才经常处在大惑不解的状态。

作者此刻深入了涅赫柳多夫的内心深处，叙述视角发生了转换，让我们感同身受，更加贴近人物、接近现实，至少是接近作者所描述的状态。

涅赫柳多夫一连三个月所见到的种种情景，使他得出了这样的概念：人们借助于法院和行政机关，从所有自由人当中抓走一批最神经质、最激烈、最容易冲动、最有才能、最有力量的人。这些人同别人相比，往往最缺少狡猾和慎重，而且对社会来说丝毫也不比那些仍旧自由的人更有罪，更危险。然后，第一，这些人被关押在监狱里，旅站上，或者服苦役的地点。他们一连监禁若干月以至若干年，过着完全闲散和衣食无虞的生活，脱离自然界，脱离家庭，脱离劳动，也就是处在人类的自然生活和精神生活的一切条件之外。这是一。第二，这些人在那些机构里遭到各种不必要的屈辱，例如戴上镣铐，剃光半边头发，穿上丢脸的衣服，也就是说使软弱的人被剥夺了力求过好生活的主要动力：关心别人的意见，羞耻心，人的尊严感。第三，他们经常有性命之忧，因为在监禁地点经常有传染病流行，犯人们体力疲惫，狱吏经常殴打犯人，至于中暑、水淹、火灾之类的例外情况，那就更不在话下了。这些人经常处在这样一种环境下，就连最善良、最有道德的人一旦落到这地步也会出于自卫的心理而干出残忍得极为可怕的事情，并且看到别人干这类事情，还会原谅他们。第四，这些人被迫结交淫棍、凶手、歹徒等，在生活中，尤其是在这类机构中遭到极端腐蚀的人。那些已经腐化的人对这些还没有通过一般方式完全腐化的人所起的作用，无异于酵母对面团所起的作用。最后，第五，凡是身受这种影响的人，无不通过极有说服力的方式，而且恰恰是通过别人强加给他们的不人道行为，例如虐待儿童、妇女、老人，殴打，用树条或皮鞭抽打，对于抓回活的或者死的逃犯的人一概发给奖金，拆散夫妻，使得有夫之妇和有妇之夫私通，枪决，绞杀等方式，总之，通过极有说服力的方式领会了一个道理：各种暴力、残酷行为、兽行，在对政府有利的时候，非但不会遭到政府禁止，反而得到政府的批准，那么由此可见，这类行为对那些处在丧失自由、贫困而不幸的境况里的人来说，就越发是可以容许的了。

这些思想表明了涅赫柳多夫是八九十年代贵族中具有民主倾向的优秀人物的代表。不必说，这也正是托尔斯泰思想倾向的一种真实反映。

所有这些办法都像是特意发明出来，以便制造在其他任何条件下都不可能形成的、登峰造极的腐化和恶习，然后再把这种登峰造极的腐化和恶习按最广泛的规模传布到全体人民中间去。“这简直仿佛是提出了一个任务，要用一种最完善和最妥当的方法腐化尽量多的人似的，”涅赫柳多夫仔细研究了监狱里和旅站上发生过的种种事情以后，暗自想道。每年都有成千上万的人被糟蹋得极端腐败，等到他们已经腐败透顶，就被释放出狱，以便把他们在监狱里学来的腐败行径散布到全体人民中间去。

寻找“罪恶之源”。

在秋明、叶卡捷琳堡、托木斯克等地监狱里，在各旅站上，涅赫柳多夫看到这个仿佛由社会本身提出来的目标正在顺利地完成。那些平平常常的普通人，本来是有俄罗斯的社会道德、农民道德、基督教道德的要求的，现在却放弃了那些观念，吸收了监狱中流行的新观念，其主要内容就是一切对于个人的凌辱、暴力，以至杀害，在有利可图的时候，都是可以容许的。在监狱里生活的人以整个身心领会了一个道理：根据他们身受的种种情形来判断，所有那些关于尊敬人和怜悯人的道德原则，虽然由教堂的教士和道德的导师大肆宣扬，其实在现实生活里是一概废弃不用的，因此他们也就用不着遵守那些原则。涅赫柳多夫在他认识的一切犯人身上都看到这一点，费多罗夫是这样，马卡尔也是如此，就连塔拉斯也不例外，他同犯人们生活过两个月以后，他的见解也变得不道德了，这使涅赫柳多夫暗暗吃惊。涅赫柳多夫一路上听说，有些流浪汉逃进原始森林，并且怂恿同伴们跟他们一起潜逃，后来却把他们杀死，吃他们的肉。他亲眼看见过这样一个活人，被控犯了这样的罪，而且直认不讳。最可怕的是这种吃人的事实并不是仅仅一次，而是经常发生的。

没有道德底线的生活太可怕了，仿佛群魔乱舞。难怪陀思妥耶夫斯基说：如果没有上帝，一切都是可以的。上帝是人良心的体现。

人性被迫在心灵的死角中掩埋，人们变得像动物一样，单纯用暴力、用残忍的方式去捕猎对方，“吃人的社会”。

只有在这类机构产生的、经过特殊培养的恶习的腐蚀下，一个俄罗斯人才会落到这种流浪汉所落到的地步。这种流浪汉已经走在尼采最新学说的前头，他们不但认为一切事情都可以放手去做，没有一件事是被禁止的，而且把这种学说先是散布到犯人中间，然后散布到全体人民中间去。

尼采面对社会上种种的罪恶，说出了“上帝死了”的论断。

对于目前正在发生的种种事情的唯一解释，按照书本上的说法，就是为了制止犯罪，为了惩一儆百，为了改造犯人，为了依法惩办。可是在现实生活里，不论是第一种作用，第二种作用，第三种作用，还是第四种作用，连一点影踪也没有。这样做不但没有制止犯罪，反而推广了罪行。这样做不

人不被以人的尊严相待，监狱的原意被暴行解构，变成了加工兽类的工厂，这是何等恐怖的世界。

但没有惩一儆百，反而鼓励了犯人；有许多犯人，例如那些流浪汉，就是出于自愿来到监狱里的。这样做非但没有改造犯人，反而把种种的恶习有系统地传布开去。至于惩办的需要，不但没有因为政府的惩罚而减少，反而在人民中间，在原来没有这种需要的地方，培养出这种需要来。

"那么，他们究竟为什么要这样做呢?"涅赫柳多夫问他自己，却找不到答案。

这些想法是托尔斯泰"勿以暴抗恶"的思想的延伸，恶行的停止是否仍是用恶来执行。

最使他感到震惊的是，这一切都不是出于偶然，也不是由于误解，更不是只做一次就完了。这一切是经常在做的，一连几百年绵延不断，区别仅仅在于以前是削掉犯人的鼻子和割掉犯人的耳朵，后来是把犯人打上烙印，拴在铁杆子上，现在是给犯人套上镣铐，不是用大车而是用火车和汽船来载运而已。

据担任官职的人们告诉他说，那些使他愤慨的事情都是起因于监禁和流放地点的设施不完善，只要新式监狱建立起来，这一切就可以得到纠正，然而这种论调不能使涅赫柳多夫满意，因为他感到，使他愤慨的事并不是起因于监禁地点的设备较为完善或者不够完善。他读到过塔尔德所推荐的改良监狱，那儿装着电铃，使用电刑，可是经过改良的暴力使得他越发愤慨。

物资设备的条件只是借口，人内心的卑鄙是无法通过建了几所条件好的监狱来克服和消除的。

使涅赫柳多夫感到愤慨的，主要是有一批人坐在法院里和政府各部门里，领到从人民身上搜刮来的大笔薪金，却致力于查阅由同一类官僚出于同一类动机所写成的书本，把人们违背他们所制定的法律的各种行为归到各个法律条款下面，然后根据这些条款把那些人发送到从此再也看不到他们的地方去，他们到了那种地方就处在一批残忍粗暴的狱长、看守、押解人员的专横跋扈下，成百万地在精神上和肉体上死亡。

涅赫柳多夫更进一步了解监狱和旅站以后，看出在犯人当中发展起来的所有那些恶习，例如酗酒、赌博、残暴，以及囚徒们干出的所有那些可怕的罪行，乃至人吃人的行径，都不是偶然现象，也不像麻木不仁的学者为袒护政府而做出的解释那样，是什么退化、犯罪型、畸形发展的现象，却是人能够惩罚人这种莫名其妙的错误所造成的不可避免的后果。涅赫柳多夫看出人吃人的行径并不是在原始森林里开始，而是在政府各部门、各委员会、各司局里开始的，只不过在原始森林里最后完成了而已。他看出，例如，他的姐夫，以至所有那些审判人员和官僚们，从民事执行吏起到各部的大臣止，丝毫也不关心他们嘴上常说的正义和人民的福利，他们大家所需要的无非是由于他们做了所有那些造成腐化和苦难的事情而应该付给他们的卢布罢了。这是十分明显的。

这时已经上升到了人性的高度。是一种长久的功利。

“那么难道所有这些都仅仅是由误会造成的吗？应该想出一个什么办法，向所有那些官僚提出保证，只要他们不做他们现在所做的事，就照旧发给他们各人一笔薪金，甚至另外再发一份奖金呢？”涅赫柳多夫暗想。他想到这儿，外面的公鸡已经叫过第二遍，尽管他的身体稍稍动弹一下，他四周的跳蚤就像喷泉那样纷纷跳到他身上来，他却还是沉酣地睡熟了。

“喷泉”这个夸张的比喻把环境的恶劣一步到位地表现出来了。

情境赏析

涅赫柳多夫一连三个月所见到的种种情景……犯人一旦被关进监狱，就被强迫穿上囚服，甚至要戴上脚镣，或者剃光半边头发。这种屈辱的标记彻底地粉碎了犯人的尊严感和羞耻心。为了能使自己承受住这种屈辱，他们一定会寻找一些支撑自己的理由，踏上一条不归路：我就是犯人，我就是堕落，你拿我怎么办？这种不自觉的“定位”，后来由潜意识暗示，成了一种行恶事的借口。犯人们经常处于死亡的边缘，在这种歇斯底里的状态下，为了自己能活下去，人们可能干出所有的伤天害理的恶行而不会产生自责之情。这已经堕落到了做人的底线之下——可是，这种状况不正是俄国的监狱所蓄意制造出来的吗？犯人们常常会受到毒打，生病的犯人根本得不到治疗，监狱里各种传染病流行，生存的欲望对一个犯人来说就成了生活的全部意义，任何道德都显得苍白无力——待到此时，人和动物又有多大的区别呢？监狱当局的各种不人道行为，如虐待、殴打、枪决、绞杀等，都成了犯人们活生生的反面教材：既然政府都鼓励这样的残酷行为，处于他们那样的丧失了一切的绝望境地，这些行为当然是可以容许的，只要是对自己有利。俄国监狱就是这样使得种种的恶习发展到了登峰造极的地步，并且逐步在人们中传播流行开来。

名家点评

沙皇俄国“这个国家把人性绞杀了，为的是要恢复人的兽性，并用这种兽性的力量来巩固自己的政权”。

——（苏）高尔基

二十

涅赫柳多夫在为帮助克雷利佐夫，去追赶队伍，途中遇到了一位老者，他不将自己的信仰寄托于任何一种宗教。他认为宗教信仰有许多种形式，可是实际上本质精髓是相通的。人只要保持自己的本来面目，大家就合成一个人了，这貌似一个过客，却代作者言出其心中之声！

等到涅赫柳多夫醒过来，马车夫们早已赶着车子上路了。老板娘喝足茶，用手绢擦着流汗的粗脖子，走进来说，旅站上有一个士兵送来一封信。信是玛丽亚·帕夫洛夫娜写来的。她写道，克雷利佐夫这次发病比他们所想象的严重。“我们一时间想把他留下来，我们也留下来陪他，可是这没有得到批准。我们就带着他上路了，可是担心会出事。请您到城里以后费神疏通一下，如果可以把他留下来，那就让我们当中也留下一个人来陪他。倘使为了达到这个目的必须由我嫁给他，那么我，不消说，是乐意照办的。”

涅赫柳多夫就打发小伙子到驿站去叫马车，他自己赶紧收拾行李。他还没有喝完第二杯茶，就有一辆三套马的驿车响着铃铛，车轮在结了冰的泥地上好像在石子路上那样轰隆隆地响着，来到门廊跟前。涅赫柳多夫把店钱付给粗脖子的老板娘，赶紧走出去，在马车的垫子上坐下，吩咐马车夫把车尽量赶得快些，希望追上那批犯人。他的马车走过牧场的大门没有多远，果然追上了犯人的大车。那些大车载着背包和病人，辘辘响着滚过结了冰的泥地，在走过的地方碾出两条车辙。军官不在这儿，他坐着车赶到前头去了。兵士们在后面，沿着道路的两旁走着。他们分明喝了点酒，在兴高采烈地聊天。大车很多。前头的那些大车上每一辆坐着六名体弱的刑事犯，挤在一起。后头的三辆大车上坐着政治犯，每一辆有三名。最后的一辆大车上坐着诺沃德沃罗夫、格拉别茨和孔德拉季耶夫。倒数第二辆上，坐着兰采娃、纳巴托夫和一个害风湿病的弱女人，玛丽亚·帕夫洛夫娜把自己的位子让给她坐了。克雷利佐夫在倒数第三辆车上躺着，身子底下铺着干草，头底下垫着枕头。玛丽亚·帕夫洛夫娜坐在他旁边的赶车座位上。涅赫柳多夫吩咐他的马车夫在克雷利佐夫附近停下车，他自己往克雷利佐夫那边走过去。有一个带点酒意的押解兵开始对涅赫柳多夫摆手，可是涅赫柳多夫没有理睬他，一直走到大车跟前，扶住大车上的栏杆，并排往前走。克雷利佐夫穿着羊皮袄，戴着羊羔皮帽子，嘴上绑着手绢，显得越发消瘦苍白。他那对美丽的眼睛显得特别大，特别亮。他被那辆大车颠得微微摇晃，眼睛瞅着涅赫柳多夫，一刻也不肯放松。涅赫柳多夫问起他的身体怎样，他光是闭上眼睛，生气地摇头。他的全部精力分明都用在忍受大车的颠簸上了。玛丽亚·帕夫洛夫娜坐在大车的另一边。她向涅赫柳多夫递了个意味深长的眼色，表达她对克雷利佐夫的情况极其担心，然后立刻用快活的声调讲起话来。

"看样子，那个军官难为情了，"她喊叫道，为的是让涅赫柳多夫在车轮的辘辘声中听得见她说的话，"布佐夫金的手铐取下来了。他自己抱着那个小女孩，卡佳和西蒙松跟他们一块儿赶路，薇罗琪卡也在那边，接替了我的位子。"

克雷利佐夫用手指了指玛丽亚·帕夫洛夫娜，说了一句话，可是谁也没法听清楚。然后他皱起眉头，分明在忍住咳嗽，摇了摇头。涅赫柳多夫把头凑过去，好听清他的话。于是克雷利佐夫把嘴从手绢里拱出来，声音很低地说：

"现在好多了。只要不着凉就行。"

涅赫柳多夫肯定地点一下头，跟玛丽亚·帕夫洛夫娜互相看一眼。

"哦，三体的问题怎么样了？"克雷利佐夫又小声说，吃力地苦笑一下，"不易解决吧？"

涅赫柳多夫不懂，可是玛丽亚·帕夫洛夫娜对他解释说，这是一个确定三个天体，日、月、地球的相互关系的著名数学问题。克雷利佐夫为了开玩笑，把涅赫柳多夫、卡秋莎、西蒙松的关系比作那个问题了。克雷利佐夫点一下头，表示玛丽亚·帕夫洛夫娜把他这句玩笑话解释对了。

“这个问题不应该由我决定。”涅赫柳多夫说。

“您接到我的信了吗？您肯照着做吗？”玛丽亚·帕夫洛夫娜问。

“一定照办。”涅赫柳多夫说。他发现克雷利佐夫的脸上露出不悦的神情，就走开，回到自己的马车那边，在凹下去的车垫上坐下，用手扶住马车的边沿，因为在坎坷不平的路上马车颠得他的身子不住摇晃。他的马车开始追上犯人的队伍，犯人们穿着灰色的长囚衣和短皮袄，戴着脚镣和双人手铐，排成一俄里长的队伍。涅赫柳多夫认出对面的路边上有卡秋莎的蓝头巾，有薇拉·叶夫列莫夫娜的黑大衣，有西蒙松的短大衣、针织的帽子和白羊毛袜，袜子外面扎着带子，像凉鞋似的。他跟那些女人并排走着，正在激烈地讲一件什么事。

那些女人看见涅赫柳多夫，就对他点头，西蒙松庄重地举了举帽子。涅赫柳多夫没有什么话要说，就没有停下马车，一直赶到他们前头去了。他的马车又来到比较平坦的道路上，走得快多了，然而常常得离开比较平坦的道路，为的是抢到道路两旁排成长列的货车队前头去。

这条布满深深的车辙的道路穿过一座阴暗的针叶林。道路两旁夹杂着桦树和落叶松，还没凋落的树叶现出耀眼的土黄色。这段路程刚走到一半，树林就已经到了尽头，道路两旁展开田野，修道院的金黄色十字架和拱顶出现了。白昼完全放晴，云雾四散，太阳高高地升到树林上空，不论是潮湿的树叶和水塘，还是教堂的拱顶和十字架，都迎着阳光明晃晃地发亮。右前方，在蓝灰色的远处，有一道遥远的山峦颜色发白。那辆三套马的驿车走进城郊的一个大村子。村街上满是人：有俄罗斯人，也有外族人，戴着古怪的帽子，穿着古怪的长袍。带着醉意的和清醒的男人和妇女，在店家、小饭铺、酒店、货车旁边挤来挤去，人声嘈杂。人们可以感到这儿离城很近了。

马车夫扬鞭打右面拉边套的马，紧了紧缰绳，侧着身子坐在赶车座位上，好让缰绳往右边收。他分明要显一显身手，就赶着马车沿着宽广的街道一路奔驰而去，没有放慢速度，一直跑到河边。那条河是要坐渡船才能过去的，渡船正从对岸划过来，已经到达湍急的河流中央。这边岸上大约有二十辆货车等着过河。涅赫柳多夫没有等很久。渡船逆流而上，到上游的高处，被急流冲下来，不久就靠拢这边码头上的跳板了。

渡船上的工人都是高身量，宽肩膀，肌肉发达，沉默寡言，穿着羊皮袄和长统靴。他们灵巧而熟练地丢出缆索，套在木桩上，然后打开船门，把停在渡船上的货车送上岸去，把候船的货车放上船来，货车和马装满了一船。那些马见到河水就不住往后退缩。广阔而湍急的河水拍打着渡船两侧的船板，把缆索绷紧。等到渡船装满，涅赫柳多夫的车子和卸下来的马被四面八方的货车推挤着，在渡船的边缘上立定，渡船工人们就关上船门，不理睬没上船的人的要求，解开缆索，开船了。渡船上安静下来，人们只听到渡船工人们沉重的脚步声和那些马匹替换着腿站定的时候马蹄踹响船板的声音。

二十一

涅赫柳多夫站在渡船边上，眼望着广阔而湍急的河水。有两个画面在他头脑里不断地交替出现：一个是满腔激愤的克雷利佐夫危在旦夕，他的头被大车颠得颤摇不定，一个是卡秋莎的身影，她步伐矫健地同西蒙松一起顺着路边不停地走。前一个印象，克雷利佐夫危在旦夕而又没有做好死亡的准备，是沉重而凄凉的。后一个印象，生气蓬勃的卡秋莎得到西蒙松这样的人的爱情，现在已经走上一条稳固可靠的正路，原应当是一件喜事，可是涅赫柳多夫也觉得沉重，而且没法克服这种沉重的感觉。

城里一口奥霍特尼茨克大钟敲响了，洪亮的钟声和震颤的铜音在水面上飘荡。站在涅赫柳多夫身旁的马车夫和所有赶大车的都一个个脱掉帽子，在胸前画十字。只有一个身材不高、头发蓬松的老人却没有在胸前画十字。他站得比别人都靠近船栏杆，涅赫柳多夫先前没有注意到他。这时候老人抬起头来，瞅着涅赫柳多夫。老人上身穿着打补丁的褂子，下身穿着粗呢长裤，脚上穿一双带补丁的旧长筒靴。他的肩膀后面背着一个不大的包袱，头上戴一顶高高的破皮帽子。

"老头子，你怎么不祷告？"涅赫柳多夫的马车夫说着，戴上帽子，扶正，"莫非你没有受过洗吗？"

"你要我向谁祷告？"头发蓬松的老人果断地顶嘴道，他讲得很快，可是每一个字都说得很清楚。

"谁都知道应该向谁祷告：向上帝呗。"马车夫讥诮地说。

"那你指给我看看：他在哪儿？这个上帝究竟在哪儿？"

老人的表情显得那么严肃坚定，因此马车夫感到他在同一个强有力的人打交道，有点心慌了。可是他没有露出慌张的神色，极力不让老人的话堵住嘴，不愿意当着在场的人群丢脸，就连忙回答说：

"在哪儿？谁都知道是在天上。"

"你到那儿去过？"

"去过也罢，没去过也罢，反正大家都知道人应该向上帝祷告。"

"谁也没有在一个什么地方见过上帝。上帝是由活在父亲心里的独生子说出来的。"老人严厉地皱起眉头，又很快地说。

"看样子，你是个离经叛道的人，是个洞穴崇拜者。你是向洞穴祷告的。"马车夫说着，把马鞭杆子塞到腰里，把拉边套的马的皮套包扶正。

有个人笑起来。

"那么你信什么教呢，老大爷？"一个年纪已经不轻的人问道，他挨着船边上的一辆货车站着。

"我什么教也不信。因为我除了相信我自己以外，对谁也不相信，对谁也不相信。"老人仍旧又快又果断地回答说。

"可是人怎么能相信自己呢？"涅赫柳多夫说着，也加入了这场谈话，

“这样做可能犯错误。”

“我一辈子也没犯过错误，”老人摇了摇头，果断地回答说。

“那怎么会有各式各样的宗教信仰呢?”涅赫柳多夫问。

“世界上有各式各样的宗教信仰，都是因为人相信别人而不相信自己。过去我也是相信别人的，结果就迷了方向，好比到了原始森林里一样。我简直晕头转向，心里料着再也走不出去了。有信旧教的，有信新教的，有信安息会的，有信鞭身派的，有信教堂派的，有信非教堂派的，有信奥地利教派的，有信莫罗勘教派的，有信阉割派的。各种信仰都夸自己好。其实他们都是在地上乱爬一气，好比瞎了眼的‘库佳塔’。信仰有许多种，灵魂却只有一种。你也有，我也有，他也有。那么各人只要相信各人的灵魂，大家就会联合起来。人人都保住自己的原来面目，大家就合成一个人了。”

这个老人大声说话，不住往四下里看，分明巴望有尽量多的人听他讲话才好。

“哦，您抱这样的信仰已经很久了吗?”涅赫柳多夫问他。

“我吗? 很久很久了。为此我足足受了二十三年的坑害。”

“他们是怎么坑害您的?”

“当初人家怎么坑害基督，现在他们也就怎么坑害我。他们抓住我，把我送到法院去，送到教士那儿去，送到读书人那儿去，送到法利赛人那儿去。他们还把我关进疯人院里。可是他们拿我一点办法也没有，因为我是自由的。他们说：‘你叫什么名字?’他们当是我会给自己取一个什么名字呢。其实我什么名字也不要。我已经把样样东西都丢掉：我既没有名字，也没有居住的地方，更没有祖国，反正我什么也不要。我就是我。我叫什么名字? 我叫人。‘那么你多大岁数?’我就说，我没计算，再者也没法计算，因为我本来就一直活着，以后也还要永远活下去。他们说：‘你的父母是什么人?’我说，不，我没有父亲，也没有母亲，只有上帝和大地。上帝就是我的父亲，大地就是我的母亲。他们说：‘那么你承认沙皇吗?’我为什么不承认呢? 他是他自己的沙皇，我是我自己的沙皇嘛。他们就说：‘简直没法跟你讲话。’我就说：我又没有请你来跟我讲话。他们就是这么折腾我。”

“那么您现在到哪儿去？”涅赫柳多夫问。

“上帝指引我到哪儿去，我就到哪儿去。我会干活。没有活干，我就讨饭。”老人发现渡船就要靠拢对岸，就结束他的话，得意地瞧一眼所有听他讲话的人。

渡船在对岸停下，用缆索系住。涅赫柳多夫取出钱夹来，拿出一点钱给老人。老人不肯收。

“这种东西我不要。我要面包。”他说。

“哦，原谅我。”

“说不上原谅不原谅。你又没有得罪我。再者，要得罪我也办不到。”老人说着，动手把原先卸下来的背包放到肩上。这时候，涅赫柳多夫的驿车已经套上马，上了岸。

“您何苦跟他费话呢，老爷，”马车夫等到涅赫柳多夫已经给过那些筋强力壮的渡船工人们几个茶钱，坐上驿车，就对涅赫柳多夫说，“哼，他不过是个没出息的流浪汉罢了。”

二十二

马车走上岸坡，马车夫回转身来说话。

“把您送到哪一家旅馆去？”

“哪一家好些？”

“再也没有比西伯利亚旅馆好的了。不过久科夫旅馆也挺好。”

“那就随你吧。”

马车夫又侧身坐好，赶着马车加快了速度。这个城市同所有的城市一样，也有带阁楼的房屋和绿色的房顶，也有大教堂和小铺，大街上也有商店，甚至也有那样的警察。只是房屋几乎都是用木料造的，街道没有铺石子而已。马车夫把那辆三套马的马车赶到一条最热闹的街上，在一家旅馆门口停住。可是这家旅馆正好没有空房间，因此只得到另一家去。另一家旅馆还有一个空房间。这是两个月以来涅赫柳多夫头一次重又处在他所习惯的、比较干净舒适的环境里。尽管涅赫柳多夫下榻的房间算不得奢华，可是他经历过驿车、客店、旅站的生活以后，仍然感到极其畅快。要紧的是他得清除他身上的虱子，自从他常在旅站里进进出出以后，他就从来也没有能够彻底跟它们绝过缘。他安顿好行李，立刻坐车到澡堂去，然后换上城里人的装束，穿着浆硬的衬衫、压在箱底而起了皱褶的长裤、礼服、大衣，动身去拜访当地的长官。旅馆的看门人叫来一辆街头马车。那是一辆四轮马车，由吉尔吉斯种的、膘头很肥的高头大马拉着，颤颤摇摇，带着吱嘎的响声把涅赫柳多夫送到一所美丽的大厦跟前，那儿站着几个卫兵和警察。房子的前后都是花园，栽着白杨和桦树，叶子已经凋落，伸出光秃的枝子，其中夹杂着枞树、松树、冷杉，倒生得枝叶茂密，颜色深绿。

将军身体不适，不接见客人。涅赫柳多夫仍然要求听差把他的名片送进去。听差回来的时候，带来了令人满意的答复：

“将军吩咐请您进去。”

这儿的前厅、听差、传令兵、楼梯、大厅和擦得亮晃晃的镶木地板，都同彼得堡的排场差不多，只是稍稍肮脏一点、威严一点。涅赫柳多夫被人带进一间书房。

将军脸容浮肿，鼻子像土豆，额头上鼓起几个紫疱，头顶光秃，眼眶底下赘着肉囊，是一个容易激动的人。他坐在那儿，身上穿着鞑靼式的绸料长袍，手里拿着一支纸烟，正用一只带银托的玻璃杯喝茶。

“您好，先生！请您原谅我穿着长袍接待您，不过这总比根本不接见好得多，”他说着，拉起长袍来盖上他的粗脖子，脖子后面堆起一道道皱褶，“我身体不大好，待在家里没有出门。是什么风把您吹到我们这个边远的王国里来了?”

“我是随着一批犯人到此地来的，其中有一个人跟我有密切的关系，”涅赫柳多夫说，“现在我到阁下这儿来，一部分就是为这个人的事请托您，另外还想谈一件别的事。”

将军深深地吸进一口烟，喝下一口茶，在孔雀石的烟灰碟上把纸烟捻熄，用狭窄的、浮肿的、炯炯有神的眼睛一刻也不放松地盯住涅赫柳多夫，认真地听他讲下去。他只有一次打断了涅赫柳多夫的话，问他要不要吸烟。

将军是颇有学识的那类军人，他们总是认为自由主义和人道主义是能够同他们的职业相调和的。然而他天生是个聪明而善良的人，很快就体会到这样的调和不可能。他不想看见他经常处在这种内在的矛盾之中，就越来越深地沉湎在军人中间极为盛行的酗酒嗜好里。他已经深深染上这种嗜好，因此过了三十五年的军职生活以后，变成了医师们所说的酒徒。他全身浸透了酒。他只要随便喝上一点什么酒，就会觉得醉醺醺的。然而喝酒在他已经成为迫切的需要，不喝就活不下去。每天傍晚他总是喝得大醉，不过他倒也习惯了这种状态，走路不至于身子摇晃，开口也不至于说出特别荒唐的话来。然而即使他说出那样的话也没关系，他既然居于显赫而高高在上的地位，那就不论说出什么荒唐话，也会被人家认为是警句。只有上午，恰恰在涅赫柳多夫来见他的这个时候，他才近似一个头脑清醒的人，才能够听明白别人对他说的话，才能够或多或少地在事实上真正应验他喜欢说的那句谚语：“喝酒的好处说不尽，越醉反而越聪明。”最高当局知道他是个醉汉，不过他毕竟比别人多受过一点教育（其实他在学识方面已经停留在他染上酒癖那时候的水平上），又知道他胆大，老练，威严，就连在喝醉酒的状态下也举止得体，所以仍然给他官做，让他一直占据着这个责任重大的显要职位。

涅赫柳多夫告诉他说，他所关心的那个人是个女人，又说她冤枉地定了罪，关于她的事已经向皇上呈过诉状。

“哦。怎么样呢?”将军说。

“彼得堡的人答应我说，关于这个女人的命运的消息，至迟这个月就会通知我，而且寄到此地来……”

将军仍然没有把眼睛放开涅赫柳多夫，同时伸出一只手去，用他的短手指头按一下桌上的铃，然后继续沉默地听下去，喷着纸烟的烟雾，特别响地清一清喉咙。

“因此，我想提出一个要求：如果可能的话，就把这个女人留在此地，等收到那个呈上去的诉状的批示再说。”

这时候一个听差走进来，他是穿着军服的传令兵。

“你去问一声：安娜·瓦西里耶夫娜起来没有？”将军对传令兵说，“另外，再送一点茶来。那么，还有一件什么事呢，先生？”将军对涅赫柳多夫说。

“我另外还有一件事要请求您，”涅赫柳多夫接着说，“这牵涉到跟这批犯人一同上路的一个政治犯。”

“原来是这样！”将军说着，意味深长地点了点头。

“他病得很重，是一个快死的人了。他多半会留在此地的医院。现在有一个女政治犯希望留下来照料他。”

“她不是他的亲属吗？”

“不是，不过她已经准备嫁给他了，只要这样能让她留下来照料他。”

将军睁着炯炯有神的眼睛，凝神瞧着涅赫柳多夫，没有开口讲话，听着他说下去，分明打算用他的目光逼得对方局促不安。他不住吸烟。

等到涅赫柳多夫讲完，他就从桌上拿过一本书来，很快地舔湿他的手指头，翻动书页，找到有关结婚的条款，看了一遍。

“她判的是什么刑？”他从书上抬起眼睛，问道。

“她判的是苦役刑。”

“哦，那么，判了这种刑的人，即使结了婚，地位也不能改善……”

“可是要知道……”

“请您容许我把话说完。纵然有一个自由的人同她结婚，她也照旧必须服满她的刑期。这儿有一个问题：谁判的刑比较重，是他呢，还是她？”

“他们俩都判的是苦役刑。”

“嘿，这倒是旗鼓相当呢，”将军笑着说，“他怎么样，她也怎么样。他既是有病，那是可以留下来的。”他继续说，“不消说，凡是可以减轻他的厄运的事，都会一一做到。然而她，即使同他结婚，也不能够留在此地……”

“将军夫人正在喝咖啡。”听差报告说。

将军点一下头，继续说：

“可是，我还要考虑一下。他们叫什么名字，请您写下来，就写在这儿吧。”

涅赫柳多夫写下他们的姓名。

“这件事我也办不到，”将军听到涅赫柳多夫要求同病人见面，就对他说。“我，当然，并不怀疑您，”他说，“我知道您关心他和另外一些人，而且您有钱。不过呢，在我们这儿，只要花钱，那是样样事情都可以做到的。人家对我说：应当消除贿赂才是。可是大家都在收受贿赂，那怎么消除得了？官品越小，就越是常常索取贿赂。是啊，他在五千俄里以外受贿，叫人怎么查得出来呢？他在那边要算是一个小小的沙皇，就跟我在这儿也要算是一个小小的沙皇一样，”他说着，笑起来。“话说回来，大概，您常跟那些政治犯见面吧？您给了他们钱，他们就把您放进去了吧？”他微笑着说。“难道事情不是这样吗？”

“是的，这倒是实在的。”

“我明白您不得不这样做。您打算会见一个政治犯。您可怜他。于是看守或者押解兵就接受贿赂，那是因为他的饷银只有那么几个小钱，而他又有一家子人要养活，他不能不接受贿赂。换了我处在他的地位和您的地位，我也会照您和他那样办事。可是我处在我的地位，就不容许我自己越出法律的最严格的字面意义的范围之外，这恰恰因为我也是人，也能够为恻隐之心所打动。我是执行命令的官员，是在一定的条件下受到信任的，我得不辜负这种信任才成。行了，那么，这个问题就算是了结了。好，现在请您来对我讲一讲：你们京城里，情况怎么样？”

然后将军开始问话，他自己也讲一些话，分明有意既要听一听新闻，又要表现一下他的全部知识和他的人道主义思想。

二十三

“哦，顺便问一句，您住在哪儿？在久科夫旅馆吗？哎，那儿可是糟得很。您到我这儿来吃饭吧，”将军一面送走涅赫柳多夫，一面说，“下午五点钟。您会说英语吧？”

“会，我会说。”

“嗯，那就好了。您要知道，这儿来了一个英国人，是旅行家。他在研究西伯利亚的流放情况和监狱。喏，今天他到我们这儿来吃饭，您也来吧。我们是五点钟开饭，我的妻子要求严守时刻。到那时候，关于怎样处置那个女人的问题，还有关于那个病人的问题，我都会给您一个答复。说不定可以留下一个人来照料他也未可知。”

涅赫柳多夫辞别了将军，感到心绪特别兴奋，精力特别旺盛，就坐上马车到邮局去。

邮局是一个低矮的拱顶房间。那儿有一张斜面办公桌，靠里边坐着几个官员，把邮件散发给拥挤的人群。有一个官员偏着头，熟练地把一个个信封拉到他跟前来，不停地在那上面打邮戳。官员们没有让涅赫柳多夫久等。听到他说出他的姓名，就立时把相当多的一大堆邮件交给他。这里面有汇款，有几封信，有几本书，有最近一期的《祖国纪事》。涅赫柳多夫收到那些信，就走到一条长木凳那边。长凳上有一个士兵坐在那儿，手里拿着一本小册子，等着取一件什么东西。涅赫柳多夫挨着他坐下，翻看收到的信。其中有一封是挂号信，套着漂亮的信封，用鲜艳的红色火漆盖了一个清楚的印。他拆开信封，见到谢列宁写的信，另外附着一份什么公文，感到他的血涌上脸，他的心顿时收紧了。这就是关于卡秋莎的案件的批示。这会是什么样的批示呢？莫非是批驳吗？涅赫柳多夫匆匆地看了一遍那些写得很小、难于辨认、笔迹有力而又潦草的字，不由得高兴地吐出一口气。原来这批示是个好消息。

“亲爱的朋友！”谢列宁写道，“我们上次的谈话给我留下了强烈的印象。关于马斯洛娃的案子，你所说的都是对的。我仔细审查了这个案子，看出她遭到了令人愤慨的冤屈。这件事只能由你递过诉状的上告委员会来补救。我就设法在那边协助他们对这个案子做出裁决，现在随信附上减刑公文的副本，根据卡捷琳娜·伊万诺夫娜伯爵夫人告诉我的通信地址寄上。这份公文的原本已经送往她当初在受审期间的监禁地点，大概会立刻转到西伯利亚总署去。我赶紧把这个愉快的消息通知你。友好地握你的手。你的谢列宁。”

公文的内容如下：

> “皇帝陛下受理上告御状办公厅。案由某某，案卷某字某号。某某科，某年某月某日。奉皇帝陛下受理上告御状办公厅主任命令，兹特通知小市民叶卡捷琳娜·马斯洛娃：皇帝陛下业已披阅马斯洛娃御状，特体恤下情，恩准所请，着将该人苦役刑改为流刑，在西伯利亚较近之处执行。”

这个消息令人高兴，而且意义重大：凡是涅赫柳多夫为卡秋莎以至为他自己所能希望做到的事情，如今果然实现了。不错，她的地位发生了这种变化，就给他和她的关系造成了新的复杂情况。这以前她是苦役犯，他要求同她结婚，就无异于一句空话，仅仅在改善她的处境方面有意义而已。现在却再也没有任何东西来妨碍他们共同生活了。可是涅赫柳多夫没有为这件事做好准备。再说，她同西蒙松的关系呢？她昨天所说的那些话究竟是什么意思呢？假定她同意跟西蒙松结合在一起，那么这究竟是好事呢，还是坏事？他怎么也理不清这些思想，现在就索性不去想它。“这一切以后都会弄清楚，”他暗想，“现在要办的事是赶快见到她，把这个喜讯告诉她，把她释放出来。”他认为，只要有了他手里拿着的这份公文的副本，就足以做到这件事。于是他从邮局的办公室走出来，吩咐马车夫把他送到监狱去。

尽管今天上午将军没有批准他去探监，可是涅赫柳多夫凭经验知道，在高级长官那里断然办不到的事，在低级属员那里倒往往很容易办成，就决定现在不管怎样也要设法到监狱去，把这个喜讯告诉卡秋莎，或许可以把她释放出来也未可知，同时他也想了解一下克雷利佐夫的身体怎么样，而且把将军讲过的话转告他和玛丽亚·帕夫洛夫娜。

此地的狱长是一个身量很高而又很胖的人，气度威严，留着唇髭和一直弯到嘴角上的络腮胡子。他很严厉地接待涅赫柳多夫，直率地声明说：不经长官批准，他不能放外人进去探监。涅赫柳多夫讲起就连在京城他也常常得到许可进入监狱，狱长就回答说：

“这很可能，然而我不容许这种事。”他讲这话的口气仿佛在说：“你们这些京城的老爷们，自以为能够唬住我们，弄得我们惊慌失措，然而我们虽然是在西伯利亚东部，也还是懂得奉公守法，而且还能给你们一点颜色看看呢。”

连皇帝陛下的办公厅发下的公文的副本也没有对狱长起什么作用。他断然拒绝把涅赫柳多夫放进监狱去。涅赫柳多夫本来天真地以为他一拿出那份公文的副本，马斯洛娃就能当场释放，不料狱长只是鄙夷地微微一笑，申明说，要释放任何人都得有他的直接上司的命令才行。他所能答应的只有一件事，那就是他会通知马斯洛娃说她的减刑公文已经发下来，而且他一旦接到上司的指令，就会立刻释放她，不会多留难她一个钟头。

关于克雷利佐夫的健康状况，他也拒绝提供任何消息。他说他甚至不能讲出这里有没有这样一个犯人。于是涅赫柳多夫一无所获，坐上马车，回旅馆去了。

狱长所以这样严格，主要是因为监狱里容纳了比正常的容量多出一倍的犯人，拥挤不堪，而且目前正在闹流行性伤寒。给涅赫柳多夫赶车的马车夫，在路上告诉他说：“监狱里死的人可真多。他们得一种什么瘟病。每天总有二十来个人下葬。”

二十四

一方是在将军的宴会上，官绅贵族们打扮得光鲜照人，优美奢华，讲究排场；一方是犯人们被关在牢房里，就像牲畜被关到了畜栏里一样。生病了，就病着吧，看自己能不能逃过死亡的噩运。死了又如何呢？政府当局会抓进更多的人来。生命在这里毫无价值，人的尊严被踩到了脚下。

尽管在监狱那边受到挫折，涅赫柳多夫却仍然怀着原先那种生气蓬勃、兴奋昂扬的心情，坐着马车来到省长办公厅，查问一下他们那边是否已经收到马斯洛娃的减刑公文。那份公文还没有寄到。因此涅赫柳多夫就回到旅馆，一刻也没有耽搁，立刻匆匆地写信，把这件事通知谢列宁和律师。他写完信，看一下怀表，已经是赴将军宴会的时候了。

在路上他又想到不知道卡秋莎会怎样对待她自己减刑这件事。他们会指定她在什么地方住下来？他会怎样跟她共同生活呢？西蒙松会怎么样？她会对他抱什么样的态度呢？他回想她内心所起的变化。紧跟着他又回想起她的过去。

“那些事应当忘掉，一笔勾销才是。”他暗想，又赶紧把种种关于她的想法从自己脑子里撵出去。“到时候一切自会见分晓的。”他对自己说，开始考虑该对将军说些什么话。

将军家里的宴会铺排得极尽奢华，合乎阔人和大官们的生活格局。这种奢华的排场原是涅赫柳多夫习以为常的，不过长期以来他不但被剥夺了这种奢华的享受，甚至被剥夺了最起码的舒适条件以后，他就觉得这样的宴会特别称心了。

女主人是彼得堡老派的 grande dame，以前在沙皇尼古拉的宫廷里做过女官，讲法语很顺口，讲俄语倒不自然。她总是把身子挺得非常直，不论她的手做什么动作，胳膊肘却从不离开腰部。她对她的丈夫流露出平静的、略微带点忧郁的尊敬态度。她对待客人们异常亲切，不过这又显出因人而异的不同分寸。她把涅赫柳多夫当做自家人，对他表现出一种特殊的、细致的、使人觉不出来的奉承态度，这结果使得涅赫柳多夫重又体会到自己的种种优点，感到愉快和满足。她使他感到她了解他到西伯利亚来的这种行动虽然奇特，却是正直的，总之她认为他是一个出类拔萃的人。这种微妙的奉承，再加上将军府里那种极其优美豪华的生活排场，使得涅赫柳多夫只顾欣赏漂亮的陈设，吃下可口的菜肴，同他熟悉的那个圈子里的有良好教养的人们轻松愉快地周旋，完全沉迷在一种飘飘然的舒畅状态里，倒好像最近这段时期他在生活里所经历的种种事情，无非是一场大梦，如今他刚从梦里醒过来接触到了真正的现实生活似的。

在宴席上，除了将军家里的人，即将军的女儿和女婿以及将军的副官以外，还有一个英国人，一个开采金矿的商人，一个刚从外地来到这里的、西伯利亚边远城市的省长。涅赫柳多夫感到所有这些人都和蔼可亲。

那英国人是个身体健壮、脸色红润的人，法语讲得很差，不过讲起英语来好得出奇，像演说那样娓娓动听。他见识很广，讲了许多关于美洲、印度、日本、西伯利亚的事，因而是一个有趣的人。

开采金矿的商人年纪很轻，本来是农民的儿子，如今穿着在伦敦定做的燕尾服，衬衫上配着钻石的袖扣。他有大量的藏书，为慈善事业捐助过很多钱，信奉欧洲的自由主义思想，成为欧洲文化通过教育而移植到土生土长的健康农民身上的全新的优秀典型，所以依涅赫柳多夫看来，这个人是可爱而有趣的。

那个遥远的城市的省长，原来就是当初涅赫柳多夫在彼得堡盘桓期间听到人们纷纷议论的某局前任局长。他是个体态丰满的人，头上生着稀疏的鬈发，脸上闪着温柔的天蓝色眼睛，两只细皮白肉的手上戴着许多戒指，下身很胖。他的脸上带着惹人喜爱的笑容。省长被这一家的男主人所器重，因为在喜欢受贿的人们当中，唯独他不接受贿赂。女主人十分爱好音乐，而且她自己就是很出色的钢琴家，她也看重那个省长，因为他也是出色的音乐家，常常同她四手联弹。正巧涅赫柳多夫的心境极为温和，就连这个人今天也没有惹得他讨厌。

兴高采烈、精力饱满、下巴铁青的副官，不住在各方面为别人效劳，他那种好心肠是招人喜欢的。

不过使得涅赫柳多夫感到最愉快的，却是那一对年轻可爱的夫妇，也就是将军的女儿和女婿。女儿是个相貌不美、心地单纯的年轻女人，把全部心思都用在她的头两个孩子身上。她跟她的丈夫因恋爱而结婚，而且是在同她父母进行过长期斗争以后才成功的。她丈夫毕业于莫斯科大学，获得候补博士的学位，具有自由主义思想，为人谦虚，头脑聪明，在政府机关里做官，担任统计工作，特别是有关异族人的统计工作。他研究异族人，喜爱他们，极力要把他们从绝种的危险里拯救出来。

所有的人，不但对涅赫柳多夫亲切殷勤，而且分明把他看做有趣的新相识，乐于同他结交。将军穿着军服出来主持宴会，脖子上套着白色十字章，对涅赫柳多夫就像对老朋友那样打个招呼，然后立刻请客人们到旁边一张小桌上去喝白酒，吃冷荤菜。将军问起涅赫柳多夫从将军家里走后做了些什么事，涅赫柳多夫就讲起他到邮局去过一趟，了解到他今天上午说起的那个人已经减刑了，于是这时候他又要求将军批准他到监狱里去探望犯人。

将军显然不满意在吃饭的时候谈公事，就皱起眉头，没有开口说话。

“您愿意喝点白酒吗？”他转过身去用法语对走过来的英国人说。英国人喝完白酒，说起他今天去参观过一个大教堂和一个工厂，不过他另外还想看一个大型的解犯监狱。

“那正好，”将军转过身去对涅赫柳多夫说，“您可以跟他一块儿去了。您给他们开一个许可证吧，”他对副官说。

“您打算什么时候去？”涅赫柳多夫问英国人说。

“我倒情愿傍晚去参观监狱，”英国人说，“所有的人都在监狱，而且没有做什么准备，一切都保持着本来的面目。”

“啊，他是想看看那儿的种种美妙之处吧？让他自管去看好了。我给上边写过呈文，可是他们不听我的意见。那就让他们从外国报刊上去领教一下吧，”将军说着，往餐桌那边走过去，女主人指点客人们在餐桌四周各自的座位上坐下。

涅赫柳多夫在女主人和英国人中间坐下。他对面坐着将军的女儿和某局的前任局长。

吃饭的时候，大家的谈话断断续续，一会儿谈到英国人讲起的印度，一会儿谈到东京远征而遭到将军的严厉批评，一会儿又谈到在西伯利亚普遍流行的欺诈行为和贿赂风气。对于所有这些淡话，涅赫柳多夫都不大发生兴趣。

不过饭后大家在客厅里喝咖啡，英国人和女主人谈起格莱斯顿，开始了一场很有趣味的谈话。涅赫柳多夫觉得他自己在这场谈话里出色地表达了许多聪明的见解，连那些同他交谈的人也注意到了。涅赫柳多夫吃过一顿好饭，喝过一点好酒，到喝咖啡的时候，又夹在亲切和蔼、有良好教养的人们当中，坐在柔软的圈椅上，他的心情就变得越发愉快了。等到女主人答应英国人的请求，跟前任的局长一块儿靠着一架大钢琴坐下，开始弹奏他们以前用功练习过的贝多芬《第五交响乐》，涅赫柳多夫就生出一种很久以来都没有经历过的、十分满意自己的心情，倒好像他现在才看出他自己是一个多么好的人似的。

那架大钢琴挺好，交响乐也弹得出色。至少，涅赫柳多夫这样觉得，他是喜欢和理解这交响乐的。他听着那段美妙的行板，感到鼻子里发酸，因为被自己以及自己的种种美德感动了。

涅赫柳多夫向女主人道过谢，说是他很久都没有享受过这种快乐了，然后正要告辞走掉，不料女主人的女儿带着果断的神情走到他跟前，涨红了脸，说：

“您刚才问起过我的那两个孩子；您愿意去看一看他们吗？”

“她以为大家都想去看她的孩子呢，”母亲说，看到她女儿这种可爱的鲁莽而微微地笑着。“公爵是完全不感兴趣的。”

“刚好相反，我很感兴趣，很感兴趣呢，”涅赫柳多夫说着，被这种溢于言表的幸福的母爱所感动，“请吧，您带我去看一看。”

“她领着公爵去看她的小娃娃了。”将军在牌桌那边叫道，笑起来。他正在跟他的女婿和金矿业主、副官一块儿围着牌桌打牌。“您去吧，去尽一尽您的义务吧。”

这当口，那个年轻的女人想到马上就要有人来评断她的孩子的好坏，分明心情激动，就迈着快步，在涅赫柳多夫的前头走到里边的房间去。他们走到第三个房间站住，那个房间很高，糊着白色的壁纸，点着一盏不大的灯，上面扣着一个深色的灯罩。那儿并排放着两张小床，有一个乳母在两张小床中间坐着，上身穿一件白色小披肩，生着西伯利亚人的高颧骨，神态忠厚。乳母站起来，向他们鞠躬。那个母亲就在头一张小床边上弯下腰，床上安宁地睡着一个两岁的小女孩，张开小嘴，蜷曲的长发披散在枕头上。

“这就是卡佳，”母亲说，拉了拉带浅蓝色条纹的线毯，因为有一只小小的白脚从线毯底下伸出来了，“她好看吗？要知道她才两岁呢。”

“真可爱！”

“这个叫瓦秀克，是他爷爷给他起的名字。他完全生得另一副模样。他是个西伯利亚人呢。不是吗？”

“挺好的小男孩。”涅赫柳多夫说，瞅着那个背脊朝天睡熟了的小胖子。

“真的吗？”母亲说，意味深长地微笑着。

涅赫柳多夫想起那些铁锁链和剃掉半边头发的脑袋，想起那边的殴打和堕落，想起了垂危的克雷利佐夫、卡秋莎以及她的全部身世。他不由得生出羡慕的心情，巴望他自己也能有这种目前依他看来显得优美纯洁的幸福才好。

他把那两个孩子夸了好几次，至少算是部分地满足了贪婪地听着这些称赞的母亲，然后就跟着她走回客厅。英国人正在客厅等他，好按照他们先前约好的那样一同坐车到监狱去。涅赫柳多夫就向老一辈和小一辈的主人们告辞，同英国人一起出去，走到将军府的门外。

天气变了。鹅毛大雪正下得紧，已经盖没了街道，盖没了房顶，盖没了花园里的树木，盖没了门前的台阶，盖没了车篷，盖没了马背。英国人自己有一辆轻便马车，涅赫柳多夫就吩咐英国人的马车夫把车赶到监狱去。他自己一个人坐上他自己的那辆四轮马车，心情沉重，感到他自己正在去履行一种不愉快的责任。他就这样坐着他那辆柔软的四轮马车，跟在英国人的轻便马车后面，沿着难于行驶的雪地往前走去。

二十五

阴森的监狱房屋，以及门前的岗哨和路灯，尽管蒙着一层洁净的白色外衣，尽管现在一切东西，门口的台阶也好，房顶也好，墙壁也好，都蒙着洁净的白色外衣，可是所有这些，再加上房屋的整个正面那一排灯光明亮的窗子，反而给涅赫柳多夫留下了比今天上午更加阴森的印象。

庄严的狱长从里边走到大门口，凑近门灯，把发给涅赫柳多夫和英国人的许可证看一遍，大惑不解地耸起他那有力的肩膀。不过他仍旧执行命令，邀请这两个参观者跟着他走进去。他先领着他们走进院子，然后走进右边的门口，登上楼梯，走进一间办公室。他请他们坐下，问他们有什么事要他效劳。他听说涅赫柳多夫打算现在跟马斯洛娃见面，就派一个看守去把她带来，同时准备好回答英国人当场通过涅赫柳多夫向他提出的种种问题。

"这个监狱按照建筑计划原定容纳多少人?"英国人问。"现在监禁着多少人?有多少男人，多少女人，多少儿童?有多少苦役犯，多少流刑犯，多少自愿跟着来的?有多少害病的?"

涅赫柳多夫随口翻译英国人和狱长所说的话，没有深究那些话的含义。他想到马上就要跟卡秋莎见面，竟完全出乎他的意外，心慌起来。他正在给英国人翻译几句话，忽然听见脚步声越来越近，办公室的门开了，而且如同以往发生过许多次的情形那样，一个看守走进来，身后跟着卡秋莎，头上扎着头巾，身上穿着犯人的衣服。他一看见她，就生出了沉重的心情。

"我要生活，我要家庭和儿女，我要过人的生活。"正当她迈着快步，没有抬起眼睛，走进房来的时候，这样的思想掠过他的脑海。

他站起来，迎着她走出几步，依他看来她的脸容显得严峻而不愉快。她又像从前她责备他的那次一样。她脸上红一阵，白一阵，她的手指头拘挛着揉搓她衣服的边缘，时而看他一下，时而低下眼睛。

“您知道减刑的事成功了吧？”涅赫柳多夫说。

“是的，看守已经告诉我了。”

“那么，只要公文一到，您就可以出去，在您愿意住的地方住下来了。我们要考虑一下……”

她赶紧打断他的话说：

“我有什么可考虑的？弗拉基米尔·伊万诺维奇到哪儿去，我就跟着他到哪儿去。”

尽管她非常激动，她却抬起眼睛来瞧着涅赫柳多夫，把这几句话讲得又快又清楚，倒好像事先已经把她要说的话统统准备好了似的。

“原来是这样！”涅赫柳多夫说。

“喏，德米特里·伊万诺维奇，这是说如果他要我跟他一块儿生活的话，”她惊慌地停住嘴，然后又纠正自己的话说，“这是说如果他要我留在他身边的话。对我来说，还有什么比这更好的呢？我得把这看做幸福才是。我还有什么可考虑的呢？……”

“二者必居其一：要么是她爱上了西蒙松，根本不需要我认为我在为她做出的牺牲；要么是她仍然爱我，为我好而拒绝我，索性烧掉了她的船，从此把她的命运同西蒙松结合在一起。”涅赫柳多夫暗自想着，不由得感到羞愧。他觉得自己脸红了。

“如果您爱他……”他说。

“什么爱不爱的？这种事我已经丢开不干了。不过，要知道，弗拉基米尔·伊万诺维奇是个十分特殊的人。”

“是的，当然，”涅赫柳多夫开口说，“他是个非常好的人，我认为……”

她又打断他的话，仿佛深怕他会说出什么多余的话，或者深怕她没机会说完她要说的话似的。

“不，德米特里·伊万诺维奇，要是我没有照您所希望的去做，您要原谅我才好，”她说着，用神秘的、斜睨的目光瞅着他的眼睛，“是的，看起来，事情就该这么办。您也得生活啊。”

她对他所说的，恰好就是刚才他对他自己说过的那句话。然而现在他已经不这样想，他的想法和他的感情已经截然不同了。他不但感到羞愧，而且舍不得失去由于她的决定而要失去的一切。

“我没有料到会这样。”他说。

“您何必在这儿生活和受苦呢。您已经受够苦了。”她说着，古怪地微微一笑。

“我并没有受苦，我一直觉得挺好。而且，要是可能的话，我以后还想为您出力。”

“我们，”她说到“我们”的时候，看涅赫柳多夫一眼，“我们什么也不需要了。您已经为我出过那么多的力。要不是您的话……”她本来想说出一句什么话来，可是她的嗓音发抖了。

“您总不能对我道谢。”涅赫柳多夫说。

“何必算账呢？我们的账自有上帝来算。”她说，她那对黑眼睛闪着刚刚涌上来的泪水的亮光。

“您是一个多么好的女人啊！”他说。

“我好？”她含泪说道，一抹凄凉的微笑照亮了她的脸。

“Are you ready?”这时英国人问。

“Directly.”涅赫柳多夫回答说。然后他问她关于克雷利佐夫的事。

她按捺住激动，定下心来，从容不迫地讲起她所知道的情形，克雷利佐夫一路上很衰弱，一到此地就立刻送到医院去了。玛丽亚·帕夫洛夫娜很不放心，要求到医院里去看护他，可是没有得到批准。

“那么我该走了吧？”她发现英国人在等他，就说道。

“我不想告别，我还要跟您见面的。”涅赫柳多夫说。

“那我们就分手了，”她说，声音低得几乎听不清。他们的目光相遇了，涅赫柳多夫听着她说，“那我们就分手了”而没有说一般的告别词，看着她那古怪的、斜睨的目光和凄凉的笑容，心里明白过来，在他刚才对她的决定的原因所做的两种推测当中，第二种才是正确的：她爱他，认为同他结合在一起，就会破坏他的生活，而她跟西蒙松一块儿走掉，就会使得他自由。现在她想到她办成了她所要办的事，不由得暗暗高兴，不过转念想到她就要跟他分手，又不免心里难过。

她握一下他的手，很快地回转身，走出去了。

涅赫柳多夫回过头去看英国人一眼，准备跟他一块儿走出去，可是英国人正在他的笔记本上记录什么事。涅赫柳多夫不愿意打断他的工作，就在靠墙的一张小木榻上坐下，忽然感到非常疲倦。他所以疲倦，倒不是因为昨天夜里失眠，也不是由于旅途劳顿，更不是由于激动，而是他感到他对全部生活已经厌倦极了。他坐在那张小木榻上，倚着它的靠背，闭上眼睛，就顿时睡着了，而且睡得又熟又酣畅。

“怎么样，您现在愿意到各处牢房去走一趟吗?”狱长问道。

涅赫柳多夫醒过来，看到他自己待在这个地方，心里暗暗惊讶。英国人已经写完他的笔记，想去参观牢房。涅赫柳多夫就疲倦而冷漠地跟着他走去。

二十六

英国人、狱长和涅赫柳多夫，穿过前堂，走到一条臭得使人发呕的过道上，碰见两个男犯人在那儿直接对着地板小便，不由得吃一惊。然后，他们由看守们陪着，走进苦役犯的第一间牢房。牢房中央放着板床，所有的犯人都已经躺下。他们一共大约有七十名。他们头挨着头，身子挨着身子躺在那儿。参观的人走进来的时候，所有的人都响着铁链跳下床，在床旁边站定，他们那些新剃过头发的半边头颅闪闪发亮。有两个人仍然躺在床上。一个是青年人，脸色通红，显然在发烧。另一个是老人，不住地呻吟着。

英国人问起那个年轻犯人是不是病得很久。狱长说他是今天早晨才得病的，不过那个老人已经害了很久的胃病，却又没处安顿他，因为医院里早已人满为患。英国人不以为然地摇着头，说他想对这些人讲几句话，要求涅赫柳多夫把他所说的话翻译一下。原来英国人在这次旅行当中除了要把西伯利亚的流放和监禁地点的情况写成专文这个目的以外，还抱着另外一个目的，那就是宣传通过信仰和赎罪来得救。

“请您告诉他们说，基督怜悯他们，爱他们，”他说，“而且他为他们死了。如果他们相信这一点，他们就会得救。”他讲话的时候，所有的犯人都在板床前面沉默地站着，挺直身子，垂着手。“请您告诉他们说，”他结束他的话说，“在这本书里，这些话都写的有。这儿有人能看书吗？”

事实上这儿识字的人在二十名以上。英国人就从手提包里取出几本精装的《新约全书》来，于是有好几只肌肉强健的、生着坚硬的黑指甲的手从麻布衬衫的袖口里向他那边伸过去，争先恐后地要领那些书。他在这个牢房里发了两本福音书，就走到下一个牢房。

下一个牢房里也是这个样子。那儿也是这么闷，这么臭。前边，两个窗子中间，也同样挂着一个圣像。房门的左边放着一个便桶。大家也都那么拥挤地躺着，身子挨着身子。大家也都那么跳下床来，站得笔直。同样也有三个人没有下床。其中有两个爬起来，坐着；另一个仍然躺着，甚至没有看一眼走进房来的人。他们是病人。英国人照样发表那么一篇演说，也照样发给他们两本福音书。

第三个牢房里传来喊叫声和闹哄哄的杂乱声。狱长开始敲门，叫道：“立正！”房门开了，所有的人也都在板床旁边站得笔直，只有几个病人和两个打架的人除外。那两个打架的人满腔愤怒，脸色大变，互相抓住，这一个揪住那一个的头发，那一个扯住这一个的胡子。直到看守跑到他们跟前，他们才松开手。有一个，鼻子打出了血，流着鼻涕，吐着唾沫，淌着血，不住用外衣的袖口擦着。另一个从胡子里摘出一根根拔下来的长须。

“班长！”狱长厉声叫道。

一个相貌英俊、身体强壮的人走出来。

“我怎么也管不住他们，长官。”班长说，眼睛里带着快活的笑意。

“那就由我来管。”狱长皱起眉头说。

“What did they fight for?”英国人问道。

涅赫柳多夫就问班长，这场架是为什么事打起来的。

“就为一条包脚布。他拿错了别人的包脚布，”班长说，仍旧在微笑，“这一个把那一个推一下，那一个就还一拳。”

涅赫柳多夫把这些话告诉英国人。

“我想对他们讲几句话。”英国人转过身去对狱长说。

涅赫柳多夫把这句话翻译过来。狱长说：“行。”于是英国人拿出他的皮面精装的福音书来。

“劳驾，您给我翻译一下，”他对涅赫柳多夫说，“你们吵嘴，打架，可是为我们而死的基督，却给我们提出了另外一种解决我们争端的方法。请您问一问他们，他们知道按照基督的戒律，应该怎样对待那些欺侮我们的人吗？”

涅赫柳多夫把英国人讲的话和他提出的问题翻译一遍。

“告到长官那儿去，由他来发落吗？”有一个人试探地问道，斜起眼睛瞧着威严的狱长。

“应该把他揍一顿，那他就再也不会欺侮人。”另一个说。

有几个人发出赞同的笑声。涅赫柳多夫把他们的答话翻译给英国人听。

“请您告诉他们说，按照基督的戒律，应该做的恰恰相反：要是有人打你的这半边脸，你就把那半边脸也送上去。”英国人一面说，一面作出把他的脸送上去的样子。

涅赫柳多夫翻译一遍。

“他应该自己试一下才是。”有人说。

“可是等到人家把你的那半边脸也打了，那还有什么东西可以送上去？”一个躺着的病人说。

“那么人家就把你打个稀巴烂。”

“好嘛，让他来试试看。”后边有个人说，快活地笑起来。整个牢房里就发出压也压不住的哄堂大笑。就连那个挨打的人也一面流着血，啐唾沫，一面大笑起来。那些病人也都笑了。

英国人却不慌张，他要求涅赫柳多夫转告他们说，凡是看起来似乎办不到的事，对有信仰的人来说，就成了能够办到的事，并且很容易就做到了。

“请您问一声：他们喝酒吗？”

“喝，老爷。”一个声音说，紧跟着又是嘻嘻哈哈的笑声。

这个牢房里的病人有四名。英国人问道，为什么不把病人统统安置在一个牢房；狱长就回答说，病人自己不愿意这样。再者，这些病人害的都不是传染病，又有一个医士照料他们，给他们尽心看病。

“他有一个多星期没露面了。”有人说。

狱长没有答话，带着他们到下一个牢房去。又是开门，又是大家纷纷下床，肃静无声，又是英国人分发福音书。不论是在第五个牢房还是第六个牢房，不论是在右边还是在左边，不论是在过道的这一面还是那一面，情形都是这样。

他们从苦役犯的牢房转到流放犯的牢房，从流放犯的牢房转到被村社判处流放的农民的牢房，再转到自愿跟随犯人的家属的房间。到处都是一模一样：到处都是些受冻的、挨饿的、闲散的、害病的、受尽凌辱的、监禁起来的人，像是野兽。

英国人已经发完他预定要发的一定数目的福音书，不再发书，甚至也不再发表演讲了。这种使人难受的景象，尤其是这种令人窒息的空气，显然也削弱了他的精力。他从这个牢房走到那个牢房，听狱长报告说各个牢房关着些什么样的犯人的时候，也只是随口应一声“all right”就算了。涅赫柳多夫像梦游似的走来走去，仍旧感到疲乏和绝望，却又没有勇气告辞而离开这里。

二十七

涅赫柳多夫在绝望的黑暗中寻得一盏明灯引航，在《福音书》中找到了标志与最终之所向，不再徘徊、等待、不安、恐惧，他安下心来，投身于更为完善的自我拯救之中，“复活”是一生要做的事，路还长，一切皆有可能……

在流放犯的一个牢房，涅赫柳多夫见到了今天上午在渡船上见到过的那个奇怪的老人，不由得暗暗吃惊。这个老人头发蓬松，满脸皱纹，上身只穿着肮脏的土黄色衬衫，肩头已经磨破，下身穿着同样颜色的长裤，光着脚，坐在板床旁边的地板上，用严厉的疑问眼光瞧着走进来的人。他那干瘦的身体从脏衬衫的破洞里露出来，显得可怜，衰弱，然而他的脸色比在渡船上更加聚精会神，更加严肃而活泼。这儿所有的犯人，也像其他的牢房里一样，看见长官走进来，就都跳下床，挺起身子站得笔直。可是老人仍旧坐在那儿不动。他的眼睛炯炯有神，他的眉毛气愤地皱起来。

这位老者的处境与他的精神状态形成鲜明的反差。

“站起来！”狱长对他吆喝道。

老人却一动也不动，光是鄙夷地微微一笑。

“你的奴仆才在你面前站着。我可不是你的奴仆。你带着烙印……”老人指着狱长的额头说。

“烙印”一词乃是来自《圣经·启示录》中的预言，如果人丧失情感、尊严等一切美好的东西而变成一部机器或者是“非人”的时候，他会有一个“烙印”。

“什么？”狱长用威胁的声音说，往老人那边走去。

“我认识这个人，”涅赫柳多夫赶紧对狱长说，“他是因为什么缘故关在这儿的？”

“警察局因为他没有身份证就把他送来了。我们要求过不要送这种人来，可是他们仍然送来。”狱长说，生气地斜起眼睛瞧着那个老人。

“看样子，你也是反基督的队伍里的一个吧？”老人转过身来对涅赫柳多夫说。

“不，我是来参观的。”涅赫柳多夫说。

“怎么，你们是来开眼界，瞧一瞧反基督的人怎么折磨人吗？喏，你就瞧吧。反基督的人把人抓起来，然后把一大帮人关在一个笼子里。人是应当靠着脸上流汗种出粮食来吃饭的，可是反基督的人却把人关起来，像猪那么养着，不让人干活，把人变成野兽。”

此处的比喻，意在说明反基督折磨人的本性，深刻揭露了当时俄国的社会现实。

“他在说什么？”英国人问。

涅赫柳多夫说，老人在批评狱长不该把人关起来。

“那么，您问一问他，依他看来，应当怎样对待那些不遵守法律的人呢？”英国人说。

涅赫柳多夫把这句问话翻译过来。

老人古怪地笑起来，露出整齐的牙齿。

“法律！”他鄙夷地跟着说，“反基督的人先抢劫所有的人，把人家的一切土地，一切财产都夺到手，由他自己霸占着，把反对他的人一概打死，然后才定出法律来，说是不准人抢劫，不准打死人。他应该先定出这种法律才对。”

涅赫柳多夫把这些话翻译一遍。英国人听了，微微一笑。

“不过话说回来，到底应该怎样对待盗贼和杀人犯呢，您问一问他。”

涅赫柳多夫再把这个问题翻译过来。老人严厉地皱起眉头。

这位老者的存在是托尔斯泰思想中基督教义的现实表达。

“你告诉他说，他得消除他身上的反基督的烙印，到那时候就不会再有他所说的盗贼，也不会再有杀人犯。你就这么对他说。”

“He is crazy.”英国人听完涅赫柳多夫为他翻译过来的老人的话，说了这样一句。然后他耸耸肩膀，走出牢房。

“你干你自己的事，不要去管人家的事。各人只管各人的事。上帝才知道应该惩罚谁，应该饶恕谁，我们可没法知道。”老人说。“你得做你自己的上司，到那时候就用不着另外再有什么上司了。你去吧，去吧。”他补充一句，生气地皱起眉头，闪着炯炯有神的眼睛瞅着在牢房里逗留不去的涅赫柳多夫。“你已经看够了反基督的奴仆怎样拿人喂虱子。你去吧，去吧！”

等到涅赫柳多夫走出房外，来到过道上，英国人和狱长已经站在一个开着房门的空牢房门口。英国人问这间牢房是做什么用的。狱长解释说，这是停尸室。

“哦，”英国人听完涅赫柳多夫为他翻译的这句话，说道。他希望走进去看一看。

这间停尸室原是一间普通的、不大的牢房。墙上挂着一盏点亮的小灯，光线微弱地照着堆在一个墙角上的背包和木柴，也照着右边板床上的四具尸体。第一具死尸穿着麻布的衬衫和裤子，是一个身材高大的人，脸上留一把小小的尖胡子，头上剃掉了半边头发。这具尸体已经僵硬，两只铁青的手本来大概是交叉在胸口的，可是现在已经分开。他的两只光脚也已经分开，两个脚掌往两旁伸出去。他的身旁躺着一个年老的女人，穿着白上衣和白裙子，光着脚，没戴头巾，头发梳成一条很细的短辫子，满是皱纹的蜡黄色小脸上生着一个小尖鼻子。老太婆的身旁还有一具男人的尸首，身上穿着紫色的衣服。这颜色触动了涅赫柳多夫的心。

一个人连死时都无法保持尊严，再没有比这更大的侮辱了。

他走近前去，仔细看那具死尸。

那个人生着又小又尖、往上翘起的胡子，结实而好看的鼻子，高高的、白净的额头，稀疏的鬈发。他认出了他所熟识的那副相貌，不相信他自己的眼睛了。昨天他还看见这张脸上现出愤激和痛苦的神色。现在这张脸却已经神色沉静，一动也不动，极其美丽。

是的，他就是克雷利佐夫，或者至少是他的物质的实体所留下的遗迹。

说明头脑里一切已被死亡占据了。由此，头晕也就自然而然产生了。

“他受苦是为了什么？他活着是为了什么？现在他明白这些了吗？”涅赫柳多夫暗想。他感到这些问题的答案是没有的，感到除了死亡以外什么也没有，于是他觉得头晕了。

涅赫柳多夫没有向英国人告辞，光是要求看守把他领到外面院子里去。他感到他必须躲开外人，以便独自一个人仔细思考一下今天傍晚所经历的种种事情，他就坐上马车，回旅馆去了。

二十八

人其实是依赖着别人所依赖的，需要着别人所需要的。

涅赫柳多夫没有在旅馆的房间里上床睡觉，却走来走去，走了很久。他跟卡秋莎的事已经结束。她不需要他了，这使得他又伤心又羞惭。然而现在使他痛苦的却不是这件事。他的另外一件事不但没有结束，而且比以往任何时候都更加使他痛苦，要求他采取行动。

他在这段时期里，特别是今天在这座可怕的监狱里看到和认清的所有那些骇人听闻的恶势力，把亲爱的克雷利佐夫也置之于死地的所有那些恶势力，如今正在肆意横行，占着上风，非但看不出有任何可能战胜它，甚至连应该怎样做才能战胜它也是无法理解的。

在他的头脑里，浮上来成百上千的人，由那些冷漠无情的将军、检察官、狱长监禁起来，关闭在充满病菌的空气里，受尽凌辱。他不由得想起那个古怪的、自由的、痛骂长官的老人，可是他却被认为是疯子。他还想起克雷利佐夫已经含恨而死，他那张美丽的、僵死的、蜡黄色的脸颊在别的尸首当中。究竟是他涅赫柳多夫疯了呢，还是那些自认为头脑清醒而干出所有这些事的人疯了呢？这个以前已经提出过的问题，现在又带着新的力量在他的面前出现，要求回答。

这三个形容词的连用，看似矛盾，实际上却构建出一种全新的意象。说克雷利佐夫是“含恨而死”更带有了悲剧色彩。

等到他走得累了，也想得累了，他就在靠近灯的一张长沙发上坐下，随手翻开英国人送给他留做纪念的福音书，这是他刚才清理他衣袋里的东西的时候丢在桌子上的。“据说，这本书能解答一切问题，”他暗想。然后他翻开福音书，开始读他翻到的地方。那是《马太福音》第十八章。他读道：

一　当时门徒进前来，问耶稣说：天国里谁是最大的？

二　耶稣便叫一个小孩子来，使他站在他们当中。

三　说：我实在告诉你们，你们若不回转，变成小孩子的样式，断不得进天国。

四　所以凡自己谦卑像这小孩子的，他在天国里就是最大的。

“对了，对了，是这样，”他暗想，回忆他自己只有在谦卑的时候才领略到生活的安宁和欢乐。

五　凡为我的名，接待一个像这小孩子的，就是接待我。

六　凡使这信我的一个小子跌倒的，倒不如把大磨石拴在这人的颈项上，沉在深海里。

此时，我们更加深刻体会到这个英国人的出场意义。通过他，我们参观了地狱一样的残酷的监狱；通过他，涅赫柳多夫最终的精神走向才不至于太突然，是表层、深层结构的融合。

“‘凡为我的名，接待一个像这小孩子的’，这话是什么意思？在什么地方接待？什么叫做‘为我的名’？”他问自己，感到这些话没有向他说明什么。“再者，为什么要把大磨石拴在这人的颈项上，而且要把他投进海洋的深处？不，这有点不那么对头：讲得不明确，不清楚，”他暗想，回忆他在一生当中有好几次着手阅读福音书，而这类不清楚的地方总是使得他无法读下去。他又读完第七节、第八节、第九节和第十节，这几节讲到绊倒，讲到他们必须进入永生，讲到把人丢在地狱的火里作为对他们的惩罚，讲到孩子的使者常见天父的面。“多么可惜啊，这些话那么不连贯，”他想道，“不过，人还是可以感到这里面有些好东西。”

这是一种非常准确的阅读心理的再现。不是一切顺利、万事大吉，而是在朦朦胧胧之中，渐渐去探索、去领悟。

他接着读下去：

十一　人子来，为要拯救失丧的人。

十二　一个人若有一百只羊，一只走迷了路，你们的意思如何？他岂不撇下这九十九只，往山里去找那只迷路的羊么？

十三　若是找着了，我实在告诉你们，他为这一只羊欢喜，比为那没有迷路的九十九只欢喜还大呢。

十四　你们在天上的父，也是这样不愿意这小子里失丧一个。

皆因众生平等，生命的价值对于每个个体都是平等的。

“是的，天父并不愿意他们灭亡，可是，在这儿，他们却成百上千地死亡。而且没有拯救他们的办法，”他暗想。

他接着读下去：

二十一　那时彼得进前来，对耶稣说：主啊，我弟兄得罪我，我当饶恕他几次呢？到七次可以么？

二十二　耶稣说，我对你说，不是到七次，乃是到七十个七次。

二十三　天国好像一个王，要和他仆人算账。

二十四　才算的时候，有人带了一个欠一千万银子的来。

二十五　因为他没有什么偿还之物，主人吩咐把他和他妻子儿女，并一切所有的都卖了偿还。

二十六　那仆人就俯伏拜他，说：主啊！宽容我，将来我都要还清。

二十七　那仆人的主人，就动了慈心，把他释放了，并且免了他的债。

二十八　那仆人出来，遇见他的一个同伴，欠他十两银子，便揪着他，掐住他的喉咙，说：你把所欠的还我。

二十九　他的同伴就俯伏央求他，说：宽容我吧，将来我必还清。

三十　他不肯，竟去把他下在监里，等他还了所欠的债。

三十一　众同伴看见他所做的事，就甚忧愁，去把这事都告诉了主人。

三十二　于是主人叫了他来，对他说：你这恶奴才，你央求我，我就把你所欠的都免了。

三十三　你不应当怜恤你的同伴，像我怜恤你么？

“难道只不过是这样一回事吗?”涅赫柳多夫读完这些话，忽然大声叫起来。他整个身体里有一个内在的声音说：“对，只不过是这样一回事罢了。”

于是涅赫柳多夫遇到了凡是过精神生活的人常常遇到的事。他遇到的是这样一种情形：某一个思想，起初在他的心目中无非是一句怪话，一种似是而非的想法，甚至像是一句笑谈，不料屡屡在生活里得到证实，于是后来，突然之间，他领会到这个思想其实是最简单、最无可怀疑的真理。如今在他，就有一个思想照这样变得清楚起来，那就是为要摆脱这种骇人听闻的、使人们受苦的恶势力，唯一毫无疑义的方法仅仅是人们在上帝面前永远承认自己有罪，因而既不能惩罚别人，也不能纠正别人而已。他现在才明白，他在各处大

人世间的争端，皆因人们不够宽容。

涅赫柳多夫寻得了他的真理，卡夫卡曾说：上帝、生活、真理，这不过是同一事物的不同名称。

小监狱里亲眼目睹的所有那些骇人听闻的恶势力，以及人们制造那种恶势力所表现的镇静自信的态度，无非是起因于人们打算做一件不可能做到的事：他们自己就坏，却居然要纠正坏事。某些沾染恶习的人打算纠正另一些沾染恶习的人，而且认为通过机械的方法就可以做到。可是这一切的结果，只不过是缺钱的和贪利的人把这种虚构出来施之于人们的惩罚和纠正变成他们的职业而已。他们自己就腐败到极点，而且不断地腐蚀他们所折磨的人。现在他才明白他亲眼见到的所有那些惨状是从何而来的，必须怎样做才能够消灭它。他一直找不到的那个答案，恰巧就是基督对彼得做出的答案，其大意就是要永远宽恕一切人，要宽恕无数次，因为根本就没有一个人是自己没有罪，因而可以惩罚或者纠正别人的。

人永远只能是自己拯救自己，完善自我，修身养性。

“可是事情总不可能这样简单吧，”涅赫柳多夫对自己说。不过同时他又毫无疑义地看出来：尽管他已经习惯了与这相反的答案，因而起初觉得它奇怪，可是这个答案却是确切无疑的，对那个问题来说不但是理论上的解答，而且也是最切合实际的解决。这永远会遇到一种反驳，那就是该怎样对待作恶的人呢，难道可以白白放过他们而不加以惩罚吗？然而这样的反驳现在却不会使得他张皇无措了。假使事实已经证明惩罚能够减少犯罪，改造罪犯，那么这样的反驳倒也有它的意义。可是既然事实已经证明惩罚的结果适得其反，而且事情很清楚，不论什么人都没有权力纠正另一些人，那么您所能做的唯一合理的事，就是停止做这种不但无益而且有害的、此外又是不道德的、残忍的事。“你们几百年来一直在惩办你们认为有罪的人。可是怎么样呢，这种人已经绝迹了吗？他们并没有绝迹，他们的人数反而增加了，因为不但添上一批被惩罚所腐化的罪犯，另外还添上了一批审判人和惩罚人

人人都是有罪的，只要存在就对别人构成压力，人也都有本能和欲望，无限扩张之后，就成了恶。

的罪犯，也就是审判官、检察官、侦讯官、狱吏等。”涅赫柳多夫现在才明白，社会和一般秩序所以能存在，并不是因为有那些合法的罪犯在审判和惩罚别人，却是因为尽管有这种腐败的现象，然而人们仍旧在相怜相爱。

涅赫柳多夫希望在这同一本福音书里找到能够肯定这种思想的文字，就把它从头读起。他读了一遍素来使他感动的《登山训众》，这才第一次看出这段训诫并不是抽象而美丽的思想，所提出的大部分内容也不是过于夸张而无法实行的要求，却是些简单明了而实际可行的戒律。一旦执行这些戒律（而这是完全可以办到的），人类社会的全新结构就会建立起来，到那时候不但惹得涅赫柳多夫极其愤慨的所有那些暴力会自动消灭，而且人类所能达到的最高幸福，人间的天堂，也可以实现。

这是涅赫柳多夫的美丽构想，但是这所谓的“人间的天堂”实在还很遥远，抑或永远只是一个“乌托邦”。

那些戒律共有五条。

第一条戒律（《马太福音》第五章第二十一节起到第二十六节止）就是人非但不应当杀人，而且不应当对弟兄动怒，不应当认为任何人微不足道，称之为“拉加”。如果同某人发生了争吵，就应当在向上帝献礼以前，也就是在祈祷以前，先同那人和好。

第二条戒律（《马太福音》第五章第二十七节起到第三十二节止）就是非但不应当奸淫，而且要避免迷恋妇女的美色。一旦同一个妇女结成夫妇，就应当对她永不变心。

第三条戒律（《马太福音》第五章第三十三节起到第三十七节止）就是人不应当在许诺任何事的时候起誓。

第四条戒律（《马太福音》第五章第三十八节起到第四十二节止）就是人非但不应当以眼还眼，而且应当在有人打你的右脸的时候，连左脸也转过来由他打。应当宽恕别人对你的欺侮，温顺地忍受欺侮。不管什么人对你提出什么样的要求，一概不应当拒绝。

第五条戒律（《马太福音》第五章第四十三节起到第四十八节止）就是人非但不应当恨仇敌，打仇敌，而且应当爱他们，帮助他们，为他们服务。

这些戒律是朴实无华的，但是很难到达。

涅赫柳多夫凝望着那盏点燃的灯的亮光，他的心停止了跳动。他回忆我们生活里的种种丑恶，然后清楚地想象倘使人们按这些箴规教育自己，这种生活就会变成什么样子，于是一种很久没有经历过的欢乐抓住了他的心。这就像是他经过长久的疲劳和痛苦以后突然找到了安宁和自由一样。

他像不停的飞翔的鸟，终于寻得一处落脚之地。

他通宵没有睡觉。如同许许多多读福音书的人遇到过的情形一样，他读着读着，这才头一次领会那些文字的全部意义，而那些文字他以前已经读过许多次，却没有注意就放过去了。犹如海绵吸收水分一样，他把这本书里向他揭示的那些必要的、重大的、可喜的道理统统吸进他的心里。他觉得他读到的这一切似乎很熟悉，似乎肯定了而且使他领悟了以前他早已知道，却没有充分认清、也没有相信的道理。现在他才认清而且相信了。

任性的人类，难以放弃贪婪的欲望。

然而他不光是认清而且相信人们执行这些戒律就可以得到他们所能得到的最高幸福，现在还认清而且相信每一个人除了执行这些戒律以外无须再做别的事，人类生活的唯一合理的意义就在于此，凡是违背这一点的一概是错误，立刻就会招来惩罚。这是从全部教义里引申出来的，并且在关于葡萄园的那个比喻里特别鲜明有力地表现出来。园户本来是被派到葡萄园里去为园主工作的，却白以为葡萄园就是他们的私产，凡是葡萄园里的东西统统是为他们置备的，他们的本分仅仅是在那个葡萄园里享受他们的生活，竟然忘掉了园主，而且把那些对他们提到园主，提到他们对园主所负的责任的人都杀害了。

"我们的所作所为，恰恰就是这样，"涅赫柳多夫暗想，"我们一边生活，一边抱着一种荒唐的信念，认为我们自己就是我们的生活的主人，人生在世就是为了享乐。可是要知道，这显然是荒唐的。要知道，如果我们是被派到这儿来的，那就是出于某一个人的意志，为了达到某一种目的。可是我们却断定，我们生活只是图我们自己的快活。那么事情很清楚，我们会落到坏下场，犹如那些不执行园主的意志的园户落到坏下场一样。主人的意志就表现在那些戒律里。只要人们执行那些戒律，人间就会建立起天堂，人们就会得到他们所能得到的最大幸福。

那么，我们每个人生来的意义何在呢？我们是否也是在任性地浪费着生命，荒芜了时光？我们放纵自己的享乐，逃避责任，忘掉义务，实实在在是杀害了我们的良知与灵魂。

"你们要先求他的国和他的义，这些东西都要加给你们了。可是我们却先求这些东西，而且显然没有求到手。

"那么这就是我的终身事业。一件事刚做完，另一件事就又开始了。"

因果倒置，仍是因为害怕承诺变成虚空。心不够宽容之人只有靠功利来证明自己的存在。

从这天晚上起，对涅赫柳多夫来说，一种全新的生活开始了，这样说倒不是因为他已经进入一种新的生活环境，而是因为从这个时候起，他所遇到的一切事情，对他来说都取得了一种跟以前截然不同的意义。至于他一生当中的这个新阶段会怎样结束，那却是未来的事了。

情境赏析

通读全文，我们可以看出涅赫柳多夫对于一些社会重要问题的见解和态度是怎样的。

对待土地问题：涅赫柳多夫认为土地和水、空气一样，不应成为任何人的私有财产。地主不能继续霸占土地，必须把土地交给种地的人。怎样交法？涅赫柳多夫先后采取了两种做法：一是交给农民去种，收取很低的地租；一是交给农民，地主不收取任何代价，只是让农民按土地质量拿出一些钱作为农民集体的公积金。他认识到，地主无权收取任何地租，所以认为后者更合理。

对待整个贵族阶层的态度：贵族阶层的人自认为是上等人，然而涅赫柳多夫看清了贵族是肮脏的，其生活趣味是卑劣的。他认为自己作为贵族的一员，也是卑劣、可耻的。他不但有这样的认识，而且采取了实际行动：放弃土地，不要仆人，离开阔绰的家，搬进公寓，抛弃贵族生活。在思想上和行动上都背叛了自己的阶层。作为托尔斯泰的代表的涅赫柳多夫是这样，托尔斯泰也是这样。托尔斯泰以八十二岁高龄离家出走，突患肺炎死在阿斯塔波沃小站，以最决绝的态度表明了自己背叛的立场。

对待封建官僚制度：涅赫柳多夫为马斯洛娃的事到处奔波求情，从而展示了形形色色官僚的嘴脸。他们残忍暴戾、嗜血成性、背信弃义、口蜜腹剑、麻木不仁、贪赃枉法，而最可怕的是，有些人本来是善良宽厚的，一旦当了官，就不能不变得麻木、残忍起来。而且势必结成一伙，官官相护。这就不是若干人的问题，而是普遍问题，官僚制度问题。在接近结尾时出现了一个彗星式的无名老头子，主张不要皇上，不要任何当官的。

对待宗教：认为官办教会是欺骗和愚弄人民、维护专制政体的工具。他赞成基督教所提倡的博爱、平等的教义，各人相信自己的心灵，就不分什么教什么派了。就是主张凭良心办事。上帝就在每个人心中。

对待法律和监狱：依照涅赫柳多夫的看法，监狱里的罪犯，一部分是根本无罪的，一部分是因为精神道德水平高于一般水平，如革命者、政治犯，有一部分是犯了罪的，可是社会对他们犯的罪比他们对社会犯的罪大。所谓社会对他们犯的罪，指的是剥夺了他们的生产和生活资料，为了活命，他们不得不“犯罪”。那个无名的老头子是这样说的：“法律哩！他们先把所有的人抢得光光的，把人家所有的土地、所有的财产都夺过去，算成自己的，把反对他们的人统统杀死，然后再定出法律，不准抢劫，不准杀人。要是他们先定出法律就好了。”

对待政治犯：涅赫柳多夫认为他们都是极好的人，精神道德面貌高于一般水平。涅赫柳多夫并没有因为他与他们的信仰不同，就对他们加以排斥或党同伐异，而是与他们加深了解、相互沟通，理解并尊重他们。

涅赫柳多夫的精神的人复活的过程，也是深刻认识社会和背叛贵族阶层的过程。托尔斯泰正是通过这一思想感情的载体揭露和批判了贵族社会。

名家点评

托尔斯泰确实是一位文学方面的建筑大师，他所建造的艺术大厦是那么宏伟壮丽，它的结构是那么新颖别致，拱顶又砌合得那么天衣无缝，不能不使人叹服于他那动人心魄的艺术魅力。

——草婴